ADN

RobinCook

ADN

Traducción de **Fernando Garí Puig**

PLAZA & JANÉS

Título original: *Marker*

Primera edición: febrero, 2006

Printed in Spain – Impreso en España

ISBN: 84-01-33578-7
Depósito legal: B. 2.419-2006

Fotocomposición: Lozano Faisano, S. L. (L'Hospitalet)

Impreso en Limpergraf
Mogoda, 29. Barberà del Vallès (Barcelona)

Encuadernado en Artesanía Gráfica

L 3 3 5 7 8 7

Para Jean, Cameron y todo lo que significan para mí

Quiero expresar mi reconocimiento a mi facultad de medicina, el College of Physicians and Surgeons de la Universidad Columbia de Nueva York. Ha sido un honor y un privilegio haber asistido a él. Porque mi vida profesional y mi carrera como escritor han dependido profundamente de las bases y el conocimiento que aprendí y disfruté en esa hermosa institución.

R. C.

Prólogo

A altas horas de la madrugada de aquel 2 de febrero, una fría y persistente llovizna empapaba las agujas de hormigón de Nueva York, envolviéndolas en el denso torbellino de una neblina entre púrpura y rosada. Aparte de algunas apagadas sirenas, la Ciudad que Nunca Duerme se hallaba relativamente tranquila. No obstante, exactamente a las tres y diecisiete minutos de la madrugada, dos acontecimientos casi simultáneos, microcósmicos y básicamente iguales, pero sin ninguna relación entre ellos, tuvieron lugar en lugares opuestos de Central Park; dos acontecimientos que se demostrarían fatídicamente interrelacionados. Uno ocurrió en el ámbito celular; el otro, en el molecular. Aunque las consecuencias biológicas de esos dispares sucesos eran opuestas, en sí mismos estaban destinados a hacer que sus ejecutores, todos desconocidos entre ellos, se enfrentaran violentamente al cabo de menos de dos meses.

El acontecimiento celular sucedió en un momento de intenso placer y supuso la inyección forzosa de algo más de doscientos cincuenta millones de espermatozoides en una cavidad vaginal. Al igual que un grupo de ansiosos corredores de maratón, los espermatozoides se pusieron en marcha a toda prisa, echaron mano de sus reservas de energía y comenzaron una carrera verdaderamente hercúlea contra la muerte; una carrera francamente ardua y peligrosa que solo uno de ellos podría ganar tras haber relegado al resto a una existencia breve y frustrantemente fútil.

La primera tarea consistía en penetrar el tapón mucoso que obstruía la contraída cavidad uterina. A pesar de tan formidable obstáculo, los espermatozoides triunfaron rápidamente en grupo, aunque se trató de una victoria pírrica. Decenas de millones de la primera oleada de gametos sucumbieron en el autosacrificio necesario para desprender las enzimas que portaban con el fin de hacer posible el paso a los demás.

La siguiente ordalía que aguardaba a aquella multitud de diminutos seres vivos consistía en atravesar la relativamente enorme extensión del útero: en cuanto a distancia y peligro, casi equivalían a los de un pequeño pez que nadara de una punta a otra la Gran Barrera de Coral. Pero incluso un obstáculo tan insuperable como ese fue vencido por unos cuantos miles de afortunados y robustos ejemplares que llegaron a las bocas de los oviductos dejando atrás cientos de millones de desafortunadas bajas.

A pesar de todo, la tarea aún no había concluido: una vez dentro de los ondulantes pliegues de los oviductos, los afortunados se vieron impelidos por la quimiotaxis del fluido que descendía de la explosión del folículo ovárico y que anunciaba que en algún lugar, más adelante, tras unos tortuosos y traicioneros doce centímetros, se hallaba el Santo Grial de los espermatozoides: un óvulo recientemente creado y coronado por una nube de células granulosas.

Progresivamente aguijoneados por una irresistible atracción química, los gametos masculinos realizaron lo manifiestamente imposible y se aproximaron a su objetivo. Prácticamente exhaustos por la disminución de sus reservas de energía y con la fortuna de haber evitado material letal y depredadores macrófagos, su número era entonces no inferior al millar y descendía rápidamente. Cabeza contra cabeza, los supervivientes se lanzaron sobre el indefenso y haploide óvulo en una carrera hacia la línea de meta.

Tras una sorprendente hora y veinticinco minutos, el espermatozoide victorioso dio un postrero y desesperado coletazo con su *flagelum* y colisionó con las células granulosas que rodeaban al huevo. Frenéticamente, se abrió paso entre ellas para que su acrosoma estableciera contacto directo con la densa capa proteínica del huevo y formar así una unión. En ese instante, la carrera concluyó. Como acto postrero y mortal, el espermatozoide vencedor inyectó en el huevo el material nuclear que portaba para formar el pronúcleo masculino.

Los otros dieciséis espermatozoides que habían conseguido llegar al óvulo unos segundos después del vencedor se vieron incapaces de adherirse al alterado recubrimiento proteínico del huevo. Con sus energías agotadas, sus *flagela* no tardaron en quedar inertes. No había un segundo lugar, y todos los perdedores no tardaron en ser barridos, tragados y apartados por los protectores y maternales macrófagos.

En el interior del huevo ya fertilizado, el pronúcleo femenino y el pronúcleo masculino emigraron el uno hacia el otro. Tras la disolución de sus envoltorios, su material nuclear se fusionó para formar los cuarenta y seis cromosomas necesarios para una célula humana somática. El óvulo se había metamorfoseado en un zigoto. Veinticuatro horas después, en un proceso llamado «segmentación», se dividió en el primer paso de una secuencia programada de acontecimientos que en veinte días empezaría a formar un embrión. Una vida había comenzado.

El acontecimiento molecular supuso la inyección a la fuerza en una vena periférica del brazo de una dosis de más de un trillón de moléculas de una sencilla sal llamada «cloruro potásico» disuelta en un volumen de agua destilada equivalente a un dedal. Los efectos fueron prácticamente instantáneos. Las células que recubrían la vena experimentaron la rápida y pasiva difusión de los indiferentes iones de potasio en su interior que alteraron la carga electrostática necesaria para su vida y funciones. Las delicadas terminaciones nerviosas de las células afectadas enviaron urgentes mensajes de dolor al cerebro como aviso de la inminente catástrofe.

En cuestión de segundos, los iones de potasio corrieron por las grandes venas hacia el corazón, donde fueron lanzados por cada latido hacia la vasta red arterial. Aunque dentro del plasma sanguíneo tuvo lugar una disolución gradual, la concentración seguía siendo incompatible con las funciones celulares. De especial importancia eran las células del corazón, responsables de iniciar los latidos; las del hipotálamo, responsables del impulso de respirar; y los nervios y los husos musculares que transportaban los mensajes. Todos se vieron rápida y adversamente afectados. El ritmo cardíaco descendió velozmente, y las pulsaciones se hicieron más débiles. La respiración se volvió superficial; y la oxigenación, inadecuada. Instantes después, el corazón dejó de latir, iniciando una muerte celular progresiva de todo el cuerpo así como una muerte clínica. Como golpe final, las células moribundas vertieron su carga de potasio en el paralizado sistema circulatorio enmascarando efectivamente la letal dosis original.

1

El sonido del goteo era como un metrónomo. Fuera, en algún lugar de la salida de incendios, las gotas de agua alimentadas por la incesante lluvia caían sobre alguna superficie metálica. A Laurie Montgomery el ruido le sonaba tan fuerte como el de un timbal y le provocaba una mueca mientras esperaba la siguiente salpicadura en el silencioso apartamento de Jack Stapleton. Durante largas horas, la única rivalidad había sido la del compresor de la nevera, que se conectaba y se desconectaba cíclicamente; el siseo y los gorgoteos del radiador a medida que la temperatura subía, y la ocasional y distante sirena o bocinazo, sonidos estos últimos tan típicos de Nueva York que la mente de la gente hacía instintivamente caso omiso de ellos. Sin embargo, Laurie no era tan afortunada. Después de tres horas agitándose y dando vueltas, se había vuelto hipersensible a todos los ruidos que la rodeaban.

Se dio la vuelta nuevamente y abrió los ojos. Unos delgados dedos de luz se extendían alrededor de los bordes de la cortina de la ventana permitiéndole una mejor visión del austero y gris apartamento de Jack. La razón de que ambos estuvieran allí en lugar de en casa de ella era su dormitorio: era tan pequeño que lo único que cabía en él era una cama individual, lo cual hacía realmente problemático dormir juntos. Y además estaba el deseo de Jack de estar cerca de su querida cancha de baloncesto.

Laurie echó un vistazo al radiodespertador. A medida que

los dígitos avanzaban sin cesar, se fue poniendo de mal humor. Sabía que sin haber descansado, a la mañana siguiente en la oficina del forense estaría para el arrastre. Se preguntó cómo era posible que hubiera superado su etapa en la facultad de medicina y la de residente, donde la privación de sueño era lo habitual de todos los días. Aun así, Laurie sabía que su incapacidad de esos momentos para conciliar el sueño no era lo único que la ponía de mal humor. A decir verdad, su malhumor era la razón principal de que no pudiera dormir.

Había ocurrido bien entrada la noche cuando Jack, sin querer, le había recordado su inminente aniversario al preguntarle si le apetecía hacer algo especial para celebrarlo. Laurie sabía que se trataba de una pregunta sin malicia, ya que él la había formulado en el relajado ambiente de después de haber hecho el amor; sin embargo, había hecho añicos sus elaboradas defensas para vivir día a día y evitar pensar en el futuro. Parecía imposible, pero pronto tendría cuarenta y tres años. El tópico sobre el tictac del reloj de la maternidad era cierto, y el de ella estaba haciendo sonar la alarma.

Dejó escapar un suspiro involuntario. En su soledad, mientras las horas iban transcurriendo, no había dejado de rumiar acerca del atolladero en el que se veía. Tratándose de su vida íntima, las cosas no le habían salido bien desde la época del instituto. Jack estaba satisfecho con aquella situación, como lo demostraba su relajada silueta y los sonidos de su placentero sueño, lo cual no hacía más que empeorar las cosas para ella. Laurie deseaba tener familia. Siempre había dado por hecho que tendría una; sin embargo, allí estaba, con casi cuarenta y tres años, viviendo en un apartamento de mala muerte en un barrio del extrarradio de Nueva York, acostándose con un hombre que era incapaz de decidirse con respecto al matrimonio y los hijos.

Suspiró de nuevo. En otro tiempo había intentado deliberadamente no molestar a Jack, pero en aquellos momentos ya no le importaba. Había decidido que iba a volver a intentar hablar con él a pesar de que sabía que se trataba de un tema que él evitaba deliberadamente. Pero esta vez ella iba a exigir algún cambio. Al fin y al cabo, ¿por qué debía conformarse con una vida miserable en un apartamento más apropiado para una pareja de estudiantes sin un céntimo que para dos patólogos forenses titulados —porque eso eran Jack y ella— y con una relación donde las cuestiones del matrimonio y los hijos eran unilateralmente *verboten*?

De todas maneras, las cosas no iban tan mal. En el aspecto profesional no podían ir mejor. Le encantaba su trabajo en el departamento forense de Nueva York, donde llevaba trece años trabajando, y se sentía afortunada de tener como colega a Jack, con quien podía compartir la experiencia. Los dos se sentían impresionados por el desafío intelectual que ofrecía la patología forense. Cada día veían y aprendían algo nuevo y estaban de acuerdo en muchos aspectos: ambos eran muy poco tolerantes con la mediocridad, y a los dos les molestaban las imposiciones políticas derivadas de formar parte de una burocracia. No obstante, por muy compatibles que fueran en el trabajo, eso no compensaba el largamente acariciado deseo de Laurie de formar una familia.

De repente, Jack se agitó y se giró hasta quedar boca arriba, con los dedos entrelazados y las manos sobre el pecho. Laurie contempló su dormido perfil. A sus ojos resultaba un hombre atractivo, con sus cortos cabellos castaños salpicados de gris, tupidas cejas y recias facciones que siempre, incluso durmiendo, parecían sonreír. Ella lo encontraba a la vez agresivo y amable; audaz y modesto; desafiante y generoso y, casi siempre, alegre y divertido. Con su rápida agudeza y a pesar de su inclinación a correr riesgos, la vida nunca resultaba aburrida a su lado. Por otra parte, podía ser irritantemente tozudo, especialmente en lo que a hijos y matrimonio se refería.

Se inclinó sobre él y lo miró más de cerca. Sin duda sonreía, cosa que a ella sencillamente la irritaba. No era justo que se sintiera satisfecho con aquella situación. Aunque Laurie estaba razonablemente segura de que lo amaba, la incapacidad de Jack para formalizar un compromiso la estaba alejando de él. Jack decía que no era por miedo al matrimonio o a la paternidad, sino que tenía que ver con la vulnerabilidad que provocaba semejante compromiso. Al principio Laurie se había mostrado comprensiva: Jack había sufrido la tragedia de perder a su primera esposa y a sus dos hijas en un accidente de aviación. Le constaba que él cargaba tanto con la pena como con la sensación de responsabilidad, ya que el accidente había ocurrido tras una visita a la familia mientras él estaba siguiendo un cursillo de patología en otra ciudad. También era consciente de que, tras el accidente, Jack había hecho frente a una profunda depresión reactiva; no obstante, la tragedia quedaba casi trece años atrás en el tiempo. Laurie creía que se había mostrado sensible a las necesidades de Jack y también paciente cuando al fin empezaron a salir en serio; pero en esos momentos, casi cuatro años después, notaba que había llegado al límite. Al fin y al cabo, ella también tenía sus propias necesidades.

El zumbido del despertador de Jack rompió el silencio. Un brazo salió disparado, manoteó el botón de apagado momentáneo e inmediatamente regresó al calor bajo la manta. Durante cinco minutos, la tranquilidad regresó al cuarto, y la respiración de Jack recobró su lento y profundo ritmo del sueño. Aquello formaba parte de una rutina matinal que Laurie nunca veía porque Jack se despertaba invariablemente antes que ella. Laurie era una noctámbula que disfrutaba leyendo un rato antes de apagar la luz y que, a menudo, se quedaba despierta más de lo debido. Casi desde el primer día de su vida en común, había aprendido a seguir durmiendo a pesar del despertador de Jack, sabiendo que él lo entendería.

Cuando el despertador sonó por segunda vez, Jack lo apagó, apartó los cobertores, se sentó y puso los pies en el suelo dando la espalda a Laurie. Ella lo vio estirarse y pudo oírlo bostezar mientras se restregaba los ojos. Jack se levantó y se encaminó torpemente hacia el cuarto de baño sin prestar atención a su propia desnudez. Laurie deslizó las manos tras la cabeza y lo observó; a pesar de lo enfadada que estaba, resultaba una agradable visión. Lo oyó usar el retrete y tirar de la cadena. Cuando reapareció, volvió a frotarse los ojos y se acercó a su lado de la cama para despertarla.

Alargó la mano para tocarle el hombro, como de costumbre, y dio un respingo cuando vio que los ojos de Laurie estaban abiertos y fijos en él y en la boca tenía una expresión de irritada determinación.

—¡Pero si estás despierta! —exclamó arqueando las cejas interrogativamente y dándose cuenta al instante de que algo no iba bien.

—No me he vuelto a dormir desde nuestro encuentro de medianoche.

—¿Tan bueno fue? —preguntó Jack confiando en que un poco de humor pudiera despejar el aparente pique de Laurie.

—Jack, tenemos que hablar —dijo ella secamente; se sentó, se cubrió con la manta hasta el cuello y lo miró a los ojos, desafiante.

—¿Y no es eso precisamente lo que estamos haciendo? —repuso Jack adivinando enseguida las intenciones de Laurie y sin poder evitar el tono de sarcasmo de su voz. Aunque era consciente de lo poco que este ayudaba, le resultaba imposible controlarlo: el sarcasmo se había convertido en un arma de protección que había desarrollado durante los últimos diez años.

Laurie quiso responder, pero Jack alzó la mano para interrumpirla.

—Lo siento. No es mi intención mostrarme insensible, pero sospecho que creo saber adónde nos conduce esta conversación, y no es el momento. Lo siento, Laurie, pero tenemos que estar en el depósito dentro de una hora y ninguno de los dos se ha duchado, vestido ni desayunado.

—Jack, nunca es el momento.

—De acuerdo. Digámoslo de esta manera: puede que este sea el peor momento de todos los posibles para una conversación sobre sentimientos. Son las seis y media de la mañana de un lunes tras un estupendo fin de semana y tenemos que ir al trabajo. Si la hubieras tenido en mente, habrías encontrado una ocasión mejor durante los últimos días para haberla planteado, y yo habría estado encantado de abordar el asunto.

—¡Qué tontería! Al menos acepta que es algo de lo que

nunca quieres hablar. Jack, el jueves cumpliré cuarenta y tres años, ¡cuarenta y tres! No puedo permitirme el lujo de tener paciencia. No puedo esperar a que por fin decidas lo que quieres porque me habré vuelto menopáusica.

Durante unos segundos, Jack miró fijamente los verdeazulados ojos de Laurie. Se hacía evidente que no estaba dispuesta a ser aplacada con facilidad.

—De acuerdo —contestó dejando escapar un suspiro como si estuviera cediendo en algo y desvió la mirada hacia sus desnudos pies—. Lo hablaremos esta noche, durante la cena.

—¡Necesito que lo hablemos ahora! —exclamó Laurie con decisión. Extendió el brazo y levantó la barbilla de Jack para poder mirarlo a los ojos de nuevo—. He estado consumiéndome dándole vueltas a nuestra situación mientras tú dormías. Aplazarlo no es ninguna alternativa.

—Laurie, voy a levantarme y a darme una ducha. Te lo repito, no es el momento para esto.

—Te quiero, Jack —dijo Laurie tras agarrarlo de brazo para retenerlo—, pero necesito más. Quiero casarme y formar una familia. Quiero vivir en un lugar mejor que este. —Soltó el brazo de Jack e hizo un gesto que abarcaba toda la estancia, señalando la pintura desconchada, la desnuda bombilla, la cama sin cabecera, las dos mesitas de noche que eran dos cajas de vino puestas boca abajo y el solitario escritorio—. No tiene por qué ser el Taj Mahal, pero esto es ridículo.

—Durante todo este tiempo siempre he creído que con cuatro estrellas te bastaba.

—Ahórrate el sarcasmo —espetó Laurie—. Un poco de lujo no nos haría ningún daño con lo mucho que trabajamos. Pero ese no es el problema. Se trata de nuestra relación, que a ti te parece suficiente; pero a mí no. Esa es la cuestión de fondo.

—Voy a darme una ducha —contestó Jack.

Laurie le obsequió con una amarga semisonrisa.

—Está bien. Date una ducha.

Jack asintió, fue a decir algo, pero cambió de opinión. Se dio la vuelta y desapareció en el cuarto de baño dejando la puerta entreabierta. Un momento después, Laurie oyó correr el agua y el sonido de los anillos de la cortina rozando en la barra.

Laurie suspiró. Estaba temblando por una combinación de cansancio y de sobrecarga emocional, pero se sentía orgullosa por no haber derramado una sola lágrima. Le molestaba echarse a llorar en situaciones emocionalmente comprometidas. No tenía ni idea de cómo lo había conseguido, pero la complacía. Las lágrimas nunca ayudaban y con frecuencia la ponían en situación de desventaja.

Tras ponerse su bata, fue al armario en busca de su maleta. En realidad, el enfrentamiento con Jack le había producido cierto alivio. Al responder tal como ella había previsto, él había justificado lo que ella había decidido hacer incluso antes de que se despertara. Abrió los cajones que le correspondían, sacó sus cosas y empezó a hacer el equipaje. Cuando casi había acabado oyó que cerraban la ducha. Un minuto después Jack aparecía en la puerta, secándose vigorosamente la cabeza con una toalla; al ver a Laurie y la maleta, se detuvo de golpe.

—¿Qué demonios estás haciendo?

—Está perfectamente claro lo que estoy haciendo —repuso Laurie.

Durante un momento, Jack no dijo una palabra y se limitó a mirar mientras Laurie seguía recogiendo sus cosas.

—Estás llevando las cosas demasiado lejos —dijo finalmente—. No tienes por qué marcharte.

—Yo creo que sí —contestó ella sin levantar la mirada.

—¡Estupendo! —replicó con brusquedad Jack al cabo de un instante. Después, volvió al baño para acabar de secarse.

Cuando dejó el baño libre, Laurie entró llevando la ropa para vestirse e insistió en cerrar la puerta aunque normalmente solía dejarla abierta. Al salir, completamente vestida, Jack estaba en la cocina. Laurie se le unió para un desayuno frío de cereales y fruta. Ninguno de los dos se tomó la molestia de sentarse a la pequeña mesa de la cocina. Ambos se mostraron correctos, y la única conversación consistió en «permiso» o «disculpa» mientras se movían alrededor de la nevera para coger lo que deseaban. Gracias a lo reducido del espacio, les fue imposible moverse sin rozarse.

A las siete estaban listos para salir. Laurie metió sus cosméticos en la maleta y cerró la tapa. Cuando la empujó sobre sus ruedecillas hasta la sala de estar, vio a Jack levantando su bicicleta de montaña del soporte de la pared.

—No pensarás ir a trabajar montado en eso, ¿verdad? —preguntó Laurie.

Antes de que se decidieran a vivir juntos, Jack solía utilizar la bicicleta para ir y volver del trabajo, así como para ir de recados por la ciudad. Se trataba de una costumbre que siempre había aterrorizado a Laurie, a quien no dejaba de preocuparle la posibilidad de que cualquier día Jack pudiera aparecer en el depósito con los pies por delante. Cuando empezaron a ir juntos al trabajo, él renunció a la bicicleta porque no hubo modo de que Laurie accediera a subirse a una.

—Bueno, se diría que voy a estar solo cuando regrese a mi palacio.

—¡Por amor de Dios, está lloviendo!

—La lluvia lo hace más interesante.

—¿Sabes, Jack? Dado que esta mañana estoy siendo sincera contigo, creo que debería decirte que me parece que este rasgo tuyo tan juvenil de correr riesgos no solamente no es apropiado, sino que resulta francamente egoísta. Es como si te estuvieras burlando de mis sentimientos.

—Eso es interesante —contestó Jack con una sonrisa afectada—. Deja que te diga algo: el que yo monte en bicicleta no tiene nada que ver con tus sentimientos. Y, para serte sincero, son tus sentimientos los que a mí me parecen egoístas.

Una vez fuera, en la calle Ciento seis, Laurie se encaminó hacia el oeste, en dirección a Columbus Avenue para coger un taxi. Jack pedaleó en sentido contrario hacia Central Park. Ninguno de los dos se volvió para despedirse del otro.

2

Jack había olvidado el placer que suponía montar en su Cannondale de color púrpura oscuro, pero lo recordó de inmediato mientras se deslizaba colina abajo después de haber entrado en Central Park cerca de la calle Ciento seis. Dado que el parque se hallaba desierto a excepción de alguno que otro *jogger*, Jack se dejó ir, y tanto la ciudad como sus reprimidas angustias se desvanecieron milagrosamente en la neblina de aquel bosque rodeado de edificios. Con el viento silbándole en los oídos, recordaba como si fuera el día anterior sus descensos por Dead Man's Hill, en South Bend, Indiana, en su querida dorada y roja Schwinn de anchos neumáticos. Le habían regalado la bicicleta por su décimo aniversario después de que la viera anunciada en la contraportada de un libro de cómics. Convertida en un símbolo de su feliz y despreocupada infancia, Jack había convencido a su madre para que la conservara, y seguía acumulando polvo en el garaje del hogar familiar.

La lluvia seguía cayendo, pero no con la fuerza suficiente para estropearle las buenas sensaciones. De todas maneras, oía claramente las gotas golpeando en la visera de su casco. Su mayor problema consistía en ver a través de los empañados cristales de sus gafas aerodinámicas. Para mantener el resto de su cuerpo lo más seco posible, se había puesto un capote impermeable, que tenía unos ingeniosos ganchos para sujetarlos en los pulgares de manera que, cuando se inclinaba para coger el manillar, la prenda lo cubría como una especie de tienda de campaña. Durante la mayor parte del trayecto evitó los charcos; pero, cuando no podía, levantaba los pies de los pedales hasta que salía de ellos.

Jack salió por la esquina sudeste de Central Park y entró en las calles del centro, atestadas con el tráfico de primera hora. Hubo una época en la que disfrutaba desafiando a los coches; pero aquello había sido, en sus propias palabras, «cuando estaba un poco más chiflado» y se encontraba en mejor forma física. Dado que prácticamente no había montado en los últimos años, no tenía ni de lejos el nivel de antes. Sus frecuentes partidos de baloncesto le ayudaban, pero no requerían el mismo ejercicio constante que la bicicleta. Aun así, no aminoró, y cuando bajó hacia la rampa de la plataforma de carga y descarga de la calle Treinta, en el Departamento de Medicina Legal, sus cuádriceps protestaban. Después de desmontar, se quedó unos momentos apoyado sobre el manillar para permitir que la circulación sanguínea irrigara los músculos de sus piernas.

Cuando el dolor hipóxico de sus pantorrillas hubo disminuido, Jack se echó la bici al hombro y subió los peldaños de la plataforma. Todavía notaba las piernas como de goma, pero estaba impaciente por averiguar cómo iba todo en el depósito. Al pasar frente al edificio, había visto varios camiones de televisión vía satélite aparcados en la acera, con sus generadores en marcha y las antenas desplegadas. También había divisado a los miembros de la prensa en la zona de recepción, al otro lado de las puertas. Algo se estaba cociendo.

Jack saludó con la mano a Robert Harper a través de la ventanilla de la garita de seguridad. El uniformado agente se levantó de la silla y asomó la cabeza por la puerta abierta.

—¿Qué, doctor Stapleton, de vuelta a las viejas costumbres? —preguntó—. Hacía años que no veía esa bici suya.

Jack volvió a saludar con la mano por encima del hombro mientras llevaba su vehículo a los sótanos. Dejó atrás la pequeña sala de autopsias que utilizaban para el examen de los cadáveres en descomposición y giró a la izquierda, justo antes del conjunto central de nichos refrigerados donde se guardaban los cuerpos antes de ser sometidos a autopsia. Luego, hizo un sitio para su bicicleta en la zona reservada a los ataúdes de pino de Potter's Field, donde depositaban todo tipo de elementos no deseados, así como los cuerpos sin identificar. Tras dejar en su taquilla el abrigo y la ropa para ir en bici, se encaminó hacia la escalera pasando ante Mike Passano, el técnico funerario de turno que estaba en su despacho, ocupado con el papeleo. Jack también lo saludó, pero el hombre estaba demasiado absorto para reparar en el gesto.

Cuando Jack salió al pasillo principal tuvo un atisbo de la atestada recepción. Incluso estando en la parte de atrás del edificio le llegaba el rumor de las conversaciones nerviosas. Algo ocurría. Le picó la curiosidad. Uno de los aspectos más interesantes de su profesión de médico forense era que nunca sabía lo que le esperaba de un día para otro. Acudir al trabajo se convertía así en algo estimulante, casi emocionante, lo cual suponía una gran diferencia con su anterior trabajo, cuando todos los días habían sido cómodos y perfectamente predecibles.

La carrera de oftalmólogo de Jack había concluido bruscamente en 1990, cuando su consulta fue absorbida por AmeriCare, el gigante de la sanidad concertada que se hallaba en plena expansión. La oferta de contratarlo que le hizo AmeriCare constituyó una bofetada más. Aquella experiencia lo obligó a reconocer que el antiguo concepto de una medicina de pago por servicio basada en una estrecha relación entre doctor y paciente, donde contaban exclusivamente las necesidades de ese último, estaba desapareciendo a toda velocidad. Ello le impulsó a convertirse en patólogo forense con la esperanza de librarse de la sanidad concertada, que él interpretaba más como un eufemismo de la falta de sanidad. La ironía final había sido que AmeriCare acabó reapareciendo para acosarlo a pesar de sus esfuerzos para romper el contacto. Gracias a una oferta irresistible, AmeriCare había ganado un concurso para los empleados municipales, y en esos momentos Jack y sus colegas tenían que dirigirse a AmeriCare para sus necesidades en materia de prestaciones sanitarias.

Deseoso de evitar la multitud de periodistas, Jack se encaminó hacia la sección de identificación, donde empezaba la jornada de trabajo. Según un sistema rotativo, uno de los forenses veteranos llegaba temprano para revisar los casos que se habían presentado durante la noche, decidía cuáles se destinaban a autopsia y hacía el correspondiente reparto. Aunque no le correspondiera, Jack tenía la costumbre de acudir a primera hora para ojear los casos y conseguir que le asignaran los más interesantes. Siempre se había preguntado por qué los demás no hacían lo mismo hasta que comprendió que en su mayoría estaban más interesados en escaquearse. La curiosidad de Jack era la culpable de que acabara casi siempre sobrecargado de trabajo; pero no le importaba: para él, el trabajo era el opio que aplacaba sus demonios. Desde que él y Laurie vivían prácticamente juntos, la había convencido para que lo acompañara por las mañanas; lo cual, sabiendo lo que a ella le costaba madrugar, no era hazaña menor. El pensamiento lo hizo sonreír y también preguntarse si Laurie habría llegado ya.

De repente, Jack se detuvo en seco. Hasta ese momento había mantenido la discusión de aquella mañana apartada de su mente a propósito; pero entonces los aspectos de su relación con Laurie y los recuerdos de los espantosos sucesos de su pasado afluyeron de golpe a su conciencia. Irritado, se preguntó por qué se había visto empujado a terminar un estupendo fin de semana con una nota tan desagradable, especialmente teniendo en cuenta que las cosas estaban yendo muy bien entre los dos. Casi se consideraba satisfecho con su situación, lo cual era algo notable si tenía en cuenta que no creía merecer estar vivo y aún menos sentirse feliz.

Le invadió el malhumor. Lo último que necesitaba era que algo le recordara el insoportable pesar y el sentimiento de culpa que arrastraba por la muerte de su esposa e hijas; pero eso era lo que ocurría siempre que Laurie y él hablaban del matrimonio o los hijos. La idea del compromiso y de la responsabilidad que implicaba, especialmente en lo tocante a crear una nueva familia, le resultaba aterradora.

—Contrólate —se dijo por lo bajo.

Cerró los ojos y se masajeó fuertemente la cara con ambas manos. Tras su enfado con Laurie percibía la melancolía, un indeseado recuerdo de sus pasadas luchas contra la depresión. El problema consistía en que quería a Laurie de verdad; las cosas entre los dos eran estupendas salvo en el irritante asunto de los hijos.

—Doctor Stapleton, ¿se encuentra bien? —preguntó una voz de mujer.

Jack miró a través de sus dedos. Janice Jaeger, la menuda investigadora forense del turno de noche lo observaba mientras se ponía el abrigo, dispuesta a volver a casa, aparentemente exhausta. Sus legendarias ojeras hacían que Jack se preguntara si alguna vez dormía.

—Estoy bien —contestó. Se quitó las manos de la cara y se encogió de hombros tímidamente—. ¿Por qué lo pregunta?

—Porque no creo haberlo visto nunca así, como pasmado, especialmente en medio del pasillo.

Jack intentó pensar en una réplica aguda, pero no se le ocurrió nada; en consecuencia cambió de tema y le preguntó si había tenido una noche interesante.

—Ha sido de lo más movida —contestó Janice—, especialmente para el médico de turno y para el doctor Fontworth más que para mí. Los doctores Bingham y Washington ya están haciendo un post mórtem, y Fontworth los ayuda.

—¿En serio? —preguntó Jack—. ¿Y de qué caso se trata?

Harold Bingham era el jefe del departamento, y Calvin Washington, su segundo. Por lo general ninguno de los dos aparecía hasta pasadas las ocho de la mañana, y era raro en ellos que efectuaran una autopsia antes de que empezara la jornada propiamente dicha. Tenía que haber sucedido algo que tuviera repercusiones políticas, lo cual explicaba la presencia de los medios de comunicación. Fontworth era uno de los colegas de Jack y había estado de guardia durante el fin de semana. Los forenses no acudían durante la noche a menos que hubiera un problema. Para las llamadas de rutina que requirieran la presencia de un médico se contrataba a residentes de Patología.

—Se trata de una herida por arma de fuego, pero es un caso de la policía. Por lo que tengo entendido, habían rodeado a un sospechoso con su novia. Cuando intentaron detenerlo se produjo una lluvia de disparos. Puede que haya un caso de abuso de autoridad. Quizá lo encuentre interesante.

Jack hizo una mueca para sus adentros. Los casos de herida por arma de fuego podían ser complicados cuando había múltiples agujeros de bala. Aunque el doctor George Fontworth era ocho años más veterano que Jack en el departamento, en opinión de Jack resultaba un tipo que solía hacer el trabajo a medias.

—Creo que si el jefe ha intervenido me mantendré alejado del caso —contestó Jack—. ¿Qué ha visto durante la noche? ¿Alguna cosa especial?

—Lo de siempre, pero hubo un caso en el Manhattan General Hospital que me llamó la atención: un joven que fue operado ayer por la mañana de una fractura múltiple que se hizo el sábado mientras patinaba en Central Park.

Jack volvió a hacer una mueca. Con la sensibilidad a flor de piel por Laurie, la sola mención del Manhattan General Hospital le produjo rechazo. Lo que en su momento había sido un prestigioso centro académico, se había convertido en el buque insignia de AmeriCare, que lo había comprado. Aunque sabía que el nivel de la medicina que se practicaba allí era alto y que sería bien atendido si, por ejemplo, tenía una mala caída con la bici y acababa en la unidad de traumatología —que era donde lo llevarían con toda probabilidad gracias al nuevo contrato de los empleados municipales—, para él seguía siendo un centro administrado por AmeriCare.

—¿Y qué fue lo que le llamó la atención del caso? —preguntó intentando disimular sus sentimientos. Luego, volviendo al sarcasmo añadió—: ¿Fue un diagnóstico sin fundamento o hubo algún tipo de apaño grosero?

—Ninguna de las dos cosas —suspiró Janice—. El caso me llamó la atención por lo triste.

—¿Triste? —preguntó Jack. Estaba sorprendido. Janice llevaba más de veinte años trabajando como investigadora forense y había visto la muerte en todas sus lamentables manifestaciones—. Para que usted diga que era un caso triste sin duda debía serlo. Explíquemelo en pocas palabras.

—Era un joven de unos veintipocos y sin antecedentes por enfermedad; en concreto, sin antecedentes cardíacos. La historia que me han contado es que llamó al timbre para que acudiera alguien, pero cuando las enfermeras llegaron, unos cinco o diez minutos más tarde según ellas, ya estaba muerto, así que debió de ser el corazón.

—¿Hubo intento de reanimación?

—¡Desde luego que intentaron reanimarlo! Pero no tuvieron éxito. Ni siquiera consiguieron un parpadeo en el electrocardiograma.

—Pero ¿qué lo hace tan triste a sus ojos? ¿La edad del sujeto?

—La edad es un factor, pero no es todo. La verdad es que no sé por qué me afectó tanto. Quizá tuviera algo que ver el que las enfermeras no respondieran con bastante rapidez y que yo me imaginara al pobre hombre en apuros y sin nadie para ayudarlo. Todos conocemos esa clase de pesadilla de hospital. También puede que tenga algo que ver con los padres del paciente, que son gente estupenda. Vinieron al hospital desde Westchester y después hasta aquí para estar cerca del cuerpo. Están hechos polvo. Su hijo era toda su vida. Creo que todavía andan por aquí.

—¿Dónde? Espero que no se hayan visto atrapados entre ese enjambre de reporteros.

—Lo último que supe fue que estaban en la sala de identificación, insistiendo en que se hiciera una nueva identificación a pesar de que ya había quedado establecida. Para mostrarse considerado, el médico de turno le dijo a Mike que tomara otra serie de fotos, pero entonces fue cuando me llamaron otra vez al General para otro caso. Cuando volví, Mike me dijo que seguían en la sala de identificación, como perdidos, con las fotos en la mano; y que entonces, como si todo no fuera más que un error, pidieron ver el cuerpo.

Jack notó que se le aceleraba el pulso. Conocía demasiado bien lo que suponía la pérdida de un hijo.

—Un caso así no puede ser el que tiene tan agitado a todos esos periodistas.

—¡Claro que no! Un caso como este nunca llega al público. En parte por eso es tan triste. Una vida perdida.

—¿Y el asunto que ha traído a los periodistas es el de la policía?

—En principio así fue. Bingham anunció que haría una declaración tras la autopsia. El médico de turno me contó que el barrio de Spanish Harlem está en plena revuelta por el suceso. Según parece, la policía hizo más de cincuenta disparos. Se parece al caso Diallo de la zona sur del Bronx de hace unos años. No obstante, a decir verdad, creo que los de la prensa están interesados principalmente en el caso de Sara Cromwell, que se presentó cuando ellos ya estaban aquí.

—¿Sara Cromwell, la psicóloga de la cadena de diarios del *Daily News*?

—Esa misma. La diva de los consejos. La que era capaz de decir a quien sea lo que tenía que hacer con su vida. También era una figura de la televisión, no sé si lo sabe. Aparecía en casi todos los programas de entrevistas, incluyendo el de Oprah. Era realmente una celebridad.

—¿Fue un accidente? ¿A qué viene tanto revuelo?

—No fue ningún accidente. Según parece, fue asesinada en su piso de Park Avenue. No estoy al corriente de los detalles, pero según Fontworth parece que son tirando a macabros. Ya se lo he dicho: él y el médico de guardia estuvieron fuera toda la noche. Después de lo de Cromwell hubo un doble suicidio en una mansión de la calle Ochenta y cuatro, y más tarde un homicidio en una discoteca. Luego, el médico de guardia tuvo que salir para atender un atropello con fuga en Park Avenue y dos casos de sobredosis.

—¿Qué hay del doble suicidio? ¿Se trata de jóvenes o de ancianos?

—De mediana edad. Fue monóxido de carbono. Tenían su

coche en marcha con la puerta del garaje cerrada y unos tubos de aspirador metidos en el habitáculo.

—Mmm —murmuró Jack—. ¿Alguna nota de suicidio?

—¡Oiga, esto no es justo! —protestó Janice—. Me está acribillando a preguntas sobre casos que no han pasado por mis manos. Bueno, creo que había una sola nota, de la mujer.

—Interesante —comentó Jack—. Está bien, será mejor que vaya a la sala de identificación. Va a ser un día movido. Y usted, será mejor que se marche a casa a dormir un poco.

Jack estaba complacido. La expectación ante una jornada interesante despejó parte del malhumor de la mañana, que le había reaparecido. Si Laurie quería volver a su piso durante unos días, por él perfecto. Se limitaría a esperar el momento propicio, porque no estaba dispuesto a dejarse chantajear.

Pasó velozmente ante el despacho de los investigadores forenses, tomó un atajo por la sala de las secretarias con sus hileras de archivadores y entró en la de comunicaciones, que estaba justo al lado. Sonrió a las telefonistas del turno de día, pero no obtuvo respuesta porque estaban demasiado ocupadas preparándose. Saludó con la mano al sargento Murphy al pasar ante el despacho del Departamento de Policía de Nueva York, pero Murphy hablaba por teléfono y tampoco respondió.

—Bonita bienvenida —masculló Jack para sus adentros.

Al entrar en la sala de identificación, recibió el mismo trato. Había tres personas, y ninguna le prestó atención. Dos se hallaban escondidas tras sus diarios, mientras que la doctora Riva Mehta, la compañera de despacho de Laurie, parecía muy atareada con una voluminosa pila de dosieres con potenciales objetos de autopsia. Jack se sirvió un café de la cafetera y acto seguido dobló hacia abajo el borde del diario de Vinnie Amendola. Vinnie era uno de los técnicos del depósito y solía ayudarlo con frecuencia en la sala de autopsias. La presencia temprana y regular de Vinnie significaba que Jack podía empezar en la sala de autopsias bastante antes que los demás.

—¿Cómo es que no estás en el foso con Bingham y Washington? —le preguntó Jack.

—Ni idea —contestó Vinnie, haciendo que Jack soltara la hoja—. Según parece llamaron a Sal. Ya estaban trabajando cuando yo llegué.

—¡Jack! ¿Cómo estás?

Un tercer individuo salió de detrás de su periódico, pero el acento ya lo había delatado. Se trataba del teniente detective Lou Soldano, de Homicidios. Jack lo había conocido años atrás, al incorporarse al Departamento de Medicina Legal. Convencido de las enormes contribuciones que la patología forense aportaba a su línea de trabajo, Lou era un asiduo visitante.

No sin cierto esfuerzo, el corpulento detective se levantó de la silla de vinilo sin soltar el diario de su fuerte manaza. Con su vieja gabardina, la corbata aflojada y el cuello de la camisa desabrochado, parecía un ajado personaje salido de una vieja película de serie negra. Su ancho rostro mostraba lo que parecía una barba de dos días, aunque Jack sabía por experiencia que era solo de uno.

Se saludaron con el entrechocar de palmas que Jack había aprendido en las canchas de baloncesto y que le había enseñado medio en broma a Lou. El gesto hacía que ambos se sintieran identificados.

—¿Qué te tiene levantado tan temprano? —le preguntó Jack.

—¿Levantado? Todavía no me he acostado —gruñó Lou—. Ha sido una de esas noches de pesadilla. Mi superior está muerto de preocupación por ese supuesto caso de brutalidad policial, porque el departamento se va a ver en un apuro si las historias de los agentes implicados no cuadran. Tenía la esperanza de conseguir un informe preliminar antes que nadie, pero no pinta bien con Bingham ocupándose del caso. Seguramente se pasará todo el día ahí metido fastidiando.

—¿Y qué hay del caso de Sara Cromwell? ¿También te interesas por él?

—¡Pues claro! ¡Como si tuviera oportunidad de elegir!

—¿Has visto a todos los periodistas que hay en recepción?

—Por desgracia ya estaban aquí por lo del tiroteo de la policía. Está claro que va a haber cantidad de exageraciones en los periódicos y la tele por el caso de esa flacucha psicóloga; probablemente, más de las que habría conseguido de no estar ellos merodeando por aquí. Y, como siempre que un asesinato sale a toda plana en los medios, sé que desde arriba me van a presionar para que encuentre un sospechoso. Así que, dicho esto, hazme un favor y ocúpate del asunto.

—¿Lo dices en serio?

—Claro que lo digo en serio. Eres rápido y concienzudo, y ambas cosas se ajustan a mis necesidades. Además, no te importa que ande observando, cosa que no puedo decir de todos los que están aquí. De todas maneras, si no estás interesado, quizá pueda conseguir que Laurie se encargue; aunque sabiendo su interés por los casos de heridas de bala, lo más probable es que quiera echarle mano al caso de la policía.

—También le interesa uno de los casos del Manhattan General —terció Riva—. Ya ha cogido la carpeta diciendo que quiere ocuparse de ese en primer lugar.

—¿Has visto a Laurie esta mañana? —preguntó Jack a Lou. Él y el detective compartían un aprecio especial por Laurie Montgomery. Jack sabía que Lou había salido brevemente con ella, pero que no había funcionado. Según había reconocido el propio Lou, el problema había sido su falta de confianza en sí mismo. En una demostración de elegancia, se había convertido en un decidido partidario de la relación entre Jack y Laurie.

—Sí, hará un cuarto de hora más o menos.

—¿Hablaste con ella?

—Pues claro. ¿Qué clase de pregunta es esa?

—¿Te pareció normal? ¿Qué te dijo?

—¡Eh! ¿Qué clase de interrogatorio es este? No recuerdo lo que dijo. Fue algo del tipo «hola Lou, ¿qué hay?». En cuanto a su estado mental se refiere, me pareció que estaba normal, incluso alegre. —Lou miró a Riva—. ¿Fue también esa su impresión, doctora Mehta?

Riva asintió.

—Yo diría que se encontraba bien, quizá algo nerviosa por todo el barullo. Según parece, había hablado con Janice sobre el caso del Manhattan General. Por eso lo quería.

—¿Dijo algo de mí? —preguntó Jack al detective acercándose y bajando la voz.

—¿Qué pasa hoy con vosotros? —preguntó Lou—. ¿Va todo bien?

—Bueno, siempre hay altibajos por el camino —repuso Jack con cierta vaguedad. Que Laurie estuviera «alegre» añadía el insulto a la bofetada. Lo mínimo que podía hacer era mostrarse un poco disgustada—. ¿Qué tal si me pasas el caso Cromwell? —le pidió a Riva.

—Como gustes —contestó ella con su sedosa voz de acento británico—. Calvin dejó una nota diciendo que lo quería terminado lo antes posible.

Cogió la carpeta de la pila «Pendientes de autopsia» y la depositó en una esquina del escritorio. Jack la cogió y la abrió sacando un impreso de trabajo, un certificado de defunción parcialmente rellenado, un inventario de archivos medicolegales, dos hojas con notas para la autopsia, un aviso telefónico de cómo fue comunicada la muerte, una hoja completa de identificación, un informe del investigador dictado por Fontworth, una hoja para el informe de la autopsia, un resguardo del laboratorio para un análisis de HIV y un aviso de que el cuerpo había sido sometido a rayos X y fotografiado al llegar al Departamento de Medicina Legal. Jack sacó el informe de Fontworth y lo leyó. Lou hizo lo mismo mirando por encima del hombro.

—¿Estuviste en la escena del crimen? —le preguntó Jack.

—No. Me encontraba todavía en Harlem cuando se recibió el aviso. Los chicos del distrito se ocuparon del asunto al principio, pero cuando reconocieron a la víctima llamaron a mi colega, el teniente Harvey Lawson. He hablado con todos ellos. Todos coinciden en lo feo de la situación. Había sangre por toda la cocina.

—¿Cuál fue su hipótesis?

—Considerando que estaba semidesnuda, con la supuesta

arma del crimen sobresaliéndole del muslo, justo debajo de sus partes íntimas, pensaron que se trataba de un caso de homicidio con agresión sexual.

—«Partes íntimas», cuánta corrección.

—No es exactamente así como me lo describieron. Simplemente estoy traduciendo.

—Gracias por ser tan considerado. ¿Mencionaron la sangre en la puerta de la nevera?

—Dijeron que había sangre por todas partes.

—¿Mencionaron también que había sangre dentro de la nevera, en especial en el trozo de queso, tal como lo describe el informe de Fontworth? —Jack golpeó la hoja con el índice. Estaba impresionado. A pesar de sus experiencias previas con el trabajo chapucero de Fontworth, el informe era exhaustivo.

—Como te he dicho, me informaron de que había sangre por todas partes.

—Pero ¿dentro del frigorífico y con la puerta cerrada? Resulta un poco raro.

—Puede que la puerta estuviera abierta cuando la agredieron.

—¿Y entonces guardó el queso con cuidado? Eso es más que raro en un homicidio. Dime una cosa: ¿mencionaron huellas en la sangre aparte de las de la víctima?

—No.

—En el informe de Fontworth se dice específicamente que no había ninguna, pero que sí había unas cuantas huellas de la víctima. Eso es todavía más raro.

Lou se encogió de hombros en un gesto de impotencia.

—¿Y cuál es tu hipótesis?

—Mi opinión es que, en este caso, la autopsia va a resultar decisiva, así que será mejor que nos pongamos a trabajar.

Jack se acercó a Vinnie y le dio un manotazo en el diario. El técnico se sobresaltó.

—Vamos, Vinnie, viejo amigo —dijo Jack alegremente—. Tenemos trabajo que hacer.

Vinnie gruñó por lo bajo, pero se levantó y se estiró. Jack

vaciló al llegar a la puerta que daba a la sala de comunicaciones, miró a Riva y le comentó:

—Si no te importa, me gustaría encargarme también de ese doble suicidio.

—Le pondré tu nombre —prometió Riva.

3

—¿Qué les parece si lo hacemos de este modo? —propuso Laurie—: Yo los llamo tan pronto como termine y les cuento lo que haya averiguado. Sé que eso no les devolverá a su hijo, pero quizá hallen cierto consuelo en saber el porqué de lo ocurrido, especialmente si conseguimos sacar una lección de esta tragedia y evitar que les suceda a otros. Si por la razón que sea seguimos sin tener la respuesta tras la autopsia, les telefonearé cuando haya tenido la oportunidad de mirar las pruebas microscópicas para decirles algo definitivo.

Laurie sabía que lo que estaba proponiendo estaba fuera de lo normal y que pasar por encima de la señora Donatello y su oficina de relaciones públicas para adelantar una información preliminar molestaría a Bingham y a Calvin en caso de que llegaran a enterarse, ya que eran firmes partidarios de ceñirse a las normas. A pesar de todo, Laurie creía que el caso McGillin justificaba saltarse el protocolo.

Después de haber hablado brevemente con el matrimonio, se había enterado de que Sean McGillin había sido mucho tiempo médico de cabecera en el condado de Westchester. Él y su esposa, Judith, que había sido enfermera en su consulta, eran, además de colegas, dos personas sumamente simpáticas. Los McGillin irradiaban una honradez y elegancia que hacía que cayeran bien casi al instante; por la misma razón resultaba imposible no compartir su desdicha.

—Prometo que los mantendré informados —prosiguió Laurie con la esperanza de que con sus palabras consiguiera que se marcharan a casa; llevaban horas en el depósito y era evidente que estaban agotados—. Yo personalmente me ocuparé de su hijo. —Laurie tuvo que apartar la mirada con aquel comentario puesto que sabía que resultaba engañoso. A pesar de que intentaba hacer caso omiso de ellos, vio de nuevo la aglomeración de reporteros en la zona de recepción y oyó un apagado murmullo de aprobación cuando llegaron las rosquillas y el café. Laurie hizo una mueca. Resultaba lamentable que mientras los McGillin tenían que cargar con su sufrimiento se estuviera montando aquel circo. Para ellos la situación era peor entre las risas y el barullo de la estancia contigua.

—No es justo que no sea yo quien esté en ese armario refrigerado de abajo —dijo el doctor McGillin meneando tristemente la cabeza—. He vivido lo mío. Tengo casi setenta años. Me han hecho dos *by-pass*, y tengo el colesterol demasiado alto. ¿Por qué estoy yo aquí arriba y mi hijo Sean abajo? No tiene sentido. Siempre fue un muchacho sano y activo. Todavía no había cumplido los treinta.

—¿Su hijo tenía también un nivel alto de LDH? —preguntó Laurie. Janice no había hecho mención de él en el informe del investigador forense.

—En absoluto —contestó McGillin—. En el pasado siempre tuve buen cuidado de que se lo mirara una vez al año; y, ahora que el bufete donde trabajaba mi hijo tiene un acuerdo con AmeriCare, que exige una revisión anual, sabía que Sean se lo seguía controlando.

Tras un rápido vistazo al reloj, Laurie miró a los McGillin a los ojos. Estaban los dos sentados muy erguidos en el sofá de vinilo marrón, con las manos enlazadas en el regazo y sujetando las instantáneas de la identificación de su hijo fallecido. La lluvia rociaba intermitentemente la ventana. A Laurie le recordaba la pareja de *American Gothic*. Irradiaban la misma resuelta actitud y la misma firmeza moral. Ese era el lado positivo; en el negativo figuraban los mismos indicios de estrechez puritana.

El problema para Laurie consistía en que se había blindado ante el aspecto emocional de la muerte y, por consiguiente, tenía poca experiencia de ella. Tratar con las familias afectadas, así como ayudarlas durante el proceso de identificación, era una tarea de la que se encargaban otros. Ella también se protegía con cierto distanciamiento académico. Como forense y patóloga, veía la muerte como un rompecabezas que era necesario resolver para ayudar a los vivos. Existía asimismo el factor de aclimatación: aunque la muerte era un suceso ocasional para casi todo el mundo, ella la veía todos los días.

—Nuestro hijo iba a casarse esta primavera —dijo de repente la señora McGillin, que no había abierto la boca desde que Laurie se había presentado, media hora antes—. Nos hacía mucha ilusión tener nietos.

Laurie asintió. La mención de los niños le tocó una fibra sensible. Intentó pensar en algo que decir, pero la salvó el doctor McGillin cuando este se levantó y tomó la mano de su esposa para ayudarla a ponerse en pie.

—Cariño, estoy seguro de que la doctora Montgomery tiene trabajo que hacer —dijo el médico al tiempo que asentía y recogía las fotos y se las guardaba en el bolsillo—. Será mejor que nos vayamos a casa y dejemos a nuestro Sean a su cuidado. —A continuación sacó un pequeño bloc de hojas y un bolígrafo del bolsillo interior de su chaqueta. Tras escribir algo, arrancó el papel y se lo entregó a Laurie—. Este es mi número de teléfono privado. Estaré aguardando su llamada. La espero alrededor del mediodía.

Sorprendida y aliviada por aquel repentino cambio, Laurie se levantó. Recogió el papel y miró el número para asegurarse de que resultaba legible. Tenía un código de área 914.

—Los llamaré tan pronto como pueda.

El doctor McGillin ayudó a su esposa a ponerse el abrigo antes de hacer lo propio con el suyo; luego tendió la mano a Laurie. Ella se la estrechó y notó que la tenía fría.

—Cuide bien a nuestro chico —dijo el doctor McGillin—. Es nuestro único hijo.

Dicho lo cual dio media vuelta, abrió la puerta que daba a la zona de recepción y guió a su mujer hacia donde estaban los representantes de la prensa.

Ansiosos de noticias, los reporteros cayeron en un expectante silencio en el instante en que los McGillin aparecieron. Esperando una rueda de prensa, todos los ojos siguieron sus pasos. La pareja había cruzado media zona de recepción camino de la salida cuando alguien rompió el silencio al gritar:

—¿Son ustedes miembros de la familia Cromwell?

El doctor McGillin se limitó a menear la cabeza sin aminorar el paso.

—¿Están ustedes relacionados con el caso de la policía? —preguntó alguien más.

McGillin volvió a negar con la cabeza. Después de aquello, los periodistas centraron su atención en Laurie. Al reconocerla, unos cuantos reporteros incluso llegaron a meterse en la sala de identificación, y se produjo una avalancha de preguntas.

Al principio, haciendo caso omiso de los reporteros, Laurie fue de puntillas para ver salir a los McGillin del edificio. Solo entonces miró a los periodistas que la rodeaban.

—Perdón —dijo apartando los micrófonos—, no sé nada de esos casos. Tendrán ustedes que esperar a que salga mi superior.

Por suerte, uno de los agentes de seguridad del Departamento de Medicina Legal salió de detrás de la recepción y se las arregló para hacer salir a los reporteros.

Cuando la puerta se hubo cerrado, un relativo silencio cayó en la sala de identificación. Por un momento, Laurie se quedó de pie, con los brazos colgándole a los lados. Tenía la carpeta del joven Sean McGillin en una mano y el garrapateado teléfono de su padre en la otra. Tener que tratar con la apesadumbrada pareja había sido agotador, especialmente teniendo en cuenta que se sentía psicológicamente frágil. Sin embargo, había algo positivo: conociéndose como se conocía, sabía que el verse en una situación de cierta tensión emocional le era de ayuda porque le permitía ver sus propios problemas con cierta perspectiva. Mantener la mente ocupada resultaba un buen recurso para no volver a pensar en lo que había tenido que reconocer que era una situación inaceptable.

Sintiéndose algo mas fortalecida, Laurie entró en la oficina de identificación al tiempo que guardaba el teléfono de McGillin en el bolsillo.

—¿Dónde están todos? —preguntó a Riva, que seguía ocupada programando las tareas.

—Aparte de Bingham, Washington y Fontworth, tú y Jack sois los únicos que habéis llegado hasta el momento.

—A lo que me refería es dónde están el detective Soldano y Vinnie.

—Jack llegó y se los llevó a los dos al foso. El detective le pidió que se ocupara del caso Cromwell.

—Eso es curioso —comentó Laurie porque, normalmente, Jack se mantenía alejado de los casos que atraían la atención de los medios, y el caso Cromwell pertenecía sin duda a dicha categoría.

—Parecía realmente interesado —añadió Riva como si leyera la mente de Laurie—. También pidió hacerse cargo del doble suicidio, cosa que yo no esperaba. Me dio la impresión que tenía razones ocultas, pero no tengo ni idea de cuáles podían ser.

—¿Sabes si alguno de los otros técnicos están por aquí?

—Vi a Marvin hace unos minutos. Cogió un café y se marchó abajo.

—Perfecto —contestó Laurie, que disfrutaba trabajando con Marvin. El técnico solía hacer las noches, pero últimamente había cambiado al turno de día—. Por si me necesitas, estaré en el foso.

—Me temo que voy a tener que encargarte al menos un caso más. Se trata de una sobredosis. Lo siento. Sé que me has dicho que has tenido una mala noche; pero hoy estamos hasta los topes.

—No pasa nada —le aseguró Laurie acercándose para recoger el informe—. El trabajo es una buena manera de mantener mi mente alejada de los problemas.

—¿Problemas? ¿Qué clase de problemas?

—Es lo mismo de siempre con Jack —contestó Laurie haciendo un gesto con la mano para quitarle importancia—. Se lo expuse claramente. Sé que suena a disco rayado, pero esta vez iba en serio. Voy a volver a mi piso, y él va a tener que tomar una decisión en un sentido u otro.

—Me alegro por ti —repuso Riva—. Quizá eso me dé fuerzas.

Además de compartir el despacho, Laurie y Riva se habían hecho buenas amigas. La pareja de Riva era tan reacia como Jack a comprometerse, aunque por motivos diferentes, de modo que las dos tenían mucho de qué hablar.

Tras debatirse un momento entre tomarse o no un café y descartarlo por temor a que le produjera temblor en las manos, Laurie fue en busca de Marvin. A pesar de que solamente tenía que bajar un piso, tomó el ascensor. Se encontraba agotada por la falta de sueño, como supuso por la mañana. Sin embargo, en lugar de estar irritada consigo misma, se sentía contenta. Desde luego, teniendo en cuenta sus sentimientos hacia Jack, no se trataba de felicidad. Sabía que iba a encontrarse sola. No obstante, no le cabía duda de que había hecho lo que tenía que hacer y, en ese sentido, estaba satisfecha.

Al pasar ante el despacho de los investigadores forenses se asomó y preguntó si Janice se había marchado. Bart Arnold, el jefe de los investigadores, le dijo que sí y le preguntó si podía serle de ayuda. Laurie le contestó que ya hablaría con Janice en otro momento y siguió caminando. Únicamente quería contarle la conversación que había tenido con los McGillin. Creía que a Janice le interesaría. El hecho de que aquel caso hubiera traspasado la gruesa coraza de la investigadora había intrigado a Laurie desde el principio.

Marvin se hallaba en su oficina, despachando su habitual porción del interminable papeleo que inundaba la oficina. Ya se había puesto el pijama verde de trabajo en previsión de la tarea que le esperaba en el foso, término que todos usaban cariñosamente para describir la sala de autopsias. Levantó la mirada cuando apareció Laurie en el umbral. Marvin era un afroamericano de aspecto atlético con la piel más perfecta que ella había visto jamás. A Laurie le había producido una envidia instantánea desde el momento en que se lo presentaron.

Laurie era susceptible en lo que a su cutis se refería. Aparte de su cabello rubio oscuro, tenía una salpicadura de pecas en el puente de la nariz, así como otras imperfecciones que solo ella podía ver. A pesar de que había heredado los reflejos rojizos del cabello castaño de su padre, su casi translúcida piel y sus ojos, verde azulados, eran de su madre.

—¿Qué? ¿Preparado para el baile? —preguntó alegremente. Por experiencia sabía que se sentiría mejor si no se comportaba como si estuviera cansada.

—Cuando quieras, hermana —repuso Marvin.

Laurie le entregó las carpetas.

—Me gustaría empezar con McGillin.

—No hay problema —dijo Marvin consultando el listado para localizar el cuerpo.

Laurie se dirigió a los vestuarios para ponerse la ropa de trabajo y a continuación pasó al almacén para enfundarse un traje lunar. «Traje lunar» era el término que utilizaba el personal para describir el equipo de protección que era de rigor en las autopsias. Los «trajes lunares» estaban hechos de un material totalmente inalterable y estaban dotados de capuchas y mascarillas integrales. El aire se introducía en el traje a través de un filtro HEPA por un ventilador accionado mediante baterías que era necesario recargar todas las noches. Los trajes no eran especialmente populares ya que entorpecían el trabajo, pero todos salvo Jack aceptaban la incomodidad por razones de seguridad. Laurie sabía que cuando Jack estaba de turno los fines de semana solía prescindir del traje en aquellos casos en que consideraba que el riesgo de infecciones era bajo. En esas circunstancias volvía a las tradicionales gafas y a la mascarilla quirúrgica. Los demás técnicos parecían satisfechos guardando el secreto, pero si Calvin se enteraba, la multa sería mayúscula.

Tras meterse en su traje lunar, Laurie regresó al corredor principal y bajó hasta la antesala donde se lavó y se puso los guantes. Así preparada, entró en la sala de autopsias.

A pesar de llevar trece años trabajando en el departamento, Laurie todavía experimentaba una punzada de expectación cada vez que accedía a lo que ella consideraba el centro de la acción. Desde luego, no era por la experiencia visual que suponía, ya que en ese aspecto la sala —alicatada de blanco, desprovista de ventanas e iluminada por fluorescentes— resultaba muy poco alegre. Las ocho mesas de acero inoxidable aparecían abolladas y manchadas tras incontables post mórtem. Encima de cada una de ellas colgaba una anticuada balanza de muelles. A lo largo de las paredes había tuberías vistas, pantallas para examinar radiografías, descascarillados lavabos de loza y aparadores de cristal pasados de moda que contenían toda una colección de horripilante instrumental. Cincuenta años atrás había sido una instalación modélica y el orgullo del departamento; pero en esos momentos carecía de fondos, falta de mantenimiento y modernización. Sin embargo, las condiciones de la sala no alteraban a Laurie. Su mente ni siquiera reparó en su aspecto, una disposición basada en el hecho de saber que cada vez que entraba allí veía y aprendía algo nuevo.

De las ocho mesas, tres se hallaban ocupadas. Una sostenía el cuerpo de Sean McGillin, o eso supuso Laurie, ya que Marvin se afanaba en ella con sus últimos preparativos. Las otras dos, más próximas a donde se encontraba Laurie, contenían cuerpos en pleno procedimiento. Justo delante de ella yacía un hombretón de piel oscura. Cuatro personas ataviadas con trajes lunares idénticos a los de Laurie trabajaban en él. A pesar de que el reflejo de las curvadas pantallas de las máscaras dificultaban la identificación, Laurie reconoció a Calvin Washington: su metro noventa y ocho y sus ciento veinte kilos no eran fáciles de disimular. Por contraste, la baja estatura y maciza complexión de su acompañante le indicó que era seguramente Harold Bingham. Los otros dos debían de ser George Fontworth y el técnico Sal D'Ambrosio, aunque ambos eran de la misma estatura y no podía diferenciarlos.

Laurie se acercó a la base de la mesa. Justo delante había un drenaje que emitía un sonido de succión. Bajo el cuerpo, el agua corría constantemente, arrastrando los fluidos corporales.

—¡Fontworth! ¿Dónde demonios ha aprendido a usar el escalpelo? —gruñó Bingham.

Estaba claro cuál de las dos figuras embozadas era George. Se encontraba a la derecha del cuerpo, con las manos metidas en algún rincón del espacio retroperitoneal del difunto, aparentemente intentando establecer la trayectoria de una bala. Laurie no pudo evitar sentir un impulso de simpatía hacia él. A Bingham le gustaba adoptar un aire profesoral cada vez que acudía a la sala de autopsias; no obstante, siempre acababa impacientándose y enfadándose. A pesar de que Laurie sabía que no había ocasión en que no pudiera aprender algo de él, no le gustaba trabajar para Bingham. Resultaba demasiado estresante.

Percibiendo que el ambiente alrededor de la mesa estaba demasiado tenso para hacer preguntas, Laurie fue hasta la mesa número dos. Allí no tuvo problemas para reconocer a Jack, Lou y Vinnie. De inmediato notó que el ambiente era todo lo contrario y oyó risas que se apagaban. No se sorprendió: Jack era conocido por su humor negro. El cadáver era el de una flaca, casi descarnada mujer de mediana edad de cabellos rubios muy blanqueados por el sol. Laurie supuso que se trataba de Sara Cromwell. Especialmente notable resultaba el mango del cuchillo de cocina que sobresalía en marcado ángulo de la parte superior y exterior de su muslo derecho. No le sorprendió que el utensilio estuviera en su sitio. En los casos como aquel, los forenses preferían que semejantes objetos permanecieran donde estaban.

—Espero que estéis mostrando el debido respeto por los muertos —bromeó Laurie.

—No hemos tenido ni un momento de aburrimiento —respondió Lou.

—Y yo no sé por qué me sigo riendo de los mismos chistes de siempre —protestó Vinnie.

—Dígame, doctora Montgomery —preguntó Jack en tono muy académico—, en su muy profesional opinión, ¿diría usted que esta herida penetrante del muslo es mortal?

Inclinándose mejor para ver el ángulo de entrada, Laurie

examinó de cerca el cuchillo. Parecía tratarse de un pequeño cuchillo de cocina, y supuso que su hoja, que había penetrado lateralmente hasta el mango y el fémur, tendría unos diez centímetros de largo. Y lo que era más importante: estaba por debajo del hueso iliaco, pero alineada con él.

—Yo diría que no resultó fatal —contestó Laurie—. Su situación sugiere que los conductos femorales no fueron afectados, de modo que la hemorragia tuvo que ser mínima.

—Y dígame, doctora Montgomery, ¿qué le sugiere el ángulo de entrada del arma?

—Yo diría que es una manera francamente poco ortodoxa de apuñalar a alguien.

—Aquí lo tienen, caballeros —comentó Jack burlonamente—, la confirmación de mi análisis por parte de la eminente doctora Montgomery.

—¡Pero si había sangre por todas partes! —se quejó Lou—. ¿De dónde salió? No hay otras heridas.

—¡Ajá! —exclamó Jack con un exagerado acento francés y alzando un dedo—. Creo que lo veremos en unos minutos. *Monsieur* Ammendola, *le couteau, s'il vous plaît!*

A pesar del resplandor de los fluorescentes que se reflejaban en la pantalla de Vinnie, Laurie lo vio alzando los ojos al cielo mientras pasaba el escalpelo a la mano de Jack, que esperaba. Él y Jack tenían una curiosa relación: a pesar de que se basaba en el mutuo respeto, fingían que era todo lo contrario.

Laurie se alejó, dejándolos para que se las apañaran. Sentía una ligera decepción por ver a Jack tan alegre y bromista y no pudo evitar pensar que era mala señal, como si no le importara lo que había pasado.

Mientras se acercaba a la tercera mesa hizo un esfuerzo por dejar a un lado sus problemas con Jack. Tumbado sobre la ligeramente inclinada superficie, se hallaba el cuerpo de un musculoso joven de unos veinte años, con la cabeza levantada sobre un bloque de madera. Casi por instinto empezó inmediatamente su examen externo. El sujeto parecía sano. Su piel, aunque con la marmórea palidez de la muerte, se veía libre de lesiones.

Su cabello era negro y espeso. Las únicas anomalías visibles eran la suturada incisión con el correspondiente drenaje de la pierna, el destapado extremo de una vía intravenosa de su brazo derecho y el tubo endotraqueal que le sobresalía de la boca, los restos de los intentos de reanimación.

Con Marvin ocupado todavía en poner etiquetas en los recipientes de muestra, Laurie comprobó el nombre y número de ingreso del cadáver. Una vez segura de que se estaba ocupando de Sean McGillin, prosiguió con su examen externo inspeccionando cuidadosamente la intravenosa. Parecía perfectamente normal y no mostraba hinchazón ni señales de derrame de sangre o fluidos. Miró más de cerca la herida suturada de la pierna, la zona donde habían sido operados la tibia y el peroné fracturados. Tampoco allí se apreciaba inflamación o decoloración alguna, lo cual sugería que no existía ninguna infección. El drenaje estaba suturado en la herida mediante una sola vuelta de hilo, y se veían señales de una mínima descarga de líquido seroso. La pierna lesionada parecía igual que la otra y no presentaba muestras evidentes de trombosis venosa o coagulación.

—Externamente no he visto nada raro —dijo Marvin cuando volvió con un puñado de jeringas esterilizadas y recipientes de muestra, algunos de ellos aún envueltos. Lo dejó todo en una esquina de la mesa para tenerlo a mano.

—Hasta ahora tengo que estar de acuerdo —contestó Laurie. Aunque variaba en función de las distintas personalidades, entre los técnicos y los médicos había mucho toma y daca. Laurie siempre animaba los comentarios y sugerencias, especialmente los de Marvin. En lo que a ella concernía, los técnicos eran una gran fuente de experiencia.

Marvin fue hasta los aparadores de cristal para coger el instrumental adecuado. A pesar del zumbido del ventilador, Laurie lo oyó silbar. Siempre estaba de buen humor, y esa era otra de las cosas que a ella le gustaban de él.

Después de buscar señales del uso de alguna droga intravenosa y no hallar ninguna, Laurie utilizó un espéculo nasal para mirar dentro de la nariz de Sean. No había indicios de consumo de cocaína. Las drogas debían tenerse en cuenta en cualquier muerte que pareciera misteriosa, dijeran lo que dijesen los padres. Acto seguido abrió los párpados para examinar los ojos. Parecían igualmente normales, sin señales de hemorragia en la esclerótica. Abriéndole la boca, se aseguró de que el tubo estuviera en la tráquea y no en el esófago. Era algo que había visto en más de una ocasión, con desastrosos efectos.

Una vez completados los preparativos, Marvin regresó al lado de la mesa, frente a Laurie, y se quedó expectante, esperando que diera comienzo la fase interna de la autopsia.

—De acuerdo, ¡vamos allá! —dijo Laurie extendiendo la mano al tiempo que Marvin le entregaba el escalpelo.

A pesar de que Laurie había hecho cientos de post mórtem, siempre que daba comienzo a otro le producía una punzada de nerviosismo. Empezar equivalía a abrir un libro sagrado cuyos misterios se disponía a desvelar. Presionando con el dedo índice la parte superior de la hoja, Laurie realizó con mano experta la clásica incisión en forma de «Y» empezando por los dos cortes en los extremos de los hombros que se unían en el esternón y se prolongaban en uno solo hasta el pubis. Con ayuda de Marvin, apartó rápidamente la piel y los músculos antes de retirar el esternón con unas cizallas.

—Parece que hay una costilla rota —comentó Marvin señalando un defecto en el lado derecho del pecho.

—No hay hemorragia, así que se produjo después de la muerte; seguramente durante el intento de reanimación. Los hay que se pasan con la compresión pectoral.

—¡Ay! —exclamó Marvin comprensivamente.

Esperando hallar coágulos de sangre u otras embolias, Laurie estaba impaciente por examinar las grandes venas que conducían al corazón, el corazón en sí y las arterias pulmonares, donde se hallaría normalmente cualquier coágulo que hubiera sido letal. Sin embargo, resistió la tentación. Sabía que lo mejor era seguir el protocolo habitual para no pasar nada por alto. Con cuidado, examinó todos los órganos in situ; luego, utilizó las jeringas que Marvin había dispuesto para tomar muestras de fluidos de cara a los análisis de toxicología. Había que tener en cuenta una posible reacción fatal ante un medicamento, una toxina o incluso un agente anestésico. Habían transcurrido menos de veinticuatro horas desde que al difunto se le había administrado la anestesia.

Marvin y Laurie trabajaron en silencio, asegurándose de que cada muestra era introducida en el recipiente oportunamente etiquetado. Una vez obtenidas las muestras de fluidos, empezó a retirar los órganos internos. Se atuvo diligentemente al orden preestablecido, por lo que hasta un poco más tarde no pudo concentrar su atención en el corazón.

—¡Aquí viene lo gordo! —bromeó Marvin.

Laurie sonrió. El corazón era realmente donde esperaba encontrar la patología. Tras unos cuantos diestros cortes, el órgano quedó libre. Miró dentro de la vena cava seccionada, pero no halló coágulo alguno. Se sentía chasqueada porque al extirpar los pulmones había tenido ocasión de comprobar que las arterias pulmonares estaban limpias.

Pesó el corazón y a continuación, con un cuchillo de larga hoja, empezó su examen interno. Para su disgusto, no había nada fuera de lugar. Ningún trombo. Incluso las arterias coronarias parecían completamente normales.

Laurie y Marvin se cruzaron una mirada por encima del cadáver

—¡Maldita sea! —dejó escapar este.

—Estoy sorprendida —comentó Laurie, que respiró profundamente—. Bueno, tú ocúpate del estómago y yo tomaré las micromuestras. Luego, examinaré el cerebro.

—Lo que tú digas —repuso Marvin cogiendo los intestinos y llevándolos al lavabo para lavarlos.

Por su parte, Laurie tomó distintas muestras de tejidos para su estudio microscópico, especialmente de los pulmones y el corazón.

Marvin devolvió las tripas limpias a Laurie, que se ocupó de ellas a conciencia, tomando muestras a medida que avanzaba. Entretanto, Marvin se puso manos a la obra con la cabeza y retiró el cuero cabelludo. Cuando Laurie hubo terminado con el estómago, Marvin ya estaba listo para que ella inspeccionara el cráneo. Laurie le hizo un gesto al acabar, y él cogió la sierra eléctrica para seccionar el cráneo por encima de las orejas.

Mientras Marvin se concentraba en su tarea, Laurie cogió unas tijeras y abrió la herida suturada de la parte inferior de la pierna. Todo parecía en orden en la intervención quirúrgica. A continuación abrió las grandes venas de las piernas, resiguiéndolas desde los tobillos hasta el abdomen en busca de coágulos. No encontró ninguno.

—El cerebro me parece normal —comentó Marvin.

Laurie asintió. No se apreciaban hemorragias ni inflamaciones y su color era normal. Lo palpó con dedo experto y también lo encontró normal.

Unos minutos más tarde, Laurie había extraído el órgano y lo depositaba en la bandeja que Marvin sostenía. Comprobó los extremos seccionados de la arteria carótida. Igual que todo lo demás, eran normales. Pesó el cerebro. Su peso se hallaba dentro de los límites normales.

—No estamos encontrando nada —dijo.

—Lo siento —repuso Marvin.

Laurie sonrió. Además de sus otras cualidades, el muchacho era comprensivo.

—No tienes por qué disculparte. No es culpa tuya.

—Habría sido bueno encontrar algo. ¿En qué estás pensando ahora? No parece que hubiera razón para que muriera.

—No tengo ni idea. Confío en que el estudio microscópico arroje alguna luz, pero no soy optimista. Todo parece tan normal... ¿Por qué no empiezas a coserlo todo mientras yo secciono el cerebro? No se me ocurre qué más hacer.

—Ahora mismo —contestó Marvin en tono alegre.

Tal como Laurie había previsto, el interior del cerebro tenía el mismo aspecto que el exterior. Tomó las muestras oportunas y fue con Marvin para ayudarlo a suturar el cuerpo. Con los dos manos a la obra, tardaron unos pocos minutos.

—Me gustaría seguir con el próximo caso lo antes posible

—dijo Laurie—. Espero que no te importe. —Tenía miedo de que, una vez se sentara, la fatiga volviera a apoderarse de ella con más fuerza incluso. Por el momento se sentía mejor de lo que había esperado.

—Claro que no —contestó Marvin, que ya se estaba estirando.

Laurie contempló el foso a su alrededor. Había estado tan absorta en la tarea que no se había fijado en toda la actividad. En esos momentos, había ocho mesas ocupadas con al menos dos personas atareadas alrededor de cada una. Miró en dirección a la mesa de Jack. Este se hallaba inclinado sobre la cabeza de un cuerpo de mujer. Según parecía, había terminado con Sara Cromwell, y Lou se había marchado. Más allá de la mesa de Jack, Calvin seguía trabajando con Fontworth en el mismo cuerpo que antes. Aparentemente, Bingham se había marchado para dar su rueda de prensa.

—¿Cuánto tardará el cambio? —le preguntó a Marvin mientras este se llevaba los recipientes con las muestras.

—Casi nada.

Laurie se acercó a Jack con sentimientos encontrados. No estaba preparada para más frivolidades; pero, tras sus bromas de antes con respecto a Cromwell, tenía curiosidad por saber qué había descubierto. Se detuvo al pie de la mesa. Jack estaba muy concentrado haciendo un molde para una lesión que la mujer tenía en la frente, justo en la línea del pelo. Laurie se quedó parada un momento, esperando a que él se percatara de su presencia. Al menos, Vinnie la había visto de inmediato y la había saludado discretamente.

—¿Qué has encontrado en el primer caso? —preguntó al fin Laurie a Jack. Le parecía poco probable que él no se hubiera dado cuenta de su presencia, pero así debía de ser. No quería pensar en la posibilidad contraria.

Transcurrieron unos pocos minutos sin que Jack respondiera. Laurie miró a Vinnie, que hizo un gesto de impotencia para decir que no se explicaba el comportamiento de Jack. Laurie permaneció unos segundos más, sin saber qué hacer a continuación. A pesar de que sabía que Jack era capaz de concentrarse en su trabajo hasta el punto de olvidarse de lo que lo rodeaba, a Laurie le resultaba muy incómodo seguir allí.

Las cosas no le fueron mucho mejor en la mesa de Fontworth. Aunque Bingham se había marchado, Calvin lo trataba con la misma aspereza mientras el caso se prolongaba interminablemente. Tras una rápida mirada a las otras cinco mesas, Laurie optó por dejarse de relaciones sociales y volvió para echar una mano a Marvin.

—Puedo hacer que me ayude uno de los otros técnicos —dijo este. Había llevado la camilla y la había colocado al lado de la mesa.

—No me importa —contestó Laurie.

Hubo una época, no mucho tiempo atrás, en la que los forenses se iban a tomar un café o a compartir comentarios en la sala de identificación entre caso y caso; sin embargo, con los complicados trajes de seguridad que llevaban, en ese momento les suponía demasiada incomodidad.

Cuando los restos de Sean McGillin estuvieron guardados en el frigorífico portátil, Marvin condujo a Laurie hasta el compartimiento del siguiente caso, un hombre llamado David Ellroy. En el instante en que Marvin abrió la puerta del nicho para sacar el cuerpo de un delgado y desnutrido afroamericano, Laurie se acordó de que se suponía que era un caso de sobredosis. Su experimentado ojo se fijó inmediatamente en las cicatrices y marcas que el hombre tenía en antebrazos y piernas como resultado de su adicción. A pesar de que Laurie estaba acostumbrada a ese tipo de casos, todavía tenían el poder de impresionarla. Con menos control del habitual sobre sus pensamientos, su mente dio un salto en el tiempo de vuelta a una limpia y ventosa tarde de octubre de 1975, cuando había vuelto a casa a toda prisa desde el instituto —el Colegio Femenino Langley—. Vivía con sus padres en un gran piso de antes de la guerra en Park Avenue. Era el viernes anterior al largo fin de semana del 12 de octubre, y estaba muy emocionada porque Shelly, su único hermano, había vuelto a casa la noche anterior de Yale, donde hacía su primer curso.

Al salir del ascensor al vestíbulo privado, Laurie había notado una preocupante quietud. Ningún sonido salía de la ventana que daba al cuarto de la lavadora. Entró en el apartamento y llamó a Shelly por su nombre mientras dejaba los libros en la mesa del vestíbulo antes de acortar por la cocina. Cuando no vio a Holly, se sintió momentáneamente aliviada al recordar que era el día libre de la sirvienta. Gritando el nombre de Shelly, se asomó al estudio que había al otro lado del salón. El televisor estaba encendido pero sin sonido, lo cual aumentó su inquietud. Durante un momento contempló un programa de juegos mientras se preguntaba por qué la televisión estaba encendida sin sonido. Volvió a llamar a su hermano mientras reanudaba su búsqueda por el piso, convencida de que en casa había alguien. Cuando pasó ante la sala de estar, empezó a caminar más deprisa, presa de una repentina urgencia.

La puerta de la habitación de Shelly estaba cerrada. Llamó, pero no obtuvo respuesta. Volvió a llamar antes de intentar abrir. No estaba cerrada. Entró y descubrió a su querido hermano tirado sobre la moqueta, vestido únicamente con su ropa interior. Para su espanto, una espuma sanguinolenta le goteaba de la boca, y su color era tan pálido como la porcelana que había en el aparador del comedor. Tenía un torniquete medio flojo en el antebrazo. Cerca de su mano entreabierta yacía una jeringuilla. Sobre la mesa había un envoltorio transparente que Laurie supuso contenía la droga, la mezcla de heroína y cocaína de la que se había pavoneado la noche antes. Laurie captó la escena en su totalidad antes incluso de arrodillarse para auxiliarlo.

No sin dificultades, Laurie se obligó a regresar al presente. No quería pensar en sus vanos intentos por reanimar a su hermano; no quería recordar lo fríos y desprovistos de vida que había notado sus labios cuando los tocó con los de ella.

—¿Puedes ayudarme a colocarlo en la camilla? —le preguntó Marvin—. No es muy pesado.

—Desde luego —contestó Laurie, contenta por ser útil. Dejó el expediente de David Ellroy y echó una mano.

Unos minutos después, los dos estaban de vuelta en la sala

de autopsias. Una vez allí, cuando Marvin hubo situado la camilla al lado de la mesa, uno de los técnicos lo ayudó a tender el cuerpo sobre la mesa. Laurie vio los secos restos de sanguinolenta espuma que le quedaban en la boca; la imagen la devolvió a su malsana ensoñación de antes. Pero no eran sus fracasados intentos de reanimación los que ocupaban su mente, sino el enfrentamiento que había tenido que soportar con sus padres unas horas más tarde.

—¿Sabías que tu hermano tomaba drogas? —le había preguntado su padre con el rostro rojo de ira y a escasos centímetros del de ella. Los dedos de él se le hundían en la piel de los brazos, por donde la sujetaba—. ¡Contéstame!

—S... Sí —balbuceó Laurie entre lágrimas—. Sí. Sí.

—¿Y tú también tomas drogas?

—¡No!

—¿Cómo sabías que Shelly las tomaba?

—Fue por casualidad. Encontré en su neceser una jeringa que él había cogido de tu despacho.

Se produjo un momentáneo silencio mientras los ojos de su padre se estrechaban y sus labios se convertían en una línea delgada y cruel.

—¿Y por qué no nos lo dijiste? —gruñó—. Si nos lo hubieras dicho, tu hermano seguiría vivo.

—¡No podía! —sollozó Laurie.

—¿Por qué? —gritó su padre—. ¡Dime por qué!

—Porque... —Laurie se echó a llorar—. Porque me pidió que no os lo contara. Me lo hizo prometer. Me dijo que nunca más me dirigiría la palabra si os lo decía.

—¡Muy bien, pues tu promesa lo ha matado! —replicó su padre—. Tu promesa lo ha matado tanto como esa maldita droga.

Una mano aferró el brazo de Laurie, y ella dio un respingo. Se volvió y miró a Marvin.

—¿Hay algo especial que quieras para este caso?

—Lo de siempre —contestó Laurie.

Mientras Marvin se dirigía a coger los elementos necesarios, Laurie respiró profundamente para recobrar el control. Intuitivamente sabía que debía mantener la mente ocupada para evitar que siguiera escarbando en más recuerdos penosos. Abrió el expediente que tenía delante, buscó entre las hojas el informe de Janice, la investigadora forense, y empezó a leer: el cuerpo había sido hallado en un contenedor de basuras junto con los instrumentos para pincharse, lo que sugería que David había muerto en otro sitio y había sido arrojado con el resto de la basura. Laurie suspiró. Tener que ocuparse de asuntos como aquel era la parte negativa de su trabajo.

Una hora después, y de nuevo vestida con su ropa de calle, Laurie subió al ascensor trasero. El caso de sobredosis había sido simple rutina y no había deparado sorpresas. David Ellroy mostraba los signos habituales de muerte por asfixia y edema pulmonar. Los únicos hallazgos mínimamente interesantes fueron varios: pequeñas y discretas lesiones en distintos órganos que sugerían que el sujeto había sufrido numerosas infecciones como resultado de su adicción.

Mientras el anticuado ascensor subía traqueteando hacia la cuarta planta, Laurie pensó en Jack. Cuando ella había acabado con David, él empezaba su tercer caso. Entre el segundo y el tercero había salido de la sala empujando la camilla mientras Vinnie la guiaba. Incluso desde donde ella se encontraba, Laurie los oyó haciendo los habituales comentarios jocosos. Cinco minutos después, ambos volvían con el caso siguiente, haciendo gala del mismo humor que antes. A continuación, trasladaron el cadáver a la mesa de autopsias y empezaron con los procedimientos previos antes de ponerse manos a la obra. En ningún momento hizo Jack ademán de acercarse a la mesa de Laurie, entablar cualquier clase de conversación o ni siquiera mirarla. Ella se encogió de hombros. Le gustara admitirlo o no, estaba claro que Jack hacía todo lo posible por pasar de ella. Semejante conducta no era propia de él. Durante los nueve años que hacía que lo conocía nunca se había mostrado hostil.

Antes de dirigirse a su despacho Laurie se detuvo en el laboratorio de Histología. Además de los expedientes, llevaba una bolsa de papel marrón con las muestras de tejidos de McGillin.

No tardó nada en localizar a la supervisora, Maureen O'Connor. La voluminosa y pechugona pelirroja se hallaba sentada ante el microscopio, examinando una serie de pruebas y levantó la mirada al acercarse Laurie. La sonrisa de alguien que sabe lo que se avecina apareció en su pecoso rostro.

—Vaya, ¿qué tenemos aquí? —preguntó Maureen con su fuerte acento. Miró a Laurie y después la bolsa que esta llevaba—. Deja que lo adivine: muestras de tejidos cuyos resultados necesitas desesperadamente para ayer.

Laurie sonrió con aire contrito.

—¿Realmente soy tan previsible?

—Contigo y con el doctor Stapleton siempre pasa lo mismo. Cada vez que aparecéis por aquí es para que las pruebas estén listas ya; pero deja que te recuerde algo, hermana: tus pacientes están muertos. —Maureen soltó una carcajada y algunos de los técnicos del laboratorio que la habían oído se le unieron.

Laurie se vio sonriendo también. La jovialidad de Maureen resultaba contagiosa y nunca variaba, a pesar de que el laboratorio sufría una carencia crónica de personal gracias a los recortes presupuestarios. Laurie abrió la bolsa, sacó los recipientes y los alineó en el mostrador de Maureen, al lado del microscopio.

—Si te contara por qué necesito estos resultados lo antes posible ¿serviría de algo?

—Con el trabajo que tenemos por aquí, unas cuantas manos nos vendrían mejor que tu palabrería, pero inténtalo de todos modos.

Sabiendo que no había razones profesionales que respaldaran lo que estaba pidiendo, Laurie no se anduvo por las ramas. Empezó describiendo lo comprensivos que eran los McGillin y que su difunto hijo había sido la razón de su existencia; incluso mencionó los frustrados planes de boda y los nietos que habían esperado tener y de los que nunca disfrutarían. También reconoció que había prometido llamar a la pareja de ancianos antes de acabar la mañana para no aumentar sus sufrimientos. El problema era que la autopsia no había servido para confirmar su impresión clínica; por lo tanto, necesitaba aquellos resultados para obtener una respuesta. Lo que no explicó fueron sus motivos personales para embarcarse en su minicruzada particular.

—Vaya, es una historia conmovedora —comentó Maureen en voz baja. A continuación dejó escapar un suspiro y recogió las muestras—. Veré lo que podemos hacer. Te prometo que les echaremos un vistazo.

Laurie le dio las gracias y salió a toda prisa de Histología. Miró la hora. Pasaban de las once, y deseaba llamar al doctor McGillin antes del mediodía. Yendo por la escalera, bajó una planta y entró en el laboratorio de Toxicología. Allí, el ambiente era distinto de Histología. En lugar de voces parloteando, se escuchaba un continuo zumbido de avanzados equipos, en su mayoría automáticos. Tardó unos instantes en localizar a alguien. Para alivio suyo, vio al doctor Peter Letterman, el ayudante del director John de Vries. De haber estado este último en el laboratorio, Laurie se habría marchado. Ella y John habían empezado con muy mal pie el día en que Laurie necesitó desesperadamente unos resultados más rápidos para un caso de sobredosis de cocaína y presionó a De Vries. Había ocurrido trece años atrás, cuando ella empezaba, pero el director se había aferrado a su animosidad igual que un sabueso a un hueso, y Laurie había renunciado a seguir disculpándose.

—Mi forense favorita —dijo Peter alegremente nada más verla. Era un hombre delgado y rubio, con unas facciones andróginas y prácticamente lampiño. Llevaba el largo cabello recogido en una coleta y, aunque se acercaba a los cuarenta años, podía pasar casi por un adolescente. En contraste con De Vries, él y Laurie se llevaban estupendamente—. ¿Tienes algo para mí?

—Desde luego que sí —contestó Laurie entregándole la bolsa mientras miraba en derredor.

—El Führer está abajo, en el laboratorio general, así que puedes relajarte.

—Es mi día de suerte —repuso Laurie.

Peter miró los recipientes de muestras.

—¿Cuál es la pista? ¿Qué tengo que buscar y por qué?

Laurie le explicó una versión abreviada de la misma historia que había contado a Maureen. Al final, añadió:

—Realmente no espero que encuentres nada, pero he de ser exhaustiva en mi informe, especialmente si el microscopio no revela nada.

—Veré qué puedo hacer —repuso Peter.

—Te lo agradezco —contestó Laurie.

Tras volver a subir el tramo de escalera, Laurie fue por el pasillo hasta su despacho. Pasó ante el despacho de Jack, que tenía la puerta entreabierta; pero ni él ni su ayudante, Chet McGovern, se encontraban dentro. Laurie dio por hecho que estarían todavía en el foso. Nada más entrar en su oficina vio la maleta que se había llevado de casa de Jack. Aunque no se había olvidado de su discusión de aquella mañana, encontrarse con la maleta, se la recordó con incómoda claridad. Tampoco la ayudaba el que se sintiera deprimida por no haber encontrado una prueba clara en la autopsia de Sean McGillin. Cuanto más lo pensaba, más raro le parecía. ¿Cómo podía un joven de veinte años, a todas luces sano, morir sin que la causa saliera tras una combinación de historia clínica y autopsia? En algunos aspectos, aquel caso ponía a prueba su fe en la patología forense.

—Será mejor que me lleguen esos análisis microscópicos —exclamó en voz alta mientras se sentaba a su escritorio. Se sentía decidida, pero no sabía cómo reaccionaría ante la amenaza de que los resultados de los análisis no fueran los que esperaba. Se inclinó hacia delante y añadió los expedientes de los casos de aquella mañana al voluminoso montón de cuestiones pendientes. Entre sus tareas figuraba la de cotejar todos los materiales de la autopsia, desde los informes de los investigadores forenses, pasando por el trabajo de los laboratorios hasta cualquier material que sirviera para establecer la causa y forma de la muerte. El significado de «causa» era obvio, y el de «forma» se refería a si la muerte había sido natural, accidental, suicidio u homicidio; cada una con sus respectivas ramificaciones legales. A veces tardaba semanas en reunir todo el material necesario; y, cuando lo conseguía, a ella le tocaba decidir la causa y la forma basándose en las pruebas, lo cual significaba que tenía que estar segura al menos en un cincuenta y cinco por ciento. Naturalmente, en una amplia mayoría de los casos se acercaba a una certeza del cien por cien.

Sacó la hoja de papel con el número de teléfono del doctor McGillin y la extendió en el papel secante que tenía ante ella. A pesar de que era reacia a llamarlo, sabía que estaba obligada por la promesa hecha. El problema residía en que no era buena a la hora de tratar estos asuntos. Sabía que el pobre hombre iba a quedar decepcionado por el hecho de que, en esos momentos, seguía sin haber una causa para el inexplicable fallecimiento de su hijo.

Apoyando los codos en la mesa se masajeó las sienes sin dejar de mirar el número de Westchester. Intentó pensar en cómo decirlo para que el golpe fuera menor. Por un momento consideró la posibilidad de pasarle el caso al Departamento de Relaciones Públicas, que era lo que se suponía que debía hacer; pero lo descartó rápidamente puesto que había sido ella quien se había ofrecido a llamar. Mientras su mente se esforzaba por hallar las palabras adecuadas se sorprendió acordándose del nombre de pila de la víctima —Sean—, que era el mismo de un antiguo novio de la universidad.

Sean McKenzie había sido un alegre estudiante de la Wesleyan University muy atractivo para el lado más rebelde de Laurie. Aunque Sean no era precisamente un cabeza loca, se había pasado ligeramente de la raya con su motocicleta, sus locuras artísticas y desordenado comportamiento, al que había que añadir un moderado consumo de drogas. En aquella época había atraído a Laurie y desesperado a sus padres, pero eso formaba parte del atractivo. Sin embargo, lo tormentoso de la relación la había hecho conflictiva y malsana desde el principio. Por último, Laurie puso fin a ella antes de incorporarse al Departamento de Medicina Legal. En esos momentos, con la crisis de su relación con Jack, pensó fugazmente en llamar a Sean, de quien sabía que vivía en la ciudad y se había convertido en un artista de cierto éxito; pero descartó rápidamente la idea. De ningún modo quería reabrir semejante caja de Pandora.

—Un penique por tus pensamientos —dijo una voz.

Laurie levantó bruscamente la cabeza. La atlética silueta de metro ochenta de Jack ocupaba todo el vano de la puerta. Con su gastada camisa de cuadros, corbata de punto y desteñidos vaqueros era la viva imagen de despreocupada informalidad.

—Está bien —añadió—, subámoslo a veinticinco. La inflación ha aumentado considerablemente desde que aprendí esa frase, y sé lo valiosos que son tus pensamientos. —Una irreverente sonrisa le marcaba hoyuelos en las mejillas, y sus labios dibujaban una delgada línea.

Laurie contempló a su amigo de los últimos diez años y amante desde los pasados cuatro. Su irrespetuosa alegría y sarcasmo podían resultar insoportables en ocasiones, y esa era una de ellas.

—¿O sea que ahora te dignas hablar conmigo? —respondió en tono igualmente afectado.

La sonrisa de Jack vaciló.

—Pues claro que hablo contigo. ¿Qué clase de pregunta es esa?

—Salvo por ese breve jueguecito profesional cuando entré en la sala de autopsias, has estado pasando de mí toda la mañana.

—¿Pasando de ti? —preguntó Jack frunciendo el entrecejo—. Creo que debería recordarte que llegamos al trabajo por separado, lo cual fue decisión más tuya que mía; que llegamos a horas distintas y que, desde entonces, hemos estado trabajando cada uno en sus casos.

—Trabajamos todos los días, y todos los días nos comunicamos continuamente, en especial si estamos en la misma habitación. Incluso fui hasta tu mesa cuando estabas en tu segundo caso y te hice una pregunta directa.

—Pues no te vi ni te oí. Palabra de honor. —Jack se llevó la mano al pecho y volvió a sonreír.

Laurie arqueó las cejas en señal de sorpresa. Luego, se encogió de hombros. Se estaba mostrando provocativa al sugerir que no lo creía, pero no le importaba.

—Como quieras. Ahora tengo trabajo que hacer —dijo volviendo su atención a la hoja con el teléfono de Westchester.

—No lo dudo —repuso Jack sin morder el anzuelo ni dejándose despachar—. ¿Qué tal te han ido los casos esta mañana?

Laurie levantó los ojos pero sin mirarlo.

—Uno fue pura rutina y poco interesante. El otro resultó un chasco.

—¿En qué sentido?

—He prometido al matrimonio cuyo hijo murió en el Manhattan General que averiguaría la causa de su muerte y se lo haría saber de inmediato; sin embargo, la autopsia salió limpia y no descubrí patologías de ningún tipo. Ahora tengo que llamarlos para decirles que tenemos que esperar a tener los resultados de los análisis microscópicos. Sé que se van a llevar una decepción porque yo también estoy defraudada.

—Janice me explicó algo de ese caso —repuso Jack—. ¿No encontraste ningún coágulo?

—¡Nada!

—¿Y el corazón?

Laurie lo miró directamente.

—El corazón, los pulmones y los principales vasos sanguíneos eran completamente normales.

—Apuesto a que descubres algo en los conductos del corazón, o puede que un microcoágulo en el cerebro. ¿Tomaste las oportunas muestras para Toxicología? Yo me inclino por lo segundo.

—Lo hice —contestó Laurie—. Y también tuve en cuenta que había recibido anestesia menos de veinticuatro horas antes.

—Bueno, lamento que tu caso haya sido una decepción. Los míos han sido todo lo contrario. La verdad es que debo decir que fueron divertidos.

—¿Divertidos?

—En serio. Los dos acabaron siendo lo contrario de lo que todos pensaban.

—¿Cómo es eso?

—El primero era el de esa famosa psicóloga.

—Sara Cromwell.

—En principio, se suponía que se trataba de un asesinato consumado tras una agresión sexual.

—Vi el cuchillo, ¿recuerdas?

—Eso fue lo que despistó a todo el mundo. No presentaba otras heridas y tampoco había sido violada.

—Entonces, ¿cómo es posible que toda la sangre que figuraba en el informe hubiera salido de esa única herida que además no era mortal?

—No salió de ella.

Jack miró a Laurie con una leve sonrisa de expectación, y ella se la devolvió. No estaba de humor para juegos.

—Bueno, ¿pues de dónde salió?

—¿Alguna idea?

—¿Por qué no te limitas a explicármelo?

—Pensaba que podrías adivinarlo con solo pensarlo un momento. Me refiero a que te fijaste en lo flaca que estaba, ¿verdad?

—Mira, Jack, si quieres contármelo, me lo cuentas y punto. De lo contrario, tengo que hacer una llamada.

—La sangre provenía de su estómago. Resulta que tenía una acumulación letal de alimentos en el estómago que le causó la ruptura del mismo y de la parte baja del esófago. Está claro que la infeliz sufría de bulimia y se pasó de la raya. ¿Puedes creerlo? Todos convencidos de que se trataba de un homicidio y resulta que fue muerte accidental.

—¿Y qué pasa con el cuchillo que tenía clavado en la pierna?

—Ese era el verdadero problema, pero lo cierto es que fue una lesión autoinfligida, aunque no adrede. En sus momentos finales, mientras la pobre estaba vomitando y guardando el trozo de queso, resbaló en su propia sangre y cayó encima del cuchillo que sostenía. ¿No te parece demasiado? Te lo aseguro, este va a ser un caso estupendo para presentarlo en nuestras conferencias de los jueves.

Durante un momento, Laurie se quedó mirando la satisfecha expresión de Jack. El relato le había tocado una fibra sensible. Tras la muerte de su hermano, había pasado por una época de problemas con su autoestima que le había provocado anorexia y bulimia. Se trataba de un secreto que no había compartido con nadie.

—Y los dos casos siguientes fueron igualmente interesantes. Se trataba de un doble suicidio. ¿Has oído hablar del asunto?

—Vagamente —contestó Laurie, que seguía pensando en la bulimia.

—Pues en este caso tengo que reconocer el buen hacer de Fontworth —dijo Jack—. Siempre lo he considerado poco meticuloso, por decirlo suavemente; pero la otra noche hizo un trabajo impecable. En la escena del doble suicidio halló una gran linterna Mag-Lite en el asiento delantero del todoterreno, al lado de las víctimas, y fue lo bastante listo para traérsela con los cuerpos. También anotó que la puerta del conductor estaba entreabierta.

—¿Qué importancia tiene la linterna? —preguntó Laurie.

—Mucha —repuso Jack—. Para empezar, deja que te diga que yo sospechaba algo desde el momento en que solo había una nota de suicidio. En los casos de doble suicidio, lo normal es que haya dos notas escritas, una por cada una de las partes. Es lo que tiene más sentido, teniendo en cuenta que es algo que hacen juntas. Sea como fuera, esa fue mi primera señal de alarma. Puesto que la nota que había era presumiblemente de la mujer, decidí empezar la autopsia con ella. Lo que esperaba encontrar era algo relacionado con toxicología, como alguna droga para dejarla inconsciente o algo parecido. No creía que fuera a dar con algo tan brutal, pero así fue: la mujer presentaba una profunda laceración en la frente, justo en la raíz del cabello, que se veía curiosamente curvada.

Jack hizo una pausa y volvió a mostrar su sonrisa.

—No irás a decirme que la forma de la laceración coincidía con la de la linterna.

—¡Tú lo has dicho! ¡Una coincidencia completa! Según parece, todo fue un complicado montaje del marido que había preparado la escena del suicidio y seguramente escrito también la nota. Después de dejar inconsciente a su mujer de un golpe, la metió en el asiento del pasajero del todoterreno y puso en marcha el motor. Después, debió de volver a la casa para esperar. Cuando creyó que había transcurrido el tiempo suficiente, fue a comprobar que su mujer estuviera muerta; pero no tuvo en cuenta lo deprisa que uno puede sucumbir a los efectos del monóxido de carbono cuando su nivel es lo bastante alto. Al ponerse al volante cayó rápidamente inconsciente y acabó reuniéndose con su mujer.

—¡Menuda historia! —exclamó Laurie.

—¿No te parece irónico? Me refiero a que se suponía que debía ser un doble suicidio y al final acaba siendo un asesinato en el caso de la esposa y muerte accidental el marido. ¡Desde luego, la patología forense tiene sus sorpresas!

Laurie asintió. Recordaba claramente haber tenido la misma impresión al empezar el caso de sobredosis.

—Hasta el caso de la policía está resultando lo contrario de lo que se esperaba.

—Ah, ¿sí?

—Todos creían que se trataba de un homicidio justificado por parte de la policía ya que reconocía haberle disparado bastantes veces; sin embargo, Calvin me dijo que, por lo que han averiguado, se trató de suicidio. Han podido determinar que la víctima se disparó en el corazón antes de ser alcanzada por cualquiera de las balas de la policía.

—Eso apaciguará el barrio.

—Así debería ser —repuso Jack—. En cualquier caso, ha sido una mañana cuando menos de lo más interesante. Solamente quería contarte que esta mañana hemos tenido una serie de casos en los que las causas de la muerte han resultado lo opuesto de lo que todos creíamos. Dicho esto, ¿piensas salir a comer algo?

—No lo sé. No tengo mucha hambre y me queda mucho por hacer.

—Vale. Quizá nos encontremos abajo. Si no, nos veremos después.

Laurie se despidió de Jack con la mano antes de que este desapareciera por el pasillo y volvió su atención al número de teléfono del padre de Sean McGillin. Había confiado en que las causas del fallecimiento fueran naturales, un trombo letal o incluso una anomalía congénita; pero, dado que hasta ese instante no había descubierto nada parecido, empezó a acariciar la idea de que la causa pudiera haber sido accidental, como una imprevista complicación de última hora con la anestesia. Sin embargo, si el motivo resultaba ser lo contrario, como en los casos que Jack acababa de contarle, entonces estaría ante un caso de asesinato.

Laurie le dio vueltas a la idea. Parecía fuera de lugar, pero entonces pensó en Sara Cromwell y en cómo, apenas unos minutos antes, había creído inverosímil que su muerte hubiera podido ser debida a un accidente. La autopsia de Sean ya la había sorprendido con su falta de resultados. ¿Podía el caso sorprenderla una vez más? Lo dudaba, pero al mismo tiempo no se sentía capaz de descartarlo.

4

A pesar de las aprensiones de Laurie en sentido contrario, la conversación telefónica con el doctor McGillin resultó sorprendentemente correcta, y el hombre aceptó con inesperada ecuanimidad que la autopsia no hubiera logrado determinar la causa de la muerte de Sean. Fue como si interpretara la información como un cumplido hacia su adorado hijo, un hecho que corroborara la noción de que el muchacho estaba realmente sano, por dentro y por fuera.

Habiendo esperado que la reprendieran ásperamente por no haber cumplido su promesa, Laurie se sintió aún más agradecida hacia el hombre que mantenía así la compostura. McGillin incluso le dio las gracias por sus desvelos en nombre de su hijo y por dedicarle tiempo en aquellos momentos de necesidad. Si Laurie ya había estado dispuesta a saltarse las normas al proporcionarle las causas de la muerte del muchacho, en aquellos momentos tomó la decisión de brindarle la información del modo que fuera.

Tras poner fin a su conversación con McGillin padre, Laurie pasó un rato dando vueltas al caso mientras miraba sin ver el tablón de corcho donde tenía pinchadas notas, recordatorios y tarjetas de visita. Intentó pensar en una forma de acelerar el proceso, pero tenía las manos atadas. No le quedaba más remedio que esperar los resultados de Maureen y Peter y confiar en que ellos responderían a su llamada.

El tiempo pasó sin que Laurie se diera cuenta. Riva llegó y la saludó mientras dejaba una pila de expedientes en su escritorio y tomaba asiento. Laurie le devolvió el saludo como un acto reflejo, sin volverse siquiera. Sus pensamientos habían vuelto a Jack, a su despreocupada e irritante jovialidad, y a lo que eso significaba para su relación. Aunque odiaba admitirlo, se le hacía cada vez más evidente que estaba contento de que ella hubiera decidido marcharse.

De un modo circular, los pensamientos sobre Jack la devolvieron al caso de Sean McGillin hijo al recordar sus comentarios acerca del modo en que la ciencia forense revelaba a veces unas causas de muerte muy distintas de las que parecían evidentes. Laurie consideró nuevamente la posibilidad de que el fallecimiento de Sean hubiera sido un asesinato. No pudo evitar acordarse de varios y horribles casos de asesinatos múltiples en instituciones hospitalarias, especialmente uno muy reciente que había quedado sin descubrir durante un plazo de tiempo inadmisiblemente largo. Semejante posibilidad no podía ser descartada a pesar de que reconocía que todas las víctimas eran gente mayor, crónicamente enferma, y que existía el indicio de un móvil, no por enfermizo menos impensable. Ninguna de las víctimas había sido un vigoroso joven de veintiocho años con toda una vida por delante.

A Laurie no le cabía duda de que un asesinato era sumamente improbable y no pensaba darle más vueltas, sobre todo porque el análisis toxicológico revelaría cualquier sobredosis de insulina, dioxina o cualquier otro compuesto letal parecido al relacionado con los asesinatos anteriores. Al fin y al cabo, para eso servían los análisis toxicológicos. En su mente, la muerte de Sean hijo había sido o bien natural —y eso era lo más probable— o accidental. Aun así, ¿qué haría si las pruebas de toxicología y del microscopio resultaban ser negativas? Se trataba de una preocupación razonable teniendo en cuenta que la autopsia había salido sorprendentemente limpia. Su experiencia le decía que era infrecuente no detectar algún tipo de patología, incluso tratándose de un joven de veintiocho años y aunque las anomalías no se relacionaran con el deceso.

Para preparar semejante eventualidad, Laurie necesitaba toda la información posible. Aunque lo normal en semejante caso habría sido esperar a que llegaran los informes de los laboratorios, decidió tomar la iniciativa y ganar tiempo. Descolgó el teléfono impulsivamente y llamó a la Oficina de Investigación Forense. Bart Arnold contestó al segundo timbrazo.

—Esta mañana me he ocupado del caso de un tal Sean McGillin —le dijo Laurie—. Se trataba de un paciente ingresado en el Manhattan General. Me gustaría conseguir una copia de su ficha hospitalaria.

—Estoy al tanto del asunto. ¿No te dimos todo lo que necesitabas?

—El informe del investigador forense está bien. Pero, para serte sincera, busco algo y no sé lo que es. La autopsia salió negativa y estoy un tanto desesperada. Hay ciertas limitaciones de tiempo que...

—Pasaré la solicitud de inmediato.

Laurie dejó el auricular mientras se estrujaba el cerebro con la esperanza de que se le ocurriera algo que pudiera serle de utilidad si todo lo demás fallaba.

—¿Qué pasa? —preguntó Riva, que se había dado la vuelta en su silla giratoria tras escuchar la conversación de Laurie con Bart—. Te di los casos más sencillos porque sabía lo cansada que estabas. Lo siento.

Laurie aseguró a su compañera de despacho que no tenía por qué disculparse y reconoció que quizá estuviera buscando problemas donde no los había con tal de no obsesionarse con su vida amorosa.

—¿Quieres que hablemos del asunto?

—¿Te refieres a mi vida amorosa?

—Me refiero a Jack y a lo que has hecho esta mañana.

—No en especial —contestó Laurie haciendo un gesto con la mano como si espantara una mosca inexistente—. No hay mucho que decir de lo que tú y yo no hayamos hablado hasta cansarnos. La verdad es que no quiero verme atrapada en una relación que no conduce a ninguna parte, que es con lo que me he estado conformando estos últimos años. Quiero formar una familia, así de simple. Supongo que lo que me fastidia en el fondo es que Jack sea tan capullo y siga comportándose con su maldita jovialidad.

—Me he fijado —asintió Riva—. No creo que esté fingiendo.

—¿Quién lo sabe? —repuso Laurie, riéndose de sí misma—. ¡Mira que soy patética! En fin, deja que te cuente lo del caso McGillin.

Rápidamente, Laurie le relató toda la historia, incluyendo los detalles de la conversación que había mantenido con los padres y con Jack.

—No será un caso de homicidio —dijo Riva tajantemente.

—Lo sé —convino Laurie—. Lo que me preocupa en este momento es no haber sido capaz de estar a la altura de la promesa que hice a ese matrimonio. Estaba tan convencida de que podría decirles hoy mismo qué había matado a su hijo... En cambio, mírame ahora, cruzada de brazos y a la espera de lo que digan Maureen y Peter. Mi impulsividad me ha hecho quedar como una tonta.

—Si te sirve de consuelo, en mi opinión Jack estaba en lo cierto al decir que las pruebas microscópicas eran la clave. Creo que descubrirás alguna patología en el corazón, especialmente con un historial familiar de altos niveles de LDH y dolencias cardíacas.

Laurie estaba a punto de mostrar su conformidad cuando sonó el teléfono. Dándose la vuelta, contestó esperando que se tratara de algún tipo de información relacionada con cualquiera de sus casos, puesto que de eso trataban la mayoría de las llamadas que recibía. Sin embargo, sus cejas se arquearon por la sorpresa. Cubrió el micrófono con la mano y susurró a Riva:

—¡No te lo vas a creer! ¡Es mi padre!

El rostro de su amiga reflejó la misma sorpresa, y le hizo urgentes gestos para que averiguara el motivo de la llamada: Laurie solo mantenía contacto telefónico con su madre, y rara vez en horas de trabajo.

—Lamento molestarte —dijo el doctor Sheldon Montgomery. Hablaba con una voz cavernosa con un leve rastro de acento inglés aunque nunca había vivido en Inglaterra.

—No me molestas —contestó Laurie—. Estoy sentada en mi despacho. —Sentía una gran curiosidad por saber el motivo de la llamada de su padre, pero resistió la tentación de preguntárselo directamente por temor a que sonara poco amistoso. Su relación con él nunca había sido nada del otro mundo. Siendo el adicto al trabajo y ególatra cirujano cardíaco que era, siempre exigiendo la perfección a los demás y a sí mismo, había resultado un padre distante y poco cariñoso. Laurie había intentado en vano acercarse a él, esforzándose constantemente, tanto en el colegio como en otras actividades, porque creía que eso era lo que él deseaba. Por desgracia, no le dio resultado. Luego, se produjo la desgraciada muerte de su hermano, de la que su padre la hizo responsable, y el endeble vínculo que los unía se debilitó aún más.

—Yo estoy en el hospital —comentó él. Su tono resultaba totalmente impersonal, como si le estuviera hablando del tiempo—. He venido con tu madre.

—¿Y qué hace mamá en el hospital? —preguntó Laurie.

Que Sheldon estuviera en el hospital no tenía nada de extraordinario. A pesar de que a sus ochenta años se había retirado de la práctica de la medicina, lo seguía visitando con frecuencia. Laurie no tenía ni idea de lo que hacía allí. Su madre, Dorothy, nunca solía ir a pesar de que estaba metida en distintas asociaciones que recaudaban fondos para la institución. La última vez que Laurie recordaba haber visto a su madre ingresada fue cuando esta se hizo su segundo *lifting*. De eso hacía quince años, y Laurie ni siquiera se enteró hasta que hubo pasado.

—La han operado esta mañana —contestó Sheldon—. Se encuentra bien. En realidad está bastante alegre.

Laurie se sentó un poco más tensa.

—¿Operado? ¿Qué ha ocurrido? ¿Fue una emergencia?

—No. Estaba programado. Por desgracia a tu madre han

tenido que hacerle una mastectomía por culpa de un cáncer de pecho.

—¡Dios mío! —consiguió exclamar Laurie—. ¡No tenía ni idea! ¡Pero si hablé con ella el sábado y no me dijo nada, ni del cáncer ni de la operación!

—Ya conoces a tu madre, prefiere evitar los asuntos desagradables. Insistió especialmente en dejarte al margen de preocupaciones innecesarias hasta que todo hubiera pasado.

Laurie miró a Riva con expresión incrédula. Dado lo cerca que estaban sus respectivos escritorios en la reducida oficina, su amiga podía oír la conversación y alzó los ojos al cielo.

—¿Hasta qué punto estaba avanzado el tumor? —preguntó Laurie, solícita.

—Muy poco, y carecía de ramificaciones —contestó su padre—. Todo va a salir bien. El pronóstico es excelente, aunque tendrá que completar el tratamiento.

—¿Y me dices que se encuentra bien?

—La verdad es que muy bien. Acaban de darle de comer y vuelve a ser la de siempre con sus exigencias.

—¿Puedo hablar con ella?

—Por desgracia, eso es un poco complicado. En este momento no estoy en la habitación, sino en la sala de enfermeras. Confiaba en que pudieras pasar a verla por la tarde. Hay una cuestión relacionada con este asunto de la que me gustaría hablar contigo.

—Voy para allá —dijo Laurie, colgando el teléfono antes de volverse hacia Riva.

—¿Es verdad que no tenías ni idea de todo esto? —preguntó su amiga.

—Ni la más mínima, y eso que hablé con ella el sábado por la mañana. No sé si sentirme herida, triste o enfadada. La verdad es que resulta patético. ¡Menuda familia! No puedo creerlo. Soy médico, tengo casi cuarenta y tres años, pero mi madre me sigue tratando igual que a una niña en lo que se refiere a las enfermedades. ¿Te lo puedes imaginar? ¡Quería mantenerme a salvo de preocupaciones!

—Nuestra familia es todo lo contrario. Todo el mundo sabe lo de todo el mundo. Es el extremo opuesto, pero no lo defiendo tampoco. Creo que lo mejor es un término medio.

Laurie se levantó y se estiró. Esperó que se disipara la sensación de vahído. El cansancio había vuelto con más fuerza que antes mientras estaba sentada. A continuación, cogió el abrigo que tenía colgado tras la puerta. Pensando en las diferencias entre su familia y la de Riva, decidió que prefería la de su amiga, aunque desde luego nunca escogería vivir en el hogar paterno, como Riva. Las dos eran de la misma edad.

—¿Quieres que conteste el teléfono por ti? —le preguntó Riva.

—Si no te importa, te lo agradecería; especialmente si se trata de Maureen o Peter. Déjame los mensajes en el corcho. —Laurie sacó un paquete de post-its y lo tiró encima del secante—. Tengo que volver porque no quiero llevarme la maleta ahora.

Salió al pasillo y consideró el pasar por el despacho de Jack para contarle lo de su madre, pero al final prefirió dejarlo estar. A pesar de que no le cabía duda de que al final se mostraría comprensivo, estaba cansada de sus frivolidades y no quería seguir soportándolas.

En la planta baja, tomó un atajo por el Departamento de Administración. La puerta de Calvin se encontraba entreabierta. En absoluto intimidada por las dos secretarias, Laurie se asomó para ver al subdirector encorvado sobre su mesa. El bolígrafo parecía minúsculo en su manaza. Laurie llamó a la puerta y Calvin alzó su intimidatorio rostro, atravesándola con sus ojos, negros como el carbón. Hubo épocas en las que Laurie había chocado con él, ya que era un férreo defensor de las normas y al mismo tiempo un político inteligente dispuesto a saltárselas de vez en cuando. Desde el punto de vista de Laurie, se trataba de una combinación inadmisible. Las exigencias políticas que acompañaban a la profesión de forense eran la parte que menos le gustaba de su trabajo.

Laurie le notificó que salía a ver a su madre al hospital, y Calvin se despidió con un gesto de la mano y sin hacerle preguntas. Ella no estaba obligada a consultarle, pero últimamente intentaba mostrarse más sensible políticamente, al menos en un plano personal.

Fuera la lluvia había cesado por fin, haciendo más fácil encontrar un taxi. El trayecto resultó veloz, y en menos de media hora se encontraba en la escalinata de entrada del University Hospital. Durante el viaje intentó imaginar qué habría querido decir su padre al mencionar «una cuestión relacionada» con la dolencia de su madre sobre la que deseaba hablar. No tenía la más remota idea. Se trataba de un comentario muy poco concreto, pero supuso que haría referencia a ciertas limitaciones en las actividades de su madre.

El vestíbulo del hospital presentaba la habitual aglomeración de la tarde, con la afluencia de visitas en su momento álgido. Laurie tuvo que hacer cola ante el mostrador de información para averiguar el número de la habitación de su madre mientras se reprochaba no habérselo preguntado a su padre. Provista de la debida información, tomó el ascensor adecuado hasta la planta adecuada y pasó ante la sala de enfermeras, donde había un montón de personal muy atareado. Nadie reparó en ella. Se encontraba en el ala VIP, lo cual significaba que el pasillo estaba enmoquetado; y las paredes, decoradas con cuadros originales. Laurie se vio atisbando dentro de las habitaciones igual que un mirón a medida que caminaba y recordaba su primer año de interna en un hospital.

La puerta de la habitación de su madre estaba entreabierta, lo mismo que las demás, y Laurie entró directamente. Su madre se hallaba en la típica cama de hospital, con los barrotes laterales levantados y una vía intravenosa goteando lentamente en el brazo izquierdo. En lugar del atuendo habitual de los pacientes, llevaba un camisón rosa y estaba recostada sobre varios almohadones. Su cabello, de un gris plateado medianamente largo, que normalmente llevaba crepado, se veía aplastado como si fuera un gorro de baño pasado de moda. Sin maquillaje, presentaba un aspecto mortecino, y su piel parecía estirarse más de lo normal sobre los huesos de su cara. Los ojos se le habían hundido, como si estuviera ligeramente deshidratada. Tenía un aire frágil y vulnerable, y aunque Laurie sabía que era menuda, en aquella gran cama se le antojaba aún más pequeña. También la veía mucho más envejecida que la semana anterior, cuando comieron juntas y su madre no le dijo nada del cáncer ni de la inminente hospitalización.

—Pasa, cariño —dijo Dorothy haciéndole un gesto con la mano libre—. Coge una silla. Sheldon me ha dicho que te ha llamado. Yo no quería molestarte hasta que estuviera de vuelta en casa. Todo esto no es más que una tontería. No vale la pena preocuparse.

Laurie miró a su padre, que estaba leyendo el *Wall Street Journal* en una silla, al lado de la ventana. Él levantó la mirada, sonrió levemente saludándola con la mano y prosiguió con la lectura.

Acercándose a un lado de la cama, Laurie cogió la mano de su madre y se la estrechó. Sus huesos le parecieron frágiles, y la piel, fría.

—¿Cómo estás, madre?

—Me encuentro bien. Dame un beso y siéntate.

Laurie le acarició la mejilla; luego, cogió una silla del rincón que empujó hasta el lado de la cama y tomó asiento. Con la cama elevada, tenía que alzar la vista para mirar a su madre.

—¡No sabes lo que lamento que te haya pasado esto!

—No es nada. El médico acaba de pasar y ha dicho que todo está bien, que es más de lo que yo puedo decir de tu pelo.

Laurie tuvo que contener una sonrisa. La estratagema de su madre resultaba evidente. Siempre que no quería hablar de sí misma, pasaba a la ofensiva. Laurie utilizó ambas manos para apartarse de la cara el coloreado cabello castaño que llevaba cortado a la altura de los hombros; aunque habitualmente se lo recogía con un pasador, aquel día se lo había soltado para cepillárselo tras la sesión dentro del traje lunar y no se lo había vuelto a recoger. Por desgracia, desde que era adolescente, su pelo era uno de los objetivos favoritos de su madre.

Tras el comentario sobre el cabello y una breve pausa durante la que Laurie intentó preguntar sobre la intervención quirúrgica, Dorothy escogió un nuevo objetivo y le dijo a Laurie que su atuendo resultaba demasiado femenino para trabajar en un depósito de cadáveres. Laurie tuvo que hacer un esfuerzo para no responder a aquella nueva crítica. Para ella era importante aquel atuendo; formaba parte de su identidad y no veía que fuera un problema en su lugar de trabajo. También sabía que parte de los comentarios de su madre obedecían a su disconformidad con la profesión que ella había escogido. A pesar de que sus padres se habían ablandado hasta cierto punto y habían reconocido a regañadientes los méritos de la ciencia forense, su decepción había resultado evidente desde el momento en que ella les anunció su decisión. En cierta ocasión, su madre había llegado a decirle que, cuando sus amigas le preguntaban a qué especialidad médica se dedicaba su hija, ella contestaba que no lo sabía.

—¿Cómo está Jack? —preguntó Dorothy.

—Está bien —contestó Laurie, que no deseaba ahondar más en el tema.

Dorothy prosiguió explicando algunos acontecimientos sociales a los que confiaba que Laurie y Jack podrían asistir.

Laurie la escuchó a medias mientras observaba a su padre, que había acabado de leer el *Wall Street Journal* y tenía una gran pila de diarios y revistas. Sheldon se levantó y se estiró. A pesar de que ya había cumplido los ochenta, con su metro ochenta de aristocrático aspecto seguía siendo una figura imponente. Sus plateados cabellos conocían bien su sitio. Como de costumbre, vestía un inmaculado traje con corbata y pañuelo a juego. Caminó hasta situarse frente a Laurie al otro lado de la cama y esperó a que Dorothy hiciera una pausa.

—Laurie, ¿te importa si salimos un momento al pasillo?

—En absoluto —contestó ella. Se levantó y le dio un apretón en la mano a su madre a través de los barrotes—. Vuelvo enseguida.

—Está bien, pero no os preocupéis por mí —regañó Dorothy a su marido.

Sheldon no contestó y se limitó a señalar a Laurie la puerta.

Al salir al pasillo, Laurie tuvo que apartarse para dejar pasar una camilla que conducía a un paciente de vuelta a su habitación tras ser intervenido. Su padre salió tras ella. Dado que era casi treinta centímetros más alto, Laurie se veía obligada a alzar la mirada. Sheldon tenía la piel bronceada debido al viaje al Caribe que habían hecho en enero y, teniendo en cuenta su edad, desprovista casi de arrugas. Laurie no abrigaba malos sentimientos hacia su padre, ya que hacía mucho que había superado el disgusto y la frustración por su distante actitud. El madurar le había hecho comprender que la culpa no era de ella, sino de él; pero, al mismo tiempo, no sentía ningún cariño hacia él: era como si Sheldon fuera el padre de otra persona, no el de ella.

—Gracias por haber venido tan deprisa —le dijo Sheldon.

—No tienes que darme las gracias. Estaba claro que lo iba a hacer.

—Temía que te molestaras al recibir la noticia como caída del cielo. Quiero que sepas que fue tu madre la que insistió para que no te dijera nada.

—Lo deduje por lo que me dijiste por teléfono —repuso Laurie, que se sintió tentada de decirle lo ridículo que resultaba ocultarle esa información. Sin embargo, se contuvo. No habría servido de nada: ni su padre ni su madre iban a cambiar.

—Ni siquiera quería que te llamara esta tarde porque prefería esperar a estar de vuelta en casa, mañana o pasado. Al final tuve que insistir. He respetado sus deseos hasta el día de hoy, pero no me sentía cómodo aplazándolo más.

—¿Aplazando qué? ¿De qué estás hablando? —Laurie no podía evitar fijarse en que su madre no dejaba de mirar hacia el final del pasillo, como si alguien los estuviera escuchando.

—Lamento tener que decirte esto, pero tu madre tiene un marcador para la mutación específica del gen BRCA-1.

Laurie notó que el rostro se le encendía. Aunque creía que la gente solía palidecer ante las malas noticias, a ella le ocurría lo contrario. Como médico que era, estaba al corriente de lo que significaba el gen BRCA-1, que en los años noventa se había asociado con el cáncer de mama. Trabajos posteriores habían determinado que el gen normal desempeñaba algún papel como supresor de tumores, pero que, cuando se presentaba en forma de mutación, actuaba en sentido contrario. Y lo que resultaba más preocupante: Laurie sabía que dichas mutaciones se heredaban de manera dominante en un alto porcentaje, ¡lo cual significaba que probablemente tenía un cincuenta por ciento de posibilidades de ser portadora del mismo genotipo!

—Por razones obvias, es importante que tengas esta información —prosiguió Sheldon—. Si hubiera sabido que un retraso de tres semanas podía tener alguna importancia para ti te lo habría dicho de inmediato. Ahora que lo sabes, mi opinión profesional es que debes hacértelo mirar. La presencia de una mutación así aumenta las probabilidades de que desarrolles un cáncer de mama antes de los ochenta años. —Sheldon hizo una nueva pausa y volvió a observar el pasillo. Parecía verdaderamente incómodo por tener que desvelar un secreto familiar en público.

Laurie se acarició la mejilla con el dorso de la mano. Tal como temía, notó la piel caliente al tacto. Se sintió incómoda ante su padre que, como de costumbre, no demostraba ningún tipo de emoción.

—Desde luego, se trata de una decisión que has de tomar tú —continuó Sheldon—. Pero debo recordarte que, si te sale positivo, se pueden tomar medidas para disminuir hasta en un noventa por ciento la probabilidad de que desarrolles un tumor, como por ejemplo una mastectomía profiláctica bilateral. Por suerte, las implicaciones de una mutación de BRCA-1 no son las mismas que en el caso del gen de la enfermedad de Huntington o de cualquier otra enfermedad incurable.

A pesar de su evidente incomodidad, Laurie clavó la mirada en los oscuros ojos de su padre, e incluso se vio meneando la cabeza de modo imperceptible. A pesar de que la relación entre ellos no fuera fácil, especialmente tras la muerte de Shelly; a pesar de que él no se comportaba como si fuera su padre, Laurie no podía creer que le estuviera diciendo aquello sin el más mínimo rastro de calor humano. En el pasado, había atribuido su distanciamiento a un mecanismo defensivo que lo protegía de la presión que suponía tener entre las manos los corazones palpitantes de sus pacientes, y por lo tanto sus vidas, día tras día. Habiendo hecho los cursos de cirugía durante el primer año de carrera, conocía bastante bien el tipo de estrés que eso suponía. También era consciente de que los pacientes de su padre habían apreciado dicho distanciamiento, que interpretaban como una manifestación de autoconfianza más que como el defecto de una personalidad narcisista. Pero ella lo odiaba.

—Gracias por esta interesante e improvisada consulta médica —consiguió articular Laurie, incapaz de borrar el sarcasmo de su voz. A continuación se obligó a esbozar una sonrisa antes de apartarse de su padre y regresar a sentarse al lado de su madre.

—¿Te ha alterado, cariño? —le preguntó Dorothy al verla—. Estás colorada como un tomate.

Durante unos instantes, Laurie no respondió. Tenía la mandíbula fuertemente cerrada para evitar que le temblara. Sus emociones amenazaban con desbordarse, y eso era una debilidad que siempre había despreciado, muy especialmente frente a su desapegado padre.

—¡Sheldon! —exclamó Dorothy cuando su marido recuperó su asiento al lado de la ventana—. ¿Qué le has dicho a Laurie? ¡Te dije que no la alteraras por mí!

—No le estaba hablando de ti —contestó Sheldon al tiempo que abría el *New York Times*—. Le estaba hablando de ella.

Jack dejó el bolígrafo y se volvió para mirar la espalda de Chet McGovern, inclinado sobre su escritorio. Chet era su colega además de compañero de despacho. A pesar de que tenía cinco años menos que Jack, había empezado en el departamento casi al mismo tiempo que él y se llevaban bien. Aunque Jack agradecía compartir la oficina con él por la compañía que suponía, seguía pensando que resultaba ridículo que el ayuntamiento no les proporcionara despachos independientes. El problema residía en las continuas estrecheces presupuestarias que hacían imposible modernizar las instalaciones. El Departamento de Medicina Legal era un objetivo fácil para los políticos de una ciudad constreñida por las necesidades económicas. El edificio era adecuado el día de su inauguración, casi medio siglo antes, pero en esos momentos parecía un dinosaurio, y el espacio en él era un bien escaso. Dado que Jack sabía que los dinosaurios habían vivido en la tierra durante más de ciento cincuenta millones de años, confiaba en que no pretendieran hacer que el edificio durara en su estado un tiempo equivalente.

—¡No puedo creerlo! —exclamó Jack—. ¡He acabado! ¡Nunca había conseguido acabar!

Chet se volvió. Tenía un rostro infantil coronado por una mata de pelo rubio bastante más largo que el de Jack, aunque lo llevaba peinado con el mismo despreocupado estilo. Al igual que Jack, también daba la impresión de ser atlético, pero se debía a sus casi diarias visitas al gimnasio, no a jugar al baloncesto en la calle. Estaba en la plenitud de la cuarentena, pero parecía bastante más joven.

—¿Qué quieres decir con «acabado»? ¿Qué ha acabado?

Con los puños apretados, Jack estiró los brazos por encima de la cabeza.

—Todos mis casos. Me he puesto al día.

—Entonces, ¿qué hacen todas esas carpetas en tu bandeja de entrada? —Chet señaló con el dedo el considerable montón que amenazaba con desmoronarse.

—Esos son solamente los casos que esperan que lleguen los materiales del laboratorio.

—¡Pues qué bien! —se burló Chet con una risita antes de volver a sus quehaceres.

—¡Pues para mí está bien! —contestó Jack levantándose, doblándose hasta tocar el suelo con las palmas y quedándose así un instante. Tras el desacostumbrado paseo en bicicleta hasta el trabajo, notaba agarrotados los tendones de las pantorrillas. Tras incorporarse, miró el reloj—. ¡Vaya, son solo las tres y media!

¿No se acabarán nunca los prodigios? Puede incluso que llegue a la primera ronda de la cancha.

—Eso si está seca —dijo Chet sin levantar la vista—. ¿Por qué no te vienes al Sports Club LA? Allí la pista estará seca seguro. Si fueras inteligente, te apuntarías conmigo a la clase de musculación. Yo fui el viernes, y te lo aseguro, las tías están increíbles. Había una que era algo serio, con un conjunto negro tan ceñido que no te daba oportunidad de imaginar nada.

—¡Tías cañón! —se burló Jack—. Cualquier día de estos te despertarás y podrás contemplar estos difíciles años de la pubertad y reírte de ellos tranquilamente.

—El día que deje de fijarme en las mujeres querrá decir que estoy listo para una de esas cajas de pino que guardamos abajo.

—Yo nunca he sido de los que se dedican al deporte de mirar —bromeó Jack—. Ese se lo dejo a los pobrecitos como tú.

Jack recogió su americana del respaldo de la silla y se dirigió a la puerta silbando. Había sido un día interesante y estimulante. Al llegar al despacho de Laurie se asomó dentro preguntándose si habría cambiado de opinión con respecto a no volver a su apartamento aquella noche. El despacho estaba desierto, pero se fijó en el expediente abierto encima del escritorio de Laurie.

Jack entró de puntillas y curioseó el nombre del caso. Tal como había supuesto, se trataba de Sean McGillin. Le intrigaba por qué Laurie y Janice parecían tan afectadas por un caso que a él se le antojaba simple rutina. Por lo general, no era la clase de hombre que reducía a las mujeres a estereotipos; pero se le hacía extraño que las dos hubieran mostrado lo que para él suponía una demostración muy poco profesional de emociones. Abrió la carpeta y pasó las hojas hasta que localizó el informe de Janice. Lo leyó rápidamente, pero no halló nada fuera de lo normal. Aparte de que el fallecido tenía veintiocho años, las circunstancias de la muerte no tenían nada de especial. Sin duda se trataba de una lamentable pérdida y de una tragedia para la familia y amigos, pero no para la humanidad, la ciudad o el condado. En una gran metrópoli como Nueva York, ocurrían muchas tragedias personales.

Jack cerró deprisa la carpeta y salió discretamente del despacho como si hubiera estado haciendo algo inconveniente y temiera que pudieran pillarlo con las manos en la masa. De repente, por temor a tener que enfrentarse a un exceso de emociones, se sentía menos dispuesto a averiguar si Laurie deseaba reconsiderar su decisión. Entretenerse pensando en tragedias familiares no era un pasatiempo al que le apeteciera dedicarse. Tenía demasiada experiencia.

De vuelta en la planta baja, Jack sacó su equipo de ciclista y la bicicleta. Saludó con la mano a Mike Laster, el vigilante de seguridad, mientras la sacaba hacia la plataforma de recepción y después la llevaba hasta la calzada. La lluvia había cesado y hacía bastante más frío que cuando había llegado a primera hora. Agradeció haber cogido los guantes; subió al vehículo y pedaleó camino de la esquina de la calle Treinta con la Primera Avenida.

A diferencia del paseo de la mañana, Jack disfrutó serpenteando entre los coches, taxis y autobuses mientras enfilaba hacia el norte, circulando audazmente entre el tráfico. Al final tomó un atajo por Madison y utilizó la breve travesía para que la fluida circulación diera un alivio a sus doloridos cuádriceps. Volvió a girar hacia el norte y aceleró. Las pocas veces que tuvo que detenerse en los semáforos se preguntó entre jadeo y jadeo por qué entonces disfrutaba desafiando el tráfico cuando por la mañana no había sido así. Intuyendo que tenía que ver con asuntos en los que prefería no pensar, dejó de hacerse preguntas y simplemente disfrutó del momento.

Al llegar a la Grand Army Plaza, con el Hotel Plaza a un lado y el Sherry-Netherland al otro, Jack se metió por Central Park. Esa era siempre su parte favorita del paseo. Con una temperatura que no dejaba de bajar, el frío era suficiente para que su aliento formara nubecillas de vapor. Por encima de su cabeza, el cielo se oscurecía hasta adquirir un color púrpura oscuro, salvo a su izquierda, en dirección a poniente, donde aún perduraba un intenso tono escarlata que se desvanecía rápidamente y formaba un impresionante fondo contra el que se recortaban los perfiles de los edificios que rodeaban Central Park West.

Las farolas del parque estaban encendidas, y Jack circulaba entre esferas de luz y penumbra. Había más gente corriendo que a primera hora, y Jack mantenía una velocidad moderada. Por encima de la calle Ochenta, el número de corredores empezó a descender apreciablemente. Por entonces la noche se había adueñado totalmente del cielo. Para empeorar las cosas, a Jack le daba la impresión de que la distancia entre farola y farola aumentaba. En la creciente oscuridad, se vio obligado de vez en cuando a reducir la velocidad hasta ponerse prácticamente al paso porque apenas podía ver el terreno y no tenía más remedio que confiar en que no hubiera obstáculos en su camino.

Cuando pasó la calle Noventa, se había hecho aún más oscuro, especialmente en la zona de las pendientes, donde tanto había disfrutado por la mañana. A diferencia de entonces, en ese momento tuvo un presentimiento. El camino estaba bordeado de árboles desnudos. Ya no podía divisar los edificios que rodeaban Central Park West, y excepto por el ocasional y distante bocinazo de algún taxi, podría haberse hallado pedaleando en cualquier bosque aislado y remoto. Cada vez que se acercaba a las farolas, las ramas de los árboles se le mostraban como gigantescas telas de araña.

Se sintió sumamente aliviado cuando salió por la calle Ciento seis, y al apretar el botón del semáforo no pudo sino reírse de su imaginación y preguntarse qué la había desbocado. Aunque hacía meses que no paseaba en bicicleta por el parque, era algo que había hecho muchas veces a lo largo de los años y no recordaba que le hubiera afectado antes de ese modo. Por mucho que admitiera que resultaba absurdo no haber tenido miedo al circular entre el tráfico —lo cual sí era verdaderamente peligroso— y en cambio sintiera escalofríos al meterse por el desierto parque, se había sentido como un impresionable adolescente caminando por un cementerio el día de Halloween.

Cuando la luz hubo cambiado, Jack cruzó Central Park West y cogió la calle Ciento seis. Al llegar a la altura de la zona de juegos del barrio se detuvo. Sin retirar los pies de los pedales, se agarró a la verja de alambre y contempló la pista de baloncesto, que estaba iluminada por una serie de lámparas de mercurio que él había pagado de su bolsillo. Lo cierto era que Jack había costeado la rehabilitación completa de la zona de juegos. En principio, se había ofrecido solamente para reconstruir la cancha de baloncesto, creyendo que el vecindario estaría encantado. Para su sorpresa, se vio forzado por un comité *ad hoc* para hacerse cargo de todo el parque, incluyendo la zona infantil, si quería contar con el privilegio de poder mejorar la zona de baloncesto. Jack tardó solo una noche en decidirse. Al fin y al cabo, ¿en qué iba a emplear su dinero? De aquello hacía seis años ya, y Jack había visto recompensado con creces su dinero.

—¿Viene a hacer unas canastas, doctor? —llamó uno de los jugadores.

Únicamente había cinco hombres, todos afroamericanos, haciendo ejercicios de calentamiento en la distante cancha. En honor al frío, iban todos vestidos con un surtido de distintas capas de ropa hip-hop muy de moda. Uno de ellos se había detenido al ver a Jack. Por la voz, este supo que se trataba de Warren, un tipo con el que había ido trabando amistad con el tiempo. Warren era un sujeto corpulento, un atleta dotado y también el jefe de una banda local. Él y Jack habían llegado a profesarse mutuo respeto. En realidad, Jack le atribuía el mérito de haberle salvado la vida.

—Esa es mi intención —contestó Jack a gritos—. ¿Se apunta alguien más o va a ser un tres contra tres?

—Anoche nos pasaron por agua, eso significa que va a venir toda la pandilla. De modo que mueve tu blanco culo y aprisa, de lo contrario te vas a tener que quedar ahí mirando y con las ganas. ¿Me pillas?

Jack levantó el pulgar en un gesto de conformidad. Lo había «pillado» plenamente: no tardaría en haber mucho más de diez tíos, lo cual significaba que los primeros diez empezarían a jugar mientras que a los demás no les quedaría otro remedio que sortear los turnos para entrar en los siguientes partidos. Era un sistema complicado que Jack había tardado años en asimilar. En opinión de la mayoría, no era ni justo ni democrático. El ganador era escogido por el undécimo en llegar, que después escogía a los otros cuatro con quien deseaba formar equipo. Llegados a ese punto, el orden de aparición ya no contaba. De hecho, a veces uno de los miembros del grupo perdedor podía salir elegido por ser especialmente bueno como jugador. Cuando Jack se instaló en el vecindario tardó meses en meterse en su primer partido, y si lo logró fue porque comprendió que debía llegar allí temprano.

Motivado por no querer quedarse sin jugar, pedaleó con fuerza hasta el otro lado de la calle, bajó de la bicicleta, se la echó al hombro, subió la escalera que conducía a la puerta de entrada de su edificio y la abrió tras esquivar varias grandes bolsas verdes de basura. Dentro había dos mendigos compartiendo una botella de vino barato. Se apartaron cuando Jack subió corriendo escaleras arriba, teniendo cuidado con los restos que ensuciaban los peldaños.

Jack vivía en el piso trasero del tercer piso. Depositó la bicicleta en el suelo mientras buscaba las llaves; luego, abrió la puerta.

Sin molestarse siquiera en cerrar, dejó la bicicleta apoyada contra la pared de la sala de estar, se quitó los zapatos de una patada y la corbata, la chaqueta, la camisa y el pantalón, tirándolo todo en el respaldo del sofá. Vestido únicamente con los calzoncillos, se metió en el lavabo para coger su ropa de baloncesto que normalmente colgaba encima de la cortina del baño.

Se detuvo en seco: en lugar de sus pantalones cortos y el chándal, lo que tenía delante eran las medias de Laurie. Se había olvidado de que no había jugado la noche anterior y de que Laurie le había doblado y guardado la ropa en el armario.

Jack descolgó la media de un tirón y se quedó mirándola. Lentamente, sus ojos se contemplaron en el espejo. Estaba solo, y su flácido rostro reflejaba la realidad que había intentado evitar todo el día: Laurie no estaría allí cuando él volviera del partido; no habría los habituales e inteligentes comentarios; no habría las inevitables risas; no habría el paseo por Columbus Avenue para ir a comer algo a uno de los muchos restaurantes del West Side, sino que regresaría a un apartamento vacío igual que había hecho todos esos años, cuando se instaló en la ciudad. Entonces le había resultado deprimente, y también se lo parecía en esos momentos.

—Tú y tu baloncesto… —dijo para sí en voz alta con tono de mofa. Volvió a contemplar la media con una combinación de emociones que incluía la irritación hacia sí mismo y hacia Laurie. A veces, la vida parecía demasiado complicada.

Con un cuidado innecesario dobló la prenda y la llevó al dormitorio. Abrió uno de los vacíos cajones que Laurie había usado y la guardó con mimo. Lo cerró y experimentó un ligero alivio cuando perdió de vista aquel incómodo recordatorio. Acto seguido, fue rápidamente al armario en busca de su ropa de deporte.

Para su consuelo, consiguió llegar a la cancha de baloncesto antes de que aparecieran los demás, y Warren lo seleccionó para su equipo. Jack hizo un breve precalentamiento encestando unas cuantas pelotas. Se sentía dispuesto cuando el juego empezó unos minutos más tarde; pero, por desgracia, no lo estaba. Jugó mal, y fue un factor decisivo a la hora de perder. Con otro equipo preparado para entrar, Warren, Jack y los suyos se vieron obligados a tener que esperar en la banda, tiritando de frío. Nadie estaba contento.

—Tío, has jugado como una mierda —le dijo Warren a Jack—. Nos has hecho polvo. ¿Qué pasa contigo?

Jack meneó la cabeza.

—Supongo que estoy distraído. Laurie quiere que nos casemos y tengamos críos.

Warren conocía a Laurie. Él y Natalie, su novia, habían salido con Jack y Laurie casi todas las semanas a lo largo de los últimos años. Incluso habían ido de vacaciones a África, siete años atrás.

—¿Así que tu chavala quiere que se la tiren y tener un crío? —comento Warren burlonamente—. ¿Y eso es nuevo, tío? Yo tengo el mismo problema, pero ¿me has visto tirar la pelota fuera o fallar una asistencia de las buenas? O te centras o no vas a jugar conmigo. Es cosa de poner en orden tus prioridades. ¿Sabes a qué me refiero?

Jack asintió. Warren tenía razón, pero no en el sentido que él creía. El problema residía en que no sabía si era capaz de ordenar sus prioridades porque no estaba seguro de cuáles eran.

Sujetando la puerta del ascensor con el tobillo, Laurie se las arregló para dejar su maleta en el rellano del cuarto piso. Le supuso ciertamente un esfuerzo porque el nivel del suelo se hallaba varios centímetros por encima de la cabina del ascensor. A continuación, salió ella y dejó que las puertas se cerraran. Oyó el rumor de la maquinaria en el tejado mientras el ascensor bajaba de inmediato. Obviamente alguien había estado llamándolo.

Como la maleta disponía de ruedecillas, la empujó hasta la puerta sin tener que levantarla. Cuanto más forcejeaba con ella, más pesada le parecía. Sabía que lo peor era el montón de cosméticos, champús, acondicionadores y detergente que se había llevado de casa de Jack. Ninguno tenía tamaño de viaje. Naturalmente, la plancha tampoco ayudaba. Volvió en busca de la bolsa de comestibles.

Mientras se esforzaba por sacar las llaves del bolso que llevaba al hombro, oyó que se abría la puerta del piso de delante y que su cadena de seguridad se tensaba hasta el límite. Laurie vivía en un edificio de la calle Diecinueve que tenía dos pisos por planta. Mientras que ella ocupaba el trasero que daba a un intrincado paisaje de patios, una ermitaña llamada Debra Engler residía en el delantero. Su costumbre consistía en abrir la puerta solo un poco para asomarse cada vez que Laurie llegaba al rellano. Casi siempre, los ruidos molestaban a Laurie, que lo consideraba una intromisión en su intimidad; pero en ese momento no le importó: era como si una reconfortante familiaridad le diera la bienvenida.

Una vez dentro, Laurie corrió cada uno de los candados y cerraduras que el anterior inquilino había instalado y miró a su alrededor. Hacía más de un mes que no había estado, y tampoco recordaba la última vez que había dormido allí. Todo el piso necesitaba una buena limpieza, y el aire olía a rancio. Era más pequeño que el de Jack, pero infinitamente más cómodo y confortable; tenía muebles de verdad, incluyendo un televisor. Los colores de las tapicerías resultaban cálidos y acogedores. En las paredes colgaba una colección de reproducciones de Gustav Klimt procedente del MET. Lo único que faltaba era su gato, al que había dejado hacía un año en casa de una amiga que vivía en Shelter Island. Se preguntó si sería capaz de reclamar su mascota después de tanto tiempo.

Arrastró la maleta hasta el diminuto dormitorio y pasó media hora organizando sus cosas. Tras darse una ducha rápida, se puso una bata antes de prepararse una sencilla ensalada. A pesar de que no había tomado nada a la hora de comer, no se sentía especialmente hambrienta. Se llevó el plato y la copa de vino a la mesa de centro del salón y encendió su ordenador portátil. Mientras esperaba a que se cargara, se permitió reflexionar por primera vez en lo que su padre le había dicho. A ella le supuso un esfuerzo no pensar en ello, pero deseaba estar sola y poder acceder a internet para controlar mejor sus emociones. Era consciente de que no sabía lo suficiente para pensar con claridad.

El problema era que la ciencia médica avanzaba a enorme velocidad. Laurie había pasado por la facultad de medicina a mediados de los años ochenta y había aprendido mucho de genética porque era la época de los vertiginosos adelantos en materia de recombinación de ADN. Sin embargo, ese campo había crecido desde entonces en progresión geométrica y alcanzado su momento culminante con la secuenciación de los 3,2 billones de pares del genoma humano que se anunció con gran aparato en 2001.

Laurie se había esforzado por mantenerse al día en sus conocimientos de genética, especialmente en lo relacionado con su profesión de forense. Sin embargo, la ciencia forense únicamente se interesaba en el ADN como método de identificación. Se había descubierto que ciertas áreas sin código, o áreas que no contenían genes, mostraban notables especificidades individuales de modo que incluso parientes cercanos tenían secuencias que diferían. Una ventaja de dicha especificidad era lo que se llamaba «la huella ADN». Laurie estaba al tanto del asunto y lo apreciaba como magnífica herramienta forense.

De todas formas, la estructura y función de los genes era harina de otro costal, una especialidad para la que Laurie no se sentía preparada. Habían nacido dos nuevas ramas de la ciencia: la genética médica, que se ocupaba del ingente flujo de información contenido en las células, y la bioinformática, que era una aplicación de los ordenadores.

Tomó un sorbo de vino. Suponía una formidable tarea intentar hallar sentido a lo que su padre le había contado: que su madre era portadora del marcador del gen BRCA-1 y que ella tenía un cincuenta por ciento de probabilidades de serlo también. Se estremeció. Había algo inexplicablemente perverso en el hecho de saber que podía estar albergado en lo más profundo de su ser algo potencialmente letal. Durante toda su vida había creído que la información era buena en sí misma; pero ya no estaba tan segura. Quizá hubiera cosas que era mejor no conocer.

Tan pronto como estuvo conectada a internet introdujo en Google «gen BRCA-1» y obtuvo como respuesta quinientas doce direcciones. Tomó un bocado de ensalada, hizo «clic» en la primera dirección y empezó a leer.

5

—¡Uau! —exclamó Chet McGovern apreciativamente para sí ante la femenina figura que observaba por el rabillo del ojo. Se trataba de la misma mujer de la que había hablado a Jack aquella tarde, e iba vestida con las mismas mallas negras que le había descrito. Calculó que no debía de llegar a los treinta años, pero no podía estar seguro. De lo que sí estaba seguro era de que poseía una de las mejores figuras que había visto nunca. En ese momento se encontraba estirada boca abajo en un banco, utilizando una máquina para trabajar las pantorrillas. La acentuada curva de la parte baja de su espalda y la rítmica contracción de su trasero mientras hacía sus ejercicios hicieron que Chet se estremeciera de placer.

Él se hallaba a unos siete metros de distancia, moviendo diestramente unas pesas ante una pared de espejo, de manera que podía acercarse sin levantar sospechas. La había visto en la clase de musculación a la que había asistido el viernes, pero ese día, animado por habérselo contado a Jack, la había seguido hasta la sala de máquinas donde todavía había gente a pesar de ser las nueve de la noche. Su intención era acercarse a ella e invitarla a tomar algo con la esperanza de conseguir su número de teléfono. La mayoría de sus citas eran con chicas a las que había conocido en alguno de los gimnasios que frecuentaba. Para él, observar a las mujeres no significaba limitarse a mirar.

La desconocida acabó con la máquina que estaba utilizando.

Sin perder tiempo, se puso en pie, miró el reloj de la pared y, acto seguido, pasó a la de al lado para hacer pectorales. Empezó sus ejercicios de inmediato, aparentemente con prisa. Chet, que la había estado observando en el espejo, vio al fondo que uno de los empleados del gimnasio entraba en la sala. Chet lo conocía razonablemente bien del baloncesto y le dio la impresión de que sería el tipo adecuado, especialmente porque se trataba de una especie de supervisor. Su nombre era Chuck Horner. Chet dejó las pesas en sus soportes de la pared y se acercó al empleado.

—Eh, Chuck —le dijo en voz baja—. ¿Sabes quién es esa chavala de la máquina de pectorales?

Chuck ladeó la cabeza para mirar más allá de su interlocutor.

—¿El bombón? ¿Esa de la carita de muñeca y cuerpo que tira de espaldas?

—Esa misma.

—Sí, la conozco. Me refiero a que sé cómo se llama porque viene mucho y fui yo quien le tramitó la inscripción.

—¿Y cuál es su nombre?

—Jasmine Rakoczi, pero se hace llamar Jazz. Todo un cuerpazo, ¿no te parece?

—Uno de los mejores —reconoció Chet—. ¿Qué clase de apellido es ese, Rakoczi?

—Tiene gracia que me lo preguntes porque yo hice lo mismo cuando se inscribió. Me dijo que era húngaro.

—¿Sabes si sale con alguien?

—No tengo ni idea, pero sí puedo decirte que es un tiro de tía. Ya te lo digo, conduce un Hummer negro y no hace demasiada vida social, al menos por aquí. ¿Estás pensando en intentarlo con ella?

—Sí, lo estaba pensando —repuso Chet con la mayor naturalidad. Se volvió para ver a Jazz trabajando sus pectorales. La chica se lo tomaba en serio: el sudor le brillaba en la bronceada frente como piedras preciosas.

—Te apuesto cinco pavos a que no llegas ni a la primera base.

Chet dio media vuelta para encararse con Chuck, y una maliciosa sonrisa apareció en su rostro. Que le pagaran por aquello que le gustaba hacer resultaba un buen estímulo para superar su indecisión.

—Acepto.

Chet volvió a las pesas y levantó unas cuantas más. Estaba decidido a acercarse a Jazz, pero sentía cierta ansiedad, especialmente a raíz de la intrigante información de Chuck. A decir verdad, Chet no era tan lanzado como le gustaba aparentar.

Mientras estaba de pie ante el espejo haciendo tirabuzones con las pesas, intentó pensar en algún modo de aproximarse a la mujer que le permitiera salir airoso. Por desgracia no se le ocurría nada brillante. Al fin, por miedo a que ella se levantara bruscamente y se metiera en el vestuario de señoras, decidió lanzarse.

En realidad no fue un gran lanzamiento. Cuando creyó que ella estaba a punto de terminar sus ejercicios, simplemente caminó hacia donde estaba. En esos momentos tenía la boca seca y el corazón le latía con fuerza. Afortunadamente había calculado bien: llegó a su altura cuando ella acababa sus ejercicios y retiraba los brazos de las acolchadas palancas. La chica cogió la toalla que llevaba al cuello y se enjugó la frente con ambas manos, cubriéndose la cara mientras respiraba profundamente.

—Hola, Jazz —dijo Chet animosamente, confiando en que ella sentiría curiosidad por el hecho de que supiera su nombre.

Jazz no contestó, sino que bajó la toalla lentamente, descubriendo progresivamente sus facciones. Atravesó a Chet con la mirada de sus profundos ojos castaños. De cerca no tenía rostro de muñeca. Bajo unos cabellos muy negros y húmedos por el sudor, sus facciones tenían un punto de exotismo. Lo que Chet había tomado por un bronceado, era en realidad una piel naturalmente morena que hacía que sus dientes parecieran especialmente blancos. Sus ojos resultaban levemente almendrados, y su nariz tenía un imperceptible perfil aguileño. Nada de aquello le hubiera importado a Chet de no ser por sus mejillas, ligeramente enjutas, y por su expresión. Aquellas mejillas le conferían un aire perverso, y su expresión resultaba inquietantemente descarada, como las fotos que Chet había visto de los reclutas de los marines.

No se sintió especialmente estimulado, y menos aún cuando Jazz no respondió.

—Pensé que era mejor que me presentara —dijo Chet intentando mantener un aire de naturalidad, lo cual le resultaba difícil teniendo en cuenta el modo en que ella lo miraba. Las pesas que tenía en las manos también le molestaban y le tiraban los hombros hacia abajo. Las había cogido muy pesadas con la esperanza de impresionar a aquella atlética mujer. Además de sus pezones, bajo la malla de Spandex podía distinguir sus bien definidos abdominales.

Jazz siguió sin responder, sin parpadear siquiera.

—Soy el doctor Chet McGovern —añadió.

Solía utilizar su título médico como carta de triunfo siempre que se presentaba a una mujer, aunque no mencionaba su especialidad a menos que se viera obligado. Por su experiencia con otros ligues, el médico forense no tenía el mismo atractivo que el médico clínico.

La situación se estaba volviendo crítica con gran rapidez. Jazz no solo no había dicho nada ante su comentario de que era doctor, sino que su expresión había pasado de descarada a despectiva. Chet intentó encogerse de hombros, pero las pesas que llevaba en las manos se lo pusieron difícil. Al borde de la desesperación, dijo:

—Esperaba que quizá podríamos beber algo en el bar cuando hayas acabado tus ejercicios, eso si no estás muy ocupada. —Por desgracia, el tono de voz le salió mucho más agudo de lo que había previsto.

—Hazme un favor, capullo —respondió Jazz con malignidad—, ¡esfúmate!

«Menudo imbécil», pensó Jazz mientras veía deshincharse el rostro de Chet después de que lo hubiera humillado con su cortante respuesta. El infeliz se retiró como un perro con el rabo entre las piernas. Ella lo había visto en las clases de musculación de los viernes y lo había vuelto a ver aquella tarde. En ambas ocasiones, él se había comportado como si se creyera muy listo lanzándole miradas furtivas y de reojo. Y como si eso no hubiera sido suficiente, la había seguido hasta la sala de máquinas, fastidiándola al espiarla por el espejo o por el rabillo del ojo, mientras hacía ver que utilizaba las pesas sueltas para poder mantenerse relativamente cerca, y ella se dedicaba a sus ejercicios de rutina. Era un pervertido y un auténtico zumbado. Jazz no podía creer que nadie que estuviera en sus cabales pudiera rebajarse hasta el punto de ir vestido al gimnasio con ropa de deporte de marcas de moda. ¡Polo! ¡Por favor! En su opinión, resultaba grosero de puro cursi.

Se levantó y se dirigió al plano inclinado para hacer sus abdominales. No sabía dónde se había metido Chet, y se alegraba de estar lejos de su lasciva mirada. Odiaba a los tipos de las universidades caras, y Chet pertenecía sin duda a esa categoría. Los reconocía a kilómetros de distancia. Se paseaban por ahí con sus rimbombantes títulos y en realidad no sabían nada. El hecho de que Chet hubiera acariciado por un momento la idea de que a ella podía apetecerle tomar una copa con él, se le antojaba casi un insulto.

Tras otra rápida ojeada al reloj para asegurarse de que disponía de tiempo suficiente, Jazz hizo sus cien abdominales asegurándose de sincronizar bien la respiración. El único problema del mundo de los gimnasios —o al menos de eso se había convencido sin tener que explicar por qué le gustaba vestir provocativamente— era tener que soportar todos los días a tipos como Chet. La mayoría de ellos decía que únicamente querían invitarla a una copa, pero ella sabía que no era eso lo que de verdad deseaban. Lo que deseaban era sexo, igual que todos los hombres. De haber estado en el instituto o incluso en el colegio, habría aceptado hacerle pasar un buen rato metiéndole un poco de éxtasis y aprovechándose después de él. Pero eso habría sido cuando para ella el sexo no era más que simple deporte, cuando le proporcionaba sensación de poder y a sus padres los volvía locos. En esos momentos ya no lo necesitaba. En realidad, era más una molestia con todas las tonterías que llevaba asociado. Resultaba una pérdida de tiempo, especialmente puesto que era mucho más rápido y fácil ocuparse de sí misma cuando le apetecía.

Una vez acabados los abdominales, Jazz se puso en pie y se miró en el espejo. Estiró su fibroso y delgado metro setenta y siete. Lo que vio le gustó, especialmente el perfil de sus brazos y piernas. Estaba en mejor forma que en la época en que había pasado por el campo de entrenamiento de la marina, cuando se imbuyó por primera vez de la idea del ejercicio físico.

Con la toalla en una mano, se detuvo a recoger su botella de agua. Solo quedaba un poco, y se la acabó. A continuación se dirigió al vestuario de señoras. Mientras caminaba notó que los ojos de la mayoría de los hombres la seguían furtivamente. Tuvo cuidado en evitar cualquier contacto visual y en mantener una expresión de desdén, cosa fácil teniendo en cuenta que eso era exactamente lo que sentía. También vio de reojo al señor «universidad de lujo» charlando con el cabeza de chorlito que le había tramitado el papeleo cuando se había hecho socia, el mes anterior. El rubio «señor Polo» tenía las manos en las caderas y un aire abatido. Jazz tuvo que contener una sonrisa al pensar en él presumiendo de ser médico, ¡como si eso pudiera impresionarla! Jazz conocía a demasiados médicos, y eran todos unos cretinos.

Antes de salir de la sala de máquinas arrojó la botella vacía en el contenedor de al lado de la puerta. Al pasar por el mostrador de recepción vio que eran casi las diez menos cuarto, lo que significaba que iba a tener que apretar a fondo si quería ponerse en marcha; le gustaba ir a trabajar temprano por si era afortunada y recibía otro encargo. Había disfrutado de cierto respiro antes de la misión de la noche anterior, que ella esperaba que fuera el comienzo de una nueva racha. No obstante, no podía quejarse de la interrupción porque, en términos generales, había tenido mucha suerte. A veces se preguntaba cómo la habían encontrado, aunque tampoco le daba demasiadas vueltas. Teniendo en cuenta el esfuerzo realizado y en especial lo que ella llamaba la «formación académica» recibida tras abandonar el ejército, ya era hora de que las cosas empezaran a salirle bien. Haber tenido que asistir a la universidad junto con aquellos tarados para poder pasar de ser miembro del cuerpo de marines a convertirse en enfermera titulada había supuesto el mayor desafío de su vida.

Dentro del vestuario había una mesa con un gran barreño de refrescos metidos en hielo. Jazz cogió una lata de Coca-Cola, le arrancó la lengüeta y tomó un gratificante sorbo. Al lado del barreño había una hoja en una tabla sujetapapeles con la indicación de que anotara el nombre y la consumición a efectos de cargárselo en su cuenta. Mientras tomaba otro trago y se dirigía a la zona VIP donde tenía asignada su taquilla se preguntó qué clase de idiota dejaría escrito su nombre; pero, por otra parte, sabía que el mundo estaba plagado de idiotas.

La ducha fue un breve trámite para ella. Tras enjabonarse y darse champú, disfrutó unos minutos con los ojos cerrados, dejando que el agua le cayera a presión en la cabeza y se le deslizara por los recovecos de su tonificado cuerpo. Cerrar los ojos tenía la ventaja añadida de que le ahorraba ver a las demás mujeres, algunas de las cuales tenían traseros del tamaño de pequeños países y una piel que más parecía la superficie de la luna. A Jazz le parecía increíble que mostraran tanta falta de autoestima como para conformarse a verse reducidas a tan patético estado.

Tras la ducha, su corto cabello solo necesitó un breve repaso con el secador. De joven el pelo había sido una de sus obsesiones, pero el ejército la había curado. También le había curado una larga dependencia de los cosméticos. En esos momentos únicamente utilizaba un poco de carmín, y en todo caso era más para hidratarse los labios que para otra cosa.

A continuación se vistió con el conjunto verde de clínica sobre el que se puso una bata blanca que tenía un estetoscopio metido en uno de los bolsillos laterales. El del pecho estaba lleno de bolígrafos y otros instrumentos propios de una enfermera.

—¿Es usted enfermera? —preguntó una voz.

Jazz miró a su alrededor. Una de las mujeres de culo gordo estaba sentada en el banco ante su taquilla, embutida en la toalla igual que una salchicha. Jazz dudó entre hacerle caso o prescindir de ella. Normalmente se mantenía alejada de las típicas conversaciones de vestuario y prefería ir al grano con la ducha. Sin embargo, lo estereotipado del comentario merecía una debida réplica.

—No. Soy neurocirujana —contestó.

A continuación cogió de la taquilla su amplio abrigo verde militar y se lo puso. Sus bolsillos eran hondos como pozos, y su contenido le golpeó los muslos, especialmente el derecho.

—¿Neurocirujana? —se maravilló la mujer con aire incrédulo—. ¿En serio?

—En serio —repuso Jazz con un tono que zanjaba cualquier conversación.

Guardó las sudadas mallas en la bolsa de deporte y después cerró con llave la taquilla. Aunque no miró a la mujer que le había hablado, notó que ella la observaba. Le daba igual si la otra la creía o no. Carecía de importancia para ella.

Sin intercambiar palabra, Jazz salió del vestuario al pasillo principal. Tras pulsar el botón del ascensor, metió la mano en el bolsillo derecho del abrigo y acarició su posesión favorita, una compacta Glock de 9 mm. Su moldeada culata de fibra le produjo una reconfortante sensación de poder al tiempo que le despertaba fantasías en las que era nuevamente abordada en el aparcamiento por tipejos como el señor «universidad de lujo». En ellas todo ocurría tan deprisa que al tipo le daba vueltas la cabeza. Empezaría haciendo algún comentario estúpido y al instante siguiente estaría contemplando el supresor de la pistola. Jazz se había tomado la molestia de dotar su arma de silenciador porque una de sus fantasías era liquidar a una de las enfermeras supervisoras.

Suspiró. Durante toda su vida había tenido que cargar con jefes de personal incompetentes. Había empezado en el instituto. Recordaba como si fuera el día anterior la vez que la llamaron a la oficina del jefe de estudios. El muy cretino le había dicho que estaba perplejo porque ella había obtenido un gran resultado en las pruebas de inteligencia y en cambio iba muy mal con sus notas. ¿Cuál era el problema?

—¡Bah! —exclamó Jazz para sus adentros al recordar el incidente. El tipo era tan lento mentalmente que no podía comprender que nueve décimas partes del profesorado provenía de la misma lamentable raíz genética que él. Ir al instituto había sido una pérdida de tiempo. El tipo le advirtió que no conseguiría entrar en la universidad si seguía haciendo lo que hacía. A ella le dio lo mismo. Sabía que el único camino para salir de aquel pozo negro era el ejército.

El problema fue que el ejército no resultó especialmente mejor. Al principio estuvo bien, porque tuvo mucho terreno por cubrir, poniéndose en forma y todo eso. Las pruebas de aptitud la habían orientado a tareas hospitalarias, lo cual le pareció una broma pesada teniendo en cuenta que siempre mentía en esas estúpidas pruebas. Sin embargo, les siguió la corriente. Convertirse en miembro del cuerpo estaba bien, especialmente por la idea de estar sola. Al final, optó por convertirse en enfermera auxiliar en el Cuerpo de Marines. Sin embargo, a partir del momento en que al fin la destinaron, las cosas empezaron a ir mal. Algunos de los oficiales con los que tuvo que tratar eran medio tontos, especialmente en la guerra del Golfo, donde su escuadrón se infiltró en el saliente de Kuwait en 1991. Allí le cogió el gusto a disparar a los iraquíes, hasta que su superior, como si ella no tuviera derecho a divertirse, le quitó el rifle y le ordenó que se limitara a atender las necesidades y el cuidado de los hombres de verdad. Había resultado de lo más embarazoso.

Casi un año más tarde, en San Diego, las cosas llegaron a un punto sin retorno. El mismo cretino de oficial entró en el bar donde ella y algunos colegas estaban tomándose unas cervezas. El tipo se emborrachó y le tocó el culo cuando ella no estaba mirando. Como si aquello no fuera suficiente, después la llamó «jodida lesbiana» cuando ella rechazó su oferta de ir hasta Point Loma con él para echar un polvo. Aquello fue la gota que hizo rebosar el vaso, y Jazz acabó pegándole un tiro en la pierna con su arma reglamentaria. Ella no le había apuntado a la pierna, pero el tipo captó el mensaje adecuado. Naturalmente, aquello fue el fin de la carrera de Jazz en el ejército, pero no le importó. Ya había tenido suficiente.

Pasar de la vida militar a la vida universitaria fue como salir de la sartén para caer en el fuego. No obstante, perseveró. Había pensado que convertirse en enfermera titulada sería estupendo porque había gran demanda y así podría escoger. Desgraciadamente, la realidad no fue muy distinta de la vivida en el ejército cuando tuvo que tratar con sus supervisores y acabó yendo de trabajo en trabajo con la vana esperanza de que las cosas mejoraran en la siguiente institución. Nunca fue así. Pero ya no importaba.

Jazz salió del ascensor cuando este se detuvo en la planta del aparcamiento, empujó las puertas de vidrio del vestíbulo y se dirigió a la segunda de sus más preciadas posesiones: un nuevo y reluciente Hummer H2 negro ónice. Apreciativamente, deslizó los dedos a lo largo de la carrocería contemplando su reflejo en las ventanillas. Salvo el parabrisas, el resto de los cristales estaban tintados hasta el punto de parecer espejos negros. Antes de abrir la puerta, dio unos pasos atrás y disfrutó de la cuadrada silueta del vehículo y de su maciza y amenazadora apariencia; ambas características hacían que pareciera un arma dispuesta a presentar batalla en las calles de Nueva York.

Jazz subió, tiró la bolsa de deporte en el asiento del pasajero, sacó su Blackberry del abrigo y la depositó en su regazo. Puso en marcha el motor; el grave rugido que salía por los tubos de escape respondía al carácter del vehículo. No pudo evitar una sonrisa. Ponerse al volante de ese coche le producía un subidón como el de la coca, solo que mejor. También le recordaba las recompensas que se habían derivado del día en que el señor Bob la abordó. Seguía sin saber su nombre completo, lo cual era estúpido. Él le había dicho que era por motivos de seguridad, lo cual ella había puesto en duda en aquel momento; pero ya no le parecía importante. La primera vez que lo vio, Jazz lo observó acercarse por el rabillo del ojo y pensó que iba a ser uno más entre tantos intentos de ligue. Pero no lo fue. Él captó su atención de inmediato al llamarla «Doc JR», que era el apodo que a ella le habían dado sus duros compañeros marines del primer escuadrón. Hacía años que nadie la había llamado así, de modo que le sorprendió y supuso que el señor Bob también había sido marine. La había estado esperando a que saliera de aquel hospital de Nueva Jersey donde ella trabajaba en el turno de tres a once de la noche. Le dijo que tenía una propuesta de negocios que hacerle y le preguntó si estaba interesada en ganar un dinero extra. Mucho dinero extra.

Percibiendo que al fin había llegado su oportunidad, Jazz aceptó su invitación para reunirse con él en su Hummer H2 que era el hermano gemelo del que ella tendría después. Antes de meterse en el vehículo, se aseguró de que no había nadie más en el interior y también de llevar la Glock en el bolsillo. En aquella época, la pistola no tenía silenciador, así que resultaba fácil de desenfundar. Si al señor Bob se le ocurría hacer algo indebido, le pegaría un tiro donde había intentado pegárselo al oficial de los marines. Jazz no creía en la intimidación. Si la pistola aparecía, era para usarla.

De todas maneras, no tuvo motivos para preocuparse. El señor Bob fue todo corrección. Acabaron en un pequeño bar lleno de humo del centro de Newark, donde el señor Bob se apiadó de su experiencia en el ejército e incluso se disculpó por el trato que le habían dado y por el incorrecto licenciamiento. Le dijo que si él la reclutaba para una importante misión por la que sería debidamente recompensada, se debía precisamente gracias a su ejemplar servicio. El señor Bob había seguido diciendo que ellos —y Jazz seguía ignorando quiénes eran «ellos»— reconocían sus aptitudes únicas para lo que le iban a pedir. Luego, le había preguntado si estaba interesada.

Jazz se echó a reír en su Hummer mientras daba marcha atrás y salía del aparcamiento. Si lo pensaba detenidamente, había sido una locura por parte de él preguntarle si estaba interesada antes de decirle exactamente qué iba a tener que hacer, y así se lo había hecho saber. A partir de ese momento, el señor Bob dejó de andarse por las ramas. Le explicó que necesitaban gente como ella para ayudar a acabar con la incompetencia médica, que según él estaba muy extendida, pero contra la cual resultaba muy difícil luchar a causa del silencio corporativista que dominaba buena parte de la profesión médica. Fue entonces cuando Jazz se convenció de que era la adecuada para ayudar; se consideraba una experta a la hora de detectar la incompetencia, ya que había encontrado verdaderos manantiales en todas las instituciones por las que había pasado. El señor Bob le explicó que su trabajo consistiría en informarle a través del correo electrónico de todos los casos de desenlace fatal, especialmente los que tuvieran que ver con anestesia, obstetricia y neurocirugía, aunque recalcó que no eran especialmente exigentes y que aceptarían todo lo que les presentara. A cambio de sus esfuerzos, le pagarían doscientos dólares por caso con un complemento añadido de mil dólares por cada caso que acabara en los tribunales, y otros quinientos si el fallo era a favor del demandante.

Ese había sido el principio. Siguiendo el consejo del señor Bob, cambió el turno de tarde por el de noche, cosa que le resultó fácil porque era el menos solicitado. La ventaja estaba en que durante las horas de madrugada había menos vigilancia, lo cual hacía que recorrer los pisos, comprobar las fichas médicas y enterarse de los rumores fuera mucho más fácil que durante el día o la tarde. El señor Bob le había dado unos cuantos buenos consejos que, según sus palabras, provenían de la experiencia acumulada durante varias décadas. También le confió que iba a formar parte de una amplia y secreta élite.

Jazz se destapó desde el principio. La naturaleza clandestina de la operación fue un aliciente añadido. Incluso convirtió en divertido el acudir al trabajo. El dinero se lo transferían a una cuenta en el extranjero organizada por «ellos», fueran quienes fuesen. El depósito creció rápidamente y lo hizo libre de impuestos. El único problema era que, para poder disponer de él, tenía que desplazarse al Caribe, necesidad que tampoco le parecía una imposición.

Pero entonces, tras cuatro años así y un recorrido por diferentes hospitales, el último de los cuales había sido el St. Francis de Queens, la situación mejoró aún más. El señor Bob reapareció para decirle que como consecuencia de su extraordinaria labor había sido designada para ser ascendida junto a un selecto grupo dentro de la fuerza operativa clandestina. A partir de ese momento, participaría en una misión aún más importante cuyas compensaciones se verían aumentadas considerablemente. Lo mismo ocurriría con el nivel de discreción. Se trataba de una operación altamente secreta con el nombre clave de Operación Aventar.

Jazz recordó que el señor Bob se había reído al decirle el nombre y que le había explicado que él no había tenido nada que ver con su elección porque además le recordaba a «reventar». Sin embargo, su risa duró poco y de nuevo le insistió en la necesidad de secreto, añadiendo: «No deben verse ondas sobre la superficie». Luego, le preguntó si lo había entendido. Naturalmente, Jazz lo había entendido del todo.

El señor Bob le había seguido explicando que la circunstancia sería la opuesta al encargo de los «desenlaces fatales», asunto con que también debía proseguir. En la Operación Aventar recibiría por correo electrónico el nombre de un paciente. A continuación, siguiendo un protocolo cuidadosamente diseñado y al que debía ceñirse al pie de la letra, tendría que «sancionar» al paciente.

Llegados a ese punto, se había producido una pausa. Al principio, Jazz no comprendió lo que pretendían decirle, la palabra «sancionar» la confundía, hasta que al final lo vio claro. Entonces experimentó un escalofrío de expectación.

—Este protocolo ha sido ideado por profesionales y es a prueba de fallos —le había dicho el señor Bob—. No hay forma de que pueda ser descubierto, pero usted debe atenerse a él con toda exactitud. ¿Me entiende?

—Claro que lo entiendo —le había respondido Jazz. ¿Acaso la tomaba por tonta?

—¿Está interesada en formar parte del equipo?

—Afirmativo. Pero no me ha hablado de las compensaciones.

—Cinco mil por caso.

Jazz recordaba la sonrisa que se le había dibujado en el rostro. Pensar que iban a pagarle cinco mil dólares por hacer algo interesante y que suponía un desafío era casi demasiado bueno para ser cierto. Y resultó mejor incluso de lo que había previsto. Tras las cinco primeras misiones, que transcurrieron sin la más mínima dificultad gracias al protocolo aportado, el señor Bob había reaparecido con el Hummer.

—Es una muestra de nuestra gratitud —le había explicado mientras le entregaba las llaves y la documentación—. Piense en él como lo opuesto al Cadillac Rosa que regala esa compañía de perfumes. ¡Disfrútelo con salud!

Jazz salió del aparcamiento del gimnasio a Columbus Avenue. Cuando se detuvo en el primer semáforo activó la Blackberry. Por experiencia sabía que la recepción era mínima dentro del garaje. Fue recompensada con un mensaje del señor Bob. Lo abrió con creciente entusiasmo. ¡Era otro nombre!

—¡Sí! —gritó Jazz con una mueca de firmeza, igual que un atleta que hubiera efectuado un movimiento a la perfección, al tiempo que daba un puñetazo en el aire. Sin embargo, enseguida controló su respuesta, y su entrenamiento militar le permitió adoptar una actitud de tensa calma. Que le enviaran otro nombre después de haber recibido uno la noche anterior sugería que le iban a encargar una nueva serie. Aunque los nombres llegaban a intervalos al azar, tendían a estar agrupados. No tenía ni idea de por qué.

Tendió el brazo y colocó la Blackberry en el soporte del salpicadero, encima de la guantera. El gesto la hizo vacilar cuando el semáforo se puso verde. El taxi que tenía a la derecha se lanzó hacia delante con la intención de meterse en el carril de Jazz para esquivar a otro taxi que estaba parado delante de él. Jazz pisó a fondo el acelerador para desatar toda la potencia del V-8 del Hummer. El enorme vehículo salió catapultado y ocupó el espacio que tenía delante obligando al taxista a clavar los frenos. Jazz le enseñó el dedo al adelantarlo.

Tras algunos roces más con otros taxistas a lo largo de Central Park South, Jazz se abrió paso hacia el East Side y después hacia el norte por Madison camino del Manhattan General Hospital. Eran las diez y cuarto cuando dejó el coche en el aparcamiento del gigantesco complejo. Otra de las ventajas de trabajar en el turno de noche era la cantidad de plazas de estacionamiento disponibles al lado de la entrada al hospital del primer piso. Cogiendo la Blackberry y guardándosela en el bolsillo izquierdo del abrigo, Jazz cruzó el puente para peatones y entró en el hospital.

Tal como había planeado, era pronto. Subió directamente al quinto piso, donde estaba destinada. Era la planta de cirugía general, y siempre estaba llena de gente. Tras dejar su abrigo en lugar seguro, se sentó ante uno de los terminales de ordenador y tecleó el nombre de Darlene Morgan. La jefa del turno de tarde no le prestó la menor atención, ocupada como estaba recogiendo sus cosas para poder marcharse.

A Jazz le gustó saber que Darlene Morgan se hallaba en la habitación 529, en su misma planta, cosa que hacía mucho más fácil la misión. Siempre podía ir a los otros pisos en sus pausas para descansar o a la hora de comer, lo cual ya había hecho en anteriores misiones, pero siempre podía llamar la atención.

Salió y cogió el ascensor hasta la planta baja y allí entró en la sala de urgencias. Como de costumbre, era un verdadero caos. La última hora de la tarde era la más atareada del día, y la zona de espera se hallaba abarrotada de gente y de niños que lloraban con todo tipo de enfermedades y lesiones. Era justo la clase de desorden con el que Jazz contaba. Nadie le preguntó nada cuando entró en el almacén donde se guardaban los fluidos parenterales o intravenosos. Aunque no esperaba ninguna interferencia por mucho que pudieran verla, siguió mirando a su alrededor para asegurarse de que nadie la observaba. Era un acto reflejo. Cuando estuvo segura, cogió la caja que contenía las ampollas de cloruro potásico concentrado, sacó una y se la metió en el bolsillo de la bata. Tal como el señor Bob le había dicho, en Urgencias nadie la echaría en falta.

Con la primera parte de su misión completada, Jazz volvió arriba a esperar el informe de la enfermera y que empezara su turno. Más por curiosidad que por cualquier otra razón, sacó la ficha de Darlene Morgan para ver si había algo interesante o alguna explicación. Naturalmente, le traía sin cuidado que la hubiera o no.

—Mamá, quiero que vengas a casa esta noche —se quejó Stephen.

Darlene Morgan acarició la cabeza de su hijo de ocho años y cruzó una preocupada mirada con su marido, Paul. Stephen era mayor para su edad y a veces podía comportarse con bastante madurez; pero en ese momento no pasaba eso: el chico estaba realmente nervioso por el hecho de tener a su madre en el hospital y no quería soltarle la mano. Darlene se había sorprendido cuando Paul había llegado arrastrando al pequeño, ya que las normas del hospital decían que las visitas debían tener doce años como mínimo, y Stephen podía estar crecido, pero no aparentaba esa edad. Su marido le explicó que el chico le había suplicado hasta que él había acabado convenciéndose de que saltarse la norma del hospital no tendría importancia y que las enfermeras harían la vista gorda.

Al principio, Darlene se había alegrado de ver a su hijo, pero en ese momento estaba preocupada de que pudiera organizarse un follón si Paul no manejaba con tacto la partida. Su marido llevaba media hora intentando irse y estaba comprensiblemente nervioso. Con cierta dificultad, Darlene consiguió liberar su mano, rodeó al chico con el brazo alrededor de la cintura y la atrajo hacia ella en un lado de la cama.

—Stephen —le dijo suavemente—, ¿te acuerdas de lo que hablamos ayer? A mamá han tenido que operarla.

—¿Por qué?

Darlene miró a su marido, que alzó los ojos al cielo. Ambos sabían que Stephen interpretaba la situación como una amenaza y no iba a dejarse convencer con facilidad. Darlene se lo había explicado detenidamente durante el fin de semana, pero estaba claro que el chico no la había entendido.

—Porque me tienen que curar la rodilla —dijo Darlene.

—¿Por qué?

—¿Recuerdas el verano pasado, cuando me hice daño jugando al tenis? Bueno, pues me rompí una cosa que se llama «ligamento», y el médico ha tenido que hacerme uno nuevo. Ahora tengo que quedarme aquí a dormir. Mañana por la noche estaré en casa, ¿de acuerdo?

Stephen retorció el borde de la sábana con los dedos evitando la mirada de su madre.

—Stephen, hace rato que tendrías que haberte ido a dormir. Mira, ahora te vas a marchar a casa con papá y, cuando te levantes, mañana, será el día en que yo volveré a casa.

—¡Quiero que vengas a casa esta noche!

—Lo sé —repuso Darlene inclinándose y dando un abrazo a su hijo. Entonces hizo una mueca y dejó escapar un gemido por haber movido la pierna operada más de lo previsto. La tenía fijada a un aparato motorizado que lenta pero constantemente le flexionaba la articulación.

Paul dio un paso para acercarse, puso la mano en el hombro de su hijo y le urgió para que se apartara. Stephen se dejó hacer porque había oído el quejido de su madre.

—¿Estás bien? —preguntó Paul a su mujer.

—Sí —se las arregló para responder Darlene volviéndose a situar en la cama—. No tengo más que mantener la pierna quieta.

Cerró los ojos y respiró profundamente. El dolor se fue reduciendo.

—Menudo montaje tienes ahí —comentó Paul señalando el aparato—. Debemos dar gracias al cielo por habernos apuntado a AmeriCare el otoño pasado; de otro modo esto nos habría costado la ruina.

—No estarás sugiriendo que no debería haberme operado, ¿verdad?

—Ni lo más mínimo. Solo estoy pensando que nuestro antiguo seguro no habría cubierto todos los gastos. ¿Recuerdas todas las complicaciones y la letra pequeña cada vez que intentábamos reclamar algo? Simplemente estoy contento de tenerlo todo cubierto.

El ramalazo de dolor de Darlene parecía haber tenido gran efecto en Stephen y lo había asustado lo bastante para convencerlo de que su madre debía quedarse en el hospital. Cuando unos minutos después su padre anunció que debían marcharse, no dijo ni una palabra.

De repente, Darlene se encontró sola. Durante la tarde había habido una actividad constante en el pasillo, pero en esos momentos reinaba la quietud. Nadie pasaba ante su puerta abierta. Lo que no sabía era que todas las enfermeras y ayudantes del turno de tarde así como las de noche estaban presentando sus informes. El único sonido era el apenas audible «bip» que provenía de algún monitor cardíaco del pasillo.

Los ojos de Darlene se pasearon por la habitación, recorriendo el sencillo mobiliario, las flores que Paul le había dejado en la mesa, el color verde pálido de la pintura y la enmarcada reproducción de Monet en la pared. Se estremeció al pensar en las luchas por la vida que aquellas paredes habrían contemplado a lo largo de los años, pero enseguida borró aquel pensamiento de su mente. No le fue fácil. No le gustaban los hospitales y, con excepción del parto, no había estado en ninguno como paciente. El parto había sido otra cosa. En la planta de maternidad se respiraba un ambiente de expectación y alegría. Donde se encontraba en ese momento no, y eso resultaba mucho más intimidatorio.

Giró la cabeza y miró hacia arriba para observar las gotas de suero cayendo silenciosamente en el conducto intravenoso. Resultaba hipnótico, y tras unos minutos tuvo que hacer un esfuerzo para apartar la vista. Lo más tranquilizador era que, adosada al conducto, había una pequeña bomba que contenía morfina, lo cual significaba que hasta cierto punto podía automedicarse. Hasta el momento lo había hecho únicamente en un par de ocasiones.

Del techo, a los pies de la cama, colgaba un televisor. Lo encendió, esencialmente para que le hiciera compañía. Estaban dando las noticias locales. Apagó el sonido y se limitó a contemplar las imágenes con la mente enturbiada por la combinación de la anestesia de la mañana y la medicación contra el dolor. La máquina seguía flexionándole la pierna, pero ella se sentía extrañamente desconectada, como si la extremidad perteneciera a otra persona.

Pasó una hora fácilmente en un estado entre el sueño y la plena conciencia. Se parecía más al sueño si se acordaba de permanecer quieta; y más a la vigilia si movía la pierna. Vagamente registró que las noticias habían dado paso al programa de Letterman.

Lo siguiente que supo era que una de las ayudantes de enfermera la sacudía. Darlene chirrió los dientes porque sin querer había contraído el músculo del muslo al ser molestada.

—¿Ha orinado después de que la operasen? —preguntó la ayudante. Era una mujer gorda con un fibroso pelo rojo.

Darlene intentó pensar. Lo cierto era que no lo recordaba y así lo dijo.

—Si lo hubiera hecho se acordaría, así que tiene que hacerlo ahora. Le traeré el orinal. —La mujer desapareció en el cuarto de baño y regresó con un recipiente de acero inoxidable que dejó encima de la cama, al lado de la cadera de Darlene.

—No tengo ganas —repuso esta. Lo último que deseaba era tener que moverse para colocarse encima del orinal. Le produjo una mueca solo pensarlo. El cirujano le había dicho que seguramente tendría algunas molestias tras la operación. ¡Menudo eufemismo!

—Pues tiene que hacer —declaró la ayudante mirando el reloj como si no tuviera tiempo para discutir.

La actitud de la mujer combinada con el estado medio drogado de Darlene hizo que esta se irritara.

—Deje el orinal. Lo haré más tarde.

—Cariño, lo va a hacer ahora. Son órdenes de arriba.

—Pues diga a quien sea que esté arriba que lo haré más tarde.

—Voy a buscar a la enfermera, y le advierto que ella no admite terquedades.

La ayudante desapareció de nuevo. Darlene menó la cabeza. «Terquedad» era una palabra que asociaba con los niños pequeños. Apartó el frío orinal de la cadera.

Cinco minutos más tarde, la enfermera entró bruscamente en la habitación acompañada de la ayudante, sobresaltando a Darlene. A diferencia de su auxiliar, la enfermera era alta, delgada y tenía unos ojos exóticos. Con los brazos en jarras se inclinó sobre Darlene.

—La ayudante me ha dicho que se niega a hacer pipí.

—No me niego. Solo le he dicho que lo haré más tarde.

—O lo hace ahora o de lo contrario la sujetaremos. Creo que sabe lo que eso significa.

Darlene lo sabía, y la perspectiva no le era en absoluto agradable. La ayudante se situó al otro lado de la cama. Darlene se vio rodeada.

—Usted decide, hermana —añadió la enfermera cuando Darlene no respondió—. Mi consejo es que levante ese trasero suyo.

—Podría mostrarse usted un poco más comprensiva —sugirió Darlene mientras se disponía a alzarse apoyando ambas manos en el colchón.

—Tengo demasiados pacientes enfermos para mostrarme comprensiva sobre hacer un simple pipí —dijo la enfermera. A continuación comprobó la vía intravenosa mientras la ayudante colocaba el orinal en el sitio.

Darlene soltó un suspiro de alivio. A pesar de lo frío que estaba el metal, subirse al orinal no había resultado tan malo como había pensado. Pero orinar era capítulo aparte. Tardó unos minutos en concentrarse antes de poder empezar. Entretanto, la enfermera y su ayudante se marcharon. Hizo más pipí del que pensó que tenía, lo cual le obligó a admitir que había sido necesario. También le recordó lo poco que le gustaban los hospitales.

Una vez que terminó, tuvo que esperar. Podía mover la pelvis arriba y abajo sin molestias, pero para retirar el orinal necesitaba levantar una de las manos sobre las que se apoyaba. Eso significaba tensar los músculos de la pierna que le dolía, así que estaba bloqueada. Tras cinco minutos, su espalda empezó a protestar, de modo que apretó los dientes y apartó el orinal a un lado. Casi inmediatamente, la enfermera y la ayudante reaparecieron.

Mientras la ayudante se ocupaba del orinal, la enfermera le ofreció una pastilla para dormir y un pequeño vaso de agua.

—No creo que la necesite —contestó Darlene, que, con todos los medicamentos que había tomado a lo largo del día, se sentía como si flotara.

—Tómesela —insistió la enfermera—. Se lo ha ordenado su médico.

Darlene miró a la enfermera a la cara. No sabía si su expresión era de desafío, de aburrimiento o desdén. Fuera cual fuese, le parecía poco apropiada y le hacía preguntarse por qué esa mujer se había dedicado a ser enfermera. Cogió la píldora, y se la tragó con un poco de agua. Devolvió el vaso a la enfermera.

—Podría ser usted un poco más persona.

—La gente tiene lo que se merece —contestó la enfermera recogiendo el vaso y aplastándolo en su mano—. Vendré a verla más tarde.

No se moleste, pensó Darlene, pero no se lo dijo. Se limitó a hacer un gesto de asentimiento antes de que la enfermera saliera. Reconociendo su vulnerabilidad y necesidades, no quería empeorar la situación. Con la pierna sujeta a la máquina flexora y con todo el dolor que sentía cada vez que movía la rodilla, dependía totalmente del personal de enfermería.

Darlene se administró una dosis del calmante para mitigar el dolor de la pierna, que se parecía a uno de muelas tras los padecimientos con el orinal. No tardó en sentirse más tranquila y relajada. La tensión del enfrentamiento con la enfermera y su ayudante no terminó por disolverse en la nada. Lo importante era que la operación ya había pasado. La ansiedad de la noche anterior estaba superada. En esos momentos se hallaba en camino hacia su recuperación y, según el médico, podría volver a jugar al tenis en cuestión de unos seis meses.

Sin darse cuenta, Darlene cayó en un profundo sopor narcotizado y sin sueños. No tuvo conciencia del paso el tiempo hasta que fue bruscamente despertada por un dolor desgarrador en el brazo izquierdo. Un gemido se escapó de sus labios mientras abría los ojos. El televisor estaba apagado, y la habitación sumida en la penumbra por la débil luz nocturna de seguridad que había cerca del suelo. Por un momento se sintió desorientada, pero se recobró rápidamente. Con el dolor extendiéndose por su hombro, se lanzó hacia el botón del timbre, pero no llegó a alcanzarlo. Notó que una mano le aferraba la muñeca. Alzando los ojos vio una blanca figura de pie al lado de la cama, con el rostro oculto entre las sombras. Abrió la boca para hablar, pero las palabras se le atascaron en la garganta. La habitación se oscureció y empezó a dar vueltas antes de que ella notara que caía de la luz a la oscuridad.

6

—¡Shelly, cuidado! —gritó Laurie—. ¡Para!

Para su total espanto, su hermano corría a toda velocidad hacia un lago de aguas estancadas cuya orilla era un fangal capaz de tragarse un elefante. No podía dar crédito a lo que veía. Le había advertido del peligro, pero él no le hacía caso.

—¡Shelly, detente! —repitió, gritando tan fuerte como pudo.

Presa de una terrible sensación de impotencia por no poder impedir lo que iba a acabar en desastre, Laurie echó a correr. Aunque sabía sin asomo de duda que no podría hacer nada cuando Shelly se adentrara en el lodazal, no podía permanecer allí impotente y dejar que la tragedia se desarrollara ante sus ojos. Mientras corría buscó frenéticamente un palo o un tronco largo que pudiera tender a su hermano cuando quedara atrapado en el lodo. Sin embargo, el paisaje circundante estaba desierto y no había nada, salvo roca desnuda.

Entonces, de repente, Shelly se detuvo a unos tres metros del fango que bordeaba el lago. Se volvió y miró a Laurie. Sonreía con la misma actitud desafiante de cuando eran niños.

Aliviada, Laurie dejó de correr. Jadeaba y no sabía si sentirse furiosa o agradecida. Acto seguido, y antes de que ella pudiera decir palabra, Shelly dio media vuelta y reanudó su loca carrera hacia el desastre.

—¡No! —gritó Laurie, pero entonces Shelly llegó a la orilla del lago y corrió todo lo lejos que pudo antes de que sus piernas quedaran atrapadas sin remedio. De nuevo, volvió a mirar atrás; su sonrisa había desaparecido. En su lugar se veía una expresión de horror. Extendió los brazos hacia su hermana, que había corrido hasta el borde del terreno seco. Nuevamente, Laurie buscó algo que poder lanzarle, pero no había nada. Rápida e irremediablemente, Shelly se hundió en el lodo con sus suplicantes ojos fijos en los de ella hasta que desaparecieron en el cieno. Todo lo que quedó fue una mano que intentaba vanamente aferrarse a algo, y no tardó en ser engullida también por el fango circundante.

—¡No! ¡No! ¡No! —gritó Laurie, pero su voz quedó apagada por el escandaloso repiqueteo que la arrancó de las tinieblas del sueño. Rápidamente se estiró y detuvo su viejo despertador de cuerda. Se dejó caer de nuevo en la cama y se quedó mirando el techo. Estaba sudando y respiraba pesadamente. Había sido una pesadilla que, por suerte, hacía años que no tenía.

Se sentó y puso los pies en el suelo. Se sentía fatal. La noche anterior se había quedado despierta hasta muy tarde, limpiando obsesivamente su sucio apartamento. Había sido consciente de que era una tontería hacerlo a aquella hora, pero le había parecido terapéutico. Era necesario limpiar las telarañas, tanto las reales como las simbólicas.

No podía creer lo mucho que había cambiado su vida en cuarenta y ocho horas. A pesar de que estaba convencida de que su lazo de amistad con Jack seguiría siendo fuerte, su relación íntima con él probablemente había acabado. Debía ser realista acerca de lo que ella necesitaba y sobre la forma de ser de él. A eso había que sumar los desvelos por su madre y la nueva preocupación por su propia salud.

Poniéndose en pie, Laurie fue al diminuto cuarto de baño y empezó su rutina matinal de ducharse, lavarse, secarse el cabello y ponerse la mínima cantidad de maquillaje a la que se había acostumbrado y que consistía en un poco de colorete, de lápiz de ojos y un toque de carmín natural. Cuando hubo acabado, se contempló en el espejo. No estaba satisfecha. A pesar de sus intentos por disimularlo, tenía un aspecto cansado, que tampoco consiguió mejorar con unos toques suplementarios de maquillaje.

Laurie siempre había gozado de buena salud y, salvo durante sus escarceos con la bulimia en su época del instituto, había llegado a dar por seguro el hecho de estar sana. Sin embargo, la repentina amenaza de ser portadora de un marcador para una mutación del gen BRCA-1 había cambiado completamente su percepción de sí misma. Que una conspiración genética anidara secretamente en cada una de sus trillones de células resultaba una idea inquietante y perturbadora. A pesar de que había confiado en que su búsqueda de la noche anterior le aportaría cierto consuelo, no había sido así. En esos momentos sabía mucho más del BRCA-1 desde un punto de vista académico: en esencia, que el gen normal actuaba como supresor de tumores, pero que en su forma mutada hacía exactamente lo contrario.

Por desgracia, la información de los libros no le servía de gran ayuda a la hora de afrontar el problema en el terreno personal, especialmente si la sumaba a su deseo de tener hijos. Ya era bastante malo tener que perder ambos senos desde un punto de vista profiláctico; pero quedarse sin ovarios resultaba mucho peor: una castración en toda regla. Para su espanto, se había enterado de que si era portadora del marcador del BRCA-1 no solo tenía más posibilidades de desarrollar un cáncer de mama antes de los ochenta años sino también uno de ovarios. En otras palabras, su reloj biológico hacía tictac con mucha más fuerza y deprisa de lo que había creído.

La situación resultaba muy deprimente, en especial si se combinaba con el cansancio derivado de la falta de sueño. La pregunta era: ¿debía hacerse una prueba para averiguar si era portadora del marcador? No estaba segura. Desde luego, no iba a permitir que le extirparan los ovarios; al menos hasta que hubiera tenido un hijo. ¿Y los pechos? Tampoco creía que fuera capaz de consentirlo, de modo que, ¿qué sentido tenía hacerse la prueba? En su opinión, dilemas como ese eran el mejor ejemplo de los problemas que planteaban las modernas pruebas genéticas: o bien no había cura para la enfermedad en cuestión o, si la había, resultaba demasiado terrorífica.

Tras un rápido desayuno de cereales y fruta, salió de su piso solo quince minutos más tarde de lo previsto. La señorita Engler no la decepcionó: abrió ligeramente la puerta en el momento justo y espió a Laurie con sus ojos enrojecidos mientras ella pulsaba repetidamente el botón del ascensor con la esperanza de que fuera más rápido. Laurie sonrió a la mujer y la saludó con la mano; la respuesta de la señorita Engler fue cerrar su puerta.

El trayecto por la Primera Avenida transcurrió con normalidad. Hacía más frío que los días anteriores, pero, aun así, Laurie no quiso coger un taxi. Con el abrigo abrochado hasta el cuello iba bien abrigada y además de ese modo disfrutaba de la distracción que le proporcionaba la bulliciosa ciudad. Para ella, Nueva York tenía un dinamismo que no igualaba ningún otro lugar del mundo. Al final, sus problemas acabaron retirándose a los recónditos rincones de su mente y en su lugar surgieron pensamientos sobre el caso de los McGillin y la esperanza de que le llegaran los resultados de las pruebas de Maureen, así como el informe de Peter. También se preguntó qué tipo de casos la esperaban aquel día. Confiaba en que serían tan absorbentes y distraídos como el de Sean McGillin.

Entró en la oficina por la puerta principal. A diferencia de la mañana anterior, la recepción se encontraba vacía. También lo estaba la zona de administración que había a la izquierda. Saludó con la mano a Marlene Wilson, la recepcionista, que disfrutaba de su soledad hojeando el periódico de la mañana y que le devolvió el saludo con una mano mientras, con la otra, le abría a distancia la cerradura de la sala de identificación.

En las butacas de vinilo marrón estaban sentados dos de los forenses más veteranos, Kevin Southgate y Arnold Besserman, enfrascados en su conversación. Ambos saludaron a Laurie sin interrumpir su charla. Ella les correspondió y se fijó en que Vinnie Amendola no estaba en su lugar de costumbre, escondiéndose tras el periódico. Se acercó a la mesa donde una atareada Riva se encontraba repasando los casos que se habían presentado durante la noche, seleccionando los que debían ser objeto de autopsia y repartiéndolos entre los médicos. Riva alzó la mirada, miró a Laurie por encima de las gafas y sonrió.

—¿Has dormido algo mejor esta noche? —le preguntó.

—No mucho más que ayer —confesó Laurie—. Me quedé hasta las dos limpiando el piso.

—Es algo que me resulta familiar —contestó Riva con una sonrisa comprensiva—. ¿Qué ocurrió en el hospital?

Laurie le contó la visita y que su madre se encontraba bien; le habló brevemente de su padre, pero no mencionó el problema del BRCA-1.

—Jack está ya en el foso —comentó Riva.

—Lo supuse al ver que Vinnie no estaba leyendo su sección de deportes.

Riva meneó la cabeza.

—Cuando yo llegué, antes de las seis y media, Jack ya estaba por aquí, husmeando los casos. Es demasiado pronto incluso para él. Me pareció patético, y le dije que se montara mejor la vida.

Laurie se echó a reír.

—Eso le habrá sentado bien.

—También le expliqué lo de tu madre. Espero no haber metido la pata. Me preguntó dónde habías estado ayer por la tarde. Según parece, pasó por tu despacho justo después de que te fueras al hospital, mientras yo estaba abajo hablando con Calvin.

—No pasa nada —contestó Laurie—. Ahora que me lo han dicho, ya no es ningún secreto.

—Te oigo —dijo Riva—, pero no puedo entender que tu madre no te lo contara. En fin, la verdad es que Jack parecía muy afectado. Te lo digo en serio.

—¿Dijo algo en particular?

—No sobre tu madre. Estuvo callado un buen rato, cosa que tratándose de él no es muy normal.

—¿Qué clase de caso tiene entre manos?

—Uno especialmente feo —contestó Riva—. Jack es increíble, tengo que reconocerlo. Cuanto más difícil es el caso, ya sea en lo emocional o en lo técnico, más le gusta; el que tiene era especialmente grave desde el principio. Se trata de una recién nacida de cuatro meses con gravísimas laceraciones que ingresó muerta en Urgencias. El personal de Urgencias se indignó cuando los padres intentaron decir que no tenían ni idea de cómo se las había hecho. Al final, los de Urgencias llamaron a la policía, y ahora los padres están en la cárcel.

—¡Dios santo! —murmuró Laurie con un estremecimiento. A pesar de sus trece años como forense, todavía se le hacía muy cuesta arriba ocuparse de casos infantiles, especialmente los de malos tratos.

—Me encontraba en pleno follón cuando leí el informe de investigación —reconoció Riva—. No había duda de que a la niña había que hacerle la autopsia, pero yo no tenía a nadie que me cayera lo bastante mal para encargárselo.

Laurie intentó reír porque sabía que Riva estaba bromeando; sin embargo, apenas consiguió esbozar una sonrisa. A Riva le caía bien todo el mundo y viceversa. Laurie también sabía que Riva se habría encargado del caso personalmente si Jack no se hubiera presentado voluntario.

—Antes de bajar, Jack mencionó otro caso —dijo Riva mientras buscaba un expediente que finalmente blandió—. Me dijo que se encontró con Janice cuando llegó esta mañana, y que ella le contó que en el Manhattan General había otro caso de un adulto joven sorprendentemente parecido al de Sean McGillin. Jack me dijo que seguramente tú lo querrías y que te lo encargara. ¿Te interesa?

—¡Desde luego! —contestó Laurie con el entrecejo fruncido al coger el expediente. Lo abrió y pasó rápidamente las páginas hasta dar con el informe de investigación. El nombre de la paciente era Darlene Morgan; edad, treinta y seis años.

—Era madre de un niño de ocho años —comentó Riva—. ¡Menuda tragedia para el crío!

—Y que lo digas —murmuró Laurie mientras ojeaba el informe—. Resulta parecido, sorprendentemente parecido. —Levantó la mirada—. ¿Sabes si Janice está todavía por aquí?

—No tengo ni la más remota idea. Lo estaba cuando pasé por la oficina de los ayudantes, pero eso fue sobre las seis y media.

—Creo que iré a comprobarlo —repuso Laurie—. Gracias por el caso.

—Ha sido un placer —contestó Riva, hablando con la espalda de Laurie porque ella ya estaba camino de la puerta que conducía a la sala de comunicaciones.

Laurie se dio prisa. En principio, Janice salía a las siete, pero con frecuencia se quedaba hasta más tarde. Era muy cuidadosa con sus informes y con frecuencia podía estarse hasta horas tan avanzadas como las ocho. Eran las ocho menos cuarto cuando Laurie cruzó la sala de archivos. Un minuto después se asomaba a la puerta del despacho de los investigadores. Bart Arnold levantó la mirada. Hablaba por teléfono.

—¿Está Janice todavía por aquí? —preguntó Laurie.

Bart hizo un gesto con el pulgar señalando por encima del hombro hacia el fondo de la sala. La cabeza de Janice surgió de detrás de una pantalla de ordenador. Estaba sentada a un escritorio de un rincón.

Laurie se acercó y cogió una silla. La acercó, tomó asiento y esperó a que Janice acabara con su bostezo de cansancio.

—Lo siento —dijo Janice una vez recuperada. Se frotó los enrojecidos ojos con los nudillos.

—Tienes todo el derecho —repuso Laurie—. ¿Ha sido una noche movida?

—En cuestión de cantidad fue muy normal. Nada que ver con la de ayer. De todas maneras hubo unos cuantos casos de esos que dejan hecho polvo. No sé qué me estará pasando. Yo no solía ser tan sensible. Espero que no acabe afectando a mi objetividad.

—Ya he oído lo de la recién nacida.

—¿Te lo puedes imaginar? ¿Cómo puede hacer alguien algo así? No lo entiendo. Es posible que me esté haciendo demasiado blanda para este trabajo.

—El momento en que uno tiene que empezar a preocuparse es cuando ese tipo de casos ya no impresionan.

—Supongo —contestó Janice con un suspiro de cansancio. A continuación se enderezó recobrando la compostura—. En fin, ¿qué puedo hacer por ti?

—Acabo de echar un vistazo a tu informe de Darlene Morgan. El caso me parece inquietantemente parecido al de Sean McGillin.

—Eso ha sido exactamente lo mismo que le he dicho al doctor Stapleton esta mañana, cuando nos hemos cruzado.

—¿Se te ocurre algo más que no figure aquí? —preguntó Laurie mostrando el informe—. No sé, tus impresiones mientras hablabas con la gente implicada, con las enfermeras, los médicos o incluso los miembros de la familia. Ya sabes, algo más allá de los fríos hechos. Algo que captaras por intuición.

Janice mantuvo los ojos fijos en los de Laurie mientras reflexionaba. Al cabo de un instante meneó la cabeza ligeramente.

—Creo que no. Sé a qué te refieres, algún tipo de impresión subliminal. Pero no se me ocurrió nada. No era más que otra tragedia clínica. Una mujer joven y en apariencia sana a la que se le había acabado el tiempo de repente. —Janice hizo un gesto de impotencia—. Cuando alguien así muere, te hace comprender que todos vivimos de prestado.

Laurie se mordió el labio mientras pensaba en qué más podía preguntarle.

—No hablaste con el cirujano, ¿verdad?

—No. No lo hice.

—¿Fue el mismo médico que operó a Sean McGillin?

—No. Hubo otros dos traumatólogos implicados, y la impresión que me dio el residente fue que ambos tienen muy buena reputación.

—Según parece, ambos pacientes fallecieron a una hora de la madrugada más o menos parecida. ¿No te pareció extraño?

—La verdad es que no. Según mi experiencia, la franja horaria entre las dos y las cuatro de la mañana es cuando se producen más fallecimientos. Al menos es el momento de más trabajo en mi turno. Un médico me sugirió en una ocasión que podía estar relacionado con el nivel de hormonas circadianas.

Laurie asintió. Lo que Janice decía era seguramente cierto.

—El doctor Stapleton me ha dicho que te hiciste cargo del caso McGillin. ¿El que me estés haciendo estas preguntas se debe a que no hallaste demasiadas causas evidentes de la muerte?

—Es que no hallé ninguna —reconoció Laurie—. ¿Qué hay de la anestesia? ¿Alguna similitud entre el tratamiento o el personal?

—Debo confesar que eso no lo comprobé. ¿Tendría que haberlo hecho?

Laurie se encogió de hombros.

—Las dos víctimas llevaban unas dieciocho horas de postoperatorio, así que debían tener restos de anestesia. Creo que vamos a estar obligados a tenerlo en cuenta todo, incluyendo la medicación que les dieron, su orden y dosis. Le dije a Bart que me consiguiera el cuadro clínico de McGillin. Ahora voy a necesitar también el de Morgan.

—Puedo hacerte la petición antes de marcharme —se ofreció Janice.

Laurie se levantó.

—Te lo agradecería. Espero que no pienses que he venido porque tu informe me parezca mal. Es más bien todo lo contrario. Tus informes son siempre de primera.

Janice se ruborizó.

—Vaya, gracias. La verdad es que eso intento. Sé lo importante que es contar con toda la información, especialmente en los casos más misteriosos, como estos cuatro.

—¿Cuatro? —preguntó Laurie sorprendida—. ¿Qué quieres decir con «cuatro»?

—Pues que si no recuerdo mal, la penúltima semana hubo otros dos, también en el Manhattan General, que desde mi punto de vista se parecen.

—¿En qué se parecen? ¿Se trataba también de pacientes en su primer día de postoperatorio?

—Eso creo recordar. De lo que sí me acuerdo seguro es de que eran gente joven y en general con buena salud, de modo que esas crisis cardíacas fueron una sorpresa muy desagradable.

También me viene a la memoria que los dos fueron hallados por la ayudante de la enfermera que hacía la ronda comprobando la temperatura y los ritmos cardíacos de los recién operados. Así fue como encontraron a Darlene Morgan, lo cual sugiere que debió de sufrir algún tipo de crisis fulminante. Me refiero a que no hubo aviso alguno. No sé, al menos, Sean McGillin tuvo la oportunidad de pedir auxilio. En el caso de Darlene, el equipo de reanimación no la tuvo de ninguna manera. No consiguieron nada salvo una línea plana.

—Esto podría ser muy importante —dijo Laurie, satisfecha por haber preguntado a Janice.

—La verdad es que estaba pensando en hacer copias de los informes de investigación, pero todavía no he tenido tiempo.

—¿Eran también casos de traumatología?

—No recuerdo exactamente de qué los operaron, pero no será difícil averiguarlo. Si tuviera que aventurar algo, diría que fueron casos de cirugía general, no de traumatología. ¿Quieres que los imprima?

—No te molestes porque voy a solicitar los expedientes completos. ¿Recuerdas quién les hizo la autopsia?

—Yo nunca lo sé. Salvo con el doctor Stapleton y contigo, no suelo tener mucho contacto con el resto de los forenses.

—¿Recuerdas cuál fue la causa final y oficial de la muerte? —preguntó Laurie.

—Lo siento —reconoció Janice—. Ni siquiera sé si la han firmado ya. A veces sigo los casos que me interesan, pero no lo hice con esos dos de los que hablamos. Debo admitir que en su momento me parecieron dos casos rutinarios de complicaciones cardíacas graves e inesperadas. Sé que hablar de «rutina» y de «imprevisto» es una contradicción, así que puede que «rutina» no sea la palabra adecuada. Quiero decir que la gente se muere en los hospitales y, por trágico que sea, a menudo ocurre que no es por el problema que para empezar los llevó allí. No fue hasta esta mañana, cuando empecé a escribir el caso Morgan y reparé en el detalle de la ayudante de la enfermera, cuando me acordé de ellos.

—¿Cuáles eran sus nombres? —preguntó Laurie notando un escalofrío de emoción. Ese curioso y totalmente inesperado fragmento de información era la razón por la que había querido precisamente hablar con Janice. La reforzaba en la convicción de que aquellos de sus colegas que hacían caso omiso de los conocimientos y experiencia de los investigadores forenses lo hacían en detrimento de sus resultados profesionales.

—Solomon Moskowitz y Antonio Nogueira. Los apunté con sus nombres de ingreso. —Janice le entregó una hoja.

Laurie la cogió y leyó los nombres. En realidad no sabía si lo que estaba buscando no era una distracción de sus verdaderos problemas. Lo que sí sabía era que había dado con una.

—Gracias, Janice —dijo Laurie sinceramente—. Tengo que darte todo el mérito. Relacionar estos casos puede ser importante.

Uno de los problemas de ser ocho médicos en el departamento era que la relación entre casos podía pasar inadvertida. Había una reunión los jueves por la tarde, donde los casos se debatían en un foro abierto; pero, habitualmente, solo se trataban los asuntos más interesantes desde un punto de vista académico, o los más macabros.

—De nada —contestó Janice—. Me siento bien al saber que formo parte de un equipo y que aporto mi granito de arena.

—Desde luego que sí —repuso Laurie—. ¡Ah!, de paso, cuando presentes la solicitud para el historial clínico de Morgan, ¿te importaría pedir también los de Moskowitz y Nogueira?

—Claro que no —contestó Janice, que escribió una anotación en un post-it y lo pegó en un lado de la pantalla del ordenador.

Con el cerebro convertido en un torbellino, Laurie salió a toda prisa de la sala de los investigadores y cogió el ascensor para la cuarta planta. Sus problemas relacionados con Jack y el BRCA-1 habían quedado relegados a un segundo plano. No podía apartar los ojos de los nombres que aparecían en la hoja que Janice le había entregado. Pasar de un caso curioso a cuatro representaba un adelanto significativo. La cuestión residía sencillamente en saber si esos cuatro casos estaban realmente relacionados. Para Laurie ese era el verdadero significado de ser forense. Si los casos estaban relacionados a través del uso de un mismo medicamento o procedimiento y si ella podía descubrirlo, tendría la recompensa de haber evitado muertes futuras. Naturalmente, dicho descubrimiento también le revelaría si los fallecimientos habían sido accidentales o si tras ellos se ocultaba un homicidio. La cuestión le provocó escalofríos.

Laurie entró en su despacho, colgó el abrigo tras la puerta y se sentó ante el ordenador. Tecleó el número de acceso de ambos casos enterándose de pasada de que ninguno de los dos llevaba la firma definitiva. Hasta cierto punto decepcionada, buscó los nombres de los médicos que habían realizado las autopsias: George Fontworth se había ocupado de Antonio Nogueira, y Kevin Southgate, de Solomon Moskowitz. Como había visto a Southgate en la sala de identificación, descolgó el teléfono y marcó su extensión. Lo dejó sonar cinco veces antes de colgar.

Laurie volvió al ascensor, bajó hasta la planta baja y se dirigió a la sala de identificación. Había confiado en que Kevin estuviera allí aún, charlando con Arnold, y no se equivocó. Esperó pacientemente a que ambos hicieran una pausa en la conversación. Hablaban apasionadamente de política; Kevin adoptaba la postura del inveterado progresista demócrata y Arnold, la del conservador republicano. Los dos llevaban más de veinte años en el departamento y habían llegado a parecerse: estaban gordos, eran de tez pálida y descuidados tanto con su higiene como con su forma de vestir. A los ojos de Laurie, eran la viva imagen de los forenses que aparecían en las películas de Hollywood.

—¿Recuerdas haberte ocupado del caso de Solomon Moskowitz, hace un par de semanas? —preguntó Laurie a Kevin tras disculparse por interrumpirlos. Como de costumbre, él y Arnold parecían avergonzarse de su pugna dialéctica y dolidos porque ninguno de los dos tenía la más mínima posibilidad de cambiar las arraigadas opiniones del otro.

Tras bromear acerca de que no se acordaba de los casos del día anterior, el mofletudo rostro de Kevin se puso ceñudo mientras hacía memoria.

—Mira, creo que recuerdo a un tal Moskowitz —contestó—. ¿Sabes si era un caso del Manhattan General?

—Eso me han dicho.

—Ahora sé cuál es. Aparentemente, el paciente sufrió una crisis cardíaca. Si es el que yo creo, la autopsia no arrojó ningún resultado concluyente. Creo que no la he firmado todavía. Debo de estar esperando que lleguen las pruebas del microscopio.

«Sí, claro», pensó Laurie. Ni siquiera en las épocas de mayor trabajo, se tardaban dos semanas en conseguir esos resultados. De todas maneras, no le sorprendía: Kevin y Arnold eran conocidos por retrasarse de forma habitual con sus casos.

—¿Recuerdas si el paciente había sido operado recientemente?

—Ahora sí que estás abusando de tu suerte. Mira, hagamos una cosa: pásate por mi despacho y te dejaré que eches un vistazo al expediente.

—Me parece buena idea —repuso Laurie, que se había distraído momentáneamente al ver entrar a George en la sala de identificación quitándose el abrigo. Dejó que Kevin y Arnold siguieran con su discusión y se reunió con Fontworth ante la máquina de café.

George llevaba casi tanto tiempo como Kevin y Arnold en el departamento, pero no había adquirido ninguna de sus costumbres. Su aspecto era bastante más elegante, con sus pantalones bien planchados, sus camisas limpias y sus coloristas corbatas, todas ellas prendas de moda, y así le gustaba presentarse. También parecía mucho más joven gracias a haber evitado el sobrepeso propio de la edad. Aunque Laurie sabía que Jack no lo tenía en gran estima profesional, a ella siempre le había resultado fácil trabajar con él.

—Tengo entendido que tu caso del tiroteo de ayer tuvo una conclusión inesperada.

—¡Menudo calvario! —se quejó George—. La próxima vez que Bingham se ofrezca para ayudarme en un caso, recuérdame que debo declinar educadamente su oferta.

Laurie rió, y ambos charlaron del caso unos minutos antes

de que ella abordara el asunto que le interesaba. Del mismo modo que había hablado con Kevin sobre el caso Moskowitz, le preguntó a George si recordaba el de Antonio Nogueira, de hacía un par de semanas.

—Dame una pista —contestó Fontworth.

—No puedo precisarte los detalles porque no estoy segura —dijo Laurie—, pero diría que era alguien joven que había sido operado durante las últimas veinticuatro horas en el Manhattan General y cuya causa de la muerte fue algún tipo de crisis cardíaca.

—Vale. Me acuerdo del caso. Un auténtico embrollo. En la autopsia no encontré nada de nada, y las pruebas microscópicas tampoco me dieron donde agarrarme. Tengo el expediente en mi mesa a la espera de que Toxicología me diga algo. De lo contrario me veré obligado a firmar que se trató de una fibrilación ventricular espontánea o una muerte cardíaca fulminante que fue tan repentina y total que no dio tiempo a que se desarrollara patología alguna. Naturalmente, eso significa que, fuera cual fuese la causa que lo provocó, desapareció por arte de magia. De una manera u otra, el corazón se detuvo. Quiero decir que no pudo ser que se le interrumpiera la respiración, porque no había señales de cianosis. —Hizo un gesto de impotencia con las manos.

—¿De modo que las pruebas del microscopio no detectaron nada en los conductos coronarios?

—Casi nada.

—¿Y el músculo cardíaco parecía normal? No sé, ¿no había señales de nada que hubiera producido arritmia? ¿No había indicios de inflamación?

—Nada de nada. Era perfectamente normal.

—¿Te importaría si esta tarde me acerco para echarle un vistazo al expediente?

—En absoluto, pero ¿a qué viene tanto interés? ¿Cómo te enteraste?

—Me lo dijo Janice —contestó Laurie—. Me interesa porque ayer tuve un caso sorprendentemente parecido. —Se sintió culpable por no mencionar los otros dos casos, pero no lo hizo por una razón: sus sospechas de que podían estar relacionados eran simple especulación; además, en esos momentos no podía evitar sentirse la dueña exclusiva de lo que empezaba a creer que se trataba de algún tipo de serie.

Salió de la sala de identificación y bajó en busca de Marvin. Lo encontró en el despacho. Tal como había esperado, estaba vestido con su ropa de trabajo.

—¿Listo para el baile? —le preguntó Laurie, impaciente por comenzar.

—Cuando digas, hermana —contestó Marvin como si se estuviera repitiendo la escena del día anterior.

Laurie le dio el número de identificación de Darlene Morgan antes de entrar en el vestuario para cambiarse. Estaba nerviosa. Era la primera vez en su carrera como forense que deseaba no encontrar nada en una autopsia porque eso significaría que el caso de Darlene Morgan sería igual que los de McGillin, Moskowitz y Nogueira. Cuanto más tiempo le dedicara a la idea de la serie, mejor sería la distracción y menos ocasión tendría para sus problemas personales.

Salió del vestuario, fue hasta la sala de almacenamiento y recogió su batería de la fila de cargadores. Un cuarto de hora más tarde se había puesto el traje lunar y entraba en el foso después de haberse lavado las manos y puesto los guantes. Solo había un caso en marcha, y no tuvo ninguna dificultad en distinguir a Jack y a Vinnie, puesto que este era bastante más bajo y menos corpulento. Jack miraba a través de la lente de una cámara montada en un trípode. Laurie intentó no mirar el pequeño y desnudo cuerpecillo extendido sobre la mesa, y parpadeó con el destello del flash.

—¿Eres tú, Laurie? —preguntó Jack enderezándose y volviéndose hacia ella en respuesta al ruido de la puerta al cerrarse.

—Sí —contestó Laurie. Al no encontrar a Marvin en la sala, se dio la vuelta para mirar a través del cristal alambrado de la puerta que daba al corredor. Marvin se acercaba tirando de una camilla. Por detrás la empujaba Miguel Sánchez, otro de los técnicos. Laurie supuso que habrían tenido algún problema. Marvin era supereficiente y siempre la esperaba con todo listo.

—Ven, acércate —le dijo un alterado Jack—. Quiero enseñarte algo. ¡Este caso es realmente algo serio!

—Estoy segura —contestó Laurie—, pero creo que prefiero que me lo expliques cuando hayas terminado. Ya sabes que las autopsias de niños no son mi fuerte.

—Estoy casi convencido de que este caso es como los de ayer —dijo Jack—. Estoy seguro en un noventa por ciento de que las causas de la muerte van a sorprender a todo el mundo. Te lo digo, ¡es de libro!

A pesar de su renuencia a ocuparse de niños en la sala de autopsias, la curiosidad profesional la hizo acercarse. No sin cierta dificultad se obligó a mirar a la desdichada criatura. Tal como Riva le había dicho, la pobre niña aparecía magullada, lacerada y quemada por todo el cuerpo, incluyendo el rostro. Lo terrible de la imagen hizo que Laurie se tambaleara, como si se hubiera mareado, y tuvo que plantar bien los pies en el suelo para mantener el equilibrio. Oyó que la puerta se abría a su espalda y el chirrido de las ruedas de la vieja camilla al ser introducida en la sala.

—¿Qué te parece si te digo que todas las radiografías que le hemos hecho a este cuerpo no han revelado fracturas de ningún tipo, ni recientes ni antiguas? —le preguntó Jack—. ¿Influiría eso en tu enfoque?

—No especialmente —dijo Laurie.

Intentó mirar a Jack a los ojos, pero con las luces reflejándose en su máscara de plástico le resultó difícil. No se habían visto ni hablado desde hacía casi veinticuatro horas, y cuando se habían encontrado por la mañana, ella había esperado que hiciera algo más que representar su alegre y profesional papel de siempre.

—¿Y si te dijera que además de que las radiografías son normales su frenillo está intacto?

—Eso desde luego no pondría en duda lo que estoy viendo —repuso Laurie. A pesar de su repugnancia, se inclinó para ver de cerca las lesiones, especialmente donde Jack había practicado una pequeña incisión en una de las abrasiones. No había ni sangre ni edema. Entonces, supo de repente a qué se refería Jack al señalar los indicios que sugerían que los pretendidos malos tratos no eran tales—. ¡Parásitos! —exclamó de repente, enderezándose.

—¡Que alguien dé un premio a esta chica! —exclamó Jack como un animador de feria—. Como era de prever, la doctora Montgomery ha corroborado expertamente mis impresiones. Naturalmente, Vinnie, aquí presente, no está convencido; de modo que me ha apostado cinco pavos a que no encontraremos evidencia específica de muerte por asfixia cuando hagamos la autopsia interna, y todos sabemos lo que eso implicaría.

Laurie asintió. Existía más de una probabilidad de que la criatura que tenía delante hubiera muerto del Síndrome de Muerte Infantil Repentina, que en las autopsias aparecía como fallecimiento por asfixia. A pesar de que, a primera vista, había pensado que las lesiones externas habían sido infligidas antes de la muerte, en esos momentos creía probable que hubieran sido ocasionadas por una diversidad de alimañas como arañas, cucarachas y probablemente también ratones. Si así se demostraba, entonces la muerte pasaba de considerarse homicidio a ser accidental. Naturalmente, aquello no disminuía la tragedia que suponía la pérdida de una criatura; pero, desde luego, tenía implicaciones totalmente distintas.

—Bueno, será mejor que me dé prisa con esto —dijo Jack mientras desmontaba la cámara del trípode—. Esta niña ha sido víctima de la pobreza, no de malos tratos. He de hacer que sus padres salgan de la cárcel. Mantenerlos en ella es como añadir el insulto a la bofetada.

Intentando olvidarse del desengaño que le había provocado la aparente indiferencia de Jack, Laurie se dirigió a la mesa de autopsias donde Marvin estaba alineando la camilla. Por otra parte, tampoco podía dejar de preguntarse si el caso de Jack no era otro aviso subliminal para recordarle que las cosas no eran siempre lo que parecían a simple vista.

—¿Has tenido algún problema? —le preguntó a Marvin cuando los dos técnicos hubieron colocado el cuerpo en la mesa, y este dejó colocada la cabeza de la difunta en un bloque de madera.

—Un pequeño tropiezo —reconoció Marvin—. Mike Passano debe de haber apuntado mal el número del compartimiento. De todas maneras, con ayuda de Miguel no tardé en localizar el cuerpo. ¿Alguna petición especial para el caso?

—No debería presentar complicaciones —contestó Laurie mientras comprobaba el nombre y el número de entrada—. En realidad espero que sea un calco del primero que hicimos ayer.

Marvin le respondió con una mirada de perplejidad mientras Laurie comenzaba el examen externo.

El cuerpo era el de una mujer de raza blanca de unos treinta años, morena y de complexión normal que parecía haber gozado de buena salud y que solo presentaba cierta acumulación adiposa en el vientre y los muslos. Su piel tenía la habitual palidez de la muerte y parecía libre de lesiones salvo por algunas inocuas marcas de nacimiento. No había indicios de cianosis y tampoco de consumo de drogas. A ambos lados de la rodilla izquierda se veían dos incisiones laterales sin señales de inflamación o infección. Tenía clavada una vía intravenosa en el brazo izquierdo que tampoco presentaba indicios de hemorragia. El tubo endotraqueal estaba correctamente insertado en la tráquea y sobresalía de la boca.

«Por ahora vamos bien», se dijo Laurie considerando que el examen externo era comparable al de Sean McGillin hijo. Cogió el escalpelo que Marvin le tendía y empezó con la fase interna. Trabajó con rapidez y concentración. La actividad en el resto de la sala a medida que entraban otros casos quedó relegada a un segundo plano en su mente.

Cuarenta y cinco minutos más tarde, Laurie se enderezó tras un último esfuerzo recorriendo las venas de las piernas hasta la cavidad abdominal. No había encontrado coágulos. Aparte de algunas fibrosidades uterinas y de un pólipo en el intestino, no había hallado patología alguna, y desde luego, nada que pudiera explicar el fallecimiento de la mujer. Igual que en el caso McGillin, iba a tener que esperar las pruebas microscópicas y toxicológicas si deseaba averiguar la causa de su muerte.

—Un caso limpio —comentó Marvin—. Exactamente como dijiste.

—Muy curioso —observó Laurie. Se sentía reivindicada. Miró la sala a su alrededor, que se había llenado casi del todo durante su intensa concentración. La única mesa que no estaba siendo utilizada era la vecina a donde Jack había estado trabajando. Según parecía, había terminado y se había marchado sin decir palabra. A Laurie no le sorprendió; parecía encajar con su comportamiento más reciente.

En la mesa de al lado de la suya creyó reconocer la menuda figura de Riva; cuando Marvin salió en busca de la camilla, Laurie se acercó para comprobarlo. Efectivamente, era ella.

—¿Un caso interesante? —le preguntó Laurie.

Riva alzó la mirada.

—No especialmente, al menos desde un punto de vista profesional. Se trata de un caso de atropello y fuga en Park Avenue. Era una turista del medio oeste y tenía cogida la mano de su marido cuando fue atropellada. Él iba solo un paso por delante. Teniendo en cuenta lo rápido que se mueve el tráfico, siempre me sorprende que los peatones no vayan con más cuidado en una ciudad como esta. ¿Qué tal el tuyo?

—Muy interesante —contestó Laurie—. Ningún indicio de patología.

Riva miró de reojo a su compañera de despacho.

—¿Interesante y sin patología? Eso no me suena propio de ti.

—Te lo explicaré más tarde. ¿Sabes si me espera alguno más?

—Hoy no. Se me ocurrió que no te vendría mal un poco de tiempo libre.

—¡Pero si estoy bien! De verdad, no quiero un trato de favor.

—No te preocupes. Hoy es un día relativamente tranquilo, y ya tienes bastante de lo que ocuparte.

Laurie asintió.

—Gracias, Riva —le dijo a pesar de que habría preferido mantenerse ocupada.

—Te veré arriba.

Laurie volvió a su mesa y, cuando Marvin regresó con la camilla, le dio las gracias por su ayuda y le dijo que ya habían acabado por lo que quedaba de día. Diez minutos después, tras la habitual rutina de limpieza, colgó su traje lunar y enchufó la batería al cargador. Cuando se disponía a pasar por Histología y Toxicología, se sorprendió al ver a Jack bloqueándole la salida de la sala de almacenamiento.

—¿Puedo invitarte a un café? —preguntó él.

Laurie contempló sus ojos, castaño claro, e intentó adivinar su estado de ánimo. Estaba cansada de sus frivolidades porque, considerando las circunstancias, le resultaban muy humillantes. No obstante, no se apreciaba rastro de la maliciosa sonrisa que había exhibido la tarde anterior en su despacho. Su expresión era más seria, casi solemne; ella lo agradeció, puesto que se correspondía mejor con lo que ocurría entre ellos.

—Me gustaría hablar —añadió Jack.

—Un café me parece estupendo —contestó Laurie, que tuvo que hacer un esfuerzo para controlar sus expectativas sobre lo que Jack pudiera tener en la cabeza. Aquel comportamiento parecía demasiado correcto en él.

—Podríamos subir a la sala de identificación o ir a la cafetería. Tú decides.

La cafetería se encontraba en el primer piso y era una ruidosa sala con un suelo de un linóleo pasado de moda, paredes desnudas y una hilera de máquinas expendedoras de bebidas y dulces. A esa hora de la mañana estaría bastante llena de secretarias y personal en su hora de descanso.

—Vayamos a la sala de identificación —propuso Laurie—. Deberíamos tenerla para nosotros solos.

—Anoche te eché de menos —le dijo Jack mientras esperaban el ascensor.

Vaya, se dijo Laurie. A pesar de sus preocupaciones, su esperanza de poder mantener una conversación de verdad aumentó.

No era costumbre de Jack admitir abiertamente sus sentimientos. Lo miró para asegurarse de que no pretendía ser sarcástico, pero no pudo decirlo a ciencia cierta porque estaba concentrado mirando los números de los pisos que había encima de la puerta. Se iban iluminando con desesperante lentitud. El ascensor de atrás se destinaba a montacargas, y se movía a ritmo glacial.

Las puertas se abrieron y ambos entraron.

—Yo también te eché de menos —reconoció Laurie. Consciente de que podía estar poniéndose en situación vulnerable, se sintió invadida por una embarazosa timidez y evitó mirarlo a los ojos.

—En la cancha de baloncesto me porté como un novato —añadió Jack—. No supe dar una a derechas.

—Lo siento —contestó Laurie, que enseguida lamentó haberlo dicho porque había sonado como si estuviera disculpándose cuando en realidad solo pretendía mostrarse comprensiva.

—Tal como había imaginado, el examen interno de mi caso se correspondió con lo que había conjeturado en cuanto a Síndrome de Muerte Infantil Repentina —comentó Jack para cambiar de tema. Saltaba a la vista que se sentía igualmente incómodo.

—¿De verdad? —repuso Laurie.

—¿Cómo te fue a ti? —preguntó Jack cuando el ascensor empezaba a subir—. Cuando me encontré con Janice me dijo que el tuyo era un caso parecido al de McGillin, así que le dije a Riva que seguramente te interesaría.

—Te lo agradezco —contestó Laurie—. Lo cierto es que lo quería. Fue preocupantemente igual que el caso McGillin.

—¿A qué te refieres con lo de «preocupante»?

—Estoy empezando a creer que tu comentario de ayer acerca de que la ciencia forense puede descubrir causas de la muerte distintas de las esperadas podía ser de aplicación a esto. Creo que puedo tener entre manos un caso de asesinato, una especie de caso Cromwell pero al revés. En otras palabras, que puedo haberme topado con un asesino múltiple. No puedo dejar de pensar en aquellos horribles asesinatos de los hospitales, especialmente los recientes de Nueva Jersey y Pennsylvania. —Laurie no tenía los mismos reparos en confesar sus sospechas a Jack que a Fontworth.

—¡Caramba! Cuando hablaba de las sorpresas que nos depara la ciencia forense, lo hacía en general. No estaba sugiriendo nada que estuviera relacionado con tu caso.

—Pues yo pensé que sí.

Jack meneó la cabeza cuando las puertas del ascensor se abrieron en la planta baja.

—Pues no, para nada. Y debo decir que estás dando un salto muy grande al sospechar que el caso que me comentaste puede tratarse de un asesinato. ¿Cómo es posible que se te haya ocurrido? —Hizo un gesto a Laurie para que saliera primero.

—Porque en dos días llevo hechas las autopsias de dos individuos jóvenes y sanos que han muerto repentinamente y no presentan patología asociada alguna. ¡Ninguna!

—¿En tu caso de hoy tampoco has encontrado coágulos ni anomalías cardíacas evidentes?

—Absolutamente ninguna. ¡Estaba limpio! Sí, había algunas fibrosidades uterinas, pero eso fue todo. Al igual que McGillin, hacía menos de veinticuatro horas que la habían operado con anestesia general. Al igual que McGillin, se había mantenido completamente estable y sin complicaciones y entonces... ¡paf, sufre una crisis y no la pueden reanimar! —Laurie hizo chasquear los dedos para dar énfasis a sus palabras.

Cruzaron la sala de comunicaciones. Las secretarias estaban reunidas, charlando. Por el momento, los teléfonos estaban tranquilos. Tras el barullo matutino de la gente que iba a trabajar, la muerte solía tomarse un respiro.

—Dos casos no hacen una serie —declaró Jack, confundido por la sugerencia de Laurie de un asesino múltiple.

—Creo que tenemos cuatro casos, no dos —dijo Laurie—, y eso son demasiados para tratarse de una coincidencia.

Mientras se servían de la cafetera colectiva, Laurie le describió las conversaciones que había mantenido con Kevin y George.

Mientras hablaba, ella y Jack se acomodaron en las mismas butacas de vinilo marrón que antes habían ocupado Kevin y Arnold.

—¿Y qué dice Toxicología? —preguntó Jack—. Si resulta que no hay patología evidente ni histología, entonces la respuesta tiene que venir de Toxicología, haya habido algo raro o no.

—George me dijo que todavía está pendiente de recibir los resultados de su caso. Está claro que yo tendré que esperar los de los míos; pero, sea como fuere, nos enfrentamos a un cúmulo de curiosas circunstancias.

Jack y Laurie tomaron un sorbo de sus respectivas tazas mirándose por encima del borde. Ambos estaban al tanto de lo que pensaba el otro con respecto a la teoría del asesino de Laurie. La expresión de Laurie era desafiante, mientras que la de Jack reflejaba su opinión de que no venía a cuento.

—Si quieres mi opinión —dijo Jack finalmente—, creo que estás dando rienda suelta a tu imaginación. Puede que estés alterada por nuestros problemas y estés buscando una especie de pasatiempo.

Laurie notó que la invadía una oleada de indignación. Provenía de la actitud paternalista de Jack y de la posibilidad de que estuviera en lo cierto. Evitó su mirada y respiró profundamente.

—¿De qué querías que habláramos? Dudo que fuera de nuestros respectivos casos.

—Riva me contó ayer lo de tu madre —dijo Jack—. Estuve tentado de llamarte anoche para preguntar por ella y que le transmitieras mis mejores deseos; pero, dadas las circunstancias, me pareció mejor hacerlo en persona.

—Gracias por tu interés. Se encuentra bien.

—Me alegro. ¿Te parece apropiado que le mande unas flores?

—Eso es decisión tuya.

—Entonces lo haré —dijo Jack. Hizo una pausa, se agitó incómodo y a continuación preguntó vacilante—: No sé si debería preguntar esto acerca de tu madre, pero…

Pues no lo hagas, pensó Laurie. Se sentía decepcionada porque al final había permitido que la alteraran. No deseaba hablar de su madre.

—...pero estoy seguro de que sabes que el cáncer de mama tiene un aspecto hereditario.

—Lo sé —contestó mirando a Jack, exasperada, y preguntándose adónde pretendía llegar con aquella conversación.

—No sé si a tu madre le han hecho las pruebas de marcadores que indican la presencia de mutaciones del gen BRCA-1, pero los resultados tendrían mucha importancia de cara a posibles tratamientos. Y lo que es más importante para ti, serían relevantes en lo que a prevención se refiere. De un modo u otro, creo sinceramente que tú deberías hacerte las pruebas. Me refiero a que no pretendo asustarte, pero me parece que has de ser prudente.

—Mi madre ha dado positivo en cuanto a la mutación del BRCA-1 —reconoció Laurie. Su irritación, pero no su desengaño, se había mitigado al comprender que Jack pretendía mostrarse solícito con respecto a su salud y no solamente por su madre.

—Pues mayor motivo aún para que te hagas las pruebas —repuso Jack—. ¿Lo has pensado ya?

—Lo he pensado —reconoció Laurie—, pero no estoy convencida de que vayan a ser relevantes; al contrario, puede que contribuya a aumentar mi ansiedad. No pienso permitir que me extirpen los senos ni los ovarios.

—La mastectomía o la histerectomía no son las únicas medidas preventivas posibles —comentó Jack—. Anoche estuve mirando en internet y leí un poco del asunto.

Laurie estuvo a punto de sonreír, y se preguntó si ella y Jack habrían estado mirando las mismas páginas.

—Otra opción es hacerse mamografías con más frecuencia —añadió Jack—. Al final puede que incluso consideres la posibilidad de un tratamiento con Nolvadex, pero sería al final de todo. El caso es que tiene sentido que te hagas las pruebas. Me refiero a que si esa información predictiva está disponible, deberías tenerla. La verdad es que me gustaría pedirte que te las hicieras... No, lo retiro. Te pido por favor, te ruego que te las hagas, por mí.

Para sorpresa de Laurie, Jack se inclinó hacia delante y la cogió del brazo con fuerza para subrayar la importancia de su compromiso en el tema.

—¿Estás convencido de verdad? —preguntó Laurie, maravillada por el «hazlo por mí».

—Desde luego, no hay vuelta de hoja —contestó Jack—; por mucho que el efecto sea que tengas que hacerte chequeos más a menudo. Tendría efectos muy positivos. ¡Por favor, Laurie!

—¿No es más que un simple análisis de sangre? Es que no tengo ni idea.

—Sí. Un simple análisis. ¿Tienes médico de cabecera en el Manhattan General, ahora que estamos obligados a ir allí?

—Todavía no —admitió Laurie—, pero puedo llamar a Sue Passero, mi antigua compañera de la universidad. Estoy segura de que se podría ocupar de mí.

—Perfecto —contestó Jack. Se frotó las manos—. ¿Te parece mejor que la llame yo para estar seguros de que te lo haces?

Laurie rió.

—Lo haré. Lo haré.

—Hoy.

—¡De acuerdo, por amor de Dios! ¡Lo haré hoy!

—Gracias —dijo Jack soltándole el brazo—. Ahora que hemos zanjado ese asunto, quiero preguntarte si podemos llegar a algún tipo de compromiso en lo que se refiere a tu marcha.

Por un momento, Laurie se quedó perpleja. Justo cuando creía que no iba a plantear la cuestión de su relación, Jack sacaba el tema.

—Como te he dicho —prosiguió él—, anoche te eché de menos. Y lo que es aún peor, jugué al baloncesto desastrosamente. Todas las defensas que me había preparado con tanto cuidado ante tu ausencia se anularon por un inesperado encuentro con unas medias tuyas.

—¿Qué medias? —preguntó Laurie poniéndose nuevamente

en guardia y evitando a propósito reírse de los agudos sarcasmos de Jack. Para ella no había nada gracioso en su sugerencia de que sus proezas con el baloncesto eran un factor determinante a la hora de que le pidiera que volviera.

—Un par que dejaste en el baño. Pero no te preocupes, están a salvo y guardadas en el cajón.

—¿A qué te refieres cuando hablas de compromiso? —preguntó Laurie, dubitativa.

Jack se agitó en su asiento. Resultaba evidente que la pregunta lo incomodaba. Laurie le dejó que se tomara su tiempo. Al final, Jack hizo un gesto que denotaba su confusión y se encogió de hombros.

—Podemos empezar acordando que hablaremos del asunto de manera regular.

A Laurie se le encogió el corazón.

—Eso no es ningún tipo de compromiso —dijo en un tono que reflejaba su decepción—. Jack, los dos sabemos a qué nos enfrentamos. En nuestra situación, hablarlo no va a resolver nada. Sé que suena a lo contrario que siempre he dicho acerca de la comunicación. Lo importante de la cuestión es que yo he estado haciendo componendas desde el principio y especialmente durante el último año. Creo haber entendido la carga que arrastras, y te comprendo; eso es lo que me ha mantenido en una circunstancia que no satisfacía mis necesidades. Es tan sencillo como eso. Creo que nos queremos, pero que estamos en una encrucijada. Yo necesito una familia, un compromiso estable. Por utilizar una de tus expresiones, la pelota está en tu alero. Tú decides. Seguir hablando resulta superfluo. Llegados a este punto, no voy a intentar convencerte, que es lo que parecería si empezáramos a hablar. Y hay otra cuestión que quiero aclarar: no me fui por un arrebato del momento. Fue algo que venía de lejos.

Durante unos minutos, se quedaron mirándose sin moverse. Al final, fue Laurie la que tomó la iniciativa y le dio un cariñoso apretón en la pierna.

—Esto no implica que dejemos de hablar de otras cosas. No quiere decir que vayamos a dejar de ser amigos. Solo significa que, a menos que estés decidido a comprometerte, yo estoy mejor en mi apartamento. Ah, y entretanto, seguiré con mi «distracción».

Laurie se levantó, sonrió a Jack sin rencor y salió cruzando la sala de comunicaciones camino del ascensor.

7

Con un profundo bostezo que la hizo lagrimear, Laurie dejó el bolígrafo, se estiró y contempló el resultado de su labor. En una hoja de papel cuadriculado había trazado un esquema en cuyo margen izquierdo figuraban los nombres de los cuatro pacientes de su supuesta serie; en la parte superior y distribuidos en columnas figuraban los parámetros que consideraba relevantes de los casos y que incluían: edad, sexo del paciente, tipo de cirugía, nombre del cirujano, del anestesista, tipo de anestesia empleada, sedantes y calmantes recetados, dónde había sido ingresado el paciente, cómo había sido encontrado y por quién, quién había realizado la autopsia, las patologías relevantes descubiertas y los resultados de Toxicología.

En esos momentos, Laurie tenía hechas anotaciones preliminares en todas las casillas salvo en las que se referían a los nombres de los cirujanos y anestesistas, el tipo de anestesia y medicación empleada, los resultados de Toxicología de los dos casos que había enviado y la patología relevante en el caso de Darlene Morgan. Para completarlas, iba a necesitar los historiales del hospital y la constante cooperación de Maureen y Peter. En las casillas de Toxicología de los dos casos de Kevin y George, Laurie había escrito: «Negativa. Pendiente de más pruebas».

Una información relativamente importante, que se desprendía del esquema y que ya había llamado su atención, refutaba su teoría del asesino múltiple: los casos no se habían dado en el mismo pabellón. Dos de los pacientes habían ingresado en el de cirugía general, mientras que los otros lo habían hecho en el de traumatología y en el de neurocirugía. Dado que ninguno de ellos había sido operado de neurocirugía, y puesto que uno de los casos de traumatología había pasado por cirugía general, Laurie había llamado a Admisiones del Manhattan General. La explicación había resultado de lo más sencilla: el hospital funcionaba a plena capacidad, y las camas se asignaban con frecuencia al margen del tipo de cirugía.

Laurie se había convertido en una máquina de investigar a sus cuatro pacientes desde el momento en que había dejado a Jack en la sala de identificación. Su motivación era doble: por una parte estaba su necesidad de hallar una distracción para sus problemas personales, tal como Jack había supuesto acertadamente; eso no había cambiado. Lo que sí había cambiado era su deseo de justificar que su intuición con respecto a esos casos no se basaba en la simple coincidencia. El despreocupado rechazo de su idea por parte de Jack le había parecido despectivo y presuntuoso.

Primero había ido a Histología, a ver a Maureen, que se mostró encantada de entregarle en menos de veinticuatro horas un conjunto de secciones microscópicas teñidas con hematoxilina. Con la carga de tener que ocuparse de ocho mil autopsias al año, un servicio de diapositivas de histología de un día para otro era algo desconocido. Laurie le dio las más efusivas gracias por las molestias y se llevó las diapositivas a su despacho, donde las estudió a fondo. Como había sospechado, no halló patología general alguna; en concreto, comprobó que el corazón estaba perfectamente normal. No había indicios de inflamación presente o pasada del músculo cardíaco ni de los conductos coronarios y tampoco vio anomalías en las válvulas ni en el sistema de conducciones.

Luego, había bajado al tercer piso, al laboratorio de Toxicología donde tuvo el pequeño disgusto de tropezarse con John de Vries. Gracias al mal ambiente que había entre los dos y al hecho de que Laurie se hallaba en su territorio, él le preguntó sin miramientos qué estaba haciendo paseándose por su laboratorio. Dado que no quería complicar la vida a Peter, Laurie tuvo que echar mano de la inventiva, y, como se hallaba cerca de un espectrómetro de masa, contestó que nunca había comprendido del todo cómo funcionaban aquellos aparatos y deseaba saber algo más. Apaciguado, De Vries le entregó unos cuantos documentos antes de excusarse y dirigirse al laboratorio de serología.

Laurie encontró a Peter en su liliputiense despacho desprovisto de ventanas. Cuando él la vio, los ojos se le iluminaron. Aunque Laurie no recordaba a Peter de antes de su incorporación al departamento, él sí se acordaba de ella, de cuando ambos estaban en la Wesleyan University, a principio de los años ochenta. Él iba dos cursos detrás de ella.

—He hecho una exploración toxicológica a McGillin, pero no encuentro nada —le dijo Peter—. No obstante, debo advertirte que a veces ciertos compuestos pueden ocultarse en los picos y valles de los gráficos de lectura, especialmente si la concentración es muy baja. Sería de gran ayuda si me pudieras dar una pista de lo que andas buscando.

—Desde luego —repuso Laurie—. Dado que las autopsias de esos pacientes sugieren que ambos sufrieron una muerte muy rápida, sus corazones tuvieron que dejar de bombear sangre bruscamente. Quiero decir que en un momento dado todo iba bien y, al instante siguiente, ya no había circulación. Eso significa que debemos eliminar toxinas cardíacas como la cocaína y los digitálicos, además de otras drogas capaces de alterar el ritmo cardíaco ya sea afectando el centro que inicia los latidos o el sistema conductivo que envía el impulso al corazón. Por si fuera poco, debemos descartar los medicamentos utilizados para el tratamiento de los ritmos cardíacos anormales.

—¡Vaya! Eso hace una larga lista —comentó Peter—. La cocaína y los digitálicos los habría visto porque sé dónde mirar en la lectura y son necesarios en grandes dosis para conseguir lo que me has contado. Con respecto a los otros, no lo sé; pero seguiré buscando.

A continuación, Laurie le preguntó sobre Solomon Moskowitz y Antonio Nogueira, cuyas autopsias habían sido hechas unas semanas antes. Le contó que ambos casos eran idénticos al de McGillin. Utilizando su contraseña y el ordenador, Peter accedió al banco de datos del laboratorio. Ambas exploraciones habían resultado normales; pero, teniendo ya una idea de lo que buscaba, se ofreció a repetirlas.

—Una cosa más —le pidió Laurie cuando se disponía a marcharse—. Esta mañana me he ocupado de otro caso cuyas muestras están en camino. De nuevo, se parece curiosamente a los demás; lo cual me hace pensar que algo raro ocurre en el Manhattan General. Ya que no he podido encontrar ninguna patología, me temo que la responsabilidad de descubrir qué ha sido va a recaer en ti.

Peter le dijo que haría todo lo posible.

Tras su visita a Toxicología, Laurie había subido al despacho de George Fontworth para echar una mirada al expediente de Nogueira. George la sorprendió entregándole una copia con un resumen de lo más significativo. Por su parte, Kevin no se mostró tan entusiasta, aunque tampoco puso objeciones a que ella hiciera copias. De regreso a su despacho con todo el material, Laurie lo había repasado a fondo, rellenando las casillas del esquema a medida que iba avanzando.

Cogiendo la hoja con el esquema y haciendo girar su silla, Laurie esperó a que Riva acabara la conversación que mantenía con un médico local sobre el caso de atropello y fuga de aquella mañana.

—Echa un vistazo a esto —le dijo tendiendo la hoja a su compañera de despacho tan pronto como esta hubo colgado.

—Te veo muy trabajadora. Es una manera estupenda de organizar la información.

—Estoy fascinada por este rompecabezas —admitió Laurie—. Y también estoy decidida a resolverlo.

—Supongo que por eso te alegró tanto no hallar patologías en Morgan, porque significaba que tenías otro caso.

—¡Exacto!

—Así pues, llegados a este punto, ¿qué opinas? —preguntó Riva—. Con tantos esfuerzos, deberías haberte hecho ya una idea.

—Y creo que la tengo. Me parece evidente que el mecanismo de la muerte fue fibrilación ventricular en los cuatro casos. La causa es otra historia, lo mismo que el tipo.

—Te escucho.

—¿Estás segura de que quieres saberlo? Le comenté mis ideas a Jack y se mostró de lo más displicente.

—Ponme a prueba.

—De acuerdo. En pocas palabras, habiendo llegado a la conclusión de que el mecanismo de la muerte es fibrilación ventricular o muerte cardíaca, y puesto que los corazones aparecían estructuralmente normales, la muerte ha tenido que ser causada por alguna droga que produzca arritmia.

—Eso parece bastante razonable —dijo Riva—. ¿Y qué hay del tipo de muerte?

—Esa es la parte más interesante —contestó Laurie. Se inclinó hacia delante y bajó la voz como si temiera que alguien pudiera oírla—. Creo que se trata de un asesinato. En otras palabras, creo que me he tropezado con el trabajo de un asesino múltiple en el Manhattan General.

Riva empezó a decir algo, pero Laurie la interrumpió con un gesto de la mano y moderó el tono de voz.

—Cuando consiga los historiales clínicos podré completar el esquema, que contendrá los medicamentos del pre y del postoperatorio, y el agente anestésico. Entonces volveremos a hablar y me darás tu respuesta. Personalmente, no creo que esa información extra vaya a suponer ninguna diferencia. Me parece una coincidencia excesiva que en el espacio de unas pocas semanas se den cuatro casos de fibrilación ventricular que no pueda recuperarse con equipos de reanimación en cuatro sujetos jóvenes y sanos que acaban de salir de una operación en el mismo hospital y han seguido el mismo protocolo.

—Es un hospital muy grande, Laurie —comentó Riva, que no quería discutir.

Laurie dejó escapar un audible suspiro. Estaba tan sensible que había considerado el tono de Riva condescendiente y parecido al de Jack. Arrebató con brusquedad la hoja de manos de Riva.

—Se trata solamente de mi opinión —comentó esta al ver la reacción de su compañera.

—Y tienes derecho a opinar —replicó Laurie, haciendo girar su silla y dándole la espalda.

—No era mi intención molestarte —dijo Riva.

—No es culpa tuya —contestó Laurie sin volverse—. Últimamente estoy un poco irritable. —Se volvió y la miró—. Pero deja que te diga una cosa: lo que hizo que aquella serie de asesinatos en las instituciones sanitarias durara tanto tiempo fue que nadie sospechó.

—Creo que tienes razón —repuso Riva sonriendo, pero Laurie no le devolvió el gesto conciliador, sino que se dio la vuelta y descolgó el teléfono. Quizá compartir sus ideas con Jack y Riva no hubiera resultado como esperaba, pero el hecho de expresarlas en voz alta le había ayudado a enfocarlas y la había convencido aún más de que estaba en lo cierto. Las objeciones de sus amigos no habían alterado su opinión. En esos momentos se sentía todavía más convencida de su teoría del asesino múltiple. En ese sentido, comprendía que a pesar de que pudiera resultar prematuro por falta de pruebas definitivas, era responsabilidad suya que el Manhattan General fuera informado. Desgraciadamente, sabía por amarga experiencia que no le correspondía a ella tomar una decisión semejante, sino que debía de salir de Administración y pasar por Relaciones Públicas. En consecuencia marcó la extensión de Calvin Washington y pidió a Connie Egan, su secretaria, que le hiciera un hueco.

—El subdirector está a punto de salir para una comida con la Junta Consultiva —le avisó Connie—. Si quieres verlo te aconsejo que bajes enseguida. De lo contrario, tendrás que esperar a después de las cuatro y aun así dependerá de si vuelve, cosa que no puedo garantizar.

—Voy para allá —contestó Laurie colgando el auricular y poniéndose en pie.

—Buena suerte —le dijo Riva, que había escuchado la conversación.

—Gracias —contestó Laurie con escasa sinceridad y cogió el esquema.

—No te lleves un chasco si te encuentras que Calvin es todavía más escéptico que yo —le comentó Riva—. Puede que te arranque la cabeza por esa idea tuya de los asesinatos. Recuerda que tiene debilidad por el Manhattan General porque hizo allí sus prácticas en la época en que el hospital estaba vinculado a la universidad.

—Lo tendré en mente —gritó Laurie mientras se alejaba. Se sentía culpable por su actitud hacia Riva. Estar de tan malhumor no era propio de ella, pero no podía evitarlo.

Por miedo de no encontrar a Calvin decidió no perder tiempo. Cogió el ascensor y en menos de cinco minutos entraba en la zona de Administración. Había un grupo de gente sentada en un diván esperando para ver al jefe, cuya puerta se encontraba cerrada y vigilada por Gloria Sanford, su secretaria. Laurie recordaba haber estado sentada allí mientras esperaba que le echaran un rapapolvo por haber hecho lo que en ese momento pretendía evitar yendo a ver a Calvin. Cuando empezó, Laurie había sido mucho más tozuda y menos política.

—Puedes entrar —le dijo Connie cuando la vio acercarse.

La puerta de Calvin estaba entreabierta, y él se encontraba hablando por teléfono con las piernas apoyadas en una esquina del escritorio. Al entrar Laurie, le hizo gestos para que se sentara en una de las sillas que tenía delante. Ella contempló la familiar estancia. Tenía la mitad del tamaño de la de Bingham y no daba a la sala de reuniones; aun así, resultaba gigantesca comparada con el espacio que ella tenía que compartir con Riva. Las paredes estaban cubiertas con la habitual colección de diplomas y fotos con las autoridades de la ciudad.

El subdirector concluyó su conversación, que, por lo que Laurie había podido entender, tenía que ver con el almuerzo de la Junta Consultiva. El Consejo había sido creado por el alcalde casi veinte años antes para hacer que el Departamento de Medicina Legal fuera menos dependiente del ejecutivo y la policía.

Calvin dejó caer sus gruesas piernas al suelo y contempló a Laurie a través de sus nuevas gafas progresivas y sin montura. Laurie se puso tensa. Gracias a sus pequeños problemas de la infancia con las figuras masculinas de autoridad, Calvin siempre la había intimidado más que Bingham. Se debía a la combinación de su imponente presencia física, a su legendario y explosivo temperamento, a sus fríos y negros ojos y a su ocasional machismo. Al mismo tiempo, lo sabía capaz de un comportamiento cálido y caballeroso. Lo que la preocupaba en cualquier encuentro era qué faceta dominaba.

—¿Qué puedo hacer por usted? —empezó diciendo Calvin—. Por desgracia ha de ser breve.

—Solo será un momento —le aseguró Laurie entregándole el esquema que había preparado. A continuación le hizo un resumen de la historia de los cuatro casos a medida que se habían presentado, seguido de sus conclusiones acerca del posible mecanismo, causa y tipo de muerte. Solo tardó unos minutos, y cuando hubo terminado guardó silencio.

Calvin seguía estudiando el diagrama. Al final, levantó la mirada. Tenía las cejas arqueadas. Echándose hacia atrás en la butaca —que protestó con un crujido— apoyó los codos en la mesa y juntó las yemas de los dedos mientras meneaba la cabeza lentamente.

—Supongo que mi primera pregunta debe ser por qué me está contando esto cuando ninguno de esos casos se ha cerrado aún.

—Básicamente porque pensé que querría poner al corriente a alguien del Manhattan General acerca de lo que pensamos. Para que sepan de nuestras sospechas.

—¡Alto ahí! —tronó Calvin echando un rápido vistazo a su reloj, cosa que a Laurie no le pasó inadvertida—. En todo caso les estaríamos advirtiendo de sus sospechas, no de las mías. Me sorprende, Laurie. Está recurriendo a información inadecuada para llegar a conclusiones ridículas y precipitadas. —Golpeó la hoja de papel con el dorso de la mano—. Me está proponiendo que difunda unas especulaciones que podrían resultar sumamente perjudiciales para el Manhattan General si cayeran en las manos equivocadas, cosa que ocurre con lamentable frecuencia. Incluso podrían desencadenar el pánico. Aquí, en Medicina Legal, trabajamos con hechos, no con fantasías caprichosas. ¡Esto podría poner en tela de juicio nuestra credibilidad!

—Mi intuición en este asunto es clara —replicó Laurie.

Calvin golpeó la mesa con la palma de la mano, y algunos papeles salieron volando.

—¡Mi paciencia con la intuición femenina es cero, si es de eso de lo que hablamos! ¿Qué cree que es esto, un club femenino? ¡Somos una organización científica! ¡Tratamos con hechos, no con corazonadas ni suposiciones!

—Pero aquí estamos hablando de cuatro casos ocurridos en dos semanas que no tienen explicación —gruñó Laurie por lo bajo. Según parecía, había despertado el machismo latente en Calvin.

—Sí, pero ¿sabe cuántos casos tratan en el Manhattan General? ¡Miles! Y ocurre que sé que en esa institución tienen un índice de mortalidad que está muy por debajo del límite del tres por ciento. En lugar de venirme con una historia demencial y sin pruebas sobre un asesino múltiple, vuelva con datos irrefutables de Toxicología o con pruebas de electrocución por bajo voltaje y la escucharé.

—No fueron electrocutados —replicó Laurie, que en cierto momento había considerado esa posibilidad ya que el voltaje normal de 110 V era capaz de provocar una fibrilación ventricular. No obstante, había descartado la idea porque los pacientes no habían sido tratados con aparatos eléctricos. Quizá alguno hubiera tenido contacto con algún equipo defectuoso, pero sin duda no los cuatro, especialmente si se tenía en cuenta que ninguno de ellos había estado conectado a un monitor.

—¡Solo pretendo subrayar lo que digo! —bramó Calvin. Se levantó bruscamente, haciendo que su silla rodara hacia atrás y golpeara la pared, y devolvió la hoja a Laurie—. ¡Si tan motivada está, váyase y consiga hechos! Yo no tengo tiempo para estas bobadas. He de asistir a una reunión donde se abordan problemas de verdad.

Incómoda por haber sido reprendida como una colegiala, Laurie salió a toda prisa de Administración. La puerta del despacho de Calvin había quedado abierta durante la conversación, y los que esperaban para ver a Bingham la vieron marcharse con rostros inexpresivos. Laurie prefería no imaginar qué pensarían de lo que habían oído. Se sintió aliviada de poder aprovechar un ascensor vacío para recobrar la compostura. Tal como le había confesado a Riva, en esos momentos se sentía frágil. En circunstancias normales habría pasado por alto la áspera respuesta de Calvin a sus preocupaciones. Sin embargo, si sumaba lo ocurrido a las reacciones de Jack y Riva, no podía evitar sentirse como una Casandra cualquiera. Le costaba creer que gente a la que respetaba tanto no pudiera ver lo que para ella estaba tan claro.

De vuelta a su despacho, se dejó caer en su silla y durante un momento hundió el rostro entre las manos. Se sentía bloqueada. Necesitaba más información, pero no podía hacer nada hasta que llegaran los historiales del Manhattan General por el conducto reglamentario. No había forma de acelerar el sistema. Aparte de eso, también estaba obligada a esperar que Peter obrara su magia con la cromatografía gaseosa y el espectrómetro de masas. Al margen de que al día siguiente le llegara otro caso parecido, cosa que no le apetecía nada, no tenía nada que hacer.

—Deduzco que tu entrevista con Calvin no ha dado el resultado que esperabas —comentó Riva.

Laurie no respondió. Se sentía aún más irritable que antes. Desde niña siempre había buscado la aprobación de las figuras investidas de autoridad y le sentaba fatal no conseguirla. La reacción de Calvin había sido la gota que hacía rebosar el vaso y le hacía sentir que se le escapaban las riendas de los distintos aspectos de su vida. Primero, estaba lo de su situación con Jack; luego, lo de su madre y el problema con el BRCA-1; y por último hasta su trabajo le parecía que iba de mal en peor. Para terminar, se sentía físicamente agotada tras dos noches casi sin dormir.

Suspiró. Debía recobrar el control. Pensar en el problema del BRCA-1 le recordó que había convenido con Jack que llamaría a su antigua amiga Sue Passero y se haría la prueba del marcador. En aquel momento, no había sido del todo sincera porque no estaba completamente decidida, de manera que su aquiescencia había sido más una forma de apaciguar la inesperada insistencia de Jack que una verdadera decisión. Sin embargo, de repente vio la idea bajo una nueva luz, y salir del trabajo aunque solo fuera durante unas horas se le antojó conveniente. También pensó que así podría matar dos pájaros de un tiro. Conociendo a Sue como la conocía, estaba convencida de que, mientras le hacían las pruebas, podría transmitir sus inquietudes sobre la posible existencia de un asesino múltiple a alguien del hospital para que así estuvieran sobre aviso sin necesidad de citarla a ella o al departamento como fuente.

Buscó en su agenda el número del despacho de Sue y la llamó. Habían sido buenas amigas tanto en el instituto como en la facultad y, puesto que ejercían en la misma ciudad, solían verse y comer juntas una vez al mes. Siempre se prometían hacerlo más a menudo, pero por alguna razón nunca lo conseguían.

Laurie habló con una de las secretarias de la clínica donde trabajaba Sue y preguntó por ella. Su intención era dejarle un mensaje para que la llamara cuando le fuera bien; pero, cuando la secretaria le preguntó quién llamaba, y ella contestó: «La doctora Montgomery», le cortó la línea y la siguiente voz que Laurie escuchó a través del teléfono fue la de su amiga.

—Qué agradable sorpresa —dijo Sue alegremente—. ¿Qué me cuentas?

—¿Dispones de un minuto para que charlemos?

—¿De un minuto? ¿Qué tienes en la cabeza?

Laurie le contó que necesitaba hacerse las pruebas para el BRCA-1 por motivos que le contaría más tarde. También le dijo que había cambiado a AmeriCare pero que no había tenido tiempo de buscar un médico de cabecera.

—No hay problema. Ven cuando quieras. Puedo hacerte un volante y mandarte al laboratorio.

—¿Qué tal hoy?

—¿Hoy? Perfecto. Ven para acá. ¿Has almorzado?

—Todavía no. —Laurie sonrió: iban a ser tres pájaros de un tiro.

—Bueno, pues mueve tu trasero hasta aquí. La comida de la cafetería no es para echar cohetes, pero la compañía será agradable.

Laurie colgó y cogió su abrigo de detrás de la puerta.

—Creo que haces bien haciéndote las pruebas —le dijo Riva.

—Gracias —contestó Laurie mirando su escritorio para asegurarse de que no se olvidaba nada.

—Espero que no te hayas molestado conmigo —comentó su amiga.

—Claro que no —dijo Laurie poniéndole amistosamente la mano en el hombro—. Ya te he dicho que estoy sensible estos días y que todo me afecta más de lo que debería. Sea como sea, tú no eres mi secretaria, pero te agradecería si pudieras cogerme los mensajes, en especial si son de Peter o Maureen. Te lo compensaré.

—No seas tonta. No tengo inconveniente en responder a tu teléfono. ¿Volverás por la tarde?

—Desde luego. Va a ser un almuerzo rápido y un simple análisis de sangre, aunque de paso puede que vaya a saludar a mi madre. De todos modos, me llevo el móvil por si me quieres llamar.

Riva se despidió con un gesto de la mano y siguió trabajando.

Laurie salió por la puerta que daba a First Avenue. El aire era gélido. La temperatura había ido bajando a medida que avanzaba el día, de modo que hacía más frío que cuando había salido a trabajar por la mañana. Se subió la cremallera hasta la barbilla mientras descendía los peldaños y tiritó ligeramente mientras esperaba en la acera a que pasara un taxi.

El trayecto hasta el Manhattan General fue un poco más largo que el del día anterior hasta el University Hospital. Ambas instituciones se encontraban en el Upper East Side y a una distancia similar de su trabajo, pero el General estaba situado un poco más al oeste y se extendía a lo largo de Central Park. Ocupaba más de una manzana entera y contaba con varias pasarelas para peatones que se extendían sobre las calles circundantes para conectar con los edificios exteriores. El complejo había sido construido a trancas y barrancas a lo largo de todo un siglo, de manera que las distintas alas tenían cada una un estilo arquitectónico propio. La más reciente y con la silueta más actual, bautizada con el nombre de su promotor, Samuel B. Goldblatt, estaba adosada a la parte de atrás de la estructura principal y sobresalía en ángulos rectos. Se trataba del ala VIP, la equivalente del ala del University Hospital donde estaba su madre.

Laurie conocía el camino por haber estado en el Manhattan General varias veces, incluidas sus visitas a Sue, lo cual era una ayuda puesto que siempre estaba abarrotado. Se dirigió directamente al edificio Kaufmann, de pacientes externos. Una vez dentro, caminó hasta el Departamento de Medicina Interna y preguntó por su amiga en el mostrador de información. Cuando se identificó, la secretaria le entregó un sobre. Dentro había un volante para una exploración del marcador del BRCA-1, así como una nota de Sue. La nota le indicaba en qué lugar del primer piso del edificio principal se hallaba el laboratorio de genética; también tenía instrucciones para que Laurie pasara antes por Admisiones. Como nuevo miembro de AmeriCare, debía dotarse de su tarjeta del hospital. Las últimas indicaciones de la nota le decían que debía ir directamente a la cafetería cuando hubiera acabado y que Sue se reuniría con ella allí.

Conseguir la tarjeta del hospital le llevó más tiempo que hacerse el análisis de sangre, pues tuvo que entrevistarse con uno de los representantes del servicio a clientes. Aun así, solo tardó un cuarto de hora y pronto estuvo de camino al laboratorio del primer piso. Las instrucciones de Sue eran precisas y Laurie encontró sin dificultad el laboratorio de diagnósticos genéticos. Dentro reinaba una tranquilidad que contrastaba con el resto del hospital. Una suave música clásica salía de los altavoces de las paredes, y una serie de reproducciones de *Los lirios* de Monet del Museo de Arte Moderno adornaba las paredes. No había ningún paciente en la sala de espera cuando Laurie entregó el volante a la recepcionista. Saltaba a la vista que las pruebas genéticas entendidas como algo cotidiano todavía estaban en sus inicios, pero Laurie sabía que la situación no tardaría en cambiar; y con ella, la medicina en general.

Sentada en la zona de espera, se vio nuevamente obligada a enfrentarse a la realidad de lo que podía estar albergando en lo más profundo de su ser. Pensar que podía ser portadora del instrumento de su muerte en forma de gen mutado resultaba una inquietante revelación. Se trataba de una especie de suicidio inconsciente o de un mecanismo de autodestrucción incorporado, y esa era la razón de que hubiera evitado deliberadamente pensar en él. ¿Daría positivo o negativo? No lo sabía, y hallarse en el hospital hacía que se sintiera como si estuviera en las apuestas, algo que la incomodaba. De no haberle insistido Jack, probablemente habría aplazado indefinidamente los análisis; pero puesto que estaba allí, se haría las pruebas y después se olvidaría de ellas. Ese era un rasgo que compartía con su madre.

Tras la extracción de sangre, que resultó ser un procedimiento engañosamente sencillo, Laurie regresó a la planta baja y esperó en la cola del mostrador de información porque no tenía ni idea de dónde se encontraba la cafetería. Cuando le llegó el turno, una voluntaria de bata rosa le preguntó si quería la cafetería principal o la de personal. Por un instante dubitativa, Laurie contestó que la de personal, y le indicaron el camino.

Las indicaciones eran complicadas, pero la última indicación de la voluntaria —que siguiera la línea púrpura del suelo— le facilitó las cosas. Cinco minutos después, Laurie entraba en la cafetería de personal. Dado que pasaban de las doce, el local estaba abarrotado. Laurie no imaginaba que el personal del Manhattan General pudiera ser tan numeroso, especialmente si tenía en cuenta que toda aquella gente solo representaba una parte de uno de los tres turnos.

Laurie buscó entre los rostros de los que estaban sentados y de los que hacían cola ante la comida. El eco del parloteo le recordó el ruido de los santuarios de aves en las noches de verano. Entre semejante multitud, Laurie no pudo evitar sentirse pesimista ante la posibilidad de encontrar a Sue. La situación era igual que intentar dar con un amigo en Times Square en plena Nochevieja.

Justo cuando se disponía a volver al mostrador para pedir que llamaran a Sue, una mano le dio un toquecito en el hombro. Para su alegría, se trataba de su amiga, que la envolvió en un fuerte abrazo. Sue era una mujer negra, atlética y corpulenta, que había destacado jugando al fútbol y al *softball* en la universidad. Laurie se sintió empequeñecida en el achuchón. Sue tenía su atractivo aspecto de costumbre. A diferencia de muchos de sus colegas, iba vestida con un elegante conjunto de seda sobre el que se había puesto una inmaculada bata blanca. Al igual que a Laurie, le gustaba cuidar su lado femenino con su forma de vestir.

—Espero que no te hayas traído también el apetito —bromeó Sue señalando la cola ante el mostrador de la comida—. No me hagas caso. Bromas aparte, la comida no es tan mala.

Mientras pasaban ante los platos del bufet y escogían el almuerzo conversaron superficialmente acerca de sus distintos papeles profesionales; y, al llegar a la caja, Laurie le preguntó sobre sus dos hijos. Sue se había casado después de haber concluido las prácticas y tenía un chico de quince años y una niña de doce. Laurie no podía evitar sentir cierta envidia.

—Salvo por el tormento que supone el período de la adolescencia, todo va sobre ruedas —repuso Sue—. ¿Qué me cuentas de ti y de Jack? ¿Alguna luz al final del túnel? Me da la impresión que vosotros dos tenéis que poneros las pilas. Sé que dentro de poco cumplirás los cuarenta y tres porque yo no te ando lejos.

Laurie notó que se ruborizaba y sintió una punzada de irritación por no saber ocultar sus sentimientos. Sabía que Sue había tomado nota de su reacción; y, puesto que llevaban siendo amigas más de veinticinco años, le había confiado su deseo de tener hijos y de consolidar su relación con Jack, especialmente a lo largo de los últimos dos años.

—Lo de Jack y yo ha pasado a la historia —contestó optando por mostrarse más tajante de lo que en realidad sentía—. Al menos en lo que a relación íntima se refiere.

—¡Oh, no! Pero ¿qué le pasa a ese chico?

Laurie frunció el entrecejo y se encogió de hombros para declarar que no lo sabía. En su estado emocional, no quería verse arrastrada a una larga y fatigosa conversación.

—Bueno, pues, ¿sabes qué te digo?, que has hecho bien librándote de él. Has tenido más que paciencia con ese tonto indeciso. Deberían darte una medalla, porque él no va a cambiar.

Laurie asintió y se abstuvo de defender a Jack porque sabía que su amiga estaba en lo cierto.

Sue insistió en invitarla a comer y pidió que le cargaran la comida en su cuenta. Con las bandejas en la mano, consiguieron sentarse a una mesa para dos al lado de los ventanales. La vista daba a un patio interior con una fuente vacía. En verano estaba lleno de flores y el agua brotaba de los múltiples surtidores.

Charlaron durante un rato más acerca de la situación con Jack, y Sue llevó la voz cantante. Luego, insistió en buscarle alguien más adecuado, y Laurie bromeó contestándole que se atreviera a intentarlo. Más tarde, la conversación derivó al análisis del BRCA-1 de Laurie. Ella le contó el caso de su madre y el hecho de que, como de costumbre, esta le había ocultado la información. El único comentario de Sue fue decir que le concertaría una cita con un oncólogo de primera si el resultado salía positivo.

—¿Y no tienes médico de cabecera? —le preguntó Sue tras una breve pausa—. Ahora que estás apuntada a AmeriCare, vas a necesitar uno.

—¿Qué te parecería serlo tú? —le propuso Laurie—. ¿Admites nuevos pacientes?

—Me halagas —repuso Sue—, pero ¿estás segura de que estarás cómoda teniéndome como médico?

—Desde luego —contestó Laurie—. También tendré que cambiar de ginecólogo.

—También te puedo ayudar con eso. Por aquí tenemos gente muy buena, incluyendo a una chica que se ocupa de mí. Es rápida, amable y conoce su trabajo.

—Suena a buena recomendación, pero no tengo prisa. Todavía me faltan seis meses para mi revisión anual.

—Puede que eso sea verdad, pero creo que de todas maneras deberíamos ponernos manos a la obra. Esa chica está muy solicitada. Por lo que sé, tiene una lista de espera de seis meses de tan buena que es.

—Entonces, no hablemos más.

Durante unos minutos se concentraron en sus respectivos platos. Al final fue Laurie quien rompió el silencio.

—Hay otro asunto importante del que te quería hablar.

—Ah, ¿sí? —dijo Sue dejando su taza de té—. Adelante.

—Quería preguntarte sobre el SMAR.

Sue puso cara de completo despiste.

—¿Qué demonios es el SMAR?

Laurie se echó a reír.

—Me lo acabo de inventar. ¿Has oído hablar del Síndrome de Muerte Infantil Repentina?

—Claro. ¿Y quién no?

—De acuerdo. Yo he acuñado el SMAR para describir el Síndrome de Muerte Adulta Repentina, y me parece que es un buen nombre para un problema que ha venido produciéndose aquí, en el Manhattan General.

—¿Cómo dices? —preguntó Sue—. Será mejor que te expliques.

Laurie se le acercó.

—Antes de que lo haga, debo advertirte de que el hecho de que la información proceda de mí ha de quedar estrictamente entre tú y yo. Dije a mi jefe que era conveniente avisar a alguien del hospital, pero se puso hecho una furia diciendo que lo mío no era más que simple especulación sin pruebas y que podía resultar dañino para la reputación del Manhattan General. Sin embargo, me siento como el científico que ha conseguido descubrir una cura para una enfermedad grave y que debe darla a conocer a pesar de que las autoridades no quieran aprobar el tratamiento antes de tener todos los resultados. —Laurie se echó hacia atrás en su asiento—. ¡Vaya, sí que me estoy poniendo melodramática! De todas maneras, es cierto que no dispongo de pruebas concluyentes sobre lo que voy a contarte, principalmente porque todavía no he acabado de estudiar los casos. Me faltan las copias de sus historiales clínicos. Lo que ocurre es que tengo un terrible presentimiento y creo que alguien debe saberlo, y es mejor que sea más pronto que tarde. En fin, la politiquería en medicina es algo que me pone de los nervios. Es lo peor de mi trabajo.

—Ahora sí que me has picado la curiosidad. ¡Venga, desembucha!

Inclinándose de nuevo hacia delante, Laurie le contó la historia tal como se había desarrollado en orden cronológico, empezando por el caso McGillin, pasando después a las autopsias practicadas por Kevin y George y finalizando por el caso de aquella mañana. Le habló de las fibrilaciones ventriculares y de que las autopsias no habían arrojado resultado alguno. Después le comentó que, sin patología evidente o microscópica, las posibilidades de que se presentaran cuatro casos por casualidad eran tan remotas como la de que al día siguiente no amaneciera.

—¿Qué me quieres decir exactamente? —le preguntó Sue, dubitativa.

—Bueno, yo... —vaciló Laurie. Conociendo a su amiga como la conocía, era consciente de que lo que iba a decirle equivalía a una bofetada—. Aunque hay todavía una probabilidad minúscula de que esas muertes fueran accidentales y debidas a complicaciones anestésicas o puede que al efecto imprevisto de algún medicamento, dudo sinceramente que sea así. Y cuando digo «minúscula» me refiero a infinitesimalmente pequeña porque nuestros análisis de toxicología han dado negativo. Sea como sea, la cuestión es que me preocupa que esas muertes sean asesinatos.

Durante unos minutos, ni Sue ni Laurie dijeron palabra, y esta dejó que sus palabras calaran en la mente de su amiga. Le constaba que Sue era sensible y partidaria del Manhattan General en todo lo referente al hospital porque había hecho todas sus prácticas allí.

Al final, Sue carraspeó. Saltaba a la vista que lo dicho por Laurie la había afectado grandemente.

—Dejemos las cosas claras. ¿Crees que tenemos una especie

de siniestro Jack el Destripador paseándose por los pasillos de noche?

—En cierto sentido, sí. Al menos es lo que me temo. Antes de que rechaces la idea de plano, recuerda los casos que aparecieron en los medios de comunicación, hará unos años, el de aquellas asistentes sociales que enviaban a sus pacientes al otro barrio. Los recuerdas, ¿verdad?

—Claro que me acuerdo —contestó Sue, aparentemente molesta por la comparación y sentándose muy erguida—. Pero aquí no estamos en cualquier sitio, ni esto es una residencia de tercera. Esto es un hospital importantísimo con muchos controles de seguridad, y los pacientes que me has descrito no estaban postrados por la enfermedad ni eran terminales.

Laurie hizo un gesto de impotencia.

—Resulta difícil rechazar el argumento de que no tenemos pruebas ni explicación para esas cuatro muertes; sin embargo, por lo que recuerdo, algunas de las instituciones afectadas por aquella cadena de asesinatos también eran importantes. Lo que resultó una tragedia añadida fue que el caso se prolongara tanto tiempo.

Sue suspiró profundamente y dejó que sus ojos vagaran por la sala sin verla.

—Mira, Sue —le dijo Laurie—, no espero que te impliques personalmente en este asunto. Tampoco quiero que te lo tomes como una crítica al Manhattan General. Sé que es un buen hospital, y no estoy intentando manchar su reputación. Lo que espero es que puedas indicarme una persona con la que ponerme en contacto para que estos hechos no se repitan en el futuro. Te lo digo en serio, estoy dispuesta a contarle a quien tú me digas exactamente lo mismo que te he contado a ti con la condición de que mi identidad quede al margen, al menos hasta que el Departamento de Medicina Legal se implique oficialmente.

Sue se relajó visiblemente y dejó escapar una rápida risotada sin alegría.

—Perdona, me parece que me tomo cualquier crítica a este lugar como si fuera algo personal. ¡Seré boba!

—¿Conoces a alguien que encaje, alguien en algún nivel médico-administrativo? ¿Qué tal el jefe de anestesistas? Quizá debería hablar con él.

—¡No, no, no! —repitió Sue para dar énfasis—. Ronald Havermeyer tiene un ego del tamaño de una placa tectónica con las erupciones volcánicas que corresponden al caso. Tendría que haber sido cirujano. ¡No vayas a hablar con él! Sin duda lo tomaría como algo personal y buscaría vengarse en el mensajero. Lo sé porque he estado con él en varios comités hospitalarios.

—¿Y qué hay del presidente del centro? ¿Cómo se llama?

—Charles Kelly, pero es tan malo como Havermeyer. Puede que incluso peor. Ni siquiera es médico y está claro que la institución para él no es más que un negocio. No habrá manera de que se muestre receptivo a tu situación y enseguida se pondría a buscar excusas. No, ha de ser alguien con un poco más de finura. Puede que alguien del Comité de Mortalidad.

—¿Por qué lo dices?

—Sencillamente porque su obligación consiste en atender este tipo de asuntos y porque sus miembros se reúnen una vez a la semana para estar al tanto de la situación.

—¿Quién hay en ese comité?

—Yo formé parte de él durante seis meses. Siempre hay alguien del ámbito médico que está presente por rotación. Los miembros permanentes son el controlador de riesgos, el jefe del control de calidad, el asesor del consejo del hospital, el presidente, la supervisora de enfermeras y el jefe de personal médico... ¡Espera un segundo!

Sue se abalanzó y cogió a Laurie del brazo con tanta rapidez que esta se sobresaltó y miró a su alrededor, casi esperando una agresión física.

—¡El jefe de personal médico! —repitió Sue presa de entusiasmo, soltando el brazo de su amiga y haciendo aspavientos con las manos—. ¿Por qué no habré pensado en él antes? ¡Dios mío, es perfecto!

—¿Y cómo es eso? —preguntó Laurie una vez repuesta del sobresalto.

En ese momento fue el turno de Sue de acercarse y bajar la voz en tono conspirativo.

—No ha cumplido todavía los cincuenta, está soltero y está como un tren. Solo lleva aquí tres o cuatro meses. Todas las enfermeras solteras andan detrás de él como locas, y si yo no estuviera feliz e irrevocablemente casada también lo haría. Es alto, delgado y tiene una sonrisa que funde el hielo. Es más bien narigudo, pero ni se lo notas. Lo mejor de todo es que tiene un coeficiente intelectual de nivel estratosférico y una personalidad acorde con él.

Laurie no pudo evitar sonreír traviesamente.

—Suena encantador, pero eso no es lo que estoy buscando. Necesito alguien con una posición de poder que sepa ser discreto. Eso es todo.

—Ya te lo he dicho. Es el jefe de personal médico. ¿Qué más poder quieres? En cuanto a la discreción, es la personificación de esa palabra. Créeme si te digo que hay que arrancarle con tenazas cualquier información personal. En la fiesta de las Navidades pasadas tardé un cuarto de hora en arrancarle que antes de venir aquí había viajado por todo el mundo con Médicos sin Fronteras. Tuve que morderme la lengua cuando Gloria Perkins, la enfermera jefe de quirófanos, se presentó y lo sacó a bailar.

—Sue, creo que me estás contando más de lo necesario. No necesito conocer la vida de ese tipo. Lo único que me interesa es saber si estás razonablemente segura de que escuchará lo que tengo que decirle, tomará medidas y dejará mi nombre al margen hasta que el Departamento de Medicina Legal intervenga oficialmente.

—Ya te he dicho que es la discreción en persona. Personalmente creo que los dos encajaréis a la perfección. Todo lo que pido a cambio es que le pongáis mi nombre a vuestro primer hijo. No, estoy bromeando. Bueno, vamos a ver si está por aquí.

Sue se puso en pie apartando la silla y empezó a escudriñar la multitud.

Horrorizada al comprender las románticas intenciones de su amiga, Laurie le tiró insistentemente de la manga de la bata.

—¡Déjalo ya! ¡Este no el momento ni el lugar para que me arregles la vida!

—¡Calla, niña! —contestó Sue apartándole la mano y sin dejar de escudriñar—. Me has desafiado a que te encuentre alguien adecuado, y ese tío cumple de sobra. ¿Dónde diablos se habrá metido? Siempre anda por aquí rodeado de mujeres como si fuera vestido con papel cazamoscas. ¡Ah, ahí está! No me extraña que no pudiera verlo. Rodeado de su séquito, como de costumbre.

Sin dudarlo un segundo y ajena a las súplicas de Laurie, Sue se puso en marcha. Laurie observó a su amiga abriéndose paso por entre las abarrotadas mesas. A unos veinte metros de distancia, Sue dio un golpecito en el hombro a un hombre de pelo castaño claro y él se puso en pie. Al verlo más alto que su amiga, Laurie calculó que debía de tener la misma estatura que Jack. Durante un rato, Sue habló con él haciendo gestos con las manos que terminaron señalando en dirección de Laurie. Ella se ruborizó y clavó los ojos en su bandeja. La última vez que había experimentado un apuro semejante había sido en el instituto, y aunque en aquella ocasión el asunto salió razonablemente bien, en ese momento no tenía la misma confianza.

Los siguientes minutos parecieron arrastrarse. Laurie volvió la mirada hacia la ventana y la fuente vacía, preguntándose si debía salir huyendo. Lo siguiente que supo fue que Sue le ponía la mano en el hombro y la llamaba por su nombre. Resignada, Laurie se volvió para encontrarse ante el atezado y sonriente rostro del hombre apuesto y vigoroso que se hallaba de pie al lado de su amiga. Podría haberse tratado de un marino o de alguien que había pasado mucho tiempo a la intemperie. Iba cuidadosamente acicalado y vestía un traje azul oscuro con camisa blanca y corbata de llamativos colores. Sobre el traje llevaba una impecable bata blanca como la de Sue. En conjunto desprendía un aire de refinada elegancia que lo hacía destacar entre el resto de médicos, en su mayoría más descuidados. En lo que a su nariz hacía referencia, a Laurie le pareció del tamaño justo.

—Quiero presentarte al doctor Roger Rousseau —dijo Sue.

Laurie se puso rápidamente en pie y estrechó la mano que le tendían. Era cálida y fuerte. Cuando lo miró a los ojos, se sorprendió al encontrar que eran de un azul pálido. Tras balbucear que estaba encantada de conocerlo, Laurie hizo una mueca para sus adentros. Tenía la impresión de estar comportándose con la misma torpeza que aquella ocasión en el instituto.

—Por favor, llámame Roger —dijo el hombre cálidamente.

—Y a mí, Laurie —repuso ella recobrando la compostura. Se fijó en su sonrisa, que era como Sue se la había descrito, y la encontró atractiva.

—Sue acaba de mencionarme que tienes cierta información confidencial que quieres compartir conmigo.

—Así es —repuso sencillamente Laurie—. Supongo que también te habrá dicho que he de permanecer en el anonimato. Cualquier filtración podría poner en peligro mi carrera. Por desgracia, ya he tenido alguna mala experiencia en el pasado.

—Tu necesidad de confidencialidad no es ningún problema. Te doy mi palabra. —Contempló la abarrotada cafetería—. Este no es el mejor lugar para una conversación confidencial. ¿Puedo invitarte a mi modesto pero muy privado despacho? No tendremos que gritar y sin duda no nos espiarán.

—Me parece bien —contestó Laurie y miró a Sue que sonrió traviesamente, le guiñó el ojo y la despidió simultáneamente con un gesto de la mano.

Cuando Laurie hizo ademán de recoger la bandeja, su amiga le indicó silenciosamente que la dejara y que ella se ocuparía.

Laurie siguió a Roger mientras él se abría paso hacia la entrada de la cafetería que estaba aún más llena que antes. Él se detuvo más allá de la muchedumbre y esperó a que llegara Laurie.

—Está un piso más arriba. Normalmente yo subo por la escalera, ¿te importa?

—Cielos, no —exclamó Laurie, sorprendida de que se lo hubiera preguntado siquiera—. Sue me dijo que estuviste con Médicos sin Fronteras —añadió ella mientras subían.

—Pues sí. Durante casi veinte años —contestó Roger.

—Estoy impresionada —comentó Laurie, sabedora de la humanitaria labor que desarrolla esa organización y que le había reportado un premio Nobel. Por el rabillo del ojo se fijó en que Roger subía los peldaños de dos en dos—. ¿Por qué lo hiciste?

—Cuando a mediados de los ochenta acabé mis prácticas en enfermedades infecciosas, me apetecieron aventuras. Además, también era un idealista de izquierdas con ansias de cambiar el mundo, así que me pareció que encajaría.

—¿En la aventura?

—Desde luego, pero también como entrenamiento en dirigir hospitales. Sin embargo, me llevé mi parte de desengaño. La necesidad que tiene el mundo de hasta los servicios médicos más básicos resulta apabullante. De todas maneras, no permitas que me lance.

—¿Dónde te destinaron?

—Primero al Pacífico Sur; luego, a Asia y por fin a África. Me aseguré de hacer todo el recorrido.

Laurie se acordó del viaje que había hecho con Jack a África Occidental e intentó imaginar lo que podía significar trabajar allí. Antes de que pudiera mencionar su experiencia, Roger corrió a abrirle la puerta de la escalera.

—¿Y qué te hizo dejarlo? —le preguntó mientras iban por el atestado pasillo principal camino de la zona de Administración. Teniendo en cuenta que Roger era una incorporación reciente a la plantilla, le sorprendió la cantidad de gente que lo saludaba al pasar.

—En parte, la desilusión de no ser capaz de cambiar el mundo, y en parte también la necesidad de volver a casa para formar un hogar. Siempre me he visto como un hombre de familia, pero eso no era posible en el Chad o en Mongolia Exterior.

—Eso es romántico —dijo Laurie—. Así se podría decir que el amor te hizo volver de las estepas africanas.

—No del todo —contestó Roger abriendo la puerta que daba a la enmoquetada y tranquila zona administrativa—. No había nadie esperándome aquí. Soy como un ave migratoria que regresa al nido donde empezó siendo un polluelo, con la esperanza de encontrar compañera. —Rió mientras saludaba a las secretarias que no habían salido a comer.

—¿Entonces eres de Nueva York?

—De Queens, para ser exacto.

—¿A qué escuela de medicina fuiste?

—Al Columbia College de Médicos y Cirujanos.

—¿En serio? ¡Qué coincidencia! ¡Yo también! ¿En qué años te graduaste?

—En el ochenta y uno.

—Yo, en el ochenta y seis. ¿No tuviste por casualidad a un tal Jack Stapleton en tu clase?

—Pues sí. Era uno de los mejores jugadores de baloncesto de Bard Hall. ¿Lo conoces?

—Sí —contestó Laurie sin añadir más. Se sentía extrañamente incómoda, como si estuviera siendo infiel a su relación con Jack con solo mencionar su nombre—. Es colega mío en el Departamento de Medicina Legal —añadió tímidamente.

Entraron en el despacho de Roger que, tal como él había dicho, era modesto. Se hallaba situado en la zona interior del ala de Administración y en consecuencia carecía de ventanas. En compensación, las paredes estaban cubiertas de fotografías de distintos lugares del mundo donde Roger había trabajado. Había unas cuantas en las que aparecía él rodeado de pacientes o de dignatarios locales. Laurie no pudo evitar fijarse en que Roger sonreía en todas ellas como si cada foto celebrara un acontecimiento. Resultaba especialmente notable teniendo en cuenta que los demás aparecían serios y hasta ceñudos.

—Por favor, siéntate —le sugirió Roger acercando un asiento al escritorio. Tras cerrar la puerta, se sentó a su mesa, y se recostó en su silla cruzando los brazos—. Bueno, ahora dime qué te ronda por la cabeza.

De nuevo, Laurie hizo hincapié en la necesidad de que su nombre quedara fuera de la situación y Roger le aseguró que no tenía nada que temer. Razonablemente confiada, le explicó la historia igual que había hecho con Sue, pero esa vez utilizó el término «asesino múltiple». Cuando hubo terminado, se acercó y le dejó delante una tarjeta con los cuatro nombres.

Durante el relato de Laurie, Roger se había mantenido en silencio, observándola con creciente interés.

—Apenas puedo dar crédito a lo que me estás contando —le dijo finalmente—, y te agradezco enormemente que te hayas tomado la molestia.

—Mi conciencia me decía que alguien más necesitaba saberlo —añadió Laurie—. Puede que cuando consiga copias de los historiales clínicos o si Toxicología encuentra algo tenga que tragarme mis palabras. No me importaría, y nadie estaría más contento que yo. Pero hasta ese momento seguiré creyendo que ocurre algo raro.

—La razón de que esté tan sorprendido y te lo agradezca tanto es porque aquí me han echado una reprimenda igual que a ti y por las mismas razones. He presentado esos mismos cuatro casos ante el Comité de Mortalidad. La verdad es que la última vez ha sido esta misma mañana, con el caso de Darlene Morgan. Y cada vez me he topado con una negativa e incluso con malos modos, especialmente del presidente en persona. Como es lógico, no tenía el beneficio de los resultados de las autopsias porque todavía no nos han llegado.

—Ninguno de los casos tiene el sello definitivo —explicó Laurie.

—Sea como fuere —dijo Roger—, esos casos me han preocupado desde que se produjo el primero, el del señor Moskowitz. Sin embargo, el presidente nos ha impuesto la mordaza en este asunto para que no hablemos de él y aún menos filtremos algo a la prensa que pueda poner en duda la eficacia de nuestros métodos de reanimación cardiovascular. Los médicos que los atendieron no consiguieron despertar el más mínimo latido.

—¿Ha habido algún tipo de investigación?

—Nada, lo cual ha ido en contra de mis más denodadas recomendaciones. Me refiero a que yo mismo me he interesado hasta cierto punto, pero tengo las manos atadas. El problema es que nuestro índice de mortalidad es muy bajo, inferior al dos coma dos por ciento. El presidente nos ordenó que empezáramos a preocuparnos si superaba el tres por ciento, que es el nivel habitual. El resto del comité estuvo de acuerdo, especialmente el encargado del control de calidad, el controlador de riesgos y el maldito abogado. Están todos convencidos sin asomo de duda de que esas muertes no son más que simples e inevitables resultados del arriesgado entorno de los cuidados postoperatorios; en otras palabras, que entran dentro de las estadísticas. Pero yo no lo creo. Para mí, están escondiendo la cabeza bajo el ala.

—¿Encontraste algo cuando investigaste?

—No. Los pacientes estaban en diferentes pisos, con diferente personal y médicos distintos. De todas maneras, no me rindo.

—¡Bien! —afirmó Laurie—. Me alegro de que estés sobre el tema y de haber tenido la oportunidad de tranquilizar mi conciencia. —Se levantó, pero en el mismo segundo lamentó haberlo hecho ya que no podía volver a sentarse sin ponerse en una situación incómoda. El problema era Jack. En realidad, últimamente parecía que el problema era siempre Jack. Laurie había disfrutado hablando con Roger, pero esa sensación la hacía sentirse mal—. Bueno, gracias por haberme escuchado —añadió tendiéndole la mano en un intento de recobrar un mínimo control de la situación—. Ha sido agradable conocerte. Como te he dicho, voy a conseguir los historiales, y nuestro mejor especialista en toxicología está trabajando en el caso. Te lo haré saber en caso de que surja algo.

—Te lo agradeceré —contestó Roger estrechándole la mano y reteniéndola—. ¿Puedo hacerte yo ahora algunas preguntas?

—Claro —repuso Laurie.

—¿Te importaría volver a sentarte? —dijo él soltándole la mano e indicándole la silla que ella acababa de dejar vacante—. Preferiría que te sentaras para que de ese modo no tenga que preocuparme de que salgas huyendo por la puerta.

Confundida por las últimas palabras de Roger y por la razón que podría llevarla a huir, Laurie se sentó de nuevo.

—Debo confesar que tengo otros motivos que me llevan a

ser más hablador de lo normal a la hora de responder a preguntas de tipo personal. Si me lo permites, me gustaría hacerte algunas preguntas personales ya que Sue ha insistido en que estás sin pareja y no sales con nadie. ¿Es cierto?

Laurie notó que le sudaban las manos. ¿Realmente no tenía pareja? El hecho de que se lo preguntara un hombre atractivo e interesante y que esperaba una contestación le aceleró el pulso. No supo qué decir.

Roger se acercó e inclinó la cabeza para mirar a Laurie a los ojos porque ella había bajado la vista como respuesta a la confusión que la embargaba.

—Te pido perdón si te he incomodado —se disculpó Roger.

Laurie se irguió, respiró hondo y sonrió tímidamente.

—No me has incomodado —mintió—. Es que no esperaba esa clase de preguntas, especialmente durante esta especie de misión mía, profesionalmente suicida, en el Manhattan General.

—Entonces, sería agradable que me contestaras.

Laurie volvió a sonreír, aunque principalmente fue para sí misma. De nuevo volvía a actuar como una adolescente.

—Estoy sin pareja y prácticamente no salgo con nadie.

—Ese «prácticamente» resulta interesante como adverbio, pero lo aceptaré viniendo de ti porque todos tendemos a complicarnos la vida. ¿Vives en la ciudad?

Por la mente de Laurie cruzó una imagen de su diminuto piso con su mugrienta entrada.

—Sí, tengo un piso pequeño en el centro. —Luego, para que pareciera mejor de lo que en realidad era, añadió—: No está lejos de Gramercy Park.

—Suena bien.

—¿Y tú?

—Solo hace tres meses que estoy aquí, así que no estaba seguro de cuál era el mejor sitio de la ciudad para vivir. Al final alquilé un apartamento en el Upper East Side, en la calle Setenta, para ser exactos. Me gusta. Está cerca del nuevo gimnasio de Sports L.A., del museo y del Lincoln Center; además, tengo el parque a un tiro de piedra.

—Al parecer está bien —comentó Laurie. Ella y Jack frecuentaban desde hacía tiempo los restaurantes de aquella zona.

—Mi siguiente pregunta es si te gustaría cenar conmigo esta noche.

Laurie sonrió para sus adentros al recordar el aforismo que decía: «Ten cuidado con tus deseos porque puede que se hagan realidad». Durante su última época con Jack se había dado cuenta progresivamente de lo mucho que apreciaba en la otra persona la capacidad de decidirse, rasgo del que Jack carecía. Roger, por su parte, parecía todo lo contrario. Incluso durante ese breve encuentro, Laurie se había dado cuenta de que su personalidad se definía con ese término.

—No tiene por qué ser una salida hasta tarde —añadió Roger cuando Laurie vaciló—. Podemos ir a cualquier restaurante que elijas cerca de tu casa.

—¿Y qué te parecería el fin de semana? Estoy libre.

—Eso podrías considerarlo un premio añadido si esta noche te lo pasas bien —dijo Roger con entusiasmo interpretando favorablemente la respuesta de Laurie—, pero me gustaría insistir en lo de esta noche, suponiendo, claro, que no tengas otros planes. Eso te pone las cosas fáciles porque siempre puedes decir que estás ocupada, aunque espero que no. Tengo que reconocer que todavía no me he tropezado con ninguna mujer verdaderamente interesante en esta ciudad y que tengo las antenas totalmente extendidas.

Laurie se sentía halagada por la insistencia de Roger, especialmente si la comparaba con la falta de decisión de Jack. Por otra parte, habiéndoselo presentado Sue, no veía razones para no aceptar. Si estaba buscando algo que la distrajera, aquello era lo mejor.

—De acuerdo —contestó—. Tenemos una cita.

—¡Estupendo! ¿Dónde prefieres? ¿O quieres que elija yo?

—¿Qué tal un restaurante del Soho llamado Fiamma? —propuso Laurie. Deseaba mantenerse alejada de los lugares que frecuentaba con Jack por mucho que sus posibilidades de tropezarse con él fueran mínimas—. Yo me ocuparé de llamar y reservaré para las siete.

—Me parece bien. ¿Quieres que te pase a recoger por tu piso?

—Mejor nos encontramos en el restaurante —dijo Laurie tras ver una rápida imagen de los ojos inyectados de sangre de la señorita Engler asomando por la puerta entreabierta. No quería someter a Roger a semejante prueba. Al menos en esos momentos.

Quince minutos más tarde, Laurie salía del Manhattan General con paso decididamente alegre. Se sentía a la vez sorprendida y emocionada por lo que se le antojaba un capricho adolescente. Era la clase de cosquilleo que no había experimentado desde la época del instituto. Sabía por experiencia que esos sentimientos eran prematuros y que seguramente no pasarían la prueba del tiempo; pero no le importaba. Estaba dispuesta a disfrutar de la euforia mientras durase. Se lo merecía.

De pie en la acera, miró el reloj. Sin tiempo que perder y con el University Hospital a la vuelta de la esquina, decidió pasar para hacer una rápida visita a su madre antes de regresar al trabajo.

8

Cinco semanas más tarde

Jasmine Rakoczi estaba segura de que había como mínimo dos francotiradores apostados en la azotea del destrozado edificio de su derecha. Justo delante de ella, se abría un espacio que conducía a otra construcción de mayor altura. Su plan era sencillo: cruzar a toda prisa la explanada, meterse en el edificio y dirigirse al tejado. Desde allí podría dar buena cuenta de los francotiradores y adentrarse en la devastada ciudad para cumplir su misión.

Frotándose las manos de expectación ante su inminente carrera por el terreno despejado, se preparó lo mejor que pudo. El corazón le latía aceleradamente y su respiración era rápida y superficial; pero, echando mano de su entrenamiento militar, se tranquilizó, respiró hondo y finalmente se lanzó.

Por desgracia, las cosas no le salieron como había planeado. A medio camino de la explanada, y justo cuando se encontraba totalmente al descubierto, algo atrajo la atención de su mirada periférica y la hizo vacilar. El resultado fue el previsible: los disparos la alcanzaron; o habiendo sido alcanzada, sin duda no iban a ascenderla.

Mascullando algunas imprecaciones escogidas de entre las que había aprendido con los marines, apartó las manos del teclado y se frotó vigorosamente el rostro. Llevaba varias horas concentrada jugando como recluta del Ejército Rojo en la batalla de Stalingrado del videojuego *Call of Duty*. Hasta ese momento lo había estado haciendo estupendamente, pero su fracaso significaba que tenía que empezar de nuevo. El objetivo consistía en completar una serie de misiones de dificultad progresiva y ser ascendida hasta llegar al grado de comandante de carros de combate. Sin embargo, no lo iba a conseguir. Al menos aquella noche.

Descansando las manos en el regazo, contempló el lado de la pantalla del ordenador para ver lo que la había distraído. Se trataba de una ventanita que se había abierto y parpadeaba para avisarle de que acababa de recibir un correo electrónico. Dando por hecho que se iba a enfadar aún más cuando descubriera que se trataba de un anuncio de Viagra o alguna estúpida oferta de pornografía, Jazz hizo «clic» en el recuadro. Para su agrado, ¡se trataba de un mensaje del señor Bob!

Un escalofrío le recorrió la espalda igual que una descarga eléctrica. Hacía más de un mes que no tenía noticias del señor Bob y había empezado a pensar que la Operación Aventar había sido cancelada. A lo largo de la última semana había llegado a deprimirse tanto como para sentir la tentación de recurrir al número de teléfono de emergencia que el señor Bob le había facilitado, únicamente para cuando ella, y solo ella, estuviera en un apuro. Puesto que no era el caso, se había resistido; pero al pasar los días y aumentar su descontento empezó acariciar la idea. Al fin y al cabo, estaba llegando el momento en que quizá tuviera que abandonar el Manhattan General, el hospital donde el señor Bob le había indicado concretamente que debía colocarse.

La razón de que Jazz estuviera pensando en marcharse se debía a que su relación con la enfermera encargada del turno de noche, Susan Chapman, se había deteriorado hasta un punto que rozaba lo ridículo. Aunque por otra parte lo mismo le había ocurrido con el resto de sus compañeras de turno. Jazz había llegado a la conclusión de que el turno de noche era el lugar donde las enfermeras más incompetentes se ocultaban del mundo. Ignoraba de qué modo había logrado Susan encaramarse hasta una posición de mando, especialmente en la quinta planta del Manhattan General. No solo era una gorda fofa, sino que no tenía idea de nada y siempre andaba dándole órdenes para que se encargara de eso o aquello y encontrando defectos en todo lo que ella hacía; cosa nada difícil teniendo en cuenta que las demás enfermeras no dejaban de fastidiarla, especialmente cuando se refugiaba en el cuarto trasero para descansar unos minutos y leer una revista.

Lo peor de todo era que Susan siempre le asignaba los casos peores —como si ella no tuviera nada más que hacer que tocarse las narices toda la noche— y dejaba que las demás se llevaran los más fáciles. Susan incluso había tenido la cara dura de llamarle la atención por husmear en los historiales médicos de los casos que no le correspondían y de preguntarle por qué bajaba con tanta frecuencia a la planta de obstetricia cuando se suponía que era su hora de almorzar. Susan le había dicho que la enfermera de Obstetricia se le había quejado.

En aquella ocasión, Jazz se había mordido la lengua y resistido la tentación de responderle como se merecía; o aún mejor, de seguirla hasta su casa y echar mano de la Glock para deshacerse de ella de una vez por todas. Sin embargo, se había inventado una excusa haciendo referencia a su necesidad de ampliar conocimientos. Fue todo mentira, pero pareció funcionar, al menos durante un tiempo. El problema estaba en que necesitaba pasar por Obstetricia y Neurocirugía casi cada noche para mantenerse al tanto de lo que ocurría en aquellos departamentos. Aunque no tenía pacientes que «sancionar», había seguido informando de los casos que terminaban mal, que en Obstetricia eran la mayoría, relacionados con el uso de medicamentos que daban lugar a que nacieran niños con malformaciones. Desgraciadamente, informar de aquello no resultaba divertido ni estimulante, y el dinero parecía calderilla comparado con lo que le pagaban por lo otro.

Conteniendo el aliento, Jazz abrió el correo del señor Bob.

—¡Sí! —gritó mientras golpeaba el aire con ambos puños,

como si fuera una ciclista profesional que acabara de ganar una etapa. El correo contenía un único nombre: «Stephen Lewis», ¡lo cual significaba que Jazz tenía una nueva misión! De repente, acudir al trabajo había dejado de ser la desagradable tarea en que se había convertido. Tener que soportar a Susan Chapman y al resto de idiotas no iba a resultarle más fácil, pero al menos tendría una motivación.

Presa de una gran agitación, Jazz comprobó rápidamente en internet el saldo de su cuenta en el extranjero y se dedicó a contemplarlo durante unos instantes de placer. Ascendía a treinta y ocho mil novecientos sesenta y cuatro dólares más unos pocos céntimos. Pero lo mejor era que al día siguiente sumaría cinco mil dólares más.

Para ella, la idea de tener dinero en el banco equivalía a poder. Aunque no fuera a emplearlo en nada concreto, sabía que podía. El dinero le brindaba opciones. Nunca había tenido dinero en un banco; el dinero que había ganado se lo había gastado en lo que le había apetecido en cada momento en un vano intento de ocultar la realidad de su vida. En el colegio y el instituto había sido en drogas.

Jazz había crecido en un entorno de casi miseria, en un diminuto apartamento del Bronx de una sola habitación. Su padre, Geza Rakoczi, el único hijo de un opositor a la dictadura húngaro que había emigrado a Estados Unidos en 1957, la había engendrado a la edad de quince años. Su madre, Mariana, tenía la misma edad y provenía de una numerosa familia portorriqueña. Por motivos religiosos, los dos jóvenes habían sido obligados por sus respectivas familias a abandonar los estudios y a casarse. Jasmine nació en 1972.

Para ella, la vida fue una lucha constante desde el principio. Sus padres dejaron de ir a la iglesia, a la que culpaban de sus desgracias; se convirtieron en alcohólicos y en consumidores de droga y se peleaban continuamente cuando estaban lo bastante sobrios. Su padre trabajaba de modo esporádico en ocupaciones manuales, desaparecía de casa durante semanas y estuvo en la cárcel por varios delitos menores, incluyendo violencia doméstica. Su madre tuvo diversos empleos, pero la despedían continuamente por absentismo o por deficiencias en el trabajo a causa del alcohol. Al final se convirtió en obesa, circunstancia que aún limitó más sus posibilidades.

La vida de Jasmine fuera de su casa no resultó mejor. El vecindario y los colegios estaban sumidos en una espiral de violencia como resultado de la acción de las bandas callejeras y del tráfico de drogas que afectaba hasta las escuelas elementales. Incluso los profesores de los parvularios tenían que ocuparse más de los problemas de comportamiento que de enseñar.

Obligada a vivir en aquel mundo precario y peligroso donde la única norma era el cambio constante, Jasmine fue aprendiendo a salir adelante a fuerza de equivocarse. Cuando volvía a casa tras las clases, nunca sabía lo que le esperaba. Un hermano que había tenido a los ocho años, y que ella había considerado como su alma gemela, falleció a los cuatro meses del Síndrome de Muerte Infantil Repentina. Aquella había sido la última vez que Jasmine lloró.

Mientras contemplaba los casi cuarenta mil dólares de su cuenta en el extranjero, recordó la única otra vez en que había creído tener dinero. Había sido al año siguiente de la muerte de su hermanito, Janos. Nevó lo suficiente para que la nieve se acumulara en las calles, y Jasmine, con una pala que encontró en el sótano del edificio, se dedicó a recorrer el vecindario limpiando las aceras a paletadas. A las cinco de la tarde había amasado una fortuna: trece dólares.

Orgullosa, regresó a casa con el lío de billetes de dólar aferrado en la mano. Contemplándolo retrospectivamente, tendría que haberlo sabido; pero en aquella época no pudo evitar presumir de su nueva adquirida riqueza como prueba de su valía. El resultado, tal como Jazz llegaría a saber, fue el previsible: Geza le quitó el dinero diciendo que ya era hora de que contribuyera a las cargas familiares. Al final, acabó gastándoselo en tabaco.

Una leve sonrisa cruzó el rostro de Jazz al recordar cuál había sido su venganza. El único ser al que su padre quería en aquella época era un ruidoso chucho callejero de pelo largo y del tamaño de una rata que alguien le había regalado en uno de sus múltiples empleos. Un día, mientras Geza estaba bebiendo cerveza y mirando el boxeo en la televisión, ella se llevó al perro al baño, donde la ventana siempre estaba abierta para mitigar el hedor que salía del estropeado retrete. Podía recordar como si fuera el día antes la expresión del animal mientras ella lo sacaba al vacío, sujetándolo por el pellejo de la nuca, y él intentaba frenéticamente llegar a la ventana. Cuando lo soltó, el animal emitió un breve aullido antes de aplastarse contra el cemento, cuatro pisos más abajo.

Más tarde, su padre la despertó brutalmente para preguntarle si sabía algo de la muerte del can. Jazz lo negó vehementemente, pero aun así recibió una buena tunda, lo mismo que su madre, que aseguró con toda sinceridad no saber nada de la caída. De todas maneras, para Jazz la paliza valió la pena por muy aterrada que pudiera sentirse. Naturalmente, siempre tenía miedo cuando su padre la pegaba, lo cual sucedió casi a diario hasta que ella estuvo en condiciones de devolverle los golpes.

Jazz cerró la conexión a internet y miró la hora. Era demasiado pronto para ir a trabajar, pero tampoco le quedaba tiempo para ir al gimnasio. En cuanto a empezar una nueva sesión de *Call of Duty*, estaba demasiado inquieta para quedarse sentada; por lo tanto decidió acercarse a la tienda coreana de la esquina a comprar algunos productos básicos. Se le había acabado la leche, y sabía que le apetecería tomar un poco cuando regresara del hospital a la mañana siguiente.

Se puso el abrigo, y su mano fue instintivamente al bolsillo derecho, donde acarició la Glock. La sacó sin ninguna dificultad a pesar del largo silenciador y se apuntó en el pequeño espejo de pared que había al lado de la puerta. El orificio del cañón parecía la pupila de un maníaco tuerto. Jazz dejó escapar una risita mientras bajaba el arma y comprobaba el cargador. Estaba lleno, como de costumbre, y lo volvió a insertar con un suave «clic». A continuación cogió la bolsa de lona que utilizaba para salir de compras y se la echó al hombro.

Fuera, la temperatura era relativamente suave. Así era el mes de marzo en Nueva York: un día parecía que estuvieran en primavera y al siguiente en lo más profundo del invierno. Jazz caminó con las manos metidas en los bolsillos, una sujetando la Glock y la otra la Blackberry. Aferrar sus pertenencias le proporcionaba sensación de bienestar.

Puesto que no eran más que las ocho y media, había un buen número de peatones caminando por la acera y también tráfico de coches mientras Jazz se dirigía hacia Columbus Avenue. Al pasar ante su amado Hummer se detuvo un instante para admirar su reluciente superficie. Había utilizado como excusa el buen tiempo para lavarlo. Mientras seguía andando, se maravilló una vez más por la buena suerte que había tenido al tropezarse con el señor Bob.

Columbus Avenue se hallaba aún más abarrotada, con cantidad de gente, de autobuses, taxis y coches disputándose el espacio. El ruido de los motores diésel, los bocinazos y el chirrido de los neumáticos podrían haber sido insoportables si Jazz se hubiera detenido a prestarles atención, pero estaba acostumbrada a todo aquel barullo. El cielo que se veía entre los edificios era de un gris encapotado que reflejaba las luces de la ciudad. Apenas se veían las estrellas más brillantes.

La tienda tenía verduras, fruta, flores y otras mercancías, todas expuestas en la calle. Al igual que la avenida, su interior estaba lleno de clientes que hacían cola ante la única caja registradora. Jazz dio una vuelta mientras hacía su selección, que incluía pan, huevos, unas cuantas PowerBars y agua mineral, además de leche. Una vez cogido todo, y no sin cierta tensión, salió fuera y fingió examinar la fruta. Entonces, cuando creyó que había llegado el momento oportuno —con el propietario ocupado en la caja y su mujer en el interior del almacén—, simplemente dio media vuelta y se encaminó hacia casa. Una vez que estuvo lo bastante lejos para estar segura de que nadie saldría tras ella y no se vería obligada a inventar ninguna excusa por haberse marchado sin pagar, se echó a reír pensando en lo tontos que eran los tenderos. Resultaba fácil salir disimuladamente de un comercio con varias entradas, y se preguntó por qué no lo hacía más gente. En cuanto a ella, ya había perdido la cuenta de las veces.

De vuelta en su apartamento, dejó las provisiones en la nevera y miró la hora. Seguía siendo demasiado temprano para ir a trabajar. Fue en ese momento cuando reparó en la pantalla del ordenador. Allí, sobre la imagen de fondo, parpadeaba el mismo recuadro que le anunciaba un e-mail.

Temiendo que hubieran cancelado la misión de Stephen Lewis, aunque eso no había pasado nunca, Jazz se sentó al teclado y abrió la ventana. Su inquietud aumentó al observar que se trataba de un segundo mensaje del señor Bob. Para su sorpresa y satisfacción contenía un nuevo nombre: «Rowena Sobczyk».

—¡Sí! —exclamó cerrando los ojos con fuerza, haciendo una mueca y alzando los puños.

Después de un mes de no recibir ni un nombre, que le llegaran dos la misma noche era increíble. Nunca le había sucedido. Se sentía casi mareada de tanto contener el aliento cuando reabrió los ojos y contempló la pantalla. Quería asegurarse de que no eran imaginaciones suyas, y no lo eran: el nombre seguía allí, destacando nítidamente contra el fondo blanco. Se preguntó vagamente qué clase de apellido sería ese de Sobczyk, ya que la yuxtaposición de consonantes le recordaba el suyo.

Se levantó y empezó a quitarse la ropa de calle mientras se dirigía al vestuario. Seguía siendo temprano para que se presentara en el hospital, pero no le importó. Iría de todos modos. Estaba demasiado emocionada para sentarse sin hacer nada. Pensó que al menos podría realizar un reconocimiento del hospital y trazar un plan general de ataque. Sacó su uniforme de trabajo y se lo puso. A continuación hizo lo propio con la bata blanca. Mientras se vestía, pensó en su cuenta bancaria. Al día siguiente, a la misma hora, ¡el saldo sería casi de cincuenta mil dólares!

Una vez sentada en el Hummer, Jazz hizo lo necesario para tranquilizarse. Había estado bien celebrarlo durante un rato, pero había llegado el momento de ponerse serios. Sabía que despachar dos pacientes resultaría el doble de difícil que hacerlo solo con uno. Por un momento pensó en repartirse la tarea en dos noches, pero descartó la idea: si el señor Bob así lo hubiera querido, le habría enviado los mensajes en días consecutivos. Era evidente que se suponía que debía «sancionar» a ambos la misma noche.

De camino al hospital, ni siquiera se molestó en incordiar a los taxistas. Estaba decidida a mantener la compostura y la concentración. Aparcó el Hummer en su plaza habitual del primer piso y entró en el hospital. Tras dejar su abrigo donde siempre, se dirigió a la planta baja y entró tranquilamente en Urgencias. Le satisfizo comprobar que reinaba el caos de siempre. Tal como había hecho en anteriores misiones, consiguió hacerse sin problemas con las dos ampollas de cloruro potásico. Con una en cada bolsillo de su bata blanca volvió al ascensor y subió a la quinta planta.

En comparación con la sala de urgencias, parecía un remanso de tranquilidad. Sin embargo, Jazz era consciente de la actividad que reinaba. Un vistazo a la lista le dijo que todas las habitaciones estaban ocupadas. El que la sala de descanso se encontrara vacía le indicó que todas las enfermeras y sus ayudantes estaban con los pacientes. En las noches tranquilas, a esa hora, las enfermeras del turno de tarde ya se habían reunido en la habitación de atrás, charlando y disponiéndose a informar y pasar el testigo al personal de noche. La única persona a la vista era la recepcionista de planta, Jane Attridge, que estaba ocupada adjuntando una serie de informes del laboratorio a los respectivos historiales médicos. Jazz echó un vistazo en la sala de medicinas para asegurarse de que Susan Chapman no rondaba todavía por allí. Siempre llegaba antes de la hora.

Jazz se sentó ante el ordenador y tecleó «Stephen Lewis». Le complació averiguar que su habitación era la 324 del Ala Goldblatt. Aunque nunca había ido por allí, le pareció un buen augurio. Sabía que al estar en la zona VIP del hospital encontraría menos actividad de enfermeras que en los pisos normales, lo cual sin duda le facilitaría la tarea. Lo único que tenía que averiguar era si al paciente le habían asignado una enfermera particular, cosa que dudaba porque solo tenía treinta y tres años y estaba ingresado para una operación de clavícula.

Una vez averiguado el caso de Stephen, Jazz tecleó el nombre de Rowena Sobczyk. De inmediato, una sonrisa se dibujó en su rostro. Rowena estaba allí mismo, en la habitación 517, justo al final del pasillo. Se le ocurrió que sería una ironía que le asignaran el caso, situación perfectamente posible. Si así sucedía, le facilitaría la «sanción» todavía más. Fuera como fuese, estaba convencida de que ocuparse de ambos la misma noche sería tan fácil como tirar al blanco.

—Has llegado prontísimo —dijo una voz en tono burlón.

Jazz volvió la cabeza, y una descarga de adrenalina le corrió por las venas. Se hallaba frente al mofletudo rostro de Susan Chapman, cuyas orondas facciones aparecían subrayadas por un ligero sarpullido seborreico. La expresión de Susan era más desafiante que amistosa cuando miró la pantalla del ordenador por encima del hombro de Jazz. Jasmine aborrecía la forma en que Susan se recogía el pelo en un tirante moño pasado de moda, y no podía evitar pensar que parecía una especie de enfermera anacrónica, especialmente si añadía los antiguos zapatos de cordones con gruesas suelas de cuero.

—¿Qué estás haciendo, si es que puedo preguntarlo? —inquirió Susan.

—Únicamente intentando familiarizarme con nuestros casos —se las arregló para contestar Jazz, que se tragó la irritación que le provocaba aquella mujer y forzó una sonrisa—. Parece que estamos al completo.

Susan se quedó mirando a Jazz durante lo que pareció una eternidad.

—Estamos casi al completo. ¿Qué pasa con Rowena Sobczyk? ¿Acaso la conoces?

—No la he visto en mi vida —repuso Jazz. Seguía sonriendo, y su sonrisa parecía más auténtica porque ya se había repuesto del susto inicial de haber sido descubierta husmeando en la ficha de Rowena—. Estaba echando un vistazo a los nuevos pacientes que tenemos esta noche para familiarizarme.

—De eso me ocupo yo —contestó Susan.

—Lo que tú digas. —Jazz borró la pantalla y se levantó.

—Ya hemos hablado de esto en otras ocasiones —espetó Susan—. En este hospital tenemos unas normas que protegen la intimidad de nuestros pacientes. Si te vuelvo a pescar husmeando tendré que dar parte de tu conducta. ¿Me has entendido? Las fichas solo se consultan en caso de necesidad.

—Tengo que saber qué casos me han encargado.

Susan respiró hondo, como si estuviera exasperada, y miró a Jazz con los brazos en jarras, como una iracunda profesora de colegio.

—Tiene gracia —dijo Jazz rompiendo el silencio—, pero yo habría jurado que tú y los mandamases del hospital estimulabais la iniciativa individual. En fin, como veo que no es así, será mejor que me largue a la cafetería. —Arqueó las cejas interrogativamente y esperó un segundo por si había respuesta de Susan. Al ver que no, la obsequió con otra falsa sonrisa y se dirigió al ascensor. Mientras caminaba podía notar los ojos de Susan clavados en la espalda. Meneó imperceptiblemente la cabeza. Realmente, estaba aprendiendo a odiar a esa mujer.

Descendió hasta la planta baja por si acaso Susan estaba vigilando el indicador del ascensor y desde allí siguió por los pasillos hasta entrar en el vestíbulo del Ala Goldblatt. Podría haber bajado en la tercera planta o en la de pediatría y haber entrado desde allí, pero le preocupaba que Susan pudiera albergar sospechas de sus paseos por el centro.

Hasta en su planta baja el Ala Goldblatt era por completo distinta del resto del hospital. Las paredes estaban recubiertas de caoba y en ellas colgaban óleos con su respectiva iluminación; los corredores aparecían enmoquetados. Los visitantes que salían de los ascensores y se marchaban iban elegantemente vestidos, y los diamantes de las mujeres relucían.

A pesar de las complejas medidas de seguridad de la entrada, nadie puso objeciones a la llegada de Jazz por los accesos del hospital. Junto con otras enfermeras de servicio, se dirigió hasta los ascensores para esperar que llegara uno: se fijó en que todas ellas iban vestidas a la antigua, igual que Susan Chapman. Varias llevaban cofias.

Jazz fue la única persona que se apeó en la planta tercera. Igual que el vestíbulo de abajo, estaba revestida de madera, enmoquetada y decorada con obras de arte. Varios visitantes que se marchaban esperaban el ascensor, y algunos le sonrieron. Ella les devolvió el gesto.

No le parecía en absoluto hallarse en una clínica. Sus zapatillas de deporte apenas hacían ruido en la moqueta. Al asomarse a las habitaciones de los pacientes vio que estaban decoradas con el mismo refinamiento, con muebles tapizados y telas caras. Las horas de visita llegaban a su fin, y la gente se despedía. Cuando estuvo a la altura de la habitación 324 aminoró el paso. A unos veinte metros delante de ella se encontraba el mostrador de las enfermeras: un brillante centro de luz comparado con la tenue iluminación del vestíbulo.

La puerta de la habitación 324 estaba entreabierta, y Jazz miró a un lado y otro del pasillo para cerciorarse de que pasaba inadvertida. Se acercó al umbral y tuvo una vista completa del interior. Tal como esperaba, no había enfermera particular. Tampoco visitas. El paciente era un fornido afroamericano que estaba desnudo de cintura para arriba. Un aparatoso vendaje le cubría el hombro derecho, y tenía una vía intravenosa pinchada en el brazo izquierdo. Se hallaba sentado en la cama del hospital con el respaldo subido y miraba la televisión situada en lo alto de un rincón. Jazz no podía ver la pantalla, pero dedujo por el sonido que se trataba de algún acto deportivo.

Stephen apartó la vista del televisor y miró a Jazz.

—¿Puedo hacer algo por usted? —preguntó.

—Solo estoy comprobando que todo esté en orden —dijo Jazz sin faltar a la verdad. Estaba satisfecha. Iba a ser coser y cantar.

—Las cosas estarían un poco mejor si los Nicks se decidieran a jugar como saben —contestó Stephen.

Jazz asintió, se despidió con un gesto de la mano, volvió a la planta baja y se dirigió a la cafetería. Estaba satisfecha.

La primera mitad del turno de noche transcurrió como estaba previsto. Jazz estaba a cargo de once pacientes, lo que suponía más trabajo que el asignado a sus compañeras, pero no se quejó. La habían emparejado con la mejor de las ayudantes, lo cual equilibraba la situación. Por desgracia no le tocó Rowena Sobczyk. Con lo ocupada que estaba, no tuvo ocasión de hacer nada para el señor Bob hasta la pausa del almuerzo, que acababa de empezar.

Jazz bajó en el ascensor con otras dos enfermeras y dos ayudantes con las que compartía la pausa para comer, pero se aseguró de perderlas de vista antes de llegar a la cafetería: no quería verse metida en su conversación y que se le hiciera difícil marcharse. Devoró un emparedado y se bebió medio litro de leche desnatada sin sentarse siquiera. Únicamente disponía de treinta minutos, y tenía mucho que hacer.

En el transcurso de su turno, Jazz había añadido unas cuantas jeringas a las ampollas de potasio que llevaba en los bolsillos. Salió de la cafetería y se metió en el lavabo de señoras. Una rápida ojeada bajo las puertas de los excusados le reveló que no había nadie. Para mayor discreción entró en uno de ellos y cerró. Sacó las ampollas de una en una, las destapó con cuidado y preparó las inyecciones. Una vez tapadas las agujas con sus respectivos capuchones, las devolvió a las profundidades de los bolsillos de su bata.

A continuación, salió del excusado y envolvió rápidamente los vacíos recipientes en toallas de papel. Seguía estando sola. Dejando los envoltorios en el suelo, los aplastó con la punta de la zapatilla. El vidrio hizo un débil sonido al quebrarse. Luego, Jazz arrojó los restos de papel y cristal al contenedor de basura.

Se miró en el espejo. Se pasó los dedos por el corto cabello, se ajustó la bata y se colocó bien el estetoscopio que llevaba al cuello. Satisfecha, se dirigió a la salida, armada y dispuesta para la acción. Había sido tan simple como eso. Estaba empezando a apreciar la eficiencia de ocuparse de dos casos la misma noche. Era como hallarse en una línea de montaje.

Cogió el ascensor principal hasta el tercer piso evitando el vestíbulo del Ala Goldblatt para no llamar la atención de los guardias de seguridad. La tercera planta estaba dedicada plenamente a pediatría, y mientras recorría el pasillo hacia el Ala Goldblatt, la idea de niños enfermos le despertó desagradables recuerdos del pequeño Janos. Fue ella quien lo encontró aquella fatídica mañana. La pobre criatura estaba tiesa como una tabla y ligeramente azulada, boca abajo sobre su arrugada sábana. Siendo pequeña todavía, Jazz se había dejado llevar por el pánico y, desesperada en busca de ayuda, fue corriendo a donde dormían sus padres para intentar despertarlos; sin embargo, ninguno de sus esfuerzos pudo arrancarlos de su etílico sueño. Al final, Jazz acabó llamando a la policía y dejando pasar personalmente al equipo sanitario de emergencia.

Una pesada puerta antiincendios separaba el Ala Goldblatt del resto del hospital. Era como si nunca la hubieran abierto y, tras un par de infructuosos intentos, tuvo que apoyar la pierna en la jamba y utilizar toda la fuerza de sus músculos para conseguir que se moviera. Cuando cruzó al otro lado, volvió a caer en la cuenta de lo distinta que era la decoración de la zona Goldblatt. Lo que más le llamó la atención fue la iluminación: en lugar de los habituales fluorescentes, había apliques de pared y las lámparas de los cuadros, cuya intensidad había sido reducida desde su última visita.

Volvió a empujar la puerta antiincendios con el hombro para asegurarse de que se abriría cuando volviera. Esa vez se movió con mucho menos esfuerzo que antes. Echó a andar por el pasillo con paso decidido. Era consciente por experiencia de que no había que mostrarse vacilante porque eso llamaba la atención. Sabía adónde se dirigía, y actuó en consecuencia. A pesar de echar un vistazo por el largo pasillo no vio a nadie, ni siquiera en el distante mostrador de enfermeras. A medida que iba pasando ante las habitaciones de los pacientes oyó el ocasional pitido de un monitor e incluso vio alguna enfermera atendiendo a un paciente.

Al acercarse a su objetivo, experimentó la misma emoción que había sentido en combate, en Kuwait, en 1991. Era algo que solamente los soldados que habían estado en el frente podían comprender. A veces, sentía algo parecido cuando jugaba una partida de *Call of Duty*, pero no era comparable. Para ella era un poco como el «speed», solo que mejor y sin la resaca. Sonrió para sus adentros: que le pagaran por lo que iba a hacer lo convertía en aún más placentero. Llegó a la habitación 324 y no lo dudó. Entró directamente.

Stephen seguía sentado en la cama, pero totalmente dormido. El televisor estaba apagado. La habitación estaba relativamente a oscuras: la única iluminación provenía de una luz de seguridad y de una luz empotrada del baño. La puerta del lavabo estaba entreabierta y proyectaba sobre el suelo y la cama una estrecha franja de luz igual que una tira de pintura fluorescente. La vía intravenosa seguía en su sitio.

Jazz comprobó la hora. Eran las tres y catorce minutos. Rápida pero silenciosamente fue hasta la cama y abrió la vía intravenosa. Dentro de la cámara Millpore, el goteo se convirtió en un flujo constante. Jazz se inclinó y observó el punto donde la aguja penetraba en el brazo de Stephen. No se apreciaba hinchazón. La intravenosa funcionaba perfectamente.

Volvió a asomarse al pasillo para asegurarse por última vez. No había nadie a la vista. Todo estaba en calma. Mientras volvía al lado de la cama se subió las mangas de la bata por encima de los codos para que no le estorbaran. A continuación, sacó una de las jeringas y le quitó el capuchón de seguridad con los dientes mientras sostenía la línea intravenosa con la mano izquierda. A pesar de su nerviosismo, se serenó antes de clavar la aguja. Se enderezó y escuchó. No oyó nada.

Jazz vació el contenido de la jeringa en el conducto con un fuerte y constante impulso. Mientras lo hacía, vio que el nivel de la cámara Millpore aumentaba, lo cual esperaba que sucediera.

La solución de cloruro potásico hacía que el fluido intravenoso se retirara. Lo que no esperaba fue el ruidoso gemido de Stephen, ni que sus ojos se abrieran de repente; pero aún más inesperado fue que la mano del paciente surgiera de repente y la aferrara por la muñeca con sorprendente fuerza. Un ahogado grito de dolor brotó de los labios de Jazz cuando unas afiladas uñas se le clavaron en la piel.

Dejó caer la jeringa a un lado de la cama e intentó desesperadamente deshacer la presa del brazo, pero no pudo. Al mismo tiempo, el gemido de Stephen se convirtió en un grito. Abandonando todo intento de soltarse, Jazz le tapó la boca con su mano libre al tiempo que apoyaba en ella todo el peso de su torso en un frenético intento de silenciarlo. Lo consiguió a pesar de que Stephen se retorció intentando liberarse.

El forcejeo se prolongó unos instantes, pero las fuerzas de Stephen menguaron rápidamente. Cuando su presa en el brazo de Jazz se debilitó, sus uñas le desgarraron la piel haciéndola gritar de nuevo.

El episodio terminó tan bruscamente como había empezado. Stephen puso los ojos en blanco, su cuerpo quedó inerte y la cabeza se le desplomó sobre el pecho.

Jazz se liberó. Estaba furiosa.

—¡Maldito cabrón! —masculló para sí.

Se miró el brazo. Algunos de los arañazos sangraban. Le entraron ganas de golpear al responsable, pero se controló porque sabía que ya estaba muerto. Recogió la jeringa y se puso a cuatro patas para buscar el maldito capuchón que había tenido entre los dientes y que había soltado al gritar. No tardó en dejarlo. Como alternativa dobló la aguja ciento ochenta grados antes de guardarse la jeringa en el bolsillo de la bata. Apenas daba crédito a lo sucedido. Desde que había empezado a despachar enfermos aquella era la primera vez que se encontraba con un paciente tan fuerte.

Tras reducir el goteo de la intravenosa, dejarlo como estaba y volver a ponerse el estetoscopio alrededor del cuello, Jazz fue rápidamente hasta la puerta y miró a un lado y otro del pasillo.

Por suerte, nadie parecía haber oído el grito de Stephen ya que el corredor seguía tan silencioso como un depósito de cadáveres. Se bajó apresuradamente las mangas de la bata para ocultar los arañazos de su antebrazo, miró de nuevo a Stephen para asegurarse de que no se olvidaba nada y salió.

Sin pérdida de tiempo volvió sobre sus pasos hasta llegar a la puerta de incendios. Una vez al otro lado se apoyó contra ella. Se encontraba algo nerviosa por culpa de las inesperadas complicaciones, pero enseguida recobró la compostura. Razonó que, a pesar de planificarlo, era normal que se topara con problemas de vez cuando. Luego, se examinó el brazo con mejor luz. Tenía tres rasguños en la parte interior del antebrazo que le habían dejado tres marcas que descendían hacia la muñeca. Dos de ellas sangraban ligeramente. Meneó la cabeza pensando que Stephen, desde luego, se había merecido lo que le había pasado.

Jazz volvió a bajarse la manga con cuidado. Eran las tres y veinte, y todavía le quedaba una «sanción» por ejecutar. Sabía que era el momento oportuno porque la enfermera asignada a Rowena tenía el mismo rato libre que ella y todavía tardaría unos diez minutos en volver. De todas maneras, no podía entretenerse. Caminando rápidamente, volvió al ascensor principal y subió a su planta.

En el mostrador de enfermeras solo había una persona. Era Charlotte Baker, una menuda auxiliar, y estaba ocupada escribiendo unas notas para las enfermeras. Jazz miró en la salita y en el cuarto de medicamentos cuya puerta estaba abierta. Ambos se encontraban vacíos.

—¿Dónde está nuestra intrépida jefa? —preguntó mirando el pasillo en ambas direcciones sin ver a nadie.

—Creo que la señora Chapman está en la habitación 502 echando una mano con una cateterización —repuso Charlotte sin levantar la mirada—, pero no estoy segura. Llevo un cuarto de hora aquí, vigilando el fuerte.

Jazz asintió y miró hacia la 502. La habitación se hallaba en la dirección opuesta a la de Rowena. Intuyendo que no tendría mejor ocasión, se apartó del mostrador que cerraba el cuarto de enfermeras, se aseguró de que Charlotte no le prestaba atención y se encaminó hacia la 517. De nuevo, el pulso se le aceleró ante la expectativa de la acción, solo que esta vez la emoción tenía un leve tinte de ansiedad por lo ocurrido con Stephen Lewis. El ligero dolor de los arañazos era un aviso de que no podía controlar todas las variables.

Un paciente vio a Jazz cuando esta pasó rápidamente ante la puerta de su habitación y la llamó, pero ella hizo caso omiso. Miró el reloj y calculó que disponía de seis minutos antes de que sus compañeras volvieran de la pausa, incluyendo la enfermera que se ocupaba de Rowena; pero teniendo en cuenta que ninguna era puntual, eso le daba cierto margen. Seis minutos era mucho tiempo.

La escena se parecía a lo que había encontrado en la habitación de Stephen, solo que sin la moqueta, las cortinas buenas y los muebles tapizados. La única luz provenía de una lámpara de seguridad. La puerta del baño estaba entreabierta; pero la luz, apagada. Rowena Sobczyk se encontraba en la cama, durmiendo y con los dos pies vendados tras una operación bilateral de los tobillos. Estaba boca arriba y roncaba ligeramente. Jazz la observó. A pesar de que tenía veintiséis años, parecía mucho más joven con sus pequeñas facciones y el negro y rebelde cabello desparramado en la almohada.

Jazz abrió la vía intravenosa para que corriera libremente y se inclinó para comprobar que no hubiera hinchazón. Puesto que no la encontró, todo estaba dispuesto. Sacó la segunda jeringa sosteniéndola con la mano derecha y cogió el conducto intravenoso con la izquierda. Igual que había hecho en la habitación de Stephen Lewis, utilizó los dientes para retirar el capuchón. Clavó sin tardanza la aguja en la entrada auxiliar de la vía y situó el pulgar en el émbolo. Tras respirar hondo un segundo, lo apretó lentamente.

Rowena se agitó de cintura para arriba. Jazz retiró la jeringa y entonces escuchó pasos en el pasillo. Su intuición la puso en guardia inmediatamente porque el sonido la hizo pensar en los zapatones de enfermera de Susan. Miró rápidamente hacia la puerta del corredor entreabierta y después a Rowena, que se sujetaba el brazo de la vía intravenosa y emitía sonidos gorgoteantes.

Asustada, Jazz se metió la jeringa y el capuchón en el bolsillo y se apartó de la paciente. Por unos segundos pensó en esconderse en el baño en caso de que Susan hubiera oído los ruidos, pero enseguida descartó la idea, no fuera que empeorara la situación. Pensando que la mejor defensa era un ataque, se encaminó hacia la puerta.

Confirmando sus peores temores, nada más cruzar el umbral casi se dio de bruces con Susan, que entraba en el cuarto.

La enfermera dio un paso atrás con aire indignado y miró a Jazz con la misma actitud desafiante de antes.

—Charlotte me ha dicho que estabas aquí. ¿Qué demonios estás haciendo? Esta paciente es de June.

—Pasaba por el pasillo cuando ella llamó.

Susan se inclinó hacia un lado para esquivar a Jazz, que llenaba el hueco de la puerta, y miró el interior de la habitación sumida en penumbra.

—¿Qué le pasaba?

—Creo que estaba soñando.

—Parece que se agita y... ¡Pero si tiene la vía intravenosa completamente abierta!

—¿De verdad?

Susan se abrió paso obligando a Jazz a apartarse. Se acercó a Rowena y disminuyó el flujo en la vía.

—¡Oh, Dios mío! —exclamó, y volviéndose hacia Jazz añadió—: ¡Enciende la luz! ¡Tenemos una emergencia!

Jazz hizo lo que le decían mientras la enfermera jefe hacía sonar la alarma. A continuación, Susan le ordenó que fuera al otro lado de la cama y bajara los barrotes. Segundos más tarde, la llamada de emergencia sonaba a través de los altavoces del hospital.

—¡Tiene el pulso irregular! —gritó Susan poniendo los dedos en el cuello de Rowena para notar la carótida—, ¡o al menos lo tenía! —Retiró la mano y saltó encima de la cama poniéndose de rodillas y a caballo sobre la paciente—. ¡Tenemos que empezar una reanimación cardiopulmonar! ¡Ocúpate tú del boca a boca y yo haré las compresiones!

Con gran reticencia, Jazz le tapó la nariz a Rowena y puso su boca sobre la de ella, soplando e hinchándole los pulmones. No encontró resistencia, lo cual indicaba que la paciente estaba inerte. Era la única que sabía que intentar resucitar a Rowena, llegada a ese estado no era más que una broma pesada.

Charlotte y otra enfermera llamada Harriet llegaron y lograron conectar y poner en marcha un electrocardiograma. Susan seguía con las compresiones, y Jazz, para mantener las apariencias, con la respiración asistida.

—Tenemos una cierta actividad eléctrica —anunció Harriet—, pero me parece extrañamente compleja.

En ese instante se presentó el equipo de reanimación y se hizo rápidamente cargo del asunto. Jazz fue apartada mientras Rowena era entubada con mano experta y conectada a oxígeno puro. Se solicitaron medicamentos y fueron prestamente administrados. Se tomó una muestra de sangre arterial y se envió al laboratorio para un informe estadístico sobre gases en la sangre. Los extraños registros verificados por Harriet habían desaparecido del todo. El electrocardiograma trazó una línea recta, y el equipo de internos empezó a desanimarse. Rowena parecía no responder.

Mientras la reanimación proseguía sin esperanzas, Jazz salió de la habitación y volvió al cuarto de las enfermeras. Entró en la salita y se sentó con la cabeza entre las manos. Necesitaba unos minutos para recobrarse. Se había puesto muy nerviosa con el incidente de Stephen, y que además las cosas se le hubieran torcido también con Rowena había sido demasiado. No lo podía creer. Nunca había tenido problemas en los casos anteriores. No podía evitar preguntarse si se asustaría en su próxima misión.

Por el rabillo del ojo vio a Susan acercándose al mostrador de enfermeras. Jazz no la había oído, pero imaginó que había preguntado a la auxiliar encargada, porque esta señalaba en su dirección. Cuando Susan fue hacia ella, Jazz comprendió que iba a tener que capear un nuevo enfrentamiento.

Susan entró y cerró la puerta. No dijo nada, ni siquiera después de haberse sentado. Simplemente se quedó mirándola fijamente.

—¿Siguen intentando resucitar a la paciente? —preguntó Jazz, incómoda por el silencio. Si iban a discutir, que se acabara cuanto antes.

—Sí —respondió la enfermera jefe secamente antes de hacer una nueva pausa. A Jazz le dio la impresión de que era una especie de extraño concurso de miradas. Por fin, Susan dijo—: Quiero preguntarte otra vez qué hacías en el cuarto de Rowena Sobczyk. Me has dicho que la paciente te llamó. ¿Qué te dijo?

—No recuerdo si fueron palabras. Solo la oí, así que fui a ver, ¿vale?

—¿Hablaste con ella?

—No. Estaba dormida, así que di media vuelta y salí.

—O sea, que no viste que la intravenosa estaba abierta.

—Así es. No miré la intravenosa.

—¿Y ella te pareció normal?

—¡Pues claro! Por eso salía cuando casi tropezamos.

—¿Qué son esos arañazos del brazo?

Por la forma en que Jazz estaba sentada, las mangas de la bata se le habían subido dejando al descubierto las tres raspaduras y un poco de sangre seca.

—Ah, ¿esto? —preguntó cambiando las manos y bajándose las mangas—. Me las hice en el coche, cuando venía hacia aquí. No es nada.

—Pero han sangrado.

—Puede que un poco, pero no hay problema.

Jazz se vio de nuevo en ese extraño duelo de miradas, como si la estuvieran sometiendo a un tercer grado. Susan no decía nada y apenas parpadeaba. Al final, Jazz se levantó.

—Bueno, tengo que volver al trabajo —dijo sorteando a la enfermera jefe.

—Me parece una extraña coincidencia que estuvieras en esa habitación —dijo Susan volviéndose para encararse con ella.

—Está claro que cuando la paciente llamó debía hallarse al comienzo de lo que fuera que le ha causado la crisis. Lo que ocurre es que yo no vi nada cuando entré. Puede que hubiera debido comprobarlo mejor; pero ¿qué pretendes, hacer que me sienta peor de lo que ya me siento?

—No, la verdad es que no —admitió la enfermera jefe y miró hacia otra parte.

—Bueno, pues lo pretendas o no, lo estás consiguiendo —replicó Jazz antes de salir en busca de la auxiliar que le había sido asignada para aquella noche.

Al principio, creyó que con sus palabras había conseguido librarse de una situación peligrosa con Susan; pero, a medida que fue transcurriendo el resto de su turno, se fue preocupando más. Tenía la impresión de que cada vez que se daba la vuelta, Susan la estaba mirando. Cuando llegó la hora del relevo y las enfermeras de día estaban siendo informadas de los incidentes de la noche, incluyendo el de Rowena Sobczyk, el problema había adquirido proporciones ridículas. Teniendo en cuenta la conducta de Susan, a Jazz no le cabía la menor duda de que ella sospechaba. En su mente solo había sitio para el comentario del señor Bob de que no debían verse ondas sobre la superficie. En lo que a ella hacía referencia, la situación con Susan no amenazaba con crear ondas en la superficie, sino un verdadero maremoto.

Su mayor temor era que, tras el informe, Susan fuera a ver directamente a la supervisora, Clarice Hamilton, una gigantesca afroamericana a quien Jazz consideraba tan estúpida como Susan para trasladarle sus sospechas. Si eso llegaba a ocurrir, sin duda se organizaría un buen follón y a ella no le quedaría más remedio que recurrir al número de emergencia para llamar al señor Bob. En cualquier caso, lo que el señor Bob podía hacer en ese momento era francamente poco.

En cuanto la presentación de informes hubo concluido, Jazz se quedó donde estaba y fingió tener cosas que hacer. Susan pasó cinco minutos más despachando algunos asuntos con la jefa de día. Por lo cerca que se encontraba, Jazz pudo escuchar la mayor parte de la conversación. Por suerte, Susan no dijo nada relacionado con ella. Cuando hubo acabado, la enfermera jefe cogió su abrigo y, charlando y riendo junto con June, se dirigió al ascensor. Entonces Jazz recuperó su abrigo y tomó de paso un par de guantes de látex del mostrador.

A aquella hora de la mañana, con el cambio de turno, la zona de ascensores estaba abarrotada. Jazz se aseguró de mantenerse en la periferia, tan lejos de Susan y June como le fuera posible, y cuando llegó el ascensor se metió tan al fondo como pudo. Desde allí podía distinguir a la enfermera jefe por su ridículo moño.

Cuando la cabina se detuvo en el primer piso, Jazz se abrió camino y salió junto con una docena de personas, incluyendo a Susan. Sabía que la enfermera, al igual que ella, llegaba al trabajo en coche. Como una bandada de gallinas, el grupo salió por la puerta que daba a la pasarela hasta el aparcamiento. Jazz se quedó atrás para cerrar la marcha y, entretanto, se puso los guantes de látex.

Una vez en el aparcamiento, el grupo se dividió hacia sus respectivos vehículos. Jazz avivó entonces el paso. Tenía las manos en los bolsillos, y con la derecha aferraba la Glock. Redujo la distancia que la separaba de Susan, de modo que, cuando la enfermera rodeó el lado del conductor de su Ford Explorer, ella hizo lo mismo por la parte del pasajero. En cuanto oyó que se abrían los cerrojos, abrió la puerta y se deslizó en el asiento delantero.

Jazz lo había calculado a la perfección. Fue como si ella ya hubiera estado sentada cuando Susan se puso al volante. En otras circunstancias, la expresión de sobresalto de su superiora le habría parecido graciosa. El problema era que a Jazz nada de aquello le parecía divertido ya.

—¿Qué demonios...? —protestó la enfermera jefe.

—Pensé que podríamos hablar un momento en privado y limar asperezas —dijo Jazz. Tenía ambas manos en los bolsillos, con los brazos rectos y los hombros subidos.

—No tengo nada de que hablar contigo —le espetó Susan, que introdujo la llave de contacto y puso en marcha el motor—. Ahora sal de mi coche. Me voy a casa.

—Yo creo que tenemos mucho de que hablar. No has dejado de mirarme en toda la noche y quiero saber el motivo.

—Pues porque eres un bicho raro.

Jazz rió con desprecio.

—Lo que dices tiene gracia viniendo de ti.

—Esa es la clase de comentario que confirma mi impresión —replicó Susan—. Para serte sincera, nunca me he fiado de ti. No sé por qué te has hecho enfermera. No te llevas bien con nadie y careces de compasión. Todas las noches tengo que asignarte los casos más fáciles.

—¡Y una mierda! —saltó Jazz—. ¡Siempre me das los más complicados!

Durante un segundo, Susan contempló a Jazz del mismo modo que lo había hecho durante el turno de noche.

—No pienso discutir contigo. La verdad es que si no sales de mi coche ahora mismo pienso llamar a Seguridad y hacer que se encarguen de ti.

—Todavía no me has dicho por qué no me has quitado el ojo de encima. Quiero saber si tiene algo que ver con Rowena Sobczyk.

—¡Claro que tiene que ver! Es demasiada coincidencia que salieras de su habitación cuando no eras su enfermera. Además, resulta que me acuerdo de que te vieron saliendo del cuarto de Sean McGillin, y él tampoco era tu paciente. Pero no me corresponde a mí hablar contigo de esto. Es cosa de la supervisora de enfermeras, y yo pienso asegurarme de que habla contigo.

—Ah, ¿sí? —se burló Jazz—. Me parece que no deberías estar tan segura, maldita perdedora.

Jazz sacó la pistola sin esfuerzo aparente.

Susan vio el arma, pero no pudo más que levantar la mano cuando Jazz le disparó dos veces en un lado del pecho. Susan fue arrojada contra la portezuela y se quedó allí, con la mejilla aplastada contra el vidrio.

A pesar del silenciador, el ruido en el interior del habitáculo fue superior a lo que Jazz esperaba, lo mismo que el olor de la cordita. Con la mano libre, apartó el humo. Luego, dándose la vuelta, miró por la ventanilla de atrás. Muchos coches circulaban por el aparcamiento, pero en su mayoría subían o bajaban las rampas porque todas las plazas de aquella planta estaban ocupadas. Unos pocos vehículos salían. Jazz estaba segura de que con todo aquel tráfico y movimiento, nadie habría podido oír las detonaciones de la Glock. Se guardó el arma en el bolsillo.

Extendió el brazo, agarró a Susan por el moño y la sentó debidamente en el asiento, dejando que la cabeza le cayera sobre el pecho pero manteniéndola recta.

¡Menuda perdedora!, se dijo mientras colocaba los inertes brazos de la mujer en el volante. ¡Y los perdedores merecen morir!

Apagó el motor y a continuación abrió el bolso de Susan rebuscando en su interior hasta que encontró la cartera. La abrió, se quedó el efectivo y tiró por el suelo las tarjetas de crédito con la intención de que pareciera un atraco. Volviéndose de nuevo, miró por la ventanilla de atrás hacia la puerta que daba a la pasarela. En ese momento, un grupo de enfermeras salió y las mujeres se despidieron mientras se dirigían a sus respectivos vehículos. Jazz se agachó para ocultarse hasta que se perdieron de vista. Sentándose de nuevo, miró su Hummer. Se hallaba a solo dos coches de distancia. Tras un rápido vistazo para asegurarse de que todo estaba despejado, se apeó del vehículo de Susan y se alejó dando la vuelta por delante del coche de al lado.

Cuando estuvo en su Hummer se quitó los guantes de látex y los guardó en el bolsillo. Puso en marcha el motor, salió marcha atrás y se dirigió hacia la salida. Al pasar ante el coche de Susan le echó un vistazo. Parecía que la enfermera estuviera echando una cabezada tras una noche de duro trabajo. Perfecto.

Cuando se incorporó al tráfico de la mañana se permitió respirar hondo. No se había dado cuenta de lo tensa que estaba.

Había sido una noche difícil, pero estaba convencida de haberla resuelto satisfactoriamente: era diez mil dólares más rica y se había deshecho de un problema potencial. La Operación Aventar seguía en marcha. La vida le sonreía.

9

El viejo despertador de cuerda de Laurie sonó en la penumbra matutina, y ella tendió la mano para apagarlo sin abrir los ojos siquiera. Mientras se refugiaba en el calor de las mantas se estremeció, pero no de frío, sino a causa de las náuseas. Abrió los ojos. La mañana anterior también las había sufrido, pero las había atribuido a las vieiras que había cenado con Roger dos noches antes. Le encantaban las vieiras, pero en más de una ocasión le habían provocado malestar al día siguiente. Afortunadamente, los mareos no duraron y desaparecieron en cuanto salió de casa.

Se sentó y volvió a estremecerse. Tras tomar un sorbo del vaso de agua que tenía en la mesita se sintió un poco mejor. El problema radicaba en que no había tomado vieiras. Lo cierto era que había cenado un pollo previsiblemente insulso porque todavía se acordaba del malestar.

Mientras se envolvía en los cobertores notó otro síntoma además del mareo: una leve molestia en el cuadrante inferior derecho. No era lo bastante intensa para llamarla dolor. Utilizando los dedos se masajeó la zona por encima de la cadera, pero no supo decir si la presión empeoraba las molestias ya que el palparse el estómago le recordó que tenía ganas de ir al baño.

Apartó las sábanas, se puso una bata y metió los pies en unas zapatillas. Mientras caminaba hacia el lavabo notó claramente las molestias. En ese momento eran casi un dolor, pero bastante leve.

Al considerarlas como médico, Laurie pensó primero en una apendicitis. Sabía que había un montón de cosas que podían ir mal en el cuadrante inferior derecho, y que a veces el diagnóstico podía resultar complicado; pero también sabía que se estaba precipitando: era la clase de hipocondría en la que tantas veces había caído siendo estudiante de medicina. Sonrió al recordar cómo, en su primer año, un simple dolor de cabeza hizo que se angustiara por la posibilidad de padecer una hipertensión maligna simplemente porque había estudiado ese síndrome la noche antes. Evidentemente, no había padecido ninguna hipertensión maligna. De forma parecida, sus náuseas y molestias se desvanecieron en cuanto hubo salido de la ducha.

No tenía apetito, pero se obligó a tomar una tostada. Cuando eso pasó sin dificultad, comió un poco de fruta. Estaba convencida de que tener algo en el estómago la ayudaría, y así fue. En el momento en que se dispuso a dirigirse al trabajo se sentía ya como de costumbre.

Saludó con la mano a la señorita Engler cuando la puerta de la mujer se entreabrió con un crujido. En esa ocasión, la bruja de ojos legañosos habló y le advirtió de que cogiera el paraguas porque decían que iba a llover.

Era una mañana templada, y, aunque estaba encapotado, todavía no llovía. Laurie caminó hacia el norte por la Primera Avenida mientras se preguntaba si sus mareos podían tener un origen psicosomático debido al estrés. ¿Qué otra cosa puede ser?, pensó tristemente ya que tenía la impresión de que nunca había conseguido que su vida personal tuviera la misma fluidez que la profesional.

El torbellino de las cinco semanas de su relación con Roger había topado con un escollo inesperado. Se habían estado viendo dos o tres veces por semana y también todos los fines de semana. Laurie no creía que la dificultad fuera un obstáculo insuperable, pero hasta cierto punto había resultado irritante y le había recordado que al principio de conocer a Roger ya había pensado que aquel tipo de caprichos adolescentes rara vez superaban la prueba del tiempo. El caso era que, hacía un par de noches, se había enterado de que Roger estaba casado. Él había tenido multitud de ocasiones para decirle algo tan importante, pero, por razones que a ella se le escapaban, había optado por no hacerlo. Hasta que ella no lo obligó él no se avino a contarle la verdad: se había casado con una chica tailandesa diez años atrás, cuando trabajaba en aquel país y no había conseguido el divorcio, aunque se suponía que en ese momento lo estaba intentando. Lo más chocante para Laurie fue saber que había tenido varios hijos.

La historia se hizo menos mala a medida que se aclaró: la chica procedía de una familia acaudalada e influyente en la que ella se había refugiado egoístamente llevándose a los niños cuando Roger fue trasladado a África. Aun así, el que le hubiera ocultado semejante información había sentado un mal precedente y hacía que Laurie se preguntara si Roger era la persona que ella había imaginado; también notaba la creciente inquietud con lo rápidas que iban las cosas en la relación, a lo que se añadían las presiones de Roger en el terreno íntimo; pero por encima de todo, estaban sus sentimientos hacia Jack.

La noche anterior, mientras estaba en su apartamento compadeciéndose de sí misma por aquellas revelaciones, había experimentado una pequeña epifanía. Por primera vez reconoció que tenía tendencia a no enfrentarse a los problemas que no le molestaban particularmente. Era un rasgo que había visto en sus padres, y especialmente en su madre: cómo había abordado su cáncer de mama era todo un ejemplo. Era algo que a Laurie nunca le había gustado; sin embargo, nunca se había parado a verse a sí misma como hija de sus padres. Lo que la había llevado a comprenderlo había sido que la situación marital de Roger no le hubiera causado tanta sorpresa como a ella le gustaba pensar. Había tenido indicios, pero se había negado tenazmente a considerarlos. Sencillamente no había querido creer que Roger estuviera casado.

En la esquina con la calle Treinta, esperó a que el semáforo le permitiera cruzar la Primera Avenida. Mientras lo hacía, se preguntó hasta qué punto ese rasgo de su personalidad que acababa de aceptar había tenido un papel en su fallida relación con Jack. Con repentina claridad, comprendió lo que resultaba evidente: había querido echar toda la culpa a Jack por no estar dispuesto a comprometerse con respecto al futuro y por no plantear el asunto del matrimonio; pero entonces admitió que también ella debía compartir parte de la responsabilidad por no haberlo planteado. También comprendió que su ofrecimiento de hablar del asunto con regularidad había sido una concesión por su parte, quizá nada del otro mundo, pero una concesión al fin y al cabo. Cómo iba a contarle todo aquello a Jack era algo que ignoraba por completo. La última vez que habían conversado de asuntos personales había sido cinco semanas atrás.

Cuando el semáforo cambió, cruzó a toda prisa y subió la escalinata del edificio pensando que haber conocido a Roger no había hecho más que complicar las cosas: en lugar de tener problemas con un hombre, los tenía con dos. A pesar de que apreciaba a ambos, sabía que quería a Jack y echaba de menos su inflexible franqueza. Una de las razones de que hubiera empezado a salir con Roger había sido para poner celoso a Jack, una maquinación adolescente que se había visto empeorada por dos complicaciones: la primera, que no había esperado sentirse tan atraída por Roger, y la segunda, que tampoco había esperado que la jugada le saliera tan bien. Aunque Laurie creía que Jack la quería, su permanente rechazo a comprometerse la había convencido de que su amor no era como el de ella. En concreto, nunca había sentido que él valoraba su relación tanto como ella. Siempre había estado convencida de que él no iba a cambiar y de que era incapaz de sentir celos.

Pero en esos momentos, gracias al comportamiento de Jack, opinaba de forma distinta. El tono de sus conversaciones y contactos se había ido deteriorando. Cuando ella volvió a su piso, Jack adoptó un tono sarcástico que fue a peor y la hizo sentirse fatal desde el momento en que empezó a salir con Roger. Menos de un mes atrás, cuando Jack le pidió que fuera a cenar con él y ella le contestó que no podía porque había quedado con Roger para ir a la ópera aquella misma noche, él la envió a freír espárragos y no le propuso ninguna otra fecha. Lo que se desprendía de aquello era que no le interesaba que siguieran siendo amigos.

Mientras saludaba con la mano a Marlene, que le abría la puerta de la sala de identificación, Laurie no tuvo más remedio que sonreír. Todo aquel lío era propio de un culebrón y se dijo que debía apartar de su mente a aquellos dos hombres. Estaba claro que cambiar la conducta propia o de los demás no era lo más fácil del mundo.

Dejó su abrigo sobre el respaldo de una de las butacas, el paraguas encima y fue directamente a la máquina del café. Chet estaba decidiendo qué casos necesitaban autopsia y el hombre estaba enfrascado en los expedientes.

Laurie removió su café y miró la hora. Todavía no habían dado las ocho, pero no era tan pronto como cuando iba con Jack. Reparó en que Vinnie no estaba en su lugar de siempre, leyendo el periódico, lo cual indicaba que debía hallarse abajo, con Jack, realizando alguna autopsia. El único sonido que distinguía era el de las conversaciones de las telefonistas de la sala de comunicaciones que se preparaban para la jornada. Sabiendo que el lugar no tardaría en bullir de actividad, Laurie disfrutó de su relativa soledad.

—¿Jack está abajo? —preguntó tomando un sorbo de café.

—Sí —contestó Chet sin levantar la vista. De repente, alzó la cabeza al reconocer la voz—. ¡Laurie! ¡Estupendo! Se suponía que debía entregarte un mensaje si llegabas antes de las ocho. Janice está impaciente por hablar contigo. Ha pasado ya dos veces.

—¿Es sobre un paciente que estaba en postoperatorio en el General? —preguntó Laurie con ojos repentinamente chispeantes. Le había pedido a Janice que le avisara si se presentaba otro caso. Si así era, iba a resultarle bastante más fácil apartar de sus pensamientos a Roger y a Jack, ya que sus cuatro casos de posible asesinato aumentarían en un veinticinco por ciento. Los dos casos de los que se había ocupado, McGillin y Morgan, seguían pendientes de firma. Los otros dos habían sido firmados por Kevin y George declarando naturales las causas de la muerte, una conclusión a la que ella se oponía.

—No, no era por un paciente del General —dijo Chet con una sonrisa maliciosa que Laurie no captó, por lo que dejó caer los hombros de decepción—. No era por uno, sino por dos —añadió Chet dando un golpecito con la mano en dos carpetas que había separado, empujándolas hacia Laurie—. Y ambos necesitan autopsia.

Laurie las cogió prestamente y miró los nombres: Rowena Sobczyk y Stephen Lewis. Comprobó rápidamente su edad: veintiséis y treinta y dos años respectivamente.

—¿Son los dos del Manhattan General? —preguntó. Quería estar segura.

Chet asintió.

Pensando en buscar evasiones, esto casi le parecía demasiado bueno. La serie de asesinatos aumentaría hasta los seis casos, no cinco. Eso suponía un incremento del cincuenta por ciento.

—Yo me ocuparé de los dos —dijo rápidamente.

—Son tuyos —repuso Chet.

Sin decir más, Laurie cogió su abrigo y el paraguas. Sosteniendo la taza de café como pudo y con las carpetas bajo el brazo, pasó rápidamente por Comunicaciones y la sala de archivos camino del despacho de los investigadores forenses. La dominaba la curiosidad. Durante las últimas semanas se había visto obligada a contener su entusiasmo a medida que su teoría del asesino múltiple no llegaba a materializarse y era rechazada por todos sus colegas salvo Roger. Jack incluso había utilizado el asunto para convertirla en más de una ocasión en objeto de sus sarcasmos. Hasta Sue Passero se había mostrado poco favorable tras hacer algunas discretas averiguaciones en el hospital. Por suerte, Calvin no había vuelto a hablar del asunto. Tampoco Riva.

Los historiales clínicos de los cuatro primeros casos habían llegado a la mesa de Laurie, y ella los había utilizado para rellenar las casillas pendientes de su esquema; sin embargo, no le ayudaron a encontrar nada definitivo. Había distintos cirujanos, diferentes anestesistas, varios agentes anestésicos, una significativa variedad de medicaciones postoperatorias y distintos lugares del hospital. Lo peor de todo era que los resultados de Toxicología habían salido completamente negativos a pesar de que Peter había agotado los recursos de la cromatografía gaseosa y del espectrómetro de masas. En beneficio de Laurie había investigado cualquier posible alternativa que la pudiera conducir a los mínimos restos de algún agente tóxico. Y sin agente tóxico, nadie daría el más ligero crédito a su teoría del asesino múltiple, especialmente no habiéndose producido más muertes tras la de Darlene Morgan. Todo el mundo arrojaba los cuatro casos a la papelera de las anomalías estadísticas que ocurren en un entorno de riesgo como es un hospital.

Bart alzó la mirada de su escritorio cuando Laurie entró en el despacho de los investigadores forenses.

—Llegas justo a tiempo —le dijo señalando el fondo de la sala donde Janice ya se estaba poniendo el abrigo.

—¡Laurie! Estaba temiendo no verte. No puedo más, y la cama me llama. —Volvió a quitarse el abrigo, lo dejó en el respaldo de su silla y se sentó pesadamente.

—Lamento retenerte —se disculpó Laurie.

—No hay problema —contestó Janice bravamente—. No tardaremos más que un minuto. ¿Las carpetas que llevas son las de Lewis y Sobczyk?

—Lo son —repuso Laurie acercando una silla.

Janice las cogió, las abrió y sacó sus informes, entregándoselos a Laurie.

—Estos dos casos del General me recuerdan a los otros cuatro en los que estabas interesada —dijo mientras Laurie repasaba las notas. Hundió el rostro entre las manos y apoyó los codos en la mesa brevemente antes de continuar—: en pocas palabras, ambos pacientes eran jóvenes y sanos, y ambos han muerto de inesperadas complicaciones cardíacas; los dos habían sufrido cirugía de tipo menor en las últimas veinticuatro horas y ninguno pudo ser reanimado.

—Resultan francamente parecidos —convino Laurie mirándola—. Gracias por el resumen. ¿Hay algo que no figure en tus notas que quieras comentarme?

—Está todo ahí —repuso Janice—, pero hay algo en lo que quiero insistir: aunque casi todos los parámetros de esa mujer, Sobczyk, son los mismos, hay una cosa diferente: cuando fue hallada por las enfermeras estaba al borde de la muerte, pero todavía con vida. Por desgracia, no pudieron hacer nada a pesar de la rápida intervención. Por su parte, Lewis no presentaba actividad cardíaca ni respiratoria cuando fue descubierto por las ayudantes.

—¿Y por qué crees que es importante?

—Solo porque es distinto —dijo Janice con un encogimiento de hombros—. No lo sé, pero la última vez que hablaste conmigo me preguntaste si tenía alguna intuición sobre el caso de Darlene Morgan. Entonces no la tenía, pero el hecho de que Sobczyk estuviera viva cuando la encontraron me hizo pensar.

—Entonces me alegro de que me lo hayas dicho —repuso Laurie—. ¿Algo más?

—Eso es todo. El resto está en los informes.

—No hará falta que te diga que voy a necesitar copias de los historiales clínicos.

—Ya las he pedido.

—Estupendo. Me alegro de que me hayas contado todo esto. Si se te ocurre algo más, ya sabes dónde encontrarme.

Laurie recogió sus cosas y se encaminó hacia el ascensor de atrás, impaciente por ponerse manos a la obra. Hacía semanas que no recordaba estar tan interesada. Mientras subía, pensó en lo que Janice le acababa de contar y se preguntó si sería importante.

Entró a toda prisa en su despacho, colgó el abrigo y dejó el paraguas encima del archivador. Se sentó a su escritorio, abrió ambas carpetas y extrajo los informes de Janice. Tras leerlos con más detalle, se inclinó, abrió un cajón y sacó el esquema que había trazado para los cuatro primeros casos. Estaba sujeto con una goma elástica a las carpetas de Morgan y McGillin, junto con copias de lo más relevante de los otros dos casos. Deshizo el paquete y sostuvo la carpeta de McGillin unos instantes. No había sido capaz de dar una respuesta al padre de Sean sobre la muerte de su hijo, tal como le había prometido con tanta confianza, y eso la hizo sentirse culpable. Ni siquiera lo había llamado durante las últimas semanas a pesar de que se lo había prometido. Cuando dejó los papeles junto con los demás tomó nota mentalmente para telefonearle y se preguntó qué diría el hombre si ella le confesaba que sospechaba la presencia de un asesino múltiple.

Fiándose del criterio de Janice, y a pesar de que todavía tenía que practicarles la autopsia, Laurie siguió adelante y añadió los datos de Lewis y Sobczyk al esquema. La investigadora, sabedora del interés de Laurie, había hecho un exhaustivo trabajo en ambos casos. Aun sin los historiales del hospital, Laurie pudo rellenar las casillas con la edad de los pacientes, la hora en que se declaró su fallecimiento, las operaciones a las que habían sido sometidos y las alas del hospital donde tenían sus habitaciones. Riva apareció mientras su amiga andaba ocupada con la tarea.

—¿Qué, completando ese esquema tuyo? —preguntó mirando por encima del hombro de Laurie.

—Se han producido otros dos casos. Eso hacen seis. Todavía no he hecho las autopsias, pero tienen el mismo perfil. ¿Quieres cambiar de opinión con respecto al tipo de muerte? No sé, pero esto supone un aumento de un cincuenta por ciento.

Riva se echó a reír.

—No lo creo, especialmente si tenemos en cuenta que Toxicología ha dado negativo y que me consta que Peter ha puesto lo mejor de su parte. ¿Cómo está tu madre? Siempre me olvido de preguntar.

—Está evolucionando sorprendentemente bien —repuso Laurie—. Lo que pasa es que no me entero demasiado porque ella se comporta como si no hubiera ocurrido nada.

—Me alegro de que esté mejor. Dale mis mejores recuerdos. ¡Oye! ¿Qué hay de ese nuevo ligue tuyo? Te estás mostrando inhabitualmente discreta.

—Va bien —repuso Laurie vagamente. Riva tenía razón: no

había comentado nada acerca de Roger. Descolgó el teléfono antes de que su amiga pudiera seguir haciéndole preguntas y llamó al despacho del depósito. La complació que Marvin respondiera y le dijo que preparara los dos cuerpos, primero el de Sobczyk. Este le contestó con su habitual presteza que la estaría esperando.

—Nos vemos en el foso —dijo despidiéndose de Riva y recogiendo las carpetas de Lewis y Sobczyk.

Mientras bajaba en el ascensor, Laurie se preparó mentalmente para ambos casos, lo cual le resultó fácil puesto que, además de la esperanza, tenía casi asumido que no iba a encontrar nada. Después de cambiarse y enfundarse en el traje lunar, entró en la sala de autopsias; Marvin estaba casi listo. De camino a su mesa, Laurie tuvo que pasar al lado de Jack.

Al reconocerla, este miró el reloj de pared antes de enderezarse ante el seccionado cuerpo de una mujer de avanzada edad. Una porción de sus grises y ensortijados cabellos había sido afeitada para dejar al descubierto la depresión de una fractura de cráneo.

—Doctora Montgomery, se diría que últimamente sigue usted un horario de banqueros. ¡Deje que lo adivine! Apuesto a que la explicación es que se ha pasado la noche haciendo turismo por la ciudad con su nuevo amiguito francés.

—Muy gracioso —gruñó Laurie luchando contra el enfado y las ganas de pasar de largo—; pero la verdad es que te equivocas en las dos cosas: anoche me quedé en casa, y Roger es tan norteamericano como tú o yo.

—Qué curioso. «Rousseau» me suena bastante francés. ¿No estás de acuerdo, Vinnie?

—Sí, pero mi nombre es italiano, y eso no significa que yo no sea norteamericano.

—¡Cielos, es cierto! —exclamó Jack con fingido arrepentimiento—. Me temo que me estoy precipitando en mis conclusiones. ¡Lo siento!

Laurie estaba molesta por la conducta de Jack y su enfado, fruto de los celos que tan mal disimulaba; pero como estaba en la sala de autopsias con Vinnie prefirió cambiar de tema y señaló a la mujer del cráneo fracturado.

—Parece que ahí tienes una evidente causa de muerte.

—Puede que la causa esté clara, pero el tipo no —contestó Jack—. Los casos como este se están convirtiendo en mi especialidad.

—¿Te importaría explicarte? —pidió Laurie.

—¿De verdad te interesa?

—No te lo pediría de no ser así.

—Bueno. La víctima fue desembarcada a toda prisa de un crucero en plena noche. La compañía naviera declaró que una mujer mayor en estado de ebriedad había sufrido una caída de fatales consecuencias en el baño de su camarote; también informó de que no había conductas sospechosas ni violentas. Sin embargo, a pesar de que la mujer pudo haber estado borracha, yo no me lo trago.

—Dime por qué.

—Primero, esa fractura hundida está en la parte superior de la cabeza —contestó Jack dejándose llevar por el calor de la conversación—. A menos que seas contorsionista, es difícil que te hagas una lesión así si te caes en el baño. Segundo y más importante, ¡fíjate en la forma de estos morados bajo los brazos! —Jack señaló un grupo de moretones que Laurie vio claramente al mirar de cerca.

»A continuación, mira las marcas del bronceado de su muñeca y del dedo anular. Esta mujer ha pasado largos ratos al sol con un reloj de pulsera y un gran pedrusco en el dedo. ¿Y a que no lo adivinas? Pues resulta que no se ha encontrado ni relojes ni anillos en su camarote. Tengo que otorgarle el mérito al médico de guardia. A pesar de la hora que era, estaba más que despierto. Ya habían limpiado el baño y el camarote, pero él hizo las preguntas correctas.

—Entonces crees que se trata de un asesinato.

—¡Desde luego! Y eso a pesar de la opinión contraria de la naviera. Como es natural, me limitaré a informar de lo que he descubierto, pero si alguien me pide opinión, diré que esta mujer fue brutalmente golpeada en la cabeza con algún tipo de martillo, arrastrada por los brazos hasta su camarote mientras seguía con vida, robada y abandonada para que muriera.

—Parece un buen caso para ilustrar que las muertes entre la gente mayor se parecen en algunos casos a las muertes en las que intervienen los malos tratos a menores.

—Es exactamente así. Dado que se espera naturalmente que la gente mayor se muera, hay menos posibilidades de despertar sospechas que si se tratara de personas más jóvenes.

—Es un buen caso del que aprender —comentó Laurie intentando poner buena cara antes de dirigirse a su mesa. A pesar de que la conversación había tenido un tono razonable, no dejaba de ser otra manifestación de lo difícil que iba a ser mantener una charla normal con Jack acerca de su relación por mucho que lo intentara. Sin embargo, esos pensamientos se borraron de su mente tan pronto como vio el cuerpo de Rowena Sobczyk.

—¿Sospechas que puede haber algo fuera de lo normal en este caso? —le preguntó Marvin.

—No. Creo que va a ser de lo más fácil —contestó Laurie mientras sus expertos ojos empezaban el examen externo.

Su primera impresión fue que la mujer aparentaba ser mucho más joven que sus veintiséis años. Era menuda y de facciones delicadas, casi adolescentes, y tenía un abundante y espeso cabello negro. Su piel estaba libre de imperfecciones y presentaba la palidez mortuoria habitual, salvo en las zonas donde se había acumulado la sangre. Debido a la operación que había sufrido, tenía ambos pies vendados. El vendaje estaba limpio y seco.

Al igual que con McGillin y Morgan, los restos del intento de reanimación seguían en su sitio, incluyendo el tubo endotraqueal y la vía intravenosa. Laurie los estudió atentamente antes de retirarlos. Buscó señales de consumo de drogas pero no encontró ninguna. Retiró los vendajes. Las cicatrices de la operación no presentaban señales de inflamación y solo una mínima supuración.

La parte interna de la autopsia transcurrió igual que la externa: dio negativo en cualquier patología. Concretamente, los pulmones y el corazón eran perfectamente normales. El único hallazgo fueron unas cuantas fisuras en las costillas, resultado de los intentos de reanimación. Como en los demás casos, Laurie se aseguró de tomar las muestras adecuadas para los análisis de Toxicología. Todavía no había perdido la esperanza de que Peter acabara ejerciendo su magia en alguno de aquellos casos.

—¿Quieres pasar directamente al otro caso? —le preguntó Marvin cuando hubieron acabado de coser a Rowena Sobczyk.

—Desde luego —contestó Laurie, que se dispuso a echar una mano para acelerar la sustitución de cuerpos. Cuando pasó al lado de la mesa de Jack al salir y al volver se aseguró de no vacilar. No quería que sus comentarios volvieran a incomodarla; pero si él la vio, no lo demostró. En esos momentos, la sala funcionaba a pleno rendimiento, con cantidad de gente yendo de un lado para otro, todos con el mismo aspecto enfundados en sus trajes lunares. Gracias al resplandor de las luces del techo, se hacía difícil ver a través de las máscaras de plástico.

Tan pronto como colocaron a Stephen Lewis en la mesa, Laurie comenzó su examen externo. Entretanto, Marvin fue a buscar recipientes y frascos para las muestras y otros materiales. Laurie se esforzó en seguir el orden del protocolo para evitar que algo se le pasara por alto. A pesar de que estaba casi segura de que la víctima sería como las otras en el sentido de que no presentaría patologías relevantes, prefería ser exhaustiva. Su metódico trabajo no tardó en dar sus frutos: bajo las uñas de los dedos medio y anular de la mano derecha había una pequeña cantidad de sangre seca, apenas apreciable, pero claramente presente. Si no los hubiera examinado, ese detalle se le habría escapado. Era algo que no había visto en Sobczyk, Morgan o McGillin, y que tampoco George ni Kevin habían descrito en los informes de las autopsias de los otros dos casos.

Laurie dejó la mano de Lewis sobre la mesa y empezó a buscar posibles arañazos que pudiera tener en el cuerpo y que justificaran la sangre seca. No había ninguno. La vía intravenosa tampoco había sangrado. A continuación retiró los vendajes del hombro derecho. Las incisiones quirúrgicas estaban cerradas y no presentaban indicios de inflamación, aunque se veían rastros de que habían sangrado tras la operación, con pequeños grumos de sangre seca a lo largo de las líneas de sutura. Laurie pensó que cabía la posibilidad de que la sangre que había bajo las uñas procediera de allí, pero le pareció dudoso porque se trataba de la mano del mismo lado.

Cuando Marvin regresó, Laurie le pidió un bastoncillo de algodón esterilizado y dos recipientes de muestras. Quería un análisis de ADN de ambas muestras para estar segura de que correspondían a la víctima. Cuando recogió las muestras vio que también había pequeños restos de tejido. En un rincón de su mente alentó la idea de que, si su teoría del asesino múltiple era cierta y si Lewis había visto sus intenciones, este bien podía haber intentado aferrarlo y lo arañó al hacerlo. Eran un montón de síes, pero Laurie se enorgullecía de ser meticulosa.

El resto de la exploración transcurrió rápidamente. Ella y Marvin estaban tan compenetrados que funcionaban como una orquesta bien afinada y no necesitaban más que un mínimo de conversación. Cada uno preveía los movimientos del otro igual que bailarines de tango. Una vez más no encontraron patología alguna. Los únicos hallazgos fueron mínimas formaciones de ateroma en la zona abdominal de la aorta; y en el intestino, un pólipo de apariencia benigna. No había nada que pudiera explicar la repentina muerte de aquel hombre.

—¿Es tu último caso? —le preguntó Marvin cogiendo el soporte de la aguja de manos de Laurie cuando esta acabó de suturar el cuerpo.

—Eso parece. —Laurie miró por la sala para ver si localizaba a Chet, pero no pudo—. Supongo que hemos acabado. De lo contrario, alguien debería haberme dicho algo.

—Estos dos casos de hoy me recuerdan a los que hicimos hará poco más de un mes —comentó Marvin mientras limpiaba el instrumental y recogía las muestras—. ¿Te acuerdas de aquellos en los que tampoco encontramos nada significativo? Me he olvidado de los nombres.

—McGillin y Morgan —contestó Laurie—. Desde luego los recuerdo, y me impresiona que tú también, teniendo en cuenta la cantidad de casos que han pasado por tus manos.

—Los recuerdo por lo mucho que te desconcertó no descubrir nada. Escucha, ¿quieres llevarte las muestras de hoy o prefieres que las envíe con el resto?

—Me llevaré las de Toxicología y las muestras de ADN —repuso Laurie—. Las microscópicas pueden ir con las demás. Gracias por recordármelo. Debo decir que cada vez me gusta más trabajar contigo.

—Me alegro —repuso Marvin—. Por mi parte opino igual. Ojalá todos los forenses fueran como tú.

—Bah, eso sería aburrido —dijo Laurie riendo mientras recogía las muestras. De nuevo, pasó al lado de la mesa de Jack sin detenerse y lo oyó reír con Vinnie de lo que seguramente había sido una nueva demostración de humor negro. Laurie se desinfectó e hizo lo mismo con las muestras antes de salir al pasillo.

Sin perder tiempo se quitó el traje protector y dejó cargando la batería. Se encaminó hacia el ascensor trasero sin cambiarse la ropa de trabajo. Llevaba las dos carpetas bajo el brazo y los recipientes apretados contra el pecho para que no se le cayeran. Mientras subía al tercer piso notó los latidos de su corazón en las sienes. Se sentía exaltada: las autopsias habían confirmado las declaraciones de Janice. En esos momentos estaba convencida de que sus casos habían aumentado hasta seis.

Salió en la tercera planta y se asomó cautelosamente al interior del laboratorio de Toxicología. Debido a su deseo de evitar a su temperamental director, Laurie se veía obligada a entrar de hurtadillas. Por suerte, De Vries estaba casi siempre en los laboratorios generales del piso de abajo. Sintiéndose como un gato al acecho, Laurie se escabulló en diagonal hasta llegar al diminuto despacho de Peter. Se alegró de que nadie hubiera gritado su nombre, y aún se alegró más de que Peter estuviera sentado a su mesa porque significaba que no tendría que ir a buscarlo.

—¡Oh, no! —gimió este en broma cuando levantó la mirada y vio las muestras que Laurie llevaba en brazos.

—Sé que no estás contento de verme —reconoció Laurie—, pero ¡eres mi hombre! Te necesito más que nunca. Acabo de terminar las autopsias de dos pacientes que son un calco de los otros cuatro. Ahora ya tenemos seis.

—No entiendo cómo puedes decir que soy tu hombre si hasta el momento no he conseguido más que fracasos.

—Yo todavía no he perdido la esperanza, de modo que tú tampoco —contestó Laurie descargando las muestras en la mesa de Peter. Algunas rodaron hasta el borde, pero Peter las puso a salvo—. Ahora que tenemos seis casos, la idea de que hay gato encerrado tiene más peso que nunca. ¡Peter, has de encontrar algo! ¡Tiene que estar ahí, en alguna parte!

—Laurie, he hecho todo lo que se me ha ocurrido con esos cuatro casos. He buscado todos los agentes conocidos capaces de alterar el ritmo cardíaco.

—Debe de haber algo en lo que no hayas pensado —insistió Laurie.

—Bueno, existen algunos productos...

—Vale, ¿cuáles?

Peter puso cara seria y se rascó la cabeza.

—Esto se sale un poco del campo habitual.

—Me parece perfecto. Un poco de creatividad es justo lo que necesitamos. ¿En qué estás pensando?

—Recuerdo haber leído algo cuando me gradué en la universidad acerca del veneno de una rana originaria de Colombia llamada *Phyllobates terribilis*.

Laurie alzó la vista al cielo.

—Sí, se sale de lo habitual, pero no importa. ¿Qué pasa con esa rana?

—Bueno, pues que contiene una toxina que es una de las sustancias más letales conocidas por el hombre. Si no lo recuerdo mal, es capaz de provocar un paro cardíaco.

—Suena interesante. ¿Has hecho las pruebas?

—En realidad no. Se necesita tan poca cantidad de esa toxina, algo así como una millonésima de gramo, que no creo que nuestras máquinas la detecten. Tendré que pensar en la forma de rastrearla.

—¡Así me gusta! Estoy segura de que acabarás encontrando algo, especialmente con estos dos nuevos casos.

—Buscaré en internet a ver qué puedo encontrar.

—Te lo agradezco —dijo Laurie—. No te olvides de mantenerme informada. —Recogió las muestras de ADN y se dispuso a marcharse, pero se detuvo—. Ah, se me olvidaba. En uno de los casos nuevos había algo distinto. Deja que lo mire. —Abrió la carpeta de Sobczyk y comprobó el número de referencia con los recipientes hasta que halló el correspondiente y lo dejó ante Peter—. Es este. Se trata de la única paciente de los seis que todavía mostraba cierta actividad respiratoria y cardíaca cuando la encontraron. No sé qué puede significar, pero he pensado que te interesaría. Si se trata de una toxina inestable, puede que tuviera la mayor concentración de todos los casos.

Peter se encogió de hombros.

—Lo tendré presente.

Laurie se asomó fuera del despacho y, comprobando que no había enemigos a la vista, se despidió de Peter y se escabulló rápidamente hacia el pasillo. Desde allí subió por la escalera hasta el quinto piso, pero se detuvo a medio camino. De repente, había reaparecido la molestia abdominal que había notado aquella mañana. De nuevo, presionó la zona con los dedos. Al principio, hizo que la molestia empeorara y llegara a convertirse casi en un dolor, pero desapareció con la misma rapidez que había surgido. Laurie se llevó la mano a la frente para ver si tenía fiebre. Convencida de que no, siguió subiendo.

El quinto piso albergaba el laboratorio de Análisis Genético. En contraste con el resto del edificio, era una instalación de primera. Tenía menos de diez años y relucía con sus blancas paredes alicatadas, sus blancos armarios y suelo y el más moderno instrumental. Su director, Ted Lynch, era un antiguo jugador de fútbol de la élite universitaria. No alcanzaba las proporciones de Calvin, pero tampoco le andaba lejos; sin embargo, tenía una personalidad completamente opuesta. Ted era un tipo tranquilo y amable.

Laurie lo encontró manejando su adorada máquina de secuenciación. Le informó en líneas generales del caso y después le preguntó si podía hacer una exploración rápida. Además de las muestras de debajo de las uñas, le dio otra con tejido de Stephen Lewis.

—¡Sí, claro! —exclamó Ted riendo—. Menuda pareja estáis hechos tú y Jack. Cada vez que aparecéis por aquí con algo, ha de ser para ya mismo, como si de lo contrario el cielo se fuera a derrumbar. ¿Por qué no podéis ser como el resto de esa pandilla de perezosos? Vaya, espero que no me oigan.

Laurie no pudo evitar una sonrisa. Ella y Jack se habían forjado una reputación. Le dijo a Ted que hiciera lo que pudiera y a continuación bajó rápidamente a su despacho en el piso inferior. Estaba impaciente por llamar por teléfono. La persona a quien más ilusión le hacía comunicar la noticias de los dos nuevos casos era Roger.

Se sentó a su escritorio y marcó el número de su extensión en el Manhattan General. Tamborileó con los dedos mientras aguardaba la comunicación. El corazón le latía con más fuerza aún que antes. Sabía que Roger querría enterarse de esos dos nuevos casos, si no lo había hecho ya. Por desgracia, cuando la línea contestó, resultó ser el buzón de voz de Roger. Laurie masculló una maldición. Tenía la impresión de que últimamente solo conseguía hablar con contestadores automáticos en lugar de con personas de carne y hueso.

Tras escuchar el mensaje de la cinta, se limitó a dejar el recado para que la llamara. No pudo evitar sentir una punzada de decepción por no haber conseguido comunicar en el acto. Al colgar dejó la mano un rato sobre el auricular mientras pensaba que Roger era la única persona que parecía compartir su inquietud ante la siniestra posibilidad de que un asesino anduviera suelto por los pasillos del hospital, tal como Sue Passero había expresado sus sospechas. De todas maneras, Laurie se preguntó con su nueva franqueza hasta qué punto era sincero el apoyo de Roger. Tras haber descubierto lo de su matrimonio, no estaba segura de si podía fiarse de él. Si pensaba en su actitud para con ella de las últimas cinco semanas debía admitir que, a ratos, él se había mostrado en exceso solícito. Odiaba ser cínica, pero era la consecuencia de la falta de sinceridad de Roger.

Laurie dio un respingo cuando el teléfono sonó bajo su mano y descolgó el auricular presa de un breve pánico.

—Busco a la doctora Montgomery —dijo una agradable voz de mujer.

—Soy yo —contestó Laurie.

—Me llamo Anne Dixon. Soy asistente social en el Manhattan General y me gustaría concertar una cita con usted.

—¿Una cita? ¿Puede decirme de qué se trata?

—De su caso, naturalmente —repuso Anne, confundida.

—¿Mi caso? No sé si la entiendo.

—Trabajo en el laboratorio de genética y tengo entendido que estuvo usted aquí hará cosa de un mes para unos análisis. La llamo para concertar una fecha de entrevista.

Una complicada maraña de pensamientos cruzó por la cabeza de Laurie. Las pruebas para el marcador BRCA-1 eran otro ejemplo de su tendencia a apartar de su mente los asuntos que la incomodaban. Se había olvidado por completo del análisis de sangre. La llamada de aquella desconocida, como caída del cielo, le recordó aquel preocupante asunto igual que una avalancha.

—Hola... ¿Sigue usted ahí? —preguntó la dubitativa voz de Anne Dixon.

—Aquí sigo —dijo Laurie mientras intentaba poner en orden sus pensamientos—. Supongo que su llamada significa que he dado positivo.

—Lo que significa es que me gustaría verla personalmente —contestó Anne evasivamente—. Se trata del procedimiento normal con todos los casos. Su expediente lleva más de una semana sobre mi mesa, pero lo tenía traspapelado. Ha sido totalmente culpa mía; pero por eso me gustaría verla lo antes posible.

Laurie sintió una ola de impaciente irritación. Respiró hondo y recordó que aquella asistente social solo estaba intentando hacer su trabajo. A pesar de todo, Laurie habría preferido que le comunicara directamente el resultado en lugar de tener que soportar todo aquel interminable protocolo.

—Tengo una cancelación para hoy a la una en punto —prosiguió Anne—. Confiaba en que le fuera bien. De no ser así, tendría que dejarlo para la semana que viene.

Laurie cerró los ojos y volvió a respirar hondo. No podía permitirse seguir en el limbo una semana más. A pesar de que creía que la llamada significaba que la prueba había salido positiva, deseaba estar segura del todo. Miró su reloj. Eran las doce menos cuarto. No había nada que le impidiera pasar por el Manhattan General. Incluso era posible que pudiera almorzar con Roger o Sue.

—A la una me va bien —contestó con resignación.

—Estupendo —dijo Anne—. Mi despacho se encuentra en el mismo departamento donde se hizo los análisis de sangre.

Laurie colgó. Cerró los ojos de nuevo, se inclinó sobre el escritorio y se pasó los dedos por el pelo, masajeándose el cuero cabelludo. Todas las desagradables consecuencias de ser portadora del gen BRCA-1 desfilaron por su mente con una oleada de tristeza. Lo que más la angustiaba era tener que admitir que iba a tener que tomar lo que ella denominaba «la decisión final», una decisión que eliminaba opciones como la de tener hijos.

—Hola, hola —dijo una voz.

Laurie alzó la vista y se vio mirando el sonriente rostro del teniente detective Lou Soldano que, con su planchada y limpia camisa y su corbata nueva, tenía especialmente buen aspecto.

—¿Qué tal, Laur? —dijo alegremente. «Laur» era el apodo que le había puesto Joey, el hijo de Lou, durante el breve tiempo que ella y el detective habían salido juntos. En aquella época, Joey tenía cinco años. En esos momentos, diecisiete.

Ella y Lou no habían sufrido un desengaño, sino que más bien habían llegado los dos a la conclusión de que una relación romántica entre ambos no era lo apropiado. A pesar de que sentían gran respeto y admiración mutua, la vertiente pasional no había funcionado; pero, en lugar de un romance, con los años había florecido una estrecha amistad.

—¿Qué ocurre? —preguntó Lou cuando vio que a Laurie, en lugar de decir algo, se le llenaban los ojos de lágrimas y que se llevaba una mano a la frente para masajearse las sienes con el índice y el pulgar.

El detective cerró la puerta y cogió la silla de Riva para sentarse mientras apoyaba una mano en el hombro de Laurie.

—¡Eh! ¡Vamos! Dime qué te pasa.

Ella se apartó la mano de la frente. Seguía teniendo los ojos brillantes, pero no había llegado a derramar lágrima alguna. Resopló y sonrió débilmente.

—Lo siento —consiguió articular.

—¿Lo sientes? ¿Qué me estás contando? No hay nada por lo que disculparse. Cuéntame lo que está pasando. No, espera... Creo que ya lo sé.

—¿Lo sabes? —preguntó Laurie abriendo un cajón y sacando un pañuelo de papel para enjugarse los ojos. Una vez controlado el lagrimeo, volvió a mirar al detective—. ¿Qué te hace pensar que sabes lo que me preocupa?

—Hace años que te conozco, a ti y también a Jack. Y sé que habéis cortado. Me refiero a que no es ningún secreto.

Laurie empezó a protestar, pero Lou le quitó la mano del hombro y le hizo un gesto para acallarla.

—Ya sé que no es asunto que me incumba, pero os tengo un aprecio especial. Ya sé que has estado saliendo con ese otro médico, pero creo que tú y Jack deberíais arreglar las cosas porque estáis hechos el uno para el otro.

Laurie tuvo que sonreír a pesar de sí misma y miró a Lou con ojos cariñosos. Ese hombre era un encanto. Cuando ella había empezado su relación con Jack había temido que Lou se pusiera celoso porque los tres se habían hecho buenos amigos. Sin embargo, el detective se mostró entusiasta desde el primer momento. Había llegado el momento de que fuera Laurie la que le pusiera la mano en el hombro.

—Te lo agradezco —dijo sinceramente. No tenía inconveniente en que Lou pensara que aquella pequeña escena se debía a su relación con Jack. Lo último que deseaba era tener que hablar con él del BRCA-1.

—Me consta que a Jack le está volviendo loco que tú estés saliendo con otro.

—¿De verdad? —preguntó Laurie—. Pues ¿sabes una cosa?

Eso me sorprende, porque no creía que a Jack le importara lo más mínimo.

—¿Cómo puedes decir eso? —preguntó Lou con expresión de completa incredulidad—. ¿Te has olvidado de cuál fue su reacción cuando estuviste a punto de comprometerte con aquel traficante de armas, Sutherland? Se quedó hecho polvo.

—Creía que eso fue porque vosotros dos pensabais que Paul no era el hombre adecuado, lo cual era cierto. No pensé que por parte de Jack se tratara de celos.

—Toma nota de mis palabras: fueron celos. Más claro, el agua.

—Bueno, veremos qué se puede hacer. Si él me lo permitiera, me gustaría hablar con Jack.

—¿Permitírtelo? —preguntó Lou con la misma incredulidad—. Le pegaré un buen tirón de orejas si no te lo permite.

—No creo que sirviera de mucho —repuso Laurie con otra sonrisa. Se sonó la nariz con el pañuelo de papel que tenía en la mano—. En fin, dime a qué se debe tu visita. Con lo ocupado que estás, no creo que hayas venido solamente a hacer de abogado de Jack.

—Puedes estar segura —contestó Lou enderezándose en su asiento—. Tengo un problema y necesito que me ayudes.

—Soy todo oídos.

—La razón de que esté tan contento es porque he tenido que salir para Jersey con Michael O'Rourke, mi capitán. Por desgracia, la hermana de su mujer fue asesinada esta mañana en la ciudad y hemos ido a comunicárselo al marido. No hará falta que te explique que estoy sometido a una intensa presión para que encuentre un sospechoso. El cuerpo ya está abajo, en la nevera. Lo que esperaba era que tú o Jack os ocuparais del caso. Necesito un respiro. Vosotros dos siempre habéis sabido dar con lo inesperado.

—¡Caramba! Lo siento, Lou. Ahora mismo no puedo hacerme cargo; pero, si el asunto puede esperar hasta la tarde, estoy segura de que podré ayudarte.

—¿A qué hora?

—No lo sé. Tengo una cita en el Manhattan General.

—¿De verdad? —preguntó Lou con una medio sonrisa—. Allí es donde mataron a la cuñada del capitán, justo en el aparcamiento.

—¡Qué horror! ¿Formaba parte del personal del hospital?

—Sí, desde hace años. Era enfermera jefe de un turno de noche. La asaltaron cuando se disponía a regresar a su casa en coche.

—¿Fue robada, violada o ambas cosas?

—Simplemente robada. Al menos eso parece. Sus tarjetas de crédito estaban en el suelo. Su marido dice que no cree que llevara más de cincuenta dólares en el bolso. Ha perdido la vida por esa miserable cantidad.

—Lo lamento.

—No tanto como voy a lamentarlo yo si no averiguo algo. ¿Qué hay de Jack? Cuando he subido no estaba en su despacho.

—No. Está en el foso. O al menos lo estaba hace media hora, cuando yo salí.

Lou se levantó y dejó la silla de Riva en su sitio.

—Espera un momento —dijo Laurie—. Ya que estás aquí, hay algo que quiero contarte.

—¿Sí? ¿De qué se trata?

Laurie le contó brevemente la historia de los seis casos. Lo hizo por encima, pero fue suficiente para que el detective volviera a coger la silla de Riva y tomara asiento.

—O sea, que en realidad crees que esos casos son homicidios —dijo Lou cuando ella hubo terminado.

Laurie dejó escapar una risita para sus adentros.

—La verdad es que no estoy segura.

—Pero me has dicho que crees que alguien hizo algo a esos pacientes. Eso es homicidio.

—Lo sé —contestó Laurie—. El problema es que no sé hasta qué punto creo que estoy en lo cierto. Deja que te explique: desde esta mañana estoy metida en un proceso de sincerarme conmigo misma que me lleva a replantearme muchas cosas. Durante el último mes y medio he ido de cabeza con Jack, con lo de mi madre y con otras cosas y sé que he estado buscando algo que me distrajera. Esta serie de casos que he descubierto puede entrar de lleno en esa categoría.

Lou asintió en un gesto de comprensión.

—O sea, que también puede ser que estés haciendo una montaña de un grano de arena.

Laurie se encogió de hombros.

—¿Has compartido tu idea de un asesino múltiple con alguien de aquí?

—Casi con todos los que se han mostrado dispuestos a escuchar, incluyendo a Calvin.

—¿Y?

—Todos opinan que me estoy precipitando en mis conclusiones porque Toxicología no ha encontrado nada sospechoso como insulina o digitalina que es lo que está documentado que se utilizó en el pasado en aquella serie de asesinatos clínicos. De todas maneras, es inexacto decir que todos están en desacuerdo conmigo: el médico con el que he estado saliendo, que dicho sea de paso se llama Roger y trabaja en el General, me apoya; sin embargo, llevo toda la mañana preguntándome por sus verdaderos motivos. De todas maneras eso es harina de otro costal. Fin de la historia.

—¿Lo has hablado con Jack?

—Desde luego. Cree que lo estoy inventando.

Lou volvió a ponerse en pie y a guardar la silla de Riva.

—Bueno, mantenme informado. Después de la conspiración de la cocaína que descubriste hace diez años seguramente me fío más de tu intuición que tú misma.

—Fue hace doce años.

Lou se echó a reír.

—Eso demuestra que el tiempo vuela cuando te lo pasas bien.

10

—¿Qué tal va? —preguntó Jack dando un paso atrás para observar su trabajo.

—Bien, supongo —contestó Lou.

Jack lo había ayudado a enfundarse un traje lunar y a conectar las baterías. En esos momentos podía escuchar el ruido del ventilador enviando aire a través del filtro HEPA.

—¿Notas la brisa?

—¡Menuda brisa! No entiendo cómo podéis trabajar todo el día metidos dentro de este invento. Para mí, una vez al mes sería más que suficiente.

—Desde luego, no es la idea que tengo de pasar un buen rato —reconoció Jack metiéndose en su traje—. Cuando estoy de guardia los fines de semana vuelvo subrepticiamente a la vieja bata con mascarilla, pero si Calvin se entera me echa la bronca.

Se pusieron los guantes en la antesala y acto seguido entraron en la zona de autopsias propiamente dicha. Cinco de las ocho mesas se hallaban ocupadas. En la quinta yacían los desnudos restos mortales de Susan Chapman. Vinnie estaba atareado preparando los recipientes de muestras.

—Te acuerdas del detective Soldano, ¿verdad, Vinnie?

—Sí, claro. Bienvenido, teniente.

—Gracias, Vinnie —contestó Lou deteniéndose a unos dos metros de la mesa.

—¿Te encuentras bien? —le preguntó Jack.

Lou era un observador habitual de las autopsias, de modo que a Jack no le preocupaba que pudiera marearse y caerse de espaldas como sucedía con algunos visitantes. Este no tenía idea de por qué el detective se mantenía a distancia, pero vio que tenía la máscara de plástico empañada, lo cual indicaba que respiraba demasiado fuerte.

—Estoy bien —murmuró Lou—. Es que resulta un poco fuerte ver a alguien a quien conoces tendido ahí, esperando ser destripado igual que un pez.

—No me dijiste que la conocías —comentó Jack.

—Bueno, supongo que puedo estar exagerando. No la conocía íntimamente, pero la había visto un par de veces en casa del capitán O'Rourke.

—Bueno, pues acércate. De lo contrario no vas a ver nada desde ahí.

Lou dio unos vacilantes pasos al frente.

—Se diría que tenía debilidad por los dulces —observó Jack contemplando el cuerpo—. ¿Cuánto ha pesado en la báscula, Vinnie, muchacho?

—Noventa y uno.

Jack soltó un silbido que sonó apagado tras la máscara de plástico.

—Un poco demasiado para un cuerpo que no creo que pase de un metro sesenta.

—Metro sesenta y tres —precisó Vinnie antes de ir a buscar las jeringas al aparador.

—¡Ya han tenido que corregirme! —bromeó Jack—. De acuerdo, Lou, ilústrame. Me has hecho venir con tantas prisas que no he tenido ni tiempo de leer los informes de los investigadores forenses. ¿Dónde la encontraron?

—Estaba sentada, erguida, en el asiento del conductor de su todoterreno, como si estuviera echando una cabezada. Tenía la cabeza apoyada contra el pecho. Esa fue la razón de que no la descubrieran antes. Hubo gente que la vio, pero pensaron que estaba durmiendo.

—¿Qué más puedes decirme?

—No mucho. Según parece le dispararon en la parte derecha del pecho.

—¿Y tu impresión es que se trató de un robo?

—Desde luego lo parecía. Su dinero en efectivo había desaparecido, su cartera y sus tarjetas de crédito estaban tiradas por el suelo, y su ropa, intacta.

—¿Dónde tenía los brazos?

—Metidos entre los radios del volante.

—¿De verdad? Qué extraño.

—¿Por qué, extraño?

—Me suena a que la colocaron en esa posición.

Lou se encogió de hombros.

—Es posible. De ser así, ¿qué te dice?

—Que no es lo corriente en ese tipo de casos de robo. —Jack levantó la mano de la mujer. Una parte del montículo bajo el pulgar había desaparecido dejando una herida en forma de surco. El resto del dedo y de la palma aparecía punteado de múltiples y pequeñas incisiones. Parte del primer metacarpiano resultaba visible a través de ellas—. Mi opinión es que se trata de heridas defensivas.

Lou asintió. Seguía manteniéndose a un paso de la mesa.

Jack levantó el brazo derecho del cadáver. En la zona de la axila había dos pequeños círculos rojos con algunas fibras textiles adheridas. La superficie interior de los círculos tenía el aspecto de carne picada y de ellos surgía un poco de tejido adiposo amarillento.

Vinnie regresó con las jeringas y, tras dejarlas al lado del cadáver, señaló el panel para radiografías de la pared.

—Me olvidaba de deciros que la pasé por rayos X. Tiene dos cápsulas en el pecho que corresponden a las dos heridas de entrada.

—¡Cuánta razón tienes! —exclamó Jack. Se apartó para ir a ver el panel y observó las radiografías. Lou fue tras él y miró por encima de su hombro. Las dos balas destacaban nítidamente como dos blancos defectos en un campo de moteados tonos grises—. Yo diría que una está alojada en el pulmón izquierdo; y la otra, en el corazón.

—Eso cuadra con los dos casquillos de nueve milímetros hallados en el vehículo —comentó Lou.

—Veamos qué más podemos encontrar —dijo Jack volviendo a la mesa y reanudando su examen externo. Fue meticuloso, yendo literalmente de la cabeza a los pies. Durante el proceso señaló las pequeñas incisiones alrededor de las heridas de entrada.

—¿Qué significa eso? —preguntó Lou, que al fin se había acercado lo suficiente.

—Puesto que la zona estaba cubierta por la ropa, me dice que el cañón del arma estaba muy cerca, quizá a solo unos treinta centímetros, pero no tanto como de la mano.

—¿Es importante?

—Dímelo tú. Plantea la cuestión de si el agresor estaba sentado dentro del coche en el momento de disparar o de si se asomó al interior.

—Vale. ¿Y?

Jack se encogió de hombros.

—Si el agresor estaba sentado dentro del coche, cabría preguntarse si la víctima lo conocía.

Lou asintió.

—Buena deducción.

Durante la autopsia interna de la víctima, Jack se mantuvo a su derecha, y Vinnie, a su izquierda. Lou permaneció en la cabecera y se inclinaba cada vez que Jack señalaba un nuevo hallazgo.

El proceso fue rutinario salvo cuando Jack determinó la trayectoria de los proyectiles. Ambos habían traspasado las costillas, lo cual explicaba para Jack el que no hubiera orificios de salida. Una de las balas había cruzado el arco aórtico y se había alojado en el pulmón izquierdo; la otra había pasado a través del lado derecho del corazón y se había incrustado en el ventrículo izquierdo. Jack extrajo las dos cápsulas con sumo cuidado para no alterar sus marcas externas y las depositó en las bolsitas selladas de los elementos de prueba que Vinnie tenía preparadas.

—Me temo que esto va a ser todo lo que voy a poder darte

—dijo Jack entregándoselas a Lou—. Puede que tu gente de Balística pueda echarnos una mano.

—Eso espero —repuso Lou—. No tenemos huellas de la escena del crimen, ni siquiera de la puerta del pasajero, y tampoco en las tarjetas de crédito, salvo las de la víctima. Así pues, el escenario no nos dice nada. Por si fuera poco, el personal de noche no vio a nadie sospechoso rondando por los alrededores.

—Parece que va a ser un caso difícil.

—Tienes razón.

Jack y Lou dejaron a Vinnie limpiando y recogiendo y fueron a quitarse los trajes de protección. De allí pasaron a los vestuarios para cambiar su ropa de trabajo por la de calle.

—Médico una vez, médico para siempre —comentó Jack—; por lo tanto, teniente, espero que no te moleste que te diga que estás criando una buena tripa.

Lou observó su voluminosa cintura.

—Qué pena, ¿no?

—Una pena muy poco sana. No te estás haciendo ningún favor con ese sobrepeso, especialmente no habiendo dejado de fumar.

—¿A qué te refieres? —replicó Lou en tono falsamente ofendido—. He dejado de fumar cientos de veces. La última fue hace dos días.

—¿Y cuánto tiempo duró?

—Hasta que no pude evitar pisparle un cigarrillo a mi colega: más o menos una hora. —Se echó a reír—. Lo sé. Doy pena, pero la razón de que vaya arrastrando este peso de más es que, con todos los homicidios que se producen en esta estupenda ciudad, no tengo tiempo para ir al gimnasio. —Se puso la camisa y se la abrochó sobre la abultada barriga.

—Si no cambias de hábitos tendrás que hacer frente a cargos por tu propia muerte.

De pie al lado de Jack, frente al espejo, Lou se pasó por la cabeza el lazo de la corbata porque antes no había deshecho el nudo y se la ciñó al cuello mientras echaba el mentón hacia delante.

—Antes de bajar para reunirme contigo, he estado hablando con Laurie.

—Ah, ¿sí? —preguntó Jack ajustándose la corbata de punto y mirando a Lou en el espejo.

—La encontré muy alterada y compungida por lo vuestro.

—Eso es curioso teniendo en cuenta que está en pleno y apasionado romance con no sé qué tipejo del Manhattan General.

—Se llama Roger.

—Me da igual. La verdad es que no se trata de ningún tipejo, y eso es parte del problema. En realidad parece una especie de Don Perfecto.

—Bueno, puedes estar tranquilo con eso. No me dio en absoluto la impresión de que estuviera loca por ese tipo. Incluso mencionó algo de hablar contigo para arreglar las cosas.

—¡Ja! —gruñó Jack, incrédulo, y siguió anudándose la corbata.

Sabedor de que estaba poniendo palabras en boca de Laurie, y sintiéndose ligeramente culpable por ello, Lou evitó la mirada de Jack mientras sacaba su americana de la taquilla y se la ponía. Quería pensar que sus maquinaciones eran solo las de un amigo que intentaba ayudar a sus amigos. Acabó de peinarse el corto cabello con los dedos.

La mirada de Jack lo siguió hasta que por fin el detective se la devolvió.

—Me parece difícil creer que quiera hablar para intentar arreglar las cosas conmigo cuando hace un par de semanas, aparte de hablar de los casos en el depósito, no quería darme ni los buenos días. Intenté quedar con ella varias noches seguidas, pero me despachó cada vez diciendo que estaba ocupada porque tenía que ir a un concierto, a un museo, al ballet o a cualquier chorrada de acontecimiento cultural. Quiero decir que tenía la agenda copada y nunca se le ocurrió proponerme una fecha alternativa. —Al igual que Lou, Jack utilizó los dedos para peinar con irritados movimientos el cabello que llevaba cortado al estilo de los césares.

—Quizá deberías intentarlo de nuevo —propuso Lou dándose cuenta de que debía pisar con tacto—. Como le dije a Laurie, estáis hechos el uno para el otro.

—Lo pensaré —contestó Jack—. Últimamente no me siento propenso a hincar la rodilla.

—También mencionó lo intrigada que está por una serie de sospechosas defunciones ocurridas en el Manhattan General. Casi parecía estar convenciéndose a sí misma de que eran casos de homicidio. Me dijo que había hablado contigo del asunto. ¿Tú qué dices? Según sus palabras, opinabas que le estaba echando demasiada imaginación.

—Eso es un poco exagerado. Solo me da la impresión de que se está precipitando con esos cuatro casos.

—Cuatro, no: seis. Esta mañana ha habido dos más.

—¿Bromeas?

—Eso fue lo que Laurie me dijo, aunque también reconoció que podía estar utilizando su teoría del asesino en serie como una forma de evadirse de los problemas.

—¿Dijo eso? ¿Empleó concretamente la palabra «evadirse»?

—Palabra de honor.

Jack meneó la cabeza en un gesto de sorpresa.

—Yo diría que es una afirmación razonable teniendo en cuenta que Toxicología ha presentado un informe negativo. También debo añadir que denota gran introspección.

Mientras el sol de marzo hacía su bajo recorrido diurno por el cielo, uno de sus rayos, que se había abierto paso repentinamente entre la veloz capa de nubes, penetró a través de los ventanales de la cafetería del Manhattan General. Fue como un rayo láser, y Laurie tuvo que protegerse de la súbita claridad con la mano. Sue Passero, que estaba sentada delante de ella de espaldas a la ventana, se convirtió en una simple silueta por el resplandor.

Haciendo pantalla con la mano, Laurie miró la bandeja de comida que tenía delante. Aunque la selección que había hecho le había parecido apetitosa, una vez en la mesa se daba cuenta de que no tenía hambre, y eso no era normal en ella. Lo atribuyó a la tensión de la inminente entrevista con la asistente social y a las noticias que inevitablemente iba a recibir. En cierto sentido, se sentía humillada por verse obligada a entrevistarse con una especialista en trastornos emocionales.

Cuando había llegado al hospital, cuarenta minutos antes, había ido primero a la oficina de Roger, pero no lo encontró. Una de las secretarias le dijo que estaba encerrado en una reunión con el presidente. A continuación, Laurie fue a buscar a Sue, que se mostró encantada de unirse a ella para almorzar.

—Recibir la llamada de una de las asistentes sociales del laboratorio de Genética no significa que tus pruebas hayan dado positivo —le dijo su amiga.

—¡Y qué más! —protestó Laurie—. La verdad es que habría preferido que me lo dijera abiertamente.

—En realidad y según la ley, no te lo pueden decir por teléfono. El nuevo decreto sobre privacidad en la información sanitaria mira con malos ojos al teléfono. El personal de los laboratorios no tiene forma de saber exactamente con quién está hablando y podría dar accidentalmente una información a la persona equivocada, que es precisamente lo que el decreto pretende evitar.

—¿Y por qué no te han enviado a ti mis resultados? —preguntó Laurie—. Ahora tú eres oficialmente mi médico de cabecera.

—Porque no lo era cuando te hiciste los análisis. De todas maneras tienes razón: tendrían que haberme avisado, pero no me sorprende; el laboratorio de Genética está empezando a trabajar de forma coordinada. Para serte franca, me extraña que antes de sacarte sangre no te obligaran a entrevistarte con una de sus asistentas sociales. A mi juicio, esa es su forma directa de manejar los asuntos. No hace falta ser un genio para saber que cualquier análisis genético va a ser perturbador para el paciente, al margen del resultado.

Dímelo a mí, pensó Laurie.

—¿Qué pasa con tu comida? —preguntó Sue mirando la

bandeja—. No has probado bocado. ¿Debo tomármelo como algo personal?

Laurie rió, hizo un gesto displicente con la mano y después confesó que no tenía hambre.

—Escucha —dijo Sue adoptando un tono más serio—, si la prueba del gen da positivo, que es lo que tú esperas, quiero que te pases enseguida por mi consulta para concertar una visita con el mejor oncólogo. ¿Me lo prometes?

—Te lo prometo.

—Bien. Entretanto, ¿qué me dices de Laura Riley? ¿Tienes cita con la ginecóloga para las revisiones de rutina?

—Sí, ya tengo hora. —Laurie miró el reloj—. Debo marcharme. No quiero llegar tarde; de lo contrario, la asistenta social va a llegar a la conclusión de que soy inestable emocionalmente.

Las dos amigas se despidieron en el vestíbulo. Mientras Laurie subía por la escalera hasta el primer piso, las molestias de la zona baja del abdomen volvieron a presentarse y la hicieron vacilar. Se preguntó qué tenían los escalones que le avivaban el síntoma. Era como cuando, de pequeña, corría demasiado, y pasados unos minutos la punzada se desvanecía. Apretando el puño se dio unos golpecitos en la espalda. Había pensado que podía deberse a dolores renales o de uretra, pero los golpes no aumentaron la molestia. Se palpó el abdomen, y tampoco notó nada raro. Se encogió de hombros y siguió subiendo.

La recepción del laboratorio de diagnósticos genéticos estaba tan tranquila como en su visita anterior. De los altavoces surgía la misma música clásica, y de las paredes colgaban los mismos cuadros impresionistas. Lo que sí resultaba distinto era el estado de ánimo de Laurie. En su primera visita había sentido más curiosidad que ansiedad. En ese momento era al revés.

—¿En qué puedo ayudarla? —le preguntó una recepcionista vestida con uniforme rosa.

—Me llamo Laurie Montgomery. Tengo hora con Anne Dixon a la una.

—Le avisaré de que está usted aquí.

Laurie tomó asiento, cogió una revista y hojeó sus páginas

rápidamente. Miró el reloj. Era exactamente la una, y se preguntó si la señorita Dixon la iba a humillar aún más haciéndola esperar.

El tiempo pasó lentamente, y Laurie siguió mirando su revista sin verla. Se estaba poniendo cada vez más irritable y ansiosa. Cerró la publicación y la dejó en la mesa, junto a las demás. En lugar de intentar seguir leyendo, se recostó, cerró los ojos y se fue tranquilizando a fuerza de voluntad. Pensaba en hallarse tendida al sol en la playa, y si hacía el esfuerzo casi podía oír el sonido de las olas rompiendo en la orilla.

—¿Señorita Montgomery? —preguntó una voz.

Laurie abrió los ojos y se encontró con el sonriente rostro de una mujer mucho más joven que ella. Llevaba un sencillo suéter blanco y una sarta de perlas alrededor del cuello. Encima del suéter se había puesto una bata blanca. Le tendía la mano derecha mientras sostenía un sujetapapeles en la izquierda.

—Soy Anne Dixon —añadió.

Laurie se puso en pie y se la estrechó. Luego, la siguió a través de una puerta lateral y un corto pasillo hasta que entraron en un pequeño cuarto desprovisto de ventanas, con un diván, dos butacas, una mesa de centro y un archivador. En medio de la mesa había una caja de pañuelos.

Anne le hizo un gesto para que se instalara en el sofá, cerró la puerta y se sentó en una de las butacas, con la caja de pañuelos entre las dos. Consultó sus papeles un momento y después alzó la mirada. En opinión de Laurie se trataba de una joven de aspecto agradable que más podría haber sido una estudiante universitaria en prácticas que alguien con un título superior y especialización en genética. Llevaba sus lisos cabellos castaños cortados a la altura del hombro y peinados con raya en medio, cosa que la obligaba a apartárselos de la cara con frecuencia y a recogérselos tras las orejas. Su lápiz de labios y su color de uñas eran de un rojo pardusco.

—Le agradezco que haya venido tan pronto —dijo Anne. Su voz era suave y con ligero tono nasal—, y vuelvo a pedirle disculpas por haber traspapelado su expediente.

Laurie sonrió, pero no pudo evitar impacientarse.

—Quería brindarle cierta información sobre lo que hacemos en el laboratorio —prosiguió Anne, cruzando las piernas y apoyando en ellas el sujetapapeles. Laurie se fijó en que tenía un pequeño tatuaje en forma de serpiente justo por encima del tobillo—. También deseaba explicarle por qué está usted hablando conmigo en lugar de con uno de nuestros médicos. Es simplemente una cuestión de tiempo: yo lo tengo, y ellos no; lo cual significa que puedo estar con usted tanto como desee para poder responder a todas sus preguntas; y si no tengo alguna respuesta, sí tengo acceso a las personas que la tienen.

Laurie no cambió de expresión mientras para sus adentros ordenaba a Anne Dixon que cortara el rollo, se callara y le diera el maldito resultado. Se recostó bruscamente, cruzó los brazos e intentó recordarse que no debía culpar al mensajero. Por desgracia, aquella mujer y la situación la fastidiaban hasta no poder más. En especial le molestaba la presencia de la caja de pañuelos, como si Anne esperara de ella que fuera a derrumbarse. A pesar de todo, y conociéndose, Laurie sabía que tal posibilidad existía.

—Veamos —dijo Anne tras consultar nuevamente sus papeles y hacer que Laurie tuviera la impresión de que estaba ante algo preparado de antemano—, es importante que usted conozca un poco la ciencia de la genética y lo mucho que ha progresado desde que se logró descomponer el genoma humano, es decir, secuenciar los tres coma dos billones de nucleótidos de base par. De todas maneras, deje que le diga que si hay algo que no entiende del todo puede interrumpirme cuando quiera.

Laurie asintió con impaciencia. A pesar de la ligereza con que Anne Dixon los había mencionado, no pudo evitar preguntarse qué sabría esa mujer de los nucleótidos de base par, que eran las porciones de la molécula de ADN que formaban sus escalones y cuyo orden era el responsable de transmitir la información genética.

Anne prosiguió hablando de las leyes de Gregor Mendel que se referían a los rasgos dominantes y recesivos que aquel monje del siglo XIX había descubierto trabajando con simples guisantes. Laurie apenas podía dar crédito a que la estuvieran sometiendo a todo aquello; aun así, no interrumpió a Anne Dixon ni le recordó que estaba hablando con una médico titulada que obviamente había estudiado a Mendel en la universidad, sino que la dejó parlotear sobre genes y sobre el modo en que ciertos rasgos podían unirse a otros para formar tipos específicos que eran transmitidos de generación en generación.

Llegado cierto momento, Laurie se olvidó del sermón y se concentró en los tics de la mujer que, además del constante apartarse el cabello de la cara, incluían un marcado blefaroespasmo* cada vez que afirmaba algo. Sin embargo, Laurie volvió a prestar atención cuando la mujer empezó a hablar de polimorfismos nucleótidos individuales, los PNI, que era el campo de la genética del que sabía menos y sobre el que más se había documentado recientemente.

—Los PNI han cobrado gran importancia —dijo Anne—. Son lugares específicos del genoma humano donde un nucleótido base ha cambiado debido a una mutación, una supresión o, lo que es aún más raro, una inserción. En todas las personas existe un promedio de un PNI por cada millar de nucleótidos base.

—¿Y por qué son tan importantes? —se vio preguntando Laurie.

—Porque en este momento hay millones de ellos localizados en el mapa del genoma humano. Ahora aparecen como oportunos marcadores que están unidos hereditariamente a genes específicos anormales. Resulta mucho más fácil hacer la prueba de un marcador que aislar y secuenciar el gen afectado, aunque normalmente hacemos ambas cosas para estar seguros al cien por cien. Queremos tener la certeza de que a nuestros pacientes les damos la información correcta.

—Bien —dijo Laurie, irritada. El comentario de la mujer acerca de los genes anormales la había devuelto bruscamente a la realidad de por qué estaba manteniendo aquella conversación. No se trataba de ningún ejercicio intelectual.

* Contracción involuntaria de los párpados. *(N. del T.)*

Aparentemente ajena al estado de ánimo de Laurie y tras consultar nuevamente sus papeles, Anne prosiguió con su nasal parloteo. De repente, Laurie ya tuvo bastante. Se le había agotado la paciencia. Descruzó los brazos y alzó una mano para que Anne se interrumpiera. Esta, pillada a mitad de frase, calló y la miró interrogativamente.

—Con el debido respeto —dijo Laurie intentando que su tono sonara tranquilo—, hay cierta información importante que no sé si usted ha olvidado o no tiene, pero ocurre que soy médico. Le agradezco sus explicaciones, pero asumo que la razón de mi presencia aquí es porque usted tiene los resultados de mis análisis. Quiero saberlos y le pido amablemente que me los diga.

Sumamente contrariada, Anne consultó sus notas. Cuando alzó la vista, su blefaroespasmo era apreciablemente más pronunciado.

—No sabía que fuera usted médico. Vi el título de doctor pero supuse que era de otro tipo. No ponía que fuera doctora en medicina.

—No pasa nada. ¿He dado positivo en el marcador del gen BRCA-1?

—Pero si todavía no hemos hablado de las implicaciones...

—Soy consciente de las implicaciones, y las otras cuestiones que pueden plantearse las trataré directamente con mi oncólogo.

—Entiendo —dijo Anne, que miró sus papeles como si en ellos fuera a encontrar apoyo para lo que era una situación manifiestamente incómoda.

—No quiero que parezca que no aprecio sus esfuerzos —añadió Laurie—, pero quiero saber el resultado.

—Desde luego —contestó Anne irguiéndose en su asiento y mirando a Laurie a los ojos. El blefaroespasmo había desaparecido—. Las pruebas del marcador del gen BRCA-1 han dado positivo, lo cual ha sido confirmado por la secuenciación del gen. Lo siento.

Laurie apartó la mirada sin saber qué veía y se mordió el labio inferior. A pesar de que había esperado esa noticia, notó que las lágrimas se le acumulaban y luchó contra ellas por principio. Estaba decidida a no recurrir a los pañuelos que tenía delante.

—De acuerdo —se oyó decir. También oyó que Anne hablaba, pero no la escuchó. Aunque normalmente estaba muy pendiente de los sentimientos de los demás, en aquellas circunstancias no le importó. Sabía que hasta cierto punto estaba echando la culpa al mensajero.

Se levantó, obsequió a Anne con lo que era una torcida sonrisa y se encaminó hacia la puerta. No tenía la menor intención de estrechar la mano de la mujer teniendo las suyas tan sudorosas. Oyó que la seguía y la llamaba por su nombre, pero ni siquiera volvió la vista atrás. Cruzó la recepción del laboratorio con paso decidido y salió al pasillo del hospital.

Laurie agradeció verse rodeada por el gentío de la planta baja que iba de un lado a otro en el atareado hospital. El hecho de ser anónima proporcionó un inesperado alivio al torbellino de sus emociones. Frente al mostrador de información había un banco, y Laurie se tomó un momento para sentarse. Respiró profundamente para tranquilizarse. Lo que necesitaba era decidir qué hacer a continuación. Había prometido a Sue que pasaría a verla sin pérdida de tiempo para que le pidiera hora con el oncólogo; pero sentada allí, comprendió que necesitaba un contacto más personal. Pensó en Roger y se preguntó si estaría disponible.

La zona administrativa se hallaba cerca, y, cuando la puerta divisoria se cerró tras ella, Laurie comprendió que prefería esa tranquilidad al caos del vestíbulo. Sus zapatos no hacían el menor ruido sobre la moqueta. Intentando no pensar en la bomba de relojería genética que llevaba en cada una de sus células, caminó hacia el despacho de Roger. Una de las secretarias la reconoció.

—El doctor Rousseau está dentro —le dijo mirando a Laurie desde la pantalla del ordenador.

Laurie asintió y se acercó al umbral. La puerta estaba entreabierta; y Roger, sentado a su escritorio, despachando papeleo. Laurie llamó, y él levantó la mirada. Iba vestido como era su costumbre en el hospital: con una camisa blanca e impecablemente planchada. También se había puesto una corbata de tonos dorados que contrastaba agradablemente con su bronceado rostro de marcadas facciones.

—¡Caramba! —exclamó levantándose al ver a Laurie—. Hace dos segundos que te he dejado un mensaje en el contestador. Menuda coincidencia. —Salió de detrás de la mesa y cerró la puerta. Dándose la vuelta, la dio un rápido abrazo y un beso en la frente, pero no se dio cuenta de que Laurie tenía los brazos inertes a los lados—. ¡Cuánto me alegro de que hayas venido! Tengo mucho que contarte. —Colocó las dos sillas de recto respaldo una frente a otra y le indicó que se sentara.

»No te creerías la mañana que he tenido —explicó—. Anoche hubo otros dos fallecimientos de postoperatorio, justamente iguales que los cuatro anteriores: los dos de gente joven y sana.

—Lo sé —contestó Laurie con voz apagada—. Ya les he hecho la autopsia. Ese era el motivo de mi llamada de antes.

—¿Y qué averiguaste?

—No encontré nada, ninguna patología —dijo en el mismo tono—. Eran iguales que los otros cuatro.

—¡Lo sabía! ¡Lo sabía! —exclamó Roger alzando el puño. Se puso en pie y empezó a caminar de un lado a otro de su despacho—. A pesar de que nos reunimos hace menos de dos días, convoqué una reunión del Comité de Mortalidad para esta misma mañana y les presenté los dos nuevos casos como prueba de que las últimas semanas no habían sido más que una pausa. Les argumenté que teníamos que hacer algo, pero fue en vano. ¡Claro! ¡No sea que vayamos a organizar un escándalo y se entere la prensa! Se me ha ocurrido incluso llamar confidencialmente a los periódicos para que el tema de los medios deje de ser una excusa, pero está claro que no lo haré. Tras la reunión incluso fui a ver al presidente para convencerlo de que cambiara de opinión, pero fue como hablar con una pared. Al final lo único que conseguí fue que se enfadara conmigo por lo que definió como mi «maldita testarudez».

Laurie observó caminar a Roger, pero evitó mirarlo a los

ojos. En esos momentos, lo que tenía en la cabeza no era la serie de sospechosas muertes ocurridas en el Manhattan General; pero carecía del empuje para enfrentarse a la vehemencia de Roger.

—Y para empeorar las cosas —añadió este—, esta mañana hemos tenido un asesino merodeando por el aparcamiento. Al final voy a acabar paranoico. Estas cosas no ocurrían antes de que yo llegara.

Al final, Roger se detuvo y miró a Laurie a los ojos. Su expresión denotaba que buscaba comprensión, pero cambió al ver la de ella.

—¿A qué viene esta cara tan larga? —preguntó. Se inclinó para verla mejor y enseguida se sentó—. Lo siento, no he hecho más que quejarme y despotricar y me he olvidado de ti. Está claro, no estás bien. ¿Qué ocurre?

Laurie cerró los ojos con fuerza y volvió la cabeza. La repentina atención de Roger había reavivado los sentimientos que había experimentado cuando Anne Dixon le había comunicado el resultado definitivo. Notó que él le ponía la mano en el hombro.

—¿Qué ocurre, Laurie? ¿Qué es lo que anda mal?

Al principio, ella no pudo más que negar con la cabeza por temor a que el hablar desatase un torrente de lágrimas. No le gustaba ser tan emotiva. ¡Suponía una limitación tan grande! Se irguió y respiró profundamente dejando escapar un resoplido.

—Lo siento —consiguió articular.

—No tienes que disculparte por nada. El que se ha comportado como un bruto insensible he sido yo. ¿Qué ha ocurrido?

Laurie carraspeó y empezó a contarle toda la historia del BRCA-1. Paradójicamente, a medida que se explicaba, se iba serenando, como si su faceta profesional fuera tomando el control. Le habló de su madre, de su reciente operación y del hecho de que ella también fuera portadora del gen mutado. Le mencionó asimismo la recomendación de su padre de que se hiciera las pruebas. Dejando de lado la intervención de Jack, le explicó que había acabado yendo al Manhattan General y le habían sacado sangre el mismo día en que se habían conocido. Luego, le contó que se había olvidado de todo hasta el momento de recibir la llamada de la asistente social. Concluyó diciéndole que acababa de llegar de una entrevista en la que le habían dicho que había dado positivo en el marcador del BRCA-1 y el gen mutado, de modo que no cabía error por parte del laboratorio. Reconoció que a pesar de haber intentado evitarlo, había acabado culpando al mensajero y bromeó diciendo que a la infeliz asistente le había negado incluso la oportunidad de que formulara la pregunta esencial de todo terapeuta: «¿Cómo se siente al saber la noticia?». Al final, Laurie acabó medio riendo.

—Me deja estupefacto que seas capaz de tomártelo con humor —dijo Roger.

—Me siento mejor después de haber hablado contigo.

—No sabes cuánto lamento todo esto —aseguró Roger en un tono que denotaba completa sinceridad—. ¿Qué piensas hacer? ¿Cuál es el siguiente paso?

—Se supone que tan pronto como salga de aquí tengo que ir a ver a Sue Passero. Se ha ofrecido a buscarme hora un día de estos con un oncólogo. —Le dio a Roger una palmada en la pierna e hizo ademán de levantarse.

—Espera un momento —dijo este obligándola a sentarse—, no vayas tan deprisa. Ya que esa pobre asistente no ha tenido la oportunidad, deja al menos que sea yo quien te pregunte cómo te encuentras. Imagino que debe de ser igual que descubrir que tu mejor amigo es tu mortal enemigo.

Laurie miró en las profundidades de los castaños ojos de Roger y se preguntó si le estaba haciendo aquella pregunta como amigo o como médico. Y si era como lo primero, ¿era realmente sincero su interés? Roger parecía tener un don para decir las palabras apropiadas, pero ¿cuáles eran sus motivaciones? Se maldijo por pensar así, pero tras lo de su matrimonio y sus hijos, ya no estaba segura de nada.

—Me parece que no he tenido tiempo para sentir nada —contestó Laurie tras una pausa. Estuvo tentada de comentar algo acerca de su nueva habilidad para meter sus pensamientos en compartimientos estancos hasta el punto de poder olvidarse de aquello que no le apetecía, pero era una historia demasiado larga ya que deseaba ir a ver a Sue al edificio de la clínica Kaufman. Al final iba a ser el oncólogo quien tendría la llave del problema. Cuanto antes tuviera hora con él, mejor se sentiría.

—Debe haber algo que puedas compartir conmigo —insistió Roger, que todavía le apoyaba la mano en el hombro—. No puedes enterarte de algo tan preocupante sin que te asalten ciertos miedos.

—Supongo que tienes razón —admitió Laurie a regañadientes—. Para mí, lo peor son algunas de las medidas profilácticas que se aconsejan en estos casos; por ejemplo, la idea de perder mi fertilidad porque me extirpen los ovarios...

Se detuvo a media frase. El pensamiento que le había cruzado por la mente igual que un tornado era el equivalente de ser abofeteada. Le produjo una instantánea descarga de adrenalina que le aceleró el pulso y le produjo cosquilleos en la punta de los dedos. Por unos instantes incluso se sintió mareada y tuvo que sujetarse a la silla para no caer. Por suerte, el vahído pasó tan rápidamente como había llegado. Se dio cuenta de que Roger le hablaba, pero no podía oírlo; la idea que se le había ocurrido resonaba en su cabeza con un efecto parecido al estallido de un trueno. El viejo dicho «ten cuidado con lo que deseas porque puede hacerse realidad», refulgió en sus pensamientos.

Laurie se puso en pie obligando a Roger a hacer lo mismo puesto que seguía apoyándole la mano en el hombro. De repente le apeteció estar sola.

—Laurie, ¿qué te pasa? —preguntó Roger, que la sacudió por los hombros con ambas manos.

—Lo siento —contestó Laurie con un tono que denotaba más calma de la que en realidad sentía. Se quitó de encima las manos de Roger—. Tengo que marcharme.

—No puedo dejar que te vayas así. ¿Qué estabas pensando? ¿Estás deprimida?

—No. No estoy deprimida. Aún no. Debo marcharme, Roger. Te llamaré más tarde.

Laurie se dio la vuelta para salir, pero él la sujetó por el brazo.

—Tengo que asegurarme de que no te pasará nada por el camino.

Comprendiendo el significado de aquellas palabras, Laurie meneó la cabeza.

—Quédate tranquilo, no voy a hacerme nada. Únicamente necesito estar sola un rato —contestó soltándose de la presa de Roger.

—¿Me llamarás?

—Sí, te llamaré —dijo abriendo la puerta.

—¿Te veré esta noche?

Laurie vaciló en el umbral y se dio la vuelta.

—Esta noche no estaría a gusto, pero estaremos en contacto.

Salió del despacho de Roger, rodeó la mesa de la secretaria más cercana y caminó con paso firme por el pasillo, resistiendo la tentación de correr. Notaba los ojos de Roger en la espalda, pero no se volvió. Cruzó la puerta que separaba la zona administrativa del resto del hospital y se internó en la multitud. Nuevamente su anonimato la reconfortó. En lugar de salir corriendo del edificio, volvió a su asiento en el banco que había frente al mostrador de información y pasó los siguientes quince minutos pensando en las consecuencias de su preocupante ocurrencia.

11

Según los dictados del jefe del Departamento de Medicina Legal, Harold Bingham, la conferencia interdepartamental de los jueves por la tarde era de asistencia obligatoria. A pesar de que él mismo no siempre iba, aduciendo obligaciones administrativas, todos los que se hallaban bajo su mando en los cinco distritos municipales de Nueva York debían asistir. Era una norma que su segundo, Calvin Washington, se ocupaba de hacer cumplir a menos que hubiera alguna dispensa, para lo cual se requería una baja por enfermedad o algo equivalente. En consecuencia, todos los patólogos forenses de Brooklin, Queens y Staten Island se veían obligados a peregrinar hasta la oficina central para beneficiarse de la dudosa ampliación de conocimientos que brindaban las conferencias. Para los forenses destinados en Manhattan y el Bronx, el deber era más suave gracias a que todo lo que tenían que hacer era coger el ascensor para ir del cuarto piso a la planta baja.

A Laurie las conferencias le parecían hasta cierto punto entretenidas, especialmente la reunión previa. Era entonces cuando los forenses intercambiaban sus batallitas más interesantes o simplemente, las más raras de la semana. Ella rara vez participaba en aquellas charlas informales, pero disfrutaba escuchando. Por desgracia, aquel jueves su disfrute brillaba por su ausencia. Después de haberse enterado de que era portadora del marcador del BRCA-1 y tras aquella preocupante idea que tuvo en el despacho de Roger, se sentía aturdida, casi embotada, y desde luego no le apetecía lo más mínimo tener que tratar con nadie. Al entrar en la sala no se reunió con los demás alrededor del café y las rosquillas, sino que ocupó un asiento cerca de la puerta que daba al vestíbulo con la esperanza de poder escabullirse con todo disimulo en el momento oportuno.

La sala de conferencias era de tamaño medio, y su decoración ofrecía un aspecto gastado que hacía que pareciera mucho más vieja que los cuarenta y tantos años que tenía. A la izquierda, donde había una puerta que comunicaba directamente con el despacho de Bingham, se alzaba un arañado y sucio atril con su lámpara de lectura —que no funcionaba— y su largo micrófono —que sí lo hacía—. Alineados frente al estrado, había cuatro filas de asientos atornillados al suelo, igualmente gastados y dotados de una mesita plegable para escribir. Los asientos daban al lugar la apariencia de una pequeña sala de actos, y le permitían que cumpliera con su función primordial: que Bingham soltara sus sermones. En la parte de atrás había una mesa que en esos momentos reunía el refrigerio y alrededor de la cual se agrupaban los forenses de la ciudad, todos salvo los dos jefes responsables y Jack. Un sonido de voces y risas flotaba en el ambiente.

A diferencia de Laurie, Jack no encontraba nada interesante en las reuniones de los jueves. En su momento había tenido un enfrentamiento con uno de los forenses de la oficina de Brooklin por el caso de la hermana de uno de sus colegas de baloncesto y desde entonces se negaba a dirigirle la palabra. La misma actitud la hacía extensiva al jefe de la oficina que había apoyado a su subalterno en la discusión. A pesar de que aseguraba que no lo hacía a propósito, Jack siempre llegaba tarde, para mayor irritación de Calvin.

La puerta del despacho de Bingham se abrió y apareció la fornida figura de Calvin Washington. Sujetaba una carpeta que abrió en el atril. Sus oscuros ojos recorrieron la sala deteniéndose brevemente en Laurie antes de proseguir. Saltaba a la vista que miraba quién estaba y quién no.

—¡Muy bien! —dijo en voz alta al ver que nadie le prestaba atención. Gracias al micrófono su voz resonó en toda la sala como un golpe de timbal—. Comencemos.

Calvin mantuvo la cabeza gacha mientras organizaba sus papeles en la inclinada superficie del atril. Los forenses dejaron rápidamente a un lado sus conversaciones y fueron a los asientos. Calvin empezó la reunión igual que solía hacer Bingham y primero hizo un resumen de las estadísticas de la semana anterior.

Laurie desconectó mientras Calvin parloteaba. Aunque era capaz de lograr que su vertiente profesional fuera la que tomara las riendas de las situaciones y dejar para más adelante sus problemas personales, en ese momento no podía hacerlo. Su nueva preocupación reclamaba su atención, pasando incluso por encima del problema del BRCA-1. La cuestión estaba en que no sabía cómo iba a reaccionar si sus temores se confirmaban.

La puerta que estaba a la izquierda de Laurie se abrió y entró Jack. Calvin interrumpió su intervención, lo fulminó con la mirada y dijo en tono sarcástico:

—Me alegro de que haya decidido agraciarnos con su presencia, doctor Stapleton.

—No me lo perdería por nada del mundo —repuso Jack haciendo que Laurie torciera el gesto. Con su miedo a las figuras investidas de autoridad, no podía comprender que Jack manifestara semejante descaro hacia Calvin. En su opinión, era una forma de masoquismo.

Él la miró con una expresión exageradamente interrogativa —Laurie se había sentado en el sitio favorito de Jack y por las mismas razones— y le dio un apretón en el hombro cuando pasó y ocupó el asiento de delante. Con la cabeza de Jack justo delante de ella, a Laurie le resultó aún más difícil concentrarse en lo que Calvin decía. No dejaba de ser un recordatorio visual de que, de un modo u otro, iba a tener que hablar nuevamente y muy en serio con él.

Tras ofrecer las estadísticas, Calvin lanzó su habitual perorata sobre los problemas administrativos que de un modo u otro siempre desembocaban en recortes presupuestarios. La conferencia de la semana no iba a ser distinta. En lugar de prestar atención, Laurie se dedicó a observar a Jack. Aunque apenas hacía un momento que él se había sentado, su cabeza había empezado ya a bambolearse, indicando que se estaba quedando dormido y haciendo que Laurie se inquietara por la posibilidad de que Calvin se diera cuenta y montara en cólera. Seguía sintiéndose incómoda cuando la autoridad se enfadaba, aunque no fuera con ella.

Calvin no se percató, o si lo hizo prefirió pasarlo por alto, porque concluyó sus comentarios sin organizar ninguna escena y pasó la palabra al director de la oficina de Brooklin, el doctor Jim Bennet.

Uno tras otro, todos los responsables de los distintos distritos se levantaron para hacer sus presentaciones. Cuando Dick Katzenburg, de Queens, se situó ante el micrófono y empezó a hablar, Laurie recordó fugazmente su conspiración de la cocaína de hacía doce años. Había sido en una conferencia como aquella cuando se le había ocurrido plantear el tema de las sobredosis ante el grupo; gracias a Dick, el debate fue de gran ayuda. En ese momento pensó por qué no se le había ocurrido hacer lo mismo con los casos del Manhattan General, y consideró la posibilidad de exponerlos; pero, al final, cambió de opinión. Se sentía demasiado agobiada para hablar en público. Aun así, volvió a dudar cuando reparó en que Calvin parecía estar de un humor aceptable.

Cuando Margaret Hauptman hubo acabado de presentar las estadísticas de Staten Island, Calvin volvió a ocupar el estrado y preguntó si alguien tenía algo más que añadir. Dado que todo el mundo estaba impaciente por marcharse, no se trataba más que de una pregunta de trámite; pero, tras un instante de incómoda duda, Laurie levantó finalmente la mano. Muy a su pesar, Calvin la reconoció al instante. Jack se volvió en su asiento y le lanzó una mirada como diciendo: «¿Por qué alargas este tormento?».

Laurie se dirigió vacilantemente hacia el estrado. Puesto que hablar en público siempre la había intimidado, notaba una descarga de adrenalina. Mientras ajustaba el micrófono se maldijo por haberse metido en semejante situación. Si algo no necesitaba era más presión.

—Ante todo, permitidme que me disculpe —empezó diciendo—. No tenía nada preparado, pero se me ha ocurrido que me gustaría escuchar vuestros pareceres sobre una serie de casos que han pasado por mis manos.

Miró a Calvin y vio que sus ojos denotaban suspicacia. Intuyó que él sabía lo que iba a suceder y que no le gustaba. Contempló a Jack y, cuando sus miradas se cruzaron, él hizo ademán de ponerse una pistola en la cabeza y pegarse un tiro.

Con tan negros augurios, Laurie se sintió todavía menos segura de sí. Para poner en orden sus pensamientos clavó la vista en la estropeada superficie del atril, llena de marcas de iniciales y garabatos hechos a punta de bolígrafo. Deseando no encontrarse con los ojos de Calvin ni de Jack, se lanzó a una breve descripción de lo que para ella era el Síndrome de Muerte Adulta Repentina, cuyo acrónimo, SMAR, reconocía haber acuñado hacía cinco semanas, hablando con un colega sobre cuatro fallecimientos totalmente imprevistos debidos a muerte cardíaca repentina ocurridos en un hospital y que habían resistido todo intento de reanimación. Explicó que en esos momentos tenía seis casos que abarcaban un período de seis semanas y que presentaban idénticos perfiles: personas jóvenes y sanas que habían muerto a las veinticuatro horas de haber sido operadas. Prosiguió diciendo que las autopsias no habían revelado patologías de ningún tipo, aunque los análisis microscópicos de los casos de aquella mañana seguían pendientes. Concluyó comentando que, aunque Toxicología no había conseguido identificar ningún agente causante de la arritmia, sospechaba que las muertes no habían sido accidentales.

Laurie dejó que su voz se apagara. Tenía la boca seca. Le habría encantado un sorbo de agua, pero se quedó donde estaba. Las implicaciones de su monólogo resultaban evidentes para todos los presentes, y durante unos segundos reinó el silencio en la sala. Cuando uno de ellos alzó la primera mano, Laurie le concedió la palabra.

—¿Qué hay de los niveles de los electrolitos, como el sodio, el potasio y en especial el calcio?

—El laboratorio informó de que todos los electrolitos tomados de las fuentes habituales presentaban niveles normales —respondió antes de ceder el turno.

—¿Hay alguna conexión entre los pacientes, aparte del hecho de que todos eran jóvenes, estaban sanos y acababan de ser operados?

—Ninguna que sea evidente. He insistido en buscar los puntos en común, pero no he encontrado ninguno más aparte de los mencionados. En los distintos casos han intervenido médicos diferentes, procedimientos varios, numerosos agentes anestésicos y también medicaciones, incluso en el tratamiento de los dolores postoperatorios.

—¿Dónde han tenido lugar los fallecimientos?

—Los seis en el mismo hospital: el Manhattan General.

—Que tiene un nivel de mortalidad notablemente bajo —intervino Calvin levantándose porque ya había tenido bastante. A continuación se acercó al estrado y utilizó su corpulencia para apartar a Laurie. Tiró hacia arriba del micrófono, y a través de los altavoces sonó un pitido a modo de protesta.

—En estos momentos, calificar estos seis casos aislados de «serie» induce a la confusión y resulta perjudicial porque, tal como la propia doctora Montgomery reconoce, no están relacionados. Esto ya se lo he dicho a la doctora antes y se lo repito ahora. También debo prevenir a esta augusta asamblea que esto es un asunto que no debe salir de estas cuatro paredes. El departamento no desea manchar con comentarios infundados la reputación de una de las instituciones sanitarias más importantes de la ciudad.

—Seis casos son muchos para tratarse de una coincidencia —comentó Jack, que había revivido cuando Laurie se había levantado para hablar. Aunque no estaba dormido, se hallaba recostado en su asiento con las piernas colgando encima del respaldo de delante.

—¿Le importaría mostrar una mínima corrección, doctor Stapleton? —gruñó Calvin.

Jack puso los pies en el suelo y se irguió.

—Cuatro estaban dentro de los límites, pero seis son demasiados cuando se dan en un solo hospital. A pesar de todo, sigo creyendo que son accidentales. Algo del centro ha afectado los sistemas vasculares de esos pacientes.

Dick Katzenburg levantó la mano, y Calvin asintió para que interviniera.

—Mi colega de la oficina de Queens acaba de recordarme que hemos tenido algunos casos como esos —dijo Dick—. Nos parece que los perfiles eran parecidos: todos relativamente jóvenes y en principio sanos. El último que tuvimos fue hace unos meses, y desde entonces no hemos vuelto a ver más.

—¿Cuántos en total?

Dick se inclinó hacia Bob Novak, su segundo, y escuchó durante un instante; luego, se enderezó.

—Creemos que también fueron seis, pero los casos se extendieron durante un plazo de varios meses y pasaron por las manos de distintos forenses. El asunto cesó justo cuando empezábamos a interesarnos, y por lo tanto no le seguimos el rastro. Si no recuerdo mal, todos recibieron el calificativo de muerte accidental porque no se descubrió patología alguna. Estoy convencido de que las pruebas de toxicología fueron negativas porque, de lo contrario, habría llamado mi atención.

—¿Eran todos casos de postoperatorio? —preguntó Laurie, sorprendida, expectante y complacida. Si veía su serie doblada por haber planteado la cuestión en una conferencia de los jueves, iba a ser un verdadero *déjà vu*. Y si resultaba multiplicado por dos, el perfil de aquellos casos iba a resultar una evasión aún mejor que antes.

—Eso creo —dijo Dick—. Lamento no poder ser más concreto.

—Lo entiendo. ¿Dónde se produjeron los fallecimientos?

—En el hospital St. Francis.

—¡Caramba! —exclamó Jack—. ¡La trama se complica!

—¡Doctor Stapleton! —espetó Calvin—. ¡Mantenga un mínimo decoro! Levante la mano si quiere intervenir en la conversación.

—Es una institución de AmeriCare —añadió Dick dirigiéndose a Jack y haciendo caso omiso de Calvin.

—¿Cuánto tardaré en recibir sus nombres y números de referencia? —preguntó Laurie.

—Te los enviaré por correo electrónico tan pronto como vuelva a la oficina —respondió Dick—, aunque también podría llamar a mi secretaria. Supongo que ella podría localizar fácilmente la lista.

—Me gustaría tenerla lo antes posible —contestó Laurie—. También me gustaría conseguir sus historiales del hospital, y cuanto antes consiga los números de referencia para uno de mis investigadores forenses, mejor.

—Por mí, no hay problema —convino Dick.

—¿Algún otro asunto? —preguntó Calvin. Contempló a los presentes y, al ver que no había más preguntas, dio por concluida la reunión—. Nos veremos el próximo jueves.

Mientras la mayoría de los forenses reanudaban las conversaciones interrumpidas por la sesión, Dick se acercó a Laurie. Hablaba por el móvil y estaba describiendo la ubicación exacta de un expediente en su archivador. Hizo un gesto a Laurie para que aguardara.

Ella miró hacia donde estaba Jack y lo vio escabullirse de la sala. Había confiado en poder hablar con él, aunque solo fuera para darle las gracias por haberla apoyado durante su exposición.

—¿Tienes algo para escribir? —le preguntó Dick.

Laurie sacó un bolígrafo y un sobre vacío. Mientras Laurie aguantaba el sobre con el dedo para que no se moviera en la mesita plegable, Dick anotó los nombres y los números de referencia. Dio las gracias a su secretaria y colgó.

—Bueno, ahí los tienes —dijo Dick—. Si te puedo ayudar en

algo más, házmelo saber. Debo reconocer que parece bastante curioso.

—Supongo que podré conseguir del banco de datos lo que necesito saber; pero, si no, te llamaré. En todo caso, te tendré informado. ¡Gracias, Dick! Esta es la segunda vez que me echas un cable. ¿Te acuerdas de aquellos casos de la cocaína de hace doce años?

—Ahora que los mencionas, claro que me acuerdo, aunque me da la impresión de que fue en otra época. Sea como fuere, me alegro de haber podido ayudarte.

—¡Doctora Montgomery! —la llamó Calvin—. ¿Puedo hablar con usted un minuto?

A pesar de que había sido presentada como un ruego, la petición sonaba más como una orden.

Laurie se despidió de Dick con una palmada y se acercó a Calvin, circunspecta.

—Si los casos de Dick se parecen a los suyos, doctora, quiero que me mantenga informado. Entretanto, sigue en pie la prohibición de hablar de esto con nadie fuera de la oficina. ¿Está claro? Usted y yo ya hemos tenido en el pasado disparidad de criterios acerca de filtrar información a la prensa. No quiero que vuelva a suceder.

—Lo entiendo —contestó nerviosamente Laurie—. No se preocupe, aprendí bien la lección, y no se me ocurriría en absoluto acudir a la prensa. Sin embargo, debo reconocer que desde el principio he hablado con el jefe médico del Manhattan General sobre estos casos. Se da la circunstancia de que es un buen amigo.

—¿Cómo se llama?

—Es el doctor Roger Rousseau.

—Dado que forma parte del hospital, supongo que estará al tanto de la naturaleza sensible de esa información.

—Desde luego.

—Y supongo que es igualmente razonable confiar en que no hablará con los medios.

—Claro que sí —repuso Laurie, que se sentía algo más confiada. Calvin estaba de bastante buen humor—. Sin embargo, el doctor Rousseau está justamente preocupado y creo que le gustaría saber si los casos de Dick son realmente parecidos. Eso le daría la oportunidad de hablar con sus colegas del St. Francis. Así sabría que no es el único que ha tenido esos problemas.

—Bueno, no veo nada malo en que hable con él siempre que deje claro que esta oficina no está por el momento de acuerdo con sus tesis sobre el tipo de muertes y que todavía respalda los diagnósticos de Queens.

—Desde luego. Gracias —contestó Laurie. Había sido bueno poder despejar el ambiente porque arrastraba cierta sensación de culpabilidad por haber hablado con Roger sobre las defunciones a pesar de la prohibición de Calvin.

Salió de la sala de conferencias y fue directamente al despacho de los investigadores forenses. La ansiedad de hablar en público y de enfrentarse a su jefe se le estaba pasando, e incluso se sintió mejor cuando encontró a Cheryl Meyers en su mesa, porque se suponía que su jornada había acabado hacía más de una hora. En opinión de Laurie, Cheryl era la investigadora de más talento del departamento y tan trabajadora como Janice. Le hizo tomar nota de los nombres y referencias que Dick le había dado y le pidió que solicitara los correspondientes historiales al St. Francis.

—¿Y qué hay de las carpetas de las autopsias y de los certificados de defunción? —preguntó Cheryl.

Laurie le contestó, al igual que había hecho con Dick, que primero intentaría ver qué podía encontrar en el banco de datos y que si necesitaba copias impresas le avisaría.

Sujetando el sobre y releyendo los nombres una y otra vez, Laurie subió en el ascensor. Su intuición le decía alto y claro que los perfiles y los detalles de aquella nueva lista de víctimas iba a encajar con la suya. Su serie de SMAR sumaba ya doce personas.

Una vez en la cuarta planta, vaciló y tardó unos segundos en reunir la confianza en sí misma que necesitaba. Deseaba ir al despacho de Jack para hablar con él, aunque fuera brevemente, sobre la inesperada ocurrencia que había tenido en el despacho de Roger. Creía que compartir sus inquietudes la ayudaría a apaciguarlas; pero no estaba segura de lo que deseaba decirle ni de cómo empezar. Intentando prepararse ante tantas incertidumbres, respiró hondo y echó a andar.

Cuanto más se acercaba, más despacio caminaba. Volvió a vacilar cuando tuvo a la vista la puerta de Jack, disgustada por su indecisión. Se estaba convirtiendo en una cobarde, en una dubitativa incorregible o en una combinación de ambas cosas. Miró con añoranza por encima del hombro hacia la puerta de su propio despacho.

Al oír el roce de una silla dentro del despacho que tenía delante y creyendo que Jack se disponía a salir, Laurie estuvo a punto de huir presa del pánico. Afortunadamente, no tuvo tiempo, porque tampoco se trataba de Jack. Con las prisas, Chet estuvo a punto de darse de bruces con ella.

—¡Caramba, lo siento! —se excusó mientras sujetaba a Laurie por los hombros para evitar que cayera mientras ambos recobraban el equilibrio. Luego, la soltó y se agachó para recoger la chaqueta que había dejado caer.

—No pasa nada —contestó Laurie, recobrándose del susto aunque con el pulso acelerado.

—Me voy a mi clase de musculación —explicó Chet a modo de disculpa—. Está claro que llego tarde. Si estás buscando a Jack, no lo encontrarás: tenía un importante partido de baloncesto en la cancha de su barrio y salió a toda prisa hace diez minutos.

—Qué lástima —dijo Laurie, en el fondo aliviada—. No hay problema, ya lo veré mañana.

Chet se despidió con la mano y corrió por el pasillo hacia el ascensor. De repente se sentía muy fatigada. El día le estaba pasando factura, y ella deseaba regresar a su piso y darse un baño caliente.

Tal como suponía, su despacho estaba vacío. Se sentó a su escritorio y tecleó su contraseña en el ordenador. Durante la media hora siguiente estuvo descargando los archivos de los seis casos de Queens. A pesar de que los informes de los investigadores forenses no eran ni la mitad de buenos que los de Janice, había en ellos información suficiente para que Laurie llegara a la conclusión de que eran muy parecidos a los suyos. Las muertes habían ocurrido de madrugada, entre las dos y las cuatro; las edades oscilaban de los veintiséis a los cuarenta y dos años; ninguno de los pacientes tenía un historial de problemas cardíacos y todos habían sido operados en las últimas veinticuatro horas.

Cuando hubo acabado, cogió el teléfono y marcó el número de Roger. Había prometido llamarlo, y aquel era un momento tan bueno como cualquier otro, especialmente teniendo en cuenta que tenía algo concreto que contarle aparte de la conducta en su despacho. Mientras se establecía la comunicación, se sorprendió deseando que esa vez saliera el contestador automático para evitar verse arrastrada a hablar de cosas de las que no le apetecía; pero, por desgracia, Roger respondió al segundo timbrazo con su habitual jovialidad. Tan pronto como se dio cuenta de que se trataba de Laurie, se mostró solícito.

—¿Te encuentras bien? —preguntó en tono preocupado.

—Voy tirando —repuso Laurie, que no tenía intención de mentir—. Estoy deseando volver a casa. Hoy no ha sido un buen día, pero de todas maneras acabo de enterarme de algo que puede interesarte. Durante la conferencia interdepartamental de los jueves me han comentado que en el hospital St. Francis, en Queens, se produjeron seis fallecimientos curiosamente parecidos al los del Manhattan General.

—¿En serio? —preguntó Roger, sorprendido e interesado a la vez.

—Acabo de descargar sus certificados de defunción y los informes de investigación; además he pedido copias de sus historiales del hospital. Esto último tardará unos días, pero entretanto, mañana te pasaré todo lo que tengo. Supongo que querrás hablar con el jefe médico del St. Francis.

—Desde luego, aunque solo sea para compadecernos mutuamente. —Cambiando de asunto, Roger añadió—: Ahora hablemos de ti. Tengo que decirte que he estado mortalmente preocupado desde que te quedaste a media frase y te fuiste de repente. ¿Qué estabas pensando?

Laurie retorció el cable del teléfono mientras intentaba hallar una respuesta apropiada. No tenía la más mínima intención de causarle inquietud, pero de ninguna manera deseaba hablar del asunto que dominaba sus pensamientos, especialmente cuando todavía no sabía si sus temores estaban justificados.

—¿Sigues ahí? —preguntó Roger.

—Sigo aquí —le aseguró—. Escucha, estoy bien, de verdad. Tan pronto como me sienta dispuesta a hablar de lo que me ronda por la cabeza, lo haré. Te lo prometo. ¿Puedes aceptarlo por el momento?

—Supongo —contestó Roger sin entusiasmo—. ¿Es porque has dado positivo en las pruebas del BRCA-1?

—Indirectamente, hasta cierto punto. Por favor, Roger, no más preguntas.

—¿Estás segura de que no quieres que nos veamos esta noche?

—Sí. Esta noche no. Te llamaré por la mañana, te lo prometo.

—De acuerdo. Estaré esperando tu llamada; pero, si cambias de opinión, estaré en casa toda la noche.

Laurie colgó y dejó descansar la mano sobre el auricular unos segundos. Se sentía culpable por causar preocupaciones a Roger, pero no estaba dispuesta a hablar con él de lo que la angustiaba.

Apartándose del escritorio y poniéndose en pie, contempló la pila de nuevo material que había descargado de la base de datos del Departamento de Medicina Legal. Pensó en llevarse los papeles a casa y añadir los nombres al esquema que ya tenía, pero enseguida descartó la idea. Ya se ocuparía al día siguiente de todo aquel lío.

Con el abrigo sobre el brazo y el paraguas en la mano, Laurie apagó las luces y cerró con llave la puerta del despacho. Su siguiente destino era una farmacia, y, a continuación, su apartamento. Mientras apretaba el botón de bajada del ascensor, casi pudo sentir por anticipado la maravillosa sensación de deslizarse en una bañera llena de deliciosa agua caliente. Para ella, un baño era tanto una experiencia terapéutica como la oportunidad de lavarse.

12

Ciento noventa y nueve... Doscientos..., contó Jazz para sus adentros antes de interrumpir sus flexiones de abdominales. Se dejó caer hacia atrás en plano inclinado del aparato de ejercicios, manteniendo las manos detrás de la cabeza mientras contemplaba los paneles del cielo raso de la sala de máquinas del gimnasio. Jadeaba intensamente tras haber llevado el esfuerzo al límite duplicando el número de repeticiones de cada ejercicio y en cada aparato. Normalmente, semejante entrenamiento tenía un efecto catártico en ella y le despejaba la mente. Aquel día no era diferente. Se sentía mejor. Cerró los ojos y dejó que su cuerpo se relajara a pesar de tener la cabeza más baja que los pies y de que la sangre se le acumulara en ella.

El problema había sido que no había podido dejar de darle vueltas a los tropiezos sufridos con Lewis y Sobczyk. Antes de esos dos lamentables episodios, había completado diez misiones sin el menor incidente. Le fastidiaba que la gente pudiera mostrarse tan difícil, en especial Stephen Lewis agarrándola por el brazo como había hecho. Sobczyk tampoco se había portado mejor, soltando aquellos gorgoteos en el momento equivocado. Lo único bueno había sido que la lamentable situación había llevado al extremo las cosas con Susan Chapman. Desde el primer día había fantaseado con la idea de librarse de ella para siempre, y ya lo había conseguido.

Sacó los pies de los acolchados asideros y los pasó por encima de la tabla. Se puso en pie y miró en el espejo su sudoroso y arrebolado rostro. Cogió la toalla y se enjugó el sudor de la frente antes de comprobar la hora. Aunque prácticamente había duplicado su serie de ejercicios, solo había tardado treinta minutos más.

Dejando que sus ojos recorrieran la sala, captó las furtivas miradas de la mayoría de sus ocupantes masculinos, incluyendo las del señor «universidad de lujo», a quien hacía días que no había visto. Con el humor en que se encontraba, casi deseó que se atreviera a acercársele de nuevo. Esa vez no se mostraría tan amable.

Sabiendo que debía darse prisa si deseaba llegar a trabajar razonablemente pronto, se encaminó hacia los vestuarios. Con su enfado por lo ocurrido con Lewis y Sobczyk bajo control, ya era capaz de pensar en los dos casos con la cabeza fría. En realidad no había sido su culpa. Girando el brazo, se miró las todavía enrojecidas marcas de las uñas. Apenas podía admitir que el fulano hubiera tenido el atrevimiento de arañarla de aquel modo, y confiaba en que no tuviera el sida. Desde luego, se había merecido la forma en que había acabado. Tomó nota para mantenerse alejada en el futuro de la mano libre de sus víctimas. En lo que se refería a Sobczyk, la culpa había sido de Chapman; y puesto que Chapman ya era historia, no había de qué preocuparse.

Con la toalla y el walkman en una mano, Jazz empujó con la otra la puerta del vestuario. Tiró la toalla al cesto de la ropa sucia y cogió una Coca-Cola helada del barreño lleno de hielo. Tras mirar a su alrededor para asegurarse de que nadie observaba, siguió caminando. Arrancó la lengüeta y tomó un largo y placentero trago.

En realidad, lo único preocupante de las pifias de Lewis y Sobczyk era la posibilidad de que la descubrieran. El señor Bob le había insistido en que no debían verse ondas en la superficie, y ambos episodios habían sido como olas de dos metros. Participar en la Operación Aventar había sido una de las mejores cosas que le habían ocurrido en la vida, y se estremeció al pensar en lo que podría haber sucedido si no hubiera liquidado a

Chapman a tiempo; o peor aún, si esa mañana Chapman hubiera ido a ver directamente a la supervisora de enfermeras en lugar de ir por su coche. Jazz ni siquiera quería pensar en ello, porque todo por lo que había trabajado podría haberse ido al garete. Desde el principio de su relación con el señor Bob, había decidido que no iba a permitir que nada ni nadie se interpusiera entre ella y su recién hallado éxito. Justo antes de pasar por el gimnasio había entrado en internet y comprobado su saldo en el banco. Tal como había esperado, era casi de cincuenta mil dólares. Solo contemplando aquella cifra, ya tenía la sensación de haber muerto y hallarse en el paraíso.

—¡Eh! —dijo alguien—. ¿Sabe que me he enterado de que no es neurocirujana, sino enfermera?

Jazz se detuvo y dio media vuelta para mirar a la persona que le había hablado. Era una rolliza mujer envuelta en una toalla igual que un canalón.

—¿La conozco?

—Usted me dijo que era neurocirujana —repuso la mujer en tono desdeñoso—, y yo, confiada de mí, le creí. Bueno, ahora sé la verdad.

De los labios de Jazz surgió una despectiva medio risa. Recordaba vagamente haber hecho aquel comentario, pero que aquel saco de sebo se lo recordara y tuviera la cara dura de reprochárselo le pareció una broma pesada.

—Escuche, gorda de mierda, ¿por qué no se ocupa de sus asuntos? —le espetó Jazz dando media vuelta y alejándose antes de que la otra pudiera responder.

Meneó la cabeza y se preguntó si no debería buscarse otro gimnasio. Hasta ese momento, en aquel solamente la habían molestado los hombres; pero, si empezaban a hacerlo las mujeres, quizá era que había llegado el momento de buscar otro.

No se entretuvo en la ducha ni tampoco vistiéndose con la ropa de trabajo y la bata blanca. Cuando se puso el abrigo militar, comprobó los bolsillos como siempre hacía y acarició la Glock y la Blackberry mientras revisaba su taquilla para asegurarse de que había cogido todo lo que necesitaba.

Mientras bajaba en el ascensor se preguntó cuándo recibiría su siguiente encargo para la Operación Aventar. Confiaba en que fuera pronto, y no solo por el dinero. Los tropiezos de los últimos dos casos daban carta de naturaleza a la posibilidad de que la descubrieran, y le preocupaba que pudieran darle un susto. En el ejército había aprendido a lidiar con pensamientos negativos. La idea consistía en volver a tirarse al agua.

Al llegar al piso superior del aparcamiento se dirigió hacia su coche, que relucía bajo los fluorescentes y tenía un aspecto impresionante a pesar de que ya no estaba impoluto: en la aleta trasera izquierda había una pequeña abolladura y una marca de pintura amarilla fruto de un reciente encontronazo con un taxi. Jazz no estaba satisfecha con el defecto en la impecable carrocería, pero los daños causados al otro vehículo y el enfado de su conductor habían sido compensación suficiente.

Cuando se encontraba a unos tres metros de distancia, activó la apertura de las puertas y oyó el metálico sonido de los cerrojos. Al acercarse vio su propio reflejo en las negras lunas del todoterreno y se ahuecó el rizado cabello con los dedos. Abrió la portezuela del conductor, arrojó la bolsa de gimnasia en el asiento del pasajero y se encaramó tras el volante. Introdujo la llave en el contacto y la hizo girar esperando oír el rugido del V-8 cuando una mano la sujetó por el hombro.

Estuvo a punto de dar contra el techo por el susto. Se volvió con tanta rapidez que se golpeó en la cadera con el volante y echó una mirada al asiento de atrás. En la penumbra del interior, acrecentada por los cristales tintados, todo lo que pudo distinguir fueron las siluetas de dos hombres. Sus rostros se ocultaban en la oscuridad. Mientras Jazz buscaba frenéticamente su Glock en los bolsillos del abrigo, uno de los desconocidos habló:

—¿Qué tal, Doc JR?

—¡Cielos! ¡Señor Bob! —balbuceó dejando de buscar la pistola y llevándose una mano a la frente—. ¡Me ha dado un susto de muerte!

—No era mi intención —repuso el señor Bob sin ánimo de

disculparse—. Solo estamos siendo discretos. —Se hallaba sentado en el lado del pasajero del asiento trasero, ligeramente echado hacia delante. El otro hombre estaba recostado y con los brazos cruzados.

—¿Cómo demonios han entrado? —preguntó Jazz entrecerrando los ojos para ver mejor al otro individuo mientras se frotaba la cadera que le dolía a causa del golpe contra el volante.

—Fácil. Nos quedamos con una copia de las llaves cuando le entregamos el coche. Me gustaría presentarle a un colega: el señor Dave.

—No puedo ver a ninguno de ustedes —se quejó Jazz—. ¿Quiere que encienda la luz?

—No es necesario, y prefiero que no lo haga.

—¿Qué hacen aquí?

—Hemos venido para asegurarnos.

—¿Para asegurarse de qué?

—De una cosa: queremos estar seguros de que los pacientes cuyos nombres le dimos ayer han sido «sancionados».

—Desde luego. Me ocupé de ellos anoche. —Jazz notó que el corazón se le aceleraba, y se preguntó nerviosamente si el señor sabía algo de sus tropiezos.

—También está ese pequeño asunto de la enfermera que asaltaron en el aparcamiento del Manhattan General. En principio se supone que fue por unos simples cincuenta billetes. ¿Qué puede contarnos sobre ese lamentable incidente?

—Nada. No sé una palabra. ¿Cuándo dice que ocurrió? —Jazz se pasó la lengua por la boca, que se le había quedado seca; pero, gracias a su entrenamiento militar evitó deliberadamente apartar la mirada o retorcerse.

—Esta mañana, entre las siete y las ocho. Su nombre era Susan Chapman. ¿La conocía?

—¡Susan Chapman! ¡Claro que la conocía, era la incompetente de mi jefa de planta!

—Eso creíamos y, francamente, por eso estábamos preocupados. Teniendo en cuenta su reputación, queríamos asegurarnos de que usted no había estado implicada. Sabemos que aquel cabrón de oficial de San Diego se lo tenía merecido, pero el caso es que usted le disparó, aunque no mortalmente. ¿Está segura de que Susan Chapman no se metió con usted y la sacó de sus casillas igual que aquel oficial? Considerando su historial y siendo ella su superior, nos parece una curiosa coincidencia.

—¿Así que va de esto? ¿Creen que he matado a Susan Chapman? Pues no, de ninguna manera. A ver, puede que Susan y yo tuviéramos nuestras diferencias, pero eran asuntos menores, como que siempre estuviera dándome la lata por si me había sentado dos segundos a descansar o hecho esto o aquello. ¡Yo no me la he cargado! ¡Vamos, hombre! ¿Qué creen, que estoy loca?

—La cuestión es que hemos de estar seguros de que su conducta ha sido irreprochable. Se lo dejé bien claro cuando la recluté para nuestra operación. ¡Acuérdese, ni la más mínima onda en la superficie! Naturalmente, todo esto se basa en el suposición de que desee seguir participando en la Operación Aventar.

—Desde luego —repuso Jazz con convicción.

—¿Está usted satisfecha con las compensaciones? ¿Este vehículo en el que se encuentra sentada ha sido de su gusto?

—Sin duda. Estoy plenamente satisfecha.

—¡Bien! ¿Tengo su palabra de que si tiene usted el más mínimo problema en su posición o la de sus compañeras de trabajo o con la labor que desempeña para nosotros me llamará al número especial que le di? Confío en que todavía lo tendrá, ¿no?

—Creía que ese número de teléfono era solamente para emergencias.

—Yo diría que todo lo que le he dicho entra dentro de esa categoría. Quiero que llame si alguna vez se siente tentada de hacer algo fuera de lo normal, en especial algo violento que pueda dar pie a una investigación como la que sin duda provocará el asesinato de esa enfermera. ¡Recuérdelo! Desde el principio insistí en que la seguridad era nuestra mayor prioridad porque cualquier quiebra puede poner en peligro toda la operación. Estoy seguro de que no querrá algo así.

—Claro que no.

—Consideraríamos muy preocupante cualquier clase de investigación, especialmente si usted se viera relacionada en ella.

—Estoy de acuerdo.

—Entonces nos comprendemos.

—Del todo.

El señor Bob se volvió hacia su acompañante.

—¿Hay algo que le gustaría preguntar a Doc JR?

—¿Cuántas veces por semana viene a este gimnasio? —preguntó el señor Dave descruzando los brazos y acercándose.

Jazz se encogió de hombros.

—No lo sé. Puede que cinco o seis. Puede que hasta siete. ¿Por qué?

—O sea que, aparte de su apartamento y el hospital, este es el sitio donde usted pasa buena parte de su tiempo, ¿no?

—Supongo.

—¿Algún novio o amigas?

—En realidad no —contestó Jazz. Aunque no podía verle la cara, por la voz intuía que el señor Dave era más joven que el señor Bob—. ¿A qué demonios vienen tantas preguntas?

—Siempre nos gusta saber de nuestra gente —dijo el señor Bob—. Y cuantas más cosas sabemos, mejor los conocemos.

—A mí me parecen bastante personales.

—Así es el tipo de operación en la que estamos —repuso el señor Bob con una sonrisa. Sus dientes parecían especialmente blancos en la penumbra—. ¿Quiere hacernos alguna pregunta?

—Sí. ¿Cuáles son sus nombres auténticos? —Jazz rió nerviosamente. Se sentía en franca desventaja, con ellos al tanto de todo, y ella sin saber nada.

—Lo siento. Es confidencial.

—Entonces no tengo más preguntas.

—De acuerdo —dijo el señor Bob—. Tenemos algo para usted. Otro nombre. Confiamos en que pueda hacerlo esta misma noche.

—Desde luego. Estoy de turno las próximas cuatro noches, por lo tanto me encuentro disponible. ¿Cuál es el nombre?

—Clark Mulhausen.

Jazz repitió el nombre. Con aquella nueva misión se sentía por completo recuperada del susto que le habían provocado aquellos dos hombres sentados en su coche y de que mencionaran el asesinato de Chapman. Lo cierto era que estaba entusiasmada. En su jerga, volvía a tirarse al agua.

—Así pues, ¿estará en condiciones de ocuparse de Mulhausen esta noche?

—Delo por hecho —repuso Jazz con una sonrisa confiada y maliciosa.

El señor Bob abrió la puerta y se apeó mientras el señor Dave hacía lo mismo por su lado.

—¡Recuerde, ni una onda en la superficie! —le recordó antes de cerrar la puerta.

—Ni una —repitió Jazz por encima del hombro, pero no estuvo segura de que la hubieran oído porque ambas puertas traseras se cerraron a la vez mientras hablaba. Los observó caminar hacia un Hummer H-2 que era un calco del suyo y en el que no se había fijado al entrar en el aparcamiento. Tan pronto como los dos hombres subieron al vehículo, ella puso el motor en marcha y salió de la plaza.

—Tarados —murmuró mientras conducía hacia la rampa que daba a la calle. Aunque estaba emocionada por tener otra misión y contenta de que todo marchara bien con la Operación Aventar, se sentía molesta por la forma en que la habían tratado. No le gustaba mostrarse servil ni que la sermonearan, que era lo que había ocurrido con la conversación con el señor Bob y el señor Dave. Hasta los propios nombres eran una tontería y un insulto. También se preguntó cuánto les pagarían a ellos si a ella le pagaban cinco mil.

¡Demonios!, se dijo. Era ella la que hacía todo el trabajo.

—Bueno, ¿qué opinas? —preguntó David Rosenkrantz a Robert Hawthorne.

Bob se hallaba en el asiento del conductor tamborileando con los dedos en el volante y mirando a través del parabrisas el desnudo muro de hormigón mientras pensaba en su conversación con Jazz. Todavía no había puesto en marcha el coche. Dave se hallaba en el asiento del pasajero contemplando a su jefe.

—No lo sé —contestó finalmente levantando ambas manos. Meneó la cabeza y se volvió hacia su subordinado. Bob era un hombre grandote, con aspecto atlético y de toscos rasgos que contrastaban con su traje italiano. Su cuidada forma de vestir era una preocupación relativamente reciente. Había pasado la mayor parte de su vida en atuendos de campaña, recorriendo el mundo como miembro de Operaciones Especiales—. Dirigir esta operación es un pez que se muerde la cola. Dedicamos mucho tiempo buscando y cultivando a esos personajes antisociales que están dispuestos a llevar a cabo las misiones sin poner reparos, pero después tenemos que ocuparnos de ellos por lo chalados que están. Esa Rakoczi es un buen ejemplo. ¿Te quieres creer que le pegó un tiro en las pelotas a aquel oficial solo porque el tío le echó un tiento?

—Aun así, es efectiva —repuso Dave.

Dave no llegaba a la treintena, la mitad de años de Bob. Era de complexión menos corpulenta, pero igual de atlético. Había sido reclutado por su superior en la cárcel, donde ambos habían pasado una temporada; Bob por casi matar a un homosexual que había cometido el error de acercársele en un bar; y Dave, simplemente por hurto.

—Es la mejor que tenemos —contestó Bob—. Por eso no sé qué hacer. Con Rakoczi no hay vacilaciones. Le damos un nombre y, ¡paf!, la persona es despachada esa misma noche. Ni una sola vez ha venido con excusas o dudas como las que hemos tenido que aguantar en los demás; pero, tal como le he dado a entender, me temo que sea de gatillo fácil.

—¿Crees que estuvo implicada en el asesinato de la enfermera?

—Si te digo la verdad, no tengo ni idea, aunque no lo descarto. Al mismo tiempo, me consta que no lo haría por unos simples cincuenta billetes, así que puede que fuera realmente un asalto. No lo sé. Confiaba en averiguarlo sorprendiéndola.

—No reaccionó especialmente cuando mencionaste el nombre de la enfermera, pero después pareció enfadarse.

—A mí me dio la misma impresión, pero no sé cómo interpretarlo. Como la mayoría de nuestros agentes, tiene un historial de no llevarse bien con sus superiores, así que la noticia de la muerte de Chapman puede que le diera una alegría por no tener que soportarla más. —Bob puso en marcha el vehículo y maniobró para salir de la plaza de aparcamiento—. Creo que vamos a tener que esperar y ver qué pasa. —Una vez fuera, puso la directa y enfiló hacia la rampa—. Si se produce algún otro tiroteo accidental tendremos que sospechar lo peor y ella deberá desaparecer. Si eso ocurre, tú serás el hombre.

—Sí, lo sé —repuso Dave—. Por eso le pregunté sobre sus costumbres.

—Eso supuse —comentó Bob acercándose a la garita—, pero no te tomes demasiado al pie de la letra lo que te ha dicho. La gente como Rakoczi tiene tantos reparos a mentir como a limpiarse los zapatos.

Dave asintió, pero le daba igual. Las solitarias costumbres de Jasmine Rakoczi le facilitarían tener que ocuparse de ella.

13

Laurie cubrió el dispositivo con su pequeña tapa de plástico cuando creyó que ya estaba adecuadamente saturado y lo dejó en el borde del lavabo. De ningún modo estaba dispuesta a quedarse sentada para verlo el tiempo que hacía falta; por lo tanto, se metió en la ducha, se enjabonó con gel y se dio champú en el pelo. Luego, se quedó unos minutos bajo el chorro de agua, dejando que le cayera como una cascada por la cabeza.

Había tenido una noche muy agitada porque su mente había sido incapaz de desconectar. Había dormido, pero a rachas y agobiada por sueños inquietantes, incluyendo la recurrente pesadilla de su hermano hundiéndose en el fango. Al sonar el despertador había sentido un cierto alivio por el hecho de que la larga noche hubiera acabado. Apenas se encontraba descansada, pero prefirió salir de la cama. Las sábanas y las mantas estaban en completo desorden por lo mucho que se había movido y parecía como si hubiera participado en una pelea de lucha libre. Al igual que las dos mañanas anteriores, había notado una leve náusea al incorporarse.

Cuando cerró el grifo de la ducha todavía le duraba, aunque levemente. De todas maneras, suponía que volvería a encontrarse bien después de haber desayunado algo.

Salió y se situó en la alfombra de baño. Se secó y, metiendo la cabeza en la ducha, agitó su espesa melena igual que un perro saliendo del agua. A continuación, se lo secó vigorosamente y se lo envolvió con una toalla. Solo entonces se atrevió a mirar a la inocente pieza de plástico que había dejado al lado del lavabo.

Contuvo el aliento. Con dedos ligeramente temblorosos cogió el dispositivo como si sostenerlo cerca pudiera cambiar el resultado. Pero no. En la pequeña ventana de plástico se veían dos líneas rosadas. Laurie cerró los ojos con fuerza y los mantuvo así unos segundos. Cuando volvió a abrirlos, las líneas seguían allí. No se las había inventado. Habiendo leído a fondo las instrucciones del envase, sabía que la prueba había dado positivo: ¡estaba embarazada!

Con las rodillas que apenas la sostenían, Laurie bajó la tapa del inodoro y se sentó. Por un momento se sintió totalmente abrumada. En poco tiempo habían sucedido demasiados acontecimientos desconcertantes. Todo había empezado con su semirruptura con Jack, seguida rápidamente por el cáncer de su madre, el gen BRCA-1 mutante y por fin el torbellino de su relación con Roger. Y en esos momentos se veía arrastrada a otro conflicto potencial. Casi toda la vida había soñado lo que sería verse embarazada, pero una vez que lo estaba no sabía qué sentir. Era como si toda su vida girara sin control.

Volvió a dejar el dispositivo de análisis en el lavabo y miró la caja, que había dejado en el cesto. Una vez más se sintió tentada de culpar al mensajero, como si el estar embarazada fuera culpa de la prueba de embarazo. Habría podido hacerla la noche antes, pero había leído que era más fiable a primera hora de la mañana. Por lo tanto, esperó. Se le hacía evidente que estaba posponiéndolo y que había intentado aplazar lo inevitable. Cuando la posibilidad de hallarse embarazada se le ocurrió por primera vez, en el despacho de Roger, su convencimiento ya fue casi total. Al fin y al cabo, explicaba perfectamente las náuseas matutinas que tan tontamente había atribuido a las vieiras.

Laurie meneó la cabeza con consternación. El hecho de que estar embarazada le hubiera supuesto tamaña sorpresa era un ejemplo más de su costumbre de apartar de su mente los asuntos desagradables. Recordaba claramente haber pensado hacía tres semanas que no le había llegado la regla; pero, con todo lo que estaba ocurriendo, había optado por no darle importancia. Al fin y al cabo, la regla le había faltado otras veces, especialmente en situaciones de estrés, y en esos momentos de su vida, lo que le faltaba no era precisamente estrés.

Bajando la cabeza para contemplarse el vientre, Laurie intentó asimilar que allí dentro se estaba desarrollando la vida de una criatura. Aunque la idea siempre le había parecido natural, en esos momentos en que se había convertido en realidad, se le antojaba tan formidable que desafiaba su credulidad. Enseguida supo cuándo había tenido lugar la concepción. Tuvo que haber sido aquella madrugada en que tanto ella como Jack se encontraron extrañamente despiertos en plena noche. Al principio habían tenido cuidado de no molestarse el uno al otro; pero, cuando descubrieron que los dos estaban despiertos, empezaron a charlar. La charla llevó a las caricias, y las caricias condujeron al abrazo. El coito resultante fue de lo más natural y satisfactorio; sin embargo, más tarde, cuando Laurie se vio todavía despierta, la intensidad del acto amoroso hizo que irónicamente comprendiera qué era lo que le faltaba: una familia con hijos. La mayor paradoja residía en que aquel acto sexual había engendrado al niño que ella tanto deseaba, aunque sin el matrimonio.

Laurie se puso en pie y se contempló de perfil en el espejo intentando distinguir la más mínima protuberancia en su vientre, pero enseguida se rió abiertamente de sí misma. Sabía que, a las cinco semanas, un embrión no pasaba de unos ocho milímetros, lo cual no era suficiente para provocar cambios externos visibles.

De repente, Laurie dejó de reír y se miró a los ojos en el espejo. Estar embarazada en sus circunstancias no era para tomárselo a risa, sino un error que podía acarrear graves consecuencias para su vida y también para la de otros. Aquella línea de pensamiento la llevó a preguntarse cómo podía haber ocurrido. Siempre había tenido cuidado de evitar hacer el amor los días en que podía ser fértil. ¿Dónde había estado el error? Volvió a recordar aquella noche y casi al instante lo comprendió: a las dos de la mañana, ya era técnicamente el día siguiente. El día antes había sido el décimo y seguramente no tendría que haber pasado nada; pero no al undécimo.

—¡Oh, Dios mío! —exclamó Laurie en voz alta mientras la realidad de la situación calaba en ella. Se sentía realmente abrumada y algo deprimida. Sus ganas de hablar con Jack habían pasado de ser un deseo a una necesidad; no obstante, se preguntaba si iba a ser capaz de reunir la fuerza necesaria. En esos momentos tenía muchos asuntos en la cabeza, entre los que el marcador del gen BRCA-1 no era el menos importante. ¿Qué papel iba a desempeñar en su embarazo? No lo sabía, pero la palabra que invariablemente despertaba en su mente era «aborto». A pesar de su condición de médico, Laurie siempre había asociado aquella palabra con sus connotaciones políticas respecto a los derechos de las mujeres en lugar de con un procedimiento en el que algún día podía llegar a pensar. De repente, todo había cambiado.

—Tienes que controlarte —le dijo a la figura del espejo con más firmeza de la que sentía en realidad. Puso en marcha el secador y empezó a secarse el pelo. Su único refugio era la profesión. A pesar de sus problemas, tenía que ir a trabajar.

Tal como había supuesto, el malestar desapareció en cuanto hubo tomado algo para desayunar. Cereales sin leche fue lo que más le apeteció. Mientras comía, volvió a notar las molestias abdominales de los últimos días. Se palpó con los dedos, y el síntoma aumentó, especialmente si se tocaba cerca de la cintura; de todas maneras, no lo podía calificar de dolor. Se preguntó si no sería una de las primeras sensaciones propias del embarazo. Dado que era primeriza, desconocía si la implantación provocaba aquella sensación. Estaba al tanto de que el proceso implicaba cierta invasión de la pared uterina, así que no se podía descartar. También cabía que la molestia procediera de su ovario derecho. Fuera lo que fuese, era el menor de sus problemas.

Cuando llegó al trabajo eran solo las siete y cuarto. Aun así, no confiaba en hallar a Jack todavía en la sala de identificación.

Últimamente parecía llegar cada día más temprano. Sus suposiciones se vieron confirmadas cuando vio que el lugar favorito de Vinnie estaba vacío y que su diario, abierto por la sección de deportes, yacía abandonado en la mesa. Eso significaba que se encontraba abajo, ayudando a Jack. Chet parecía muy ocupado, sentado ante el escritorio principal con todas las carpetas de los casos que habían llegado durante la noche. Iba a ser su último día de la semana con aquella tarea. Laurie era la siguiente forense en el turno de guardia para el fin de semana, lo cual quería decir que la siguiente semana también iba a tocarle decidir qué casos debían ser objeto de autopsia y cuáles no.

—¿Jack está ya en el foso? —preguntó mientras tomaba su primer sorbo de café. Creía que la cafeína le mejoraría el ánimo y confiaba en que su estómago la aguantara.

Chet levantó la cabeza.

—Ya sabes cómo es Jack. Cuando yo llegué, ya estaba aquí ojeando las carpetas e impaciente por ponerse manos a la obra.

—¿De qué caso se está ocupando? —El calor del café le produjo un contradictorio escalofrío.

—Es curioso que me lo preguntes. Cogió un caso igual que los dos tuyos de ayer.

Laurie se apartó la taza de los labios y abrió la boca con expresión de sorpresa.

—¿Te refieres a un caso del Manhattan General?

—Pues sí. Un tipo bastante joven al que acababan de operar de una hernia y de repente la diñó.

—¿Por qué lo ha cogido Jack si sabe que esos casos me interesan?

—Te lo ha hecho como un favor.

—¡Vamos ya, Chet! ¿Qué quieres decir con «como un favor»?

—Según parece, Calvin avisó a Janice para que lo llamara si aparecía algún otro caso como esos. Está claro que ella lo hizo porque Calvin llegó casi al mismo tiempo que Jack y lo comprobó. Cuando yo llegué, me dijo específicamente que no quería que tú te ocuparas. De hecho, me dijo que ibas a tener oficialmente una jornada de papeleo, así que tienes el día libre. El caso es que Jack se ofreció para ocuparse del caso porque dijo que querrías tener los resultados lo antes posible.

—¿Te dijo Calvin por qué no quería que yo me ocupara? —preguntó Laurie. Parecía un deliberado golpe bajo, especialmente teniendo en cuenta que su serie de casos misteriosos era la única evasión con la que contaba frente a todos sus problemas.

—No lo dijo. Y ya conoces a Calvin, no es que le guste dar explicaciones. Se limitó a dejar bien claro que no quería que tú te ocuparas. También me dijo que te avisara de que deseaba verte en su despacho lo antes posible. Por lo tanto, mensaje entregado. ¡Buena suerte!

—¡Qué raro! ¿Parecía enfadado?

—No más de lo normal, lo siento —dijo Chet encogiéndose de hombros—. Eso es todo lo que puedo decirte.

Laurie asintió como si lo entendiera, pero no lo comprendía. Dejó el abrigo encima de una de las sillas y salió hacia el vestíbulo de recepción. Estaba nerviosa. Al igual que los demás aspectos de su vida, que en sus palabras estaban «para tirar al cubo de la basura», no le habría sorprendido que su carrera profesional estuviera también en la cuerda floja; aunque no tenía idea de qué podía haber hecho para irritar a Calvin, aparte de haber expuesto su caso en la conferencia del día anterior. Sin embargo, cuando después había hablado con él, le había parecido que todo iba bien.

Hizo que Marlene le abriera la puerta de la zona administrativa, que parecía tan silenciosa como una tumba. Aún no había llegado ninguna de las secretarias; pero Calvin se hallaba en su despacho repasando documentos de su bandeja de entrada y firmándolos apresuradamente. Terminó con los últimos a pesar de que Laurie ya se había presentado. Le hizo un gesto para que entrara y se sentara mientras reunía los documentos firmados y los metía en la bandeja de salida; luego se recostó en su asiento y miró a Laurie por encima de las gafas con la barbilla casi sobre el pecho.

—Por si no lo sabe todavía, el nombre del nuevo caso potencial es Clark Mulhausen, y supongo que quiere saber por qué he dado órdenes para que no se ocupara de él, ¿no?

—La verdad es que me gustaría —dijo Laurie, que se sentía algo aliviada porque el tono de Calvin apenas era estridente, lo cual sugería que no estaba enfadado y que no iban a echarle un rapapolvo o, peor aún, enviarla a casa con una excedencia.

—En pocas palabras: porque todavía tiene pendiente de firmar sus primeros casos de eso que usted llama «serie» de hace más de un mes. En la fecha en que estamos no puede estar esperando los resultados de ningún laboratorio, así que debe finiquitarlos. Para serle sincero, al jefe le han llegado ciertos comentarios sobre ellos de la oficina del alcalde. Dios sabe por qué. Sea por lo que sea, me ha hecho saber que los quiere firmados ya, lo cual significa que la presión me la pasa a mí. Puede que tenga algo que ver con las pólizas de seguros de las familias. ¿Quién sabe? En cualquier caso, termínelos. Le doy el día libre para asegurarme. Le parece justo, ¿no?

—No los he firmado porque en conciencia no puedo decir que la muerte haya sido accidental o natural, y sé que no quiere que diga que son homicidios porque eso implicaría la existencia de un asesino múltiple, y de eso no tengo ninguna prueba, al menos por el momento.

—Laurie, no me lo ponga difícil —dijo Calvin inclinándose hacia delante con aspecto intimidatorio, bajando la cabeza y traspasándola con sus oscuros y amenazadores ojos—. Estoy intentando mostrarme amable en esto y tampoco pretendo que descarte la posibilidad de que los casos estén relacionados; pero, por el momento va a tener que elegir entre causa natural o accidental. Yo me inclino, igual que Dick Katzenburg, por la natural, ya que no hay pruebas de que se trate de un accidente o de un homicidio. Los certificados de defunción siempre pueden ser rectificados si aparece nueva información. No podemos dejar estos casos en el limbo para siempre, y usted no puede, sin pruebas, organizar un escándalo diciendo que son muertes accidentales u homicidios. ¡Sea razonable!

—De acuerdo, lo haré —repuso Laurie con un suspiro de resignación.

—¡Gracias! ¡Pero, maldita sea, parece como si le estuviera pidiendo la luna! Bueno, ya que estamos con el tema, ¿qué ha averiguado sobre esos casos de Queens? ¿Los perfiles encajan?

—Eso parece —dijo Laurie en tono fatigado, mirando el suelo con los codos apoyados en las rodillas—, al menos por lo que he averiguado de los informes de investigación. Estoy esperando los historiales.

—Manténgame informado. ¡Ahora métase en ese despacho suyo y fírmeme esos casos del Manhattan General!

Laurie asintió y se puso en pie. Lanzó una torcida sonrisa a Calvin y dio media vuelta para marcharse.

—Laurie —la llamó Calvin—. Se comporta con aire de abatimiento, lo cual no es propio de usted. ¿Qué ocurre? ¿Está bien? Me tiene preocupado. No me gusta verla así.

Laurie se volvió para encararse con su jefe. Estaba sorprendida. No era propio de él hacer preguntas personales y mucho menos mostrar interés. Ella no lo esperaba de alguien con autoridad y menos del duro Calvin. La sorpresa agitó en su interior sentimientos indeseados que inmediatamente amenazaron con aflorar. Dado que lo último que deseaba era desmoronarse ante su machista jefe, luchó contra el impulso respirando profundamente y conteniendo el aliento unos segundos. Calvin enarcó las cejas como invitándola a hablar.

—Supongo que tengo muchas cosas en la cabeza —dijo Laurie a modo de excusa, temerosa de mirarlo a la cara.

—¿Querría ser un poco más concreta? —preguntó Calvin en un tono mucho más suave de lo habitual.

—En estos momentos no —respondió Laurie dedicándole otra medio sonrisa.

Calvin asintió.

—De acuerdo. Pero recuerde que mi puerta siempre está abierta.

—Gracias —consiguió articular Laurie antes de salir rápidamente.

Mientras caminaba por el pasillo de la planta baja sintió que una mezcla de sentimientos se añadía a sus caóticos pensamientos. Por una parte, se consideraba afortunada por no haber hecho una escena; y por otra, estaba irritada consigo misma por su embarazosa tendencia a demostrar sus emociones. Resultaba ridículo que tuviera que luchar para contener una lágrima solo porque su jefe se mostraba mínimamente solícito. Por otra parte, estaba impresionada por haber visto una faceta de su jefe desconocida hasta la fecha. Después del nervioso pesimismo que la llamada de Calvin había despertado en ella, estaba contenta por seguir conservando el trabajo. Si le hubieran dado unas vacaciones forzosas por cualquier falta real o imaginaria, no estaba seguro de haberlo soportado. Con la nueva preocupación de su embarazo sumada a sus demás angustias, necesitaba más que nunca la evasión que le reportaba el trabajo.

Asomó la cabeza en el despacho de los investigadores y preguntó a Bart Arnold si Janice estaba aún allí porque quería enterarse de los detalles del caso de Clark Mulhausen para asegurarse de poder añadirlo a su lista.

—Se fue hace diez minutos —le dijo Bart—. ¿Hay algo en lo que pueda ayudarte?

—En realidad, no. ¿Y Cheryl, está disponible?

—Hoy no es tu día: está fuera con un caso. ¿Quieres que le diga que te llame cuando vuelva?

—Puedes darle un mensaje: ayer le pedí que solicitara al hospital St. Francis una serie de historiales clínicos. Me gustaría que la petición se hiciera por la vía urgente. Los necesito lo antes posible.

—No hay problema —dijo Bart tomando nota en un post-it—. Se lo dejaré en la mesa. Dalo por hecho.

Laurie se encaminó hacia la sala de identificación para recuperar su abrigo, pero entonces se acordó de que Jack estaba en el foso haciendo la autopsia de Clark Mulhausen. Seguramente tendría el informe de investigación de Janice y, con él, todos los detalles. Dio media vuelta y se dirigió hacia el ascensor de atrás. No solo deseaba asegurarse de que el perfil de Mulhausen encajaba con los de su serie; además tendría una excusa para hablar con Jack. Recordando sus vacilaciones de la tarde anterior ante su despacho, sería buena cosa tener una razón profesional para romper el hielo y proponerle que salieran juntos del trabajo para hablar. Al pensar en el tipo de conversación que iba a tener se puso tensa. Con su estado de ánimo, no sabía si Jack estaría dispuesto a ir con ella o a aceptar lo que tenía que contarle. Lou le había dado a entender que sí, pero no estaba segura.

En el pasado, para hacer una breve visita a la sala de autopsias había bastado con una bata, un gorro y una mascarilla, pero los tiempos habían cambiado. En ese momento, Laurie tuvo que ir al vestuario y ponerse la ropa de trabajo antes de dirigirse a la sala de los trajes lunares y enfundarse en uno como si fuera a realizar una autopsia. Calvin había establecido aquellas nuevas normas, y parecían inamovibles.

—¡Ay! —gimió cuando extendió el brazo para colgar su blusa en la taquilla. Había notado la misma punzada que, en los últimos días, no había dejado de molestarla en la zona abdominal; pero entonces era un agudo dolor que la hizo hacer una mueca y retirar la mano. Rápidamente se la llevó a la zona de la molestia. Afortunadamente, el dolor remitió y desapareció tan bruscamente como había aparecido. Palpó el área con cuidado, pero no halló síntomas residuales. Volvió a extender el brazo como había hecho al colgar su blusa y no notó nada. Meneando la cabeza y preguntándose si tendría algo que ver con el embarazo, pensó en que quizá sería mejor preguntar a Sue si a ella le había ocurrido algo parecido en sus dos embarazos.

Con el recuerdo del dolor desvaneciéndose en su mente, Laurie siguió cambiándose de ropa y cruzó el pasillo para enfundarse en un traje lunar. Unos minutos más tarde entraba en la sala de autopsias. Cuando la pesada puerta se cerró tras ella, las dos personas presentes se irguieron ante el cuerpo en el que estaban trabajando y la miraron.

—¡Dios sea loado! —exclamó Jack—. ¡Todavía no son las ocho y media y la doctora Montgomery aparece con todo el equipo! ¿A qué se debe tan gran honor?

—Solo quiero saber si este caso encaja con los otros de mi serie —contestó Laurie con la mayor naturalidad posible mientras se blindaba por si el sarcasmo de Jack continuaba, como parecía probable. Se acercó al pie de la mesa. Jack estaba a izquierda y Vinnie, a la derecha—. Por favor, seguid trabajando. No pretendo interrumpiros.

—No quiero que pienses que te he quitado el caso. ¿Sabes por qué me estoy ocupando de él?

—Lo sé. Chet me lo dijo.

—¿Has visto a Calvin? Esta mañana estaba de lo más raro. ¿Va todo bien entre vosotros?

—Todo va bien. Me preocupé cuando Chet me dijo que me habían dado el día libre para que despachara el papeleo y que Calvin deseaba verme sin falta; pero, al final, resultó que lo único que quería era que firmara los casos que tengo pendientes de mi serie. Se supone que debo certificar que fueron de muerte natural.

—¿Y vas a hacerlo? Yo diría que no hay manera de que pudieran ser de muerte natural.

—No tengo elección —admitió Laurie—. Lo dejó bien claro. Odio las presiones políticas en este trabajo, y este asunto es un buen ejemplo de ellas. En fin, sea como sea, ¿qué opinas del caso Mulhausen? ¿Encaja con mi serie?

Jack contempló el abierto tórax. Ya había retirado los pulmones y de disponía a abrir los grandes conductos. El corazón estaba a plena vista.

—Hasta el momento, diría que sí. El perfil es el mismo y no veo rastros de ninguna patología. Lo sabré seguro dentro de media hora, cuando haya acabado con el corazón, pero me sorprendería si encontrara algo.

—¿Te importa si echo un vistazo al informe de investigación?

—¿Importarme? ¿Por qué va a importarme? Pero puedo ahorrarte la molestia y contarte los hechos: el paciente era un corredor de bolsa de treinta y seis años, sano, al que operaron ayer de una hernia y se estaba recuperando normalmente. A las cuatro y media de la madrugada fue hallado muerto en la cama. Las notas de las enfermeras dicen que ya estaba frío cuando lo hallaron pero que, aun así, intentaron reanimarlo. Naturalmente no consiguieron nada. Por lo tanto, ¿creo que encaja en tu serie? Lo creo. Y lo que es más: me parece que has dado con algo serio con esa idea tuya. Al principio no me lo pareció; pero, ahora, sí. Especialmente con siete casos.

Laurie intentó leer los matices de la expresión de Jack, pero la pantalla de plástico se lo impidió. A pesar de todo, se sentía animada. Al igual que Calvin, se comportaba mejor de lo que ella esperaba, y eso la hacía sentir optimista en varios frentes.

—¿Y qué hay de esos casos que Dick Katzenburg mencionó ayer? —preguntó Jack—. ¿Han salido como esperabas?

—Sí, al menos por lo que se refiere a los informes de investigación. Estoy esperando que lleguen los historiales clínicos del hospital para poder estar segura.

—Fue un buen descubrimiento. Ayer, cuando cogiste el micrófono e hiciste tu pequeña exposición, me sentí fastidiado porque significaba alargar la tortura de la reunión de los jueves; pero ahora debo reconocer que tenías razón. Si resulta que los casos de Dick se corresponden con los tuyos, el número se multiplica por dos, lo cual arroja serias sombras sobre AmeriCare, ¿no crees?

—No tengo ni idea de lo puede suponer para AmeriCare —contestó Laurie, sorprendida por la locuacidad de Jack. Incluso eso le daba ánimos.

—Bueno, como suele decirse: «Algo huele a podrido en Dinamarca». Trece casos significa que no hay sitio para las coincidencias. De todas maneras resulta interesante que no hayamos encontrado un arma del crimen común a todos ellos, y esa es la razón por la que me resisto a respaldar tu tesis del homicidio, aunque cada vez me parece más probable. Dime: ¿todos los casos se produjeron en la unidad de cuidados intensivos o en la de reanimación tras la anestesia?

—No sé en los de Dick, pero los míos no ocurrieron en ninguno de los dos sitios, sino en las habitaciones de los pacientes. ¿Por qué lo preguntas? ¿Dónde encontraron a Mulhausen?

—Estaba en una habitación normal. No sé por qué lo pregunto. Puede que manejen los medicamentos de forma distinta en cuidados intensivos o en reanimación que en una planta normal. En realidad estoy pensando si puede haberse producido algún tipo de error, como que recibieran la medicación equivocada. No es más que otra posibilidad.

—Gracias por la idea —dijo Laurie sin gran convicción—. La tendré en cuenta.

—También creo que has de seguir presionando a Toxicología. Estoy convencido de que al final será la que nos saque las castañas del fuego.

—Eso es fácil de decir, pero no sé qué más puedo hacer. Peter Letterman ha mirado en todas partes buscando hasta lo más insignificante. Ayer me habló de intentar rastrear no sé qué increíble toxina procedente de una rana de Sudamérica.

—¡Caramba, sí que suena exótico! Eso me recuerda el dicho «Cuando oigas ruido de cascos, piensa en caballos, no en cebras». Algo ha interrumpido las funciones cardíacas de esos sujetos. No puedo evitar creer que ha de tratarse de algún medicamento que provoca arritmia. Dónde o cómo lo consigan, es otra historia.

—Pero algo así sin duda aparecería en las pruebas de toxicología.

—Eso es cierto —reconoció Jack—. ¿Y qué hay de algún contaminante en su vía intravenosa? ¿Tenían todos una?

Laurie reflexionó unos instantes.

—Ahora que lo mencionas, sí. Pero no es infrecuente porque a la mayoría de los que han sido operados se les deja una vía puesta al menos hasta veinticuatro horas después. En cuanto a lo del contaminante en el fluido intravenoso, ya pensé en ello, pero es poco probable. Si se hubiera tratado de un contaminante, tendríamos más casos y no se limitarían solo a los pacientes más jóvenes y sanos ni a los que han sido objeto de cirugía electiva.

—No creo que de antemano debamos descartar nada —dijo Jack—, lo cual me recuerda la pregunta sobre los electrolitos que te hizo ayer nuestro colega de Staten Island cuando hiciste tu exposición. Le dijiste que todos los niveles eran normales. ¿Era cierto?

—Absolutamente. Insistí a Peter para que lo comprobara especialmente, y me informó que eran normales.

—Bueno, parece de verdad que has cubierto todas las posibilidades —dijo Jack—. Acabaré con este tal Mulhausen para asegurarme de que no hay coágulos ni presenta patología cardíaca alguna. —Situó el escalpelo y se inclinó sobre el cuerpo.

—Sí, he intentado pensar en todas las posibilidades —repuso Laurie. Luego, tras un momento de vacilación, añadió—: Jack, ¿podría hablar un momento contigo de un asunto algo más personal?

—¡Oh, por amor de Dios! —exclamó Vinnie, que se había estado moviendo impacientemente durante toda la conversación de Jack y Laurie—. ¿Es que no podemos acabar esta maldita autopsia de una vez?

Jack se irguió y miró a Laurie.

—¿De qué quieres hablar?

Laurie miró a Vinnie. Se sentía incómoda en su presencia, especialmente tras su exabrupto.

Jack se percató de la reacción de Laurie.

—No te preocupes por Vinnie. Por mucho que me ayude como asistente, puedes hacer como si no estuviera. Yo lo hago siempre.

—Muy gracioso —replicó Vinnie—. ¿Por qué no me río?

—La verdad —dijo Laurie—, es que no pretendía que hablásemos ahora. Lo que me gustaría es quedar para vernos porque tengo cosas importantes que contarte.

Jack no respondió de inmediato, sino que se quedó mirándola a través de la máscara de plástico.

—A ver, deja que lo adivine: te vas a casar y quieres que haga de dama de honor.

Vinnie soltó tal carcajada que pareció que se ahogaba.

—Jack —dijo Laurie manteniendo un tono tranquilo no sin dificultad—, estoy intentando hablarte en serio.

—Y yo también —consiguió articular él—. Ya que no has negado lo de las nupcias, me doy por informado, pero me temo que voy a tener que declinar el papel de dama de honor.

—¡Jack, no voy a casarme! Tengo que hablar contigo sobre algo que nos afecta a los dos.

—De acuerdo, soy todo oídos.

—No tengo intención de decirte nada en la sala de autopsias.

Jack hizo un gesto abarcando el lugar con todos sus siniestros detalles.

—¿Qué tiene de malo? Yo me siento como en casa.

—¡Jack! ¿No puedes hablar en serio por un momento? Te he dicho que es importante.

—Bien, conforme. ¿Qué otro entorno tenemos a nuestra disposición que satisfaga tus necesidades? Si me das media hora más o menos puedo reunirme contigo en la sala de identificación y allí podríamos charlar agradablemente alrededor de una taza de café de Vinnie. El único problema es que los demás se presentarán a trabajar en cualquier momento. Quizá prefieras una cita en nuestra preciosa cafetería con vistas y poder disfrutar de cualquiera de las exquisiteces de nuestras máquinas de bebidas. Allí podríamos codearnos con los bedeles y demás personal de alcurnia.

Laurie contempló a Jack lo mejor que pudo a través de la pantalla de plástico. Aquella vuelta al sarcasmo había apoyado su anterior optimismo acerca de que fuera a mostrarse receptivo; pero, aun así, insistió.

—Lo que esperaba era que pudiéramos ir a cenar esta noche, preferentemente a Elios si es que podemos reservar. —Elios era un restaurante que había desempeñado cierto papel en la larga relación de los dos.

Jack la contempló durante un largo momento. Aunque el día antes no había dado excesivo crédito a los comentarios de Lou sobre ella, de repente se preguntó si no habría en ellos un atisbo de verdad. Al mismo tiempo se recordó que no estaba de humor para más humillaciones.

—¿Qué pasa con Romeo esta noche? ¿Está enfermo o qué?

Vinnie soltó una risita que a duras penas controló cuando Laurie lo fulminó con la mirada.

—Mira, no lo sé —continuó Jack—, es la clase de noticia que me coge desprevenido porque esta noche tenía pensado llevarme a la bolera a unas monjas que están de visita.

Vinnie no pudo contenerse y se alejó.

—¿No podrías tomártelo en serio por un momento? —insistió Laurie—. No me lo estás poniendo fácil.

—¿Que no te lo estoy poniendo fácil? —preguntó Jack desdeñosamente—. Pues como cambio no está mal. Llevo meses intentando quedar contigo alguna noche, pero siempre estás ocupada con algún acontecimiento cultural de la máxima importancia.

—Solo ha pasado un mes, y tú me lo preguntaste dos veces, y las dos tenía planes para esa noche. Escucha, Jack, tengo que hablar contigo. ¿Nos vemos hoy o no?

—Se diría que estás muy motivada con esta cita.

—Sí. Mucho —convino Laurie.

—De acuerdo, pues que sea esta noche. ¿A qué hora?

—¿Te va bien en Elios?

Jack se encogió de hombros.

—Va bien.

—De acuerdo. Llamaré para ver si puedo reservar y te avisaré. Puede que tenga que ser pronto, porque es viernes.

—Conforme —repuso Jack—. Esperaré a que me llames.

Con un último gesto de asentimiento, Laurie se alejó de la mesa y salió de la sala de autopsias para quitarse el traje protector. Estaba contenta de que Jack se hubiera avenido a quedar; pero tal como Calvin le había comentado, se sentía abatida por el esfuerzo que había tenido que hacer y ya no albergaba optimismo sobre su reacción ante la noticia.

Tras ponerse la ropa de calle y rescatar su abrigo de la sala de identificación, cogió el ascensor hasta el tercer piso. Su idea era hacer una visita rápida a Peter para levantarle la moral por sus esfuerzos y asegurarse de que no había descubierto nada importante en el caso Sobczyk. Tan absorta estaba en sus problemas personales que no reparó en la posibilidad de tropezarse con su archienemigo, el director del laboratorio John de Vries. Por desgracia, este se encontraba en el despacho de Peter, según parecía echándole una bronca, porque tenía los brazos en jarras; y Peter, una expresión acobardada. Sin saberlo, Laurie se había metido en la boca del lobo.

—¡Pero si es la seductora en persona! —exclamó De Vries—. ¡Justo a tiempo!

—¿Cómo dice? —preguntó Laurie notando que la ira la invadía tras semejante comentario sexista.

—Según parece, ha sido usted capaz de seducir a Peter y convertirlo en su esclavo dentro de este laboratorio —gruñó De Vries—. Usted y yo ya hemos hablado de esto. Con la miseria de presupuesto que me asignan para dirigir este laboratorio, nadie recibe un trato especial, lo cual significa invariablemente que todos deben esperar más de la cuenta. ¿Me he expresado con claridad o hace falta que lo ponga por escrito? Además, puede estar usted segura de que el doctor Washington y el doctor Bingham serán informados de esta situación. Entretanto, la quiero fuera de aquí. —Para dar mayor énfasis a sus palabras, De Vries le indicó la puerta.

Durante unos segundos, Laurie miró alternativamente a Peter y John de Vries. Lo que menos deseaba era empeorar la situación de su amigo, de modo que se abstuvo de decirle a John lo que pensaba de él. Dio media vuelta y salió del laboratorio.

Mientras subía por la escalera, Laurie se sintió aún más deprimida que antes. Detestaba tener enfrentamientos con la gente, especialmente con sus compañeros de trabajo, porque a menudo desembocaban en respuestas inapropiadas, como la que había tenido con Calvin, aunque tratándose de John, lo dominante era el enfado. Pensando en Calvin, se preguntó cuáles serían las consecuencias, porque De Vries no amenazaba en vano, y llegó a la conclusión de que seguramente tendría noticias del subdirector. Lo que no sabía era de qué tipo. Lo único que deseaba era no haber creado problemas a Peter, porque él sí tenía que tratar con John diariamente.

Entró en su despacho, colgó el abrigo detrás de la puerta y vio que el de Riva también estaba, lo que significaba que su amiga se hallaba en la sala de identificación o en la de autopsias. Se sentó a su mesa y pensó en la llamada telefónica que tenía que hacer. La había estado temiendo desde que la prueba de embarazo había dado positivo. Para ella era como si llamar fuera a confirmarle los hechos, algo que había estado intentando evitar por el inmenso error que suponía. A pesar de lo mucho que le apetecía tener hijos, aquel no era el momento, y se preguntaba en qué había pensado para permitirse semejante riesgo. A pesar de que solo hacía unas semanas de ello, no podía recordarlo.

Cogiendo el teléfono, Laurie marcó a regañadientes el número del Manhattan General. Mientras se establecía la comunicación, contempló los documentos de los casos de Queens que debía añadir a su esquema junto con el que Jack tenía entre manos en esos momentos.

Cuando la telefonista contestó, Laurie le pidió que le pasara con la consulta de la doctora Laura Riley. Mientras la extensión empezaba a sonar, Laurie se sintió agradecida de que Sue le hubiera buscado una ginecóloga que también hacía obstetricia. No era lo más frecuente en el mundo de los médicos.

Cuando la secretaria de la doctora Riley contestó, Laurie le explicó su situación y se vio tropezando con las palabras al decirle que estaba embarazada según la prueba de farmacia que se había hecho.

—Bien, en ese caso, no debemos esperar a septiembre —contestó jovialmente la secretaria—. A la doctora Riley le gusta ver a sus pacientes de obstetricia entre ocho y diez semanas después de su última regla. ¿Cuánto lleva usted?

—Unas siete semanas.

—Entonces debería venir la semana que viene o la siguiente.

Se produjo una pausa, y Laurie se dio cuenta de que le temblaba la mano con la que sostenía el auricular.

—¿Qué le parece el próximo viernes? —dijo la secretaria tras ponerse nuevamente al aparato—. Sería dentro de una semana, a la una y media.

—Me parece bien —repuso Laurie—. Gracias por hacerme un hueco.

—De nada. ¿Puede darme su nombre?

—Lo siento, no me había dado cuenta. Soy la doctora Laurie Montgomery.

—¡Doctora Montgomery! La recuerdo. Hablé con usted ayer.

Laurie hizo una mueca. En esos momentos, su secreto era ya casi público. A pesar de que nunca había visto a aquella secretaria, la mujer conocía un detalle terrible e íntimo de su vida privada que Laurie todavía no sabía cómo manejar. Se avecinaban decisiones difíciles.

—¡Felicidades! —continuó diciendo la secretaria—. Espere un momento y no cuelgue. Estoy segura de que la doctora Riley querrá saludarla.

Sin tiempo para contestar, Laurie se vio en espera y escuchando una melodía. Por un breve momento, pensó en colgar, pero decidió que no podía hacerlo. Para mantener la mente ocupada, miró el montón de certificados de defunción y de informes de investigación de Queens. Ansiosa por poder evadirse, cogió el primero y empezó a leer. El nombre de la paciente era Kristin Svensen, de treinta y tres años, que había sido ingresada para una hemorroidectomía. Laurie meneó la cabeza ante las dimensiones de la tragedia, que hacía que sus problemas parecieran insignificantes comparados con la muerte de una joven y sana mujer en un hospital después de que simplemente le extirparan las hemorroides.

—Doctora Montgomery, acabo de enterarme de la buena noticia, ¡felicidades!

—Puedes llamarme Laurie.

—Muy bien; y tú, Laura.

—No estoy segura de que las felicitaciones sean lo más apropiado. Para ser sincera, para mí ha sido una sorpresa tirando a desagradable. No estoy segura de cómo debo tomármelo.

—Entiendo —contestó Laura conteniendo su expresividad. A continuación, con la perspicacia de la experiencia, añadió—: Todavía tenemos que asegurarnos que tú y la criatura que llevas estáis sanos. ¿Has tenido algún problema?

—Algunos mareos matinales, pero poco duraderos. —Laurie se sentía incómoda hablando de su embarazo, y tenía ganas de colgar.

—Háznoslo saber si empeoran. Hay cantidad de recursos para tratar los mareos en los miles de libros que se han publicado sobre el embarazo. En cuanto a ellos, mi consejo es que te mantengas alejada de los que son más conservadores porque te volverán loca haciéndote creer que no puedes hacer nada, como tomar un baño caliente. Dicho esto, nos veremos el próximo viernes.

Laurie le dio las gracias y colgó. Fue un alivio poder olvidarse de la llamada. Cogió las hojas de la impresora con los casos de Queens y las alineó golpeándolas de canto sobre la mesa. El gesto le produjo una molestia en la misma zona que le había dolido antes, mientras se cambiaba en el vestuario, y se preguntó si no tendría que haberle mencionado el dolor a Laura Riley. Seguramente sí, pero no tenía intención de llamarla. Ya se lo preguntaría el día de la consulta a menos que se hiciera tan intenso y frecuente que la obligara a telefonear. También se preguntó si tendría que haberle avisado de que era portadora del marcador BRCA-1; pero, al igual que con el dolor, decidió que podía perfectamente esperar a la primera visita.

Con los papeles en la mano, Laurie fue a descolgar el teléfono, pero vaciló. Había pensado llamar a Roger por distintos motivos, el menor de los cuales no era el sentirse culpable por haberlo dejado con las dudas de su inexplicable comportamiento en su despacho; pero no sabía qué iba a decirle. Todavía no estaba dispuesta a contarle la verdad por una serie de razones, pero comprendía que debía decirle algo. Al final, decidió que recurriría al problema del BRCA-1 como ya había hecho.

Descolgó y marcó el número directo de Roger. Lo que de verdad la motivaba era el deseo de llevarle las copias del material de Queens para poder hablar directamente del asunto. A pesar del torbellino de problemas que ocupaba su mente, se le había ocurrido una idea con aquellos casos que podía ayudar a resolver el misterio del SMAR.

14

Cuando Laurie llegó al Manhattan General, la acompañaron directamente al despacho de Roger, que la estaba esperando. Lo primero que hizo este fue cerrar la puerta y, a continuación, le dio un fuerte y prolongado abrazo. Laurie se lo devolvió, pero no con tanto ardor. Además de las dudas que había despertado en ella el asunto del matrimonio de Roger, sabía que no iba a ser totalmente franca con él acerca de su propia situación, y eso aumentaba sus reservas. De todos modos, si él lo notó, no lo demostró. Tras abrazarla, giró las dos sillas de recto respaldo para situarlas una frente a otra como había hecho el día anterior e indicó a Laurie que se sentara.

—Me alegro de verte. Anoche te eché de menos —le dijo. Estaba inclinado hacia adelante, con los codos en las rodillas y las manos entrelazadas.

Laurie se hallaba lo bastante cerca para oler su loción para después del afeitado y ver que su camisa todavía mostraba las marcas de planchado de la lavandería.

—Yo también me alegro —contestó tendiéndole la mano y entregándole los informes de investigación y los certificados de defunción de los seis casos de Queens. No había tenido tiempo de hacer copias, pero no le importaba, porque siempre podía volver a descargarlos. Al entregarle aquel material confiaba desviar la conversación sobre su estado de ánimo, al menos por el momento. Además, estaba impaciente por comentarle la idea que se le había ocurrido.

Roger hojeó las páginas rápidamente.

—¡Caramba, parecen iguales que los nuestros, incluso en la hora!

—Eso es lo que opino yo también. Sabré más detalles cuando tenga los historiales clínicos del hospital; pero, por el momento, demos por hecho que son idénticos. ¿Te dice algo?

Roger contempló los papeles, reflexionó unos momentos y al final se encogió de hombros.

—Significa que el número de casos se ha duplicado. En lugar de seis, tenemos doce. Bueno, trece, si contamos la muerte de la última noche. Supongo que te habrás enterado de lo de Clark Mulhausen. ¿Te ocuparás tú de la autopsia?

—No, la está haciendo Jack —repuso Laurie, que ya le había hablado de él durante las cinco semanas que habían salido, incluyendo el hecho de que habían sido amantes. Cuando Laurie había conocido a Roger, se había descrito a sí misma como «prácticamente sin pareja». Más adelante, cuando empezaron a conocerse mejor, reconoció haber usado aquella expresión debido a los asuntos que todavía tenía pendientes con Jack. Incluso fue más lejos y le confió que su ruptura se debía a lo reacio que este se mostraba a comprometerse. Roger aceptó la noticia con gran ecuanimidad, lo cual hizo que Laurie valorara su confianza en sí mismo y aumentara su estima hacia él. No habían vuelto a hablar del asunto.

—Mira las fechas de los casos de Queens —le invitó.

Roger volvió a mirar los papeles y alzó la vista.

—Son todos de finales del otoño pasado; el último, de finales de noviembre.

—Exacto. Están agrupados muy juntos, con una frecuencia de poco más de uno por semana. Luego, paran. ¿Te dice algo?

—Supongo, pero me parece que tú ya tienes una idea en la cabeza. ¿Por qué no me la cuentas?

—De acuerdo, pero primero escucha: tú y yo somos los únicos que creemos estar ante un asesino múltiple, pero nos tienen maniatados. Yo no puedo conseguir que mi oficina se pronuncie sobre el tipo de muerte, y tú no puedes conseguir que las autoridades del hospital reconozcan que existe un problema. Estamos luchando contra las inercias institucionales. Ambas burocracias prefieren echar tierra al asunto a menos que alguien les fuerce la mano.

—No puedo decir que no.

—Lo que te inmoviliza es que este centro tiene un índice de mortalidad tan bajo que estos casos no aparecen en sus estadísticas; en el mío, la falta de resultados de Toxicología.

—¿Todavía no han encontrado nada remotamente sospechoso? —preguntó Roger.

Laurie meneó la cabeza.

—Y las posibilidades de que lo consigan en el futuro son escasas. Me temo que el antipático director de nuestro laboratorio ha descubierto mis esfuerzos esta mañana. Si lo conozco bien, a partir de ahora se asegurará de que todas nuestras peticiones figuren las últimas de la lista.

—¿Y adónde nos conduce todo esto?

—Quiere decir que nos toca a nosotros descubrir a este asesino múltiple, y será mejor que nos demos prisa si queremos evitar más muertes sin sentido.

—Eso lo sabemos prácticamente desde el primer día.

—Sí. Pero hasta el momento nos habíamos conformado con trabajar dentro de las limitaciones impuestas por nuestro trabajo e instituciones. Creo que debemos intentar algo más, y me parece que los de Queens nos brindan la oportunidad. Si esas muertes son homicidios, mi opinión es que nos encontramos ante un asesino múltiple y no varios.

—Yo diría lo mismo.

—Dado que el St. Francis es otra institución de AmeriCare, tú podrías acceder a su base de datos de personal. Lo que necesitamos es una lista de la gente, desde bedeles a anestesistas, que trabajó allí en el turno de noche durante el otoño pasado, y otra del personal de aquí este invierno. Cuando las tengamos, podremos contrastarlas. A partir de ahí, ya no lo tengo tan claro; pero si conseguimos una serie de posibles sospechosos, quizá podamos conseguir que Medicina Legal y este hospital hagan algo.

Una leve sonrisa surcó el anguloso rostro de Roger mientras asentía.

—¡Una idea estupenda! Me alegro de haber pensado en ella. —Rió bromeando y dándole una juguetona palmada en la pierna—. Haces que parezca de lo más sencillo, pero está bien, creo que conseguiré sacar a alguien ese tipo de información. ¿Verdad que sería interesante que consiguiéramos algo? Me refiero a que no sé si semejante lista existe. La que sí me consta que existe es otra, una del personal profesional con privilegios de admisión en ambas instituciones. Como jefe de personal médico, tengo acceso directo a ella.

—Esa idea puede que sea incluso mejor que la mía —reconoció Laurie—. Si me preguntaran a quién considero el principal sospechoso de la comunidad hospitalaria, diría que ha de tratarse de algún médico chiflado. He pensado que si esas muertes son asesinatos, quien quiera que sea el responsable ha de tener importantes conocimientos de fisiología, farmacología y puede que también de medicina forense. De otro modo, ya sabríamos cómo lo está haciendo.

—Y ambos sabemos qué médicos dominan mejor esas áreas.

—¿Quiénes?

—Los anestesistas.

Laurie asintió. Era cierto que un anestesista sería el más capacitado para eliminar un paciente; no obstante, a pesar de sus comentarios, como médico le costaba admitir que un colega pudiera estar tras aquellos asesinatos porque iba en contra de lo que era su función; pero también lo iba en el caso de los demás profesionales de la sanidad; sin embargo, estaba el increíble caso de aquel médico inglés que se había cargado a doscientas personas.

—¿Qué te parecería poner en marcha esa idea? —propuso Laurie—. Ya sé que es viernes y que a la gente no le gusta que le pongan trabajo encima de la mesa antes del fin de semana; pero debemos hacer algo y hacerlo deprisa, y no solo porque debemos evitar más muertes. Puede que nuestro asesino múltiple sea lo bastante listo para saber que debe cambiar de hospital al cabo de cierto número de casos. Aquí partimos de la base de que se trasladó después de seis muertes, o sea que tenemos motivos para suponer que puede volver a hacerlo una vez despachados siete pacientes. Si es así, nuestros colegas de otro hospital, y hasta puede que de otra ciudad, empezarán de cero. Esa fue una de las razones de que tardáramos tanto en atrapar a aquel infame asesino múltiple que tuvimos en la zona metropolitana.

—Bueno, puede que el de Queens no haya sido su primer hospital.

—Tienes razón —contestó Laurie sintiendo un escalofrío—. No se me había ocurrido.

—Me pondré a trabajar de inmediato —le prometió Roger.

—Yo estoy de guardia todo el fin de semana, lo cual significa que seguramente andaré por la oficina, así que llámame allí. Estaré encantada de hacer todo lo que pueda para ayudar. Sé que no será tan fácil como decía.

—Ya veremos. Puede que logre encontrar al especialista en informática capaz de ayudarnos. —Roger ordenó las páginas que Laurie le había entregado—. Y ahora tengo algo interesante que contarte de nuestros casos: por casualidad he encontrado un curioso punto común.

—Ah, ¿sí? —preguntó Laurie, fascinada—. Dime cuál.

—A ver, no pretendo que sea importante, pero se da en los siete casos, incluyendo el de Mulhausen la noche pasada. Todos ellos eran clientes recientes de AmeriCare y habían suscrito sus planes de salud hacía menos de un año. La verdad es que lo descubrí por casualidad al mirar sus números de póliza.

Durante unos segundos, Laurie miró fijamente a Roger, y él le devolvió la mirada. Reflexionó sobre lo que él acababa de decirle intentando relacionarlo con algo. No se le ocurrió nada, pero se acordó del comentario de Jack durante la conferencia del jueves, cuando se enteró de que el St. Francis, que pertenecía a AmeriCare, había tenido unos fallecimientos similares. Jack había dicho: «La trama se complica». Ella no había tenido ocasión de preguntarle qué había querido decir y tampoco había insistido por la mañana cuando él había dicho que los nuevos casos arrojaban «serias sombras sobre AmeriCare». Pero, tras el comentario de Roger, deseaba con más impaciencia que nunca que se lo explicara. A pesar de que le constaba que Jack sentía especial aversión por AmeriCare, también sabía que era inteligente e intuitivo.

—La verdad es que no sé si esto tiene importancia —repitió Roger—, pero resulta curioso.

—Entonces ha de ser significativo en un sentido u otro —repuso Laurie—, pero no sé en cuál. Todas las víctimas eran jóvenes y saludables, y ese es el tipo de cliente que más busca AmeriCare, así que perderlos va en contra de sus intereses.

—Lo sé. No tiene sentido, pero creí que debía decírtelo de todos modos.

—Te agradezco que lo hayas hecho —dijo Laurie, poniéndose en pie—. Bueno, tengo que marcharme. La razón de que no haya hecho la autopsia de Mulhausen es que se supone que debía ir directamente a mi despacho y firmar las actas de defunción de McGillin y Morgan certificando que son muertes naturales.

—¡No vayas tan deprisa! —dijo Roger cogiéndola del brazo y obligándola a sentarse casi sin esfuerzo—. No te vas a escapar tan fácilmente. Primero dime quién te está obligando a certificar que esos casos son muertes naturales.

—Calvin Washington, el subdirector. Asegura que Bingham, su jefe, está recibiendo presiones del ayuntamiento.

Roger movió la cabeza con expresión de disgusto.

—No me sorprende si tengo en cuenta lo que el presidente de este hospital me dijo ayer lo mismo. Me comentó que por mi propio bien me convenía saber que AmeriCare quiere que este problema pase inadvertido.

—No es para sorprenderse. Este caso sería la pesadilla de cualquier relaciones públicas; pero ¿cómo es que ha podido llegar a los despachos del ayuntamiento?

—Yo soy nuevo en la organización, pero tengo la impresión de que AmeriCare dedica mucho esfuerzo a tener buenos contactos políticos, como demuestra el contrato con los funcionarios de la ciudad. No hace falta que te recuerde que la sanidad es un gran negocio y que siempre hay cantidad de tejemanejes en todos los asuntos.

Laurie asintió como si lo comprendiera, pero no era así.

—Voy a firmar lo que me han pedido; pero confío en que, con tu ayuda, pueda corregir esos certificados en un futuro cercano.

—Bueno, ya está bien de hablar de trabajo —dijo Roger—. Es más importante que me digas cómo estás. He estado muy preocupado, de verdad, y he tenido que refrenar mis ganas de llamarte cada cinco minutos.

—Lamento haberte dado quebraderos de cabeza —repuso Laurie mientras su mente buscaba frenéticamente la forma de tranquilizar a Roger sin mentir ni tener que contarle la raíz del problema—, pero, tal como te dije ayer, voy tirando. Es que estoy pasando por una época difícil.

—Lo entiendo. Estuve intentando imaginar lo que se debe de sentir cuando te dicen que eres portador de un gen que se asocia al desarrollo de tumores cancerígenos y luego te dicen que ya te puedes marchar. El campo de la medicina genética debería buscar un mejor modo de presentar ese tipo de información a sus pacientes, y también buscarles remedios razonables.

—Como alguien que está pasando por ello, tengo que estar de acuerdo, aunque la asistenta social lo intentó. De todas maneras, la medicina siempre ha funcionado igual en este país: la tecnología ha sido su motor principal y se ha descuidado la atención personalizada al paciente.

—Ojalá supiera cómo ayudarte mejor.

—Me parece que, de momento, no puedes. Me hallo atrapada en mi calvario personal. De todos modos, eso no significa que no aprecie tus desvelos y el hecho de que me has apoyado.

—¿Qué hay de esta noche? ¿Y si nos vemos?

Laurie contempló los claros ojos de Roger. Le disgustaba no ser más franca con él, pero no podía decirle que estaba embarazada y que iba a cenar con Jack porque entre los dos habían concebido una criatura. No se debía a que no se creyera capaz de manejar esa situación —porque lo era—, sino a su sentido de lo personal: hasta que lo hubiera hablado con Jack no estaba dispuesta a compartirlo con nadie más, ni siquiera con alguien a quien apreciaba, como Roger.

—Podríamos cenar temprano —insistió él—. Ni siquiera tenemos que hablar del asunto del gen si no quieres. Puede que incluso ya tenga alguna información sobre el personal del St. Francis. Quiero decir que, a pesar de ser viernes, es posible que consiga algo.

—Roger, con todo lo que me ha ocurrido últimamente, necesito cierto espacio para mí, al menos durante unos días. Ese es el tipo de ayuda que me hace falta. ¿Crees que puedes soportarlo?

—Sí, pero no me gusta.

—Aprecio tu comprensión. Gracias. —Laurie se puso nuevamente en pie, y Roger hizo lo mismo.

—¿Puedo llamarte al menos?

—Supongo que sí, pero no sé hasta qué punto tendré ganas de hablar. Quizá fuera mejor que yo te llamara. Me lo quiero tomar con calma.

Roger asintió, Laurie también, y se produjo un instante de incómodo silencio hasta que él le dio otro abrazo. La respuesta de Laurie fue tan contenida como la de antes: le sonrió brevemente y se dispuso a marcharse.

—Una pregunta más —dijo Roger interponiéndose entre ella y la puerta—, esta «época difícil» de la que has hablado, ¿tiene algo que ver con el hecho de que yo aún esté casado?

—Para serte sincera, supongo que un poco —admitió Laurie.

—Desde luego lamento no habértelo dicho, y lo siento. Sé que tendría que haberlo hecho mucho antes, pero al principio me pareció que era pecar de presuntuoso pensar que pudiera interesarte. Me refiero a que, por mi parte, he llegado a no darle importancia. Luego, cuando empezamos a salir y me enamoré de ti, comprendí que te importaría, pero me sentía incómodo por no habértelo dicho antes.

—Gracias por disculparte y explicármelo. Estoy segura de que ayudará a que nos olvidemos del tema.

—Eso espero —dijo Roger, dándole un cariñoso apretón en

el hombro y abriendo la puerta del despacho—. Ya hablaremos.

Laurie asintió.

—Claro —convino. Acto seguido, se marchó.

Roger observó a Laurie caminar entre las mesas y dirigirse hacia el largo pasillo. La observó hasta que la perdió de vista; luego, cerró la puerta de su despacho. Mientras volvía a su escritorio y tomaba asiento, el perfume de Laurie flotaba todavía en el ambiente como un encantamiento. Roger estaba preocupado por ella e inquieto por haber estropeado su relación al no haber sido del todo franco. Seguía guardándose aspectos que Laurie tenía derecho a saber si su relación iba a prosperar; pero, lo peor era que no le había dicho la verdad sobre cuestiones de las que ya le había hablado. Al contrario de lo que había dado a entender, existían aspectos no resueltos en su relación con su ex esposa, que incluían un amor que no había muerto del todo, detalle que no había tenido el valor de confesar a Laurie a pesar de que ella sí lo había hecho al hablarle sobre Jack.

Sin embargo, el mayor secreto que Roger ocultaba, incluso a sus superiores, era su condición de ex adicto. Durante su estancia en Tailandia, había caído en la trampa de la heroína. Todo había comenzado de forma harto inocente, como un experimento personal para comprender y tratar mejor a pacientes con ese problema. Por desgracia, no calculó el poder de seducción de la droga y sus propias flaquezas, especialmente en un entorno donde resultaba tan fácil de conseguir. Fue entonces cuando su mujer lo abandonó para buscar refugio con los niños en su poderosa familia; y también fue esa la razón de que fuera trasladado a África y finalmente abandonara la organización. A pesar de que se había sometido a un programa de rehabilitación y llevaba años alejado de las drogas, el fantasma de la adicción seguía acosándolo diariamente. Uno de los problemas era que sabía que bebía demasiado. Le gustaba el vino y poco a poco podía acabar bebiéndose una botella todas las noches, cosa que lo llevaba a preguntarse si no estaría sustituyendo la heroína por el alcohol. Como médico, y especialmente como alguien que se había sometido a tratamiento, conocía los riesgos.

Roger habría dado vueltas y vueltas a la situación, pero afortunadamente tenía aquella serie de muertes para mantener ocupados sus pensamientos. A pesar de que le habían llamado la atención, había sido el interés de Laurie el que realmente lo había estimulado. Luego, había utilizado el asunto para reforzar su relación con ella, cosa que le había dado un estupendo resultado. Con el transcurso de las semanas se había prendado de ella y empezado a pensar que su idea de regresar a Estados Unidos para llevar algo parecido a una vida normal con mujer, hijos y la proverbial casita con jardín, era algo que estaba a su alcance. Pero entonces, por no haber controlado su lengua, había sobrevenido el desastre. En esos momentos necesitaba más que nunca aquella serie de asesinatos para mantener unidas las cosas. Cuanto antes consiguiera la lista de personal que Laurie había pedido, tanto mejor. Si tenía suerte y descubría algo, podría llamarla aquella noche e ir a verla a su apartamento.

Utilizó el intercomunicador para avisar a Caroline, la más eficaz de sus secretarias, y le pidió que fuera a su despacho. A continuación, sacó el directorio del hospital y buscó al director del Departamento de Recursos Humanos. Su nombre era Bruce Martin. Anotó el número de su extensión; mientras lo hacía, Caroline apareció en el umbral.

—Necesito algunos nombres y teléfonos del St. Francis —le dijo Roger en un tono que denotaba su interés—. Quiero hablar lo antes posible con el jefe de personal médico y con el director de recursos humanos.

—¿Quiere que le pase la comunicación o prefiere llamarlos directamente usted?

—Páseme la comunicación. Entretanto hablaré con nuestro señor Bruce Martin.

Laurie miró el reloj al cruzar la puerta principal del Departamento de Medicina Legal y se sintió abrumada. Eran prácticamente las doce. Había tardado casi hora y media en realizar el trayecto desde el Manhattan General. Meneó la cabeza con disgusto. Nueva York podía ser así, y tener todo su tráfico del centro atascado igual que un inmenso coágulo sanguíneo. El taxista le había dicho que cierto dignatario extranjero cuyo nombre ignoraba acababa de llegar a la ciudad, y que su visita había obligado al corte de varias calles para dar paso a la comitiva. En cuanto se iniciaron los cortes, la zona de la ciudad se colapsó bruscamente.

Marlene abrió la puerta principal a Laurie, de modo que esta tuvo que pasar ante la zona de Administración temiendo que Calvin la viera. De haber sabido que iba a estar fuera tanto tiempo, habría firmado los malditos certificados antes de marcharse.

Por suerte, el ascensor estaba esperando, de modo que en el vestíbulo principal no tuvo que verse expuesta a las miradas de quien saliera de Administración. Mientras subía, se preguntó si Roger atendería a su idea y haría la labor detectivesca que ella le había propuesto. Cuanto más pensaba en ella era más optimista. Respecto a que los condujera a algo significativo. Pero, aunque no fuera así, al menos le daría la impresión de estar trabajando en el problema. No se atrevía ni a pensar en las tragedias individuales que la muerte de aquellos pacientes en la flor de la vida suponían para sus seres queridos.

Se apeó en la cuarta planta y se encaminó a paso vivo hacia su despacho. La puerta se hallaba entreabierta. Riva estaba ocupada, hablando por teléfono. Laurie colgó el abrigo y tomó asiento. En medio del secante de su escritorio había una serie de post-it con la puntiaguda caligrafía de su amiga. Tres de ellos decían: «Jack ha pasado por aquí», y dos, «¡¡Calvin ha venido a verte!!», con varias exclamaciones; el último decía que llamara a Cheryl Meyers.

Laurie abrió rápidamente el cajón donde guardaba el material sobre el potencial asesino múltiple y sacó las carpetas de McGillin y de Morgan. De ellas extrajo los certificados incompletos de defunción y buscó un bolígrafo. El primero correspondía al caso McGillin. Situó el bolígrafo en el espacio donde figuraba el tipo de fallecimiento, pero dudó mientras libraba un forcejeo entre su sentido ético y la obediencia al superior. Para ella era igual que si a un soldado se le hubiera ordenado hacer algo que estuviera mal y de lo que se le podría hacer responsable. Su única ventaja consistía en que no se trataba de algo sin vuelta atrás sino que podía cambiarse. Con un suspiro firmó ambos certificados.

En ese instante, Riva colgó y se dio la vuelta.

—¿Dónde te habías metido? Te he llamado una docena de veces.

—Estaba en el Manhattan General —repuso Laurie. Abrió el bolso, rebuscó dentro, sacó el móvil y comprobó la pantalla—. Ahí tienes la explicación de por qué no he recibido tus llamadas. ¡Algún día me acordaré de conectar este maldito aparato! Lo siento.

—Calvin ha estado aquí dos veces. Te escribí dos notas por si llegabas en mi ausencia. No se puede decir que estuviera precisamente contento con tu desaparición.

—Sé de qué va —dijo Laurie blandiendo ambos certificados—. Calvin estaba buscando esto. Supongo que todo está en orden ahora.

—Eso espero. Llevaba un cabreo de cuidado.

—Veo que Jack también ha venido.

—¿Venido? Eso es el eufemismo del año. Habrá pasado unas veinte veces. Bueno, puede que exagere. De todas maneras, al final se puso un poco sarcástico y todo.

Laurie gruñó para sus adentros. Después de lo que le había costado conseguir que Jack se aviniera, esperaba que su ausencia no lo hubiera irritado lo bastante para cancelar su cita.

—¿Te dijo Jack qué quería?

—No. Solo me contó que te andaba buscando. En cuanto al mensaje de Cheryl, me dijo que no era urgente, pero que la llamaras de todos modos.

Laurie se levantó con los certificados en la mano.

—Gracias por la mensajería. Te debo un favor.

—No pasa nada —repuso Riva—; pero, por curiosidad, ¿qué has estado haciendo tanto rato en el Manhattan General?

—La verdad es que he pasado más tiempo en el taxi de regreso que en el hospital. Fui porque se me ocurrió una idea que puede ayudarnos con nuestro potencial asesino múltiple.

—¿Y cuál es?

—Te la contaré después. Ahora mismo me voy a llevar estos certificados a Calvin a ver si consigo calmar las aguas.

Laurie volvió sobre sus pasos hacia el ascensor sintiendo una punzada de culpabilidad por no compartir con su amiga su más acuciante problema. Sin embargo, al margen de su ginecóloga, no deseaba contar a nadie que estaba embarazada antes de habérselo dicho a Jack. Obviamente, era consciente de que si compartirlo con él acababa tan mal como podía acabar, no compartiría ese secreto con nadie más.

Mientras el ascensor bajaba, contempló los certificados de defunción. A pesar de que se podían variar, y de que según sus previsiones lo serían, seguía incomodándola el hecho de haberse visto forzada a poner en duda su profesionalidad firmándolos de aquella manera: le parecía que plegarse a los dictados de la burocracia no solo era éticamente reprobable, sino una ofensa a la memoria de las víctimas.

Una vez en Administración, Laurie tuvo que sentarse y esperar. La puerta de Calvin estaba cerrada, y su secretaria le informó de que el subdirector se hallaba reunido con el capitán de la policía. Laurie se preguntó si se trataría de Michael O'Rourke, el superior directo de Lou que también era el cuñado de la enfermera asaltada en el Manhattan General. Mientras aguardaba, pensó en lo que iba a contar a Jack. Si había estado buscándola tanto como decía Riva, iba a ser inevitable que él preguntara dónde se había metido. Si Jack era tan celoso como había dicho Lou, que supiera que ella había ido a ver a Roger justo después de haber quedado para cenar con él no iba a ayudarla en absoluto. A pesar de todo, Laurie se prometió a sí misma no caer en la trampa de la mentira.

Pensar en Jack le recordó que no había reservado para la cena. Siendo por la tarde, era el momento adecuado. Miró el teléfono que había en una mesa auxiliar cercana. Vigilando que nadie mirara, llamó a Riva para pedirle que le diera una dirección de su agenda y después llamó al restaurante. Como había imaginado, estaba todo reservado, y tuvo que conformarse con una mesa para las seis menos cuarto.

La puerta del despacho del subdirector se abrió, y salió un voluminoso arquetipo del policía irlandés vestido con traje oscuro. El hombre estrechó la mano de Calvin, se puso el sombrero, se despidió con un gesto de cabeza de Connie y también de Laurie y se marchó. Cuando los ojos de Laurie se volvieron hacia Calvin, se sintió fulminada por su mirada.

—¡Entre! —le espetó él.

Laurie se incorporó, entró dócilmente y se quedó de pie en el despacho. Calvin cerró la puerta, se le acercó, le arrancó los papeles de la mano y se apoyó en la mesa mientras los leía. Satisfecho, los dejó en el escritorio.

—Ya era hora —dijo Calvin—. ¿Dónde demonios se había metido? Le he dado el día libre para que despachara el papeleo, no para que se fuera de paseo.

—Tenía que hacer una visita rápida al Manhattan General. Por desgracia, el tráfico no cooperó y la salida resultó mucho más larga de lo que había previsto.

Calvin la miró con suspicacia.

—¿Y qué fue a hacer allí, si es que puedo preguntarlo?

—Fui a hablar con la persona que le dije ayer, el jefe del personal médico.

—Confío en que no estará haciendo nada que pueda poner en apuros a esta oficina...

—No, que yo pueda imaginar. Le pasé la información sobre los casos de Queens. Está en sus manos hacer lo que crea oportuno.

—Laurie, no quiero enterarme de que está yendo más allá de sus atribuciones, como ocurrió en el pasado.

—Como le dije ayer, he aprendido la lección. —Laurie sabía que no estaba diciendo toda la verdad.

—Eso espero. Ahora mueva el culo hasta su despacho y acabe de firmar los casos que tiene pendientes; de lo contrario, acabará pateando las calles en busca de otro empleo.

Laurie asintió respetuosamente y salió del despacho de Calvin. Se sentía aliviada. Había esperado lo peor, pero la visita había resultado sorprendentemente suave, y se preguntó si Calvin no se estaría ablandando.

Ya que se encontraba en la planta baja, se asomó al despacho de los investigadores forenses para ver si podía ahorrarse una llamada. Halló a Cheryl en su mesa y le preguntó qué deseaba.

—Únicamente quería decirle que llamé al St. Francis para decirles que los historiales que les había pedido eran urgentes.

—¡Vaya! Cuando vi su mensaje creí que iba a decirme que ya los tenía.

Cheryl se echó a reír.

—¿Servicio de historiales de un día para otro? ¡Aún tienen que inventarlo! Incluso con la calificación de «urgente», tendrá suerte si le llegan en un par de semanas.

Laurie volvió al ascensor y, mientras esperaba, se preguntó si serviría de algo la intervención de Roger para agilizar la entrega de los historiales. En el fondo tenía la convicción de que en algún punto de aquellos historiales del General o del St. Francis se ocultaba la información clave para resolver el misterio.

Al subir a la cuarta planta vaciló y se armó de valor. Quería pasar por el despacho de Jack para hablar con él; pero, después de lo que Riva le había dicho, temía lo que pudiera encontrar. A pesar de que admitía que buena parte de su distanciamiento de Jack era culpa de ella por sus coqueteos con Roger, eso no lo hacía más fácil. Por otra parte tampoco estaba dispuesta a pedir perdón.

Respiró hondo y salió al pasillo. En contraste con el día anterior, no vaciló, sino que dejó que el impulso la llevara hasta el despacho, donde encontró a Jack y Chet inclinados en sus respectivas mesas mirando por el microscopio. Aunque no lo había hecho a propósito, había entrado sin hacer ruido de modo que ninguno de los dos se enteró de que estaba allí.

—Apuesto cinco billetes a que tengo razón —decía Jack.

—Aceptados.

—¡Perdón! —dijo Laurie.

Las cabezas de ambos se alzaron con evidente sorpresa para enfrentarse con su visitante.

—¡Que Dios nos asista! —exclamó Jack—. ¡Hablando de la reina de Roma, por la puerta asoma! El fantasma de la ausente doctora Montgomery acaba de materializarse ante nosotros.

—¡Milagro! —terció Chet fingiendo retroceder aterrorizado.

—Vamos, chicos —dijo Laurie—, no estoy de humor para que me tomen el pelo.

—¡Gracias a Dios es real! —añadió Jack llevándose el dorso de la mano a la frente en el gesto típico de quien está a punto de desmayarse. De modo parecido, Chet se la llevó al pecho como si tuviera palpitaciones.

—¡Venga! ¡Dejadlo ya! —repitió Laurie mirándolos alternativamente y con la impresión de que estaban llevando la broma demasiado lejos.

—Pensábamos que te habías marchado de verdad —explicó Chet con disimulada risa—. El rumor decía que se trataba de una repentina desmaterialización. Como programador del día, se suponía que debía saber dónde estabas, pero no tenía ni idea. Ni siquiera Marlene, en recepción, te vio marchar.

—Marlene no estaba en el mostrador cuando salí —contestó Laurie. Era evidente que su ausencia había sido motivo de conjeturas; lo cual no era buena señal teniendo en cuenta las circunstancias.

—Todos teníamos cierta curiosidad por saber dónde te habías metido, especialmente porque, según Calvin, debías estar en tu despacho.

—Pero ¿qué es esto? ¿La Inquisición? —preguntó Laurie confiando en que un poco de humor desviaría la pregunta. Luego, miró a Jack—. Riva me ha dicho que me estabas buscando, así que he venido para devolverte el favor. ¿Hay algo concreto que quieras decirme?

—Iba a darte los detalles finales de la autopsia de Mulhausen —repuso Jack—, pero antes dinos adónde fuiste con tanto misterio. Tenemos todos mucha curiosidad.

Los ojos de Laurie pasaron de Jack a Chet. Los dos la miraban expectantes. Aquella era la pregunta que temía, de modo que intentó pensar en una respuesta sin tener que mentir, pero no acudió nada a su mente.

—Fui al Manhattan General... —empezó a decir, pero Jack la interrumpió.

—¡Bingo! —exclamó haciendo un gesto con los dedos como si disparara a su colega Chet—. Me debes cinco pavos, colega.

Chet alzó los ojos con decepción. Cambió el peso para sacar la cartera del bolsillo trasero y extrajo un billete de cinco que aplastó en la mano de Jack.

Este blandió el dinero triunfalmente y se volvió hacia Laurie.

—Parece que al final voy a sacar algún provecho de tu cita.

Laurie notó que la ira la invadía, pero mantuvo el control. No le gustaban aquellas bromas a sus expensas.

—Fui al Manhattan General porque se me había ocurrido una idea que puede que nos ayude a resolver nuestra serie de misteriosas muertes.

—¡Claro! —repuso Jack—. Y por casualidad tenías que compartir tu descubrimiento con tu actual amorcito.

—Creo que bajaré por café —dijo Chet poniéndose apresuradamente en pie.

—No tienes que irte por mí —le dijo Laurie.

—Me parece que iré de todos modos —contestó Chet—. Es hora de comer. —Salió de la oficina cerrando la puerta tras él.

Jack y Laurie se miraron a los ojos un momento.

—Digámoslo de este modo —dijo Jack rompiendo el silencio—: encuentro ofensivo que dediques un esfuerzo considerable a convencerme para que cenemos juntos y que, acto seguido, desaparezcas durante horas para ir a ver al hombre con el que estás teniendo una aventura.

—Te entiendo. Lo siento. No se me ocurrió que pudiera afectarte así.

—¡Venga ya! ¡Ponte en mi lugar!

—Bueno, después de todo debo reconocer que temía que me

preguntaras dónde había ido; pero Jack, escucha, fui únicamente por la razón que te he contado: los casos de Queens me dieron una idea de cómo conseguir una lista de sospechosos. No se trataba de ninguna cita amorosa. No me menosprecies con tus palabras.

Jack arrojó el billete de Chet sobre la mesa, bajó la vista y se masajeó la frente.

—¡Jack, créeme! La idea que tuve se me ocurrió en parte gracias a tus comentarios acerca de que la trama se complicaba y que arrojaba sombras sobre AmeriCare. La verdad es que quería preguntártelo más concretamente.

—No estoy seguro de que tuviera una idea concreta en la cabeza —repuso Jack sin retirar la mano de la frente—. Es que si tu serie suma trece casos entre dos centros que pertenecen a AmeriCare, es algo que da que pensar.

Laurie asintió.

—Creía que tenías algo en mente acerca de esa compañía. Si estamos ante una serie de asesinatos, me da la impresión de que no han sido al azar. Los perfiles son demasiado parecidos. Por ejemplo, hoy he averiguado que todas las víctimas del Manhattan General eran abonados relativamente recientes de AmeriCare. Lo que no sé es cómo encaja eso en el panorama.

Jack retiró la mano de la frente y miró a Laurie.

—O sea que ahora estás pensando que puede haber algún tipo de conspiración.

Laurie asintió.

—Eso pensé que me dabas a entender con tus comentarios.

—No exactamente, y desde el punto de vista de la captación de recursos no tiene sentido, o sea que no puede tener nada que ver con esa empresa por ella misma. Por otra parte, la medicina se ha convertido en un gran negocio, y AmeriCare es una organización enorme. Eso significa que tiene al frente gente y ejecutivos que están tan alejados del contacto con los pacientes que al final se olvidan de cuál es realmente el producto de la compañía. Lo ven todo en términos de números.

—Eso puede que sea cierto —dijo Laurie—, pero eliminar a

nuevos y saludables pacientes es contraproducente desde el punto de vista de cualquier objetivo empresarial.

—A lo mejor es así para nosotros, pero lo que quiero decir es que en los altos niveles hay gente a la que quizá no comprendamos. Es posible que nos enfrentemos a algún tipo de conspiración cuya lógica se nos escapa.

—Puede —repuso Laurie vagamente. Se sentía decepcionada porque había creído que Jack tenía algo más concreto que decirle.

Los dos se miraron sin decir palabra durante unos segundos. Por fin Jack rompió el silencio.

—Deja que te pregunte sin rodeos algo a lo que ya aludí cuando estábamos en el foso: ¿la cita de esta noche es alguna especie de montaje para decirme que te vas a casar?; porque si lo es, voy a pillar un rebote que no te quiero ni contar. Solo quería prevenirte.

Laurie no respondió enseguida ya que el comentario le recordaba lo complicada que se había vuelto su vida. Le costaba mantener las cosas y a las personas en la debida perspectiva.

—Tu silencio no me da buena espina —comentó Jack.

—¡No voy a casarme! —respondió Laurie con repentina vehemencia y señalándolo con el dedo—. Te lo dije de forma bastante clara en la sala de autopsias. Te dije que tenía que hablar contigo de algo que nos afecta a ti, a mí y a nadie más.

—No creo que incluyeras eso de «nadie más» cuando me lo dijiste.

—¡Pues te lo digo ahora! —espetó Laurie.

—¡De acuerdo, de acuerdo! ¡Tranquila, se supone que soy yo el que está molesto, no tú!

—Si estuvieras en mi lugar, sí que estarías molesto.

—Vaya, eso es algo que me cuesta interpretar sin un poco más de información. Pero escucha, Laurie, no me gusta que nos tiremos los trastos a la cabeza de esta manera. Parecemos dos ciegos tropezando en la oscuridad.

—No puedo estar más de acuerdo.

—Vale; entonces, ¿por qué no me dices lo que tengas que decirme y nos olvidamos del asunto?

—No quiero hablar en un lugar como este. Quiero estar lejos de la oficina. No tiene nada que ver con el trabajo. He reservado una mesa en Elios a las seis menos cuarto.

—¡Caray! ¿Vamos a cenar o a merendar?

—¡Qué gracioso! —protestó Laurie—. Ya te advertí que iba a ser temprano. Es viernes por la noche y lo tenían todo reservado. Tuve suerte de que me dieran mesa. ¿Vas a venir o no?

—Allí estaré, pero va a ser un gran sacrificio. Warren se va a llevar un chasco si no aparezco por la cancha para el gran partido de los viernes. Bueno, en realidad miento. Desde que te marchaste he estado jugando tan mal que nadie me quiere en su equipo. Me he convertido en persona *non grata* en mi propia cancha.

—Bueno, nos veremos en Elios suponiendo que te dignes aparecer —dijo Laurie mientras daba media vuelta para salir del despacho.

Jack se levantó de la silla y se asomó al pasillo. Laurie ya estaba a cierta distancia, camino de su oficina. Caminaba con paso firme y vivo.

—¡Oye! —la llamó Jack—. Lo del sacrificio era una broma.

Laurie no frenó ni se dio la vuelta, y enseguida desapareció de la vista en su despacho.

Jack regresó a su escritorio preguntándose si no habría llevado demasiado lejos el sarcasmo; pero acabó encogiéndose de hombros porque sabía que le habría resultado imposible comportarse de otro modo. Aquella actitud se había convertido en su defensa ante las incertidumbres de la vida. En su situación temía que Laurie le sorprendiera de un modo u otro, porque no tenía ni idea de qué le rondaba por la cabeza. A pesar de todo, el comentario de Lou de que ella deseaba arreglar las cosas estaba vivo en él y le daba un hilo de esperanza.

Los partidos de baloncesto callejero y el trabajo constituían la única distracción de Jack, y, con lo mal que estaba jugando últimamente, su profesión había pasado a un primer plano. Las últimas semanas las había pasado trabajando a destajo. En menos de cuatro semanas había pasado de ser la pesadilla de Calvin en cuanto a firmar sus casos a convertirse en su predilecto; no solo había realizado más autopsias que nadie; también había sido el más rápido. Suspiró y volvió a las bandejas de muestras que había recogido en Histología aquella mañana.

El tiempo pasó volando. Chet regresó y Jack insistió en devolverle el billete de cinco alegando que no había sido una apuesta justa porque había estado seguro al cien por cien. Al cabo de un rato, Chet volvió a marcharse, pero Jack se quedó trabajando. Los progresos que hacía lo sosegaban y le satisfacían, pero lo mejor de todo era que así no tenía que pensar en Laurie.

—¡Eh! ¿Por qué no sales a tomar un poco el aire? —dijo una voz interrumpiendo la concentración de Jack, que estaba absorto contemplando un extraño parásito hepático en una herida de bala de un hígado. Levantó la vista y vio a Lou Soldano en el umbral—. Llevo cinco minutos observándote y no has movido un músculo.

Jack le hizo un gesto para que pasara mientras le acercaba la silla de Chet.

Lou se dejó caer pesadamente y puso el sombrero en la mesa de Jack. Presentaba el mismo aspecto de falta de sueño de siempre, y tenía que hacer un esfuerzo para mantener los ojos abiertos.

—Acabo de enterarme de las buenas noticias —dijo Lou—. Me parece estupendo.

—¿De qué estás hablando?

—Acabo de asomarme por el despacho de Laurie y me ha dicho que ella te lo había pedido y que vosotros dos vais a cenar a Elios. ¿No te lo dije? Quiere que volváis.

—¿Te dijo eso concretamente?

—No con esas palabras, pero, ¡venga ya! ¡Si te ha dicho de salir a cenar!

—Me ha dicho que tenía algo que contarme, pero puede que se trate de algo que no me apetece oír.

—¡Dios mío, qué pesimista! Tienes la cabeza tan mal como yo. Esa mujer te quiere.

—Ah, ¿sí? Pues eso es una novedad. De todas maneras, ¿cómo es que te ha dicho que tenemos una cita?

—Yo se lo pregunté. No oculto que me gustaría veros juntos de nuevo, y ella lo sabe.

—Bueno, ya veremos. Dime, ¿qué te trae por aquí?

—El maldito caso Chapman, claro. Hemos estado trabajando sin parar y he entrevistado a casi todo el personal del centro. Por desgracia, nadie vio nada sospechoso, aunque tampoco es extraño. De todas maneras, no tenemos nada. Confiaba en que tú hubieras dado con algo. Sé que mi capitán vino a hablar con Calvin Washington.

—Qué raro. Calvin no sabe nada del caso y no ha hablado conmigo.

Lou se encogió de hombros.

—Pensé que tú sí sabrías algo. ¿Has averiguado alguna cosa?

—No me han entregado todavía los resultados de las muestras, pero no creo que nos digan gran cosa. Ya tienes las balas, y me parece que es lo único que sacarás en claro de la autopsia. ¿Qué hay de la posición de la víctima y del hecho de que quien le disparó seguramente se hallaba sentado dentro del coche? ¿Estáis investigando que la víctima quizá conociera al asesino?

—Lo estamos investigando todo. Ya te lo he dicho, hemos interrogado a todos los que tenían acceso al aparcamiento. El problema es que no tenemos ni una huella. Salvo los casquillos de bala, no tenemos nada.

—Lamento no serte de más ayuda —dijo Jack—. Oye, hablando de otra cosa, ¿te ha dicho algo Laurie acerca de su serie de muertes sospechosas que te mencioné ayer?

—No. No me ha dicho nada.

—Me sorprende —comentó Jack—. Hay novedades en ese asunto. Ahora ya tiene siete casos en el Manhattan General, incluyendo uno al que le he hecho la autopsia esta mañana; pero es que además ha encontrado otros seis casos en un hospital de Queens.

—Interesante.

—Creo que es algo más que interesante. La verdad es que

estoy empezando a creer que Laurie tenía razón desde el principio. Me parece que ha descubierto a un asesino múltiple.

—¿Bromeas?

—No bromeo. Así que será mejor que empieces a pensar en meter la nariz en este asunto.

—¿Cuál es la postura oficial? ¿Calvin y Bingham opinan igual?

—La verdad es que no. Me he enterado de que Laurie ha recibido presiones por parte de Calvin para firmar en los certificados de defunción que se había tratado de muerte natural. Calvin a su vez ha recibido presiones de Bingham, que a su vez las recibió de alguien del ayuntamiento.

—Me suena a politiqueo, y eso significa que tenemos las manos atadas.

—Bueno, al menos te lo he advertido.

15

Jack pedaleó con más fuerza, y su bicicleta respondió. En esos momentos pasaba velozmente ante el edificio de Naciones Unidas camino de la Primera Avenida. A pesar de que el tráfico de las cinco y media estaba en su apogeo, no había tenido ningún altercado con los conductores: después de que llegara al depósito el cadáver de uno de los muchos mensajeros que iban en bicicleta por la ciudad, había contenido su agresividad. Aquel pobre infeliz tuvo un tropiezo con un camión de la basura que le había costado caro. Cuando Jack lo vio, tenía la cabeza del diámetro de una pelota de playa, pero del grosor de una moneda.

Delante se alzaban las enormes columnas del puente de Queensboro. La calle adquirió un declive gradual y Jack alcanzó una velocidad mayor. Con la ayuda de la gravedad, se mantuvo a la marcha del tráfico mientras el viento le silbaba en el casco. Como de costumbre, desconectaba con aquella sensación. Durante unos minutos, todas sus preocupaciones y recuerdos se disolvieron en un baño de endorfinas.

En algún momento anterior de aquella tarde, Jack había apagado la luz del microscopio; ordenó su escritorio y fue al despacho de Laurie para que le explicara cómo llegar al restaurante. Sin embargo, al igual que durante sus numerosas vistas de aquella mañana, lo había encontrado vacío. Riva le explicó que Laurie se había ido a casa para cambiarse de ropa. Jack debió de poner cara de sorpresa, porque Riva se tomó la molestia de explicarle que era típico de mujeres. De todas maneras, la explicación solo sirvió para confundirlo aún más: el atuendo de Laurie le había parecido absolutamente apropiado para una cena temprana. Laurie, más que cualquier otra mujer de la oficina, se vestía de un modo especialmente elegante y femenino.

Justo pasado el puente Queensboro, el tráfico rugía; una cola de vehículos competía por meterse en la rampa que conducía al FDR Drive North, y Jack se vio obligado a serpentear entre los coches y autobuses parados hasta pasar el cruce con la calle Sesenta y tres. Fuera del embotellamiento se puso de pie sobre los pedales para ganar velocidad.

Desde ese punto y hacia el norte, no tuvo problemas. En la esquina de la calle Ochenta y dos y la Segunda Avenida, subió a la acera y desmontó. Ató con un candado la bicicleta y el casco a una señal de «Prohibido Aparcar» y entró en Elios con solo tres minutos de retraso.

Fue hasta la barra de caoba que había al otro lado de la puerta y contempló el panorama: camareros de blancos delantales iban de un lado a otro comprobando que las mesas cubiertas con manteles estuvieran en orden. Había algunos clientes repartidos por el estrecho y largo interior. Justo a su derecha, tenía una mesa ocupada por un ruidoso grupo entre cuyos miembros reconoció algún rostro de la televisión a pesar de no tener televisor. Al principio no vio a Laurie, y creyó que había sido el primero en llegar.

La propietaria, una mujer alta y elegante, se le acercó. Cuando Jack le dijo que había una reserva a nombre de Montgomery, ella le cogió la cazadora de aviador, se la entregó a uno de los camareros y le pidió que lo siguiera. A medio comedor divisó a Laurie sentada a una mesa de la derecha, conversando con un bigotudo camarero. Delante tenía una botella de agua con gas italiana; no había vino. Jack sabía lo mucho que a Laurie le gustaba el vino, y también que cuando él llegaba tarde a cenar, ella ya solía haberlo encargado. Lo que ignoraba era por qué ese día no lo había hecho.

Jack se le acercó y le dio un rápido beso en la mejilla antes incluso de detenerse a pensar si debía hacerlo o no; luego, estrechó la mano al camarero, que resultó ser un tipo de lo más agradable, y se sentó. El hombre le preguntó si deseaba tomar vino.

—Sí, supongo —contestó mirando a Laurie.

—Adelante, pide lo que te apetezca. Yo me conformo con esto —contestó ella señalando el vaso de agua.

—Ah —se extrañó Jack, que no sabía qué esperar de aquella cita. Dudó un instante y después pidió una cerveza. Si Laurie no iba a tomar vino, él tampoco. Creía que era cuestión de principios, aunque no podía decir de cuál.

—Me alegro de que hayas llegado sano y salvo —le dijo Laurie—. Después del caso de aquel mensajero, confiaba en que habrías renunciado a flirtear diariamente con la muerte.

Jack asintió pero no dijo nada. Laurie tenía un aspecto radiante. Llevaba uno de los conjuntos que más le gustaban, y se preguntó si lo habría escogido a propósito. No solo se había cambiado de ropa; también se había lavado el cabello. En la oficina, Laurie se lo recogía en un moño o se lo anudaba en una trenza; pero esa noche lo llevaba suelto y le caía por los hombros enmarcándole el rostro.

—Estás muy guapa —le dijo.

—Gracias. Tú también tienes buen aspecto.

—Sí, claro —contestó Jack con evidente incredulidad mirando su arrugada camisa Oxford, su corbata de punto azul oscuro y sus gastados vaqueros. Al lado del esplendor de Laurie, parecía el pariente pobre.

Mientras el camarero iba a buscarle la cerveza, los dos charlaron de las ocasiones en que habían estado en aquel restaurante, y Laurie mencionó el día en que había llevado a Paul Sutherland para un encuentro sorpresa con él y Lou, en la época en que había pensado casarse con él.

—Bueno, no puedo decir que aquella fuera mi cena más agradable en este establecimiento —reconoció Jack.

—Y tampoco la mía —convino Laurie—. La razón por la que me he acordado es que, justo ayer, Lou me lo mencionó y me dijo que tú y él estabais celosos.

—¿De veras? ¡Qué sabrá Lou!

—Quería decírtelo para que lo supieras. Nunca pensé que fueras celoso.

El camarero volvió con la cerveza de Jack y un cesto con pan.

—¿Quieren que les diga lo que tenemos como platos del día o prefieren esperar?

—Creo que esperaremos un momento —contestó Laurie.

—Llámenme cuando quieran —dijo el camarero de buen humor. Jack y Laurie lo vieron desaparecer camino de la cocina.

—Siento haberte dado a entender esta mañana que cenar contigo me suponía un sacrificio —dijo Jack cuando volvieron a mirarse—. No pretendía herir tus sentimientos, solo ser gracioso.

—Gracias por tus disculpas. En circunstancias normales no habría reaccionado como lo hice. Me temo que últimamente no veo las cosas con mucho sentido del humor.

—Bueno, no tuve la oportunidad de explicarte que Mulhausen estaba limpio, tal como sospechabas, y no presentaba patología alguna. Hablando de Lou, deberías saber que le dije que tu idea del asesino en serie me parecía cada vez más convincente y que su departamento debería seguirle la pista.

—¿De verdad? ¿Y qué te contestó?

—Quería saber cuál era la postura oficial de la oficina forense, y se lo dije.

—¿Y?

—Me comentó que, si la oficina forense y el hospital no están dispuestos a actuar, y que si además el ayuntamiento presiona en ese sentido, se va a encontrar con las manos atadas.

—Pues yo voy a intentar cambiar eso consiguiendo una lista de posibles sospechosos.

—¿De sospechosos de verdad? ¡Uau! Eso sin duda cambiaría el panorama. Tiene gracia que me lo digas, porque se me han ocurrido algunas ideas.

—Seguro que son interesantes.

—Aunque esa serie de muertes parecen contraproducentes

para los intereses de una compañía sanitaria, hay algunos aspectos que podrían vincularlos con el fenómeno de la sanidad concertada.

—Te escucho.

—La sanidad concertada tiene que ser agresiva y a menudo se hace con el control de instituciones y especialistas de forma hostil. Tu asesino en serie podría ser alguien disgustado con AmeriCare, igual que yo. Debo reconocer que se me ocurrieron ciertos pensamientos homicidas cuando AmeriCare se hizo con mi consulta. De no ser por ellos, seguiría siendo un tradicional oftalmólogo del Medio Oeste, vestido con su traje de cuadros y luchando por llevar a mis hijas a la universidad.

—Poco importa la cantidad de veces que me hayas contado la historia de tu vida anterior. No consigo hacerme a la idea. Estoy segura de que no te reconocería.

—Yo tampoco me reconocería.

—Pero tu observación es buena. Un médico con privilegios de acceso en el Manhattan General y en el St. Francis es uno de los perfiles sospechosos en los que he pensado. ¿Cuál es tu otra idea?

—¡Competencia entre empresas de sanidad! Se trata de un negocio a muerte. Ya sabes que las dos principales compañías, National Health y AmeriCare, ya se han enfrentado en el pasado, y que sus enfrentamientos han sacado a la luz sorprendentes maquinaciones. Sé que National Health ha cedido Nueva York a su competidora, pero podría haber cambiado de opinión. Provocar el descrédito de AmeriCare, que es lo que se puede conseguir tarde o temprano con tu serie de asesinatos, representaría sin duda una gran victoria para National Health. Según mi razonamiento, puede estar implicado cualquier individuo o grupo deseoso de ver cómo se hunden las acciones de AmeriCare porque, una vez corra la noticia de asesino múltiple, los inversores abandonarán el barco en masa.

—¡Bien visto! —admitió Laurie—. La verdad es que no se me había ocurrido ninguna de esas posibilidades. Gracias.

—No me las des.

Jack bebió un largo trago de cerveza directamente de la botella mientras Laurie tomaba un sorbo de agua. El restaurante se estaba despertando de su letargo. Habían llegado más comensales, y en la barra se había reunido una multitud que elevaba el nivel de ruido con sus charlas y risas.

Percatándose de la pausa de Laurie y Jack en su conversación, el camarero se acercó para preguntar si querían pedir. Después de intercambiar una mirada para ver si al otro le parecía bien, Jack y Laurie asintieron; eso dio pie a una notable actuación por parte del camarero, que se lanzó a una interminable recitación con todo lujo de detalles de los platos del día. A pesar de lo tentador de la lista, Laurie se conformó con una ensalada, y Jack pidió calamares, ambos del menú normal.

Cuando el camarero se hubo marchado, Jack miró a Laurie a los ojos. Ella tenía la vista en el plato y los cubiertos, que colocaba y recolocaba cuando ya estaban perfectamente colocados. Jack se dio cuenta de que se sentía tensa. Pasaron unos minutos. Lo que había parecido una simple pausa en la conversación, le pareció que se convertía en un incómodo silencio. Se movió en el duro asiento y, tras lanzar una rápida ojeada para asegurarse de que nadie les prestaba atención, rompió el silencio.

—¿Cuándo te gustaría hablar de ese «algo» tan importante que nos afecta a ti y a mí? ¿Es un asunto para los entrantes, el plato principal o para el postre?

Laurie alzó la mirada. Jack intentó leer en sus ojos, verdeazulados, pero no supo averiguar si estaba triste o angustiada. Sus especulaciones acerca de lo que ocurría iban desde que Laurie quería arreglar las cosas entre los dos, tal como Lou había dicho, hasta que iba a anunciarle su compromiso con su amiguito de apellido francés. El hecho de que ella mantuviera el misterio estaba empezando a ponerlo nervioso.

—Si no es mucho pedir te agradecería que evitaras los comentarios sarcásticos. Estoy segura de que salta a la vista que estoy pasando un mal momento, de modo que podrías mostrar un poco de respeto.

Jack respiró hondo. Que le ordenaran abandonar su arma de

defensa psicológica más poderosa justo en la situación en que más creía necesitarla no era cosa fácil.

—Lo intentaré —convino—. Pero se me han agotado las ideas intentando adivinar de qué va todo esto.

—Primero, deja que te diga que ayer me comunicaron que soy portadora del marcador del gen BRCA-1.

Jack contempló a su antigua amante mientras una miríada de pensamientos se agolpaba en su cerebro. Junto a sentimientos de preocupación y simpatía figuraba uno menos noble: el alivio. Egoístamente sabía que era más capaz de enfrentarse al problema del BRCA-1 que a la idea de que Laurie fuera a casarse.

—¿No vas a decir nada? —preguntó ella al cabo de un rato.

—¡Lo siento! La noticia me ha pillado desprevenido. No sabes cuánto lamento que tengas el gen; pero, viéndolo por el lado positivo, sigo creyendo que es mejor que lo sepas.

—En estos instantes no estoy tan convencida.

—Yo sí. No tengo la menor duda. Por el momento, simplemente significa que tendrás que hacerte más controles, por ejemplo mamografías todos los años. Recuerda que, aunque el marcador dice que tienes más riesgo de desarrollar cáncer antes de los ochenta años, tu madre, cuya mutación sin duda compartes, no lo ha desarrollado hasta poco antes de esa edad.

—Eso es cierto —repuso Laurie reconociendo que Jack tenía razón. Su rostro se había iluminado—. Mi abuela materna, que también tuvo un cáncer de pecho, no lo desarrolló hasta los ochenta; y ninguna de mis tías lo ha tenido, al menos por el momento.

—Bien, ahí lo tienes —dijo Jack—. Me parece que está bastante claro que la mutación de la que tu familia es portadora determina un desarrollo octogenario de la enfermedad.

—Puede ser —contestó Laurie refrenando su optimismo—, pero no hay prueba que confirme esa afirmación, que no tiene en cuenta el aumento del riesgo de tener un cáncer de ovarios.

—En tu familia, ¿se ha dado algún caso de cáncer de ovarios?

—No que yo sepa.

—Pues me parece una estupenda información.

—Puede —repuso Laurie jugando nuevamente con los cubiertos.

Jack tomó otro trago de su helada cerveza. Se sentía acalorado y se preguntó si su rostro lo reflejaría. Metió un dedo por el cuello de la camisa y se lo apartó del sudoroso cuello. Se moría de ganas de quitarse la corbata, pero con lo elegante que iba Laurie no se atrevió. Lo que lo inquietaba era la forma en que ella había planteado el asunto del BRCA-1. Había dicho «primero» y eso le hacía temer que hubiera un «segundo».

En ese momento llegaron la ensalada y los calamares. El camarero sirvió la comida, arregló la mesa y la limpió rápidamente de migas antes de alejarse. El hombre no había protestado por lo exiguo del pedido, lo cual recordó a Jack que una de las cosas que le gustaba de Elios era que nadie le metía prisas para que acabara y poner un nuevo cliente a la mesa, como sucedía a menudo en los restaurantes de moda.

Tras saborear algunos calamares y tomar un poco más de cerveza, Jack se aclaró la garganta. Por superstición no deseaba formular la pregunta, pero la intriga lo estaba matando.

—¿Había algo más que querías contarme esta noche o era solo el problema del BRCA-1?

Laurie soltó el tenedor y lo miró a los ojos.

—Hay algo más. Quería decirte que estoy embarazada.

Jack tragó saliva, ladeó ligeramente la cabeza como si algo acabara de rozarle el cuero cabelludo y dejó la cerveza en la mesa sin dejar de mirar a Laurie. Que ella estuviera embarazada era lo último que había esperado oír. Su mente era un torbellino de confusión. Volvió a carraspear.

—¿Quién es el padre?

El rostro de Laurie se ensombreció con la velocidad de una tormenta de verano, y se puso en pie tan bruscamente que tiró la silla hacia atrás. El estruendo hizo que las conversaciones del restaurante cesaran de golpe. Arrojó la servilleta en el plato de la ensalada y dio media vuelta dispuesta a tomar el camino de la puerta. Jack, que inicialmente había retrocedido ante aquella demostración de furia, recobró la iniciativa lo suficiente para coger a Laurie del brazo. Ella dio un tirón, pero él no la soltó.

—¡Lo...! ¡Lo siento! —balbuceó y añadió apresuradamente—: ¡No te vayas! Tenemos que hablar, y sin duda mi primera pregunta no ha sido la más diplomática.

Laurie dio un nuevo tirón para liberar el brazo, pero con menos energía que antes.

—¡Por favor, siéntate! —dijo Jack en el tono más calmado y firme del que fue capaz.

Como si de repente tomara conciencia de dónde se hallaba, Laurie miró a su alrededor y vio que los clientes del restaurante estaban inmóviles, con los ojos fijos en ella. Se volvió hacia Jack y asintió. Como si le hubieran hecho una señal, el camarero pareció surgir de la nada, le colocó la silla y se llevó el plato de ensalada con la servilleta. Laurie tomó asiento. Tan pronto como lo hubo hecho, las conversaciones en la sala se reanudaron como si nada hubiera ocurrido. Los neoyorquinos eran gente acostumbrada a los imprevistos y los tomaban tal como llegaban.

—¿Desde cuándo lo sabes? —preguntó Jack.

—Lo sospeché ayer, pero no he tenido la confirmación hasta esta mañana.

—¿Estás preocupada por ello?

—¡Claro que lo estoy! ¿No lo estás tú?

Jack asintió y se produjo una pausa mientras reflexionaba.

—¿Qué piensas hacer?

—¿Te refieres a si pienso tener el niño? ¿Es eso lo que estás planteando con tu maldita pregunta?

—Laurie, solo estamos hablando. No tienes por qué enfadarte.

—Tu primera pregunta, tal como la llamas, dio en el blanco equivocado.

—Es evidente que sí; pero, si tenemos en cuenta que has estado teniendo lo que desde fuera parece un apasionado romance, mi pregunta no resulta tan inapropiada.

—Pues teniendo en cuenta que no he tenido relaciones con Roger Rousseau, a mí me parece de lo más grosera.

—¿Y cómo quieres que lo sepa? Durante las últimas semanas he intentado varias veces llamarte por la noche. Una noche estuve insistiendo hasta tarde y sin éxito, lo cual me hizo pensar que no estabas en casa.

—Me he quedado en casa de Roger en un par de ocasiones —reconoció Laurie—, pero nunca hubo sexo de por medio.

—Eso suena a curiosa distinción, pero sigamos con el asunto.

El camarero reapareció con un nuevo plato de ensalada y una servilleta limpia. En un alarde de perspicacia, lo dejó todo y se marchó.

—¿De cuánto estás? —preguntó Jack.

—De seis semanas, aunque mi ginecóloga diría que de siete. No tengo la menor duda de que ocurrió la última noche que estuvimos juntos, lo cual resulta bastante irónico, ¿no te parece?

—Sorprendente es el adjetivo que mejor se me ocurre. ¿Cómo pudo pasar?

—Espero que no me estés echando la culpa. No sé si lo recuerdas, pero el día antes me preguntaste sobre mi período. Yo te dije que era seguro hacerlo, pero por poco. Cuando hicimos el amor era ya al día siguiente, y desde luego ya no era seguro.

—¿Y por qué no pusiste un límite a nuestras relaciones?

Laurie fulminó a Jack.

—Estás consiguiendo ponerme furiosa de nuevo. Parece que me hagas responsable. Sin embargo, ¿sabes una cosa?, la decisión de hacer el amor la tomamos los dos, no solo yo; y los dos conocíamos la situación.

—Tranquilízate —dijo Jack con ánimo de apaciguar—. No te estoy culpando. De verdad. Únicamente intento entenderlo. Tu embarazo me ha pillado totalmente por sorpresa. En el pasado habíamos hecho lo necesario para evitarlo. ¿Por qué la hemos pifiado ahora?

La mirada de Laurie se suavizó. Respiró hondo y dejó escapar un largo suspiro.

—Bueno, llegados a este punto, lo mejor es que seamos completamente sinceros. Aquella mañana, cuando se me ocurrió que quizá podíamos acabar haciendo el amor, pensé que corríamos un riesgo y estaba segura de que tú también lo sabías. En mi opinión, y teniendo en cuenta que estaba en mi décimo día, las posibilidades no eran muchas, pero existían de todos modos. El riesgo me pareció aceptable por lo mucho que deseaba tener una familia contigo. En cuanto a ti, pensé que en el fondo del corazón compartías mi misma idea de que un niño te ayudaría a dejar atrás definitivamente el pasado para poder empezar una nueva vida. Puede que estuviera proyectando en exceso mis sentimientos en ti. No lo sé, pero este es el resumen de lo que sentía.

Jack meditó con aire abstraído sobre lo que Laurie había dicho. La vida le había planteado alguna que otra situación complicada, y aquella era una más. La sorpresa de ser probablemente padre de una criatura lo había pillado con la guardia baja. También le aterrorizaba, principalmente porque temía quererla demasiado y que eso le hiciera tanto daño como en el pasado. Perder a toda su familia había sido el trago más amargo de su vida, y dudaba que pudiera sobrevivir a otro. Sin embargo, por encima de aquellas angustiosas reflexiones, había un pensamiento más positivo. Si algo había aprendido en las últimas y desdichadas cinco semanas, era que amaba a Laurie más de lo que estaba dispuesto a reconocer. Cómo iba a pesar eso en aquella situación, no lo sabía; como tampoco sabía qué sentía ella acerca de su pareja de entonces.

—No sé si me gustan estos silencios tuyos —dijo Laurie—. No solamente no son propios de ti, sino que necesito una respuesta; lo que sea, aunque resulte mala. Necesito saber qué sientes. Tenemos que tomar algunas decisiones; pero, si no quieres saber nada de esto, dímelo porque entonces las tomaré yo sola.

Jack asintió.

—Claro que quiero participar, pero esto es un poco injusto. Se me hace difícil asimilar semejante noticia de golpe y tener que responder en el calor del momento. De hecho, me parece poco razonable por tu parte que lo esperes. Habría preferido que me lo dijeras cuando lo supiste, y haber tenido así la oportunidad de meditarlo los dos juntos. De ese modo, en esta cena podríamos haber compartido nuestros pensamientos.

—Tienes cierta razón —reconoció Laurie—. No es mi intención ponerte en la picota, aunque me gustaría que respondieras como espero.

—¿Y cómo esperas que responda?

Laurie tendió la mano y cogió el antebrazo de Jack.

—No voy a poner palabras en tu boca si no es para confiar en que este acontecimiento pueda ser beneficioso y ayudarte a abandonar tu actitud doliente. Tener un hijo no supone menoscabar el recuerdo de tu anterior familia. De todas maneras, vete a casa y piénsalo. Me toca guardia este fin de semana, de modo que si no estoy en el apartamento, me encontrarás en la oficina. Esperaré tu llamada.

—Me parece bien —contestó Jack en tono cansado.

—¡Eh!, no te deprimas por mí —lo reprendió Laurie.

—No pienso deprimirme, pero te diré una cosa: ya no tengo apetito.

—Ni yo —admitió Laurie—. Demos por concluida la noche. Estamos los dos agotados. —Levantó la mano y el camarero acudió a toda prisa.

16

Roger se echó hacia atrás y alzó los brazos hacia el techo. Los tenía rígidos después de haber pasado horas leyendo en la mesa de la sala de reuniones del Departamento de Recursos Humanos del hospital St. Francis. Agrupadas en pequeños montones por toda la mesa, había numerosas páginas salidas de la impresora y un CD recién grabado. Sentada ante él, se hallaba la jefa del departamento, Rosalyn Leonard. Era una llamativa mujer, alta, de negros cabellos y piel de porcelana, que al principio lo había intimidado mostrándose inmune a sus encantos, cosa que él se tomó como algo personal. Para Roger resultaba sumamente importante aparecer atractivo a los ojos de las mujeres que le gustaban. Sin embargo, la persistencia daba resultados y, con el paso de las horas, había acabado prevaleciendo. Al principio muy lentamente, la mujer empezó a mostrarse menos distante hasta que, durante la última media hora, por fin se había decidido a corresponder al coqueteo. A Roger no se le había escapado el hecho de que no llevaba anillo de casada y al atardecer ya le había preguntado sobre su situación. Al enterarse de que estaba soltera y sin compromiso, consideró la posibilidad de invitarla a cenar, pensando especialmente en que las cosas con Laurie pudieran salir mal.

Cuando salió del Manhattan General camino de Queens a primera hora de la tarde, el trayecto le había parecido como un regreso al hogar porque el hospital se hallaba en el lado este de Rego

Park, que estaba a tiro de piedra de la zona de Forest Hills donde había crecido. Aunque hacía bastante que sus padres habían muerto, todavía tenía tías y tíos que vivían en el barrio de su infancia. Mientras miraba por la ventanilla del taxi que circulaba por Queens Boulevard, pensó incluso en pasar a visitarlos una vez que hubiera acabado con lo que tenía entre manos.

Había hecho avances significativos. Su reunión con Bruce Martin, que dirigía el Departamento de Recursos Humanos del Manhattan General, había resultado fructífera, aunque no desde el primer momento. Cuando Roger le preguntó directamente por el archivo de empleados, Bruce le contestó que había un montón de normativas federales que restringían el acceso a ese tipo de información. Aquello había obligado a Roger a ser creativo en sus peticiones asegurando que, en su condición de jefe del personal médico, estaba realizando un estudio sobre las relaciones entre los médicos y el resto del personal de apoyo y vigilancia, especialmente con los empleados más recientes, y más concretamente del turno de noche, cuando, según sus propias palabras, el hospital funcionaba con el «piloto automático». En todo momento Roger evitó mencionar el verdadero objetivo de sus averiguaciones.

Cuando salió del despacho de Bruce, este le había prometido una lista de los empleados desde mediados de noviembre, sobre todo los que trabajaban en el turno de once de la noche a nueve de la mañana. Por la mente de Roger había cruzado una sombra de inquietud al dar una fecha tan arbitraria para los nuevos empleados porque pensó que despertaría la suspicacia de Bruce, pero este simplemente tomó nota sin hacer preguntas y le prometió que tendría la lista antes de marcharse aquella tarde y que se la dejaría en su mesa.

Lo siguiente que Bruce había hecho fue llamar a Rosalyn Leonard, su homónima en el cargo en el St. Francis, para avisarle de la visita de Roger y ponerla en antecedentes de lo que este necesitaba. En aquellos momentos, Roger no sabía lo inapreciable que iba a resultar aquel gesto: de haberse presentado directamente, tal como tenía pensado hacer, no habría conseguido nada de Rosalyn. No le cabía la menor duda de que se habría mostrado hosca y poco dispuesta a colaborar. Gracias a la llamada de Bruce, ella ya había adelantado el trabajo cuando él llegó. Al final resultó que conseguir las listas que solicitaba requería acceder a fuentes distintas; y le sorprendió que los distintos departamentos de AmeriCare funcionaran como feudos individuales dentro de las limitaciones de sus respectivos presupuestos.

Otra cosa que Roger había conseguido antes de salir del Manhattan General fue que Caroline empezara a reunir la lista del personal médico, con especial interés en los profesionales que disponían de privilegios de acceso tanto en el St. Francis como en el Manhattan General. Roger ya se había molestado en comprobar si esa información estaba disponible consultando los archivos individualmente, pero desgraciadamente era incompleta. Su secretaria le prometió hacer lo posible, ya que no estaba especialmente codificada y le dijo que algo conseguiría porque tenía un amigo informático que trabajaba en el hospital y sabía el modo de conseguir lo imposible.

—Bueno, ahí lo tiene —dijo Rosalyn empujando por la mesa un pequeño montón de hojas hacia Roger y dándole una palmadita—. Aquí está la lista completa de todos los empleados del St. Francis hasta mediados de noviembre, con una anotación especial para los del turno de noche; una lista de los empleados del St. Francis que se marcharon o fueron despedidos entre mediados de noviembre y mediados de enero; una lista de nuestro personal profesional a tiempo completo, también hasta mediados de noviembre; y por último, otra de los profesionales con privilegios de admisión. ¿Es eso todo lo que necesita para su estudio? ¿Qué hay de los nuevos empleados a partir de mediados de noviembre?

—No los necesito —contestó Roger—. Creo que con esto tengo bastante para lo que he pensado. —Miró las páginas que contenían los nombres de todos los empleados del hospital hasta mediados de noviembre y meneó la cabeza con sorpresa—. No imaginaba que fuera necesaria tanta gente para llevar un hospital norteamericano. —Deseaba desviar la conversación de su ficticio estudio. Con lo perspicaz que era Rosalyn, la creía capaz de intuir fácilmente el engaño.

—Como todos los demás centros de AmeriCare, estamos en la parte descendente de la curva —repuso ella—. Al igual que en todas las compañías dedicadas a la sanidad concertada, lo primero que hace AmeriCare cuando se queda un hospital es reducir el personal de todos los departamentos. Yo lo sé bien, porque me correspondió la poco envidiable tarea de tener que entregar un montón de cartas de despido.

—Seguro que no fue agradable —comentó Roger en tono inconscientemente compasivo. Dejó a un lado la primera lista y echó un vistazo a la de los empleados que habían abandonado el St. Francis. También era más larga de lo que había previsto y menos detallada de lo que deseaba, en especial acerca de qué personas trabajaban en qué turnos, si habían sido despedidas o se habían marchado de mutuo acuerdo y adónde habían ido—. Me sorprende que haya tanta rotación. ¿Es representativo?

—En términos generales, sí; pero puede que esté en la franja alta porque el período que le interesa abarca las fiestas. Si alguien está pensando en cambiar de trabajo y quiere tomarse un poco de tiempo entre uno y otro, las vacaciones son una época adecuada y previsible.

—Y parece que se trata básicamente de enfermeras.

—Por desgracia, esa es la verdad. Sufrimos una acuciante falta de enfermeras, lo cual les permite tener la sartén por el mango. Estamos contratando enfermeras constantemente, y los demás hospitales contratan a las nuestras como si se tratara de un tira y afloja. Incluso nos hemos visto obligados a buscar candidatas en el extranjero.

—¿En serio? —preguntó Roger. Sabía que Estados Unidos atraía médicos de países extranjeros que acudían para completar su formación y después se quedaban; sin embargo, no sabía que también ese fuera el caso de las enfermeras. Teniendo en cuenta las necesidades de los países en vías de desarrollo, le parecía como mínimo cuestionable—. La lista no dice adónde fueron.

Rosalyn meneó la cabeza.

—Esa información no se introduce en nuestra base de datos. Puede que figure en el archivo del sujeto en cuestión por si solicita que enviemos una carta de recomendación o si nos llega alguna pregunta desde otro centro. Sin embargo, como usted bien sabe, tenemos que ser reservados con estos archivos. A menos que contemos con el permiso del interesado, siempre existe el riesgo de que nos pongan una demanda.

Roger asintió.

—¿Qué pasa si para el estudio tengo que formular alguna pregunta sobre esos individuos? Hablo de preguntas sobre sus expedientes en lo que se refiere a su labor en general mientras estuvieron aquí, de cosas como su relación con los compañeros de trabajo o si se les aplicó alguna sanción disciplinaria por el motivo que fuera.

—Eso será complicado —contestó Rosalyn mientras asentía como si estuviera de acuerdo consigo misma—. Ese estudio que pretende realizar, ¿es para el consumo interno o tiene intención de publicarlo?

—No, en absoluto. Es para consumo interno y su acceso será restringido salvo para los más altos niveles administrativos. En ningún caso se publicará.

—En ese caso quizá pueda ayudarlo, pero necesito el visto bueno del presidente o del consejo de gobierno. ¿Quiere que se lo presente el lunes que viene? Esa será la primera oportunidad que tendré.

—No. No se moleste —dijo Roger rápidamente. Lo último que deseaba era que dos presidentes se pusieran en contacto para comentar el supuesto estudio—. Será mejor que no haga nada hasta que yo vea si necesito alguna otra información personal sobre esa gente. La verdad es que no lo creo.

—Bueno, si la necesita, avíseme con tiempo.

Roger asintió. Estaba impaciente por cambiar de tema. Carraspeó y finalmente formuló la pregunta clave que tenía en la cabeza:

—¿Cuáles de estos empleados que dejaron el St. Francis pasaron después al Manhattan General?, es decir, ¿cuáles siguieron en la gran familia AmeriCare? ¿Disponemos de esa información?

—Que yo sepa, no. Como usted sabe, AmeriCare dirige sus centros como unidades independientes. Las únicas economías de escala se refieren al precio y origen de los suministros básicos. Si un trabajador del St. Francis nos deja y se va al Manhattan General, para nosotros es lo mismo que si se hubiera marchado a un centro que no fuera de AmeriCare.

Roger asintió de nuevo. Se estaba dando cuenta de que iba a enfrentarse a un largo cotejo cuando volviera a su oficina. Las posibilidades de que esa noche tuviera algo que llevar a Laurie a su apartamento como excusa para estar juntos eran cada vez menores. Miró la hora en su reloj: las siete menos cuarto. La ventana que había a espaldas de Rosalyn se veía completamente oscura. Hacía rato que era de noche.

—Me temo que la he entretenido más tiempo del debido —dijo, sonriendo amablemente—. No sabe cuánto le agradezco su ayuda, pero me temo que me siento culpable porque hoy es viernes por la noche y estoy seguro de que tiene cosas mucho más interesantes y agradables que hacer.

—Para mí ha sido un placer ayudarle, doctor Rousseau. Bruce habló muy bien de usted cuando me llamó. Tengo entendido que estuvo usted con Médicos sin Fronteras.

—Eso me temo —contestó modestamente—. Pero llámame Roger.

—Gracias, doctor —dijo Rosalyn que enseguida se rió de sí misma—. Perdón, quería decir «gracias, Roger».

—No me des las gracias. Soy yo quien debería dártelas.

—He leído acerca de la labor que desarrolla en todo el mundo Médicos sin Fronteras y estoy impresionada.

—Sí. En todas partes, y especialmente en los puntos más conflictivos, hay gran necesidad de servicios médicos. —A Roger le complacía que la conversación hubiera tomado un giro tan personal.

—No me cabe duda. ¿Dónde estuviste durante el servicio?

—En el Pacífico Sur, en el Extremo Oriente y en África. Una

combinación de junglas impenetrables y áridos desiertos. —Roger sonrió. Sabía cómo explicar su historia y, tal como había sucedido con Laurie, era un estupendo reclamo a la hora de ligar.

—Me suena a película. ¿Qué te hizo dejar Médicos sin Fronteras y volver a Nueva York?

La sonrisa de Roger se ensanchó y respiró hondo antes de abordar la *pièce de résistance* de su regreso.

—Fue el darme cuenta de que no iba a poder cambiar el mundo. Lo intenté, pero no lo conseguí. Después, igual que un ave migratoria, sentí la necesidad instintiva de regresar al nido para formar familia. Ya ves, crecí en Brooklin en un barrio próximo, en Forest Hills.

—¡Qué romántico! ¿Y has encontrado ya a la afortunada dama?

—No he podido. He estado demasiado ocupado situándome y adaptándome a vivir en el mundo civilizado.

—Bueno, estoy segura de que no tendrás ningún problema —repuso Rosalyn reuniendo los papeles de donde había seleccionado las listas que había entregado a Roger—. Apuesto a que tienes fascinantes historias que contar de tus viajes.

—Desde luego —contestó Roger, encantado y aliviado porque se daba cuenta de que había despertado el interés de Rosalyn—. Si me permites que te invite a cenar, estaré encantado de contarte las menos espeluznantes. Es lo menos que puedo hacer después de haberte tenido aquí hasta tan tarde. Claro, eso suponiendo que estés libre. ¿Me harías el honor?

Momentáneamente azorada, Rosalyn se encogió de hombros.

—Supongo.

—Entonces está hecho —dijo Roger estirando las piernas y poniéndose en pie—. Había por aquí un restaurante italiano, en Rego Park, que en los años cincuenta era un lugar de encuentro de la mafia local. La última vez que estuve, y de eso hace una eternidad, la comida era fantástica, por no hablar de la carta de vinos. ¿Te apetecería ir a ver si todavía existe?

Rosalyn se encogió de hombros nuevamente.

—Suena interesante, pero no quiero andar por ahí hasta tarde.

—Yo tampoco. Caramba, esta noche tengo que volver a la oficina.

—¿Es usted Jasmine Rakoczi?

Jazz interrumpió las repeticiones de uno de sus ejercicios favoritos. Estaba tumbada, boca abajo, trabajando las nalgas y las pantorrillas. Giró la cabeza y vio que había alguien de pie al lado de la máquina que estaba utilizando. Curiosamente, los pies y las piernas eran de una mujer y no de un hombre. Se quitó los auriculares y se volvió para ver a su interlocutora, pero no distinguió gran cosa porque esta recibía a contraluz el resplandor de los fluorescentes del techo.

—Lamento molestarla —añadió la figura sin facciones.

Jazz no podía creer que alguien la hubiera interrumpido en plena sesión; pero lo que más la irritó fue tener que sacar los pies de la máquina y sentarse para encararse con una de las chicas de recepción a la que había visto al entrar.

—¿Qué coño pasa? —preguntó secándose el sudor de la frente con la toalla.

—Hay un par de caballeros en la entrada —explicó la joven—. Dice que han de verla sin falta, pero el señor Horner no ha querido dejarlos pasar hasta aquí.

Un leve pero gélido escalofrío recorrió la espalda de Jazz, y por su mente cruzó la inesperada visita del señor Bob y del señor Dave la noche anterior. Algo debía ocurrir, porque no era propio de ellos presentarse en un lugar público como aquel.

—Ahora salgo —contestó Jazz. Tomó un trago de su botella de agua y contempló a la empleada salir de la sala de máquinas. Su primer pensamiento fue que su Glock seguía en el bolsillo del abrigo que había dejado en su taquilla. Si iba a tener problemas, quería la pistola; pero ¿por qué iba a tenerlos? Lo de Mulhausen había ido como la seda. Lo único que se le ocurrió fue que tuviera que ver con la investigación de Susan Chapman. Como al resto del personal del turno de noche, dos detectives de aire fatigado la habían interrogado por cuestión de rutina; pero todo había salido bien según las conversaciones que había oído en la sala de enfermeras. El rumor hablaba pura y simplemente de un asalto con robo. El servicio de seguridad del hospital había insistido en que iba a hacer un gran esfuerzo para reforzar las patrullas, especialmente en los cambios de turno.

Jazz caminó rápidamente hacia la puerta. De tan preocupada que estaba, ni siquiera reparó en los hombres que la miraban. Sin perder tiempo volvió al vestuario y cogió una Coca-Cola en la entrada, abrió su taquilla, sacó el abrigo, se lo puso encima de las mallas de gimnasia y metió la mano en el bolsillo para aferrar la Glock.

Con la pistola en una mano y la Coca-Cola en la otra, Jazz abrió con el hombro la puerta que daba al vestíbulo. Más allá del mostrador de recepción había una espaciosa zona para sentarse; y detrás, el bar y el restaurante. Incluso había una pequeña tienda de artículos de deporte.

Estudió rápidamente a la gente y, al no distinguir al señor Bob ni al señor Dave, se dirigió al mostrador y preguntó a la recepcionista quién deseaba verla. Ella señaló a dos hombres medio ocultos tras unos periódicos. Claramente no eran el señor Bob ni el señor Dave. A juzgar por el aspecto de sus zapatos y pantalones, podrían haber sido un par de mendigos sin techo.

—¿Está segura de que han preguntado por mí? —preguntó, inquieta ante la posibilidad de que se tratara de un par de detectives de incógnito buscando pistas para el caso Chapman. Resignada, se encaminó hacia donde los hombres estaban sentados. Su mano seguía aferrando la Glock en el bolsillo.

—Hola —dijo en tono irritado—. Me han dicho que deseaban verme.

Los dos hombres bajaron sus periódicos, y Jazz notó que el rostro se le encendía y que la sangre le martillaba las sienes. Fue lo único que le impidió desenfundar la pistola. Uno de ellos era su padre, Geza Rakoczi, que al igual que su acompañante llevaba una barba de dos días.

—Jasmine, cariño, ¿cómo estás? —preguntó Geza.

Jazz pudo oler el alcohol en su aliento a pesar de tener de por medio una mesa llena de revistas. Sin responder, miró al otro hombre. No lo había visto nunca.

—Este es Carlos —aclaró Geza notando la dirección de la mirada de su hija.

Jazz se volvió hacia su padre. Hacía años que no sabía nada de él y había confiado en que se hubiera ahogado en alcohol.

—¿Cómo me has encontrado?

—Carlos tiene un amigo que es muy hábil con los ordenadores. Dice que es capaz de encontrar lo que sea mediante internet, así que le pedí que te localizara. Me dijo que has jugado varias partidas on-line y que frecuentas algo que se llama Chatroom. Yo no entiendo nada de esa basura, pero el caso es que te encontró e incluso se enteró de que eres socia de este gimnasio. —Los ojos de Geza se pasearon por la recepción—. Bonito sitio. Estoy impresionado. Estás haciendo las cosas bien, niña.

—¿Qué estás haciendo aquí? —preguntó Jazz.

—Bueno, para decirte la verdad, necesito un poco de dinero y sabiendo que eres enfermera y todo eso, se me ocurrió venir a pedírtelo. Ya ves, tu madre ha muerto. Que Dios guarde su alma. He de conseguir un poco de dinero o de lo contrario la enterrarán en cualquier basurero en una simple caja de pino.

Por un momento, lo único que Jazz fue capaz de ver en su mente fueron los quince dólares que había ganado limpiando de nieve las aceras. Recordar lo sucedido no hizo más que aumentar su furia. A pesar de la fuerza con la que sujetaba la Glock, fue lo bastante inteligente para sacar el dedo del gatillo.

—¡Sal de aquí ahora mismo! —espetó.

Dicho lo cual, dio media vuelta y se encaminó hacia el vestuario. Oyó que Geza la llamaba y lo siguiente que notó fue que él la agarraba por los hombros y tiraba de ella.

Jazz sacó la mano del bolsillo, por suerte sin la pistola —después se preguntaría cómo había podido ocurrir, ya que su intención había sido desenfundar el arma—, y le apuntó con el dedo.

—¡No vuelvas a tocarme nunca más! —gruñó—. ¡Y no vuelvas a molestarme! ¡Si lo haces, te mataré! ¿Te has enterado de lo que digo? ¡Es así de sencillo!

Jazz dio media vuelta y entró en los vestuarios. Oyó a su padre que la llamaba, pero no se detuvo, y él no la siguió. Volvió a su taquilla, abrió la combinación y guardó el abrigo. De regreso a la sala de máquinas, decidió reanudar las flexiones desde el principio, a pesar de que estaba a punto de acabar cuando la habían interrumpido.

Necesitaba el ejercicio para controlar su furia, y en ese momento le sirvió ampliamente. Cuando volvió al vestuario para ducharse, había recuperado el autodominio y casi podía encontrar algo de humor en la patética criatura en que su padre se había convertido. Se preguntó cuándo habría muerto su madre. Estaba sorprendida de que hubiera durado tanto, obesa como era.

Dado que se le hacía tarde después de haber doblado sus ejercicios, se duchó y se vistió a toda prisa. Al salir al vestíbulo miró a su alrededor y se sintió aliviada al ver que su padre había entendido el mensaje y se había largado.

Al acercarse a su coche no pudo menos que acordarse de la noche anterior, y lo primero que hizo después de abrir la puerta fue mirar en el asiento de atrás. No le había gustado nada que el señor Bob y el señor Dave la hubieran sorprendido de aquel modo. Le gustaba verse a sí misma como cauta y observadora.

Subió al asiento del conductor y se abrochó el cinturón, deseosa de hallar un poco de diversión camino del hospital. Desafiar a los taxistas era una buena manera de disipar los restos de ansiedad que le quedaban tras la visita de su padre. Mientras se ponía en la breve cola para salir del aparcamiento sacó la Blackberry. Habiendo recibido tres nombres las dos últimas noches, no esperaba gran cosa; aun así, prefería comprobarlo.

En el primer semáforo abrió la carpeta de mensajes. Para su deleite había uno del señor Bob. Lo abrió con expectación.

—¡Sí! —exclamó. En la pantalla aparecía otro nombre: Patricia Pruit.

Una sonrisa se le dibujó en el rostro. Todo iba bien. Al día siguiente, a la misma hora, el saldo de su cuenta ascendería a más de sesenta mil dólares.

Cuando el semáforo cambió, Jazz se anticipó al resto de coches y taxis. Nadie parecía dispuesto a retarla. Recostándose en el asiento, pensó en cómo la había localizado su padre. A pesar de que pasaba largos ratos en los Chat-room de internet, creía haber sido cuidadosa sobre su identidad y paradero, salvo las pocas ocasiones en que se había enganchado. Decidió que en lo sucesivo tendría más cuidado porque le gustaban los Chat-room y no estaba dispuesta a renunciar a ese placer. Únicamente era en internet donde encontraba gente como ella a la que realmente podía tratar, respetar e incluso amar. Era otro mundo comparado con el de los cretinos con los que tenía que tratar en la vida real.

La velada de Roger con Rosalyn resultó un éxito rotundo. El hecho de que ella se hubiera mostrado tan distante al conocerlo quedó ampliamente compensado por su actitud durante la cena, especialmente después de haberse tomado un par de copas de vino. Concluida la noche, Roger intentó dejarla en un taxi para que la llevara a casa, pero ella insistió en que lo compartieran y, cuando llegaron a su apartamento de Kew Gardens, empleó todas sus dotes de persuasión para convencerlo de que subiera a tomar una «taza de leche», expresión que Roger no había oído desde sus tiempos de la universidad.

Al final, y a pesar de besarla apasionadamente en la acera, Roger se resistió y mantuvo la mano en la puerta abierta del taxi. A pesar de sentirse tentado de aprovechar la hospitalidad de Rosalyn y todo lo que su nueva expresión corporal sugería, se recordó el trabajo que tenía planeado realizar en su oficina. Tenía la sensación de estar lanzado, y a pesar de que esa noche ya no tendría la oportunidad de entregarle nada a Laurie, el fin de semana no había hecho más que empezar.

Tras prometer que la llamaría, Roger subió al taxi y se despidió saludando con la mano por la ventanilla mientras Rosalyn se quedaba clavada en el sitio hasta que lo vio desaparecer. La excursión a Queens había tenido su recompensa. No solo había conseguido la mayor parte de la información que deseaba, sino que además había conocido a una mujer que era firme candidata a futuros e interesantes encuentros.

Cuando llegó al Manhattan General ya eran casi las once de la noche. Lo primero que hizo fue pasar por la cafetería y tomarse una taza de café de verdad. Al entrar en su despacho se sentía lleno de energía y se puso a trabajar con prontitud. A las dos de la madrugada había desbrozado buena parte de la información. La sugerencia de Laurie unida a su idea de cómo ampliarla se había demostrado sumamente fértil. De hecho, casi demasiado. Al empezar se había preguntado si lograría hallar algún sospechoso. En esos momentos tenía demasiados.

Se repantigó en su asiento y cogió la primera hoja que había impreso: una lista de los cinco médicos con privilegios de entrada tanto en el St. Francis como en el Manhattan General y que habían hecho uso de ellos en ambas instituciones en los últimos cuatro meses. La lista original de médicos con aquel doble privilegio era demasiado larga, y había optado por reducirla.

Como jefe del personal médico, Roger tenía acceso ilimitado a los credenciales y archivos de todos los médicos vinculados con el Manhattan General. Tres de los cinco de la lista habían tenido problemas disciplinarios. Dos de ellos habían sido calificados eufemísticamente como «disminuidos» por problemas de adicción, y, tras haber pasado por rehabilitación seis meses antes, se hallaban en régimen de prueba con respecto a sus privilegios. El sexto, el doctor Pakt Tam, se había visto envuelto en varias demandas por negligencia que todavía estaban pendientes de veredicto y que habían desembocado en muertes inesperadas pero que no estaban relacionadas con las series de Laurie. El hospital había intentado quitarle sus privilegios, pero él había recurrido y estos le habían sido restablecidos por los tribunales hasta que se fallara la sentencia.

El caso del doctor Tam había llevado a Roger a examinar a

los médicos cuyos privilegios habían sido eliminados o restringidos durante los seis meses anteriores, pensando en que quizá estuvieran enfadados, fueran perturbados, tuvieran ganas de vengarse o cualquier combinación de las tres cosas. Sus investigaciones arrojaron el nombre de ocho especialistas. El problema era que no tenía forma de saber si alguno de ellos había tenido relación con el St. Francis. Rápidamente escribió una nota para llamar a Rosalyn el lunes, la unió a la hoja de los ocho médicos y la dejó a un lado.

La idea de un médico con ansias de venganza le había hecho pensar en los posibles empleados disgustados con el hospital, en particular enfermeras u otros que tuvieran contacto directo con los pacientes. Si iba a considerar a los médicos, tendría que hacerlo también con el resto del personal, de modo que había tomado nota para hablar con Bruce para que le consiguiera una lista de los empleados despedidos antes de la fecha límite de noviembre y un año hacia atrás, y la había pegado en la lámpara para asegurarse de no perderla de vista. Llegado a ese punto, había empezado a desanimarse, pero había seguido.

El segundo grupo que tuvo en cuenta fueron los anestesistas. Tal como le había dicho a Laurie, y por las razones que ella había manifestado tan concretamente, consideraba que su dominio de ciertas áreas los convertía en los primeros sospechosos. Su intuición fue recompensada con unas cuantas posibilidades interesantes. Dos llamaron su atención de inmediato. Ambos especialistas trabajaban exclusivamente en el turno de noche, seguramente por elección propia. Uno era el doctor José Cabero, que tenía un historial como «disminuido» por el OxyContin, así como varias demandas por negligencia. El otro era el doctor Motilal Najah, una reciente incorporación a la plantilla proveniente del St. Francis. Roger había sacado copias de los historiales de ambos y marcado sus nombres con un asterisco. Esos papeles se hallaban justo ante él en la mesa. En su opinión, eran los sospechosos principales, con Najah por delante de Cabero. A pesar de que el expediente de Najah estaba limpio, la coincidencia de su traslado resultaba perfecta.

El último grupo que había examinado era el resto de empleados del hospital. Al comparar la lista de los que se habían marchado del St. Francis después de mediados de noviembre con la lista de los nuevos empleados del Manhattan General del mismo período, había obtenido un grupo de más de veinte personas. Al principio, la cantidad lo había sorprendido, pero cuando lo pensó mejor vio que tenía sentido: el Manhattan General era el buque insignia de AmeriCare, y si la compañía buscaba gente, tal como le había dicho Rosalyn, era normal que la mayoría de los profesionales y personal de apoyo prefirieran estar en él.

A pesar de sus limitaciones como detective aficionado, Roger se había dado cuenta enseguida de que veintitrés sospechosos eran demasiados. Para reducir el grupo, recurrió a la idea de Laurie de considerar solo los que habían trabajado en el turno de noche del St. Francis y se habían trasladado al mismo en el General. Con tan reducido margen no sabía si conseguiría algo, pero para su sorpresa así fue. Los siete nombres eran: Herman Epstein, de Farmacia; David Jefferson, de Seguridad; Jasmine Rakoczi, de Enfermería; Kathleen Chaudhry y Joe Linton, de Laboratorio; Brenda Ho, de Limpieza; y Warren Williams, de Mantenimiento.

Roger cogió la hoja con los siete nombres. Aunque figuraban más de los que había esperado, pensó que podría ocuparse de los siete. Al leerlos una y otra vez, no pudo evitar pensar en lo mucho que aquellos apellidos reflejaban la heterogeneidad étnica de la cultura norteamericana, y creyó poder rastrear los orígenes de todos ellos salvo de Rakoczi, aunque si se lo preguntaban habría dicho que era centroeuropeo. Miró los distintos departamentos a los que pertenecían y comprendió que todos ellos podían haber tenido contacto con los pacientes de un modo u otro, especialmente durante el turno de noche, cuando la vigilancia era mínima. Vagamente se preguntó si debía llamar a Rosalyn para que le consiguiera sus historiales del St. Francis. Puesto que había dado el primer paso de una relación con ella, quizá pudiera conseguir la información sin alarmarla, pero no tenía garantías. Sin embargo, ¿qué otra cosa podía hacer?

Dejó la lista al lado de la hoja de los anestesistas y miró el reloj. Eran las dos y cuarto de la madrugada. Meneó la cabeza; no recordaba la última vez que se había quedado trabajando hasta tan tarde, pero supuso que había sido haciendo las prácticas de residencia. Resultaba un poco deprimente pensar que casi toda la ciudad dormía, pero al menos no estaba cansado: la inyección de cafeína que se había dado en la cafetería seguía corriéndole por las venas, haciendo que se sintiera inquieto. Se dio cuenta incluso de que había estado dando golpecitos con el pie derecho. Pensó que ojalá fueran las diez de la noche en vez de las dos de la madrugada, porque con aquella lista de sospechosos podría haber llamado a Laurie y proponerle ir a verla a su piso. Por desgracia, semejante posibilidad estaba descartada. Con lo angustiada que estaba por el asunto del BRCA-1, él no estaba dispuesto a despertarla.

Al pensar en la hora, Roger se dio cuenta de que, por primera vez desde que estaba en el Manhattan General, se hallaba en el hospital durante el turno de noche, justo cuando se habían producido las extrañas muertes en las que él y Laurie estaban interesados. Con la cafeína haciendo efecto, dormir quedaba descartado; y, puesto que seguía con ánimo de sabueso, ¿por qué no subir a la quinta planta, donde se habían producido más de la mitad de las muertes, y buscar a alguno de sus «sospechosos»? Con aquella idea en la cabeza, cogió los expedientes de los dos anestesistas y la hoja con los siete nombres de los que habían pasado del turno de noche del St. Francis al turno de noche del Manhattan General. Volvió a leer los nombres y los retuvo en la memoria.

Estaba a punto de marcharse cuando pensó en algo más: dado lo embalado que estaba, sabía que estaría despierto casi toda la noche; y, puesto que necesitaba dormir, lo más probable era que no volviera al despacho hasta bien entrada la mañana. Por lo tanto, cogió el teléfono y marcó el número de la extensión de Laurie en Medicina Legal.

—Soy yo, Roger —dijo al buzón de voz—. Son más de las dos de la mañana. Tu idea sobre el St. Francis era correcta y ha dado como resultado un montón de posibles sospechosos, desde luego más de los que yo esperaba, así que tengo que concederte todo el mérito. Espero con impaciencia poder compartir mis averiguaciones contigo. Quizá podríamos quedar para cenar mañana. Por el momento, voy a seguir haciendo de detective y echaré un vistazo a la planta de cirugía, a ver si me encuentro con algunos de los que aparecen en mi lista mientras están trabajando. Como anticipo, deja que te diga que a uno de los anestesistas del turno de noche, un tal Motilal Najah, lo entrevisté personalmente cuando presentó su solicitud para venir a trabajar con nosotros. El caso es que se me había olvidado que iba a llegar del St. Francis justo después de las fiestas de Navidad. ¿Crees que será una coincidencia? Y él solo es la punta del iceberg. En fin, el caso es que aún estaré unas cuantas horas por aquí, de modo que no creo que vuelva a mi oficina antes del mediodía o la tarde. Te llamaré cuando llegue. Ciao.

Colgó y contempló la lista de las siete personas que no eran médicos y que habían pasado al Manhattan General durante el período en cuestión; se preguntó si no habría debido leérselos a Laurie. Deseaba más que cualquier otra cosa estimular su interés con la intención de que ella accediera a que se vieran. Pensó en volver a llamarla para dejarle ese mensaje, pero decidió que lo dicho ya era cebo suficiente.

Tras ponerse la bata blanca que siempre llevaba cuando se paseaba por el hospital, Roger cruzó la zona de Administración. Había estado allí alguna vez a última hora, pero nunca después de medianoche. En esos momentos era igual que una tumba.

El pasillo principal del hospital estaba desierto salvo por el operario que pasaba la máquina de pulir el suelo, a lo lejos. Mientras subía en el ascensor se sorprendió por lo despierto y lleno de energía que se sentía. También reconoció una leve euforia que desgraciadamente le recordó a la heroína. Meneó la cabeza. No quería caer en aquella trampa. Para los médicos, con las drogas al alcance de la mano, la tentación aún era más fuerte.

Roger bajó en el segundo piso, cruzó unas puertas batientes y se adentró en el complejo destinado a quirófanos. Estaba en un pasillo desierto. A su derecha, el sonido de un televisor salía de una entrada arqueada que conducía a la sala de descanso de los médicos. Confiando en encontrar a alguien del personal, entró.

El cuarto tenía unos treinta metros cuadrados, con ventanas que daban al mismo patio que las de la cafetería. Dos puertas conducían a los vestuarios. Los muebles consistían en un par de divanes de vinilo gris, así como varias sillas y pupitres. La mesa de centro aparecía llena de periódicos y revistas pasados de fecha, más una caja con restos de pizza. El televisor del rincón estaba sintonizado en la CNN, pero nadie lo miraba. Enfrente había una pequeña nevera y una cafetera colectiva.

Unas diez personas se hallaban sentadas dentro, todas vestidas con la misma ropa verde unisex de trabajo. Algunos llevaban gorros o mascarillas colgando, otros no. A pesar de que el ambiente parecía igualitario, Roger sabía que no era así y que resultaba el lugar más jerarquizado del hospital. La mayoría de los presentes comía algo o tomaba café mientras los demás charlaban.

Roger se dirigió a la cafetera y dudó en servirse una taza, no tanto para mantenerse despierto, como para tener un gesto sociable y para justificar su presencia. No había reconocido a nadie. Convencido de que no necesitaba más cafeína, abrió la nevera y sacó un zumo de naranja.

Con la bebida en la mano, Roger miró a su alrededor para estudiar mejor a la gente. Nadie le había prestado atención al entrar, pero una mujer lo miró entonces y sonrió. Roger se acercó y se presentó.

—Yo lo conozco —dijo la mujer—. Nos presentaron en la fiesta de Navidad. Me llamo Cindy Delgado. Soy una de las enfermeras. Por aquí no recibimos muchas vistas de Administración. ¿Qué le trae en plena noche?

Roger hizo un gesto despreocupado.

—No sé, me he quedado trabajando hasta tarde y pensé en darme una vuelta en busca de un poco de contacto humano y para ver el hospital en funcionamiento.

En el rostro de Cindy apareció una irónica sonrisa.

—No es que tengamos mucha diversión con este grupo de soñolientos. Si lo que busca es entretenimiento, le recomiendo la sala de urgencias.

Roger rió para mostrarse educado.

—¿No hay casos esta noche?

—¡Oh, sí! —repuso Cindy—. Hemos tenido dos, y el tercero va a empezar en la sala seis. Además, dentro de una hora nos ocuparemos de otro que nos van a enviar de Urgencias.

—¿Conoce usted al doctor José Cabero?

—Claro —dijo Cindy señalando a un hombre fornido y de tez pálida sentado en una silla al lado de la ventana—. El doctor Cabero está justo ahí.

Al oír su nombre, Cabero bajó el diario y miró a Roger. Tenía un tupido bigote que le ocultaba casi toda la boca. Sus cejas se arquearon bajo su gorro de quirófano.

Roger se sintió obligado a aproximarse. No había planeado hablar con ninguno de los dos anestesistas. Su improvisado plan consistía en entablar conversación con el personal sobre ambos especialistas para ver si podía hacerse una idea de sus personalidades. De todos modos, no se engañaba: no era psiquiatra y sabía que era incapaz de reconocer a un asesino múltiple a menos que la persona se lo confesara abiertamente. De todas maneras, había confiado en que sería capaz de hacerse una vaga idea sobre si alguno de ellos podía ser potencialmente sospechoso.

—Hola —saludó con cierta reserva porque no sabía qué decir mientras se maldecía por no haber previsto la posibilidad de semejante encuentro.

—¿Qué puedo hacer por usted? —preguntó José.

—Bueno... —empezó Roger, intentando que su voz no dejara traslucir su confusión—. Soy el jefe del personal médico.

—Sé quién es usted —repuso José. En su tono había cierta tensión, como si recelara de las intenciones de su interlocutor.

—Ah, ¿sí? ¿Y cómo es eso? —José era uno de los muchos miembros de la plantilla al que no le habían presentado, lo cual incluía a casi todos los miembros del turno de noche.

José señaló la tarjeta de identificación de Roger.

—¡Oh, claro! —exclamó este llevándose la mano a la frente—. Me olvidé de que la llevaba.

Se produjo una incómoda pausa. El resto de la habitación estaba en silencio salvo por el televisor, cuyo volumen estaba muy bajo. Roger tuvo la sensación de que los demás estaban escuchando.

—¿Qué quiere? —preguntó José.

—Quería asegurarme de que está satisfecho y no hay problemas.

—¿A qué se refiere cuando habla de «problemas»? —exigió saber José—. No me gusta como suena.

—No hay razón para molestarse —contestó Roger con ánimo apaciguador—. Solamente pretendo ser previsor y conocer al personal. No habíamos tenido el placer. —Roger tendió la mano hacia José.

El rostro del anestesista se había encendido. El hombre miró la mano tendida pero no hizo ademán de devolver el saludo, y tampoco se puso en pie. Lentamente, alzó la vista y miró a Roger a los ojos.

—Tiene usted mucha cara dura viniendo aquí como si tal cosa para hablarme de problemas —dijo acalorado y señalándolo con un dedo amenazador—. Será mejor que esto no tenga nada que ver con historias pasadas como el sacar a la luz los anestésicos que necesitaba para mi espalda o los casos de negligencia ya cerrados, porque si es por eso, usted y el resto de Administración tendrán noticias de mis abogados.

—Tranquilícese —le rogó Roger suavemente—. No tenía intención de hablar de nada de eso. —Estaba sorprendido por la beligerancia del anestesista y su defensiva actitud; a pesar de todo, se esforzó por mantener la calma. Si aquel hombre podía enfadarse tanto por tan mínima provocación, puede que fuera un tipo inestable capaz de cualquier barbaridad. Para quitar hierro a la situación, añadió—: Mi intención al venir aquí era ver cómo le van las cosas al doctor Najah. Usted lleva tiempo en el hospital, pero el doctor Najah es un recién llegado. Siendo usted el más veterano, me interesaba su opinión.

Parte de la hostilidad se desvaneció del rostro de José, que hizo un gesto a Roger indicándole que se sentara. Tan pronto como este lo hubo hecho, el médico se le acercó y bajó la voz.

—¿Por qué no lo dijo usted desde el principio? Motilal es con quien debería estar hablando usted si lo que le preocupan son los problemas.

—¿Y cómo es eso?

Los ojos de José Cabero tenían un destello conspirativo, y Roger pensó que, aunque aquel individuo no fuera un asesino múltiple, era la última persona por quien se dejaría anestesiar.

—Ese hombre es un solitario. Quiero decir que en el turno de noche formamos una especie de equipo. Y se lo aseguro, él no se relaciona con nadie si no es en el plano profesional. Come por su cuenta y nunca viene por aquí para alternar. Y cuando digo «nunca» quiero decir ¡«nunca»!

—Cuando lo entrevisté me pareció un tipo amigable —comentó Roger, que recordaba haberse sentido impresionado por las educadas maneras y la franqueza de Motilal. Sin embargo, lo que estaba escuchando de boca de José sugería que Najah presentaba ciertos rasgos antisociales; y si eso era cierto, debía entrar en la lista de sospechosos.

—Entonces es que lo engañó —dijo José, que se echó hacia atrás e hizo un gesto abarcando la estancia—. Si no me cree, pregunte a cualquiera de los de aquí.

Los ojos de Roger recorrieron la sala. La gente había reanudado sus lecturas y conversaciones. Miró de nuevo a José y empezó a sentirse pesimista respecto a sacar algo en limpio de su lista de sospechosos después de lo que estaba oyendo sobre Motilal y viendo el comportamiento de Cabero.

—¿Y qué hay de sus aptitudes profesionales? —preguntó—. ¿Es buen anestesista?

—Supongo, pero cualquiera de las enfermeras anestesistas se lo explicaría mejor que yo, porque son ellas las que trabajan directamente con ese holgazán perezoso. El problema que tengo con él es que nunca está aquí. Siempre anda dando vueltas por el hospital.

—¿Y qué hace paseándose por ahí?

—¿Cómo voy a saberlo? De lo que estoy seguro es de que siempre acabo haciendo todo el trabajo. Es como hace diez minutos: tuve que hacerlo llamar para que moviera el culo hasta aquí porque era su turno de ocuparse de un caso. ¡Demonios! ¡Esta noche ya he hecho dos!

—¿Dónde estaba cuando lo hizo llamar?

—En la planta de ginecología y obstetricia. Al menos eso fue lo que dijo cuando se lo pregunté; aunque podría haber estado en uno de los bares locales.

—¿Se está ocupando de algún caso en estos momentos?

—¡Mejor será! De lo contrario, nuestro jefe, Ronald Havermeyer se va a enterar. Estoy cansado de echar capotes a ese tío.

—Dígame una cosa —preguntó Roger recostándose en su asiento—, ¿está usted enterado de que en los últimos meses se ha producido el fallecimiento inesperado e inexplicable de una serie de pacientes jóvenes y aparentemente sanos a los que justo acababan de operar?

—No —contestó José, a juicio de Roger con excesiva precipitación.

De repente el anestesista alzó la mano para ordenar silencio. Una llamada sonaba por los altavoces generales.

—Código Rojo en 603 —anunció una voz—. Código Rojo en 603.

José se obligó a ponerse en pie y dejó el periódico a un lado.

—¿Lo ve? Apenas me he sentado, va y se presenta un código de crisis cardíaca. Lamento interrumpir esta conversación tan bruscamente; pero, a menos que estemos ocupados con un caso, nuestra obligación es acudir a una llamada de Código Rojo. De todas maneras, le animo a que hable con Motilal. Si su intención es anticiparse a los problemas, es su hombre.

José salió de la sala estetoscopio en mano, y Roger oyó que en el pasillo se abrían y cerraban ruidosamente las puertas batientes que daban a los ascensores. Dejó escapar un suspiro y miró a su alrededor. Nadie parecía haber reaccionado ante su extraña conversación con el anestesista, al anuncio del Código

Rojo o a la precipitada marcha de José, hasta que sus ojos volvieron a fijarse en Cindy Delgado. La joven sonrió e hizo un gesto interrogativo. Roger se levantó y se le acercó.

—No haga caso al doctor Cabero —dijo ella riendo—. Es un pesimista incurable y nuestro particular profeta del Apocalipsis.

—Parecía un poco a la defensiva.

—¡Ja! ¡Menudo eufemismo! Está completamente paranoico con ribetes de misantropía; pero ¿sabe una cosa?, se lo pasamos por alto porque es un anestesista francamente bueno; y yo lo sé mejor que nadie porque trabajo con él casi todas las noches.

—Eso me tranquiliza —repuso Roger, no obstante muy poco convencido—. ¿Ha oído lo que contaba del doctor Najah?

—Más o menos.

—¿Es esa la sensación que aquí se tiene sobre él?

—Supongo —contestó Cindy con un encogimiento de hombros—. El doctor Najah no se relaciona demasiado, pero a nadie le importa salvo a José. Me refiero que, al fin y al cabo, este es el turno de los monstruos.

—¿A qué se refiere con eso?

—A que todos tenemos nuestras cosas y por eso hemos escogido este horario. Quizá seamos todos un tanto misántropos a nuestra manera. A mí me gusta el hecho de que tengamos menos supervisión y menos tonterías burocráticas. Lo que no sé es por qué lo prefiere el doctor Najah, quizá se deba a algo tan simple como la timidez. Con lo callado que es, resulta difícil decirlo; pero como anestesista es bueno. No malinterprete lo que le he comentado sobre José, porque no es algo que diga de todo el mundo.

—¿O sea que usted no cree que Najah sea un tipo antisocial?

—No en el sentido enfermizo de la palabra. Pero, para serle sincera, no lo sé a ciencia cierta. Apenas he cruzado unas palabras con él.

—José se quejaba de que siempre está deambulando por el hospital. ¿Tiene usted idea de adónde va?

—Eso creo. Me parece que va ver todos los casos preoperatorios previstos para el día siguiente. ¿Y por qué lo digo?, porque al día siguiente siempre aparece con la lista de operaciones programadas para ese día.

Roger asintió mientras en silencio confirmaba su opinión sobre sus deficiencias como detective. Después de haber charlado con José Cabero, haberse enterado de algunos detalles del solitario Najah y del funcionamiento del turno de noche en general, seguía sin poder descartar a nadie como sospechoso. A pesar de todo, estaba decidido a seguir adelante.

—¿Oyó usted lo que dijo José cuando le pregunté si sabía algo de las muertes inesperadas que se han producido las últimas semanas?

—Sí, lo oí —contestó Cindy con una risita y haciendo gesto de restarle importancia—. No sé qué le estaba pasando por la cabeza, porque está perfectamente enterado. Todos estamos enterados, especialmente en Anestesiología. La verdad es que no es nuestro tema favorito, pero hemos hablado del asunto más de una vez, especialmente desde que los casos han ido en aumento.

—Entonces, ¿por qué me ha dicho que no sabía nada?

—Ni idea. Quizá debería preguntárselo cuando vuelva. Los anestesistas nunca se entretienen mucho con un Código Rojo. Solo aparecen para asegurarse de que se entuba bien al paciente.

—Gracias por hablar conmigo —dijo Roger echando una última mirada a la sala—. Debo decir que nadie parece especialmente amigable.

—Es lo que le he dicho: todos tenemos nuestras manías. Pero si viniera por aquí con cierta regularidad, descubriría que la gente es más amigable de lo que parece.

Roger se despidió con un gesto de la mano y una franca sonrisa y fue en busca del ascensor. Su dedo estaba a punto de presionar el botón cuando se detuvo. Su visita no había sido especialmente fructífera. Al llegar tenía dos anestesistas como sospechosos principales, e iba a marcharse con los mismos nombres en el bolsillo.

Las alternativas resultaban sencillas: podía permanecer en la segunda planta y visitar Farmacia para intentar averiguar algo sobre Herman Epstein, que había sido transferido del turno de noche del St. Francis al turno de noche del Manhattan General; podía bajar al primer piso para visitar Seguridad o incluso a los sótanos para ver Mantenimiento, donde había otros dos transferidos similares. Sin embargo, algo le decía que, gracias a su total falta de experiencia como detective, no iba a conseguir averiguar nada relevante. Su breve charla con José le había demostrado que no sabía plantear las preguntas necesarias aparte de «¿Es usted el asesino múltiple que ha estado liquidando a los pacientes del turno de noche?». La idea de Laurie estaba bien en teoría; el problema era que había demasiados sospechosos potenciales. Además, todos los transferidos tenían acceso a las instalaciones del hospital en virtud de la naturaleza de su trabajo.

La idea de ir preguntando a la gente si era el asesino múltiple puso una sonrisa en el rostro de Roger. No requería un esfuerzo especial imaginar lo que supondría para su carrera y reputación ir por ahí haciendo ese tipo de preguntas. Suspiró y miró la hora. Eran más de las tres de la madrugada. A pesar de que el efecto de la cafeína se le estaba pasando, la sensación de estar «enganchado» persistía. Si volvía a su apartamento no tendría manera de pegar ojo.

Impulsivamente presionó el botón de la quinta planta, donde habían tenido lugar las últimas cuatro muertes y donde trabajaba la enfermera asesinada en el aparcamiento. También decidió pasar por el cuarto piso, donde estaban Ortopedia y Neurocirugía, y donde habían fallecido otros dos pacientes. Su razonamiento le decía que nunca había estado en el hospital durante el turno de noche, especialmente en las plantas de los pacientes, y que hacerse una idea del ambiente que allí se respiraba podría serle de ayuda.

A pesar de que lo había imaginado, el ambiente de noche en la quinta planta era totalmente distinto del de la mañana. En lugar del controlado frenesí, reinaba una engañosa e inesperada serenidad. Hasta la iluminación, una vez amortiguada su severa intensidad, resultaba distinta. Mientras caminaba desde el vestíbulo de los ascensores hasta el mostrador de las enfermeras, Roger no vio a nadie. Era como si estuvieran en pleno ejercicio de evacuación por incendio y todo el mundo hubiera salido del edificio.

Cuando llegó al centro de enfermería, echó un vistazo a la hilera de monitores que mostraban los ECG de los pacientes. Con la moderna tecnología inalámbrica, aquella telemetría estaba disponible en todas las plantas del centro. El problema, naturalmente, radicaba en que no había nadie controlándola.

Roger se asomó al largo pasillo en ambas direcciones. El suelo brillaba en la penumbra. En ese instante, Roger oyó el delator sonido de una silla al ser movida. Preguntándose de dónde había provenido, dio la vuelta al mostrador y se internó por un corto pasillo que conducía a una sala con un escritorio-mostrador con armarios por encima y por debajo y una nevera. Sentada ante la mesa, con los pies apoyados en ella y leyendo una revista, se encontraba una enfermera de aspecto cautivador. Sus facciones tenían un toque de exotismo asiático que a Roger le gustaba especialmente tras sus años en Oriente. Tenía los ojos apropiadamente oscuros, lo mismo que el cabello, y, bajo el uniforme, se adivinaba una esbelta figura.

—Buenas noches —dijo Roger antes de presentarse y fijándose en que la joven estaba leyendo una revista sobre armas de fuego, lo cual le pareció curiosamente inapropiado.

—¿Qué ocurre? —preguntó la enfermera sin quitar los pies de la mesa.

Roger sonrió para sí. Recordaba una época no tan lejana, incluso en Norteamérica, en que las enfermeras solían mostrar un deferente respeto ante los médicos, casi hasta el punto de parecer intimidadas. Pero aquel no era uno de esos casos.

—Estoy comprobando cómo va todo —dijo Roger—. Tengo entendido que ayer por la mañana perdieron a su enfermera jefe en circunstancias trágicas. Lo lamento.

—No pasa nada. La verdad es que, como enfermera jefe, tampoco era tan buena.

—¿De verdad? —inquirió Roger ante lo que le parecía una respuesta singularmente poco piadosa. Tanta franqueza con un desconocido no era lo habitual. Leyó el nombre de su placa de identificación: «Rakoczi», y recordó que figuraba en la lista de transferidos.

—No lo estoy engañando. Era una tía rara y no le caía bien casi nadie.

—Lamento oír eso, señorita Rakoczi —repuso Roger apoyándose sobre el mostrador y cruzando los brazos—. ¿Sabe si Clarice Hamilton ha nombrado ya a otra enfermera jefe para el turno de noche?

—Aún no. Por el momento, yo me he hecho cargo y he repartido los pacientes. Alguien tenía que hacerlo, y las demás estaban sentadas sin hacer nada, retorciéndose las manos. De todas maneras, todo va bien.

—Me alegro de saberlo —contestó Roger—. Señorita Rakoczi, me gustaría hacerle algunas preguntas.

—Llámeme Jazz. No contesto al tratamiento de «señorita Rakoczi».

—Supongo que estará usted enterada de las muertes de cuatro pacientes relativamente jóvenes y sanos que han fallecido a las pocas horas de ser operados durante las últimas cinco, seis o siete semanas, habiendo ocurrido la última la noche pasada.

—Pues claro, sería difícil no estar enterada.

—Claro. ¿La han afectado?

—¿A qué se refiere?

Roger se encogió de hombros. La pregunta le parecía de lo más obvio.

—A si la han afectado desde el punto de vista psicológico.

—No. En realidad, no. Este es un hospital muy grande y con mucho trabajo. La gente muere. Una no puede dejar que estas cosas la afecten, de lo contrario se volvería loca y los demás pacientes serían los que pagarían las consecuencias. Ustedes, los jefes, no salen de sus magníficos despachos y se olvidan de cómo es el trabajo en las trincheras. ¿Entiende lo que quiero decir?

—Supongo que sí —repuso Roger detectando un cambio nada sutil en la actitud de la enfermera, que había empezado siendo desenfada pero que se había vuelto cautelosa y tensa hasta rozar el enfado.

—¿Y usted me lo está preguntando porque las muertes ocurrieron en esta planta?

—Desde luego.

—Pues ha habido más en otros pisos.

—Sí. Estoy enterado.

—La verdad es que han tenido una esta misma noche, hace menos de media hora, en la planta de Obstetricia y Ginecología. ¿Por qué no va allí a darles la lata?

Una desagradable y tensa sensación se apoderó del estómago de Roger, que él atribuyó a los efectos de la cafeína. Una vez pasada la euforia, se sentía como si tuviera todos los nervios de punta. El enterarse de que se había producido otro fallecimiento mientras estaba en el hospital buscando supuestos sospechosos, le hizo sentirse desagradablemente cómplice, como si su deber hubiera sido evitarlo.

—¿Y ha sido un caso parecido? —preguntó esperando en vano una respuesta negativa.

—Eso creo —repuso Jazz—. El rumor dice que se trataba de una mujer de unos treinta años a la que acababan de practicar una sencilla histerectomía. En serio, ¿por qué no va a preguntar a esas enfermeras si les ha afectado?

Por un momento, Roger se quedó contemplando a aquella exótica enfermera, que inicialmente le había parecido atractiva y sexy, mientras ella le devolvía la mirada con descaro. En ese instante, se le antojaba un personaje extraño que le recordaba a su reacción ante el doctor Cabero y sus historias sobre Motilal Najah. No pudo evitar acordarse del comentario de Cindy acerca de que la gente que trabajaba en el turno de noche tenía sus manías, aunque la palabra «manías» quizá no fuera lo bastante contundente en ese caso. Seguramente «neurótica» era más ajustado, y se preguntó si toda la gente de su lista sería igualmente rara. De un modo u otro, era evidente que iba a tener que trabajarse a Rosalyn para que le consiguiera los expedientes del personal transferido, al margen del riesgo que eso pudiera suponer.

—A ver, ¿de qué va esto? —se burló Jazz—. ¿Es un tratamiento silencioso especial o es que estamos en uno de esos estúpidos concursos de «a ver quién aparta la vista primero»?

—Lo siento —repuso Roger, bajando los ojos—. Ha sido la sorpresa de enterarme de que ha habido otra muerte más. Es preocupante y alarmante. Me sorprende que usted se lo tome tan a la ligera.

—Se llama «distanciamiento profesional» —contestó Jazz—. Los que tratamos con pacientes debemos mantenerlo. —Quitó los pies de la mesa y los puso en el suelo de golpe, arrojó la revista a un lado y se puso en pie—. Bueno, tengo pacientes a los que debo ir a ver. Que lo pase usted bien arriba, en la planta de Obstetricia.

—Espere un segundo —dijo Roger agarrando a Jazz del brazo cuando ella pasó ante él y sorprendiéndose ante su recia musculatura—. Tengo algo más que preguntarle.

Jazz contempló la mano que le sujetaba el antebrazo y se produjo un instante de tensión. Sin embargo, se controló y miró a Roger.

—Suélteme o lo lamentará. ¿Me ha oído?

Roger la dejó ir y volvió a cruzar los brazos en una actitud que no resultase amenazadora. No quería dar a aquella mujer una excusa para que usara una violencia física de la que la creía más que capaz. Lo cierto era que lo intimidaba.

—Tengo entendido que viene usted del St. Francis. ¿Podría decirme a qué se debió el cambio?

Esta vez fue Jazz quien lo miró antes de contestar.

—¿Qué es esto? ¿Un interrogatorio?

—Tal como le he dicho, soy el jefe del personal médico. Ha habido una pequeña queja sobre usted por parte de uno de los doctores, y lo estoy investigando. Francamente, el doctor en cuestión tiene un historial de quejas infundadas, pero aun así estoy obligado a comprobarlo. —Roger mentía, pero había llegado a la conclusión de que debía inventar alguna excusa que justificara sus preguntas en el calor del momento. El personal de enfermería no entraba en su jurisdicción.

—¿Y cómo se llama ese puñetero médico?

—No estoy autorizado a revelar nombres.

Jazz apartó la vista. Sus ojos recorrieron la habitación. Roger vio que tenía las aletas de la nariz hinchadas y que respiraba pesadamente. No se mostraba cautelosa, sino abiertamente irritada.

—Deje que le explique —dijo Roger—. Si le pregunto por qué se marchó del St. Francis es por la misma razón: ¿tuvo usted algún problema con los médicos de allí? Estamos obligados a preguntarlo.

—¡Demonios, no! —espetó Jazz—. Puede que en alguna ocasión tuviera unas palabras de más con la enfermera jefe, pero nunca con los médicos. Es más, puedo contar con los dedos de una mano las veces que me topé con un doctor estando en el turno de noche. Seguro que estaban todos en sus casas follándose a sus mujeres.

—Ya veo —contestó Roger, que prefirió no hacer comentarios sobre la última observación de Jazz, sino centrarse en la primera—. ¿O sea que opinaba que su enfermera jefe en el St. Francis tampoco era tan competente como a usted le habría gustado?

Una maliciosa sonrisa apareció en el rostro de Jazz.

—Lo ha adivinado, pero no es para sorprenderse. El turno de noche atrae a la gente más rara.

Roger asintió. Después de su primer contacto con el turno de noche del Manhattan General, no podía estar más de acuerdo.

—Y por curiosidad, ¿nunca se le ha ocurrido pensar que usted pudiera ser en parte responsable de no llevarse bien con ninguna de sus enfermeras jefe?

Cualquier resto de sonrisa desapareció del rostro de Jazz.

—¡Claro! ¡La culpa de que esas dos gordas fueran tan estúpidas debe ser mía! ¡Por favor, deme un respiro!

—Entonces, ¿por qué se trasladó de hospital?

—Quería un cambio de aires y venir al centro.

—¿Y por qué prefiere el turno de noche?

—Porque hay muchos menos problemas. Reconozco que los sigue habiendo, pero mucho menos que durante el día o la tarde. Cuando me alisté como enfermera en el ejército, me destinaron con los marines como independiente. Me gusta más trabajar por libre.

—Así que estuvo en el ejército…

—¡Joder, y tanto! Con los marines, en la primera guerra del Golfo.

—Interesante. Dígame, ¿de dónde viene el apellido Rakoczi?

—Es húngaro. Mi abuelo fue un luchador por la libertad.

—Una pregunta más, si no le importa —dijo Roger como si le restara importancia—. ¿Sabía usted que en la época en que estuvo en el St. Francis se produjeron allí unas cuantas muertes iguales a las de aquí?

—Le digo lo mismo que antes: habría sido difícil que no me enterara.

—Gracias por su tiempo —dijo finalmente Roger, apartándose del mostrador—. Creo que seguiré su consejo y subiré a Obstetricia. De todas maneras, es posible que tenga alguna pregunta más que formularle. ¿Le importaría si vuelvo por aquí si se da el caso?

—Haga lo que le plazca.

Roger intentó sonreír confiadamente a Jazz antes de salir de la salita y dirigirse hacia los ascensores. Mientras caminaba, meneó la cabeza imperceptiblemente. No podía creerlo. Había hablado con dos personas de su lista y se había enterado sobre una tercera, y estaba convencido de que cualquiera de ellas podía estar lo bastante loca para haber hecho lo impensable.

Jazz se asomó lo suficiente para ver a Roger ir hacia los ascensores. Apenas podía creerlo. Los problemas aparecían por todas partes. La «sanción» de los pacientes había funcionado perfectamente hasta Lewis, y a partir de ahí, todo se había ido al cuerno. Y por si fuera poco, justo cuando creía haber eliminado uno de los peligros potenciales, aparecía otro.

—¡Menudo hijoputa! —murmuró para sí. Por su forma de vestir y ademanes sabía que era otro de aquellos señoritos «universidad de lujo».

Después de llegar a los ascensores y presionar el botón de llamada, Roger se dio la vuelta y miró hacia el mostrador de enfermeras. Jazz retiró la cabeza porque no quería que él la viera observándolo como si le preocupara. Meneó la cabeza y dio un fuerte golpe en la mesa con la mano. Algunos papeles salieron volando y cayeron al suelo.

—¿Qué demonios voy a hacer? —se preguntó en voz baja meneando nuevamente la cabeza. Se le ocurrió la posibilidad de llamar al señor Bob, pero enseguida lo descartó. Tenía la intuición de que si se quejaba de lo que fuera no volvería a recibir más nombres, de que la excluirían de la Operación Aventar. Era tan sencillo como eso.

Se encogió de hombros. No se le ocurría nada. Aunque la preocupación la atenazaba, no sabía qué hacer; pero al mismo tiempo era consciente de que tenía que ir con cuidado porque aquella cucaracha de Administración, por lo que le había dicho, podía convertirse en algo más que una simple onda en la superficie.

Las puertas del ascensor se abrieron, y Roger salió a la sexta planta. A la izquierda, más allá de las dobles puertas, se hallaba el ala médica; y a la derecha, tras unas puertas iguales, estaba Obstetricia y Ginecología. Entró allí. A diferencia del piso de abajo, había mucha gente a la vista, tanto en el mostrador de enfermeras como en el pasillo. Incluso vio a un celador empujando una camilla con un cuerpo envuelto en una mortaja camino del ascensor de pacientes. Roger supuso que se trataba del caso por el que había ido a interesarse.

Al acercarse al mostrador de enfermeras, Roger se detuvo un momento y simplemente observó. Imaginó que debía de tratarse del equipo de reanimación junto con algunas de las enfermeras de planta. El carrito de reanimación, junto con su desfibrilador, se hallaba arrimado a la pared del pasillo. Los presentes charlaban en pequeños grupos y seguramente intercambiaban opiniones acerca del fallido intento de rescate.

—Disculpe —dijo Roger directamente a la mujer que tenía delante. Ella estaba ocupada rellenando unos formularios, pero alzó la vista. Al igual que Jazz en el piso de abajo, iba vestida de uniforme, pero a diferencia de ella parecía educada y respetuosa; también estaba ligeramente gorda y tenía el puente de la nariz salpicado de pecas—. ¿Podría decirme quién es la enfermera jefe?

—Soy yo. Me llamo Merryl Lanigan. ¿En qué puedo atenderlo?

Roger se presentó y le dijo que estaba interesado en un fallecimiento reciente.

—El nombre de la paciente era Patricia Pruit. Este es su historial, ¿quiere verlo?

—Sí, me gustaría. Gracias. —Roger lo cogió y le echó una rápida ojeada. El perfil resultó como había temido. Patricia Pruit había sido una sana mujer de treinta y siete años, madre de tres hijos. La mañana anterior le habían practicado una histerectomía sin complicaciones a causa de unos fibromas. Su evolución postoperatoria no había presentado nada destacable, y ya había empezado a recibir alimento líquido vía bucal. Entonces sobrevino el desastre.

Roger miró a la enfermera, que estaba esperando a que le devolviera el informe.

—Desde luego es una tragedia —dijo—. Sobre todo por lo inesperado teniendo en cuenta su edad y su estado de salud.

—Sí. Le parte el corazón a una —dijo Meryl abriendo el historial por la página de las anotaciones de las enfermeras.

—En los últimos meses ha habido más casos parecidos en otras plantas —comentó Roger.

—Eso he oído. Por suerte, es el primero para nosotros. La verdad es que, estando acostumbrados a desenlaces más felices, resulta más difícil de asimilar.

—Si no le importa, tengo unas cuantas preguntas que me gustaría hacerle. ¿Ha visto al doctor Najah por aquí esta noche?

—Pues sí, como casi todas las noches.

—¿Y al doctor Cabero?

—También lo hemos visto, pero solo después de que avisáramos del Código Rojo.

—¿Y qué hay de una enfermera llamada Rakoczi que responde al nombre de «Jazz»?

—Tiene gracia que lo pregunte.

—¿Por qué?

—Porque la vemos bastante a menudo. Yo diría que demasiado. Incluso he llegado a quejarme a Susan Chapman, que era su superiora, para decirle que no la quería por aquí. Ahora que Susan ya no está con nosotros, voy a tener que acudir a otras instancias.

—¿Qué hace la señorita Rakoczi cuando viene por aquí?

—Intenta hacerse la simpática con las ayudantes. Aparte de eso, se dedica a husmear en los historiales, que no son materia de su incumbencia.

—¿Y recuerda concretamente haberla visto por aquí esta noche?

—Lo recuerdo perfectamente porque, cada vez que la veo, me enfrento con ella, y esta noche no ha sido una excepción.

—¿Y qué le ha dicho ella?

—Me ha dicho que estaba haciendo de enfermera jefe en funciones y que necesitaba algunas cosas. No recuerdo qué, pero la envié a nuestro almacén para que cogiera lo que necesitara. Luego, le pedí por favor que se marchara. También le indiqué que iba a tener que devolverlo todo, cosa que prometió hacer.

—¿Y entonces fue a su almacén?

—Sí. Eso hizo.

—¿Y qué ocurrió después?

—Supongo que debió de coger lo que necesitaba y volvió al piso de abajo. No lo sé exactamente porque yo estaba atendiendo a una paciente y además, después, tuvimos el Código Rojo.

—¿Cuál era la habitación de Patricia Pruit?

—La seiscientos tres. ¿Por qué lo pregunta?

—Porque me gustaría echarle un vistazo.

—Como guste —contestó Meryl indicándole el pasillo correspondiente.

Una miríada de pensamientos cruzó por la mente de Roger mientras caminaba hacia la habitación de la paciente fallecida. Según le parecía, Jasmine Rakoczi resultaba un misterio cada vez más impenetrable. No dejaba de preguntarse por qué subía tan a menudo a alternar con las ayudantes cuando parecía tan poco sociable, y por qué metía las narices en los historiales de Obstetricia y Ginecología. No tenía sentido. Lo que sí lo tenía era el hecho de que tanto ella como el doctor Najah habían estado en aquella planta antes de que se produjera el Código Rojo. Naturalmente, también se preguntó cuántos otros de los transferidos habrían ido también. Por lo que sabía, bien podrían haber sido todos ellos.

La habitación de Patricia Pruit era un completo caos. El suelo estaba lleno de los restos del intento de reanimación. En el frenesí del momento, los envoltorios, las jeringas y los recipientes de medicamentos habían sido simple y llanamente arrojados al suelo. La cama había sido situada en posición horizontal y subida para favorecer el uso del desfibrilador, y la tabla de reanimación seguía en su sitio. Unas delatoras gotas de sangre salpicaban las arrugadas y blancas sábanas.

Por desgracia, lo que Roger buscaba no estaba a la vista. El soporte de la vía intravenosa se hallaba en su lugar habitual, en la cabecera de la cama, pero sin el recipiente que debería haber tenido colgando. Al contemplar la escena de la tragedia, a Roger se le ocurrió que quizá fuera conveniente hacer analizar el contenido de la línea intravenosa. Dado que Laurie le había dicho que los análisis de toxicología no habían encontrado nada, cabía la posibilidad de que comprobar los fluidos intravenosos les dijera algo.

Dio media vuelta y regresó al mostrador de enfermeras donde preguntó a Meryl dónde podía estar la botella. Ella se encogió de hombros.

—No tengo ni idea de dónde puede estar. —Acto seguido se volvió hacia el residente que se había ocupado de la reanimación y le hizo la misma pregunta. El hombre negó con la cabeza para indicar que no lo sabía y volvió a la conversación que mantenía con sus colegas, que debatían por qué el intento de reanimación no había dado resultado.

—Supongo se llevaron la botella con el paciente —dijo Meryl—. Siempre dejamos la intravenosa puesta junto con el resto de tubos.

—Puede que sea una pregunta estúpida, pero es que llevo poco tiempo aquí: ¿adónde exactamente han llevado el cuerpo?

—Al depósito, o a lo que utilizamos como tal. Se trata del antiguo anfiteatro de autopsias del sótano.

—Gracias —dijo Roger.

—De nada.

Volvió a los ascensores, apretó el botón para bajar, pero entonces se fijó en el símbolo de la escalera y se le ocurrió de repente preguntar a Jasmine Rakoczi por qué subía tan a menudo a la planta de Obstetricia y qué había necesitado aquella noche. Dado que el ascensor tardaba en llegar, decidió utilizar la escalera. Mientras bajaba, se dio cuenta de que el efecto de la cafeína se le estaba empezando a pasar porque notó las piernas pesadas. Decidió que tendría una última charla con la enfermera, que después buscaría la botella de plasma y se marcharía a casa.

La quinta planta estaba tan silenciosa como antes, y Roger dio por hecho que todas las enfermeras estarían ocupándose de sus respectivos pacientes. Vio a algunas al pasar ante las habitaciones; pero, antes que molestarlas, prefirió esperar en el mostrador a que Rakoczi regresara. Para su sorpresa, la encontró en el mismo sitio y en la misma posición que antes, leyendo la misma revista.

—Pensaba que tenía usted pacientes de los que ocuparse —comentó. Sabía que se estaba mostrando rudamente provocativo con alguien de carácter inestable, pero no lo podía evitar. Saltaba a la vista que aquella mujer se estaba escaqueando.

—Y me he ocupado. Ahora me encargo de la zona de enfermeras. ¿Tiene algún problema con eso?

—Por suerte para ambos, no es asunto de mi incumbencia —contestó Roger—, pero sí tengo otra pregunta que hacerle. Siguiendo su consejo, he ido a Obstetricia y he hablado con Meryl Lanigan. Me ha contado que usted es una asidua visitante. De hecho, me ha revelado que esta noche ha estado usted allí. Me gustaría saber por qué.

—Porque así completo mi formación —repuso Jazz—. La obstetricia y la ginecología me interesan, pero con los marines no tuve ocasión de aprender demasiado por razones obvias. Por eso subo con frecuencia cuando tengo un descanso. Ahora que he aprendido un poco, estoy pensando en solicitar un traslado cuando haya plaza.

—Así que esta noche subió también para completar sus conocimientos, ¿no?

—¿Le resulta tan difícil de creer? En lugar de bajar a la cafetería con el resto de personal de planta durante mi hora de comer para hablar de nimiedades me voy a Obstetricia a aprender cosas que no sé. Es lo de siempre, cuando una hace un esfuerzo por mejorar lo único que consigue es que le echen la bronca.

—No quisiera agravar sus pesares —dijo Roger esforzándose por suprimir el sarcasmo de su tono de voz—, pero me parece que hay cierta discrepancia: la enfermera Lanigan me ha dicho que, cuando se encaró con usted antes, usted le dijo que necesitaba no sé qué suministros.

—¿Le dijo eso? —preguntó Jazz con burlona risa—. Bueno, en cierto sentido tiene razón. Necesitaba unos conductos de empalme, y eso gracias a que la central de abastecimiento no nos abastece; pero eso no es más que una simple observación sin importancia. Lo que realmente estaba haciendo allí era empaparme de información de las anotaciones de las enfermeras. Lo más probable es que Lanigan no quiera admitirlo porque cree que quiero quitarle el puesto.

—Yo no diría eso —contestó Roger—, pero no soy nadie para saberlo. Gracias por su tiempo, señorita Rakoczi. Seguiremos en contacto por si se me ocurren más cosas que preguntarle.

Roger salió de la salita y rodeó el mostrador. En esos momentos se sentía verdaderamente fatigado. El efecto de la cafeína se le había pasado por completo. Un momento antes había considerado la posibilidad de volver al ala de operaciones para intentar localizar a Najah porque, lo mismo que a Rakoczi, deseaba preguntarle qué había ido a hacer a la planta de Obstetricia y Ginecología. Sin embargo, en ese instante ya no estaba tan seguro y se sentía agotado. Eran las cuatro de la madrugada.

Decidió que lo primero que haría al día siguiente sería llamar a Rosalyn y pedirle el expediente de Jasmine Rakoczi en el St. Francis. Ya no le importaban las consecuencias. Se preguntaba si la carencia de enfermeras había sido la razón de que la contrataran. En su opinión había muy pocas posibilidades de que ella fuera una asesina múltiple, porque eso habría sido demasiado fácil. Sin embargo, el hecho de que estuviera contratada como enfermera con el carácter que tenía le parecía totalmente inadecuado y tenía intención de tomar cartas en el asunto.

Roger apretó el botón del ascensor para bajar y lanzó una última mirada al mostrador de enfermeras. Fue solo durante una fracción de segundo, pero tuvo la impresión de que Jazz lo espiaba por la puerta de la sala. No estaba seguro, y con lo fatigado que se encontraba, pensó que podría haber sido cosa de su imaginación. Aquella mujer lo incomodaba, y la idea de estar a su cuidado le desagradaba profundamente.

El ascensor llegó, y él subió. Justo antes de que se cerraran las puertas, volvió a mirar hacia la puerta de la sala de enfermeras. Por segunda vez no supo si sus ojos o cerebro lo engañaban, pero creyó verla de nuevo.

Bajó hasta el sótano, donde nunca había estado antes. A diferencia del resto del hospital, su aspecto era totalmente utilitario. Las paredes eran de desnudo cemento, y una multitud de tuberías y conductos —algunos aislados y otros no— corría por el techo. Los elementos de iluminación eran simples bombillas protegidas por una rejilla metálica. Más allá de los ascensores, en un sencillo y desconchado cartel pintado directamente en el cemento se leía: «Anfiteatro de autopsias» acompañado de una gran flecha roja indicadora.

El camino era laberíntico; pero, siguiendo las flechas, Roger llegó finalmente a una doble puerta revestida de cuero y con unos ventanucos ovalados a la altura de los ojos. Los vidrios estaban cubiertos de una película grasienta. A pesar de que Roger vio que dentro brillaba una luz, no pudo distinguir más detalles. Abrió la puerta con el antiguo tirador de latón.

El interior era un anfiteatro semicircular muy pasado de moda con filas de pequeños asientos que ascendían en la oscuridad. Roger calculó que lo habían construido hacía más de un siglo, cuando Anatomía y Patología eran las piedras angulares de la formación del médico. Se veía mucha madera vieja oscurecida por sucesivas capas de barniz, y la única claridad provenía de una gran lámpara de techo apantallada que colgaba de un largo cable. La luz caía justo encima de una antigua mesa metálica para autopsias que ocupaba el centro del escenario. Contra la negra pared había un aparador de hierro y cristal con una colección de instrumentos de acero inoxidable. Roger se preguntó cuándo los habrían utilizado por última vez. Muy pocas autopsias se hacían ya fuera del Departamento de Medicina Legal, y menos aún en los grandes centros dirigidos por las empresas de sanidad, como el Manhattan General.

Junto con la mesa de autopsias, en el escenario había varias camillas del hospital que a todas luces contenían cuerpos. Roger se acercó sin saber cuál de ellas sería la de Patricia Pruit. Mientras se aproximaba al primer cuerpo, se preguntó, como ya había hecho muchas veces, por qué Laurie había escogido dedicarse a la patología forense; le parecía que iba en contra de su alegre personalidad. Al final se encogió de hombros y levantó el extremo de una sábana.

No pudo contener una mueca. Estaba contemplando los restos de un individuo que había sufrido algún tipo de accidente. La cabeza del infeliz estaba terriblemente distorsionada y aplastada, hasta el punto de que se veía entero uno de los globos oculares. Roger dejó la sábana como estaba. Ya en la universidad no le había gustado la patología, especialmente la forense; y lo que acababa de ver se lo había recordado con especial brutalidad.

Respiró hondo antes de acercarse a la segunda camilla. Tendió la mano hacia la esquina de la sábana, pero no llegó a alcanzarla. De repente se vio lanzado hacia delante por un impacto en la espalda que le pareció como si acabaran de golpearlo con un mazo. Comprendió que estaba cayendo y alzó los brazos instintivamente en un intento de protegerse; pero, antes de dar contra el suelo de baldosas, el mazo volvió a golpearlo dejándolo sin aliento.

Roger chocó contra el suelo y se deslizó hacia delante por las esmaltadas baldosas. Su cabeza dio contra el muro que separaba el escenario de las hileras de asientos. Intentó moverse, pero la oscuridad cayó sobre él igual que una pesada y sofocante manta.

17

Cuando el despertador de Laurie quebró el temprano silencio del sábado por la mañana, comprobó que se sentía igual que el viernes. De nuevo había dormido mal, y el poco sueño que había logrado conciliar había estado plagado de pesadillas.

Lo primero que hizo tras salir de la cama fue repetir la prueba de embarazo con un nuevo dispositivo. Como médico, era consciente de la necesidad de repetir cualquier prueba para eliminar posibles falsas lecturas. Al comprobar el resultado se dio cuenta de que, a pesar de cierta falta de claridad, era positivo. No había duda posible: estaba embarazada.

Para certificar la prueba, estaban sus náuseas matinales, que esa mañana parecían un poco peores que en días anteriores. De todas maneras, tras tomar unos cereales se sintió mejor. Las molestias que notaba en la parte baja del abdomen eran otra cosa. Por suerte no se parecían a las que había padecido la noche antes, al volver a su apartamento tras su cita con Jack. Entonces se había tratado de un claro dolor, lo bastante intenso para que se retorciera, que la había acometido en el taxi como si de retortijones intestinales se tratara. Durante unos segundos había pensado en llamar a Laura Riley; pero entonces el dolor se desvaneció con la misma rapidez con la que había llegado. A pesar de su intensidad, Laurie estaba convencida de que tenía que ver con su sistema digestivo. Resultaba más agudo que los calambres menstruales, y eso la hizo pensar que quizá no tuviera nada que ver con el embarazo. Lo que la confundía era que también aparecía por las mañanas, junto con los mareos, como si ambos estuvieran relacionados.

Dejó el cuenco con los cereales en la mesa y, preocupada por las molestias, se palpó la zona con el dedo índice en un intento de determinar si se trataba de un dolor localizado. No lo era, y curiosamente el hecho de tocarse le pareció beneficioso. Cuando retiró la mano, el dolor se esfumó, sugiriendo que el problema podía ser intestinal, quizá de gases.

Aliviada por que hubiera desaparecido, se vistió rápidamente. Estaba de guardia el fin de semana, lo cual significaba que, de entre todos los forenses de Medicina Legal, le correspondía a ella comprobar qué casos se habían presentado durante la noche. Sabía que seguramente tendría que realizar algunas autopsias, a menos que pudiera aplazarlas hasta el lunes, cosa que nunca había ocurrido. Había otra persona de guardia en reserva por si se presentaban muchas urgencias, pero eso era algo que tampoco había ocurrido nunca.

El clima era el típico de un mes de marzo en Nueva York: lluvioso y frío, y Laurie se refugió bajo su paraguas mientras caminaba hacia el norte por la Primera Avenida. Había intentado coger un taxi pero, como siempre que el tiempo no acompañaba, era imposible encontrar uno libre.

Mientras caminaba, meditó sobre su conversación con Jack. Con el beneficio de la perspectiva, comprendió que sus emociones habían estado oscilando. Aunque en ese momento era consciente de lo exagerado de su reacción ante la pregunta de Jack de quién era el padre, ya que no había sido del todo irrazonable, se otorgaba el mérito de haber sabido manejar la situación y haber mantenido la compostura. Si consideraba lo que estaba en juego, bien podía haber sido la conversación más importante de su vida. A partir de ese momento, lo único que podía hacer era rogar para que Jack respondiera tal como ella esperaba. Teniendo en cuenta la trayectoria de Jack, sus posibilidades eran solo de un cincuenta por ciento.

En la calle, frente al trabajo, había varias furgonetas de la prensa y la televisión, lo cual indicaba que algo relevante había sucedido durante la noche. Laurie se puso en guardia. Tratar con los medios era la faceta que menos le gustaba de su profesión. En el pasado había tenido amargas experiencias con los periodistas que habían llegado a poner en peligro su carrera.

Por un momento, Laurie vaciló y se preguntó si no sería mejor dar un rodeo por la calle Treinta, donde estaba la entrada trasera de la oficina. Observó las furgonetas. Solo había tres, y ninguna tenía desplegadas las antenas, lo cual indicaba que no se disponían a emitir. Conjeturando que lo que las había llevado hasta allí no debía de ser material de primera plana, Laurie subió la escalinata y entró. Una docena de periodistas y varios cámaras se habían acomodado en el vestíbulo.

Saludando a Marlene, que siempre iba algunas horas los sábados por la mañana, Laurie intentó cruzar la zona de recepción para que ella le abriera. Inmediatamente, un reportero la reconoció y le salió al paso metiéndole un micrófono bajo la nariz. Los cámaras se echaron sus aparatos al hombro, y se encendieron unos cuantos focos que bañaron de luz el vestíbulo.

—Doctora, ¿le gustaría hacer algún comentario acerca del accidente? —preguntó el periodista mientras los demás se amontonaban alrededor, micrófono en mano—. En su opinión, ¿se trata de un suicidio o es que alguien empujó a los dos chicos?

Laurie se quitó el micro de delante.

—No tengo ni idea de lo que me están preguntando. Además, cualquier información que salga de esta oficina ha de recibir antes el visto bueno de su director, de su segundo o del Departamento de Relaciones Públicas. Eso es algo que ustedes ya saben.

Dicho lo cual se abrió camino hacia la sala de identificación haciendo caso omiso al alud de preguntas que la perseguía. Para su alivio, vio a Robert a través del cristal, y con su ayuda consiguió entrar y cerrar la puerta a su espalda dejando a los periodistas plantados en el vestíbulo.

—Gracias, Robert —dijo Laurie quitándose el abrigo.

—No son más que una manada de hienas —contestó el jefe de seguridad.

—¿Qué ha ocurrido?

—Un par de adolescentes fueron arrollados por el metro.

Laurie torció el gesto. Aquel panorama le iba a resultar emocionalmente duro y la sorprendió que no la hubieran llamado durante la noche. Por suerte, los forenses disponibles en ese momento eran competentes y tenían la experiencia suficiente para encargarse de los casos más peliagudos. Se trataba de residentes de Patología que se ganaban un dinero extra trasnochando.

—¿Se ha procedido a la identificación?

—Sí. Se hizo todo durante la noche.

Laurie se alegró. Para ella, el proceso de identificación resultaba lo más desagradable, especialmente tratándose de niños porque invariablemente suponía tratar con unos padres destrozados.

Laurie pasó a la oficina de identificación y le agradó comprobar que su guardia coincidía con la de Marvin. Este ya había preparado café y dispuesto las carpetas de los casos que se habían presentado y tenía una de ellas delante.

Laurie y Marvin intercambiaron un saludo de bienvenida y se sirvieron una taza de café.

—Parece que vamos a tener un día muy ocupado —dijo Laurie contemplando los expedientes.

—Eso me temo —convino Marvin, que golpeó con los nudillos la carpeta que tenía frente a sí—. Además, nos ha llegado otro de esos extraños casos de fallecimiento postoperatorio del Manhattan General.

—¿Lo dices en serio?

—Viene con una nota de Janice.

Laurie la leyó rápidamente. Resumía el perfil de Patricia Pruit y daba respuesta a las preguntas más pertinentes. Laurie contuvo el aliento. Suponiendo que no encontrara ninguna patología evidente, su serie sumaría catorce casos, de los cuales ocho correspondían al Manhattan General. Aquello no podía continuar.

—Hagamos primero a Pruit —dijo.

—¿Cómo? ¿Antes que esos dos chicos? —inquirió Marvin—. ¿Has visto a toda la prensa que hay ahí fuera?

—La he visto, y podrá esperar un poco más —contestó Laurie, deseosa de confirmar lo antes posible que Pruit formaba parte de su serie y de comunicárselo a Roger. Tenían que hacer algo. No podían quedarse al margen más tiempo.

—De acuerdo. Me voy abajo a prepararlo.

—¿Hay alguna otra cosa importante?

—Me parece que es casi todo rutina, y creo que querrás saltarte la mayoría. Mi impresión es que nos esperan cuatro casos, pero puede que tengas otras ideas.

Mientras Marvin bajaba a la sala de autopsias, Laurie examinó todas las carpetas. Tal como imaginaba, Marvin tenía razón. Se ocuparían de cuatro casos y darían por terminada la jornada a menos que les llegara algo importante mientras estaban trabajando. Con el asunto decidido, subió a su despacho a dejar el abrigo y se alegró de haberlo hecho porque encima de la mesa la aguardaba una pila de historiales clínicos. Para su sorpresa, los ayudantes de personal habían conseguido los de Lewis y Sobczyk del Manhattan General y los seis del St. Francis en un tiempo récord.

La carpeta que había encima de todo pertenecía a Rowena Sobczyk. Laurie la abrió y la hojeó deteniéndose en las notas de quirófano y el resumen de anestesia. Lo mismo que en los casos de McGillin y Morgan, no había nada fuera de lo normal. Iba a dejarla en su sitio cuando se desplegó una tira de papel con un extraño electrocardiograma. Tenía unos sesenta centímetros de largo y había sido doblada en forma de acordeón y pegada a una página. Laurie abrió la carpeta por aquel punto. Se trataba de una nota escrita por el residente encargado del intento de reanimación. Laurie la leyó, pero no entendió nada. A continuación extendió el electrocardiograma y lo estudió. Las ondas estaban muy distanciadas, lo cual sugería latidos ineficaces, si es que habían sido latidos de verdad. Podía haberse tratado solo de una actividad electrocardíaca descoordinada que no había dado lugar a ninguna contracción muscular. A medida que la secuencia seguía, las ondas se iban distorsionando cada vez más hasta acabar en una línea recta. En el margen, garrapateado con lápiz, se leía: «Breve segmento del ECG resultante del intento de reanimación, tras el cual se dejó de registrar cualquier actividad eléctrica».

Laurie no era experta en la lectura de ECG, y aquella breve tira no le aportó nada nuevo. Sin embargo, no pudo evitar pensar que podía tener importancia, ya que no se habían obtenido registros equivalentes con McGillin ni con Morgan, que no habían presentado actividad alguna en sus ECG, y decidió mostrársela a alguien con más conocimientos que ella. Marcó el punto con una regla e incluso tomó nota en un post-it para no olvidar enseñársela a un cardiólogo.

El teléfono sonó, y el timbrazo le hizo dar un respingo. Lo miró deseando que fuera Jack y preguntándose si se trataría de él. Puso la mano en el auricular y lo dejó sonar una vez más, notando la vibración, como si de ese modo pudiera determinar la identidad de quien llamaba. A pesar de sus esfuerzos, se trataba de Marvin, y su mensaje era sencillo: en la sala de autopsias todo estaba listo.

Laurie dejó la carpeta encima del montón con la regla sobresaliendo por un lado. Estaba impaciente por poder estudiarlas durante la tarde, especialmente las de Queens, y asegurarse de que eran iguales que las del General. Luego, echó un vistazo al teléfono y pensó en llamar a Jack; fue entonces cuando vio la lucecita que le indicaba que tenía un mensaje que le habían dejado en el buzón de voz durante la noche. Descolgó y lo comprobó.

Su primera sorpresa fue la hora; y la segunda, la voz de Roger. Estaba impresionada por que se hubiera tomado tan en serio su idea y que se hubiera quedado trabajando hasta las dos de la madrugada. Y aún más impresionada estaba por el hecho de que hubiera logrado elaborar una lista de sospechosos que incluía a un anestesista llamado Najah que hacía poco había llegado al Manhattan General proveniente del St. Francis. Mientras seguía escuchando el mensaje, sintió que la invadía la satisfacción y la impaciencia por conocer el resto de los detalles. El cuándo, ya era otro asunto. Mientras se dirigía a los ascensores para bajar al sótano, se preguntó si llamaría Jack y cuándo lo haría, porque con él nunca se sabía.

Tal como Laurie había previsto, la autopsia de Patricia resultó sorprendentemente parecida a las demás de su serie, sin que pudiera hallar nada que explicara el súbito fallecimiento; en consecuencia, la zona operada no mostraba rastros de infección ni haber sangrado excesivamente; tampoco encontró coágulos en los conductos principales de las piernas, abdomen o pecho. El corazón, pulmones y cerebro eran totalmente normales.

Al final del procedimiento, Laurie ayudó a Marvin a trasladar el cuerpo a la camilla.

—¿Cuál de los niños quieres hacer primero? —preguntó Marvin mientras desbloqueaba las ruedas de la camilla.

—Me da igual —contestó Laurie. Había abierto los dos expedientes en una mesa cercana y estaba buscando el informe de los investigadores forenses. Luego, pensándolo mejor añadió—: ¿Por qué no traes a los dos?

—Por mí, no hay problema —repuso Marvin empujando el cuerpo de Pruit y saliendo por la puerta.

Años antes, Laurie habría cogido las carpetas para llevárselas y leerlas en el comedor entre caso y caso; pero, con el traje lunar puesto, era demasiado trabajo, de modo que revisó los informes de pie, con el ruido del ventilador de fondo. Enseguida comprendió por qué los periodistas mostraban tanto interés. Aquel trágico episodio tenía la clase de morboso atractivo que gustaba a la prensa sensacionalista. El accidente había ocurrido a las tres de la madrugada, en la estación de la calle Cincuenta y nueve. El metro del centro había entrado a toda velocidad y arrollado a los dos muchachos.

El problema residía en las contradictorias versiones: el maquinista aseguraba que los chicos habían esperado hasta el último segundo para saltar, y que por lo tanto no había podido hacer nada. Aquello sugería un doble suicidio, pero dado que el maquinista había dado positivo en la prueba del alcohol, su testimonio era más que dudoso. La otra versión provenía del revisor, que aseguraba haber estado entre el primero y el segundo vagón, asomado mirando la estación mientras el tren se acercaba; según él, no había visto a los chicos en la plataforma, además había pasado la prueba del alcohol. La tercera, era del empleado de la taquilla, que decía haber visto salir por el torniquete a alguien sospechoso justo después de que los chicos desaparecieran.

La puerta de la sala se abrió de golpe, y Marvin entró empujando otra camilla.

—Esto va a ser un feo espectáculo.

—Me lo imagino —dijo Laurie, que siguió leyendo el informe. No se habían encontrado notas de suicidio ni en la plataforma ni encima de las víctimas. Las conversaciones con los padres no habían revelado tendencias depresivas. Según las palabras de uno de ellos, los chicos eran «gamberros y maleducados, pero nunca se habrían suicidado».

—Voy a buscar al otro —anunció Marvin.

Laurie le hizo un gesto de conformidad y siguió leyendo. Nuevamente estaba impresionada con la labor de Janice. No llegaba a entender cómo era capaz de reunir tanta información en una sola noche.

Cuando hubo acabado de leer, sacó las hojas de ambas carpetas para las anotaciones de la autopsia y se dio la vuelta para enfrentarse al primero de los dos cadáveres. Marvin entró entonces con el segundo.

—¡Cielo santo! —exclamó Laurie al contemplar los restos del primer muchacho. Los adolescentes no le suponían tanto obstáculo como los niños pequeños, pero seguían siendo difíciles para ella.

Ser arrollado por un tren figuraba en lo más alto de la escala de experiencias traumáticas. El brazo del chico había sido seccionado a la altura del hombro y descansaba al lado del torso. Cabeza y rostro habían quedado reducidos a pulpa. Iba a resultar imposible adecentar los cuerpos para los padres.

Laurie empezó el examen externo describiendo los más que visibles traumatismos. Resultaba evidente que el cuerpo había quedado atrapado bajo las ruedas del tren hasta que este se había detenido.

—Aquí está el segundo —dijo Marvin apartando la camilla vacía y dejándola en un rincón.

Laurie le hizo un gesto con la mano sin volverse. Había encontrado algo inesperado en el pene del chico que la había llevado a examinarle las plantas de los pies. Marvin se le unió al otro lado de la mesa.

—Ya me había fijado en eso —dijo siguiendo la dirección de la mirada de Laurie—. ¿Tú qué opinas?

Además de las abrasiones, se veía una zona requemada.

—¿Dónde están los zapatos? —preguntó Laurie.

—En una bolsa de plástico, en el vestíbulo.

—Tráelos —pidió Laurie. Estaba preocupada, y enseguida se acercó al segundo chico.

Cuando Marvin regresó con los objetos personales de las víctimas, Laurie estaba segura de haber resuelto el misterio valiéndose solo del examen externo. Marvin le entregó las zapatillas de los muchachos. Igual que todo lo demás, eran un feo espectáculo. Laurie las cogió y comprobó las suelas.

—Me parece que lo ocurrido está bastante claro.

—Ah, ¿sí? —preguntó Marvin—. Ilústrame.

En ese momento, la puerta de la sala se abrió bruscamente, sobresaltando a los dos. Era Sal D'Ambrosio, uno de los ayudantes del depósito, y sonaba más animado que de costumbre.

—Tenemos un cuerpo sin cabeza y sin manos que acaba de llegar junto con unos cuantos policías. ¿Qué hago?

—¿Lo has pasado por rayos X, pesado y fotografiado como se supone que hay que hacer? —preguntó Laurie.

En agudo contraste con Marvin, que apenas necesitaba que le dijeran nada, la apatía de Sal solía poner de los nervios a Laurie. Existía un protocolo que había que seguir con todos los cuerpos que llegaban.

—De acuerdo, de acuerdo —contestó Sal percibiendo la impaciencia de Laurie. Pensé que estando la poli por aquí iba a ser distinto.

Se retiró, y la puerta se cerró.

Laurie hizo una breve pausa. Oír que acababa de llegar un

cuerpo sin manos ni cabeza le producía una sensación de *déjà vu* que la retrotraía siete años atrás, cuando le habían llevado un cadáver similar que había estado flotando un tiempo en el East River. No sin esfuerzo, habían logrado identificarlo. El nombre del sujeto resultó ser «Franconi», y el tal Franconi había acabado llevándola a ella y a Jack a través de una increíble aventura por Guinea Ecuatorial y África Occidental.

—¡Eh! —exclamó Marvin sacándola de su ensoñación—. ¡Vamos! Me tienes en ascuas. ¿Qué ha pasado con estos dos chicos?

Laurie se dispuso a explicarlo, pero la puerta de la sala se abrió nuevamente y para sorpresa de ambos, entró una figura con mascarilla, gorro y enfundada en una bata.

—Lo siento, pero no se permite el acceso. Es peligroso, y hay que llevar obligatoriamente un traje protector —dijo Laurie alzando la mano igual que un agente de tráfico. Por un momento, pensó que se trataba de algún periodista especialmente audaz que de algún modo había logrado burlar los sistemas de seguridad.

—¡Venga ya, Laurie! —contestó el hombre parándose en seco—. Jack me dijo que durante los fines de semana las normas no eran tan estrictas y que solo se pone ese maldito traje si existe riesgo de infección.

—¿Eres tú, Lou? —preguntó Laurie.

—Sí, soy yo. No irás a obligarme a que me meta en uno de esos trajes, ¿verdad? No lo soportaría.

—Si Calvin te ve, te expulsará de por vida.

—En serio, ¿cuántas posibilidades hay de que entre?

—Ninguna, supongo.

—Ahí lo tienes —dijo Lou. Se acercó a Laurie, miró los restos de los dos chicos y desvió bruscamente los ojos—. ¡Puag! ¡Menudo espectáculo! ¿Y tú te ganas la vida con esto?

—Sí, tiene sus desventajas —convino Laurie—. ¿Qué te trae por aquí a estas horas de un sábado?

—El caballero sin cabeza con el que he venido. Créeme, ha organizado un bonito revuelo en el Manhattan General. Ya te lo digo, ese sitio se va a convertir en mi maldición.

—Creo que será mejor que me pongas en antecedentes.

—Esta mañana me llamaron de madrugada. Según parece, el tipo que se ocupa de los cadáveres en el General llegó a trabajar a la hora de costumbre y se encontró con un cuerpo que en principio no tenía que estar allí. —Lou se echó a reír—. No sé, eso de encontrarse con un cuerpo de más en el depósito tiene su gracia. He oído de cuerpos que se han perdido o que no estaban donde debían, pero encontrarse con uno de más resulta poco corriente.

—¿Y por qué te llamaron a ti? ¿No se podía hacer cargo la policía del distrito?

—Mi capitán se enteró justo después de que allí asesinaran a su cuñada. Prácticamente tiene línea abierta con el hospital. Así que me ha llamado a primera hora y me ha ordenado que moviera mi culo hasta aquí. El problema es que no hemos hecho ningún progreso con el caso de su cuñada, de modo que me toca joderme. De todos modos, este caso presenta algunas similitudes porque el cuerpo tiene lo que parecen ser dos agujeros de bala, igual que la cuñada.

—¿No hay identificación?

—No. Ni idea. Y en el hospital no falta nadie, ya sea entre los pacientes o entre el personal.

—¿Y qué hay de las manos y la cabeza?

—Han desaparecido. No se han encontrado en ninguna parte.

—¿Y me dices que tu capitán cree que este cadáver está relacionado en algún sentido con el caso de su cuñada?

—Bueno, no lo dijo con estas mismas palabras, pero eso era lo que estaba pensando sin duda. Esto es de lo más raro. Este cuerpo estaba limpio como una patena cuando el tío del depósito lo encontró en el fondo de la vieja nevera de Anatomía. Nada de sangre ni tripas. Nada, como si el tío acabara de salir de la ducha. Si quieres saberlo, este asunto me parece de lo más raro; y mira que en mi carrera he visto la tira de casos raros.

—¿Cómo habían cortado las manos y la cabeza?

—¿A qué te refieres?

—A si eran cortes limpios o si las habían seccionado a hachazos.

—No. Limpios, muy limpios.

—¿Quizá como solo un médico sabría hacerlo?

—Supongo. No se me había ocurrido, pero sí, de ese modo.

—Suena a caso intrigante.

—¿Te ocuparás de él ahora mismo? El capitán me ha dicho que quiere noticias lo antes posible.

—Estaré encantada de hacerlo, pero no antes de haber acabado con estos dos chicos.

Lou miró a Laurie y echó otro vistazo a los restos.

—¿Qué ha pasado aquí?

—Dos chicos arrollados por un tren.

Lou hizo una mueca.

—¿Y esto es lo que ha atraído a los tipos de la prensa que hay en el vestíbulo?

—Eso me temo. La simple idea de ser atropellado por un tren ya es bastante macabra, pero lo que realmente interesa a esa prensa sensacionalista es si se trata de un doble asesinato o de un doble suicidio.

—Sí —dijo Marvin interviniendo por primera vez—, me iban a aclarar el misterio justo cuando ha irrumpido usted.

—¿De verdad? —preguntó Lou, que venció su renuencia y se acercó un poco más—. Parece como si a estos chicos los hubieran metido en una picadora de carne. ¿Qué fue, suicidio o asesinato?

—Ninguna de las dos cosas. Fue un accidente.

Tanto Marvin como Lou miraron a Laurie con evidente sorpresa.

—¿Cómo puedes estar tan segura? —preguntó el detective.

—Estoy segura de que cuando les haga los post mórtem hallaré pruebas de que ambos muchachos estaban muertos cuando el tren los golpeó. Mirad estas pequeñas quemaduras en las plantas de los pies —Laurie levantó los pies de los cadáveres y les mostró las zonas requemadas.

—¿Qué estoy mirando? —preguntó Lou.

—Quemaduras —repuso Laurie, que a continuación señaló los penes de las víctimas—, igual que estas de la punta de sus glandes.

—¿Qué coño son «glandes»?

—Es el plural de «glande», la cabeza del pene.

—¡Ay! —exclamó Lou fingiendo una mueca de dolor.

—Creo que estos dos chicos cometieron el error fatal de orinar juntos en el tercer raíl mientras estaban de pie en el borde de hierro del andén o sobre las vías mismas. Debieron establecer tan buen contacto que la electricidad subió por los chorros de orina y los electrocutó a los dos al mismo tiempo.

—¡Dios mío! —exclamó Lou—, ¡recuérdame que nunca haga semejante cosa!

El detective se quedó durante la autopsia de los muchachos, que transcurrió rápidamente. Tal como Laurie había predicho, encontraron pruebas visibles de que los brutales traumatismos recibidos habían tenido lugar después de que sus corazones hubieran dejado de latir. Mientras trabajaba, Laurie puso a Lou al corriente del primer caso que había hecho, el de Patricia Pruit, y le contó que su serie de muertes misteriosas en el Manhattan General ascendía ya a ocho.

—Caramba —contestó el detective—, Jack me dijo ayer que tenías siete y que empezaba a estar convencido de tu idea de un asesino múltiple, pero que nuestro departamento todavía no la respaldaba. ¿Cuál va a ser la postura de Calvin ahora? ¿Va a tomar partido oficialmente?

—Calvin no sabe nada de la paciente de hoy —dijo Laurie—. Ignoro cuál puede ser su reacción, pero no soy optimista. Me temo que hará falta que ocurra algo gordo para que abra los ojos, sobre todo porque no hemos sacado nada en claro de Toxicología. Cuando se trata del Manhattan General es como si llevara anteojeras; lo sigue viendo como el viejo y venerable centro académico donde hizo sus prácticas. Lo último que Calvin desearía es manchar el buen nombre de ese centro.

—Lo que de verdad dañará el buen nombre es que los pacientes sanos se les sigan muriendo. De todas maneras, hazme saber si cambia de opinión. Tal como le dije a Jack, con todo lo que está ocurriendo, me veo con las manos atadas, al menos oficialmente. Todo mi esfuerzo se lo dedico al caso Chapman, y si no consigo dar con un sospechoso voy a acabar vendiendo enciclopedias de puerta en puerta.

—La verdad es que estoy trabajando con el doctor Rousseau para encontrar algún posible sospechoso. Anoche me dejó un mensaje en el contestador diciéndome que estaba haciendo progresos.

—Por razones que conoces bien, no me gusta escuchar que estás trabajando con ese tío, pero si me das unos cuantos nombres quizá pueda hacer algo, aunque no sea de manera oficial.

—De hecho, creo que ya tenemos uno —dijo Laurie, que acabó de suturar al último de los chicos y le entregó el instrumental a Marvin—. Bueno, vayamos a ver a nuestro caballero sin cabeza antes de ocuparnos de nuestro turista.

El turista era el cuarto caso que tenían previsto, y se trataba de un estudiante universitario que había sido descubierto a primera hora en Central Park por un corredor y que presumiblemente había fallecido a causa de una intoxicación etílica. Su nivel de alcohol en la sangre se salía de las tablas.

Mientras Marvin iba a buscar a Sal para que lo ayudara a retirar los cuerpos de los dos chicos, Laurie siguió hablándole a Lou sobre su serie; le explicó su idea de que el potencial asesino parecía haberse trasladado del St. Francis al Manhattan General, que Roger iba a comprobar quiénes habían sido transferidos y que era posible que hubiera hablado ya con alguno de ellos, entre los que estaba un anestesista llamado Najah.

—Espera un segundo —la interrumpió Lou alzando la mano—. No sigas. ¿Me estás diciendo que este amiguito tuyo planea acercarse en persona al tal Najah y a otros posibles sospechosos?

—Eso creo, sí —respondió Laurie, sorprendida porque no había esperado una reacción tan negativa por parte del detective.

—¡Eso es una locura! —dijo Lou—. Ya sabes qué opino de hacer de detective aficionado. Una cosa es conseguir una lista de nombres como resultado de haberse estrujado los sesos y otra muy distinta abordar a alguien concreto.

—¿Por qué? Hay que reducir el número para averiguar quién es realmente sospechoso. De otro modo, no sería más que simple conjetura.

—¡Dios mío, Laurie! ¡No me gusta oírte hablar así! Supongamos por un segundo que, tras tu serie de muertes, se oculta realmente un asesino múltiple. Si es así y no está rematadamente loco, será sumamente peligroso. ¡El más mínimo contacto podría parecerle una provocación suficiente!

Marvin y Sal entraron en la sala de autopsias. Mientras retiraban las camillas con los restos de los adolescentes, Lou y Laurie se mantuvieron en silencio. Ambos eran conscientes de la repentina vehemencia del detective. Cuando la puerta se cerró tras los dos ayudantes, Lou carraspeó.

—Lo siento —dijo—, no era mi intención parecer brusco. Es que los detectives aficionados me dan más miedo que el demonio. Lo último que me gustaría es que fueras por ahí jugándote la vida como con aquel caso de Paul Cerino y la cocaína. Tratar con psicópatas no es para novatos.

—Creo que te entiendo.

—Hablando de algo más agradable —dijo Lou, deseoso de cambiar de asunto—, tenía ganas de preguntarte sobre la cena con Jack. ¿Cómo te fue? ¿Vais a enterrar el hacha de guerra de una vez?

Laurie se tomó tiempo para contestar y, cuando lo hizo, fue para decir únicamente que el jurado seguía deliberando. Lou no quedó satisfecho con la respuesta, pero su intuición le aconsejó que lo dejara correr.

Marvin y Sal regresaron empujando una única camilla. Cuando Marvin hubo dejado las radiografías que llevaba bajo el brazo, los dos ayudantes trasladaron expertamente a la mesa de autopsias el cuerpo del hombre sin manos ni cabeza.

—Ahora veo lo que querías decir —dijo Laurie tras echar un vistazo al cuerpo—. Está notablemente limpio.

A diferencia de los destrozados cuerpos de los adolescentes, allí no había sangre, ni siquiera en el cuello y las muñecas, donde los cortes habían sido tan limpios que parecían salidos de las ilustraciones de un libro de anatomía. Sal sacó la camilla, y Marvin dispuso las radiografías en el iluminador.

Las dos balas destacaban igual que dos manchas blancas en medio de una masa grisácea. Una estaba aplastada y tenía forma irregular, la otra era normal. Laurie señaló la deformada cápsula en medio del torso.

—Mi opinión es que esta dio en la columna —dijo indicando un defecto en una de las vértebras—. Yo diría que acabó en el hígado. La otra se halla en el mediastino, el centro del pecho, y no me sorprendería si descubrimos que ha penetrado en el arco aórtico. Ese ha sido el disparo fatal.

—Parece un nueve milímetros —dijo Lou.

—Enseguida lo veremos —repuso Laurie volviendo junto al cuerpo para iniciar el examen externo.

Se situó a la derecha del cadáver, con Marvin al otro lado, y le pidió que hiciera rodar el cuerpo hacia él. Quería ver las entradas de bala y fotografiarlas; pero, cuando Marvin hizo lo que le pedían, Laurie descubrió un pequeño y trabajado tatuaje en forma de pulpo en la base de la espalda del cadáver.

Trastabilló, jadeó pesadamente y tuvo que aferrarse al borde la mesa para no desplomarse. Tenía la mirada fija en el tatuaje.

—Doctora, ¿estás bien? —preguntó Marvin.

Laurie no se movió. Aunque le habían flaqueado las piernas, en eso momento parecía petrificada.

—¡Laurie! ¿Qué ocurre? —exclamó Lou acercándose para mirar.

Laurie meneó la cabeza para salir del momentáneo trance y dio un paso atrás.

—Necesito hacer una pausa —dijo con apenas un hilo de voz—. Esta autopsia va a tener que esperar. —Dio media vuelta y se dirigió hacia la puerta.

Marvin y Lou la siguieron con la mirada. El policía la llamó, pero ella no contestó. Cuando la puerta se hubo cerrado, Lou miró a Marvin.

—¿Qué ocurre?

—Ni idea —repuso Marvin poniendo el cuerpo nuevamente boca arriba y soltando una risa desprovista de humor—. Es la primera vez que pasa algo así. Quizá se encuentra mal.

—Creo que iré a comprobarlo.

Esperando encontrar a Laurie en el pasillo, Lou se sorprendió al no ver a nadie. Desde donde se encontraba, podía ver todo el camino hasta la oficina de seguridad, y allí tampoco parecía que hubiera nadie. Confundido por lo que estuviera ocurriendo, pasó ante la fila de compartimientos refrigerados donde se guardaban los cuerpos antes de proceder a su autopsia. Cuando llegó al final, a su izquierda había una gran zona refrigerada donde se podía entrar y a su derecha el cuarto de suministros donde se almacenaban los trajes lunares. A pesar de que se hallaba parcialmente fuera de su campo de visión, alcanzó a distinguir a Laurie quitándose el traje protector. Cuando se asomó, ella estaba conectando la batería al cargador.

—¿Qué pasa? —inquirió Lou—. ¿Te encuentras bien? ¿No vas a realizar la autopsia?

Laurie se dio la vuelta y miró a su amigo. Tenía los ojos llenos de lágrimas.

—¡Eh! —exclamó el detective—. ¿Qué ocurre?

Se quitó la mascarilla, el gorro y la bata que llevaba encima de su ropa de calle y envolvió a Laurie en un largo abrazo. Ella no se resistió.

Tras unos minutos, Lou se apartó un poco para mirar el rostro de Laurie sin dejar de abrazarla. Ella levantó una mano, se apartó las lágrimas de la cara y se secó los dedos en la ropa.

—¿Estás lista para hablar? —preguntó él en voz baja.

Laurie asintió, pero no hizo ademán de querer deshacer el abrazo. Respiró hondo, intentó decir algo, pero se detuvo para enjugarse los ojos de nuevo.

—Tómate tiempo —dijo Lou.

—Me... Me temo que conozco la identidad de ese cuerpo descabezado —dijo finalmente Laurie con voz entrecortada—. Es Roger Rousseau, mi amigo del Manhattan General.

—¡Santo Dios! —exclamó el policía tanto por compasión

como por enfado—. Ahora ves por qué es tan peligroso hacer de detective aficionado.

—No necesito que me sermonees —dijo Laurie apartándose.

—Lo sé. Lo lamento, pero esto es un desastre.

—Dímelo a mí —lo retó Laurie—. Esta persona era alguien importante en mi vida, y fui yo quien lo empujó hasta donde está ahora. ¡Dios mío, qué horror! —sollozó hundiendo en rostro entre las manos.

—Perdóname, doctora, pero eso no fue lo que pasó. Tú le sugeriste que buscara algunos nombres. Si no estoy equivocado, no le pediste que fuera por ahí hablando con presuntos sospechosos. Eso fue idea suya.

—En estos momentos, me parece una diferencia puramente académica —dijo Laurie dejando caer los brazos.

—¿Vas a ocuparte del caso?

—No. No voy a ocuparme de ese caso —espetó Laurie.

—Vale, vale. No hace falta que te enfades conmigo. Estoy de tu parte.

—Lo siento —repuso ella meneando la cabeza.

Robert Harper, el jefe de seguridad del departamento, cruzó el campo de visión de Laurie cerca de los refrigeradores y desapareció en dirección a la sala de autopsias. A continuación dio media vuelta y reapareció ante los ojos de Laurie.

—Los tipos de la prensa se están poniendo nerviosos —informó—. Se han enterado de lo del cuerpo sin cabeza e insisten en conocer los detalles.

—¿Cómo lo han sabido? —preguntó Laurie.

Robert hizo gesto de no saberlo.

—Ni idea. Marlene me acaba de llamar para que suba a calmar las aguas.

Laurie miró a Lou, y este alzó las manos en señal de inocencia.

—Yo no les dije nada.

Laurie meneó la cabeza, disgustada.

—Esto es un maldito circo.

—¿Qué quiere que les diga? —preguntó Harper.

—Dígales que voy a llamar al director.

—Dudo que se contenten con eso.

—Pues no tendrán más remedio —declaró Laurie abriéndose paso entre los dos hombres y regresando a la sala de autopsias.

Robert y Lou intercambiaron una rápida mirada antes de que el jefe de seguridad volviera arriba, y el detective siguiera los pasos de Laurie. Avivando el paso, Lou se puso enseguida a la altura de Laurie.

—Hay que hacer la autopsia de Rousseau —le dijo.

—No hace falta que me digas lo que ya sé —contestó Laurie abriendo la puerta de la sala de autopsias. Se asomó dentro y le dijo a Marvin que se tomara un descanso y que ya lo llamaría. A continuación, se dirigió al ascensor con Lou pisándole los talones.

Mientras subían, él la miró. Por el momento, el shock y la tristeza de Laurie se habían convertido en furia.

—Quizá esto sea la gota que colme el vaso y, a partir de ahora, todos los que no me creían cambien de opinión sobre esta serie que he descubierto.

—Me permito discrepar —la corrigió Lou—. La muerte de Rousseau no confirma inequívocamente que los fallecimientos de esos pacientes fueran asesinatos. Lo único que nos dice es que tenemos un asesino suelto en el Manhattan General que tiene entre sus objetivos a médicos y enfermeras. Puede que ese tío esté matando también a los pacientes, pero también puede que no. No te precipites en sacar conclusiones.

—Me da lo mismo lo que digas. Sigo creyendo que está relacionado.

—Puede ser. ¿Rousseau te dio algún otro nombre aparte del de Najah?

—No. Ese fue el único.

—Pero tú crees que tenía otros.

—Sin duda. Me lo dio a entender.

—¿Sabes si es posible que los pusiera por escrito?

—Sí. Mencionó que tenía varias listas.

—Bien, gracias a Dios por sus pequeños favores.

Llegaron a la planta de Laurie, y Lou salió tras ella a toda prisa, siguiéndola hacia su despacho. Cuando Laurie se sentó a su mesa, él hizo lo mismo en la de Riva. Tras algunas vacilaciones, Laurie marcó el número de Jack y rogó para que estuviera en su apartamento en vez de jugando al baloncesto. Para su alivio, Jack contestó al segundo timbrazo.

—Lamento molestarte, pero... —empezó a decir Laurie.

—¿Molestarme? No me molestas, me alegro de saber de ti.

—Sé que te dije que esperaría a que me llamaras, pero ha surgido algo, Jack. Necesito que vengas.

—¿Los casos que tienes son tan aburridos que necesitas que alguien te alegre la vida? —dijo él, pero Laurie lo interrumpió.

—¡Por favor, déjate de sarcasmos! Acaban de traernos a Roger Rousseau como víctima sin identificar de un asesinato. Le pegaron dos tiros anoche en el Manhattan General.

—Voy para allá —contestó Jack y colgó.

Tras dejar lentamente el auricular, Laurie apoyó los codos en la mesa, la cabeza en las manos y se frotó los ojos. Era como si toda su vida hubiera escapado a su control desde aquella desdichada noche en el apartamento de Jack, cuando no había podido dormir. Tenía la impresión de estar saltando de desastre en desastre. Tras ella, podía oír a Lou hablando con alguno de sus hombres en el Manhattan General y ordenándoles que precintaran el despacho del doctor Rousseau hasta que él llegara y que investigaran a un tal doctor Najah.

Un involuntario gemido escapó de los labios de Laurie cuando se enderezó y se apartó las manos de la cara. Sin duda lamentaría la muerte de Roger, pero eso sería más tarde. Descolgó, marcó el número de Calvin y cruzó cuatro palabras con su esposa. El subdirector se puso al aparato inmediatamente después.

—¿Qué pasa? —preguntó en tono impaciente. A Calvin no le gustaba que lo molestaran en su casa si no era por una buena razón.

—Me temo que bastantes cosas. Primero, lo más importante, aunque no sé cómo explicarlo.

—No estoy de humor para adivinanzas, Laurie. Limítese a decirme lo que tenga que decir.

—De acuerdo. Estoy segura en un noventa y cinco por ciento de que el jefe de personal médico del Manhattan General, Roger Rousseau, un amigo con quien he compartido mis dudas sobre esa serie de extrañas muertes, yace en estos momentos en mi mesa esperando a que le haga la autopsia. Anoche le pegaron dos tiros en el hospital, y esta mañana lo han encontrado en uno de los refrigeradores de Anatomía.

Durante un momento, Calvin no dijo una palabra, y Laurie habría pensado que la comunicación se había cortado de no ser porque oía su pesada respiración.

—¿Y cómo es que no está segura en un cien por cien? —preguntó al fin el subdirector.

—Porque el cuerpo no tiene ni manos ni cabeza. Quien sea que lo haya hecho, no quería que lo identificaran.

—Así que ingresó como anónimo.

—Eso es.

—¿Y cómo es que ha conseguido identificarlo con un noventa y cinco por ciento de seguridad?

—Porque le he visto un pequeño e inconfundible tatuaje.

—Supongo que puede decirse que esa persona era algo más que un simple amigo.

—Era un amigo —insistió Laurie—. Un buen amigo.

—De acuerdo —dijo Calvin cambiando de tema—. Conociéndola como la conozco, supongo que cree que este suceso viene a respaldar su tesis del asesino múltiple.

—Sin duda. Ayer mismo le hablé de las víctimas de Queens y le propuse que investigase a los empleados que habían sido trasladados del St. Francis al General. Por la noche me dejó un mensaje en el contestador diciendo que había conseguido los nombres de unos cuantos sospechosos en potencia y que iba a intentar hablar con ellos.

—¿La policía interviene directamente?

—Desde luego. El detective Lou Soldano se encuentra aquí mismo ahora, hablando con su gente del hospital.

—Me parece que no sería apropiado que usted se encargara de esa autopsia.

—Nunca se me ha pasado por la cabeza. Jack está a punto de llegar.

—Jack no está de guardia suplente.

—Lo sé, pero pensé que no solo sería bueno que hiciera la autopsia, sino también que viniera a apoyarme emocionalmente.

—De acuerdo. Me parece bien —convino Calvin—. ¿Está segura de que quiere quedarse? Puedo llamar a alguien para que la sustituya el fin de semana. Me imagino que habrá sido un buen susto.

—Lo ha sido, pero prefiero quedarme.

—Usted decide, Laurie. No voy a forzarla. Al mismo tiempo, debo ser claro en cuanto a la posición del departamento respecto a su serie. Como ya le dije en su momento, lo nuestro no son las especulaciones. No tenemos pruebas de que las muertes de esos pacientes fueran homicidios. ¿Estamos en el mismo lado, Laurie? Quiero estar seguro porque no deseo que hable con la prensa. Hay demasiado en juego.

—Esta mañana nos ha llegado otro caso para mi serie —dijo Laurie—. Una mujer sana de treinta y siete años. Con ella ya son ocho solo en el Manhattan General.

—Las cifras no van a hacerme cambiar, Laurie; y no deberían hacerla cambiar a usted. Lo que sí me haría cambiar sería que John apareciera con algo de Toxicología. El lunes intentaré presionarlo un poco, a ver si redobla sus esfuerzos.

Y servirá de mucho, claro, pensó con desánimo Laurie, sabedora de los esfuerzos hechos.

—¿Qué más ha pasado? —preguntó Calvin—. Me ha dado a entender que había algo más.

—Y lo hay —admitió Laurie—. No lo habría molestado con eso; pero, ya que hablo con usted, será mejor que le informe. —Laurie le explicó la historia de los dos muchachos. Al acabar mencionó a los reporteros del vestíbulo y añadió—: Me gustaría tener su permiso para informarles de mis averiguaciones en ese asunto. Me parece que va en beneficio del público que esa información se difunda para que no haya más chavales a los que se les ocurra la idea de orinar en las vías.

—¿La prensa se ha enterado del caso del cuerpo sin cabeza?

—Por desgracia sí.

—Si habla con ellos, ¿será capaz de morderse la lengua y evitar mencionar ese cuerpo descabezado y su serie? Sin duda le preguntarán.

—Creo que sí.

—O sí o no, Laurie.

—¡De acuerdo! ¡Sí! —exclamó, impaciente.

—No se ponga chula conmigo, Laurie, o no le daré permiso para que hable con la prensa.

—¡Lo siento! Estoy un poco estresada.

—Puede hablar con la prensa sobre el incidente del tren con la condición de que haga hincapié en que sus averiguaciones son preliminares y que están pendientes de confirmación. Quiero que diga eso concretamente.

—Sí, conforme —contestó Laurie, repentinamente deseosa de colgar. Estaba cansada de hablar con Calvin porque le recordaba el lado político de la profesión de forense.

Dejó el teléfono, se volvió para mirar a Lou, que también había terminado sus llamadas, e hizo una mueca ante la súbita punzada de dolor que le atravesó la parte baja del abdomen. Por suerte, estaba lejos de ser como la que había sufrido la noche anterior en el taxi; pero, no obstante, llamó su atención.

—Jack está en camino —dijo, cambiando de postura para aliviar el dolor. Lo consiguió hasta cierto punto, pero no del todo—. Él se ocupará de la autopsia de ese cuerpo sin cabeza.

Lou asintió.

—Lo he oído. Me parece bien porque no creo que debas hacerla tú. También he oído tu plan de ir a hablar con los tíos de abajo. Si quieres, puedo echarte una mano ocupándome yo del asunto del cadáver sin cabeza, así tú podrás limitarte al accidente del tren. De esa manera te ahorrarás problemas con Calvin.

—Me parece un buen plan —dijo Laurie. Se levantó y el dolor disminuyó.

—Además, tengo que decirte que he averiguado algo muy interesante. El tal doctor Najah tiene antecedentes. Fue detenido hace cuatro años intentando subir a un avión para Florida con una pistola en su maletín. Naturalmente, dijo que se había tratado de un accidente y que se la había dejado allí por error. De todas maneras, tenía permiso de armas.

—¿Era una nueve milímetros?

—Lo era.

—Interesante.

Laurie apoyó la mano en la cadera para poder masajearse disimuladamente el abdomen. Al igual que por la mañana, la maniobra dio resultado al instante.

—Y hay algo más —dijo Lou—: antes de convertirse en anestesista, había sido cirujano.

—Vaya, vaya... —comentó Laurie recordando los limpios cortes del cuerpo donde las manos y la cabeza habían sido seccionados.

—Lo vamos a arrestar y a ponerlo en manos de nuestros mejores interrogadores. También vamos a pedir una orden de registro para ver si encontramos esa nueve milímetros que quería llevarse a Florida.

—Me parece una idea estupenda —convino Laurie.

18

Para sorpresa de Laurie, Jack llegó poco después de que ella y Lou bajaran a enfrentarse con la prensa. Había supuesto que él cogería un taxi, pero la corrigió y le explicó que, a aquella hora de la mañana, su bicicleta era el único vehículo adecuado cuando se trataba de cruzar la ciudad y el tiempo apremiaba.

Para Laurie y Lou, tratar con los periodistas resultó agotador desde el principio. Incluso les fue difícil hacerlos callar de lo alterados que estaban. Las posibilidades que ofrecía la historia de un cuerpo anónimo, sin cabeza ni manos, hallado en el refrigerador de un importante hospital, eran aún mejores que la de dos adolescentes arrollados por un tren. Con su imaginación característica, ya habían trazado un escenario adecuado.

Laurie se dirigió a los periodistas en primer lugar. La idea de que los chicos se habían electrocutado al orinar sobre la vía provocó cierta incredulidad, pero no despertó un desmedido interés. El grupo se mostró mucho más atento y alborotado cuando Lou les habló —aunque sin revelarles nada importante— del cuerpo sin identificar.

Poco después, Jack realizó la autopsia de Rousseau con la ayuda de Marvin mientras Lou miraba. Laurie había insistido en no estar presente, de modo que hizo equipo con Sal y se ocupó del estudiante hallado en el parque. Ambos casos quedaron listos casi al mismo tiempo.

Mientras compartían unos emparedados y unos refrescos de

las máquinas expendedores en el comedor, Jack hizo un resumen de lo hallado en la autopsia de Roger: la primera bala le había seccionado la médula espinal y lo habría dejado parapléjico de no haber sido por el golpe de gracia del segundo proyectil, que le atravesó el corazón y, tras rozar una costilla, acabó alojándose en la pared ventricular izquierda.

Durante su breve monólogo, Laurie se esforzó por mantener una apariencia de calma, sin dejar traslucir que los detalles que estaba escuchando afectaban a alguien a quien apreciaba especialmente; y, para mantener la ficción, incluso planteó algunas preguntas técnicas que Jack estuvo encantado de responder. Este explicó que la cabeza y las manos habían sido seccionadas mucho después de que el corazón hubiera dejado de latir, y que tenía la convicción de que el desdichado no había sufrido porque la muerte había sido casi instantánea. En cuanto a las balas, no cabía duda de que eran de nueve milímetros.

Después de llamar a su capitán para ponerlo al corriente de los detalles, Lou propuso a Laurie que lo acompañara al Manhattan General para ayudarlo a identificar cualquier tipo de lista que pudieran hallar en el despacho de Roger. Laurie dijo que sí sin dudarlo. Deseoso de no quedar al margen, Jack preguntó si podía acompañarlos. Según sus palabras, no quería perderse la oportunidad de participar en el castigo que AmeriCare merecía, ya que estaba convencido de que la prensa iba a tener un día especialmente atareado tan pronto intuyera lo que estaba sucediendo de puertas adentro. En especial después del caso de Patricia Pruit, se situaba claramente del lado de Laurie.

Antes de salir, Laurie pasó por la sala de comunicaciones para avisar a la operadora de que se marchaba y se aseguró de dejarle el número de su móvil. Como forense de guardia, debían poder ponerse en contacto con ella en caso de que fuera necesario.

Para dirigirse al Manhattan General, subieron todos en el Chevrolet Caprice de Lou; Laurie, delante; y Jack, detrás. La llovizna matinal se había convertido casi en bruma; aun así, Jack y Laurie prefirieron abrir sus respectivas ventanillas y aguantar la humedad antes que tener que respirar el aire del interior del vehículo. Durante el trayecto, Laurie puso a Jack al corriente del mensaje que Roger le había dejado en el contestador.

—El tal Najah parece buen candidato —comentó Jack—. Puede incluso que demasiado bueno. El hecho de que sea un anestesista quien esté tras el misterio puede explicar en buena parte por qué los de Toxicología no han encontrado nada. Podría haber utilizado algún tipo de gas sumamente volátil.

Lou le informó de lo que ya habían averiguado sobre Najah y su nueve milímetros y añadió que haría analizar la pistola por su gente de Balística, eso si tenían la suerte de encontrarla.

Salvo por la mayor presencia de policías uniformados, el hospital parecía normal, con el ajetreo habitual de gente entrando y saliendo y de pacientes trasladados en sillas de ruedas. Una larga cola de visitantes salía del mostrador de información, y un flujo constante de médicos y enfermeras con sus batas blancas cruzaba el vestíbulo.

Lou se excusó y fue a hablar un momento con uno de los policías. Jack y Laurie se mantuvieron aparte.

—¿Cómo lo llevas? —le preguntó Jack.

—Mejor de lo que pensaba —contestó Laurie.

—Me tienes impresionado —reconoció Jack—. No entiendo cómo eres capaz de concentrarte con todos los asuntos que tienes en la cabeza.

—La verdad es que intentar averiguar qué ha ocurrido aquí, me ayuda porque consigue que me olvide de mis problemas —comentó Laurie, que en esos momentos estaba pensando en el dolor abdominal que había estado padeciendo, ya que tenía la impresión de que el traqueteo del coche de Lou se lo había empeorado. No era tan intenso como el que sufrió en el taxi la noche anterior, pero se podía calificar de dolor, y Laurie pensó si no se trataría de una apendicitis. La localización correspondía, a pesar de que sus manifestaciones fueran irregulares. Justo cuando pensaba comentárselo a Jack, Lou regresó.

—Vayamos a la escena del crimen antes de pasar por el despacho de Rousseau. Según parece, los chicos del CSI han adelantado trabajo.

Cogieron el ascensor para bajar al sótano y siguieron las flechas para llegar al anfiteatro. Las viejas puertas tapizadas de cuero estaban abiertas de par en par, y una tira de cinta amarilla tendida de un lado a otro impedía la entrada. Un agente de uniforme guardaba el lugar. Lou se coló por debajo de la cinta, pero cuando Laurie quiso hacer lo mismo, el agente se lo impidió.

—Está bien —dijo Lou acudiendo en su ayuda—. Vienen conmigo. Déjelos pasar.

Unos potentes reflectores iluminaban el interior del anfiteatro semicircular, y su claridad alcanzaba incluso las filas superiores de asientos. Había varios investigadores que seguían trabajando.

—Me han dicho que habéis encontrado algo —dijo Lou al jefe de los investigadores.

—Eso creo —repuso este modestamente haciéndoles un gesto para que lo siguieran hacia la pared más alejada del escenario, donde señaló unas marcas de tiza en el suelo.

—Hemos establecido que el cuerpo acabó aquí, con la cabeza tocando el rodapié. A pesar de que la zona ha sido limpiada superficialmente, pudimos ver claramente las salpicaduras de sangre, lo cual nos dio una idea bastante clara de dónde se hallaba la víctima cuando le dispararon.

Phil guió entonces al grupo hasta la entrada del anfiteatro y señaló otros dos círculos de tiza cercanos.

—Aquí es donde encontramos los dos casquillos de nueve milímetros, lo cual nos hace pensar que el asesino se hallaba a unos cuatro metros de la víctima cuando le disparó.

Lou asintió mientras pasaba los ojos de un sitio a otro entre el lugar del cuerpo y el de los casquillos.

—Y por último —añadió Phil, guiándolos de nuevo hasta poner la mano en una mesa de autopsias—, aquí es donde fue mutilado.

—Un anfiteatro de autopsias —comentó Lou—. De lo más adecuado para el asesino.

—Desde luego —repuso Phil señalando el aparador lleno de

instrumental—. Incluso tuvo a su disposición las herramientas adecuadas. Sabemos qué cuchillos y sierras empleó.

—Buen trabajo —dijo Lou, y miró a Jack y Laurie—. ¿Se os ocurre alguna pregunta que hacer como forenses que sois?

—¿Cómo averiguasteis que la mesa de autopsias fue utilizada para seccionar las manos y la cabeza? —preguntó Jack.

—Desmontamos el drenaje —contestó Phil—. Había rastros en el codo.

—Veamos el lugar donde se halló el cuerpo —pidió el detective.

—No hay problema —respondió Phil.

Los condujo al otro lado del anfiteatro, más allá de donde habían dibujado en el suelo la silueta del cuerpo, y salieron por una puerta hasta un corto pasillo. Pasaron ante una pequeña oficina llena de trastos que, según Phil, eran del responsable del depósito. Al final del pasillo, llegaron a una recia puerta de madera que parecía salida de una carnicería. La abrieron con un chasquido, y una helada niebla que apestaba a formaldehído se esparció por el suelo.

Tanto Laurie como Jack estaban familiarizados con el tipo de cuarto que había al otro lado. Era exactamente igual que el refrigerador de Anatomía de la universidad, donde se almacenaban los cadáveres antes de ser llevados a diseccionar. A ambos lados había hileras de cuerpos colgando de tenazas insertadas en los oídos y sujetas al techo.

—El cuerpo de la víctima se encontraba en una camilla situada al fondo, cubierto por una sábana —dijo Phil señalando el final del cuarto—. Desde aquí no se ve bien. ¿Quieren que se lo enseñe?

—Yo paso —dijo Lou—. Los refrigeradores de cadáveres me ponen los pelos de punta.

—Es increíble que encontraran el cuerpo tan pronto —dijo Jack—. Me da la impresión que estos de aquí llevan años colgando.

Laurie alzó los ojos al cielo. Siempre le parecía sorprendente que Jack viera con humor cualquier situación.

—Desde luego, el asesino no quería que descubrieran el cuerpo ni que lo identificaran —comentó.

—Subamos al despacho de Rousseau —propuso Lou.

Dado que era sábado, la zona de Administración estaba casi desierta. Un agente de uniforme que estaba leyendo un ejemplar del *Daily News* se puso en pie de un salto cuando vio acercarse al grupo y en especial al detective Soldano. Tras él se hallaba la puerta del despacho de Roger, sellada con una tira de cinta amarilla de la policía.

—Confío en que nadie haya entrado ahí —dijo Lou al agente.

—No desde que usted llamó esta mañana, teniente.

Lou asintió y apartó la cinta, pero antes de que pudiera abrir la puerta, una voz lo llamó. Se dio la vuelta y vio a un hombre con aspecto de estrella cinematográfica caminando hacia él con la mano tendida. Tenía los grises cabellos veteados de rubio; y el rostro, bronceado, lo cual hacía que sus ojos azules aún lo parecieran más. Ofrecía todo el aspecto de estar recién llegado del Caribe. Lou se puso en guardia.

—Soy Charles Kelly, presidente del Manhattan General —dijo el hombre sacudiendo la mano del detective con innecesario vigor.

Lou había intentado concertar una cita con él el día antes, pero no le había sido concedida, como si semejante contacto estuviera por debajo de la categoría del presidente. Lou habría insistido si lo hubiera considerado importante; pero, tal como estaban las cosas, tenía asuntos más urgentes.

—Lo siento —añadió Charles—. Ayer no pudimos establecer contacto. Fue uno de esos días con la agenda a rebosar.

Lou asintió y vio que Kelly miraba a Jack y a Laurie, de modo que se los presentó.

—Me temo que ya conozco al doctor Stapleton —dijo Kelly, envarándose.

—¡Buena memoria! —exclamó Jack—. Debe de hacer ya más de ocho años desde que os eché una mano cuando tuvisteis aquel lío con aquellos malditos gérmenes.

Charles se volvió hacia Lou.

—¿Qué hacen ellos aquí? —Su tono era cualquier cosa menos amistoso.

—Me están ayudando en mi investigación.

Charles asintió, como si estuviera sopesando las palabras del detective.

—El lunes comunicaré al doctor Bingham que han estado ustedes aquí. Entretanto, quería presentarme ante usted, teniente, y decirle que estoy aquí para proporcionarle toda la ayuda que necesite.

—Gracias. Creo que por el momento tenemos todo lo que necesitamos.

—Hay algo más que me gustaría pedirle.

—Adelante, dispare.

—Con dos desgraciados asesinatos en prácticamente dos días, me gustaría que fuera todo lo discreto que pueda, en especial en lo tocante a los detalles morbosos del que han descubierto hoy. Es más, me gustaría pedirle con todos los respetos que cualquier información que vaya a difundirse pase primero por nuestro Departamento de Relaciones Públicas. Debemos pensar en la institución y evitar cualquier daño colateral.

—Me temo que algunos de los detalles más delicados de este caso ya están en manos de los medios —admitió Lou—. No tengo ni idea de qué más puede haberse filtrado, pero yo me vi obligado a celebrar una miniconferencia de prensa. Le aseguro que no facilité detalles. En una investigación como esta, es mejor no hacerlo.

—Esa es mi opinión precisamente, aunque supongo que por motivos diferentes —dijo Charles—. De todas maneras, estaremos agradecidos de cualquier ayuda que pueda usted brindarnos en esta desgraciada circunstancia. Buena suerte con sus investigaciones.

—Gracias —contestó Lou.

Charles Kelly dio media vuelta y se alejó.

—¡Menudo capullo! —comentó Jack.

—Apuesto a que estuvo en Harvard —dijo Lou no sin envidia.

—Vamos, acabemos con esto —apremió Laurie—, que yo tengo que volver al trabajo.

El detective abrió la puerta, y los tres entraron en el despacho.

Mientras Laurie dudaba de si cruzar el umbral, Lou y Jack fueron directamente al escritorio de Roger. Los ojos de Laurie recorrieron la estancia lentamente. Hallarse en el espacio de su amigo le hizo comprender la enormidad de la pérdida. Hacía cinco semanas que lo había conocido, y en lo más profundo de su interior sabía que no había llegado a conocerlo de verdad; aun así, le había gustado y hasta era posible que lo hubiera amado. Intuitivamente estaba convencida de que era una buena persona y era consciente de que se había mostrado generoso cuando ella lo necesitaba. Es más, creía que en ciertos aspectos, se había aprovechado de él, lo cual le provocó una punzada de culpa.

—Laurie, ven —llamó Lou.

Se disponía a acudir, pero se detuvo cuando el móvil sonó en su bolsillo. Era una de las telefonistas del departamento con un mensaje de que había llegado un caso de un sujeto detenido por la policía. Ella le aseguró que estaría de vuelta en una hora y le pidió que avisara a Marvin para que fuera haciendo los preparativos. La muerte de cualquier individuo custodiado por la policía tenía siempre repercusiones políticas. Sin duda iba a tener que hacerle la autopsia ese mismo día sin poder aplazarla al lunes.

—Parece que aquí hay mucho material —dijo Lou cuando Laurie se les unió—. Puede que estas hojas sean las más importantes porque incluso tienen asteriscos al lado de los nombres. —Entregó las hojas a Jack, que les echó un vistazo antes de pasárselas a Laurie. Se trataba de los credenciales de los doctores José Cabero y Motilal Najah.

Laurie los leyó atentamente.

—La época del traslado de Najah y el hecho de que pidiera expresamente el turno de noche lo convierten como mínimo en sospechoso.

—Me pregunto por qué el documento de su arresto no figura aquí —se preguntó Lou—. Se trata de algo importante para alguien que maneja sustancias controladas. Me refiero a que debería figurar en su solicitud al Departamento de Lucha Contra la Droga.

Laurie se encogió de hombros.

—Aquí hay otra lista en la que Rousseau puso asteriscos —dijo Lou—. Es de gente que pasó del St. Francis al Manhattan General entre mediados del mes de noviembre y mediados de enero.

Jack la examinó y se la entregó a Laurie. Ella leyó los siete nombres y tomó nota de los departamentos en los que trabajaban.

—Todos esos individuos pueden tener acceso a los pacientes, especialmente durante el turno de noche.

El detective asintió.

—Nos han hecho todo el trabajo. Es casi demasiado. Aquí hay una lista de ocho médicos que han sido despedidos de este hospital durante los últimos seis meses. Supongo que cualquiera de ellos podría ser un chiflado con ansias de vengarse de AmeriCare.

—Eso me resulta familiar —comentó Jack—. Quizá te gustaría añadir mi nombre a esa lista.

—Voy a tener que organizar todo un equipo para que empiece a trabajar en esto —dijo Lou—. Si Najah no es nuestro hombre, tendremos que interrogarlos a todos. A ver... Me pregunto qué será esto. —El detective señalaba un CD que estaba encima de las listas.

—Comprobémoslo —propuso Laurie, que cogió el disco, lo cargó en el ordenador de Roger y después tecleó rápidamente la contraseña. Jack hizo un gesto y Laurie se fijó en su reacción, pero prefirió pasarla por alto.

El contenido del disco resultó ser un archivo digital de los historiales clínicos de la serie de casos de Laurie, incluyendo los del St. Francis. Supuso que Roger había conseguido los datos de ese hospital cuando había ido a buscar los expedientes de los empleados. Explicó a Lou de qué se trataba y le preguntó si podía llevarse el disco porque podía serle de ayuda cuando revisara los que ya tenía.

El detective lo meditó un segundo.

—¿Puedes hacer una copia?

Laurie localizó el grabador del ordenador e hizo una para ella.

—La verdad es que no me importaría tampoco tener copias del material impreso —dijo después de pensarlo—. Más tarde tendré tiempo de repasarlo y quizá se me ocurra alguna idea útil. Estoy segura de que debe de haber una fotocopiadora en alguna parte.

—Me parece bien —repuso Lou—. Con tanto material, necesitaremos toda la ayuda posible.

La fotocopiadora estaba fuera del despacho, y Laurie hizo copias de todas las listas de Roger. Cuando hubo acabado, dijo a Jack y a Lou que tenía que volver al trabajo.

—¿Quieres que vuelva contigo? —preguntó Jack—. Si te apetece marcharte a casa, yo puedo quedarme de guardia en tu lugar.

—Estoy bien —le aseguró ella—. Prefiero mantenerme ocupada que quedarme en casa de brazos cruzados. Me parece bien si quieres venir, pero es cosa tuya.

Jack miró al detective.

—¿Qué plan tienes?

—Tengo que interrogar al tipo que encontró el cuerpo. Luego quiero ver al tal Najah y comprobar si hemos tenido suerte con la localización de su arma. Puede que, con recordarle que existe la ciencia de la balística, sea suficiente para que cante de plano. Eso no estaría mal.

—¿Te importa si me quedo contigo un rato? Me gustaría conocer al tal Najah.

—Como gustes.

Jack se volvió hacia Laurie.

—Iré dentro de un rato. Si quieres, te ayudaré con la autopsia del tipo ese custodiado por la policía.

—Eso no será problema —contestó Laurie—. Te veré cuando vuelvas, pero gracias por haberte encargado del caso que ya sabes. Lo digo en serio.

Laurie dio un abrazo a los dos, pero prolongó un poco más el de Jack, e incluso le dio un apretón en el brazo antes de marcharse.

Antes de abandonar la zona administrativa del hospital, Laurie pasó por los aseos de señoras. Dejó el CD y las fotocopias encima del lavabo y entró en un excusado. Mientras se aliviaba, meditó sobre la inoportuna desaparición de Roger y el trágico destino que habían sufrido los dos adolescentes, cuya travesura les había costado la vida. Ambos sucesos le recordaron que los seres humanos, como el resto de las criaturas de este mundo, grandes o pequeñas, se sostenían precariamente al borde del abismo.

Ocupada en aquellos pensamientos, dobló un trozo de papel higiénico para limpiarse, pero cuando se disponía a tirarlo al retrete notó algo extraño: tenía una pequeña mancha de sangre. ¡Estaba perdiendo!

Instintivamente, Laurie se encogió ante lo que aquello significaba. No se trataba más que una diminuta cantidad de sangre; pero, por lo que alcanzaba a recordar, no era buena señal estando embarazada, especialmente de tan pocas semanas. Sin embargo, dado que hacía tiempo que había olvidado lo que había aprendido de obstetricia durante la carrera, no quería precipitarse en sus conclusiones.

¿Por qué estas cosas siempre tienen que ocurrir los fines de semana?, se lamentó para sus adentros. Le habría gustado preguntar a Laura Riley qué significaba, pero era reacia a molestarla un sábado. Cogió otro trozo de papel higiénico y volvió a limpiarse. La sangre no reapareció, lo cual fue un alivio; no obstante, si sumaba a la sangre las molestias abdominales, el panorama resultaba como mínimo poco alentador.

Mientras se lavaba las manos, Laurie se contempló en el espejo. Las últimas noches sin apenas dormir le estaban pasando factura: aunque no estaban a la altura de las de Janice, bajo los cansados ojos tenía unas profundas ojeras, y su rostro aparecía demudado. Además, la invadía el presentimiento de que aún le quedaban más pruebas a las que enfrentarse, de modo que rogó para que, si eso sucedía, tuviera las suficientes reservas emocionales para hacerles frente.

19

Laurie no tardó tanto como había temido en regresar al trabajo; pero, de nuevo, el viaje en taxi le agravó notablemente las molestias abdominales. Marvin la estaba esperando con todo preparado, de modo que se puso a trabajar inmediatamente en la autopsia del sujeto custodiado por la policía, lo cual le resultó una buena terapia. Cuando hubo terminado, el dolor había desaparecido y en su lugar quedaba una cierta sensación de presión. Mientras se quitaba el traje de protección, se palpó la zona con los dedos. A diferencia de por la mañana, el contacto empeoró la situación. Más confundida que nunca, fue al baño para mirar si todavía manchaba, pero descubrió que no.

Subió a su despacho y contempló el teléfono. Una vez más pensó en llamar a Laura Riley, pero seguía reacia: apenas conocía a aquella mujer, y no le gustaba empezar su relación importunándola en pleno fin de semana con un problema que sin duda podría esperar hasta el lunes; al fin y la cabo, hacía días que sufría esos síntomas. La súbita aparición de unas pocas gotas de sangre era la única novedad destacable, y hasta eso parecía que había cesado.

Molesta consigo misma por su indecisión, Laurie pensó en llamar a Calvin. Podía comunicarle las últimas noticias sobre Roger y hacerle un resumen de la autopsia del custodiado por la policía en cuya garganta había descubierto amplios traumatismos que denotaban malos tratos por parte de las fuerzas del orden. Los casos así siempre resultaban complicados desde el punto de vista político, y se hacía necesario prevenir a Calvin. Sin embargo, no parecía haber presiones por parte de los medios de comunicación, y todavía faltaban los análisis de toxicología. Al final, Laurie decidió que el asunto podía esperar hasta el lunes a menos que fuera el propio Calvin quien la llamara.

En lugar de telefonear, Laurie optó por dedicar un poco de tiempo de verdad a los historiales de Queens y a las listas de Roger. Sentía que se lo debía ya que, en cierto sentido, él había dado la vida por la causa.

Lo primero en que se fijó fue en que los historiales del St. Francis eran notablemente distintos de los del General. Si este último funcionaba también como centro académico, el St. Francis era un simple hospital donde no había internos ni residentes tomando notas constantemente, de modo que los historiales eran mucho menos voluminosos. Hasta las anotaciones de las enfermeras y los médicos responsables resultaban muy breves, lo cual le facilitó la tarea.

Tal como esperaba después de haber leído los informes de los investigadores forenses, los perfiles encajaban con los del Manhattan General. Todas las víctimas eran relativamente jóvenes y habían muerto a las veinticuatro horas de haber sido operados por voluntad propia; también habían gozado todos de buena salud, lo cual hacía aún más trágica su muerte.

Laurie recordó entonces que Roger le había comentado haber averiguado que los casos del General eran de gente recién suscrita a AmeriCare. Al examinar los datos personales del historial que tenía entre manos, Laurie comprobó que también era el caso. Rápidamente verificó los otros cinco. Todos los pacientes eran suscriptores de AmeriCare desde hacía menos de un año; y dos de ellos solo llevaban dos meses.

Laurie meditó sobre aquella curiosa coincidencia y se preguntó si tendría algún significado. No lo sabía, pero de todos modos cogió una libreta y anotó: «Todas las víctimas son suscritores recientes de AmeriCare». Debajo, añadió: «Todas las víctimas fallecidas a las veinticuatro horas de la anestesia, todas con vía intravenosa puesta, todas jóvenes o de mediana edad, todas con buena salud».

Contempló su lista e intentó pensar en otros aspectos que los fallecidos pudieran tener en común. No se le ocurrió ninguno, de modo que dejó la libreta a un lado y volvió a los historiales. Aunque sabía que los casos del General habían ocurrido en distintas secciones del hospital, la mayoría habían sucedido en la quinta planta. Ignoraba lo relativo al St. Francis, pero no tardó en saber que también se habían repartido por todo el centro.

Dado que los historiales de Queens eran mucho más delgados, Laurie se sintió tentada de leer todas las páginas, incluso las órdenes de admisión, que eran un formulario estandarizado. Allí se describía la operación que se debía realizar, se prohibía comer nada después de medianoche y se enumeraban los distintos análisis de rutina. Al repasar la lista, se detuvo en una prueba que no conocía. Se hallaba junto a los análisis de sangre, de modo que supuso que sería algún tipo de variante. Se llamaba MFUPN. Laurie nunca había oído hablar de él y se preguntó si las letras «PN» corresponderían a «proteína nuclear»; pero, si así era, ¿qué significaba «MFU»? No lo sabía; pero, si estaba en lo cierto con respecto a la proteína nuclear, entonces cabía la posibilidad de que la prueba fuera algún tipo de exploración inmunológica.

Yendo al final del historial, donde estaban grapados todos los resultados de laboratorio, Laurie buscó el resultado, pero no lo encontró. Aunque vio otros, el MFUPN no estaba.

Picada en su curiosidad, miró el resto de historiales de Queens. Todos tenían su respectiva solicitud de un MFUPN, pero ninguno el resultado. Lo mismo sucedía en los historiales del General.

Laurie cogió su libreta y anotó: «A todas las víctimas se les encargó un MFUPN, pero ninguna tiene los resultados. ¿Qué es un MFUPN?».

Al pensar en las pruebas de laboratorio, Laurie se acordó de la tira de ECG obtenida por el equipo de reanimación e incluida en el historial de Sobczyk. Rebuscó entre las carpetas hasta que halló la correspondiente. No le costó porque era la que tenía una regla metida. La abrió, desdobló la tira de papel y releyó el post-it donde había anotado el recordatorio para enseñársela a un cardiólogo. Dejando la carpeta abierta por el punto del ECG, comprobó que ninguna tuviera un ECG relacionado con un intento de reanimación. No recordaba haber visto ninguno, pero quería estar segura.

—Espero no estar interrumpiendo nada —dijo una voz.

Laurie se volvió. Jack se hallaba de pie en el umbral del despacho. En lugar de su habitual expresión de ligera ironía, su rostro denotaba inquietud.

—Pareces terriblemente ocupada —añadió.

—Prefiero mantenerme así —repuso Laurie cogiendo la silla de Riva y acercándola a su mesa—. Me alegro de verte. Pasa y siéntate.

Jack se acomodó y contempló el abarrotado escritorio de Laurie.

—¿Qué estás haciendo?

—Quería asegurarme de que los casos de Queens eran iguales que los del Manhattan General, y lo son hasta un grado sorprendente. También he descubierto algo curioso: ¿sabes algo de un análisis de sangre llamado MFUPN? Está claro que se trata de un acrónimo, pero nunca lo había oído.

—Yo tampoco —dijo Jack—. ¿Dónde lo has visto?

—Forma parte de las órdenes preoperatorias estándar en todos los casos —repuso Laurie, que cogió una carpeta al azar y se la mostró—. Figura en todos los historiales. Supongo que debe de formar parte del proceso estándar de AmeriCare, al menos en esos dos hospitales.

—Interesante —comentó Jack, meneando la cabeza—. ¿Has mirado detrás para ver en qué están expresados los resultados? Eso podría darnos una idea.

—Lo he intentado, pero no he encontrado ningún resultado.

—¿En ningún historial?

—No. ¡En ninguno!

—Bueno, estoy seguro de que el lunes podremos averiguar algo si se lo pedimos a alguno de nuestros investigadores.

—Buena idea —contestó Laurie anotándolo en un post-it—. Hay más cosas curiosas con respecto a esas víctimas. Todas ellas, sin excepción, eran abonadas recientes a AmeriCare y habían suscrito sus pólizas hace menos de un año.

—¡Vaya, ese sí que es un pensamiento reconfortante si tenemos en cuenta que esa es exactamente nuestra situación!

Laurie dejó escapar una breve risa.

—Caramba, no lo había pensado.

—El número de pólizas está creciendo tan rápidamente que imagino que un buen porcentaje de suscriptores cae dentro de esa categoría.

—Cierto, pero me sigue pareciendo curioso.

—¿Algo más digno de mención? —preguntó Jack.

Laurie contempló las carpetas esparcidas en la mesa.

—Hay otra cosa. —Cogió la de Sobczyk con la tira del ECG desdoblada y se la pasó—. ¿Te dice algo esta lectura? La obtuvieron mientras intentaban reanimar a la víctima y justo antes de que se les fuera.

Jack contempló la gráfica, demasiado avergonzado para reconocer que, ni en la mejor de las circunstancias, se podía considerar ducho en esas lides. Desde el principio de sus estudios tenía decidido que iba a ser oftalmólogo y no había prestado demasiada atención a las materias que no iba a necesitar. Se la devolvió haciendo un gesto negativo con la cabeza.

—Si me obligaran a dar mi opinión, diría que parece que su sistema cardiovascular se estuviera derrumbando, pero eso salta a la vista con esta distribución de las ondas. Mi consejo es que se lo enseñes a un cardiólogo.

—Eso tenía pensado —dijo, recogiendo la carpeta y dejándola con las demás.

—¿Y qué hay de las listas de Roger? ¿Has tenido tiempo de echarles un vistazo?

—Aún no. Lo primero que he tenido que hacer ha sido ocuparme del caso de ese sujeto custodiado por la policía, así que solo llevo aquí media hora o menos. Empezaré con las listas cuando haya acabado con los historiales porque creo que estos serán los que más nos ayudarán. Tiene que haber algo que se me está escapando.

—¿No crees que sea el azar?

—No. Tengo muy claro que hay un denominador común en todos estos casos que los vincula más allá de lo que ya conocemos.

—Yo no estoy seguro. Creo que estos casos son simplemente los de unas víctimas que se hallaban en el lugar equivocado en el momento inoportuno.

Se produjo una pausa, y al final Laurie preguntó:

—¿Y a vosotros? ¿Qué tal os ha ido con Najah?

—Bien y mal —repuso Jack—. Lo cogieron enseguida, pero él no coopera. Dice que lo están discriminando por razón de raza. Lo tienen detenido, pero no quiere hablar hasta que no esté presente su abogado, que llegará mañana por la mañana para la vista preliminar.

—¿Y la pistola?

—La han enviado a Balística, pero los resultados tardarán en llegar. Entretanto, estoy seguro de que lo dejarán salir bajo fianza.

—¿Qué opina Lou de él?

—Se muestra optimista, especialmente por su actitud. Según Lou, cuando son inocentes, suelen estar encantados de colaborar. Pero claro, Lou está centrado únicamente en averiguar quién se cargó a aquella enfermera. No piensa en tu serie.

—¿Y tú?

—Como te dije, me gusta la hipótesis del anestesista. Con sus conocimientos podría haberse cargado a esos pacientes de un modo que no pudiéramos descubrir. En cuanto a que haya sido él quien ha disparado a la enfermera y a Rousseau, me parece que no tenemos más pruebas que el hecho de que tiene una nueve milímetros. El problema es que hay cantidad de pistolas como esa por ahí.

—¿Tú no crees que la persona que liquidó a esos pacientes fuera la misma que liquidó a Chapman y a Roger?

—No estoy seguro.

—Pues yo sí —aseguró Laurie—. Tiene lógica. Seguro que esa enfermera vio algo que le resultó sospechoso. La asesinaron la misma mañana en que dos nuevos casos se sumaron a los de mi serie. En cuanto a Roger, si fue a hablar con alguien a quien él creía sospechoso potencial, bien pudo haberse encarado con Najah. Es posible que incluso lo descubriera en la habitación de Pruit.

—Está bien visto.

—Me alegro de que hayan detenido a Najah —comentó Laurie—. Si es él, lo pensará dos veces antes de meterse en más líos teniendo a Lou encima; lo cual significa que esta noche dormiré un poco mejor. Entretanto, repasaré con mucho cuidado las listas de Roger en caso de que Najah no sea nuestro hombre.

Jack asintió varias veces para indicar su conformidad con el plan de Laurie; se produjo una breve pausa hasta que dijo:

—Ya sé que quizá no sea muy oportuno, pero ¿podríamos volver a donde lo dejamos anoche?

Laurie lo miró con cautela. Mientras habían estado charlando, ella había notado que la típica expresión irónica de Jack había reaparecido, lo cual en ese momento en que la conversación derivaba hacia temas más personales le pareció mala señal. Una combinación de enfado y frustración empezó a bullir en su interior. Con todo lo que le estaba ocurriendo, desde su sensación de culpa por la muerte de Roger hasta los dolores abdominales, no estaba dispuesta a enfrentarse a nuevos desengaños.

—Bueno, ¿qué pasa? —preguntó Jack ante el silencio de Laurie, y, malinterpretándolo, alzó las cejas y añadió—: ¿Este sigue sin ser ni el momento ni el lugar?

—¡Mira, pues tienes razón! —espetó Laurie luchando por controlarse ante el tono de Jack—. El depósito de cadáveres de la ciudad difícilmente es el lugar adecuado para hablar de formar una familia. Es más, para serte sincera, me doy cuenta de que estoy cansada de hablar del asunto. Los hechos están bastante claros. Te he explicado lo que siento, incluyendo la nueva realidad de mi embarazo. Lo que no sé es cómo te sientes tú, y quiero saber si te interesa y eres capaz de abandonar ese papel tuyo de víctima ofendida. Si eso es lo que deseas decirme, ¡perfecto! ¡Dímelo! Estoy harta y cansada de darle vueltas una y otra vez. Estoy harta y cansada de esperar a que te decidas.

—Me parece que está claro que este no es el momento ni el lugar —dijo Jack con irritación equivalente y poniéndose en pie—. Creo que esperaré a un momento más oportuno.

—Eso. Hazlo —le espetó Laurie.

—Ya nos llamaremos —dijo Jack antes de salir.

Laurie se volvió hacia su mesa y hundió la cabeza entre las manos con un suspiro. Por un segundo consideró la posibilidad de correr tras Jack, pero aunque lo hubiera hecho, no habría sabido qué decirle. Estaba claro que él no iba a responderle lo que ella deseaba oír. Pero, al mismo tiempo, se preguntaba si no se estaría mostrando demasiado exigente y agresiva, especialmente si tenía en cuenta que no le había hablado de sus nuevos síntomas ni del miedo que ni siquiera quería reconocer para sí misma: el temor de abortar, lo cual cambiaría de nuevo todo el panorama.

Eran poco más de las cuatro de la tarde cuando David Rosenkrantz metió el coche en el aparcamiento del pequeño edificio comercial donde Robert Hawthorne tenía sus oficinas. En el pasado, el edificio había sido un simple almacén, pero al igual que con la renovación del centro de la ciudad de St. Louis, había sido reformado. En esos momentos, albergaba un caro restaurante en la planta baja y tiendas de moda y oficinas en la primera. Cuando Robert Hawthorne —o el «señor Bob», como era conocido entre su gente— había llegado a la ciudad, primero para fundar una compañía llamada Adverse Outcomes,* y a continuación montar la Operación Aventar, el lugar le había parecido de lo más conveniente, en especial porque estaba cer-

* El nombre equivalente en español sería Fatales Desenlaces. *(N. del T.)*

ca del bufete de Davidson & Faber. David desconocía qué relación había con la firma de abogados y sabía que no debía preguntar. Lo que sí sabía era que era convocado allí con regularidad.

David no estaba a menudo en la ciudad porque su trabajo consistía principalmente en viajar de un lado a otro siguiendo las distintas operaciones de campo y negociando en ellas cuando resultaba necesario. Considerando el excéntrico carácter de los sujetos que tenían contratados como colaboradores independientes, no resultaba tarea fácil. Al principio, David solo se había ocupado de apagar fuegos; pero, después de cinco años trabajando para Robert, también había recibido el encargo de ocuparse del reclutamiento, que resultaba mucho más entretenido e interesante. Robert solía entregarle una lista de nombres que normalmente conseguía de un antiguo colega que todavía trabajaba en el Pentágono. Se trataba principalmente de gente que había trabajado en uno u otro servicio médico del ejército y que había sido licenciado de manera poco honorable. David no había estado en el ejército, pero entendía perfectamente que esa experiencia podía afectar a los que intentaban reincorporarse a la vida civil, especialmente a los que habían conocido una u otra forma de combate. Con el asunto de Irak coleando todavía, había un montón de candidatos potenciales. Naturalmente, también buscaban gente que hubiera sido despedida de hospitales civiles. La mayoría de las informaciones provenían de gente que ya estaba en el ajo.

La puerta de las oficinas carecía de rótulo. David llamó con los nudillos por si Yvonne, la secretaria que al mismo tiempo era la amiguita de Robert, se hallaba en los despachos de atrás. No se trataba de una gran organización. Robert, Yvonne y él mismo eran los únicos empleados. Durante bastantes años solo habían estado Robert y su novia.

Se oyó el fuerte chasquido de la cerradura, y la pechugona Yvonne abrió la puerta. Con su almibarado acento sureño invitó coquetamente a David a que entrara. Su vocabulario estaba lleno de «cielo» y «cariño», pero David no se dejaba engañar.

A pesar de su rubia cabellera y sus aires de putilla, con tacones de aguja y minifaldas, él sabía que Ivonne se entrenaba regularmente con Robert y que era experta en taekwondo. David sentía lástima de los infelices que tras unas copas pudieran pensar en aprovecharse de aquella coqueta conducta.

La oficina era sencilla: había dos escritorios, uno delante del otro, y otro más en el despacho de Robert; dos ordenadores, un par de mesas pequeñas, unas sillas, unos cuantos archivadores y dos sofás. Todo de alquiler.

—El jefe feo y malo está en su despacho, cariño —susurró Ivonne—. Ahora no vayas a entrar ahí y ponerlo de malhumor, ¿vale?

David no tenía la menor intención de molestar a Robert. Tan pronto como este lo había llamado, había sabido que algo ocurría. David había llegado de la costa Oeste la noche antes y se suponía que iba a poder disfrutar de un poco de tiempo libre.

—Siéntate —ordenó Robert cuando David entró.

Se hallaba sentado tras su escritorio con las piernas cruzadas, los pies en lo alto de la mesa y las manos detrás de la cabeza. Su americana de Brioni estaba doblada sobre el respaldo del sofá.

—¿Quieres café, cielo? —preguntó Yvonne. Sobre la mesa del vestíbulo había una máquina de café exprés.

David sonrió, le dio las gracias y declinó el ofrecimiento. Luego, miró a Robert, que tenía los labios fruncidos en expresión de enfado.

—Hace un rato he recibido malas noticias —dijo—. Según parece, nuestra pequeña húngara de la Gran Manzana no puede tener el dedo quieto.

—¿Otro tiroteo?

—Eso me temo —dijo Robert—. Esta vez ha sido uno de los médicos de Administración. ¡Esa mujer es una amenaza! Es buena en su trabajo, pero acabará poniendo en peligro toda la maldita operación.

—¿Está seguro de que fue ella quien lo hizo?

—¿Cien por cien seguro?, no. ¿Noventa y nueve por ciento?, sí. Los tiroteos la siguen allá donde va como las moscas a la mierda. Está claro que esto no puede continuar, así que me temo que vas a tener que interrumpir tus pequeñas vacaciones. Ivonne te ha hecho una reserva en un vuelo que sale a las diez y media.

—Eso no me da mucho margen. ¿Y el arma?

—Yvonne también se ha ocupado de eso. Solo tendrás que dar un pequeño rodeo camino de la ciudad.

—No sé si recuerdo su dirección.

—Yvonne se ha hecho cargo. No te preocupes, hemos pensado en todo.

David se puso en pie.

—No te importa, ¿verdad? —le preguntó Roger.

—No. No me preocupa. Sabía que, tarde o temprano, iba a suceder.

—Sí. Supongo que yo también.

Más allá de la sucia ventana del despacho de Laurie, el día gris se había convertido en una noche gris mientras ella seguía estudiando los historiales con la esperanza de hallar la más pequeña brizna de crucial información. Tal como había ocurrido durante sus anteriores lecturas, no había visto nada. Tenía sus post-it que le recordaban que debía mostrar el ECG a un cardiólogo y que alguno de los investigadores le aclarase el significado de la prueba MFUPN. Aparte de eso, no sabía qué más hacer.

También había repasado la lista de sospechosos de Roger y los había ordenado según su potencial relevancia. Seguía pensando que Najah era el sospechoso más misterioso y probable, pero los otros siete individuos que trabajaban en el turno de noche en los distintos departamentos del General y que habían llegado del St. Francis en el momento crítico resultaban igualmente interesantes, especialmente porque todos ellos tenían fácil acceso a las plantas de los pacientes. La siguiente lista recogía los ocho médicos cuyos privilegios de acceso habían sido revocados durante el período de seis meses precedentes. A Laurie le habría gustado saber qué habían hecho para merecer una sanción disciplinaria.

Mientras estudiaba las listas de Roger y repasaba por última vez los historiales, Laurie había pensado en llamar a Jack. Aunque entendía que su reacción frente a él resultaba comprensible dadas las circunstancias, también la lamentaba. Se había precipitado y pecado de áspera, y como mínimo tendría que haberle dado la oportunidad de explicarse por mucho que sospechara que no iba a decir lo que ella deseaba oír. Sin embargo, lo que ella le había dicho no dejaba de ser igualmente cierto: estaba cansada de las indecisiones de Jack, y esa era la razón de que hubiera vuelto a su apartamento. Al final, había optado por no llamarlo porque habría sido como añadir sal a la herida. Esperaría al día siguiente y lo llamaría por la mañana, suponiendo que él no lo hiciera durante la noche.

Ordenó los historiales en dos montones. Al lado dejó la libreta con sus anotaciones sobre el parecido entre unos casos y otros y dejó el CD con los archivos digitales encima. Miró el reloj. Eran las siete menos cuarto, una hora más que adecuada para regresar a casa. Se prepararía una cena ligera y se acostaría. Si podría conciliar el sueño o no, sería harina de otro costal. No había querido volver antes a casa por miedo a deprimirse, de modo que había creído mejor mantenerse ocupada toda la tarde para evitar pensar en la muerte de Roger, en la desagradable actitud de Jack y en los problemas que la acosaban.

Apartándose de la mesa, se dispuso a levantarse cuando su mirada se posó en el CD. De repente, se le ocurrió una idea: comprobar si había alguna diferencia entre el archivo digital y la copia de historial sacada del banco de datos, especialmente en lo referente al análisis de sangre. Quizá pudiera encontrar el resultado y de ese modo averiguar qué era esa prueba.

Se acercó de nuevo al escritorio, cargó el ordenador, insertó el CD y recorrió sus páginas hasta que se encontró por azar con los resultados de laboratorio de Stephen Lewis. El tipo impreso era muy pequeño, y tuvo que recorrer la columna con el dedo en el lado izquierdo de la página. Cerca del final, halló el MFUPN y vio el resultado: «Positivo de MEF2A».

Laurie se rascó la cabeza mientras lo contemplaba. No había más explicaciones, y MEF2A no le decía más que MFUPN. Era como buscar la definición de una palabra desconocida y hallar un sinónimo igualmente indescifrable. Cogió otro post-it y anotó el resultado con signos de interrogación. Para juntarlo con los demás, que ya tenía enganchados en la pared de detrás, empujó la silla de ruedas y se medio incorporó extendiendo el brazo.

Un ahogado grito de dolor le brotó de los labios, y, en lugar de pegar el post-it, tuvo que apoyarse con ambas manos en la mesa para no caer. Un fuerte y repentino calambre le había atravesado la parte baja del abdomen, y durante unos segundos mantuvo la postura mientras contenía la respiración. Por suerte, el dolor empezó a remitir, y Laurie pudo dejarse caer lentamente en su asiento, aunque se mantuvo quieta para no agravar lo que estuviera ocurriendo en su interior.

Tras efectuar la autopsia al cuerpo del detenido le había quedado una sensación de molestia en la zona que había ido remitiendo hasta cierto punto pero que no había desaparecido del todo. Hasta que había intentado pegar el post-it con los demás, había sido más una leve presión que un dolor.

Cuando por fin el dolor remitió lo bastante para permitirle respirar con normalidad, Laurie se colocó mejor en la silla sentándose más erguida. Por suerte, lo que había quedado reducido a una clara molestia permanecía en un nivel tolerable. El sudor le perlaba la frente, y se lo enjugó con el dorso de la mano. Sabía que estaba angustiada, pero le sorprendía estarlo hasta el punto de sudar de aquella manera. Se preguntó si tendría fiebre, pero le pareció poco probable. Rápidamente, se palpó el abdomen con un solo dedo. A diferencia de ocasiones anteriores, notó una zona claramente sensible que le dio mala espina. Tal como había apreciado antes, se hallaba en el mismo sitio donde se manifestaba el dolor en caso de apendicitis.

Se puso en pie cautelosamente. Lo que le había provocado

el ataque había sido incorporarse bruscamente, y no deseaba que se repitiera. Por suerte, el dolor no se volvió a presentar. Su sudoración era otra historia, porque había empeorado.

Muy despacio, Laurie salió del despacho al pasillo apoyándose en la pared con una mano. El dolor seguía siendo soportable. Con algo más de confianza, caminó lentamente por el corredor hasta el aseo de señoras. Una vez dentro, cogió un poco de papel higiénico y se limpió. Manchaba de nuevo, y más que antes. Comprendió que no sufría una apendicitis.

Con creciente ansiedad, volvió sobre sus pasos y se sentó. Contempló el teléfono. Seguía resistiéndose a llamar a la doctora Riley, pero sabía que no le quedaba elección. La sangre descartaba la apendicitis y, junto con la localización del dolor, sugería un posible embarazo ectópico,* asunto bastante más serio que la posibilidad de un aborto. Al fin, aunque a regañadientes, cogió el teléfono y marcó el número de la consulta de Laura Riley. Cuando la telefonista contestó, Laurie le dio su nombre y un teléfono directo; pensando en que eso aceleraría que la llamara; también añadió su título de doctora en medicina y dijo que tenía que hablar con la doctora Riley y que se trataba de una urgencia.

Cuando colgó, notó una nueva sensación. Era tan leve que se preguntó si no lo estaría imaginando, pero se sumó a su creciente ansiedad. De ser real, sugería el ominoso desarrollo de una irritación peritoneal. Para comprobarlo, se presionó con cuidado el abdomen con el dedo índice y lo retiró bruscamente con una mueca de dolor. Lo que había notado se llamaba «sensibilidad de rebote» y también sugería una peritonitis. Eso hizo que Laurie se preocupara por partida doble: no solo por la posibilidad de sufrir un embarazo ectópico, sino por que se hubiera producido perforación. Si así era, se trataba de una urgencia médica en la que el factor tiempo resultaba decisivo.

* En el que el óvulo fertilizado se implanta en el tejido fuera del útero y de la placenta y el feto comienza a crecer allí. El sitio más común es en la trompa de Falopio. *(N. del T.)*

El áspero timbre del teléfono interrumpió sus pensamientos. Descolgó y se sintió aliviada cuando la doctora Riley se identificó. Por las conversaciones que se oían al fondo, Laurie comprendió que debía hablar a través de un móvil y desde algún lugar público.

Empezó a disculparse por llamar un sábado por la noche y dijo que había intentado evitarlo porque le parecía una mala forma de empezar una relación profesional, pero que creía que no le quedaba otra opción. Luego, le describió sus síntomas con detalle, incluyendo la «sensibilidad de rebote», admitiendo que ya había tenido las molestias antes de hablar por teléfono e ir a verla a su consulta, pero que entonces se había olvidado de mencionarlo y había pensado que podría esperar a la visita que tenían prevista para el viernes de la semana siguiente.

—Ante todo —dijo la doctora Riley cuando Laurie hubo acabado—, no tienes por qué disculparte. La verdad es que preferiría que me hubieses llamado antes. No deseo alarmarte, pero hasta que lo comprobemos no debemos descartar un embarazo ectópico. Puede que tengas algún tipo de hemorragia interna.

—Eso mismo he pensado yo —reconoció Laurie.

—¿Sigues sudando?

Laurie se llevó la mano a la frente.

—Sí.

—¿Cómo es tu pulso, rápido o normal?

Sosteniendo el auricular con el hombro, Laurie se tomó el pulso en la muñeca. Sabía que antes lo tenía rápido y quería asegurarse de que así seguía.

—Es claramente rápido —reconoció. Había albergado esperanzas de que la sudoración y las palpitaciones se debieran a la angustia del momento, pero las palabras de Laura la obligaron a admitir que podía existir otra explicación: que estuviera a punto de caer en estado de shock.

—De acuerdo —respondió Laura Riley en tono profesional y controlado—, quiero verte en Urgencias del Manhattan General.

Laurie notó que un escalofrío le recorría la espalda ante la ocurrencia de convertirse en paciente de ese centro.

—¿No podría ser en otro hospital? —preguntó.

—Creo que no —contestó la doctora—. Es el único donde tengo privilegios. Además, tienen el equipo necesario en caso de que debamos intervenir. ¿Dónde te encuentras ahora?

—Estoy en mi despacho de Medicina Legal.

—¿En la Primera con la calle Treinta?

—Sí.

—¿Y dónde está tu oficina en el edificio?

—En el cuarto piso, ¿por qué lo preguntas?

—Porque voy a enviar una ambulancia.

¡Santo Dios!, pensó Laurie, que no deseaba ninguna ambulancia.

—Puedo coger un taxi —propuso.

—No vas a coger ningún taxi —aseguró Laura, con rotundidad—. Una de las primeras normas cuando se es paciente en una urgencia médica, y es una norma especialmente difícil de aceptar por los colegas de profesión, es que hay que obedecer. Más tarde podemos discutir si era necesario o no, pero en este momento no pienso correr riesgos y te voy a enviar una ambulancia. Nos veremos en Urgencias. ¿Sabes cuál es tu grupo sanguíneo?

—Cero positivo.

—Bien. Nos veremos allí —dijo Laura y cortó la comunicación sin decir más.

Laurie colgó el auricular con mano temblorosa. Se sentía aturdida. Los sobresaltos se estaban convirtiendo en algo normal. En un mismo día se había visto obligada a identificar el cadáver de un buen amigo, y en esos momentos se enfrentaba a la aterradora perspectiva de una urgencia médica con una posible intervención quirúrgica en un hospital donde un asesino múltiple se dedicaba a despachar pacientes con su mismo perfil. El único consuelo residía en que el principal sospechoso había sido arrestado.

Volvió a coger el teléfono. No había querido llamar a Jack

por distintas razones, pero con aquellas novedades, no le quedaba más remedio. Necesitaba su ayuda, lo necesitaba en el hospital como intermediario o como guardián en caso de que ella acabara enfrentándose a una intervención urgente.

El teléfono sonó. Una vez. Dos veces.

—¡Vamos, Jack! —apremió Laurie—. ¡Contesta ya!

Volvió a sonar, y Laurie comprendió que él no estaba. Tal como esperaba, al siguiente timbrazo saltó el contestador. Mientras esperaba para dejar un mensaje, notó que la invadía el resentimiento. Le parecía increíble que Jack consiguiera irritarla de tan diversas maneras. Sin duda estaba en el vecindario, jugando al baloncesto, fingiendo ser un chaval. Laurie sabía que era poco sensata, pero no lo podía evitar. Lo cierto era que la irritaba que Jack no estuviera. A pesar de que la comparación no resultaba justa, no podía evitar pensar que si Roger no hubiera sido asesinado, habría estado disponible.

—Jack, soy yo —dijo cuando le llegó el momento de hablar—. Se ha presentado un problema importante. Necesito tu ayuda de nuevo. En estos momentos estoy esperando a que llegue la ambulancia que me ha de llevar al Manhattan General. La doctora Riley cree que puedo tener un embarazo ectópico con perforación. El lado bueno de esto es que te quitará presión de encima. El lado malo es que me van a operar de urgencia. Quiero que estés allí. No me apetece convertirme en la siguiente víctima de mi serie. Por favor, ¡ven!

Tras presionar el botón de desconexión, Laurie marcó el móvil de Jack y dejó el mismo mensaje con la esperanza de que cogiera uno u otro. A continuación, se apartó del escritorio con la idea de coger su abrigo antes de dirigirse a la planta sótano, donde esperaba que se presentara la ambulancia. Cuando se levantó, apretó con la mano la zona del abdomen para evitar un nuevo calambre; sin embargo, notó un pitido en los oídos y un vahído.

Lo siguiente que escuchó fueron voces, especialmente la de un hombre hablando por teléfono. Decía algo acerca de que la presión sanguínea era baja pero regular, que el pulso se mantenía en los cien y que el abdomen estaba tenso. Laurie comprendió que tenía los ojos cerrados y los abrió. Se hallaba en el suelo de su despacho, mirando el techo. Tenía una enfermera a su lado ocupada en colocarle una vía intravenosa mientras otro enfermero hablaba por teléfono. Tras él, reconoció a Mike Laster. Al lado de ella había una camilla desplegada y un soporte para una botella de plasma.

—¿Qué ha ocurrido? —preguntó.

—Tranquila —le dijo la enfermera, apoyándole la mano en el pecho—. Acaba de sufrir un pequeño desmayo, pero todo va bien. Vamos a sacarla de aquí enseguida.

El enfermero apagó el móvil.

—De acuerdo, vamos —dijo, mientras se situaba tras Laurie y le deslizaba las manos bajo las axilas. La mujer se colocó al otro lado y la cogió por los pies—. A la una, a las dos y a las tres.

Laurie notó que la levantaban y la colocaban en la camilla. Los enfermeros la sujetaron con correas, alzaron la camilla al nivel de la cintura y la empujaron hacia el pasillo.

—¿Cuánto rato llevo inconsciente? —preguntó Laurie, que nunca se había desmayado y tampoco recordaba haberse golpeado contra el suelo.

—No habrá sido mucho rato —contestó la mujer que la llevaba por los pies mientras el hombre empujaba. Mike caminaba junto a ellos.

—Lamento todo esto —le dijo Laurie.

—No sea tonta —contestó Mike.

Tomaron el ascensor hasta la planta sótano. Cuando pasaron ante el despacho de los técnicos del depósito, vio a Miguel Sánchez de pie en el umbral. Laurie lo saludó tímidamente con un gesto de la mano que él le devolvió.

La camilla traqueteó al pasar sobre el suelo de cemento, pasó ante la garita de seguridad y salió a la plataforma de carga y descarga. La ambulancia estaba aparcada al lado de una de las furgonetas de Medicina Legal, y Laurie pensó con ironía que estaba saliendo por el mismo sitio por donde entraban los cadáveres.

Una vez en el vehículo, la enfermera le tomó la presión.
—¿Cómo está? —preguntó Laurie.
—Bien —respondió la joven que, no obstante, abrió el gota a gota un poco más.
Para Laurie, el trayecto hasta el Manhattan General fue sorprendentemente rápido. Se sentía lo bastante desconectada de todo para cerrar los ojos. Oía la sirena, aunque como en la distancia. Lo siguiente que vio fue que las puertas de la ambulancia se abrían y que la empujaban en la camilla hacia una luz brillante.
La sala de urgencias era el caos de costumbre, pero no tuvo que esperar. La llevaron rápidamente al fondo hasta la unidad de cuidados intensivos. Cuando la pasaron a la mesa de exploraciones, Laurie notó que una fuerte mano le sujetaba el antebrazo. Se volvió y se vio mirando el juvenil rostro de una mujer vestida con una bata verde, gorro y mascarilla.
—Soy la doctora Riley. Vamos a ocuparnos de ti. Quiero que te relajes.
—Estoy relajada —contestó Laurie.
—Ya que no te lo he preguntado antes, he de saber si tienes algún problema de tipo médico, si estás tomando alguna medicación o si eres alérgica a algo.
—La respuesta a las tres preguntas es que no. Dios me ha dado buena salud.
—Bien —repuso Laura Riley.
—Espera un momento —dijo Laurie—. Hay algo que me gustaría mencionarte. Hace poco he dado positivo en una prueba para el marcador del gen BRCA-1.
—¿Has consultado a un oncólogo sobre ese asunto?
—Aún no.
—Bueno, no creo que vaya a influir en lo que tenemos que hacer en esta situación. Deja que te explique cómo vamos a proceder: primero haremos una rápida culdocentesis, que nos confirmará si hay sangre en el útero. Se hace con una aguja a través de la vagina. Suena peor de lo que es en realidad. Notarás un pinchazo, pero eso será todo.
—Lo entiendo —dijo Laurie.

Fiel a su palabra, Laura realizó la prueba con las mínimas molestias para Laurie. El resultado fue positivo.

—Se puede decir que esto ha decidido por nosotros: hay que operar —aseguró Laura—. Mi mayor preocupación es que sigue la hemorragia en la cavidad abdominal. Tenemos que detenerla. También tendremos que hacerte una transfusión de sangre. ¿Entiendes todo lo que te digo?

—Desde luego —repuso Laurie.

—Lamento que hayas tenido que experimentar un problema como este. Te aseguro que no es culpa tuya. Los embarazos ectópicos son más frecuentes de lo que la gente cree.

—Hay algo en mi pasado que puede haber ayudado a provocarlo. En la universidad sufrí una inflamación pélvica provocada por el uso de un dispositivo intrauterino.

—Eso pudo influir o no —dijo Laura—. Entretanto, ¿hay alguien a quien te gustaría que avisáramos?

—Ya he llamado a la persona que me gustaría que me acompañara.

—De acuerdo. Voy a subir a Cirugía para asegurarme de que todo está listo. Nos veremos en unos minutos.

—Te doy las gracias de nuevo. Lamento haberte estropeado un sábado por la noche.

Durante unos minutos, Laurie se quedó sola. Se sentía curiosamente ajena, como si todo aquello afectara a otra persona. Desde las habitaciones vecinas le llegaba el rumor de los dramas que allí se desarrollaban, y vio pasar ante su puerta a numerosas personas ocupadas en sus quehaceres.

Se sentía afortunada por tener como médico a Laura Riley, y estaba en deuda con Sue por habérsela recomendado. Con el tipo de confianza y profesionalidad que Laura proyectaba, la inminente operación no le daba tanto miedo como había imaginado. Con la creciente hinchazón de su abdomen y la debilidad general causada por la pérdida de sangre, sabía que era necesaria. Su única inquietud era caer víctima del SMAR tras la intervención y convertirse en un número más de su serie; sin embargo, apartó de su mente aquella ocurrencia y pensó en Jack, preguntándose si habría recibido el mensaje. Le preocupaba que pudiera estar lo bastante molesto para no acudir. Si eso sucedía, Laurie no tenía idea de lo que podía ocurrir, así que también se lo quitó de la cabeza.

20

Jack se las había apañado para engañar a Flash con un falso movimiento de cabeza y un quiebro; de modo que, por un momento, este no supo dónde se hallaba su oponente. Cuando comprendió lo que pasaba, Jack ya se había abierto paso hasta situarse bajo el aro. Warren, que había visto la maniobra por el rabillo del ojo, le hizo un pase perfecto. Jack recibió el balón y se dispuso a realizar el sencillo lanzamiento que les permitiría desempatar y ganar el partido. Por desgracia, no fue eso lo que sucedió. Por culpa de un inexplicable error de cálculo de Jack, la pelota no rebotó en el tablero y cayó en la cesta como él pretendía, sino que quedó corta y se encajó entre el tablero y el aro.

El juego se detuvo. Avergonzado por haber errado un lanzamiento tan fácil, Jack tuvo que saltar para liberar el balón. Entonces, y como humillación final, uno de los jugadores contrarios se apoderó de ella, salió de la cancha e hizo un largo pase a Flash, que había aprovechado que Jack estaba bajo el aro para librarse de su marcaje. Jack, que se suponía que debía vigilarlo, tuvo que contemplar con impotencia cómo Flash hacía su lanzamiento en el extremo opuesto de la cancha y no fallaba. El partido se acabó. El equipo de Flash había ganado.

Jack salió de la cancha esquivando los charcos de la acera y deseando que la tierra se lo tragara. Luego, apoyó la espalda en la verja de alambre de una zona seca y se dejó caer hasta quedar sentado con las rodillas en alto. Warren se le acercó sonriendo burlonamente y con las manos en la cintura; tenía quince años menos que Jack, y un cuerpo que no hubiera desmerecido en un anuncio de ropa interior. Siendo como era, competitivo y el mejor jugador de baloncesto del barrio, odiaba perder, y no solo porque eso significara tener que quedarse sentado durante uno o dos partidos. Para él equivalía a una afrenta personal.

—¿Qué demonios pasa contigo? —preguntó—. ¿Cómo has podido fallar un lanzamiento así? Pensé que habías vuelto a tu nivel de antes, pero la de hoy ha sido una de tus exhibiciones más lamentables.

—Lo siento, tío —repuso Jack—. Supongo que no estaba por el juego.

Antes de sentarse junto a Jack en la misma postura, Warren soltó una breve risotada, como si la respuesta hubiera sido el mayor eufemismo de la temporada. Ante ellos, un nuevo equipo de cinco jugadores se disponía a enfrentarse a Flash y a los suyos. A pesar del mal tiempo y de que era sábado por la noche, se había presentado un montón de gente.

En las últimas semanas, el juego de Jack se había recobrado en parte; pero aquella tarde, la testarudez de Laurie y su actitud de víctima lo habían sacado de sus casillas. Podía comprender los problemas a los que ella se enfrentaba, pero en su opinión, Laurie no tenía ni idea de lo que era ser realmente una víctima. Además de eso, le disgustaba que ella siguiera censurándolo por utilizar un sentido del humor que para él representaba la única defensa contra la amarga realidad a la que tanto el destino como AmeriCare le habían arrojado. Sin embargo, lo peor de todo había sido que ella ni siquiera había querido escuchar lo que él tenía que decirle acerca de su embarazo. Después de que Laurie le comunicara la noticia, Jack no había pensado en otra cosa y deseaba compartir sus reflexiones, tanto las favorables como las negativas. La situación le había llevado a enfrentarse a la posibilidad real de formar una nueva familia y al convencimiento de que hacerlo quizá no le diera tanto miedo como creía, al menos hasta esa tarde, cuando ella se había puesto en plan de víctima exigente. Cada vez que pensaba en la conversación, le costaba creer que ella estuviera «harta y cansada» de hablar de formar familia porque él no recordaba cuándo había planteado Laurie la cuestión antes de irse de su casa.

—¡Mierda! —exclamó quitándose la cinta de la frente y arrojándola al pavimento.

Warren lo miró con aire interrogativo.

—¡Tío, estás realmente mal! Deja que lo adivine. Laurie sigue haciendo de las suyas, ¿no?

—Ni te lo imaginas —gruñó Jack. Iba a extenderse sobre el asunto cuando oyó un apagado zumbido. Cogió su mochila, abrió un bolsillo y sacó el móvil, que nunca solía llevar a la cancha a menos que estuviera de guardia; sin embargo, tras su discusión con Laurie, había querido estar localizable por si ella entraba en razón. Cuando vio que tenía un mensaje, verificó la identidad de la llamada.

—Es ella —le dijo a Warren en tono exasperado. Sin saber qué esperar y con escasas esperanzas de un milagro, conectó el buzón de voz. A medida que escuchaba el mensaje se fue incorporando hasta ponerse de pie, boquiabierto. Luego desconectó el móvil y miró a Warren—. ¡Santo Dios, se la han llevado en ambulancia al Manhattan General y la van a operar de urgencia!

Saliendo de su momentáneo estupor, Jack cogió sus cosas.

—¡Debo cambiarme y salir pitando hacia allí!

Dio media vuelta y echó a correr hacia la salida de la cancha.

—¡Espera! —llamó Warren yendo tras él.

Jack, conocedor de la gravedad de la ruptura de un embarazo ectópico, no se detuvo ni aminoró la marcha. Cuando el tráfico de la calle lo obligó a detenerse, Warren lo atrapó.

—¿Qué tal si te llevo? —propuso—. Tengo el coche a la vuelta de la esquina.

—Fantástico —contestó Jack.

—Cuando vuelvas a bajar ese culo tuyo, te estaré esperando aquí sentado.

Jack le hizo un gesto de asentimiento antes de cruzar la calle corriendo. Subió los peldaños de su piso de dos en dos y empezó a quitarse la ropa en el rellano. El resto de su equipo de baloncesto salió volando mientras atravesaba el apartamento, ansioso por llegar al hospital antes de que llevaran a Laurie al quirófano. No le gustaba la idea de que fueran a operarla y aún menos que estuviera ingresada en el Manhattan General.

Mientras bajaba a todo correr, acabó de ponerse la misma ropa que había llevado aquel día. Fiel a su palabra, Warren lo esperaba en su todoterreno negro. Jack saltó al asiento del pasajero, y Warren arrancó haciendo patinar los neumáticos.

—¿La operación es grave? —preguntó.

—¡Cómo te lo diría! —repuso Jack, que mientras se anudaba la corbata se reprochó haber reaccionado tal mal al pequeño enfado de Laurie de aquella tarde. Lo que tendría que haber hecho era dejarla protestar sin alterarse, pero le había fallado el autocontrol. De hecho, el autocontrol le fallaba desde que ella se había marchado de su lado.

—¿Cómo de grave?

—Te lo diré de otra manera: hay gente que se ha muerto de ese problema.

—¡Joder! —masculló Warren pisando a fondo el acelerador.

Jack se agarró al asidero del techo mientras el vehículo serpenteaba a toda velocidad entre el tráfico para aprovechar el semáforo del cruce con la calle Noventa y siete. Unos minutos más tarde divisaban el Manhattan General.

—¿Dónde quieres que te deje? —preguntó Warren.

—Sigue los indicadores de Urgencias.

Warren acabó metiendo el morro entre dos ambulancias en la plataforma de descarga, y Jack saltó.

—Gracias, tío.

—Dime cómo va todo —gritó Warren por la ventanilla.

Jack se despidió con la mano mientras echaba a correr, saltaba encima de la plataforma y entraba.

La zona de espera estaba abarrotada de gente. Jack se dirigió directamente hacia las dobles puertas que daban acceso a la zona de urgencias propiamente dicha, pero un fornido policía de uniforme le cerró el paso. El hombre estaba a un lado, pero se situó ante las puertas cuando Jack se acercó.

—Ha de firmar en el mostrador —dijo señalando por encima del hombro de Jack.

Haciendo un esfuerzo por controlarse, Jack sacó la cartera y la abrió. Dentro estaba la placa oficial que lo identificaba como forense. El policía le cogió la mano para examinarla de cerca.

—Lo siento, doctor —dijo cuando reconoció quién era.

Tras echar un vistazo en los cubículos sin conseguir encontrar a Laurie, Jack detuvo a una de las enfermeras que corría por el pasillo llevando un manojo de tubos de ensayo con muestras de sangre. Cuando Jack le preguntó por Laurie mencionando su apellido, la mujer parpadeó como si fuera miope y le señaló una pizarra que había en la entrada y que él no había visto.

—Está en la zona de cuidados intensivos —dijo haciendo un gesto hacia el fondo de la sala—. Habitación veintidós.

Jack halló a Laurie sola en su habitación, rodeada por todo tipo de aparatos e instrumental. Tras ella había un monitor de pantalla plana que registraba sus constantes vitales. Tenía los ojos cerrados y las manos entrelazadas sobre el regazo. De no ser por su palidez, habría sido la viva imagen de un tranquilo reposo. Tras ella, y colgando de un soporte para el gota a gota, había varias botellas y una bolsa con sangre, que fluían en la vía que tenía en el brazo izquierdo.

Jack dio unos pasos y se situó al lado de ella. Reacio a despertarla, pero temeroso de no hacerlo, le puso una mano en la frente.

—Laurie... —dijo en voz baja.

Ella abrió los pesados párpados y sonrió al verlo.

—¡Gracias a Dios que has venido!

—¿Cómo te encuentras?

—Teniendo en cuenta lo ocurrido, bastante bien. Ha venido el anestesista y me ha dado no sé qué para antes de la operación. Me van a subir al quirófano. Tenía la esperanza de que llegaras antes de que me llevaran.

—¿Se trata de una ruptura de embarazo ectópico?

—Eso parece que indican los síntomas.

—No sabes cuánto lamento que tengas que pasar por todo esto.

—Vamos, dime la verdad, ¿para ti no es un alivio?

—No. No es un alivio. Lo cierto es que estoy preocupado. ¿No podemos llevarte a otro hospital? ¿Qué hay del de tu padre?

Laurie sonrió con la serenidad fruto de los tranquilizantes y meneó la cabeza.

—Pedí que me llevaran a otro sitio, pero no ha podido ser. Mi médico solo puede operar aquí. Está segura de que tengo una hemorragia interna, así que no disponemos de mucho tiempo. —Laurie se liberó de la presa de Jack y lo cogió del brazo—. Sé lo que estás pensando, pero me parece bien estar aquí, especialmente ahora que has venido. Aunque en teoría corro el riesgo de convertirme en una víctima y aumentar el número de mi serie, no creo que la posibilidad sea alta. Las circunstancias están a mi favor, especialmente con Najah fuera de juego.

Jack asintió. Sabía que, estadísticamente hablando, Laurie tenía razón; pero era un flaco consuelo, especialmente con un caso tan poco fundado contra Najah. Lo cierto era que no le gustaba que Laurie estuviera en ese hospital, y punto. No obstante, no le quedaba más remedio que resignarse porque, si la trasladaban, corría el riesgo de morir desangrada.

—Estoy bien, de verdad —añadió Laurie—. Me gusta mi médico y confío en ella. Le he preguntado qué iba a pasarme esta noche, y me dijo que después de la opresión me llevarían a la UCPA.

—¿Y qué demonios es esa «UCPA»?

—La Unidad de Cuidados de Post Anestesia.

—¿Y qué ha sido de la sala de recuperación?

Laurie sonrió y se encogió de hombros.

—No lo sé. Ahora la llaman UCPA. El caso es que me dijo que seguramente me tendrían allí toda la noche; que antes de darme el alta quiere tenerme vigilada por la cantidad de sangre que he perdido. Ninguno de los casos de mi serie ha ocurrido en Cuidados Intensivos, solo en las plantas normales, de modo que estaré a salvo hasta mañana, y entonces podremos organizar que me trasladen. Mi padre puede hacer que me lleven al University

Hospital y, aunque mi médico actual no pueda seguirme hasta allí, mi antiguo ginecólogo lo sustituiría, estoy segura.

Jack asintió. No le gustaba, pero comprendía el punto de vista de Laurie. Además, en términos de instalaciones quirúrgicas, el Manhattan General estaba a la altura de los mejores.

—¿Estás de acuerdo conmigo? —le preguntó Laurie.

—Eso creo —admitió Jack.

—Bien. Y recuerda: todo esto es además del hecho de que el principal sospechoso está detenido.

—Yo no confiaría demasiado en eso —repuso Jack.

—Si fuera lo único que tenemos, yo tampoco me fiaría, pero al menos me tranquiliza.

—Me alegro, porque es básico que estés tranquila. Me gusta la idea de que vayas a estar en esa UCPA. Eso es seguridad de verdad. Por otra parte, el caso contra Najah es simple conjetura.

—Desde luego —convino Laurie—, y eso me lleva a proponerte algo: no hay motivo para que te quedes aquí de brazos cruzados mientras me operan. ¿Por qué no vuelves a la oficina y echas un vistazo al material que tengo encima de la mesa, especialmente a las listas de Roger? Incluso podrías traérmelo todo aquí. He puesto algunas de mis ideas por escrito, pero sería bueno conocer tu opinión, especialmente si Najah resulta que es inocente.

—¡Lo siento, pero no tengo intención de marcharme de aquí mientras te operan! —exclamó Jack acaloradamente—. ¡De ningún modo!

—De acuerdo, no te pongas así. Solo era una opinión.

—Gracias; pero no, gracias —reafirmó Jack.

Se produjo una breve pausa en la conversación, y Jack miró el monitor. Le preocupaba que Laurie tuviera la presión tan baja y el pulso tan alto, pero se alegró de ver que ambos se mantenían estables.

—Jack —dijo Laurie cogiéndole el brazo con más fuerza—, lamento haber estado tan irritable esta tarde. Me equivoqué al no dejarte hablar. Te pido disculpas.

—Disculpas aceptadas —contestó Jack, mirándola de nuevo—. Y yo lamento haber estado tan susceptible. Tenías razones sobradas para estar alterada. El problema es que yo también lo estoy, aunque eso no sea una excusa.

—¡Bueno, Laurie! —dijo Laura Riley cuando esta entró en el cuarto—, el quirófano está listo. Solo te necesitamos a ti.

Laurie le presentó a Jack como su colega forense. Laura se mostró cortés, pero abrevió la conversación diciendo que había que empezar lo antes posible porque ya se habían retrasado bastante esperando que hubiera un quirófano libre.

—¿Le parece bien si me quedo de observador? —preguntó Jack.

—No —dijo Laura sin vacilar—. No creo que sea buena idea. Pero, dado que es el turno de noche, seguramente podré llevarle a la sala de médicos para que espere allí. Con eso me salto las normas, pero teniendo en cuenta que usted también es médico... Así podré tenerlo informado tan pronto nos hayamos ocupado de Laurie. Todo esto suponiendo, naturalmente, que ella esté de acuerdo.

—A mí me parece bien —aseguró Laurie.

—Acepto el ofrecimiento de la sala de médicos —dijo Jack—, pero antes quizá sería buena idea que donara un poco de sangre. Laurie y yo tenemos el mismo grupo sanguíneo, y si va a necesitar una transfusión me gustaría ser el donante.

—Eso es muy generoso por su parte —contestó Laura—. Es probable que la necesitemos. Ahora subamos a Laurie al quirófano y dejémosle a usted instalado. —Hizo un gesto al ordenanza, que desbloqueó la camilla y la empujó hacia el pasillo.

—Usted perdone —dijo en tono perentorio una voz con marcado acento.

Jazz se detuvo y dio media vuelta. Se trataba del propietario de la tienda de comestibles de Columbus Avenue que ella solía frecuentar. El hombre también le había dado unos golpecitos en el brazo mientras hablaba.

—Se ha olvidado de pagar —añadió señalando la bolsa de lona que Jazz llevaba colgada del hombro.

Una aviesa sonrisa apareció en el rostro de Jasmine Rakoczi. Calculó que aquel raquítico sujeto no pasaría de los cincuenta kilos; y, sin embargo, allí estaba, abordándola en pleno Columbus Avenue. Resultaba increíble la cara dura que la gente le echaba a la vida cuando no tenía con qué respaldarla. Desde luego, cabía la posibilidad de que estuviera ocultando una pistola, pero Jazz lo dudó porque el hombre llevaba un pulcro mandil blanco atado a la cintura que le impedía meterse las manos en los bolsillos.

—Ha cogido usted leche, pan y huevos; pero no ha pagado —consiguió articular el hombre haciendo un gesto desafiante con el mentón.

En opinión de Jazz, no cabía duda de que estaba muy enfadado y dispuesto a pelear, cosa que no tenía sentido a menos que fuera una especie de cinturón negro de alguna desconocida especialidad de arte marcial. Ella era más corpulenta y a todas luces estaba en mejor forma. Además, en su mano derecha, oculta en el bolsillo, sujetaba su Glock.

—¡Vuelva usted a la tienda! —ordenó el hombrecillo.

Jazz miró instintivamente a su alrededor. Nadie parecía prestarles atención; sin embargo, eso cambiaría si montaba una escena. Aun así, se sintió tentada. Miró nuevamente al tendero; pero, antes de que pudiera hacer nada, la Blackberry empezó a vibrar en su bolsillo izquierdo. Normalmente solía dejarla conectada mientras salía a pasear.

—Un momento —dijo Jazz mientras la sacaba.

Una más amplia y sincera sonrisa le surcó el rostro cuando vio que se trataba de un mensaje del señor Bob. Después de haber recibido tres nombres en los dos últimos días, no esperaba otro; pero ¿por qué si no iba a ponerse en contacto con ella a la hora en que solía enviarle los nombres? Rápidamente abrió el mensaje.

—¡Bien! —exclamó. Allí, en la pantalla aparecía un nombre: «Laurie Montgomery». Sacó la mano derecha del bolsillo e hizo un gesto al tendero con el pulgar hacia arriba. No podía estar más contenta. Otros cinco mil dólares estaban camino de su cuenta, lo cual significaba que en tres noches había ganado la desorbitada cantidad de veinte mil dólares.

—Mi mujer llamará a la policía si no vuelve y paga —insistió el hombre.

Con la inesperada llegada de otros cinco mil dólares a su cuenta, Jazz experimentó un súbito arranque de generosidad impropio de ella.

—¿Sabe? Ahora que me lo dice, creo que tiene razón y que me he marchado sin pagar. ¿Por qué no volvemos y saldamos la cuenta?

Las ruedas del avión golpearon la pista de aterrizaje, y el fuselaje se estremeció por el impacto. El ruido y la vibración arrancaron a David Rosenkrantz de las profundidades del sueño. Momentáneamente desorientado, tardó unos segundos en centrarse. Volvió la cabeza y miró por la ventanilla salpicada de lluvia. Acababa de aterrizar en La Guardia, y las luces del aeropuerto apenas resultaban visibles a través de la llovizna.

—Una buena noche para las ranas —dijo una voz—. Dijeron que iba a llover hasta alrededor de las diez y, por una vez, parece que han acertado.

David se volvió hacia el hombre sentado a su lado. Era un estirado sujeto de mediana edad, con gafas sin montura, vestido con camisa y corbata, igual que David. Robert había insistido en que debía llevar ropa de hombre de negocios porque, según explicó, confería un aire de legitimidad a la operación. A David le gustaba porque tenía la impresión de pasar más inadvertido. Con tanto volar de un lado a otro, parecía un hombre de negocios como los demás.

El compañero de asiento de David se había inclinado hacia delante para mirar por la ventanilla.

—¿Está de regreso a casa o viene por negocios? —preguntó. No había pronunciado una palabra durante todo el vuelo porque se había pasado todo el tiempo concentrado en su ordenador.

—Por negocios —contestó David sin extenderse más.

No le gustaba especialmente charlar con sus compañeros de viaje porque las conversaciones acababan derivando invariablemente hacia cuál era su profesión. En alguna ocasión, obligado por las circunstancias, había dicho que era asesor de sanidad; y eso había salido bien hasta que un día se topó con un compañero de viaje que se dedicaba precisamente a eso; el resto de la conversación se había hecho francamente incómodo, y solo lo había salvado la oportunidad de desembarcar.

—Yo también he venido por negocios —dijo el hombre estirado—. Software para ordenadores. Y diga, ¿dónde se aloja? Si se dirige a Manhattan quizá podríamos compartir un taxi. Cuando llueve en Nueva York no son fáciles de encontrar.

—Es muy amable por su parte —repuso David—, pero todavía tengo que arreglar algunas cosas. Este viaje lo tuve que improvisar en el último minuto.

—Puedo recomendarle el Marriott —insistió el hombre—. Casi siempre tienen habitaciones disponibles los fines de semana, y está en un sitio muy céntrico.

David sonrió lo mejor que pudo.

—Lo recordaré; pero no voy directo al centro. Tengo que hacer una parada aquí primero, en Queens. —Había planeado coger un taxi hasta Long Island City, donde le pediría al taxista que esperase mientras recogía la pistola.

«Recuerda, esa tigresa suele llevar siempre pistola —le había dicho Robert—, de modo que no le des demasiadas oportunidades. Mejor dicho: no le des ninguna. Todo el problema viene precisamente de que no tiene el menor escrúpulo para usarla.»

David había asentido ante aquel consejo no solicitado. De todas maneras no necesitaba que se lo advirtieran. Era un profesional que llevaba años haciendo aquello. Metió la mano en el bolsillo de la chaqueta y sacó un trozo de papel. La dirección era: «1421, Vernon Avenue, Long Island City». Se preguntó qué clase de sitio sería, y también si no tendría problemas a la hora de recoger la pistola. Durante un reciente viaje a Chicago, el proveedor había sido detenido por cargos no relacionados con el arma y se había paralizado toda la operación, lo que le obligó a quedarse cinco días más en la Ciudad del Viento. Confiaba en que no se repitiera la misma pifia en Nueva York, ya que estaba impaciente por poder regresar a St. Louis.

Miró las demás direcciones que tenía anotadas en el papel. Eran las del piso de Jasmine Rakoczi y de su gimnasio, ambos en el Upper West Side.

—¿Dónde está el Marriott? —le preguntó a su estirado compañero de viaje, que estaba ocupado guardando el ordenador en su respectivo maletín.

—En Times Square —contestó el hombre.

—¿Y eso se encuentra en el West Side?

—Desde luego que sí, justo al lado de la zona de los teatros.

David decidió no olvidarlo. Su plan consistía en recoger la pistola y buscar un hotel. Tras haber pasado varias noches en la costa Oeste, se sentía agotado y deseaba poder dormir a pierna suelta. Luego, ya buscaría la mejor manera de despachar a la tal Rakoczi. Lo mejor de su misión era acordarse del aspecto que tenía. Robert le había dicho que era uno de los mejores cuerpos que había visto, e indiscutiblemente Robert tenía buen gusto. David tenía planeado comprobarlo con sus propios ojos, y eso significaba que su piso sería la apuesta más segura.

21

Con un gesto de revés, Jack dejó el número de *Cosmopolitan* en la mesita de la sala de médicos de la planta de quirófanos. Buscaba desesperadamente algo que leer, pero aquella revista en concreto no era de las suyas. Ya había acabado con todo lo demás, incluyendo los números atrasados de *Time*, *People*, *National Geographic* y *Newsweek* además de los periódicos del sábado. Incluso había intentado mirar un rato la CNN, pero no había podido concentrarse en el programa, especialmente después de las dos tazas de café que se había tomado. Habían dado las doce menos cuarto, y Laurie seguía en el quirófano, lo cual lo tenía cada vez más inquieto.

Jack había subido al segundo piso junto con la doctora Riley y el ordenanza para acompañar a Laurie; luego le había dado un último y tranquilizador apretón en el brazo antes de que ella y los demás desaparecieran hacia la sala de quirófanos. Con la esperanza de que Laura reconsiderara su negativa a permitirle permanecer como observador, había ido a los vestidores y se había puesto la ropa de trabajo del hospital después de dejar la suya en una taquilla sin candado. Sin embargo, Laura siguió mostrándose firme y le dijo que saldría a avisarle tan pronto como la intervención hubiera finalizado. Jack intentó distraerse para no obsesionarse con lo mucho que tardaba. Mientras esperaba, el turno y las caras de la sala cambiaron cuando entró el nuevo grupo encargado de ocuparse del ala de quirófanos.

Nadie lo molestó, y él lo agradeció porque no estaba de humor para ponerse a conversar.

Justo antes de la medianoche, la doctora Riley apareció por fin en la puerta de la sala. Cuando vio a Jack se le acercó, y él se puso en pie. Parecía agotada, pero afortunadamente sonreía.

—Lamento el suspense —dijo Laura—. Hemos tardado un poco más de lo que esperábamos, pero todo ha ido bien.

—Gracias a Dios —suspiró Jack—. ¿Cuál ha sido el problema?

—No dejaba de sangrar. Había perdido mucha sangre, y su nivel de coagulación no era el que deseábamos. En estos momentos se encuentra en la UCPA, y quiero que siga allí para que puedan controlar su nivel de coagulación y su presión sanguínea.

—Parece buena idea.

—Veo que se ha cambiado de ropa.

—Sí. Esperaba que cambiara de idea sobre dejarme entrar como observador.

—Lo siento —dijo Laura—. Sé por Laurie que su relación es algo más que profesional. En los casos de parto no tengo inconveniente a la hora de que las parejas participen; pero no cuando se trata de operaciones como esta.

—No tiene que disculparse —repuso Jack—. Ella está bien, y eso es lo único que importa.

—En realidad me alegro de que se haya cambiado porque he conseguido que le dejen pasar para una visita rápida, suponiendo que esté de acuerdo.

—Me encantaría, pero dígame una cosa: ¿se trataba de un embarazo ectópico?

—Sí —contestó Laura—. Estaba localizado en el istmo del oviducto, bastante cerca de la pared uterina, lo cual puede que explique el volumen de la hemorragia. El oviducto en sí tenía un aspecto anormal y hemos tenido que extirparlo junto con el ovario derecho. En el aspecto positivo, el oviducto y el ovario izquierdo eran perfectamente normales, de modo que su fertilidad no debería verse afectada.

—Eso es algo que le gustará saber —convino él.

Sabiendo ya que Laurie se encontraba en vías de recuperación, Jack se permitió pensar en el feto que había perdido y se sorprendió ante sus propias emociones. A pesar de que, tal como Laurie había señalado, creía que iba a experimentar alivio, lo cierto era que se sentía triste. Aunque lamentarse no le resultaba agradable en ninguna circunstancia, en aquella concreta veía un lado positivo porque le hacía pensar que podía estar más dispuesto a tener otro hijo de lo que hubiera pensado solo unos días antes.

Haciéndole un gesto para que lo siguiera, Laura lo condujo a la zona principal de quirófanos. Había varias enfermeras reunidas alrededor del mostrador, ocupadas con papeleo. De la pared de enfrente colgaba una pizarra de borrado rápido con una serie de casillas: a la izquierda figuraban los números de los quirófanos; en la parte superior, formando columnas, había espacios para el nombre de los pacientes, del cirujano, el anestesista, las enfermeras de turno y el tipo de intervención. Jack vio que había ocho casos en curso, y el nombre de Laurie tachado.

La UCPA se encontraba más allá del mostrador, y consistía en una amplia sala completamente blanca con dieciséis camas, ocho a cada lado, de las cuales solo estaban ocupadas cuatro. Los pacientes parecían dormidos a pesar de la frenética actividad y la intensa iluminación. Todos tenían su propia enfermera, que comprobaba constantemente desde las constantes vitales a las emisiones de orina; de las condiciones respiratorias a la temperatura interna del cuerpo y lo anotaban todo en las tablillas sujetas a las camas. Además de esas actividades, regulaban los goteos de las vías intravenosas, vigilaban los drenajes quirúrgicos o iban a buscar fluidos o medicamentos al almacén. Una enfermera rubia, de macizo aspecto y aires de bulldog, dirigía el mostrador centralizado. Sus maneras denotaban la autoridad de un sargento de instrucción. Laura se la presentó. Se llamaba Thea Papparis.

—Espero que comprenda que solo se podrá quedar unos minutos —dijo la enfermera, cuyo tono era tan enérgico como su presencia física.

—Le agradezco que me haya dejado entrar —contestó Jack

mostrando un respeto hacia las normas impropio de él. En circunstancias normales, solía considerarlas simples guías orientativas, pero, dependiendo los cuidados de Laurie en parte de su conducta, había decidido mostrarse especialmente circunspecto, como lo demostraba que no hubiera irrumpido en el quirófano cuando la operación había empezado a alargarse.

—Tiene ahí una estupenda mujer, doctor —le dijo Thea—. Es un encanto, incluso bajo los efectos de la anestesia.

Durante un segundo, su atención se desvió hacia uno de los monitores empotrados en el mostrador: uno de los pacientes había tenido un latido a destiempo con la pausa correspondiente, y Jack aprovechó la ocasión para mirar a la doctora Riley, que puso cara de culpabilidad como diciéndole que había tenido que mentir acerca de su condición marital para que lo dejaran entrar en la UCPA.

Thea se volvió hacia su visitante.

—¿Qué le estaba diciendo...? ¡Ah, sí! Su mujer es un ángel. La mayoría de la gente que tenemos no se enteran, y otros pueden mostrarse poco dispuestos a colaborar e incluso hostiles; pero su mujer no. Así da gusto.

—Gracias —repuso Jack—. Aprecio los cuidados que le brinda.

—Es nuestro trabajo.

Laura hizo un gesto a Jack para que la siguiera y se dirigieron hacia la cama más alejada. Un enfermero con un impresionante tatuaje de una sirena en el antebrazo estaba ajustando el gota a gota de Laurie.

—¿Cómo evoluciona, Pete? —preguntó la doctora mirando brevemente la tablilla antes de acercarse al lado derecho de la cama.

—Todo va como la seda —contestó Pete—. La presión y el pulso se mantienen estables. Está dejando escapar un poco de orina, y de la sonda no ha salido nada.

—Bien —dijo la doctora cogiendo el brazo de Laurie y moviéndola suavemente para despertarla mientras la llamaba por su nombre.

Laurie abrió los ojos, pero no del todo; luego, frunció el entrecejo como si tuviera que hacer un esfuerzo para mantenerlos abiertos. Miró primero a Laura y después a Jack, que se había situado en el otro lado de la cama. Sonrió plácidamente y puso una mano flácida en la de él.

—¿Recuerdas que te he dicho que la operación había finalizado? —le preguntó Laura.

—La verdad es que no —reconoció Laurie sin apartar la vista de Jack.

—Bueno, pues ya está. Todo ha salido bien. Hemos detenido la hemorragia. Te diría que te relajaras, pero ya veo que es precisamente lo que estás haciendo.

Laurie volvió lentamente la cabeza hacia la médico.

—Gracias por todo lo que has hecho. Lamento haberte estropeado el sábado por la noche.

—No te preocupes. Ha sido visto y no visto.

—¿Estoy ahora en la UCPA?

—Sí. Lo estás.

—¿Y voy a quedarme a pasar la noche?

—Así es. He pedido que te tengan controlada hasta que venga a hacer mi ronda. La unidad de cuidados intensivos está llena; pero esto está igual de bien, y hasta puede que mejor. Espero que no te importe. Puede que te cueste dormir con tanta actividad.

—No me importa lo más mínimo —contestó Laurie dando un apretón a la mano de Jack.

—Bueno —añadió Laura—, ahora os voy a dejar a los dos. Nos veremos mañana por la mañana a las siete, Laurie. Estoy segura de que todo estará bien y de que podremos llevarte a alguna de las habitaciones de la planta de Obstetricia y Ginecología. Eso suponiendo que tengamos cama libre. Esta noche me consta que están hasta arriba; pero ya nos preocuparemos de eso mañana, ¿de acuerdo?

—De acuerdo —contestó Laurie.

La doctora Riley se marchó con un último saludo.

—¿Qué hora es? —preguntó Laurie volviéndose hacia Jack.

—Las doce, más o menos.

—¡Dios mío, qué rápido ha pasado la noche! El tiempo pasa volando cuando te diviertes.

Jack sonrió.

—Me alegro de comprobar que no has perdido tu sentido del humor. ¿Cómo te sientes?

—Estupendamente. Ya sé que parece ridículo, pero no siento ninguna molestia. Lo peor es que tengo la boca seca. No sé qué me habrán dado, pero me tiene en el séptimo cielo. Además, ahora que todo ha acabado, puedo reconocer que estaba francamente asustada. Fui una tonta dejando que el problema se me escapara de las manos.

—No creo que debas culparte.

—Pues sí. Mi falta de reacción ante síntomas tan claros es un buen ejemplo de uno de mis peores rasgos de personalidad: mi tendencia a apartar de mi mente cualquier asunto potencialmente desagradable, ya sea físico o emocional. En el fondo, me parezco a mi madre más de lo que me gustaría admitir.

—Estás empezando a asustarme con esta nueva introspección tuya que seguramente se debe a los efectos de la anestesia —bromeó Jack—. ¿Qué te han dado, alguna especie de suero de la verdad? Será mejor que no contestes. Hablemos de algo más banal: ¿te han contado que tuviste un embarazo ectópico con ruptura?

—Estoy segura de que sí, pero mi memoria a corto plazo todavía no funciona del todo.

—Tan pronto como me enteré de que estabas bien, me invadió una extraña emoción.

—Vaya, eso sí que es raro que me lo digas —dijo Laurie con una leve sonrisa en los labios—. ¿Qué te pasó, te llevaste un chasco al saber que iba a salir de esta?

—No me he explicado bien. A lo que me refiero es que, cuando comprendí que no tenía motivos para preocuparme por ti, me di cuenta de que estaba triste porque habíamos perdido a esa criatura.

Durante un momento, Laurie no dijo palabra, y su sonrisa

se desvaneció mientras miraba a Jack con expresión de incredulidad.

—¿Hola? —dijo este—. ¿Estás ahí?

Lentamente, Laurie levantó la mano libre y se secó una lágrima con el dedo mientras meneaba la cabeza como si no pudiera dar crédito a lo dicho por Jack.

—Si te he oído bien, y teniendo en cuenta las circunstancias, puede que haya sido lo más tierno que me has dicho nunca. Vas a hacerme llorar.

—¡No llores! —exclamó nerviosamente Jack al notar que el pulso de Laurie se aceleraba en la pantalla del monitor que había detrás de la cama. Lo que menos deseaba era alterar su estado—. Hablemos de otra cosa, eso suponiendo que tengamos tiempo —propuso mirando primero a Pete, que fingía no escuchar, y después a Thea, en el mostrador, para asegurarse de que no había visto la reacción de Laurie; por suerte, la enfermera se hallaba momentáneamente ocupada con otro asunto. Aliviado, Jack volvió su atención hacia Laurie—. No voy a poderme quedar mucho más, y no creo que me permitan entrar otra vez. Normalmente no me reprimiría tanto, pero te tienen como rehén. Temo que si me paso de la raya te lo harán pagar a ti de alguna manera. Ya sé que parece una tontería, pero me da la impresión de que este sitio lo dirige la Gestapo.

—¿Qué has estado haciendo durante estas tres horas?

—Me he ido de juerga. No, yo... —contestó Jack intentando pensar en decir algo gracioso, pero no se le ocurrió nada. Rió, incómodo—. No lo puedo creer. Mi sentido del humor me ha abandonado.

—Lo que te pasa es que estás cansado y aburrido. ¿Por qué no te vas a casa a dormir un poco?

—¿Dormir? —preguntó—. Eso queda descartado. En la sala de médicos me tomé dos tazas de café, así que no creo que consiga pegar ojo hasta el jueves.

—No puedes quedarte sentado aquí, en el hospital —dijo Laurie—. Si de verdad no crees que puedas dormir, ¿por qué no haces lo que te propuse antes y vas a mi oficina? Ya que vas a quedarte despierto, al menos aprovecha el tiempo.

—Pues mira, puede que lo haga —contestó mientras se le ocurría que quizá pudiera llevarse los papeles de Laurie a la sala de descanso de los médicos. Era el turno de noche, y quizá le ayudara a matar el tiempo el poder hablar con alguno de los sujetos de las listas de Roger. No obstante, cuando lo pensó de nuevo, tuvo que reconocer que el fatal destino de Roger hacía que se lo tomara con menos entusiasmo.

—Lamento interrumpir —dijo Thea, apareciendo al pie de la cama—, pero van a tener que posponer su reunión. Tenemos unos cuantos casos a punto de llegar.

—Solo un momento más —le rogó Jack.

Thea asintió y volvió a su puesto de mando.

—Escucha —dijo Jack inclinándose sobre Laurie—. Antes de marcharme quiero estar seguro de que te encuentras cómoda estando aquí. Sé sincera. De lo contrario, me instalaré al otro lado de la puerta y no me moveré.

—Me encuentro muy cómoda. Deberías dormir un poco.

—Ya te lo he dicho. No tengo intención de dormir. Estoy como una moto. ¡Listo para un triatlón!

—De acuerdo. Tranquilo. Si quieres mantenerte ocupado, vuelve a mi oficina y tráete aquí los papeles.

—¿Seguro que estás cómoda?

—Seguro.

—De acuerdo —dijo Jack dándole un beso en la frente antes de ponerse en pie—. Tú puedes dormir por los dos. Volveré y trataré de venir a verte dentro de unas horas si esa valquiria me lo permite —comentó señalando por encima del hombro con el pulgar.

—Estaré bien —le aseguró Laurie—. No te preocupes.

Con un último apretón de la mano, Jack volvió al mostrador central. Mientras Thea hablaba por teléfono, Jack escribió su nombre y número de móvil.

—Gracias de nuevo por dejarme entrar —le dijo cuando ella se dio la vuelta y lo miró.

—No hay de qué —contestó Thea, que acto seguido se puso de puntillas mirando más allá de Jack y gritó—. ¡Sí, Claire! ¡Ese es el gota a gota al que me refería! Me parece que no funciona como es debido. —Volvió a mirar a Jack—. Lo siento. No se preocupe por su mujer, nosotros la cuidaremos.

—Le he anotado el número de mi móvil —dijo Jack entregándole el papel—. Si se produce algún cambio en su estado le agradecería que me llamara.

—Haremos lo que podamos —respondió Thea cogiendo la nota y dejándola en la mesa. Sonrió brevemente a Jack y se volvió hacia una de las enfermeras que se acercaba para preguntarle algo.

Con una última mirada hacia Laurie, Jack salió de UCPA y cruzó la sala de médicos. Los rostros habían cambiado, pero no la escena. Entró en el vestuario de caballeros y se cambió de ropa.

El vestíbulo del hospital estaba extrañamente silencioso y ofrecía un curioso contraste con el bullicio matutino. Cuando salió por la puerta principal se alegró de ver que unos cuantos taxis esperaban pacientemente en la acera. La lluvia que habían pronosticado había empezado a caer.

El taxi lo dejó en la plataforma de carga del depósito, y Jack pasó directamente ante la garita de seguridad. Carl Novak, el agente de guardia, saltó de su asiento tirando al suelo el libro de bolsillo que estaba leyendo, como si lo hubieran pillado desprevenido. Se asomó por la puerta y preguntó:

—Doctor Stapleton, ¿ocurre algo?

—Nada, Carl —contestó Jack por encima del hombro.

Mike Passano, uno de los técnicos del depósito, tuvo una reacción parecida cuando escuchó el eco de la voz de Jack resonando por el alicatado pasillo. Mientras este esperaba el ascensor, Mike sacó la cabeza y preguntó:

—¿Hay algún caso del que debamos ocuparnos?

—No —repuso Jack—. Es que este sitio me gusta tanto que no puedo mantenerme alejado.

El cuarto piso apenas estaba iluminado, de tal modo que las puertas color naranja de los despachos se veían de un tono parduzco. Una vez dentro del despacho de Laurie, Jack encendió la luz y parpadeó bajo la relativa claridad. Se sentó al escritorio de Laurie y examinó su contenido. Había dos pilas de historiales clínicos. Al lado estaban las listas de Roger y una libreta con las anotaciones de Laurie sobre la relación que existía entre unos casos y otros. En la pared frente a la mesa había dos post-it: uno era un recordatorio para mostrar el ECG de Sobczyk a un cardiólogo; el otro, para preguntar qué clase de prueba era un MFUPN. Encima de la mesa había otro post-it lo bastante arrugado para que resultara difícil de leer. Escrito con la letra de Laurie ponía: «MEF2A positivo». Jack no tenía ni idea de qué significaba «MEF2A».

Lo que no vio fue el CD que recordaba haber visto a Laurie copiar en el despacho de Roger, y miró brevemente bajo los historiales y las listas. Incluso abrió los cajones de la mesa que, a diferencia de los suyos, estaban pulcramente ordenados. El CD no estaba. Se rascó la cabeza, perplejo. ¿Dónde podía haberlo puesto? Miró el reloj. Eran casi la una y media de la madrugada.

Respiró hondo e intentó poner en orden sus pensamientos. Su corazón latía a todo galope por culpa del café, pero su mente funcionaba a paso de tortuga. Le resultaba difícil concentrarse. Con Laurie en una situación tan delicada, no le gustaba estar alejado del Manhattan General; aun así, se habría vuelto loco si hubiera tenido que quedarse en la sala de descanso de los médicos sin hacer nada. Tal como le había dicho ella, se llevaría el material del escritorio al hospital; pero antes se le ocurrió que quizá tuviera tiempo para hallar la respuesta a las preguntas de los post-it. Con varios hospitales cerca, solo le llevaría un momento, y podía ser importante.

Poniéndose en pie, buscó entre los historiales hasta que encontró el de Sobczyk. Le fue fácil encontrar la tira de ECG porque Laurie la había marcado con una regla. La estudió una y otra vez hasta que no tuvo más remedio que reconocer que carecía de sentido para él. En su opinión, dudaba que nadie pudiera hallárselo. Básicamente era el registro de unas células cardíacas al borde de la extinción. Con cuidado sacó la página con la tira, la cogió junto con los dos post-it, salió del despacho dejando la luz encendida y se encaminó hacia el ascensor. La puerta se abrió nada más apretar el botón, cosa que nunca sucedía durante el día: era la única persona en el edificio.

Mientras bajaba planificó su estrategia a pesar de que su mente divagaba. Pensaba dirigirse al centro médico NYU Bellevue, entrar en Urgencias y hablar con el cardiólogo de guardia. Jack no creía que le llevara demasiado tiempo porque era más que probable que el cardiólogo estuviera trabajando; a continuación planeaba pasar por el laboratorio para ver si podía encontrar al supervisor nocturno. Si alguien podía decirle qué tipo de análisis era el MFUPN y qué significaba dar positivo en MEF2A, ese era el supervisor. Se preguntó si ambas incógnitas estarían relacionadas.

Fuera seguía lloviznando, de manera que Jack corrió literalmente hacia la Primera Avenida con la hoja del historial de Sobczyk protegida bajo la chaqueta. La sala de urgencias del Bellevue tenía el mismo aspecto que la del General cuando había ido a ver a Laurie. La afluencia de gente no solía disminuir hasta las tres de la madrugada. Jack se dirigió a recepción y consiguió la atención de un enfermero que por su planta bien podría haber sido portero de discoteca; su nombre era Salvador, y llevaba una docena de cadenas de oro sobre su velludo pecho.

—Soy el doctor Stapleton —se identificó Jack—. ¿Podría decirme quién es el cardiólogo de guardia?

—No lo sé, pero lo averiguaré —contestó antes de preguntar a voces a un colega que se hallaba en la zona de tratamiento que se abría al otro lado del mostrador. Se llevó la mano a la oreja para oír mejor la respuesta. El otro sujeto se hallaba fuera de la línea de visión de Jack.

—Es la doctora Shirley Mayrand —repuso el enfermero volviéndose hacia Jack.

—¿Sabe usted si la doctora se encuentra aquí en estos momentos?

—Ni idea —contestó el enfermero encogiéndose de hombros.

—¿Cómo puedo localizarla?

—Yo puedo hacerlo por usted —propuso Salvador, que cogió el teléfono y marcó el número de la centralita—. ¿Quiere que la llame a Urgencias?

Jack asintió.

—La esperaré aquí mismo.

Jack se dio la vuelta y contempló la escena, que en cualquier caso resultaba visualmente animada. Repartida ante él, e instalada en las sillas de vinilo de la sala de espera, había una amplia muestra de la vida de Nueva York que abarcaba desde lo más alto a lo más bajo: de bebés que lloraban a viejos babeantes; de mendigos sin hogar a tipos vestidos a la última moda; de borrachos a perturbados; de heridos a enfermos. Todos aguardaban turno para que se ocuparan de ellos.

—¡Un momento! —chilló Thea por teléfono mientras intentaba llenar un impreso. Al no conseguir hacer ambas cosas a la vez, lo dejó estar y reanudó la conversación. Se trataba de la supervisora del turno de noche, Helen Garvey.

—¿Cuál es el recuento de camas? —preguntó Helen sin más preámbulos.

—¿Ocupadas o vacías? —quiso saber Thea.

—Es la pregunta más tonta que he escuchado esta noche.

—Estás de mal humor.

—Estoy en mi derecho. Según me acaban de avisar de Urgencias, nos va a llegar una avalancha de casos con todo tipo de traumatismos. La primera oleada ya está en camino. Se ha producido un choque frontal entre un autobús y una furgoneta, y el autobús ha saltado por encima del guardarraíl. Según tengo entendido, han repartido a los heridos, pero a nosotros nos ha tocado la parte del león. He llamado a todo el personal de guardia para poner en marcha los veinte quirófanos. Va a ser una larga noche.

—Aquí tenemos trece pacientes y solo tres camas libres.

—Malo. ¿Qué situación tienen esos pacientes?

Thea recorrió sus dominios con la vista mientras repasaba mentalmente la situación de cada caso.

—Todos están más o menos bien salvo uno que tiene un aneurisma que le vuelve a sangrar. No se pude mover de aquí porque es posible que vuelvan a abrirlo. Sigue perdiendo sangre por el drenaje.

—¿Y los demás están estables?

—Por el momento.

—Pues ya puedes hacer sitio porque se avecina una gorda.

Thea colgó. Se sentía como una moto. Desafíos como aquel eran su punto fuerte.

—¡Escuchad! —llamó a sus tropas—. Vamos a pasar a situación de desastre, ¡y no se trata de ningún ejercicio!

El desbloqueo de las ruedas de la cama sacó a Laurie de su anestesiada somnolencia y la medio despertó. Parpadeó ante la intensa claridad de los fluorescentes del techo y por un momento no supo dónde ni en qué momento estaba. Hubo otra sacudida cuando la cama empezó a moverse, y aquella brusquedad le recordó que acababa de sufrir una operación abdominal. De golpe, Laurie supo dónde se encontraba, y el gran reloj que había en la puerta de la UCPA, hacia donde se dirigía, le dijo la hora: las dos y veinticinco.

Volviendo la cabeza en respuesta al parloteo de unas voces, Laurie captó un atisbo de la frenética actividad del mostrador central. Luego, echó la cabeza hacia atrás y miró al ayudante que se la llevaba. Era un afroamericano delgado como una espiga y de tez clara, con un bigote muy fino y pelo entrecano. Los músculos del cuello se le tensaban mientras se esforzaba por alinear la cama con las puertas batientes.

—¿Qué ocurre? —preguntó Laurie.

El celador no respondió, sino que se concentró en frenar la cama antes de hacerla retroceder unos pasos. Las puertas de la UCPA se abrieron de golpe. Una nueva cama entraba a toda prisa llevando a un paciente recién salido del quirófano. Había alguien en la cabecera, empujando, y otra persona en los pies, tirando. Los acompañaba un anestesista que mantenía abiertas las vías respiratorias del paciente sosteniéndole la mandíbula. Los tres hablaban al mismo tiempo.

Laurie repitió la pregunta al ayudante que la llevaba. Notaba una difusa angustia en la boca del estómago. Algo sucedía. Según le habían dicho, no iban a trasladarla hasta que su doctora fuera a verla por la mañana.

—Va usted a su habitación —dijo el celador, ocupado en maniobrar la cama de Laurie para dejar pasar la que llegaba.

—Pero se suponía que iba a quedarme aquí —repuso Laurie con creciente alarma.

—Allá vamos —dijo el hombre como si no la hubiera oído, soltando un gruñido al conseguir poner en movimiento la cama.

—¡Espere! —gritó Laurie. El esfuerzo le provocó una mueca de dolor de la cicatriz.

Sorprendido por la súbita reacción de Laurie, el ayudante detuvo la cama y la miró con aire preocupado.

—¿Qué pasa?

—Se supone que no debo salir de aquí —aseguró Laurie.

Tenía que hablar en voz muy alta para hacerse oír por encima del barullo de la sala, y para reducir en lo posible las molestias de la operación se apretaba con la mano la parte superior del abdomen evitando que las sacudidas movieran la zona intervenida. Cuando Jack había ido a verla, no sentía ningún tipo de molestia, pero desgraciadamente ya no era así.

—Tengo órdenes estrictas de llevarla a su habitación —dijo el asistente con expresión medio confundida y medio desafiante. Sacó una hoja de papel de su bolsillo y la miró—. Usted es Laurie Montgomery, ¿verdad?

Haciendo caso omiso, Laurie levantó la cabeza de la almohada y miró hacia el mostrador central, que era un hervidero de actividad. Las puertas batientes se abrieron de nuevo y metieron a toda velocidad en la UCPA a otro paciente recién operado. De nuevo, el ayudante tuvo que apartar la cama de Laurie para dejarlo entrar.

—Quiero hablar con la enfermera jefe —exigió Laurie.

El celador miró a Laurie y el mostrador central con obvia indecisión y meneó la cabeza.

—Usted no me va a llevar a ninguna parte —afirmó Laurie—. Se supone que debo quedarme aquí. Necesito hablar con el supervisor, con quien sea que esté al cargo.

Haciendo un gesto de resignación, el celador fue al mostrador dejando la cama de Laurie en medio de la sala y sujetando en la mano el papel que había sacado del bolsillo. Laurie lo observó mientras el hombre intentaba que alguien le prestara atención. La persona que lo hizo le indicó a una maciza mujer con un casco de cabello rubio. Laurie observó mientras el celador mostraba la hoja a Thea y señalaba en su dirección.

Thea se llevó la mano a la frente como si ocuparse de aquel problema fuera lo último que necesitara. Salió de detrás del mostrador y fue directamente hacia Laurie con el celador siguiéndola de cerca.

—¿Qué problema tiene? —preguntó con las manos en la cintura.

—Se supone que tengo que quedarme en la UCPA hasta que la doctora Riley me vea —dijo Laurie mientras se esforzaba para que se le ocurriera algo más que decir. El hecho de que acabaran de despertarla sumado al efecto de la anestesia hacían que su mente funcionara lentamente.

—Deje que le asegure que no solo evoluciona usted favorablemente, sino que su condición es más estable que el peñón de Gibraltar. Usted no necesita la UCPA, y por desgracia tenemos un montón de pacientes que sí. Nos encantaría agasajarla toda la noche, pero tenemos trabajo que hacer. Por lo tanto, ¡que lo pase usted bien! —Dando un último apretón en el brazo del celador para tranquilizarlo, la enfermera regresó al mostrador central para seguir ladrando órdenes a otra enfermera sobre otro paciente.

—Perdón —la llamó inútilmente Laurie—. ¿Podría usted avisar a mi médico o simplemente llamar a alguien?

Thea ni siquiera se dio la vuelta. Estaba inmersa en un nuevo problema.

El celador volvió a situarse tras la cabecera de la cama y la empujó hacia delante. Apuntó a las puertas de la UCPA y la cama chocó contra ellas, abriéndolas. Una vez fuera, la situó paralelamente al pasillo antes de seguir empujando. Laurie se fijó en que había varias camillas aparcadas junto a la pared con pacientes que esperaban para ser llevados a quirófano.

—Tengo que hacer una llamada —dijo Laurie cuando pasaron ante el mostrador de quirófanos.

—Tendrá que esperar a llegar a su habitación —respondió el ordenanza encaminándose hacia la salida.

Cuando llegaron a los ascensores, una sensación de desespero se apoderó de Laurie. La estaban alejando rudamente de su prometido santuario para abandonarla a su suerte, y no podía hacer nada para evitarlo. Víctima de la debilidad causada por la pérdida de sangre y limitados sus movimientos por el dolor de la intervención, no podía imaginarse más vulnerable, y, acordándose del perfil de los pacientes de su serie comprendió que encajaba en él: tenía la edad adecuada, gozaba de buena salud, llevaba un gota a gota, la acababan de operar y era abonada reciente de AmeriCare. Su único consuelo eran las estadísticas y el hecho de que Najah había sido detenido.

—¿Adónde me lleva? —preguntó Laurie intentando hallar un rayo de esperanza—. ¿No será a Obstetricia y Ginecología?

El ordenanza consultó su hoja de papel.

—No. Allí están completos. Va usted a la habitación 509, en la quinta planta.

22

—¡Doctor Stapleton! ¡Eh, doctor Stapleton!

Al oír que lo llamaban por encima del llanto de los niños y del rumor de las conversaciones, Jack miró hacia el mostrador. Con toda la cafeína que llevaba encima, había estado paseando de un lado a otro, desde el mostrador a la puerta de entrada, contemplando de vez en cuando la lluvia que seguía cayendo en el exterior, sobre la rampa de cemento para sillas de ruedas. A medida que el tiempo pasaba, había empezado a pensar en cambiar al Plan B, lo cual significaba dejar a un lado las preguntas de los post-it, volver corriendo a la OJMF, recoger los materiales del despacho de Laurie y regresar sin pérdida de tiempo al Manhattan General. Eran las dos y media de la madrugada, y ya llevaba fuera hora y media.

Vio que Salvador le hacía gestos para que se acercara. A su lado estaba una joven que no aparentaba más de quince años. Tenía el cabello de color castaño, liso y hasta los hombros, y lo llevaba peinado con raya en medio y recogido tras unas orejas de buen tamaño. Sus ojos eran grandes y estaban separados por una respingona nariz.

—Es la doctora Shirley Mayrand —dijo Salvador señalando a la residente de Cardiología mientras Jack se acercaba.

Jack se quedó momentáneamente hipnotizado por la juventud de la mujer. Por primera vez en su vida se sentía viejo. A pesar de que se acercaba a la cincuentena, el hecho de jugar al baloncesto con gente mucho más joven que él hacía que se olvidara de su verdadera edad. Como cardióloga residente, aquella joven que tenía delante debía haber pasado por la universidad y completado varios años de prácticas.

—¿En qué puedo ayudarlo? —preguntó Shirley con una voz que Jack se le antojó más propia de una adolescente.

Después de presentarse, Jack sacó del bolsillo la hoja de Sobczyk con el ECG y la puso sobre el mostrador.

—Los dejaré solos —dijo Salvador, alejándose.

—Sé que esto no es mucho —comentó Jack señalando la gráfica—, pero me preguntaba si podría usted hacer algún comentario.

—No es mucho —se quejó Shirley inclinándose para examinarla.

—Sí. Bueno, es todo lo que tenemos —dijo Jack fijándose en que la raya que separaba los cabellos de la chica serpenteaba entre la frente y la coronilla.

—¿Qué cable era?

—Buena pregunta. Ni idea. Es la gráfica que se obtuvo al final de un fracasado intento de reanimación cardíaca.

—Entonces, probablemente era un cable normal —observó Shirley.

—Seguramente.

La residente alzó la mirada, y Jack comprendió que una de las razones por la que sus ojos parecían tan grandes se debía a que podía verle el blanco del ojo alrededor de las córneas. Eso le daba un aire de constante e inocente sorpresa.

—No sé qué decir. Debería usted mostrarme algo más para que pudiera hacer algún comentario mínimamente fiable.

—Lo suponía —repuso Jack—, pero esta gráfica corresponde a un paciente que por desgracia ya ha muerto, cosa que usted ya sabe porque acabo de decirle que se obtuvo al final de un fallido intento de reanimación. Lo que quiero decir es que al paciente no le perjudicará lo más mínimo el que usted dé una opinión a la ligera. Si le obligaran a darla, ¿qué diría?

Shirley volvió a estudiar el trazo.

—Bueno, como ya habrá notado, sugiere un ensanchamiento del intervalo PR y de la onda QRS, mientras que la QTRS parece haberse fundido con la onda T.

Jack rechinó los dientes. En cierto sentido le parecía injusto que aquella menuda y joven mujer lo hiciera sentir viejo y estúpido a la vez.

—Disculpe, pero quizá sería mejor si usted limitara sus comentarios a algo que yo pudiera entender. Por ejemplo, podría decirme qué le sugiere lo que ve sin entrar necesariamente en los detalles de cómo ha llegado a esa conclusión.

—Bueno, pues sí me sugiere algo —repuso Shirley mirándolo a los ojos—, pero se me ocurre otra cosa.

—De acuerdo. ¿Qué?

—Ocurre que el doctor Henry Wo, uno de los mejores cardiólogos, está aquí en estos momentos porque tiene que hacer un angiograma en un caso de posible infarto de miocardio. ¿Por qué no se lo enseñamos a él?

A Jack le pareció bien. No había pensado en la posibilidad de contar con una segunda opinión a aquellas horas de la madrugada.

—Pase a la sala de urgencias —dijo Shirley asomándose por encima del mostrador para indicarle el camino—. Le esperaré dentro y lo acompañaré a la sala de cateterismo, donde él está trabajando.

Las puertas del ascensor se abrieron, y el celador sacó la cama de Laurie al vestíbulo de la quinta planta con un gruñido. Dado que había un ligero desnivel entre el suelo y el del ascensor, se produjo una leve sacudida, y Laurie hizo una mueca por el dolor que le causó. Estaba claro que fuera lo que fuese lo que le habían administrado, sus efectos se habían desvanecido.

A pesar de que se sentía tan temerosa como cuando se la habían llevado de la UCPA, al menos se había reconciliado con el hecho de que poco podía hacer hasta que consiguiera un teléfono. Con la idea de poder recuperar su móvil, le había preguntado al celador dónde habían dejado sus cosas; pero él le contestó que no lo sabía.

El hombre la condujo por el corto pasillo que iba desde los ascensores hasta la zona de enfermeras, que destacaba igual que un faro en la penumbra del dormido hospital. Las luces de noche, con sus cristales esmerilados, se hallaban espaciadas a lo largo de las paredes, por encima del rodapié.

Tras haber empujado la cama hasta ponerla a la velocidad del paso, el celador tuvo que esforzarse para detenerse ante la sala de las enfermeras. Acto seguido, bloqueó las ruedas con el freno antes de dejar a Laurie y acercarse al mostrador. Desde su posición, Laurie pudo distinguir dos cabezas femeninas, una con el cabello corto y la otra con una cola de caballo. Ambas levantaron la mirada cuando el celador dejó la tablilla metálica con el historial clínico de Laurie.

—Tengo una paciente para vosotras —anunció el hombre.

Laurie vio que la mujer de pelo corto cogía la tablilla, leía el nombre inscrito en ella e inmediatamente se ponía en pie.

—¡Vaya, vaya, pero si es la señorita Montgomery! Debo decirle que hace rato que nos preguntamos dónde se había metido usted.

Las dos enfermeras salieron mientras el celador regresaba a los ascensores.

Laurie las observó acercarse, cada una por un lado distinto. Ambas iban vestidas con la ropa de trabajo del hospital. La del cabello corto era de tez morena, tenía los ojos almendrados y una nariz estrecha y aguileña. La otra era más pálida y de facciones más anchas que denotaban ciertos orígenes orientales. Dado que estaban iluminados desde abajo por las luces de noche, de ambos rostros solo resultaban visibles las prominencias óseas, mientras que el resto de sus caras se perdían en una relativa penumbra. A Laurie, que ya estaba bastante asustada, se le antojaron claramente terroríficos.

—Escuchen, tengo que llamar por teléfono —dijo mirando a una y a otra, dudando de cuál de ellas sería la jefa.

—Yo la llevaré a su habitación y la dejaré instalada —dijo

la de aspecto asiático haciendo caso omiso de la petición de Laurie.

—Te lo agradezco, Elizabeth —repuso Jazz—, pero creo que me ocuparé personalmente de la señorita Montgomery.

—¿En serio? —preguntó Elizabeth que parecía realmente sorprendida.

—¿Alguien me escucha? —dijo Laurie, irritada—. Necesito un teléfono.

—Lo que tú digas —contestó Elizabeth a su compañera y volvió tras el mostrador.

Jazz dejó la tablilla a los pies de la cama y fue hasta la cabecera para empujar.

—¡Disculpe! —exclamó Laurie volviendo la cabeza para no perder de vista a la enfermera—. ¡Es muy importante que pueda llamar por teléfono! —Hizo una mueca de dolor cuando Jazz desbloqueó las ruedas de la cama y otra más cuando la empujó por el largo y oscuro pasillo.

—Ya la he oído cuando lo ha dicho la primera vez —contestó Jazz, cuya voz reflejaba el esfuerzo de empujar—. Creo que debo recordarle que son las dos y media de la madrugada.

—Mire, ya sé qué hora es —replicó Laurie—, pero debo llamar a mi médico. Se supone que no debo estar aquí. Se supone que me he de quedar en la UCPA hasta que ella venga a hacer su ronda por la mañana.

—Lamento darle la noticia, pero su médico, al igual que todos los médicos, duerme profundamente y no quiere que se la moleste por algún problema logístico.

—¡Detenga esta cama ahora mismo! —ordenó Laurie—. ¡No pienso entrar en esa habitación!

—Ah, ¿no? —preguntó Jazz, que sin vacilar lo más mínimo siguió adelante, a mayor velocidad incluso que el celador.

Jazz estaba impaciente por llevar a Laurie a su habitación. Cuando había llegado aquella noche al hospital le había costado localizarla. Al principio llegó a creer que el señor Bob se había equivocado con el nombre, pero al final resultó que todo se había debido al retraso con el que habían introducido el nombre de Laurie en el ordenador. Jazz lo averiguó cuando miró el listado de Urgencias al ir a buscar la ampolla de potasio.

—¡Le exijo que se detenga! —chilló Laurie al ver que Jazz no le hacía caso, pero tuvo que sujetarse el vientre para controlar el dolor. Gritar le resultaba un tormento.

—Ya veo que va a ser una de esas pacientes conflictivas —contestó Jazz con una breve risa.

En realidad pensaba lo contrario: gracias a que la planta de Ginecología y Obstetricia estaba a rebosar, Laurie iba a ser una de sus «sanciones» más fáciles: el hecho de tenerla en su misma planta estando ella de enfermera jefe se lo iba a poner en bandeja.

Una vez ante la habitación 509, Jazz hizo girar rápidamente la cama ciento ochenta grados para meterla de cabeza. Nada más cruzar el umbral, encendió la luz del techo y ambas mujeres parpadearon; a continuación, acercó a Laurie a la cama de hospital, que era más amplia que la semicamilla que ocupaba.

Laurie miró fijamente a la enfermera sin poder adivinar sus intenciones y palideció al leer su nombre en la placa de identificación: «Jasmine Rakoczi». A pesar de los efectos de la anestesia y los calmantes, recordó al instante haberlo visto en las listas de Roger del personal que había pasado del turno de noche del St. Francis al turno de noche del Manhattan General.

—¿Qué pasa? —preguntó Jazz que había reparado en la asustada expresión de Laurie mientras bajaba la barandilla del lado correspondiente de la cama—. ¿Ocurre algo?

Sin esperar respuesta, Jazz situó a Laurie junto a la cama de hospital. Acto seguido, agarró una esquina de la sábana y la apartó con un brusco quiebro de muñeca, cogiendo a Laurie por sorpresa y dejándola expuesta a los ojos del mundo. Laurie iba vestida únicamente con un camisón de la clínica que dejaba al descubierto sus desnudas rodillas, pantorrillas y pies. El bulto en su bajo vientre señalaba el apósito de la incisión, de donde surgía un drenaje quirúrgico que le salía por debajo del camisón hasta llegar a un artefacto de plástico que mantenía una presión negativa. El interior del tubo se veía manchado de sangre.

—De acuerdo —dijo Jazz en tono impersonal—, arrástrese hasta aquí y yo la pondré cómoda. —Fue a la cabecera de la cama y pasó la botella del gota a gota al soporte de la cama.

Laurie no se movió. El pánico que se había apoderado de ella al ser trasladada de la UCPA había aumentado varios enteros al ver el nombre de Jazz en la placa. Estaba paralizada de miedo. Por lo que sabía, Jazz bien podía ser la asesina múltiple.

—Vamos, encanto —dijo Jazz volviendo al lado de Laurie y mirándola desde lo alto—. Mueva esa trasero suyo hasta la cama.

Laurie la contempló con la mayor expresión de desafío de la que fue capaz. Era lo único que se le ocurrió.

—Si no quiere cooperar tendré que llamar a Elizabeth y la cambiaremos de sitio quiera o no quiera —amenazó Jazz—. Esto no es ninguna negociación.

—Quiero hablar con la enfermera jefe —espetó Laurie.

—Pues mire qué bien —rió Jazz—, porque ya está hablando con ella. La enfermera jefe soy yo. Al menos temporalmente, lo cual viene a ser lo mismo.

El desespero de Laurie subió un punto más. Se sentía cada vez más atrapada en una traicionera red de terroríficas circunstancias.

—A ver, ¿por qué no se quiere mover? —preguntó Jazz con evidente irritación mientras hacía un gesto con la mano mostrándole todas las comodidades de la habitación—. Mire esta estupenda cama con todos sus mandos. Puede ponerla en la posición que más cómoda le parezca. Tiene usted televisión, una jarra de agua, aunque sin agua porque todavía no le permiten tomar nada, y un botón para llamarnos a nosotras, sus esclavas. ¿Qué más puede pedir?

Los ojos de Laurie recorrieron involuntariamente lo que Jazz le indicaba. ¡En la mesita de noche había un teléfono! Se preguntó cómo era posible que no hubiera caído en la cuenta antes. El celador incluso se lo había mencionado. Era su salvación. Apretando los dientes, se incorporó sobre los codos y empezó a moverse hacia la cama. A continuación hizo lo mismo hasta pasar las piernas.

—Muy bien —comentó Jazz—. Veo que ha decidido cooperar. Me alegro por las dos.

Tan pronto como Laurie estuvo en la cama, Jazz pasó al otro lado el aparato succionador del drenaje, subió los cobertores que estaban a los pies del colchón y arropó a Laurie hasta el pecho. Luego, le tomó la presión y el pulso. Mientras lo hacía, Laurie no dejó de mirarla fijamente, pero Jazz evitó cualquier contacto visual.

—De acuerdo —dijo finalmente, mirándola y subiendo la barandilla con una sacudida—. Todo parece en orden, aunque su pulso está ligeramente alto. Ahora volveré al mostrador de enfermeras y revisaré lo que le han prescrito. Estoy segura de que le habrán recetado para el dolor algo que pueda tomar según lo requiera. ¿Se encuentra bien ahora o cree que lo necesita?

Laurie se espantó ante la falta de calor humano en la actitud y las palabras de Jazz. Estaba claro que, objetivamente, no tenía nada de que quejarse, aparte del hecho de que no atendieran sus peticiones; sin embargo, notaba un preocupante desinterés que le parecía del todo impropio de una enfermera y que se sumaba a su ya considerable angustia. Había algo decididamente extraño en Jasmine Rakoczi.

—¿Se le ha comido la lengua el gato? —preguntó Jazz con una aviesa sonrisa y las manos en jarras—. Por mí está bien. No tiene por qué hablar si no quiere. La verdad es que si está callada me facilita el trabajo. De todas maneras, si cambia de opinión, apriete el botón; aunque claro, cuando lo haga es posible que yo ya esté ocupada con alguien un poco más comunicativo.

Con una sonrisa final que a Laurie se le antojó descaradamente indiferente, Jazz salió de la habitación.

Con cuidado de no moverse demasiado deprisa, Laurie se acercó a la barandilla de la cama y levantó el auricular. El esfuerzo que le supuso tensar los músculos abdominales le causó agudas molestias. Apretando los dientes ante el dolor, consiguió trasladar el aparato desde la mesilla a la cama y dejarlo cerca de ella. Entonces, a causa de la angustia y los calmantes, tuvo que concentrarse para recordar el número del móvil de Jack. Tardó un momento, pero al final acudió a su memoria. Contempló el auricular y por fin se lo llevó al oído.

El corazón le dio un brinco.

¡No había línea!

Presionó frenéticamente la palanca de conexión confiando en escuchar el familiar pitido. Nada. La línea estaba cortada. Entonces, con igual frenesí, apretó el timbre de las enfermeras; no una, sino varias veces seguidas.

A pesar de que a Jack le había parecido buena idea contar con una segunda opinión sobre el ECG, no había tenido en cuenta la disponibilidad del especialista. Cuando entró con Shirley en la sala de cateterismo encontró al doctor en pleno trabajo y tuvo que resignarse a salir y a caminar nerviosamente por el pasillo sin dejar de mirar el reloj. Shirley aguantó estoicamente; si reparó en la inquieta agitación de Jack, no hizo comentario alguno.

Hasta las tres de la madrugada Henry Wo no salió y se quitó los guantes de látex y la mascarilla. Era un fornido asiático de tersa piel y negros cabellos cortados muy cortos. Cuando Shirley se lo presentó, estrechó la mano de Jack con fuerza y entusiasmo. La joven le mencionó el problema del ECG y Jack le entregó la página del expediente de Sobczyk con la gráfica.

—Ya veo, ya veo —dijo Henry asintiendo y sonriendo mientras la estudiaba—. Muy interesante. ¿No tenemos más?

—Me temo que no —repuso Jack, que a continuación explicó resumidamente la historia del intento de reanimación tal como la conocía añadiendo la razón que le llevaba a creer que una segunda opinión podía serle útil.

—Es comprometido dar una opinión con tan poca base —contestó el doctor Wo contemplando el papel. Luego, miró a Shirley—. Doctora Mayrand, quizá le gustaría decirnos qué piensa.

Shirley repitió lo que ya había dicho a Jack acerca de ondas en intervalos mientras Wo seguía asintiendo. Cuando hubo acabado, este le preguntó si tenía alguna idea de lo que podía haber causado aquellas alteraciones.

—El sistema de conducción cardíaco parece estar desmoronándose —dijo Shirley—. Quizá signifique que el bombeo de sodio dentro de las células del racimo de His no se está produciendo o quizá está saturado, con lo cual acarrea una alteración perjudicial del potencial de la membrana.

Jack apretó los dientes de nuevo con ganas de protestar. La breve parrafada de Shirley le recordaba las que había tenido que soportar en la universidad. Con la cafeína corriéndole por las venas, se sentía poco predispuesto a tolerar tanta palabrería y estaba a punto de expresar su impaciencia cuando el doctor Wo le quitó las palabras de la boca.

—Creo que lo que le interesa al doctor Stapleton es saber qué agente pudo haber sido el responsable de lo que estamos viendo en este pequeño fragmento de ECG. ¿Estoy en lo cierto, doctor?

Jack asintió enérgicamente.

—Bien —dijo Shirley, visiblemente incómoda por haber sido puesta en evidencia—, estoy segura de que hay toda una serie de sustancias capaces de provocar semejante situación, incluyendo los niveles tóxicos de cualquier sustancia capaz de producir arritmia; sin embargo, creo que pudo ser causada por un repentino desequilibrio electrolítico, especialmente de potasio o calcio. Eso es todo lo que puedo decir.

—Bien dicho —la felicitó el doctor Wo devolviendo a Jack la hoja de Sobczyk con el ECG.

Jack la cogió mientras meditaba lo que Shirley acababa de decir. No había añadido nada nuevo, pero las palabras «repentino desequilibrio electrolítico» le dieron una idea. La razón de que él y los demás hubieran descartado el posible papel desempeñado por el potasio se debía a que el laboratorio había asegurado que los niveles de potasio post mórtem eran normales. Como todo el mundo sabía, los niveles de potasio ascendían tras la muerte porque las vastas reservas de potasio del cuerpo eran intracelulares y se mantenían por un sistema de transporte activo. Tras el fallecimiento, el sistema de transporte se detenía y el potasio era inmediatamente liberado. Cualquier aumento repentino de potasio en un individuo debido a la inyección de una dosis antes de la muerte quedaría disimulado. Jack debía admitir que si alguien deseaba matar a un paciente, esa era una forma especialmente astuta e insidiosa de lograrlo.

—Si encuentra más registros de ECG, háganoslo saber —le estaba diciendo el doctor Wo—, quizá podríamos ser más exhaustivos a la hora de proponer pistas. No tiene más que traerlos.

—Gracias. Otra cosa —añadió Jack viendo los dos post-it de Laurie pegados en la hoja—. ¿Alguno de ustedes sabe qué tipo de análisis es esto? —preguntó arrancando el post-it con las letras «MFUPN» escritas en él y entregándoselo.

El doctor Wo lo miró y negó con la cabeza lo mismo que Shirley.

—Ni idea —contestó devolviendo el papelito a Jack—, pero sé de alguien que quizá sí lo sepa: David Hancock, el supervisor de noche del laboratorio. Por suerte, el laboratorio se encuentra al final del pasillo —agregó señalando una puerta a menos de cuatro metros de distancia—. Sé que está por aquí porque me ha ayudado hace un rato.

Jack cogió el post-it y volvió a pegarlo en la hoja junto al otro. Teniendo el laboratorio tan a mano, creyó que valía la pena asomarse y ver si Hancock estaba disponible.

—Ignoro qué es un MFUPN, pero sí sé lo que es un MEF2A —comentó Wo fijándose en el otro post-it.

—Ah, ¿sí? —preguntó Jack, que ni siquiera estaba seguro de dónde había sacado Laurie el acrónimo.

—Es un gen —dijo Wo—. Produce una proteína que controla la sucesión de acontecimientos que aseguran la salud del recubrimiento interno de las arterias coronarias.

—Interesante —repuso Jack mientras se preguntaba de qué modo podía asociarse aquello con las muertes de la serie de Laurie—. ¿Qué quiere decir que dé positivo?

—Bueno, eso es un tanto engañoso —admitió Wo—. Cuando alguien escribe «MEF2A positivo», lo que realmente está diciendo es que ha dado positivo para el marcador de la variante mutada del gen MEF2A. En ese caso se trata de alguien que produce una proteína defectuosa y como consecuencia tendrá bastantes probabilidades de desarrollar una enfermedad coronaria, como ha sido el caso de mi paciente de esta noche: ha dado positivo en el marcador del gen MEF2A, y aquí está, con un infarto agudo de miocardio, y eso que hemos intentado evitarlo manteniendo los niveles de colesterol lo más bajos posibles.

—Bien, estoy seguro de que todo esto me será de ayuda —dijo Jack, que en realidad no estaba del todo convencido de que así fuera.

Cuando volviera al Manhattan General y fuera a ver a Laurie tendría que preguntarle de dónde lo había sacado y, si correspondía, explicarle lo que acababan de decirle.

Dio las gracias a Shirley y a Wo y se encaminó rápidamente hacia el laboratorio rogando que Hancock estuviera disponible. Cuando entró, miró el reloj y su nivel de ansiedad subió un tanto: eran las tres y veintidós.

Laurie apretó repetidamente el botón de llamada. Había perdido la cuenta de las veces que lo había hecho desde que Jazz se había marchado, y el hecho de que nadie respondiera hacía que se sintiera aún más vulnerable. Pensó que Rakoczi se estaba mostrando deliberadamente hostil, tal como había dado a entender que haría antes de salir. Laurie se miró la mano con la que sostenía el timbre: estaba temblando.

Por si su ansiedad fuera poco, el dolor de la operación había empeorado, especialmente tras haber pasado de la camilla a la cama y después de haber cogido el teléfono. Antes solo lo había notado al moverse, pero en esos momentos era constante. No cabía duda de que necesitaba un calmante, pero se mostraba reacia a pedirlo por los inevitables efectos hipnóticos que tendría. En aquellas circunstancias, Laurie no quería sentirse más aturdida de lo que ya estaba. Si pretendía tener la oportunidad de protegerse antes de que Jack llegara, debía conservar el dominio de sus sentidos.

Justo cuando había decidido ver qué pasaría si salía de la

cama y se ponía en pie, alguien entró rápidamente en la habitación. No se trataba ni de Elizabeth ni de Jazz, sino de una mujer aún más morena que esta y de negros cabellos sujetos en una cola de caballo. Llevaba una gran bandeja dividida en compartimientos llenos de tubos de ensayo, jeringas y demás.

—¿Laurie Montgomery? —preguntó mirando un formulario.

—Sí —contestó la interpelada.

—Necesito sacarle un poco de sangre para unos análisis de coagulación.

La mujer dejó la bandeja a los pies de la cama de Laurie, cogió el tubo del color correspondiente y se acercó con un torniquete en la mano.

—Oiga, necesito un teléfono —dijo Laurie mientras la mujer le cogía el brazo en busca de una vena y le daba golpecitos en la que le pareció más adecuada—. Este que hay aquí no tiene línea.

—No puedo ayudarla con lo del teléfono —dijo la mujer con voz cantarina—. Yo solo soy una de las asistentes del laboratorio. —Encontró la vena y aplicó el torniquete.

Laurie se disponía a contarle la situación en que se hallaba cuando vio el nombre de la mujer en la tarjeta de identificación: «Kathleen Chaudhry». Al igual que «Rakoczi», se trataba de un apellido poco corriente; y también, al igual que Rakoczi, figuraba en la lista de la gente que había sido transferida del St. Francis y que Roger había conseguido. Laurie pensó que, lo mismo que la enfermera, aquella desconocida también podía ser su asesina múltiple.

Apartó el brazo con brusquedad, y la asistente trastabilló, sobresaltada, aunque no tardó en recobrar el equilibrio.

—Tranquilícese —dijo—. Solo voy a sacarle un poco de sangre.

—No quiero que me saquen sangre —declaró Laurie, cuya voz reflejaba su determinación. Se sentía paranoica, pero con motivo. Era como si la estuvieran torturando, rodeándola de asesinos en potencia.

—Su médico ha pedido estos análisis —dijo Kathleen—. Es por su bien. Solo tardaré un segundo y apenas lo notará. Se lo prometo.

—No voy a dejar que me saquen sangre —dijo Laurie con firmeza—. Lo siento, así que no intente convencerme.

—Como usted quiera —replicó la asistente alzando las manos—. A mí me da igual, pero voy a tener que avisar a las enfermeras.

—Haga lo que quiera, y ya que está en ello, diga a la que encuentre que venga de inmediato.

Tras dejar clara su irritación tirando los tubos de ensayo en la bandeja de cualquier manera, Kathleen salió.

De nuevo, el pesado silencio del durmiente hospital se abatió sobre Laurie, que en esos momentos empezaba a poner en duda su cordura. ¿De verdad esos nombres habían figurado en las listas de Roger o era cosa de su imaginación? No estaba segura, pero sí sabía algo sin asomo de duda: quería que Jack llegara y se la llevara de allí sin tardanza.

Haciendo frente al dolor, que empeoraba con el más mínimo movimiento de sus músculos abdominales, Laurie empezó a arrastrarse centímetro a centímetro hacia los pies de la cama con la intención de pasar más allá de la barandilla e intentar ponerse en pie. Estaba a medio camino cuando Jazz irrumpió en la habitación.

—¡Quieta ahí, señorita! ¿Adónde cree que va?

Laurie la miró con clara ironía.

—Necesito encontrar una enfermera que responda a mis llamadas.

—Deje que le diga algo, cariño —contestó Jazz—, no es usted la única paciente de esta planta ni tampoco la que está peor. Aquí tenemos nuestras prioridades, y usted lo entendería si se tomara el tiempo necesario para pensar, aunque solo fuera un minuto. ¿Qué quiere? ¿Calmantes?

—Quiero un teléfono —replicó Laurie—. El de la mesilla de noche no tiene línea.

—Mire, ocuparse de que los teléfonos funcionen es cosa del

personal diurno del Departamento de Comunicaciones. Este es el turno de las enfermeras de noche. Aquí no tenemos tiempo para ese tipo de historias.

—¿Dónde están mis cosas? —preguntó Laurie consciente de que todo quedaría arreglado con tal de que pudiera recuperar su móvil.

—Deben de tenerlas en Cirugía.

—Las quiero aquí ahora mismo.

—Tiene usted un montón de exigencias —se burló Jazz—. Debo reconocerlo. Pero escuche, cariñito: esta noche en Cirugía están hasta los topes, lo cual significa que aquí también lo vamos a estar. Se ocuparán de sus cosas cuando tengan tiempo. Y ahora, si me disculpa, tengo pacientes de los que ocuparme.

—¡Espere! —llamó Laurie antes de que Jazz desapareciera por la puerta, y añadió cuando la enfermera dio media vuelta—: quiero que me quiten esta vía intravenosa.

—Lo siento —dijo Jazz meneando la cabeza. Volvió al lado de Laurie y metiéndole una mano bajo la axila la empujó sin avisar hasta devolverla a su anterior posición en la cama. Laurie hizo una mueca de dolor, sorprendida por la fuerza de la enfermera—. Estaba usted en estado de shock cuando llegó a Urgencias —prosiguió Jazz—. Necesita esa vía en el caso de que recaiga. Necesita líquido y puede que también más sangre.

—Pueden ponerme otra vía —propuso Laurie—, pero quiero que me quiten esta. Si no me la saca, me la arrancaré yo misma.

Jazz contempló a Laurie durante un instante.

—La verdad, es usted un verdadero engorro. Se lo aviso: tendrá usted un problema si se arranca esa vía. Es una línea periférico-central, lo cual significa que hay un largo catéter sujeto bajo ese pequeño vendaje. Si se le ocurre tirar de él, se va a llevar de paso una buena cantidad de tejido.

—Quiero que avisen a mi médico. De lo contrario me quitaré esta vía pase lo que pase, bajaré de la cama y saldré caminando de aquí.

En el rostro de Jazz reapareció la misma sonrisa desafiante de antes.

—¡Es usted demasiado! ¡En serio! He leído que esta noche ha estado a punto de morir desangrada; y ahora, solo unas horas más tarde, ya está dando órdenes. Le diré lo que voy a hacer: llamaré al médico y le contaré exactamente lo que acaba usted de decirme. ¿Qué le parece eso?

—Sería mejor si yo se lo explicase.

—Puede, pero hay un problema porque el teléfono de su mesilla no funciona. De todas maneras yo lo llamaré y le explicaré la situación exactamente, incluyendo su negativa a permitir que le saquen sangre para un análisis de coagulación; luego, volveré. ¿Qué le parece eso?

—Es un comienzo —admitió Laurie.

Cuando Jazz salió del cuarto, Laurie dejó caer la cabeza en la almohada. El respaldo de la cama estaba inclinado unos treinta grados. La sangre le latía en las sienes, el dolor de la incisión había empeorado, y temía que se le hubieran desgarrado algunos puntos. Tenía la impresión de que su pánico había llegado a lo máximo. Respiró hondo y dejó escapar el aire lentamente en un intento de relajarse mínimamente. Incluso se permitió cerrar los ojos. Que Jazz se pusiera en contacto con Laura Riley no era lo mismo que tener a Jack al teléfono; pero, tal como había dicho, constituía un buen comienzo.

23

De nuevo, los acontecimientos no se desarrollaron como Jack había deseado. David Hancock había salido a comer, aunque debía estar de vuelta en cualquier momento. Por unos instantes, Jack creyó que debía tratarse de algún tipo de broma porque era plena madrugada; pero entonces cayó en la cuenta de que la gente que trabajaba en los turnos de noche vivía en un mundo con el horario cambiado y que para ellos la comida de medianoche equivalía al almuerzo, dijera lo que dijese el reloj.

Estuvo paseando arriba y abajo por el laboratorio hasta que Hancock reapareció. Era un tipo menudo, de orígenes raciales indefinidos. A modo de compensación por su generosa calvicie, llevaba un canoso bigote y perilla que le daban un aire mefistofélico. Hancock escuchó a Jack sin hacer comentarios antes de coger el post-it que este le tendía. Luego, lo estudió mientras sorbía ruidosamente entre dientes.

—¿Está usted seguro de que esto es una prueba de laboratorio? —preguntó mirando a Jack.

Las esperanzas de este de conseguir una respuesta cayeron en picado.

—Razonablemente seguro —contestó tendiendo la mano para recuperar la nota.

Hancock la apartó fuera del alcance de Jack mientras seguía mirándola.

—¿Qué le hizo pensar que se trataba de una prueba de laboratorio?

—Formaba parte de la orden preoperatoria de varios pacientes —contestó Jack mirando por encima del hombro hacia la puerta.

—Pues no sería de este hospital.

—No —convino Jack moviéndose nerviosamente intentando decidir si debía coger el post-it y marcharse sin más—. Se trataba de órdenes del St. Francis y del Manhattan General.

—¡Vaya! —exclamó despectivamente Hancock—. Dos centros de AmeriCare.

Pillado desprevenido por el comentario del supervisor, Jack se acercó para estudiar mejor su expresión.

—No sé si detecto cierto juicio de valor en su tono…

—Será mejor que lo crea. Tengo una hermana en Staten Island que trabaja para la ciudad y padece ciertos problemas de salud, pero los de AmeriCare han estado mareando la perdiz. Con esa gente todo son negocios. Lo último que les interesa es ocuparse realmente de los pacientes.

—Yo también he tenido mis diferencias con ellos —reconoció Jack—. Mire, quizá un día podamos compartir nuestras batallitas, pero en este momento lo que me interesa saber es qué clase de análisis es este MFUPN.

—Bueno, debo reconocer que no lo sé con absoluta seguridad —dijo Hancock—, pero yo diría que se trata de un análisis médico-genético.

Jack quedó desconcertado. Apenas media hora antes, Shirley Mayrand había hecho que se sintiera viejo; y en esos momentos temía que Hancock fuera a hacer lo mismo en términos de conocimiento. Jack estaba familiarizado con la ciencia genética, pero sus conocimientos se limitaban a los marcadores de identidad que se utilizaban en la medicina forense, y estaba al tanto de que ese nuevo campo, espoleado por el completo desciframiento del genoma humano, avanzaba a pasos agigantados.

—Yo diría que «MF» significa «microformación», que es una

tecnología de alto rendimiento utilizada generalmente para expresar genes.

—¿Y lo es ahora? —preguntó Jack inocentemente. Se sentía sobrepasado y avergonzado de reconocerlo, aunque lo que Hancock decía estaba relacionado con lo que Wo acababa de comentarle sobre el «MEF2A» del otro post-it.

—Parece usted algo perplejo, doctor —dijo Hancock—. Sabe lo que es una microformación, ¿verdad?

—Bueno, no exactamente —reconoció Jack.

—Entonces, deje que se lo explique. Las microformaciones son como una retícula, un tablero de damas formado por diminutos puntos compuestos por una variedad de secuencias conocidas de ADN que normalmente se aplica en la superficie del portaobjetos de un microscopio. Estoy hablando de muchos puntos, de miles de puntos, de tal modo que pueden dar información sobre la expresión de miles de genes en un momento dado.

—Ah, ¿sí? —dijo Jack, que de inmediato lo lamentó al comprender que estaba quedando como un tonto.

—De todas maneras, no creo que el análisis por el que me pregunta sea una prueba de expresión genética.

—Ah, ¿no? —preguntó tímidamente Jack.

—No. No lo creo. Mi opinión es que «UPN» significa «único polimorfismo nucleótido», y estoy seguro de que usted sabe que eso es una mutación concreta en el genoma humano. Como usted sabrá también, se han localizado con absoluta exactitud miles de UPN en el genoma humano que pueden ser relacionados con genes concretos que han sufrido una mutación y que se transmiten de generación en generación. Esos UPN que están así relacionados se llaman «marcadores», y son los marcadores que señalan los genes mutados o imperfectos.

Fue como si a Jack se le encendiera la proverbial bombilla en la mente. No había entendido todo lo que Hancock le había explicado, pero no importaba. Con dedos temblorosos se apresuró a sacar la hoja del historial del Sobczyk, y, al hacerlo, sacó el otro arrugado post-it. Se lo mostró también a Hancock.

—¿Podría ser esto el resultado de un MFUNP?

El supervisor cogió la segunda nota y se rascó la calva.

—«Eme E Efe Dos A» —leyó en voz alta—. ¿Que si me suena? GUM... —Apartó la vista del papel mientras se daba unos golpecitos en la calva con los nudillos. Luego, volvió a mirarlo—. ¡Sí! ¡Lo recuerdo! Si no estoy equivocado, se trata de un gen asociado con las arterias coronarias. No sé exactamente en qué sentido está relacionado, pero creo recordar que si alguien presenta esta forma mutada de gen, tiene altas probabilidades de sufrir algún tipo de enfermedad coronaria. Por lo tanto, para responder su pregunta, «MEF2A positivo» podría ser el resultado de una prueba de MFUNP y significar que esa persona tiene el marcador de la variante mutada del gen MEF2A.

Jack agarró la mano de Hancock y se la estrechó calurosa y sinceramente.

—Mire, será mejor que nos reunamos otro día para charlar; pero no sabe lo agradecido que le estoy. ¡Muchas gracias! Creo que acaba de resolver usted un misterio.

—¿Qué clase de misterio? —preguntó Hancock, pero Jack ya corría camino de la puerta.

Habiendo entrado en el laboratorio a través de Urgencias, Jack recorrió el mismo camino para salir. Supuso que habría otra salida más conveniente, pero no quiso perder tiempo preguntando. La «investigación de los post-it», tal como él la llamaba, había tenido mucho más éxito del esperado. En esos momentos creía tener tanto un posible móvil como —aunque indemostrable— un método para las muertes que Laurie tan clarividentemente había documentado. Lo único que le faltaba era averiguar de dónde había sacado Laurie los MEF2A y comprobar si los demás pacientes presentaban el mismo marcador.

Cruzó a toda prisa las puertas batientes que separaban Urgencias de la sala de espera y estuvo a punto de chocar con un hombre en una silla de ruedas al que llevaban a tratamiento. El hombre jadeaba, y sus jadeos se intensificaron con el susto. Disculpándose y deseándole una pronta recuperación, Jack cruzó corriendo la sala de espera y salió a la noche. Volvía a llover, pero no le importó. Si sus conjeturas eran ciertas, AmeriCare era todavía más amoral y venal de lo que había imaginado. Se alegró de que Laurie estuviera en la UCPA y no en cualquiera de las plantas destinadas a los pacientes.

Al llegar a la Primera Avenida, giró hacia el sur. Parpadeaba mientras caminaba bajo la lluvia, y notaba las gotas corriéndole por el rostro. Tenía una idea bastante clara de dónde había sacado Laurie el «MEF2A positivo». Tenía que encontrarlo si quería presentarlo como argumento irrebatible, de modo que decidió concederse quince minutos para buscarlo en el despacho de Laurie. Si al cabo de ese tiempo no tenía éxito, volvería al Manhattan General. Si aquella valquiria no lo dejaba entrar en la UCPA, se conformaría con acampar ante su puerta.

Laurie se despertó sobresaltada. El hecho de que se hubiera dormido a pesar de la angustia la asustó tanto como el ruido que la había arrancado del sueño. Eran Jazz y Elizabeth, que acababan de irrumpir en la habitación hablando de otro paciente. Jazz se le acercó por la derecha mientras que Elizabeth rodeó la cama hasta situarse al otro lado.

Haciendo un esfuerzo, Laurie se incorporó. Mientras dormía se había deslizado de lado hasta acabar apoyando el hombro en la barandilla. Miró a las dos mujeres fijamente. Notaba un sordo dolor en el bajo vientre, y tenía la boca seca. En la UCPA le habían dado trocitos de hielo; pero, en la habitación, nada.

—¡Cielos! —exclamó Jazz mirándola—. Si hubiéramos sabido que se había dormido nos habríamos ahorrado algunos problemas.

—¿Ha hablado con mi médico? —quiso saber Laurie.

—Digamos que he hablado con el doctor José Cabero —contestó Jazz—, que resulta que está accesible; no como su doctora Riley, que sin duda está durmiendo.

Laurie notó que el pulso se le aceleraba. También recordaba el nombre del médico por haberlo leído en las listas de Roger. De hecho, había leído el expediente del sujeto y se había enterado de sus demandas por negligencia y de sus problemas con las adicciones. De ningún modo deseaba caer en manos de aquel anestesista.

—El doctor se enfadó mucho cuando supo la que estaba organizando usted —prosiguió Jazz—, y me dijo de forma inequívoca que el análisis de coagulación que había ordenado debía hacerse como fuera. También le molestaron mucho sus amenazas de arrancarse la vía intravenosa y de salir de la cama con sonda incluida.

—¡No me importa lo que opine el doctor Cabero! —espetó Laurie—. Usted me dijo que iba a llamar a mi médico. Quiero hablar con la doctora Riley.

—Debo corregirla —contestó Jazz alzando el dedo índice—. Dije que llamaría a un médico, no a su médico. Debo recordarle que el Departamento de Anestesia se considera todavía responsable de usted. Técnicamente, se encuentra en período postanestésico.

—Quiero a mi médico —gruñó Laurie apretando fuerte los dientes.

—¡Caramba, menuda fiera!, ¿eh? —comentó Jazz a su compañera, que asintió y sonrió. A continuación, miró a Laurie y dijo—: Ya que casi son las cuatro de la mañana, verá cumplido su deseo dentro de pocas horas. Entretanto, tenemos intención de seguir al pie de la letra las instrucciones que el doctor Cabero ha sido tan amable de comunicarnos para su propia protección. —Dicho lo cual, hizo un gesto a Elizabeth.

Laurie empezó a repetir lo que opinaba del doctor Cabero; pero, antes de que pudiera acabar la frase, las dos enfermeras la sujetaron por los brazos inmovilizándola en la cama. Sorprendida por aquella inesperada agresión, Laurie luchó por liberarse; sin embargo, el dolor de la operación unido a la fuerza de las dos mujeres anuló toda resistencia. Lo siguiente que supo fue que tenía las muñecas atadas con tiras de Velcro sujetas bajo el colchón. Todo había sucedido tan deprisa que estaba aturdida.

—¡Ya está! ¡Misión cumplida! —dijo Jazz a su compañera

irguiéndose—. Ahora podemos estar tranquilas de que la vía intravenosa se quedará donde está y que nuestra rebelde paciente no se esfumará.

—¡Esto es un atropello! —farfulló Laurie, que tiró frenéticamente de las ataduras consiguiendo únicamente mover las barandillas. Las ligaduras aguantaron sin inmutarse.

—El doctor Cabero no piensa igual —dijo Jazz con una sonrisa—. En su opinión, el estrés de las intervenciones puede desorientar a ciertos pacientes que necesitan que los protejan de sí mismos. Al mismo tiempo, le preocupaba que usted pudiera haberse molestado, de modo que ha ordenado que le administremos un potente sedante de efectos inmediatos. —Sacó del bolsillo una jeringa cuyo contenido ya estaba listo para ser inyectado. Le quitó la caperuza con los dientes y la puso contra la luz mientras le daba unos golpecitos con el dedo.

—¡No quiero ningún sedante! —chilló Laurie intentando nuevamente liberarse.

—Esa es precisamente la clase de respuesta que el sedante pretende evitar —dijo Jazz—. Elizabeth, ¿te importaría sujetar el brazo de la señorita Montgomery mientras yo hago los honores?

Con una sonrisa parecida a la de su compañera, Elizabeth agarró a Laurie por los hombros y aplicó su considerable peso sobre ellos. Laurie intentó revolverse, pero sin éxito. Notó en el brazo el frío contacto del algodón empapado de alcohol seguido de un pinchazo y un agudo dolor. Acto seguido, Jazz se incorporó y volvió a tapar la jeringa con la caperuza.

—¡Que duerma bien! —dijo despidiéndose con un gesto de la mano y saliendo con su compañera.

Un gemido de indefensión se escapó de los labios de Laurie mientras se relajaba en la almohada. Antes, bajo los efectos del dolor y de los medicamentos que le habían administrado, había creído imposible sentirse más desamparada; pero se había equivocado. En esos momentos se hallaba maniatada igual que una víctima dispuesta para el sacrificio. Ignoraba qué le habían inyectado. Por lo que sabía, bien podía tratarse de un veneno que hacía inútil toda resistencia. Si era el sedante que había dicho Jazz, no tardaría en ser aún más vulnerable.

A pesar de que Jack se encontraba en buena forma física gracias a sus partidos de baloncesto y a la bicicleta, cuando llegó a los ascensores de Medicina Legal estaba sin aliento. Oyó a Carl Novak llamándolo por su nombre al pasar ante su garita, pero no se detuvo. Tampoco vio a nadie en el despacho del depósito. Presionó varias veces el botón de llamada del ascensor, como si así pudiera acelerar su llegada.

Mientras esperaba, pensó en qué podía haber hecho Laurie con el CD que había copiado en la oficina de Roger. Sin duda había sido de allí de donde ella había conseguido la información sobre el MEF2A. El ascensor llegó y Jack saltó a su interior. El CD no había estado junto a las listas ni a los historiales, y él tampoco lo había visto en la mesa ni en los cajones de Laurie. El único sitio donde no había buscado había sido en el archivador de cuatro pisos. Miró la hora. Eran las cuatro y cinco. Llevaba más de tres horas fuera del Manhattan General, lo cual era el límite de lo que consideraba aceptable. Tal como había decidido, se concedería quince minutos para localizar el CD.

El ascensor se detuvo con una sacudida y sus puertas tardaron en abrirse lo que a Jack le pareció una eternidad. Impaciente, las golpeó con el puño hasta que finalmente se abrieron a su debido tiempo, y él salió corriendo al oscuro pasillo. Igual que en las películas de dibujos animados, estuvo a punto de pasar de largo el despacho de Laurie por culpa de lo deprisa que iba, y tuvo que sujetarse al marco de la puerta para no resbalar en el encerado suelo. Una vez dentro, empezó por el cajón superior del archivador.

Tras cinco minutos de infructuosa búsqueda, cerró el de abajo y se levantó. Se rascó la cabeza mientras se preguntaba dónde demonios podía estar el maldito CD. Miró el escritorio de Riva, pero descartó semejante posibilidad porque no había motivo para que Laurie lo hubiera guardado allí. Una alternativa más verosímil era que él lo hubiese pasado por alto al examinar la mesa de Laurie, de modo que se sentó y revisó los cajones una vez más siendo especialmente exhaustivo, convencido de que el disco tenía que hallarse en alguna parte.

Jack volvió a incorporarse tras registrar el último cajón.

—¡Maldición! —exclamó en voz alta.

Miró el reloj. Le quedaban cinco minutos del tiempo que se había concedido. Mientras escudriñaba la superficie de la mesa pensando en revisar los historiales por si el disco se había deslizado entre ellos, vio por el rabillo del ojo una pequeña luz amarilla en el marco de la pantalla del ordenador. Aunque la pantalla estaba a oscuras, indicaba que el ordenador estaba conectado.

Con el índice derecho presionó una de las teclas. La pantalla se iluminó al instante, y Jack se vio contemplando una página del historial de Stephen Lewis con una lista de todos los análisis del laboratorio. La letra era diminuta, y tuvo que recurrir a las gafas de lectura que llevaba escondidas. Con ellas pudo leer lo que ponía, y sus ojos descendieron por la columna del lado izquierdo de la página. Al final llegó al MFUMP y, recorriendo horizontalmente con el dedo, halló: «MEF2A positivo».

Meneando la cabeza por su estupidez al no haber comprobado que el disco estuviera en el ordenador, Jack cogió el ratón y examinó durante varios minutos las fichas de los distintos casos de Laurie. Lo que descubrió no le sorprendió. Todos los pacientes del St. Francis y del Manhattan General habían dado positivo en la prueba MFUMP para el marcador de algún gen mutado. Algunos, los reconoció; otros, no. Al repasar el historial de Darlene Morgan, sintió un escalofrío de alarma. ¡Su prueba había dado positivo para el gen BRCA-1!

Como si lo impulsara un cohete, Jack se puso en pie de un salto, salió a toda prisa del despacho de Laurie y corrió por el pasillo hasta el ascensor. Mientras bajaba, buscó el móvil en los bolsillos de su abrigo. Miró el reloj. Eran las cuatro y dieciséis. Rápidamente marcó el número del Manhattan General, pero no intentó activar la llamada. No tenía señal.

Tan pronto se abrieron las puertas del sótano Jack corrió todo el pasillo pasando por segunda vez, pero en dirección opuesta, ante un sorprendido Carl Novak. De nuevo, hizo caso omiso del guardia. Tenía el móvil pegado a la oreja tras haber apretado el botón de activar la llamada nada más salir de la cabina. La telefonista del hospital contestó justo cuando Jack saltaba a la acera desde la plataforma de carga y descarga. Tras identificarse como médico y sin aminorar el paso, pidió casi sin aliento que le pasaran con la UCPA. Lo que deseaba era asegurarse de que no trasladaban a Laurie antes de que la doctora Riley hiciera su ronda matinal.

El teléfono de la UCPA respondió en el instante en que Jack llegaba a la Primera Avenida. Reconoció la autoritaria voz de la enfermera jefe y se detuvo. No llovía con la intensidad que lo había hecho un cuarto de hora antes, cuando había llegado a Medicina Legal, pero seguía chispeando lo bastante para que tuviera que proteger el móvil con la mano. Ante él, los relativamente infrecuentes coches corrían hacia el norte.

Entre jadeo y jadeo, Jack se identificó ante Thea.

—Espere un segundo —dijo la enfermera. A través del teléfono, Jack oyó que daba voces para que determinado paciente fuera instalado en determinada cama. Luego, Thea volvió a ponerse—. Lo siento. Estamos un tanto ocupados. ¿Qué puedo hacer por usted, doctor Stapleton?

—No quisiera ser una molestia —dijo, y mientras hablaba empezó a buscar un taxi, pero no vio ninguno—, pero quería comprobar la situación de Laurie Montgomery. —Por fin vio uno a lo lejos, con su luz de «libre» encendida. Se disponía a bajar de la acera y a hacerle señales cuando Thea lo dejó boquiabierto con su respuesta.

—Aquí no tenemos a ninguna Laurie Montgomery.

—¿Qué quiere decir? —preguntó Jack, sobresaltado—. Está en una de las camas del fondo. Yo he estado ahí esta noche. Usted incluso me comentó que ella era un encanto.

—¡Ah! ¡Esa Laurie Montgomery! Le pido disculpas. Durante las últimas horas nos ha llegado una avalancha de gente, víctimas de un accidente. Laurie Montgomery fue trasladada de la UCPA. Estaba evolucionando positivamente, y nosotros necesitábamos su cama.

Jack notó la boca seca.

—¿Cuándo fue eso?

—Justo después del aviso de desastre de la supervisora. Yo diría que alrededor de las dos y cuarto.

—Yo les dejé el número de mi móvil —farfulló Jack—. Se suponía que debían avisarme si se producía algún cambio en su situación.

—Es que no se produjo ningún cambio. Sus constantes eran firmes como una roca. No la habría dejado marchar si hubiera existido el más mínimo problema. ¡Puede creerme!

—¿Y adónde la han llevado? —consiguió articular Jack, intentando disimular desesperadamente la furia de su voz—; ¿a Cuidados Intensivos?

—No. No necesitaba estar en Cuidados Intensivos. Además, allí también estaban al completo. La llevaron a la habitación 509, en la planta de cirugía.

Jack cerró el móvil de golpe y escudriñó desesperadamente la oscura, vacía y húmeda avenida. El taxi que había visto antes había desaparecido durante su chocante y ominosa conversación con Thea Papparis. La idea de que Laurie llevara más de dos horas fuera de la UCPA en su delicado estado mientras él se dedicaba a sus estúpidas averiguaciones le resultaba demasiado desagradable de contemplar. La pregunta «¿En qué demonios estabas pensando?» resonaba en su mente como el restallido de unos platillos. Dominado por el pánico, echó a correr hacia el norte por la Primera Avenida, indiferente a los charcos que parecían pozos de negro petróleo. Sabía que tardaría demasiado en llegar corriendo al Manhattan General, pero también sabía que no podía quedarse allí.

24

Había sido una noche movida, quizá una de las más movidas que Jazz recordaba desde que estaba en el Manhattan General. Se habían visto inundados de pacientes víctimas de todo tipo de traumatismos que llegaban de la UCPA y habían ocupado todas las camas. En su condición de autodesignada enfermera jefe —un cargo que, según los rumores, pronto iba a cambiar con el nombramiento de una superiora—, le había correspondido repartir los pacientes entre las enfermeras de noche y sus ayudantes. Nadie se había quejado porque ella había insistido en llevarse su parte; pero, lo que era más importante: también había insistido en añadir a Laurie Montgomery a su lista de pacientes. Una vez quedó establecido y aceptado, se pudo relajar porque sabía que podría cumplir su parte de la Operación Aventar como más le gustara.

Jazz estiró los brazos por encima de la cabeza y ladeó la cabeza a izquierda y derecha para relajar los músculos del cuello. Estaba tensa. Acababa de terminar el papeleo y confiaba en poder disfrutar de una merecida pausa en el cuidado a los pacientes, pausa que pensaba emplear debidamente. Todas habían tenido que interrumpir el descanso para comer a causa de las exigencias de los enfermos, y eso la había obligado a saltarse el almuerzo. Sin embargo, había utilizado aquel momento para desaparecer en el lavabo de señoras que había fuera de la cafetería. Allí había llenado una jeringa con el cloruro potásico que había hurtado del almacén de Urgencias y hecho desaparecer la ampolla vacía. Para ella, los preparativos de las «sanciones» se habían vuelto cuestión de rutina.

Eran las cuatro cuarenta de la madrugada, y todo estaba listo. Había estado esperando el momento adecuado, y este había llegado. Elizabeth, que había estado sentada con ella rellenando impresos, había sido llamada a la habitación 537 y acababa de desaparecer de su vista. Al mismo tiempo, el resto de enfermeras y ayudantes se hallaban con sus respectivos pacientes. Los escasamente iluminados pasillos sugerían un ambiente de nocturna tranquilidad que Jazz había aprendido a apreciar. Miró a lo largo de un corredor; luego, del otro. Era la oportunidad perfecta.

Apartándose del escritorio, Jazz se puso en pie y metió la mano en el bolsillo derecho para notar el tranquilizador contacto de la jeringa llena. Respiró profundamente para controlar su emoción y se puso en marcha. Con paso veloz y silencioso se dirigió a la habitación 509. Se detuvo en la puerta y lanzó una nueva mirada por el largo pasillo. Una vez comenzada la misión, prefería que nadie la viera para evitar de ese modo que se pudieran hacer comentarios.

No había nadie a la vista. El único sonido era el rítmico «bip» de un monitor en la habitación vecina. Jazz sonrió. «Sancionar» a Laurie Montgomery iba a ser seguramente la misión más fácil de las que le habían encomendado; tanto porque había podido escoger el momento como porque el objetivo estaba sedado e inmovilizado.

—¿Qué podría ser más fácil? —murmuró para sí.

Entró en la habitación. Media hora antes, cuando había ido de regreso a la zona de enfermeras tras haber atendido un paciente, se había asomado para asegurarse de que el sedante había hecho efecto. Así era. De paso, bajó el respaldo de la cama de Laurie hasta dejarlo horizontal y apagó los fluorescentes del techo. En esos momentos, lo mismo que el pasillo, la habitación estaba bañada por el suave resplandor de las luces nocturnas empotradas justo encima del zócalo.

Sin hacer ni un ruido, Jazz se situó al lado de Laurie. Esta se hallaba sumida en un profundo sueño inducido por el sedante. Tenía la boca entreabierta, y Jazz vio que sus labios y lengua estaban resecos.

—¡Pobrecita! —se burló en un susurro.

Estaba disfrutando. De todos los pacientes que había «sancionado», le parecía que Laurie era quien más merecido se lo tenía por sus continuas quejas y exigencias. A los ojos de Jazz, Laurie simbolizaba perfectamente a la típica niña rica, que era el equivalente femenino del señor «universidad de lujo» que ella se veía obligada a soportar. Y por si eso fuera poco, era una médico que no había dejado de darle órdenes a pesar de su condición de paciente. Desde su punto de vista, Laurie Montgomery, con su adinerado pasado, iba a llevarse su merecido hasta la última gota.

Contempló las ataduras que inmovilizaban las muñecas de Laurie y experimentó un escalofrío de placer. No le cabía duda de que le iban a facilitar el trabajo, aunque estaba convencida de que ella tampoco le iba a arañar el brazo como había hecho aquel bastardo de Stephen Lewis. Sin embargo, más allá de las ventajas prácticas, pensó que las ligaduras le producían un placer similar al que experimentaba cuando veía la colección de películas de sadomaso que se había descargado de internet. Para ella, todo era cuestión de control.

Suavemente, Jazz levantó la cabeza de Laurie y le retiró la almohada. Estaba segura de que, con el sedante que le había administrado, no se movería, y no lo hizo. Se guardó la almohada bajo el brazo porque deseaba tenerla a mano para taparle la cara con ella en caso de que Laurie hiciera algún ruido indeseado, igual que aquella pesada de Sobczyk. De todas maneras, no esperaba nada parecido: la línea intravenosa era del tipo central, lo cual significaba que el potasio descargaría en una vena principal y sus efectos serían menos dolorosos que de hacerlo en una periférica. Jazz se enorgullecía de aprender rápidamente. Cuantas menos sorpresas, mejor.

Levantó la mano, cogió el gota a gota y lo abrió de modo que fluyera libremente. Esperó unos minutos para comprobar que funcionaba bien. Cuando estuvo segura, sacó la inyección de potasio. Usó los dientes para quitarle la caperuza y clavó la aguja en la entrada auxiliar del conducto.

Tras echar una mirada a la puerta que daba al pasillo y escuchar durante un segundo por si oía algún ruido sospechoso, inyectó el líquido con una única y constante presión sobre el émbolo. Solo tardó cinco segundos. Sabía que, cuanto más potasio llegara al corazón en forma de dosis concentrada, más efectivo sería. Como de costumbre, mientras inyectaba, vio que el nivel ascendía en el regulador que había debajo de la bolsa de fluido.

Tan pronto como la jeringa quedó vacía, retiró la aguja y volvió a taparla con la caperuza. Luego, se quitó la almohada de debajo del brazo cuando Laurie empezó a agitarse, a gemir y abrió los ojos de repente.

—*Bon voyage!* —susurró Jazz.

Sosteniendo la almohada en la mano derecha lista para actuar, y con la jeringa en la izquierda, se inclinó sobre Laurie porque creyó que había murmurado algo. Se disponía a pedirle que lo repitiera cuando retrocedió sorprendida ante un estruendo de la puerta al ser abierta de golpe y chocar contra el tope. Al instante, un individuo con aspecto de maníaco entró violentamente en la habitación. Jazz se quedó momentáneamente confundida por la irrupción en la penumbra del cuarto, especialmente porque había estado absorta en su tarea y también porque estaba convencida de que había tomado las precauciones necesarias para evitar sorpresas. Salvo por dar un paso atrás a la defensiva, se quedó momentáneamente paralizada.

—¿Cómo está ella? —gritó Jack corriendo al lado de la cama de Laurie.

Jadeaba pesadamente y tenía el pelo goteante y aplastado sobre la frente. Con su rostro sin afeitar, los ojos enrojecidos, la ropa mojada y los zapatos empapados, ofrecía todo el aspecto de un perturbado. Se apoyó un momento en la barra al pie de la cama como si estuviera exhausto, pero enseguida se recuperó y se hizo evidente que no le gustaba lo que veía. Sus ojos saltaron a Jazz, que no le había contestado, y vio la almohada y la jeringa en sus manos. Entonces contempló a Laurie, que gemía levemente y forcejeaba con las ataduras de sus muñecas.

—¿Qué está pasando? —exigió saber Jack situándose a la derecha de Laurie, justo enfrente de Jazz—. ¡Laurie! —gritó. Su mano agarró la muñeca de Laurie, pero en el acto la llevó a su frente para evitar que moviera la cabeza de un lado a otro—. ¿Para qué demonios son estas ataduras? —preguntó a gritos, pero no esperó una respuesta. Al mirarla de cerca, resultaba evidente que Laurie se encontraba en un estado desesperado y que empeoraba camino de la agonía. Su rostro reflejaba una combinación de terror, confusión y dolor—. ¡Encienda la luz y dé la alarma! —bramó Jack.

Jazz siguió sin reaccionar, aturdida por los repentinos acontecimientos, y se limitó a dar otro paso atrás.

—¡Mierda! —exclamó Jack ante la parálisis de la enfermera. Su voz resonaba entre las dormidas paredes del hospital. Necesitaba ayuda, y rápidamente, pero no quería dejar a Laurie sola ni un segundo.

Con frenética y desesperada frustración, Jack tiró de la cama alejándola de la pared, pero las bloqueadas ruedas chirriaron sobre el suelo. Tras apartar la mesilla de noche haciendo que los diversos objetos que había en su superficie cayeran al suelo con estruendo, Jack se deslizó entre la cabecera de la cama y la pared y liberó los frenos con el pie. Luego, apretando los dientes y dejando escapar un grito de batalla, apartó aún más la cama de la pared, arrancando de paso los cables de sus enchufes. Con un gruñido, la giró hacia la puerta y, aunque golpeó el marco, cogió velocidad suficiente para no detenerse. En cuestión de segundos se hallaba en el pasillo, haciendo rodar la cama a toda velocidad hacia la iluminada zona de enfermeras.

—¡Den la alarma! —gritó Jack a pleno pulmón mientras empujaba. Un desventurado carrito de mantenimiento se hallaba en su camino, pero Jack hizo caso omiso. La cama con Laurie tenía mucha más inercia, y lo volcó, desparramando por el suelo su contendido de pastillas de jabón y demás accesorios. A continuación, ocurrió lo mismo con un andador, que casi quedó aplastado por el empuje.

—¡Den la alarma! —gritó nuevamente Jack mientras enfermeras, asistentes e incluso pacientes se asomaban fuera de las habitaciones para verlo pasar.

Intentó frenar la cama al acercarse al mostrador de enfermeras, pero solo lo consiguió a medias. El armazón rebotó contra el mostrador tirando al suelo todos los historiales que había encima así como un jarrón con flores que todavía debía ser entregado en la habitación de un paciente. Bajo la intensa luz, Jack pudo ver el mal aspecto de Laurie. Estaba pálida como el papel y no se movía; sus ojos, con las pupilas dilatadas, miraban ciegamente el cielo raso.

Quitándose el empapado abrigo, la chaqueta y dejándolos caer al suelo, Jack fue al lado de Laurie. Tras comprobar rápidamente que no respiraba y que carecía de pulso, le echó la cabeza hacia atrás, le tapó la nariz y le practicó un boca a boca. A continuación se puso encima de ella y empezó a hacerle un masaje cardíaco. Segundos más tarde, varias enfermeras lo rodearon. Una de ellas sacó un respirador que aplicó a la boca de Laurie acompasando sus movimientos con las compresiones de Jack; otra, llevó una botella de oxígeno que conectó al respirador.

—¿Han dado la alarma? —preguntó Jack.

—Sí —dijo la enfermera del respirador.

—¿Y donde está todo el mundo? —quiso saber Jack.

—Bueno, hace menos de un minuto que hemos dado la alarma.

—¡Maldición! ¡Maldición! ¡Maldición! —espetó Jack apretando los dientes. Estaba sin aliento de tanto correr, empujar y de masajear. Se maldijo en silencio por haber dejado sola a Laurie, aunque hubiera sido por sugerencia de ella. Nunca tendría que haberse alejado de la UCPA, tal como había amenazado con hacer. Desde su posición, vio que tenía un color un poco mejor que antes, de modo que algo estaban consiguiendo.

—¿Qué hay de sus pupilas? —preguntó a la enfermera del respirador.

—Ningún cambio.

Jack meneó la cabeza con frustración.

—¿Cuánto tarda normalmente en llegar el equipo de reanimación? —gritó entre compresión y compresión.

Si a Laurie le había ocurrido lo que él sospechaba, su vida pendería de un hilo hasta que se presentara el equipo de reanimación; y aun así, no sabía qué posibilidades tenía. Una cosa estaba clara: no bastaba con un simple masaje cardíaco. Tenían que tratarla.

Como si fuera la respuesta a una plegaria, las puertas de un ascensor se abrieron y apareció un carrito con un equipo de reanimación empujado por cuatro médicos residentes, dos hombres y dos mujeres, que se acercaron corriendo. La jefa del grupo era Caitlin Burroughs, que parecía salida de la misma clase para alumnos aventajados que Shirley Mayrand. Si Jack se la hubiera cruzado por la calle, habría pensado que se trataba de una estudiante y no de una médico titulada. Los hombres también parecían jóvenes, pero no tanto como Caitlin o Shirley.

Uno de ellos cogió de inmediato el respirador de manos de la enfermera mientras otros dos empezaban a colocar los cables del ECG. Saltaba a la vista que sabían trabajar en equipo.

—¿Qué tenemos aquí? —preguntó bruscamente Caitlin comprobando las pupilas de Laurie.

—Un caso de hipercalemia —replicó Jack.

—Eso es un diagnóstico muy concreto —dijo Caitlin, que hablaba deprisa y de un modo entrecortado. Podía parecer joven a los ojos de Jack, pero de ella emanaba una confianza que solo podía ser fruto de la experiencia—. ¿Cómo sabe usted que el nivel de potasio es demasiado alto? ¿Es una paciente renal?

—No padece ninguna enfermedad renal —contestó Jack. No estaba al cien por cien seguro de que Laurie sufriera de altos niveles de potasio; pero no le cabía duda de que, si no actuaban de inmediato y resultaba que estaba hipercalémica, la perderían para siempre y entraría a engrosar los casos de su serie—. Mire, es demasiado largo para que le explique cómo lo sé; pero el caso es que lo sé —prosiguió enfáticamente Jack—. Tenemos que tratarla por sobredosis de potasio ¡y tenemos que hacerlo ahora! ¡Ya!

—¿Cómo está tan seguro? Y además, ¿quién es usted?

—¡Soy el doctor Jack Stapleton! —espetó—. ¡Soy médico forense de esta ciudad! Escúcheme bien: en este hospital vienen produciéndose desde enero una serie de fallecimientos por paradas cardíacas inesperadas en gente joven y sana que no han respondido a los intentos de reanimación, tantos que al final han llamado la atención del Departamento de Medicina Legal. Creemos que estamos ante una serie de casos de hipercalemia inducida deliberadamente.

—El ECG casi no da señal —anunció uno de los residentes que manejaba el aparato instalado en el carrito que escupía una cinta de papel donde aparecían dibujadas débiles ondas.

Caitlin le dio un rápido vistazo y, fuera lo que fuese lo que leyó en la gráfica, la puso definitivamente del lado de Jack y empezó a lanzar órdenes.

Las enfermeras salieron corriendo en todas direcciones.

Quería gluconato cálcico, veinte unidades de insulina junto con una dosis de cincuenta gramos de glucosa; quería bicarbonato sódico, quería una pasta catiónica para un enema retentivo, quería que enviaran a analizar una muestra de sangre para un recuento de electrolitos; y lo que era más importante desde el punto de vista de Jack: quería que avisaran a un cirujano para que la ayudara con una diálisis peritoneal de emergencia. En opinión de Jack, solo la diálisis podía sacarlos del apuro.

Mientras las enfermeras se afanaban en seguir sus instrucciones y en conseguir los medicamentos necesarios, uno de los médicos sustituyó a un reacio Jack en los masajes cardíacos; pero, tan pronto como el hombre empezó con las compresiones, este tuvo que reconocer que lo hacía mejor. Como oftalmólogo reconvertido en forense, Jack carecía de experiencia cuando se trataba de una reanimación cardíaca. También estaba agotado, pero se le hacía difícil permanecer allí sin hacer nada mientras la vida de Laurie pendía de un hilo. Durante el rato que había estado ocupado con las compresiones no había tenido tiempo de pensar en la potencial tragedia de la que estaba siendo testigo.

No había hecho corriendo todo el trayecto que separaba su trabajo del Manhattan General, pero sí un buen trecho. Había corrido unas diez manzanas a lo largo de la Primera Avenida sin encontrar ningún taxi. Unos cuantos coches pasaron a su lado salpicándolo de agua, pero ninguno se detuvo. Luego, su suerte cambió. Cerca del cuartel general de Naciones Unidas, un coche de la policía le cerró el paso creyendo que huía después de haber cometido algún delito. Cuando Jack les mostró su identificación y les explicó sin aliento que iba corriendo al Manhattan General por una urgencia, los agentes le dijeron que subiera y le llevaron sin detenerse y con las sirenas aullando. Si en algún momento se preguntaron qué hacía un médico forense, que normalmente se ocupaba de cadáveres, atendiendo una urgencia en plena madrugada, no lo expresaron.

Mientras el tratamiento hipercalémico de Laurie empezaba a hacer descender los niveles de potasio que Jack temía que le corrieran por el torrente sanguíneo, llegó un anestesista y procedió a entubarla para que pudiera ser ventilada con más eficacia. Al incorporarse después de haber acabado, Jack vio su nombre en la placa. Era José Cabero. Jack tardó en reaccionar. Recordaba el nombre de las listas de Roger, y se vio vigilando todos los movimientos del anestesista hasta que vio con alivio que se marchaba.

La diálisis peritoneal se realizó a través de la piel, sin dificultad, mediante una gran máquina de succión cilíndrica dotada de una cánula. Jack apartó la vista cuando introdujeron la aguja a través de la pared abdominal de Laurie, pero se hallaba lo bastante cerca para escuchar el sonido que hizo al atravesar los tejidos, y no pudo reprimir una mueca. Un momento después contempló cómo el fluido isotónico libre de potasio era introducido en su abdomen. Cruzó mentalmente los dedos y rezó para que el tratamiento resultara de ayuda. Sabía que, con la gran superficie que había bajo el abdomen como resultado de las vueltas de los intestinos combinadas con la abundancia de vasos sanguíneos del plexo, la diálisis peritoneal era el método más efectivo, aunque pasivo, de bajar los niveles de potasio o de cualquier otro electrolito en la sangre.

Por desgracia, tras diez minutos de agresiva terapia, no se habían producido cambios apreciables en la situación de Laurie. Caitlin pidió más gluconato cálcico y lo inyectó ella misma. Jack lo oyó desde lejos porque había empezado a pasear entre la cama de Laurie, situada frente al mostrador de enfermeras, y el vestíbulo de los ascensores. No era la cafeína lo que lo empujaba en esos momentos, sino su creciente temor y sensación de culpabilidad. Lo que más le remordía era la posibilidad de que aquel episodio no fuera más que una nueva manifestación de su condición de gafe para sus seres queridos. Era una idea que lo acosaba sin piedad. En una sola noche había perdido un hijo potencial y se hallaba al borde de perder la persona a la que amaba. Para empeorar las cosas, sabía que en parte era culpa suya.

Cuando llegó el resultado del análisis de sangre, Caitlin se lo mostró a Jack.

—Bien, tenía usted toda la razón —dijo ella señalando el nivel anormalmente elevado de potasio—. Es el más alto que he visto en mi vida. Cuando esto haya acabado me gustaría que me explicara cómo lo supo.

—Estaré encantado de explicárselo, eso suponiendo que la señorita Montgomery salga de esta —dijo Jack, que no estaba seguro de si estaría dispuesto a hablar con nadie en caso de que Laurie no lo consiguiera.

—Estamos haciendo todo lo que podemos —repuso Caitlin—. Al menos, su color ha mejorado y sus pupilas han dejado de estar dilatadas.

Mientras los minutos pasaban inexorablemente, Jack se mantuvo a distancia. Como simple observador, le resultaba cada vez más desagradable ver a Laurie tendida en la cama con un desconocido subido encima de ella presionándole el pecho mientras otro le mantenía desapasionadamente la respiración artificial. Los pacientes que se habían asomado para contemplar el drama habían vuelto a sus camas, y la mayoría de las enfermeras había regresado a ocuparse de sus respectivos enfermos.

Eran las seis menos veinte cuando se produjo la primera señal de optimismo, y fue Caitlin quien reparó en ella.

—¡Eh, chicos! —gritó—. ¡Tenemos cierta actividad eléctrica en el corazón! —El residente que no estaba ocupado con el masaje cardíaco ni con el respirador corrió hasta el ECG para mirar por encima del hombro de Caitlin—. ¡Enviad otra muestra para el análisis de potasio! —ordenó esta a la enfermera que los ayudaba.

—¡Vaya!, estas ondas empiezan a parecer normales —exclamó el residente mirando a Caitlin, que asintió—. Incluso se diría que mejoran.

—Para las compresiones —dijo la doctora al médico que estaba encima de Laurie—. Veamos si tiene pulso.

El residente que había mantenido la respiración de Laurie se detuvo el tiempo suficiente para comprobar el pulso en el cuello de Laurie.

—¡Tiene pulso, y...! ¡Santo Dios, está empezando a respirar por sí sola! —Desconectó la mascarilla del tubo endotraqueal y notó en la palma de la mano el aire que salía del mismo—. Ahora está respirando con bastante normalidad y está rechazando la entubación.

—Deshinchadlo y quitádselo —ordenó Caitlin—. Su electro parece ahora completamente normal.

El residente obedeció de inmediato y retiró el tubo de la boca de Laurie, aunque se la mantuvo abierta para asegurarse de que la vía respiratoria seguía libre. Laurie tosió varias veces.

Al oír aquella conversación, Jack llegó corriendo desde el oscuro vestíbulo de los ascensores, donde había estado caminando arriba y abajo, y se situó tras el mostrador de las enfermeras. Laurie había sido conectada a uno de los monitores empotrados, pero para verlo era necesario situarse en el lado del mostrador contrario a donde tenía lugar la acción. Cuando media hora antes había mirado, las señales del pulso y la presión sanguínea no eran más que líneas rectas en la pantalla. En esos momentos, ya no. El corazón le dio un vuelco. ¡Laurie había recuperado el pulso y la presión!

—Interrumpid la diálisis y drenad la pasta catiónica —ordenó Caitlin. No queremos pasarnos de la raya y tener que preocuparnos por un nivel demasiado bajo de potasio.

Jack salió del mostrador. De nuevo había un revuelo de actividad alrededor de Laurie mientras se ejecutaban las órdenes de Caitlin. Jack no quería estorbar pero, por muy esperanzadores que los síntomas fueran, deseaba estar cerca de ella.

—¡Aleluya! —exclamó el residente que había mantenido la respiración artificial—. ¡Se está despertando!

Incapaz de refrenarse, Jack acudió a la cabecera de la cama situada contra el mostrador de enfermeras. Miró hacia abajo y vio algo que le pareció un milagro: los ojos de Laurie estaban abiertos y se movían de un rostro a otro reflejando no poca confusión y miedo. De repente, a Jack se le llenaron los ojos de lágrimas hasta el punto de casi no poder ver. Intentó hablar, pero tuvo que conformarse con menear la cabeza.

—Soltadle las muñecas —ordenó Caitlin, que se había situado frente a Jack. A Laurie le habían dejado las ataduras durante el calvario. Caitlin se inclinó sobre ella y le dio un tranquilizador apretón en el brazo—. Todo va bien. Relájese. Tenemos la situación bajo control. Se pondrá bien. Se encuentra en el Manhattan General. ¿Sabe qué día es y cómo se llama?

Laurie intentó hablar, pero su voz resultaba inaudible, de modo que la doctora tuvo que acercar el oído a sus labios. Escuchó y después se incorporó y miró a Jack, que se había tranquilizado lo suficiente para dejar de llorar y enjugarse las lágrimas.

—La situación pinta bien. Nuestra paciente tiene sentido de la orientación. Tengo que reconocer que su rápido diagnóstico la ha salvado. Con el nivel de potasio que tenía cuando intervenimos, sin duda no habríamos podido reanimarla.

Jack asintió. Seguía sin poder articular palabra, así que se inclinó sobre Laurie y apoyó la frente en la de ella. Pudiendo mover ya las manos, Laurie le acarició la cabeza y le susurró con voz ronca:

—¿Por qué estás tan alterado? ¿Qué ocurre?

Las preguntas de Laurie inundaron de nuevo los ojos de Jack, que solo fue capaz de apretarle la mano.

Una de las enfermeras del mostrador colgó el teléfono y se levantó.

—Doctora Burroughs, los del laboratorio dicen que el nivel de potasio de la señorita Montgomery es de cuatro miliequivalencias.

—¡Bien! Eso es casi perfecto —exclamó Caitlin y se volvió hacia sus ayudantes—. De acuerdo, esto es lo que vamos a hacer: mientras yo llamo al médico de guardia y le explico lo sucedido, vosotros os lleváis a la paciente a la Unidad de Cuidados Coronarios y la enchufáis al monitor. Quiero otra lectura de nivel de potasio tan pronto como lleguéis allí. Yo me reuniré con vosotros en cuanto haya acabado aquí para que podamos decidir sobre sus fluidos.

Mientras se hacían los preparativos para poder trasladar a Laurie, Jack recuperó su capacidad de hablar.

—No estoy alterado —le susurró al oído—, solo muy contento de ver que estás bien. Nos has dado un buen susto.

—¿Sí? —preguntó Laurie. Estaba recuperando su voz normal, pero todavía le dolía al hablar.

—Estuviste inconsciente durante un rato —le explicó Jack—. ¿Qué es lo último que recuerdas?

—Recuerdo haber salido de la UCPA; pero después de eso, nada. ¿Qué ha pasado?

—Te lo contaré todo a la primera oportunidad —le prometió Jack cuando empezaron a mover la cama.

—¿Vas a venir conmigo? —le preguntó Laurie agarrándolo del brazo.

—Desde luego que sí —contestó él caminando junto a ella.

Una enfermera se acercó corriendo y le entregó su empapado abrigo y la chaqueta.

Utilizaron un ascensor para bajar a Laurie al segundo piso, donde estaba ubicada la Unidad de Cuidados Coronarios. En la puerta, una enfermera impidió el paso a Jack, pero le dijo que le permitiría entrar para una rápida visita cuando Laurie estuviera instalada. Al principio, Jack rechazó la idea porque quería seguir con ella, especialmente si tenía en cuenta lo que había sucedido en su ausencia; pero al final, convencido de que estaría en buenas manos, aceptó. Los del equipo de reanimación le aseguraron que uno de ellos permanecería al lado de Laurie todo el rato.

—No voy a moverme de aquí —le aseguró Jack, señalando una pequeña sala de espera que había justo enfrente de la UCC.

Laurie asintió, preocupada por sus síntomas físicos, que le resultaban cada vez más preocupantes a medida que la mente se le aclaraba. Lo que en ese momento deseaba eran unos trocitos de hielo que le aliviaran la seca boca y la irritada garganta, así como algo que le calmara el dolor que notaba en la incisión quirúrgica y en el pecho. En lo que a su memoria se refería, seguía en blanco desde el momento en que había salido de la UCPA.

Jack fue a la sala de espera, que se encontraba vacía de visitantes. Un reloj de pared señalaba las seis y cuarto de la mañana. Había algunos divanes, sillas y diversos diarios y revistas esparcidos sobre una mesa. En un rincón humeaba una cafetera. Jack dejó el abrigo y la chaqueta en el respaldo de uno de los sofás y tomó asiento soltando un sonoro gemido. Se recostó, se cubrió el rostro con las manos y cerró los ojos. Se sentía aturdido. Nunca había sufrido tanto estrés combinado con tanto esfuerzo físico y un despliegue tan amplio de emociones. Para acabar de empeorarlo, los efectos secundarios de la cafeína le habían revuelto el estómago.

El simple hecho de cerrar los ojos le permitió darse cuenta de lo absolutamente criminal que había sido el trance por el que Laurie acababa de pasar. Ocupado en cuidar de ella, no lo había pensado hasta ese momento. En su mente vio con toda nitidez a la bronceada enfermera cuando él había irrumpido en el cuarto de Laurie. En la penumbra, le había parecido adusta, con sus hundidos ojos, sus cortos y negros cabellos y sus dientes sorprendentemente blancos. Pero lo que recordaba con más claridad era la almohada que tenía en una mano y la enorme jeringa de la otra. Jack sabía que cabían muchas explicaciones que justificaban que sostuviera aquellos objetos, igual que cabían para explicar su parálisis ante lo que constituía una situación de vida o muerte. Durante sus prácticas había visto a otros quedarse petrificados; y lo cierto era que él había hecho lo mismo al enfrentarse con su primera muerte cardíaca, nada más salir de la facultad. Sin embargo, en las circunstancias del momento, no podía dejar de hallar sospechosa la actitud de la enfermera. La había vuelto a ver durante el proceso de reanimación, pero solo fugazmente cuando apareció por la zona de enfermeras para ir al almacén de medicamentos o para utilizar el distribuidor automático. En cualquier caso, no había participado en la reanimación. En cierto momento, Jack había preguntado cómo se llamaba la enfermera; y, cuando se lo dijeron, sus sospechas aumentaron porque su nombre era uno de los de la lista de Roger.

Abrió los ojos de golpe y buscó su móvil en el bolsillo del abrigo. Sabía el número de teléfono particular de Lou en el Soho, y, a pesar de la hora, lo marcó. Teniendo en cuenta lo que había presenciado, la policía debía intervenir. No cabían más excusas. El teléfono sonó seis veces. Lou descolgó. Su voz sonaba como de ultratumba, y Jack tuvo que esperar a que dejara de toser.

—¿Estás vivo? —le preguntó cuando se hizo el silencio al otro lado de la línea.

—Déjate de bromas —gruñó Lou—. Será mejor que tengas algo importante que contarme.

—Es más que importante —dijo Jack—. A Laurie la han operado de urgencia esta noche en el Manhattan General, y, después de la intervención, alguien la ha puesto al borde del precipicio y le ha dado un buen empujón. Ha estado tan a punto de morir como se puede llegar a estar. De hecho, hasta se podría decir que durante unos minutos ha estado clínicamente muerta.

—¡Dios mío! —balbuceó Lou, tosiendo de nuevo.

—¿Siempre toses así por las mañanas? —le preguntó Jack cuando el detective volvió a ponerse al aparato.

—¿Dónde está Laurie ahora? —preguntó este haciendo caso omiso de la pregunta de Jack.

—Se encuentra en la Unidad de Cuidados Coronarios del segundo piso —repuso Jack—. En estos momentos me hallo en la sala de espera que hay enfrente.

—¿Corre algún peligro?

—¿En el sentido médico o en otro?

—En ambos.

—Médicamente hablando, yo diría que tienen la situación bajo control. Tuvo suerte de caer en manos de una residente de cardiología con pinta de colegiala que sabía lo que se hacía. Es curioso, pero ha sido la segunda persona esta noche que me ha hecho sentir como un abuelo. En cuanto a la persona que ha intentado acabar con Laurie, no creo que sea un problema; al menos en esta unidad de cuidados. Hay demasiada gente, y yo estoy montando guardia en la puerta.

—¿Tienes alguna idea de quién ha sido?

—Hay una persona, y la verdad es que se trata de una de las enfermeras, por la que yo apostaría; pero no tengo pruebas. Te contaré los detalles cuando vengas. También figura en las listas de Roger, así que tienes el trabajo medio hecho. Lo que sí te digo es que la idea de que las series de asesinatos de Laurie no son más que pura especulación ya no se sostiene. Esta noche, ha estado a punto de engrosar la lista.

—¿Sabes cómo se llama esa enfermera?

—Rakoczi.

—¿Qué nombre es ese?

—Ni idea.

—Y esa tal Rakoczi, ¿sabe que sospechas de ella?

—Supongo —repuso Jack—. Me ha estado evitando toda la noche durante la reanimación de Laurie. Estaba con ella cuando yo irrumpí en su cuarto y la encontré agonizante.

A continuación, Jack le describió brevemente la escena tal como la había vivido.

—Bien. Sin duda estará en el primer lugar de mi lista de personas con las que debo hablar —repuso Lou—. Estaré ahí lo antes posible, lo cual significa que dentro de una media hora. Entretanto llamaré a los del distrito y les diré que manden un par de agentes de uniforme para que vigilen la entrada de esa unidad de cuidados en caso de que tú tengas que ir al lavabo o a alguna otra parte.

—Me parece bien.

—¿Llevas despierto toda la noche?

—Pues sí —reconoció Jack.

—De acuerdo. Aguanta ahí. Nos veremos enseguida.

Jack estaba a punto de colgar cuando oyó que Lou añadía:

—¡Ah, oye! No te hagas el héroe y estate quieto, ¿vale?

—No te preocupes —contestó Jack—. Después de lo que he pasado, me cuesta hasta respirar. No pienso moverme de aquí.

Jack colgó, dejó el móvil a un lado y cerró los ojos de nuevo. Se sentía más tranquilo tras haber hablado con Lou Soldano. El peso del delito cometido contra Laurie y las demás víctimas ya no descansaba sobre sus hombros. Para él, había sido como pasar el testigo en una carrera de relevos, lo cual significaba que su aportación había finalizado. Lo que no sabía era lo mucho que iba a lamentar no seguir sus propios consejos.

25

—Perdón —dijo Caitlin tras dar un golpecito a Jack en el hombro.

Este parpadeó y salió de las profundidades del sueño. Se sentía como si despertara de la muerte; pero, a medida que su visión se aclaraba y se situaba en tiempo y lugar, se estiró para incorporarse. Estaba sorprendido y disgustado por haberse quedado dormido.

—¿Qué sucede? —balbuceó—. ¿Laurie está bien?

—No le pasa nada —aseguró Caitlin—. Los análisis de potasio son normales, y sus constantes vitales se mantienen firmes como la roca. Incluso ha podido tomar algo por vía oral porque la doctora Riley se lo ha permitido. También le han retirado el drenaje, así que evoluciona perfectamente.

—Estupendo —repuso Jack inclinándose hacia delante para ponerse en pie, pero Caitlin lo empujó por el hombro suavemente para que siguiera sentado.

—Sé que quiere entrar a verla, pero creo que es mejor que por el momento Laurie se quede tranquila y descanse. Está agotada y duerme.

Jack se recostó en el sofá y asintió.

—Estoy seguro de que tiene usted razón. La verdad es que, en estos momentos, lo que me preocupa de verdad es su seguridad. No me cabe duda de que usted ya habrá deducido que alguien administró deliberadamente a Laurie una dosis letal de potasio.

—Ya lo había imaginado —repuso Caitlin—, pero quédese tranquilo, estoy convencida de que la unidad de cuidados es un lugar seguro. De todas maneras, para estar totalmente seguros, he pedido a uno de mis residentes que no se aparte de la cama de la señorita Montgomery. No se preocupe, vigilará como un halcón y no se podrá acercar nadie sin autorización.

—Perfecto —dijo Jack.

—Supongo que no debería preguntarle quién cree usted que lo ha hecho, ¿no?

—Me parece que lo más conveniente sería hablar del asunto lo menos posible hasta que se haya resuelto —convino Jack—. Sé que eso es difícil en un hospital, donde los rumores corren como la pólvora; pero creo que sería mejor para todos si, durante unos días, usted y sus colegas no dicen nada de lo ocurrido esta noche. Dentro de poco llegará un detective de Homicidios, y confío en que él podrá llegar hasta el fondo del asunto.

En esos momentos, dos agentes uniformados aparecieron en el umbral. Uno era un fornido afroamericano cuya musculatura tensaba hasta el límite el tejido de su uniforme. Su nombre era Kevin Fletcher. El otro era una mujer de origen hispano, comparativamente menuda, llamada Toya Sánchez. Ambos actuaban con cierta reserva por hallarse en un hospital y se identificaron ante Jack hablando casi en susurros. Le dijeron que les habían dado orden de presentarse a él y a continuación esperaron, como si no supieran qué más hacer.

—¿Por qué no cogen unas sillas y montan guardia ante la entrada de la Unidad de Cuidados Coronarios? —les propuso Jack—. Asegúrense de que todos lo que entren estén autorizados. —Luego, volviéndose hacia Caitlin, le preguntó—: Supongo que esta es la única entrada, ¿verdad?

—Sí, lo es —le aseguró ella.

Satisfechos por tener algo concreto que hacer, los dos policías siguieron el consejo de Jack y enseguida ocuparon sus posiciones a ambos lados de la entrada. A Jack le pareció que, como mínimo, su presencia resultaba imponente. De todas maneras, era el ajetreo de la UCC el que proporcionaba la verdadera seguridad.

—Tengo que hacer mi ronda —anunció Caitlin—, de modo que lo dejaré aquí para que siga su vigilia.

—Gracias por todo lo que ha hecho —le dijo Jack de corazón—. Ha estado usted fantástica.

—La clave estuvo en la pista que me dio usted con el potasio —contestó ella—. Quizá debería pensar en convertirse en residente de cardiología. Haríamos un estupendo equipo.

Jack se echó a reír y se preguntó si aquella joven estaría flirteando con él, pero enseguida se burló de su propia vanidad, convencido de que de ese modo intentaba compensar lo viejo que Caitlin lo había hecho sentir. Se despidió con un gesto de la mano cuando ella salió de la sala de espera. Después, volvió a instalarse en el sofá. No creía que fuera a dormirse de nuevo porque había sufrido una descarga de adrenalina al despertarse, de modo que empezó a darle vueltas a lo que significaba que alguien estuviera asesinando pacientes que tenían marcadores de genes defectuosos. Enseguida tuvo claro que la explicación de semejante canallada no podía atribuirse a los trastornos de personalidad de un asesino, por mucho que el individuo que estuviera inyectando las dosis de potasio estuviera loco de remate. Jack tenía la certeza de que se trataba de una conspiración más vasta en la que necesariamente tenían que estar implicados altos responsables de AmeriCare. Para él se trataba de un espantoso ejemplo del modo en que el ejercicio de la medicina podía acabar distorsionado cuando esta se convertía en un gran negocio donde acababa prevaleciendo el beneficio económico. Jack estaba personalmente al corriente de que en los más altos niveles administrativos de esas inmensas compañías sanitarias y en sus hospitales se escondían personas que, desde el punto de vista burocrático e incluso geográfico, se hallaban tan alejadas del objetivo principal de su actividad que podían quedar fácilmente cegadas por la necesidad de obtener beneficios, y en último término incluso por el valor de las acciones de la compañía.

Un revuelo en el vestíbulo interrumpió los pensamientos de Jack. Acababa de llegar un grupo de enfermeras, y la presencia de la policía comprobando sus acreditaciones antes de dejarlas entrar había desencadenado el barullo. Jack se asomó para verlas reír y bromear y se preguntó si seguirían haciéndolo si supieran lo que estaba ocurriendo en la trastienda de su hospital. Volvió al sofá. Las enfermeras, incluso más que los médicos, eran las que estaban en el día a día de las trincheras, luchando cuerpo a cuerpo contra la muerte y la incapacitación. No le cabía duda de que se enfurecerían si llegaban a enterarse de que una de ellas era sospechosa de tantos crímenes.

Aquellos pensamientos hicieron que Jack se acordara de Jasmine Rakoczi. Si, tal como sospechaba, ella era la culpable, entonces tenía que tratarse de un personaje ferozmente antisocial. De todos modos, Jack no dejaba de pensar que se equivocaba: ¿cómo era posible que alguien así hubiera decidido ser enfermera? Además, suponiendo que lo fuera, ¿cómo era posible que hubiera conseguido trabajo en un centro tan prestigioso? No tenía sentido, especialmente si se tenía en cuenta que algún contable oculto en lo más profundo de la estructura organizativa de AmeriCare tenía que comunicarle a quién debía llenar de potasio.

La puerta de la UCC se abrió de golpe y por ella salió un grupo de enfermeras y enfermeros que se sorprendieron igualmente por la presencia de la policía. Los agentes se mostraron corteses pero poco habladores, y enseguida las voces se desvanecieron a medida que el grupo se alejó por el pasillo.

Los ojos de Jack deambularon hasta posarse en el reloj de pared. Pasaban unos minutos de las siete de la mañana. De repente, su cansado cerebro cayó en la cuenta de por qué un grupo de enfermeras había llegado, y otro había salido. Era el cambio de turno. El turno de día sustituía al de noche.

Se puso en pie de un salto: no había caído en la cuenta de que Jasmine Rakoczi se habría marchado antes de que Lou llegara al hospital; y si ella era realmente la culpable y había intuido que él lo sabía, entonces podía desaparecer definitivamente. Con unas cuantas zancadas salió al vestíbulo donde explicó a los agentes que iba a subir a la quinta planta y añadió que, si el detective Soldano llegaba en su ausencia, debían decirle adónde había ido y pedirle que fuera hasta allí.

A continuación Jack corrió hacia la zona de ascensores, donde se hacía evidente que el hospital había sufrido una especie de transformación. Había empezado una nueva jornada de ajetreo. Al menos una docena de personas esperaba a que llegara el ascensor. Entre ellos había algún celador empujando una camilla que se dirigía a recoger a algún paciente para llevarlo a quirófano.

Cuando se abrieron las puertas del primero, resultó que estaba lleno. Aun así, unos cuantos subieron igualmente, lo mismo que Jack, que no estaba dispuesto a dejarse amedrentar y captó la indignación de la gente cuando las puertas apenas pudieron cerrarse. Apretados como sardinas, nadie habló mientras la cabina subía.

Para disgusto de Jack, el ascenso resultó frustrantemente lento: el ascensor se fue deteniendo en todos los pisos para escupir pasajeros, la mayor parte de las veces de la parte de atrás, de modo que Jack y otros tuvieron que salir en cada vestíbulo. Cuando llegó a la quinta planta, Jack apenas podía contener su impaciencia y fue el primero en salir al abrirse las puertas. Su intención era correr hasta el mostrador de enfermeras y preguntar por Jasmine Rakoczi. Abrigaba la esperanza de que por alguna razón la hubieran retenido y así pudiera atraparla.

Justo delante de él había otro ascensor cuyas puertas se estaban cerrando, y por el rabillo del ojo creyó ver a una enfermera de rasgos parecidos a los de Jasmine. No fue más que una visión pasajera, y cuando giró la cabeza para ver mejor, las puertas ya se habían cerrado.

Durante unos segundos, dudó qué hacer. Si bajaba corriendo por la escalera tendría la oportunidad de llegar antes que el ascensor; pero ¿y si no era Rakoczi? Tras varias vacilaciones, optó impulsivamente por el plan original y corrió hacia la zona de enfermeras. Había varias a la vista, y reconoció a algunas, cosa que le dio ánimos. También había un ordenanza que acababa de iniciar su servicio y que estaba recogiendo el desorden ocasionado por el tratamiento de reanimación de Laurie.

Sin perder tiempo, Jack se presentó como el doctor Stapleton y preguntó por Jasmine Rakoczi. El ordenanza, que era un joven delgado y rubio con coleta, le dijo que Jazz se había marchado hacía apenas unos segundos y miró por encima del hombro de Jack por si la veía.

—¿Sabe usted adónde puede haber ido? —preguntó rápidamente Jack dando por hecho que era ella a quien había visto en el ascensor—. Me refiero a la puerta por donde sale o en qué dirección va. Necesito hablar con ella. Es importante.

—No vuelve a casa caminando —contestó el ordenanza—. Tiene una virguería de Hummer H-2, negro. Un día me lo enseñó. ¡Menudo equipo de sonido tiene! Siempre está aparcado en el primer piso del garaje, enfrente de la puerta que da al puente para los peatones.

—¿En qué piso hay que bajar para llegar a ese puente? —preguntó rápidamente Jack.

—Pues en el primero, naturalmente —contestó el ordenanza poniendo cara de que había sido la pregunta más tonta que le habían hecho en la vida.

Jack salió corriendo hacia la escalera. Hacía un momento se había creído capaz de llegar antes que el ascensor de Jasmine, pero en ese instante, después de haber perdido unos minutos yendo al mostrador de enfermeras, sabía que ya no era posible. De todas maneras, no lamentaba su decisión, ya que Rakoczi se le habría escapado de todos modos porque él habría ido hasta la planta baja para intentar cazarla en la salida de la calle. Tal como estaban las cosas, pensó que todavía le quedaba una oportunidad porque Rakoczi aún tenía que cruzar el puente peatonal para llegar a su coche y ponerlo en marcha. Además, saber qué tipo de vehículo conducía podía serle de utilidad.

El hueco de escalera estaba pintado de un color gris acero, y la escalera en sí era metálica, de modo que cada paso resonaba como un golpe de timbal cuando pisaba con el zapato. El rítmico repiqueteo se amplificó en el reducido espacio. Había dos descansillos entre planta y planta, y Jack se vio obligado a girar constantemente mientras descendía en el sentido de las agujas del reloj. Cuando llegó al primer piso, todo le daba vueltas, y trastabilló al entrar en el vestíbulo.

Sin afeitar y con un desmelenado aspecto al que se sumaban sus prisas, la gente se apresuró a cederle el paso mientras Jack intentaba orientarse en busca de la salida hacia el puente peatonal. Al final, alguien se apiadó de él y se la indicó. Jack echó a correr tanto como pudo repitiendo «disculpen» o «perdón» mientras zigzagueaba entre el personal del centro que se encaminaba hacia el aparcamiento. Tras cruzar un par de puertas comprendió que se hallaba en el puente porque, de repente, vio bajo él la Avenida Madison. Había dos puertas más en el lado del aparcamiento que conducían a un pequeño vestíbulo que estaba lleno de gente esperando el ascensor. Jack se vio obligado a abrirse paso trabajosamente entre ella hasta que pudo empujar la pesada puerta de hierro que daba al primer piso del garaje. El lugar estaba abarrotado de coches que iban y venían con las luces encendidas en la penumbra llena de humo de los tubos de escape. En el exterior, el amanecer empezaba a blanquear el cielo nocturno mientras el interior del aparcamiento seguía pobremente iluminado por los escasos tubos fluorescentes.

Jack pudo localizar enseguida el vehículo de la enfermera gracias a que sabía qué clase de coche era. Tal como le había dicho el ordenanza, se encontraba aparcado justo delante de la puerta que daba al puente peatonal. Poniéndose de puntillas para atisbar por encima de los coches que pasaban entre él y el Hummer, ¡vio a Jasmine que acababa de cruzar hacia el todoterreno! Incluso pudo distinguir que tenía en la mano lo que le pareció un mando a distancia con el que apuntaba al vehículo mientras se metía por el hueco del lado del conductor. Menos de sesenta centímetros separaban el Hummer del coche de al lado.

—¡Señorita Rakoczi! —gritó Jack por encima del ruido de los motores. Vio que ella se volvía y miraba en su dirección—. ¡Espere un segundo! ¡Tengo que hablar con usted!

Por un segundo, la fatigada mente de Jack se preguntó si

resultaba sensato acercarse a una mujer de quien sospechaba que podía ser una asesina múltiple. No obstante, su deseo de no permitirle escapar triunfó por encima de otras consideraciones. Con todo el movimiento de gente que había en el aparcamiento, se sentía razonablemente seguro, sobre todo si se tenía en cuenta que no pensaba en absoluto dar pie a un enfrentamiento, sino solo mostrarse firme.

Jack miró a derecha e izquierda para ver si podía cruzar por entre el tráfico. El humo y el ruido resultaban desagradables. Cuando consiguió pasar al otro lado, Jazz se hallaba de pie al lado del Hummer con la puerta del conductor entreabierta. El mando a distancia había desaparecido y debía de hallarse en su bolsillo. Llevaba puesto un ancho abrigo verde militar encima de la ropa de trabajo, y tenía la mano en el bolsillo. Su expresión resultaba altanera hasta el punto de parecer desafiante.

Metiéndose por entre el Hummer y el coche vecino, Jack fue hacia la enfermera, cuyos ojos se estrecharon a medida que se acercaba. Jack notó que carecían de cualquier calor humano.

—La necesitan en el hospital —dijo Jack hablando lo bastante alto para hacerse oír por encima del tráfico, e intentando mostrarse lo bastante autoritario para evitar discusiones. Incluso hizo un gesto señalando con el pulgar por encima del hombro.

—He acabado mi jornada —se mofó Jazz—. Me voy a casa. —Dio media vuelta y apoyó un pie en el estribo del Hummer con la intención evidente de ponerse al volante.

Jack la agarró por el brazo, justo por encima del codo, con la fuerza suficiente para mantenerla donde estaba.

—Es importante que hable usted con esa gente —le dijo. Se disponía a añadir algo acerca de que ella debía acompañarlo, pero no llegó a hacerlo. Con sorprendente velocidad, Jazz utilizó un golpe de karate para liberarse y casi al mismo tiempo le asestó una patada en la entrepierna.

Jack se dobló de dolor agarrándose los genitales mientras de sus labios escapaba un gemido involuntario. Lo siguiente que notó fue que tenía el cañón de una pistola clavado en la sien.

—Levántate, gilipollas —se burló Jazz en voz lo bastante alta para hacerse oír—. ¡Levántate y sube al maldito coche!

Jack levantó una mano. Estaba doblado de dolor y no sabía si podría caminar.

—Esta pistola va a hacer ¡bum! si no subes echando leches —amenazó Jazz.

Jack dio un paso adelante mientras ella retrocedía; sujetándose aún los genitales con la mano derecha, utilizó la izquierda para auparse tras el volante. Era el peor dolor que había padecido, y hacía que se sintiera débil y con las piernas de goma.

—Pasa al asiento del pasajero —ordenó Jazz lanzando una rápida mirada a ambos lados para ver si alguien había reparado en lo sucedido. Con el movimiento y confusión que reinaba en el aparcamiento, nadie había prestado la más mínima atención.

—¡Vamos! —espetó Jazz, y a modo de estímulo golpeó a Jack en la cabeza con la punta del silenciador de la pistola.

Con el túnel de transmisión del vehículo de por medio, Jack no sabía si conseguiría, físicamente, hacer lo que le ordenaban; pero comprendió que no tenía más opción que intentarlo. Se arrastró sobre la consola central, rodó sobre la espalda y, doblando las piernas, pasó los pies al otro lado hasta quedar hecho un ovillo, encogido medio de espaldas.

Sin dejar de mantener la pistola a escasos centímetros de su cabeza, Jazz subió rápidamente tras el volante y cerró la puerta del conductor, silenciando casi todo el ruido del garaje.

—¿Y de qué quiere hablar esa gente conmigo? —preguntó Jazz con evidente ironía.

Jack se disponía a responder, pero ella lo interrumpió.

—No te molestes en contestar, porque no tiene importancia. Lo importante es que has conseguido que te peguen un tiro.

A pesar del silenciador, el sonido de la pistola al ser disparada dentro del coche fue ensordecedor. Los ojos de Jack, que se habían cerrado instintivamente ante el estampido, se abrieron a tiempo para ver la cabeza de Jazz desplomarse y golpear contra el volante. Un hilillo de sangre apareció y le corrió por la nuca. Para sumarse a la confusión, la pistola de Jazz le cayó encima del pecho.

—Disculpe —dijo una voz desde las profundidades del asiento de atrás—, ¿le importaría entregarme la Glock de la señorita Rakoczi? Preferiría que lo hiciera cogiéndola por el silenciador y no por la culata.

Jack cogió el arma como le decían y a continuación, meneándose hacia atrás, consiguió incorporarse lo suficiente para mirar por encima del respaldo. Por culpa de los tintados cristales no pudo distinguir gran cosa. Lo único que veía era el contorno de una figura en el asiento trasero, justo detrás de donde él se hallaba. En el aire flotaba el penetrante olor de la cordita.

—Sigo esperando esa pistola —dijo el hombre entre sombras—. Si no hace usted lo que le digo, las consecuencias serán funestas. Teniendo en cuenta que salta a la vista que acabo de salvarle la vida, pensaba que se mostraría más dispuesto a cooperar.

Estupefacto por el súbito giro de los acontecimientos, Jack no estaba en posición de discutir las órdenes del desconocido y empezó a tenderle la pistola por la separación entre los dos asientos delanteros.

Fue entonces cuando la puerta del conductor se abrió bruscamente, y el cuerpo inerte de Jazz se desplomó sobre el asfalto. Nuevamente sorprendido, Jack vio fugazmente el rostro igualmente perplejo del detective Lou Soldano.

—¡En el asiento de atrás! —gritó Jack—. ¡Cuidado!

Lou desapareció en el instante en que la oscura figura de atrás disparaba nuevamente su pistola entre un estruendo de cristales rotos.

Sin pensarlo, Jack dio la vuelta al arma que tenía en la mano y puso el dedo en el gatillo; entonces, agachado todavía tras el asiento, levantó la pistola y, apuntando a ciegas hacia la difusa figura, disparó tres veces en rápida sucesión. El sonido le pareció como el de un puño golpeando un saco de boxeo. Los casquillos cayeron con un ruido metálico entre los asientos delanteros. A pesar de que le zumbaban los oídos, volvió a reinar el silencio. El olor de la cordita invadía de nuevo el habitáculo.

A Jack el corazón le martilleaba. Mientras permanecía acurrucado en el asiento, oyó detrás un sonido gorgoteante. Tenía miedo de moverse y casi esperaba que el desconocido apareciera por encima del respaldo para matarlo igual que había hecho con Jazz.

—Lou... —llamó, temeroso de que su amigo hubiera sido alcanzado.

—¡Sí! —sonó la voz del detective desde algún sitio fuera del coche.

—¿Estás bien?

—Sí. Estoy bien. ¿Quién ha disparado esos últimos tres tiros?

—He sido yo. He disparado a ciegas.

—¿Y a quién has disparado?

—No tengo ni idea.

—¿La que está tendida en el suelo es la enfermera de quien me hablaste por teléfono?

—Sí. Lo es. —Cambió de posición. La espalda, que tenía apretada contra el tirador de la puerta, lo estaba matando.

—Creía que me habías prometido que no te ibas a hacer el héroe —protestó Lou—. ¿A ella también la has matado tú, o qué?

—¡Yo no he sido! —exclamó Jack—. ¡Fue el tío ese del asiento de atrás!

Además del gorgoteo, Jack oía claramente una respiración siseante. En ese momento vio aparecer los ojos de Lou entre la puerta y el chasis. El detective se encontraba agachado al lado del asiento del conductor, sosteniendo su pistola cerca de la cabeza.

Jack se las arregló para poner las piernas donde debían estar, bajo el salpicadero, y mover la cabeza para asomarse entre los asientos y mirar el asiento de atrás. Lo único que consiguió distinguir en la penumbra y en su limitado campo de visión fue una mano que yacía inerte en el asiento, con el dedo todavía en el gatillo. En ese momento, oyó un sonoro estertor.

Armándose de valor, alzó la cabeza y miró por encima del respaldo. En el asiento de atrás había un hombre sentado derecho, pero con la cabeza echada hacia atrás y los brazos extendidos. Llevaba puesto un pasamontañas, y su respiración era trabajosa.

—Creo que le he acertado —dijo Jack.

Lou se puso en pie y fue cautelosamente hasta la destrozada ventanilla trasera. Sostenía la pistola con ambas manos y apuntaba con ella al herido sujeto.

—¿Puedes encender la luz? —preguntó.

Jack se dio la vuelta y buscó el interruptor. Cuando la hubo encendido miró al hombre del asiento trasero, en cuyo pecho se extendía una mancha de sangre.

—¿Puedes cogerle la pistola? —preguntó el detective que mantenía su arma apuntada hacia el hombre aparentemente inconsciente.

Jack tendió la mano con cuidado hacia la pistola como si temiera que el desconocido fuera a hacer un último y desesperado intento de resistirse, como en las películas de terror.

—Cógela por el cañón, no por la culata —le indicó Lou—, y después déjala en el asiento de delante.

Jack hizo lo que le decían y a continuación bajó rápidamente de su asiento, abrió la puerta de atrás y se acercó para examinar al herido. De cerca resultaba más evidente el trabajo que le costaba respirar, y Jack le quitó el pasamontañas para facilitarle la respiración mientras Lou abría la puerta del otro lado.

—¿Lo reconoces? —preguntó.

—De ninguna manera.

Mientras Jack le buscaba el pulso, el detective agarró la tela de la camisa del hombre y le dio un brusco tirón lateral, abriéndosela. Los botones saltaron. En el pecho del herido se veían tres orificios de bala.

—Diré a todo el mundo que tú le disparaste —dijo Lou lleno de admiración.

—Su pulso es leve y rápido —contestó Jack—. A menos que hagamos algo, no le faltará mucho para largarse de este mundo. Lo bueno es que está ya en el hospital.

—Echa un vistazo a la enfermera mientras yo saco a este del coche —ordenó el policía.

Jack bajó del vehículo y corrió al otro lado. Se agachó y le bastó con un segundo para saber que Jazz había recibido un tiro a quemarropa en la nuca, al estilo ejecución. Agonizaba a ojos vista.

Se puso en pie y vio que Lou sacaba del coche al herido.

—¿Cuál es la situación de la mujer? —gruñó por el esfuerzo.

—Para ella se acabó. Ocupémonos de ese tío.

Con la portezuela trasera abierta, Jack tuvo que volver sobre sus pasos, pasar sobre Jasmine y dar la vuelta corriendo al todoterreno para ayudar a su amigo. Lou sujetó al herido por las axilas mientras Jack lo sostenía por las piernas.

—¡Caramba, pesa una tonelada! —se quejó Lou mientras conseguían salir de entre los vehículos aparcados y caían inmediatamente bajo los faros de un coche que se aprestaba a salir del garaje. El conductor incluso tuvo la cara dura de hacer sonar la bocina.

—Esto solo pasa en Nueva York —protestó Lou ante el conductor mientras él y Jack conseguían arrastrar al herido—. Además, ¿qué coño es este tío, jugador profesional de fútbol?

Mientras se aproximaba a las puertas que daban al puente peatonal, algunos miembros del personal del hospital se quedaron boquiabiertos al verlos y sin saber cómo reaccionar. Al final, uno de ellos tuvo la sensatez suficiente para volver y aguantarles la puerta abierta.

A medio camino del puente, Lou trastabilló.

—Lo siento, pero tengo que parar —dijo jadeante.

—Cambiemos —propuso Jack.

Dejaron al herido en el suelo, intercambiaros sus posiciones y volvieron a levantarlo.

—Realmente escogiste un buen momento para aparecer —comentó Jack entre resoplidos.

—Según parece estuvimos a punto de cruzarnos en la Unidad de Cuidados Coronarios —explicó Lou—. Luego, volví a perderte en la quinta planta. Por suerte, el ordenanza me dijo que buscara un Hummer negro.

Con mejor luz, se hizo evidente que las manchas del pecho

del hombre eran de sangre, y la gente se mostró más dispuesta a ayudar. Para cuando llegaron al otro lado del puente, ya había dos enfermeras; una, en la cabeza, con Jack; y la otra, llevando una pierna, junto a Lou.

—Urgencias está en la planta baja —dijo una entre jadeos—. ¿Quieren que bajemos en ascensor o prefieren la escalera?

—Por el ascensor —contestó Jack. Era consciente de que el hombre había dejado de respirar—, pero vamos arriba; no, abajo. Lo que necesita es un cirujano de tórax, y lo necesita ahora.

Las dos enfermeras intercambiaron una mirada de consternación, pero no dijeron nada. Sin dejar al hombre en el suelo, Jack apoyó la espalda contra la pared y apretó el botón del ascensor. Por suerte, uno llegó enseguida. Por desgracia, estaba lleno.

—¡Entramos! —gritó Jack sin dejarse arredrar y empujando a los que no se movían. Al final, reconociendo que se trataba de una urgencia, algunos pasajeros se apearon para hacer sitio suficiente. Nadie dijo una palabra mientras el ascensor subía un piso.

Cuando las puertas se abrieron en la segunda planta, sacaron al hombre y lo llevaron más allá de las dobles puertas. Cuando pasaron bajo la entrada que daba a la sala de descanso de quirófanos, Jack gritó que tenían un hombre con tres heridas de bala en el pecho. Para cuando llegaron a las puertas que daban a los quirófanos propiamente dichos, ya los acompañaban una serie de cirujanos que habían estado esperando que les llegaran sus respectivos casos. Algunos de ellos eran especialistas en tórax y empezaron a evaluar la situación del herido a juzgar por la ubicación de los agujeros de bala. A pesar de que hubo cierta discrepancia en torno a la naturaleza de las heridas, todos coincidieron en que la única oportunidad de salvarlo radicaba en aplicarle de inmediato un *by-pass* cardiopulmonar.

Cuando el grupo llegó al mostrador de quirófanos, algunas enfermeras protestaron ante el hecho de que alguien entrara en aquella zona estéril vistiendo ropa de calle; pero su indignación duró poco cuando vieron que les llegaba un paciente con heridas mortales de bala.

—¡Están preparando el quirófano ocho para una operación de corazón abierto! —gritó una de las enfermeras.

El grupo se dirigió a toda prisa hacia el quirófano ocho y depositaron al herido directamente en la mesa de operaciones. Los cirujanos no perdieron el tiempo y cortaron las ropas del individuo. Entonces llegó un anestesista y anunció que el paciente no tenía pulso y que no respiraba; a continuación, lo entubó rápidamente y le aplicó respiración asistida con oxígeno a cien por cien. Otro anestesista le colocó una vía intravenosa de gran diámetro y empezó a inyectarle fluidos tan rápidamente como pudo; también solicitó un análisis de sangre para determinar el tipo.

Jack y Lou se retiraron cuando los cirujanos se hicieron cargo. Uno de ellos pidió un bisturí, y enseguida le pusieron uno en la mano. Sin vacilar y sin haberse puesto los guantes siquiera, el médico abrió el pecho del hombre con una decidida incisión; luego, separó las costillas con las manos y se encontró con una importante hemorragia. En ese instante, Lou decidió que prefería esperar en la sala de descanso.

—¡Succión! —gritó el cirujano.

Jack intentó ver lo posible desde su lugar en la cabecera de la mesa. Era un espectáculo como no había presenciado nunca. Ninguno de los médicos llevaba mascarilla, guantes o bata, y estaban empapados de sangre hasta los codos. Todo había sido tan rápido que ninguno había tenido la oportunidad de seguir el habitual protocolo preoperatorio. Jack escuchó atentamente la conversación, que no hizo más que confirmar lo que ya sabía: que los cirujanos eran una especie aparte: a pesar de la naturaleza escasamente ortodoxa de lo que estaban haciendo, de lo macabro de la misma, se lo estaban pasado en grande. Era como si aquel episodio no hiciera más que confirmar sus eminentes poderes curativos.

Enseguida quedó claro que el hombre había sufrido una herida mortal y que habría fallecido de no haberse hallado en un hospital. Dos de las balas le habían atravesado los pulmones. Para un cirujano, aquello era un problema de lo más simple. El desafío lo planteaba el tercer proyectil que, entre otras cosas, había atravesado grandes arterias.

Rápidamente, estas fueron interrumpidas; y el herido, conectado a la máquina de derivación cardiopulmonar. Llegados a ese punto, algunos cirujanos salieron para ocuparse de sus propios casos mientras que dos de los especialistas de tórax hacían una pausa para limpiarse y colocarse el equipo adecuado. Jack se acercó al anestesista para preguntarle su opinión sobre las posibilidades que tenía el herido de sobrevivir, pero la enfermera jefe le dio un golpecito en el hombro.

—Lo siento, pero vamos a restablecer la zona estéril. Tendrá que salir y vestirse adecuadamente si desea observar —le dijo entregándole unas fundas para los zapatos.

—De acuerdo —se avino Jack, sorprendido de que no lo hubieran echado antes.

Mientras caminaba por el largo pasillo de Quirófanos, los sucesos de la noche empezaron a pasarle factura. Estaba tan cansado que notaba las piernas y los pies como si fueran de plomo; y al pasar ante el mostrador de enfermeras se estremeció presa de un malestar parecido a una náusea. Encontró a Lou sentado en la abarrotada sala de descanso, hablando por el móvil. Delante del policía, en la mesa de centro, había una cartera y un permiso de conducir.

Jack se dejó caer pesadamente en el sillón, frente a Lou, que le indicó el permiso con el dedo mientras seguía hablando. Jack tendió la mano y lo cogió. El nombre que aparecía en el documento era David Rosenkrantz. Sosteniéndolo cerca, estudió la foto. Con su cuello de toro y su amplia sonrisa, el sujeto tenía aspecto de jugador de fútbol. Era un tipo bien parecido.

Tras cerrar la tapa del móvil, Lou miró a su amigo y apoyó los codos en las rodillas.

—Por el momento no me interesa una explicación detallada de lo sucedido —dijo en tono fatigado—, pero me gustaría saber el porqué. Lo último que me prometiste antes de colgar fue que te ibas a quedar montando guardia en la Unidad de Cuidados Coronarios.

—Y esa era mi intención —reconoció Jack—, pero entonces me di cuenta de que estaba cambiando el turno del personal y me preocupó que esa tal Rakoczi pudiera esfumarse. Solo pretendía asegurarme de que no se marcharía hasta que tú llegases.

Lou se frotó la cara enérgicamente con ambas manos y gruñó. Cuando retiró las manos, tenía los ojos enrojecidos. Tenía casi tan mal aspecto como Jack.

—¡Aficionados! ¡Odio a los aficionados! —comentó expresando una opinión conocida por todos.

—Nunca pensé que esa mujer llevaría una pistola —comentó Jack.

—¿Y qué hay de los dos tiroteos que han tenido lugar recientemente por aquí? ¿A tu cerebro de mosquito no se le ocurrió pensar en ellos?

—No —reconoció Jack—. Lo que realmente me preocupaba era que no volviéramos a ver a esa enfermera. Te prometo que mi intención era pedirle que esperara un momento. No tenía intención de acusarla de nada.

—Mala decisión —objetó el detective—. Así es como la gente como tú consigue hacerse matar.

Jack hizo un gesto de impotencia. Visto retrospectivamente, sabía que Lou estaba en lo cierto.

—¿Has echado un vistazo al permiso de conducir del tipo al que has pegado tres tiros?

Jack asintió. Lo cierto era que no le gustaba pensar que había tiroteado a alguien.

—Bueno, ¿y quién es ese tal David Rosenkrantz?

Jack negó con la cabeza.

—No tengo ni la más remota idea. Nunca lo había visto ni había oído hablar de él.

—¿Y vivirá?

—Tampoco lo sé. Justo iba a preguntárselo al anestesista cuando me echaron del quirófano. Creo que, por la forma en que se expresaban, los cirujanos se muestran bastante optimistas. Si consigue salir de esta, habrá demostrado que, si te van a pegar un tiro, es mejor que te lo peguen en un hospital como Dios manda.

—¡Qué gracioso! —repuso Lou sin sonreír—. Hablando de otra cosa: ¿cuál es la situación de Laurie?

—Buena, muy buena. O al menos lo era cuando me marché. ¿Por qué no vamos y lo comprobamos? La verdad es que no tenía pensado alejarme tanto tiempo. Está cerca, al final del pasillo.

—Por mí, perfecto —contestó el detective poniéndose en pie.

Cuando llegaron, la enfermera jefe de la UCC salió y les dijo que Laurie evolucionaba perfectamente, que estaba durmiendo y que su médico había pasado a verla. También les comentó que tenían previsto trasladarla al University Hospital, donde su padre tenía contactos.

—Me parece bien —dijo Jack mirando a Lou.

—Y a mí también —contestó este.

Tras pasar por la UCC, Lou quiso que Jack lo acompañara a Urgencias. Para que constara en los informes, deseaba que identificara que la mujer fallecida era la misma enfermera que había visto en la habitación de Laurie. Después le explicó que, mientras Jack estaba en el quirófano, había llamado a la policía para que precintaran el Hummer como escena del crimen y había ordenado que llevaran el cuerpo de la mujer asesinada al hospital. Le interesaba especialmente que los del Departamento de Balística comprobaran la Glock.

Mientras caminaban de vuelta a los ascensores, Lou carraspeó.

—Ya sé que estás agotado, y con motivo; pero me temo que necesito saber lo que ocurrió desde el momento en que llegaste al aparcamiento.

—Localicé a esa enfermera justo cuando se disponía a subir a su coche —contestó Jack—. Ya había abierto la puerta, de modo que la llamé y corrí hasta ella. Claro está, no se mostró especialmente dispuesta a colaborar, lo cual es un bonito eufemismo. Cuando la agarré del brazo para impedir que subiera al todoterreno, me arreó una patada en las pelotas.

—¡Qué dolor! —se apiadó el detective.

—Fue entonces cuando ella sacó la pistola, me encañonó y me ordenó que subiera al coche.

—Que esto te sirva de lección: nunca subas a un coche con un delincuente armado.

—No me pareció que tuviera demasiadas alternativas —repuso Jack.

Llegaron al vestíbulo de los ascensores, donde había un grupo de gente esperando, y bajaron la voz.

—Fue entonces cuando yo hice acto de presencia —dijo Lou—. Te había visto subir al coche. Incluso llegué a ver la pistola de esa mujer. Por desgracia, antes de poder correr hasta ti, tuve que esperar a que los coches dejaran de pasar. ¿Qué sucedió dentro del vehículo?

—Todo ocurrió tan deprisa... Está claro, que el tipo ese ya estaba dentro del Hummer, según parece esperando a Rakoczi. En pocas palabras, lo que pasó fue que él se la cargó antes de que ella me matara. ¡Santo Dios...! —La voz de Jack enmudeció cuando comprendió lo cerca que había estado de hacer un último y postrer viaje a su propio trabajo.

—¡Mira que eres un jodido loco! —protestó Lou dando una colleja a Jack y meneando la cabeza—. Tienes una puñetera tendencia a meterte en los peores líos. No sé si te das cuenta, pero te metiste de cabeza en una ejecución como la copa de un pino. ¿Te das cuenta?

—Ahora sí —reconoció Jack.

El ascensor llegó y ambos entraron, situándose en el fondo de la cabina.

—De acuerdo —dijo Lou—. La cuestión es: por qué esa ejecución. ¿Tienes alguna idea?

—Sí. La tengo —repuso Jack—, pero deja que retroceda en el tiempo. Primero de todo: Laurie estuvo a punto de ser asesinada mediante una dosis letal de potasio, lo cual es un modo especialmente astuto de matar a alguien, porque, gracias a la fisiología del potasio dentro del cuerpo humano, no hay manera de documentarlo. De todas maneras, no te quedes solo con eso. La cuestión es que me parece que todos los pacientes de la serie de Laurie fueron asesinados del mismo modo; sin embargo, no se trataba de objetivos al azar. Todos ellos, incluyendo a Laurie, habían dado positivo en las pruebas de marcadores de genes determinantes de enfermedades potencialmente graves.

El ascensor llegó a la planta baja, y Lou y Jack salieron. El hospital estaba abarrotado de gente, y siguieron hablando en voz baja.

—¿Y cómo encaja todo esto con esa ejecución al estilo mafioso de la enfermera? —preguntó Lou.

—Creo que ahí tenemos la prueba de que estamos ante una conspiración de inmensas proporciones —contestó Jack—. Me parece que si tienes un poco de suerte descubrirás que esa enfermera trabajaba para alguien que forma parte de un entramado que al final te conducirá hasta algún alto ejecutivo dentro de la administración de AmeriCare.

—¡Espera un segundo! —saltó Lou sujetando a Jack para que se detuviera—. ¿Me estás diciendo que AmeriCare, una de las compañías sanitarias más importantes, puede estar implicada en una trama para matar a sus propios clientes? ¡Eso es una locura!

—Ah, ¿sí? —preguntó Jack—. En cualquier zona donde esos gigantes de la sanidad compiten entre ellos, cosa que intentan evitar estrangulando a la competencia o comprando a los que se resisten si son lo bastante grandes para intentarlo, lo hacen compitiendo en el precio de las primas. ¿Y cómo se determina el precio de las primas? Bueno, el viejo sistema consistía en agrupar los riesgos, calcular a ojo lo que podía costar cuidar a un grupo de gente; a continuación, sumar los beneficios, dividir por el número de personas y ¡bingo! ¡Ahí tenías la prima! Pero, de repente, las reglas han cambiado ante las narices de todos. Con el desciframiento del genoma humano, el viejo concepto de un seguro de salud está destinado a terminar en el cubo de la basura. Les basta utilizar un simple análisis para saber qué individuos pueden costarles una cantidad importante de dinero. El problema es que las grandes compañías sanitarias no pueden discriminar a sus pacientes, de modo que deben aceptarlos a todos. Llegados a ese punto, desde una perspectiva puramente empresarial, esos pacientes que podríamos llamar «defectuosos», deben ser eliminados.

—¿Me estás diciendo que crees que hay alguien entre los responsables de AmeriCare que es capaz de cometer un asesinato?

—¡En realidad, no! —repuso Jack—. El hecho de matar en sí mismo lo realizan sujetos verdaderamente perturbados. Estoy seguro que eso será lo que descubrirás de nuestra enfermera, Rakoczi, en caso de que resulte que ha sido ella. De lo que estoy hablando es de una perversa variante del crimen de guante blanco en la que intervienen distintos grados de complicidad. En el nivel más alto, estoy hablando de una persona que puede haber sido contratada y venir de otros sectores, como la industria del automóvil o cualquier otro negocio, y que está sentada en un despacho, completamente alejada de los pacientes y piensa exclusivamente en términos de cuenta de resultados. Por desgracia así es como funcionan los negocios, y esa es la razón de que, como norma general, sea necesario cierto nivel de supervisión gubernamental en una economía de mercado. Puede que suene misántropo, pero el ser humano tiene tendencia a ser esencialmente egoísta y a menudo actúa como si llevara anteojeras.

Lou meneó la cabeza. Se sentía asqueado.

—No puedo creer lo que me estás diciendo. Para mí, los hospitales siempre han sido el sitio al que se va para que se ocupen de uno.

—Pues lo siento —contestó Jack—. Los tiempos están cambiando. El desciframiento del genoma humano ha sido un acontecimiento formidable. Momentáneamente la gente lo perdió de vista, pero va a volver con toda su fuerza. En un futuro cercano cambiará todo lo que sabemos de la medicina. La mayoría de los cambios serán para bien, pero en algunos campos iremos a peor. Siempre sucede lo mismo con los avances tecnológicos. Quizá no deberíamos llamarlos «avances». Quizá una palabra menos valorativa, como «cambios», sería más apropiada.

Lou lo miró fijamente, y Jack le devolvió la mirada pensando que la expresión del detective oscilaba entre el desengaño y la irritación.

—¿Me estás tomando el pelo con esto que dices? —preguntó Lou.

—Para nada —contestó Jack riendo brevemente—. Lo digo completamente en serio.

El policía lo meditó unos instantes y, al final, dijo con aire triste:

—No sé si quiero vivir en ese mundo que pintas, pero ¡que le den! Venga, vayamos a identificar a esa tal Rakoczi.

Entraron en la sala de Urgencias, que ya estaba abarrotada de pacientes. Se veían varios agentes de policía de uniforme. Lou buscó al director, el doctor Robert Springer, y este los condujo a un cuarto de traumatología cuya puerta se hallaba cerrada. Dentro encontraron el cuerpo de Jasmine Rakoczi. Yacía desnuda en una cama de Urgencias. Le habían insertado un tubo endotraqueal que habían conectado a un respirador. Su pecho subía y bajaba a intervalos regulares. Tras ella, en un monitor de pantalla plana, se registraban los «bip» de su pulso y presión sanguínea. Esta última era baja, pero el pulso se mantenía estable.

—Bueno —dijo Lou—, ¿es esta la mujer que viste en el cuarto de Laurie?

—Lo es —contestó Jack, que a continuación miró al doctor Springer—. ¿Por qué la mantienen con respiración asistida?

—Queremos que esté debidamente oxigenada —contestó el médico agachándose para ajustar el ritmo del aparato.

—Pero ¿no cree usted que la médula espinal ha quedado irremisiblemente dañada? —preguntó Jack, sorprendido de que alguien se estuviera tomando tantas molestias tratándose de una situación claramente terminal.

—Sin duda —repuso Springer incorporándose—. La gente de trasplantes quiere aprovechar todos los órganos posibles.

Lou miró a Jack.

—Esto sí que resulta irónico. Ahora va a resultar que esta tía va a acabar salvando vidas.

—La palabra «ironía» no es suficiente —repuso Jack—. Yo me inclinaría por «mordazmente sarcástico».

Entonces, para sorpresa del doctor Springer, el detective propinó una amistosa colleja al forense, lo acusó de ser un pomposo gilipollas, y ambos salieron entre risas.

Epílogo

Seis semanas después

El teniente detective Lou Soldano aparcó su Chevy del Departamento de Policía ante una boca de riego y dejó encima del salpicadero la tarjeta plastificada que indicaba quién era y a quién pertenecía el vehículo. Acto seguido, abrió la guantera, metió la mano, sacó el atomizador para el aliento y se pulverizó un poco en la garganta para disimular el olor de los Marlboro que se había fumado por el camino. Después, inclinó el retrovisor y contempló su reflejo. Necesitaba un afeitado, pero lo cierto era que siempre necesitaba un afeitado, especialmente a las ocho y media de la noche. Dado que no podía hacer nada con respecto a su barba, utilizó los dedos para peinarse debidamente. Satisfecho con su aspecto, abrió la puerta y salió a la calle.

El aire tenía la sedosa textura de una noche de primavera. Gracias a los restos del día, el cielo tenía un tinte rosado que hacia levante adquiría tonos purpúreos. Lou echó a andar por la Segunda Avenida con paso ligero. Había llamado a Jack y Laurie aquella misma tarde con la esperanza de poder reunirse con ellos para ponerlos al corriente de la evolución del caso AmeriCare, y ellos lo habían invitado a cenar en su restaurante favorito: Elios.

Lou ya había compartido algunos encuentros con ellos en Elios, algunos buenos, otros no tanto. A esa última categoría pertenecía la noche en que Laurie anunció que iba a casarse con el impresentable que la acompañaba. Por suerte para todos, no había sido más que una falsa alarma, y el recuerdo de la ocasión dibujó una sonrisa en el rostro de Lou. También había sido una suerte que ni él ni Jack se hubieran pegado un tiro allí mismo por lo deshechos que se habían quedado.

Lou se detuvo fuera del restaurante. Justo delante de la puerta estaba la bicicleta de Jack, atada a un parquímetro con una multitud de candados. Meneó la cabeza con resignación. Ni él ni Laurie habían conseguido convencerlo para que dejara aquel maldito artefacto. Sonrió al recordar las constantes reprimendas que Jack le echaba diciendo que fumar era malo para la salud y al pensar que ir en bicicleta por la ciudad, especialmente como solía ir Jack, era un riesgo mucho mayor.

En el interior del restaurante la algarabía de la noche estaba en su apogeo. La gente se amontonaba en la barra hasta echarse casi encima de los comensales que ocupaban las codiciadas mesas que daban a la calle. Lou sintió que lo invadía la timidez, como siempre solía ocurrirle ante despilfarradores como aquellos, en especial la gente guapa que siempre parecía reír y hablar más alto que los demás.

Tras abrirse camino entre la multitud de la barra, Lou se topó con el abarrotado comedor. Lentamente, sus ojos recorrieron el lugar en busca de un rostro familiar hasta que, con alivio, localizó a Jack y Laurie en una mesa en la esquina derecha del fondo.

Con tantas mesas y sillas como podían caber humanamente distribuidas por la sala, a Lou le llevó tiempo llegar hasta sus amigos. Por el camino golpeó sin querer el brazo de un hombre, haciéndole tirar el vino; y, cuando se volvió para disculparse, arrastró el cinturón de la gabardina que llevaba en el brazo hasta meterlo en el plato de sopa de otro comensal. A pesar de todos aquellos tropiezos, al final consiguió llegar a su destino.

—Lo siento. Llego tarde —dijo mientras daba un beso a Laurie en la mejilla y estrechaba la mano de Jack por encima de la mesa asegurándose de no derribar sus aflautados vasos con el brazo o el abrigo.

—No importa —contestó Laurie sacando una botella de champán de un cubo con hielo y llenando el vaso que el detective tenía delante.

Lou intentó doblar la gabardina en el respaldo de la silla, pero sus esfuerzos llamaron la atención de un voluntarioso camarero que acudió a llevársela con presteza. El detective se sentó y utilizó la servilleta para enjugarse el sudor que le perlaba la frente. Tenía la sensación de hallarse en una sauna. Se desabrochó rápidamente el botón de la camisa, se aflojó la corbata y se abanicó con la mano.

—La próxima vez —propuso—, quedaremos en Little Italy, entre mi gente.

—De acuerdo —aceptó Laurie alegremente.

Tras intercambiar unas cuantas bromas, Jack preguntó:

—Me invade la curiosidad sobre el caso de AmeriCare.

—A mí también —terció Laurie.

—¿Qué novedades hay? —añadió Jack.

El detective observó a sus amigos. Siempre que pensaba en su amistad no podía evitar sorprenderse. No era amigo de su médico ni de los hijos de este. La mayoría de sus amistades eran otros agentes de policía, aunque también había unos pocos bomberos con los que jugaba a las cartas con cierta regularidad. Sin embargo, Jack y Laurie eran distintos de los otros médicos que había conocido: no lo menospreciaban por su educación ni por su forma de ganarse la vida. En realidad, era más bien al contrario.

—De acuerdo —dijo—, los negocios antes que el placer. Pero, veamos, ¿por dónde hay que empezar? Antes de nada debo reconocer que lo que Jack me dijo la mañana en que liquidaron a Jasmine Rakoczi resultaron palabras proféticas. Jack, amigo, diste en el clavo.

Jack sonrió y le hizo un gesto de aprobación alzando el pulgar.

—De todas maneras, la mayor parte de la gloria ha de recaer en Laurie por su perseverancia ante la ignorancia y la ceguera de los demás, entre los que hay que incluir a Jack, y por haber encontrado bajo las uñas de Stephen Lewis algunos restos de tejido pertenecientes a Jasmine Rakoczi.

—Brindaré por eso —dijo Laurie, que alzó su estilizada copa y la hizo entrechocar con las de Jack y Lou.

—Además —prosiguió el detective dejando el vaso—, los de Balística dicen que la pistola de Rakoczi fue el arma utilizada para matar a la cuñada de mi capitán y a Roger Rousseau. —Lou dio una palmada en el brazo de Laurie y añadió—: Lamento mencionar un asunto doloroso.

Laurie sonrió y asintió en señal de reconocimiento de la delicadeza de Lou.

—Los informes de Balística también aclaran que la pistola que acabó con Rakoczi fue la de David Rosenkrantz, de manera que eso deja a Jack fuera de toda sospecha.

—Muy gracioso —dijo este.

—Por lo demás, me consta que estáis al tanto de que en la nevera de Rakoczi se encontraron la cabeza y las manos de Rousseau porque fueron llevados a Medicina Legal, de manera que no entraré en el tema.

—No, por favor —rogó Laurie.

—Dado que David Rosenkrantz era de otro estado, el FBI saltó al ruedo desde el primer momento y he aquí que se han descubierto otras muertes parecidas en otros centros de AmeriCare repartidos por todo el país. En estos momentos hay una investigación en marcha para todos los casos en los que la compañía figura como perpetrador.

—¡Cielo santo! —exclamó Jack—. Cuando pensé en lo de la conspiración estaba pensando en uno o dos altos ejecutivos y en Rakoczi, desde luego, no en algo a escala nacional.

—Bueno, pues dejad que os cuente lo más interesante —dijo Lou empujando la silla e inclinándose hacia delante—. El que salváramos la vida de esa escoria de Rosenkrantz ha resultado ser la clave. El tío ha decidido colaborar a cambio de un mejor trato y ha implicado a su jefe directo, un tal Robert Hawthorne. Hawthorne ha resultado ser un tipo interesante y el pivote de toda la operación. Es un oficial retirado de las Fuerzas Especiales que sigue manteniendo contactos con las instancias militares a través de una red de viejos colegas. Hacía tiempo que llevaba manifestando mucho interés hacia cualquier tipo de personal médico descontento con el aparato militar. Lo que no sabemos es si fue reclutado o se había buscado un nido particular. Lo que sí sabemos es que ha estado funcionando como contratista independiente de un bufete de abogados de Saint Louis especializado en demandas por negligencia médica. Es un bufete que tiene mucho trabajo y que lleva muchos casos repartidos por todo el país. Por lo que hemos averiguado, Hawthorne dirigía un grupo de enfermeras, algunas de las cuales habían sido expulsadas de las filas del ejército, a las que se pagaba para que le comunicaran los casos que habían tenido un desenlace fatal en sus respectivos hospitales; además, esas enfermeras recibían una gratificación si alguno de esos casos llegaba a los tribunales.

—He oído hablar de este asunto —comentó Jack.

—Y yo también —añadió Laurie—. Se trataba principalmente de casos de obstetricia y ginecología y de anestesias. Es otra variante de los abogados que se patean los hospitales buscando víctimas de accidentes que deseen plantear una demanda.

—Bueno, no estoy enterado de los detalles, pero aquí viene lo más interesante: el caso es que, durante los últimos años, ha habido un movimiento encaminado a hacer que las compañías sanitarias puedan ser demandadas por práctica negligente, lo cual, dicho sea de paso, me parece de lo más razonable.

—Lo que es razonable no tiene mucho que ver con las decisiones que se toman en este país en el terreno de la sanidad —terció Jack—. Aquí las decisiones se toman en función de intereses adquiridos.

—Bueno —prosiguió Lou—, el caso es que debido a un curioso giro del destino, las compañías sanitarias y los abogados especialistas en demandas por negligencia profesional se encontraron de repente en el mismo bando a la hora de intentar que no se hiciera efectiva la nueva reforma legislativa en materia de negligencia. A ver si me explico, sus objetivos eran ligeramente distintos en el sentido de que las empresas de sanidad no querían que las cosas cambiaran y de repente pudieran demandarlas; en cuanto a los bufetes de abogados, entre otras cosas lo que no querían eran cambios que pudieran restringir las compensaciones por sufrimientos indebidos o eliminar las primas por contingencia. Ambos grupos recurrieron a los grupos de presión para evitar que los cambios en la ley se llevaran a efecto, lo cual los puso del mismo lado. Así pues, esa circunstancia ha determinado un extraño maridaje entre ambos grupos. Lo que nadie sabe es cómo sucedió, pero alguien en AmeriCare debió de comprender que podían aprovechar los servicios de Hawthorne dado que al menos parte de sus contactos eran... ¿cómo decirlo?..., psicópatas o sociópatas capaces de asesinar sin que les remordiera la conciencia.

—El término de moda es «trastorno antisocial» —ironizó Laurie.

—El que sea —dijo Lou—. El caso es que a algunos burócratas de AmeriCare les interesó la posibilidad de echar un vistazo a la lista de soplones que los bufetes tenían infiltrados en los hospitales para que les ayudaran a mantener vivo, y perdonad la ironía, el negocio. La intención de esa gente era organizar un plan de eliminación de los pacientes de alto riesgo porque sabía que ellos eran los que podían costarles millones en cuidados especializados y por lo tanto presionar al alza el precio de las primas sanitarias. Ya veis como en cierto y perverso sentido, el asunto tiene su lógica.

—¡Santo cielo! —exclamó Jack—. Esto se parece a lo que yo me temía, solo que a una escala aún mayor.

—¡Déjame acabar! —dijo Lou después de asegurarse de que nadie los escuchaba—. Por el momento desconocemos si hubo alguna colaboración posterior entre las empresas sanitarias y los bufetes, por ejemplo, ofreciendo a los parientes que demandaran a los médicos implicados. Hasta la fecha, solo nos consta una demanda contra un médico del St. Francis.

—Pero, ahora que existe la sospecha de que se trató de un asesinato, la demanda no prosperará, ¿no? —preguntó Jack.

—Puede que no —repuso Lou—, pero yo no estaría tan seguro, puesto que el autor era un empleado del hospital.

—Así pues —intervino Laurie—, ¿cuál es el estado de la investigación en estos momentos?

—Se está llevando a cabo una búsqueda exhaustiva de posibles Jasmine Rakoczi en otras instituciones hospitalarias donde se han producido casos similares. La esperanza reside en echar el guante a una para que pueda aportar pruebas. Si eso ocurre, es posible que todo el entramado se venga abajo.

—¿Y no ha habido ningún procesamiento a raíz de las declaraciones de ese sicario, el tal Rosenkrantz? —preguntó Laurie.

—Solo el de Robert Hawthorne, que no suelta prenda y que en realidad ha quedado en libertad tras pagar una cuantiosa fianza. Lo único que Rosenkrantz sabía era que su jefe era un visitante asiduo del bufete, pero al parecer no tiene ni idea de a quién veía ni de con quién hablaba.

—¿Y no hay nadie en las altas esferas de AmeriCare que haya sido llamado a declarar? —preguntó Jack en tono quejoso.

—Todavía no —reconoció Lou—, pero mantenemos los dedos cruzados.

—¡Menuda pesadilla! —dijo Laurie con un estremecimiento, acordándose del calvario sufrido en el hospital.

—¡Eh! —exclamó Lou mirando las burbujas que subían en la estrecha copa que tenía al lado del vaso de agua y como si fuera la primera vez que las veía—. Esto es champán. —Cogió la botella de la cubitera y comentó—: No sé por qué lo miro. No sabría distinguir una marca de otra. —A continuación dejó la botella en el hielo—. Bueno, y esto ¿qué es? —preguntó—, ¿una especie de celebración?

—Más o menos —repuso Laurie sonriendo y mirando a Jack, que alzó las cejas como si se tratara de un secreto.

—De acuerdo, soltadlo ya —ordenó Lou mirando a uno y otro.

—Bueno, no es gran cosa —dijo Laurie—. Hoy me han hecho unas pruebas, que debo añadir que no han sido especialmente agradables, pero cuyo resultado ha sido tranquilizador. Según parece, la razón de que sufriera un embarazo ectópico se debió a que tenía un oviducto deformado. Las pruebas que me han hecho hoy demuestran que el que me queda se halla en perfectas condiciones.

—¡Eso es estupendo! —repuso Lou asintiendo varias veces. Luego, volvió a mirar a sus amigos, que evitaban devolverle la mirada y tenían los ojos bajados mientras hacían girar distraídamente el champán en sus respectivas copas—. Bueno, veamos —añadió el detective—. ¿Ese resultado favorable del que me habláis significa que tenéis intención de poner a prueba de verdad ese oviducto?

Laurie miró a Jack y dijo:

—Por desgracia, en estos momentos solo significa que podría serlo.

—¡Qué lástima! —protestó Lou—. Bueno, si necesitas algún voluntario para ponerlo a prueba, yo estoy disponible.

Jack se echó a reír y miró primero al detective y después a Laurie.

—¿Por qué será que tengo la impresión de que vosotros dos me estáis tendiendo una trampa?

—¡Eh! Que yo solo estoy intentando comportarme como un buen amigo —dijo Lou alzando las manos para subrayar su inocencia.

—Ah, ¿sí? —contestó Jack rodeando a Laurie con el brazo—. Pues, querido amigo, deja que te diga que, en la cuestión de poner a prueba dicho oviducto, Laurie y yo nos las podemos arreglar perfectamente.

—Brindaré por eso —dijo Lou alzando su copa.

—Y yo también —añadió Laurie.

Nota del autor

El anuncio de que se había completado el primer borrador de los 3,2 billones de base par del genoma humano se hizo entre grandes fanfarrias el mes de junio del año 2000, y en él intervinieron dos jefes de Estado, el presidente Bill Clinton y el primer ministro Tony Blair. Aunque el interés de los medios se pudo medir por la cobertura que dieron al asunto en los telediarios de la noche y en el prominente espacio que le reservaron al día siguiente en los titulares de los diarios, el público recibió la noticia con moderado interés, una pizca de asombro y distintos grados de indiferencia; luego, se olvidó rápidamente de ella. A pesar de las deslumbrantes promesas de futuras ventajas, el tema parecía excesivamente esotérico. Puede que, como consecuencia de la reacción del público, los medios de comunicación se olvidaron pronto del asunto a excepción de algunos artículos sobre las coloristas personalidades de los principales científicos de las dos organizaciones en liza que desarrollaron el laborioso trabajo y protagonizaron la carrera, casi como un culebrón, hasta la línea de meta.

El desinterés del público por tan decisivo hallazgo se ha mantenido, a pesar de que las disciplinas científicas involucradas y la tecnología han seguido adelante y dado noticia de hallazgos tan sorprendentes como el hecho de que los humanos solo tenemos aproximadamente unos veinticinco mil genes —una cantidad sensiblemente inferior a la de cientos de miles que los expertos habían predicho—, en realidad no muchos más de los que tiene un organismo tan comparativamente simple como ¡una lombriz intestinal! (Para el desmesurado orgullo de la humanidad, tal descubrimiento también ha supuesto un golpe equivalente a la revelación copernicana de que la Tierra giraba alrededor del Sol y no al revés.) En pocas palabras, el desciframiento del genoma humano y la avalancha de investigaciones que se han desarrollado a partir de él han desaparecido de la vista del público en general salvo de los implicados en dos nuevos e interrelacionados campos: la genómica y la bioinformática. La genómica, expresado en términos sencillo, se ocupa del estudio del flujo de información dentro de una célula; mientras que la bioinformática trata de la aplicación de los ordenadores para conseguir dar sentido a la ingente cantidad de información aportada por la genómica.

En mi opinión, esa falta de interés, la apatía o como se la quiera llamar, resulta sorprendente. Creo que el desciframiento del genoma humano es el hito más importante en la historia de las ciencias médicas. Al fin y al cabo, nos proporciona las letras que componen el libro de la vida en debido orden; y eso a pesar de nuestro imperfecto conocimiento de su lenguaje o de su sistema de puntuación. Dicho de otra manera: de una forma críptica que está siendo descifrada con creciente rapidez, ¡tenemos ahora acceso a toda la información que la naturaleza ha reunido para conformar y hacer que el ser humano funcione! En consecuencia, el conocimiento del genoma humano cambiará todo lo que sabemos de la medicina, y muchos de los cambios ocurrirán más pronto que tarde.

Como cualquier descubrimiento importante o hito en la historia de la ciencia, tendrá consecuencias a la vez buenas y malas. Pensemos en las consecuencias derivadas de las investigaciones sobre la estructura y funcionamiento del átomo. En ese terreno, como lo demuestran los actuales acontecimientos, no lo hemos hecho especialmente bien. Así pues, debemos hacerlo mejor en el desciframiento del genoma humano, ya que es a la sociedad a quien corresponde sopesar las consecuencias de los gigantescos adelantos de la ciencia y la tecnología y enfrentarse a ellos de manera activa en lugar de reactiva y caso por caso.

ADN trata de una de las consecuencias negativas, es decir, del impacto negativo que puede tener en la prevención de las enfermedades cuando la confidencialidad se quiebra y la información se obtiene o cae en manos equivocadas. Por desgracia, las posibilidades de que ocurra algo así serán altas dado que las «microformaciones» que se describen en *ADN* ya existen y también la posibilidad de analizar fácilmente una gota de sangre para buscar miles de marcadores relacionados con genes defectuosos. (Los marcadores son puntos de alteración en la secuencia base de nucleótidos que forman los anillos del escalón de una molécula de ADN, y han sido localizados por todo el genoma humano.) Las microformaciones son leídas automáticamente por escáneres láser y, gracias a la bioinformática, los resultados son introducidos directamente en ordenadores dotados con los programas adecuados, de modo que el riesgo —y por lo tanto el costo— puede ser predicho con creciente rapidez y seguridad. El resultado final será que el concepto de seguro sanitario, que se ha calculado sumando los factores de riesgo dentro de un grupo concreto, quedará obsoleto. Dichos con otras palabras: el riesgo no puede agruparse si puede determinarse.

Desde mi punto de vista, las implicaciones de esta cuestión que está en permanente desarrollo son formidables. Como médico, siempre he estado en contra de los seguros de salud salvo en casos de catástrofe o en aquellos en los que el paciente no puede pagar. La relación entre médico y paciente es tanto más personal y gratificante para uno y otro cuanto más claro y directo sea el vínculo fiduciario. Según mi experiencia, en tales circunstancias, ambos sujetos valoran al máximo el encuentro; lo cual conduce invariablemente a prestar más tiempo y atención a los detalles potencialmente importantes y a un mayor nivel de avenencia; todo lo cual redunda en un mejor desenlace y en una experiencia más gratificante.

Con el poder de la genómica y de la bioinformática haciendo inútil la suma de riesgos dentro de grupos definidos, me he visto obligado a actualizar mi situación, lo cual ha dado como resultado que haya pasado de un extremo a otro. En estos momentos tengo la impresión de que solo existe un remedio al problema de tener que pagar las prestaciones sanitarias, tanto en Estados Unidos como en los países desarrollados en esta economía globalizada: sumar los riesgos de toda la nación. (Bajo la rúbrica de «prestaciones sanitarias» englobo los cuidados preventivos, los cuidados curativos y los cuidados en caso de catástrofe sobrevenida.) Aunque nunca creí que apoyaría semejante idea, ahora creo que, cuanto antes se incline nuestro país por un sistema de planes de salud individuales respaldado por el gobierno, sin fines lucrativos, y financiado a través de los impuestos, mejor estaremos. Únicamente entonces estaremos en situación de agrupar los riesgos de todo el país, y también de decidir racionalmente cuánto hemos de gastar en sanidad en general. Otro de los efectos de la genómica en la sanidad se refiere a la posibilidad de individualizar la asistencia. Gracias a un nuevo campo, la fármaco-genética —que permitirá elaborar medicamentos a medida de cada paciente según su patrón genético—, cambiará toda la base farmacológica de la terapéutica. Los beneficios de semejante atención serán enormes, pero también lo serán los costos. Si tenemos en cuenta que Estados Unidos ya se gasta alrededor de un quince por ciento del PIB en sanidad, ese aspecto debe ser tenido en cuenta.

Hay otros poderosos argumentos a favor de un plan nacional de sanidad para cada individuo; pero, según mi criterio, ninguno es más persuasivo que el creciente poder de la genómica. Sin embargo, los cambios no se producirán sin resistencia. Tal como comenta el doctor Jack Stapleton en *ADN*, «Lo que es razonable no tiene mucho que ver con las decisiones que se toman en este país en el terreno de la sanidad. Aquí, las decisiones se toman en función de intereses adquiridos». Dejando a un lado las dificultades, creo fervientemente que cuanto antes adoptemos un plan como el descrito, mejor será para el país. Por suerte, podemos aprender de otros países industrializados que ya han establecido sistemas similares de pago individualizado.

Me gustaría añadir unas pocas palabras acerca del modo en que una persona tan antisocial como Jasmine Rakcoczi puede llegar a convertirse en enfermera y a conservar su trabajo. Sencillamente: en Estados Unidos existe una acuciante carencia de enfermeras, y nuestros hospitales, incluso los que funcionan como principales centros académicos, se ven obligados a contratar enfermeras constantemente. Tal como se menciona en *ADN*, esa práctica se extiende a otros países, incluso a los menos desarrollados. La combinación de una baja compensación económica y una creciente presión para incrementar la productividad (que se traduce en obligar a las enfermeras a hacerse cargo de un número cada día mayor de pacientes) ha creado un entorno laboral lo bastante adverso para que las enfermeras con mayor experiencia busquen empleos alternativos, y que los jóvenes se muestren reacios a comenzar una ardua, larga y costosa formación. Lo que hace esta situación especialmente desgraciada es que todos sabemos (al menos los que hemos vivido la experiencia de ser hospitalizados) que la carga de la atención no recae en los médicos que prescriben los tratamientos y después se retiran a sus consultas o a sus acogedores hogares, sino en las enfermeras que se encargan de aplicarlos. Y, para aquellos que han sufrido algún problema grave en un hospital, lo más probable es que fuera una enfermera quien lo viera, llamara al médico e iniciara un tratamiento. En mi opinión y experiencia, no necesitamos tanta administración de alto nivel, pero sí pagar mejor y ofrecer mejores condiciones de trabajo a nuestras atribuladas enfermeras que están, como dice la propia Jasmine Rakoczi, en la primera fila de la batalla, cuidando a los enfermos.

Robin Cook, marzo de 2005

ESTE LIBRO HA SIDO IMPRESO
EN LOS TALLERES DE
LIMPERGRAF. MOGODA, 29
BARBERÀ DEL VALLÈS (BARCELONA)